O PARAÍSO É BEM BACANA

ANDRÉ SANT'ANNA

O Paraíso é bem bacana

COMPANHIA DAS LETRAS

Copyright © 2006 by André Sant'Anna
Todos os direitos reservados.

Capa
Caio Campana/ Máquina Estúdio
Kiko Farkas/ Máquina Estúdio

Foto de capa
Bob Wolfenson/ Samba Photo

Preparação
Márcia Copola

Revisão
Marise Simões Leal
Cecília Ramos

Os personagens e as situações desta obra são reais apenas no universo da ficção; não se referem a pessoas e fatos concretos, e não emitem opinião sobre eles.

Dados Internacionais de Catalogação na Publicação (CIP)
(Câmara Brasileira do Livro, SP, Brasil)

Sant'Anna, André
    O Paraíso é bem bacana / André Sant'Anna. — São Paulo :
Companhia das Letras, 2006.

    ISBN 85-359-0786-6

    1. Ficção brasileira I. Título

06-0282   CDD-869.93

Índice para catálogo sistemático:
1. Ficção : Literatura brasileira 869.93

[2006]
Todos os direitos desta edição reservados à
EDITORA SCHWARCZ LTDA.
Rua Bandeira Paulista 702 cj. 32
04532-002 — São Paulo — SP
Telefone: (11) 3707-3500
Fax: (11) 3707-3501
www.companhiadasletras.com.br

O PARAÍSO É BEM BACANA

O Mané podia ter dado uma porrada bem no meio da cara daquele gordinho filho-da-puta.

Mas não.

O Mané ficou rodando em volta do gordinho filho-da-puta, olhando para os lados, esperando que algum filho-da-puta logo apartasse a briga.

Mas não.

Eles eram todos uns filhos-da-puta e queriam ver um filho-da-puta batendo no outro.

O Mané ainda não sabia que eram todos uns filhos-da-puta.

O Mané não tinha motivo para bater no gordinho filho-da-puta.

O Mané não sabia que o gordinho filho-da-puta tinha motivo para bater nele, no Mané.

O Mané queria ser amigo daqueles filhos-da-puta.

Mas não.

Aqueles filhos-da-puta sempre batiam no gordinho filho-da-puta e o gordinho filho-da-puta precisava dar umas porradas num filho-da-puta qualquer.

O Mané ainda não sabia que o filho-da-puta era ele, o Mané.

Depois contaram:

Antes, o gordinho filho-da-puta batia no filho-da-puta do Levi, até que um dia o filho-da-puta do Levi ficou com muita raiva do gordinho filho-da-puta e deu uma porrada bem no meio da cara do gordinho filho-da-puta. Era o que o Mané devia ter feito.

Mas não.

O filho-da-puta do Levi passou o primeiro dia de aula inteiro jogando o gordinho filho-da-puta contra o Mané. E o gordinho filho-da-puta, que era muito bobão, todo sorridente, começou a fazer sinais na direção do Mané. Sinais que significavam que o Mané tomaria porrada depois da aula.

Na verdade, o gordinho filho-da-puta era muito mais bobão do que filho-da-puta. Era só um desses gordinhos-padrão, que apanham de todo mundo na escola. O filho-da-puta mesmo era o Levi.

O gordinho filho-da-puta podia ter ficado amigo do Mané. Juntos, eles até conseguiriam dar umas porradas no filho-da-puta do Levi.

Mas não.

O gordinho filho-da-puta, além de ser bobão demais para fazer alianças estratégicas, morria de medo do filho-da-puta do Levi.

Que gordinho filho-da-puta! Caiu direitinho na conversa do filho-da-puta do Levi e estava ali, na frente do Mané, tentando acertar uma porrada bem no meio da cara dele, do Mané.

Se o Mané tivesse dado uma porrada bem no meio da cara daquele gordinho filho-da-puta, o Mané nunca teria sido viado. Nem filho-da-puta.

Mas não.

O Mané não conseguia encontrar uma boa razão para dar uma porrada bem no meio da cara daquele gordinho filho-da-puta.

O Mané não sentia a raiva necessária para dar uma porrada bem no meio da cara daquele gordinho filho-da-puta.

O Mané nunca tinha tomado uma porrada na cara.

Mas o gordinho filho-da-puta, não.

O gordinho filho-da-puta vivia tomando porrada, por isso tinha a raiva necessária para dar uma porrada bem no meio da cara do Mané.

O gordinho filho-da-puta era muito bobão, com aquele sorriso estúpido no meio daquela cara vermelha e aquele monte de banha.

Seria muito fácil dar uma porrada bem no meio da cara daquele gordinho filho-da-puta.

Mas não.

Depois de desviar a cara das porradas que aquele gordinho filho-da-puta tentava acertar, o Mané percebeu que nenhum filho-da-puta apartaria aquela briga. Então, o Mané descobriu uma brecha no meio da roda de filhos-da-puta e saiu correndo para se tornar um viado filho-da-puta.

Numa cidade filha-da-puta de pequena como aquela, um moleque bobão como o Mané, ou como o gordinho filho-da-puta, que arrega numa briga na saída da escola, passa a ter uma vida filha-da-puta.

O Mané arregou para o gordinho filho-da-puta e o filho-da-puta do Levi decidiu que o Mané era viado e filho-da-puta. Viado, porque o Mané tinha arregado para o gordinho filho-da-puta. Filho-da-puta, porque a mãe do Mané era largada e bebia pinga.

Os outros filhos-da-puta todos acataram a decisão do filho-da-puta do Levi.

Bem que um filho-da-puta qualquer podia ter defendido o Mané. Pelo menos um daqueles filhos-da-puta que iam na casa do Mané para jogar futebol de botão no Estrelão novinho que o Mané ganhou no bingo da festa junina.

Mas não.

Numa cidade pequena filha-da-puta como aquela, todo filho-da-puta precisa ter um filho-da-puta para chamar de viado.

É setenta e duas. E elas vêm vindo, tudo limpinhas, muito bonitas, e elas têm tanto amor ni mim e gosta tanto de mim e me ama tanto e agora é tão bom que eu tô sentindo tudo tão bem, tudo tão cheirosas, e elas vai ficando tudo pelada, bem devagarinho, bem assim que nem filme que passa na televisão sábado de noite, com aqueles biquíni tudo meio cor-de-rosa e com aqueles negócio peludo e cor-de-rosa e vão tirando as parte de cima e fica com os peito, uns peitão todo cor-de-rosa e cheio assim que parece que vai estourar e tem aqueles véu que nem naquela novela que tinha os Marrocos que é de onde vem o Abud. E elas, setenta e duas que eu contei, fica agora tirando as calcinha com aquele negócio peludo cor-de-rosa e aquelas corrente tudo de ouro, que é ouro puro mesmo que eu sei, que nem na novela que tinha aquelas mulher que tinha aquelas perna, com aquelas bunda e aqueles peitão que aparecia saindo do lado de fora do sutiã cheio de corrente de ouro e umas moeda e elas vem pra cima de mim e eu não preciso nem fazer nada, nem ficar com vergonha porque elas tudo me ama mesmo e eu sinto isso que elas me ama e é um amor tão bom, de verdade, que eu acho que tinha valido tudo e elas fica agora pegando no meu pinguelo e fica fazendo carinho assim com as mão e elas são tão limpinha que é tudo virgens que nem o Hassan falou, que nem o Uéverson leu e agora eu nem preciso falar nada, nem preciso do Uéverson falando, porque elas me ama e sabe tudo que eu preciso pra ficar bom, pra ficar contente e até feliz, porque aqui não tem vergonha e eu não tenho vergonha, nem fiquei com a cara quente e ninguém pode mais chamar os outro de viado, porque aqui as setenta e duas fica tirando a minha roupa e fazendo umas coisa com o meu pinguelo e põe na boca e fica babando em cima, tudo quentinho, assim meio que escorrega e elas enfia tudo na boca e fica lambendo que nem cachorro e é por isso que eles chama elas de cachorra lá na televisão, naqueles pograma que tem aquelas mulher que parece com essas setenta e duas que são tudo minha, tudo pra mim e me ama e fica agora guspindo no meu pinguelo e esfregando nos peito e agora fica botando uva na minha boca e dando vinho pra mim beber e eu nem fico bebo. Fico é achando tudo tão bom, tão feliz que é aqui e tem leite que cai das árvore e tem sombra que é pro sol não ficar me ardendo nos olho e nem queimando tudo e não tem borrachudo, tem só é felicidade e essas mulher que são tudo minhas e são virgens e nunca treparam nos outros homem nenhum e agora vão tudo trepar ni mim depois que elas ficar chupando o meu pinguelo e me dando beijo nas orelha e chupando uvas e me dando uvas pra mim chupar e elas não são cachorra, não que nem essas da televisão, só parece elas por causa das bunda e dos peitão e dos pano na cabeça, mas essas aqui são tudo limpinhas e só faz isso de ficar mostrando a bunda e até o cuzinho é só porque elas são tudo minhas. Setenta e duas minhas, esfregando o meu pinguelo na cara e botando nas bucetinha e elas beija elas mesma, uma beija a outra só pra eu ver e ficar assim tão feliz que é essa felicidade que eu nem sabia que tinha, que o Hassan sabia porque ele sabe mesmo desses negócio que tem elas, setenta e duas, tudo aqui, que delícia. Setenta e duas e o meu pinguelo, que não pára de ficar duro, durinho, até depois que eu acabo e eu fico continuando, botando o pinguelo nas bucetinha, tudo nas minha setenta e duas esposa que são tudo minha. Três que fica é com a cara assim, esfregando a cara no meu pinguelo, e mais duas que eu fico só enfiando os dedo nas bucetinha, nos cuzinho, que são tão gostoso que têm até perfume, que é perfume bom e não esses perfume que dá vontade de vomitar e elas fica no meio das planta e beija uma na outra, só pra mostrar pra mim que elas são tão lindas, assim, beijando uma na outra, esfregando o meu pinguelo na cara delas e eu não fico com vergonha nenhuma, nem elas, que fica dizendo todas que me ama, todas me ama, e eu sei que é amor mesmo, que elas vão ficar pra sempre fazendo tudo que eu gosto e eu acho bonito igual agora que elas fica, uma depois outra, sentando em cima do meu pinguelo e a outra fica lambendo tudo, as bola, o pinguelo, as bucetinha delas e fica fazendo cara de quem tá acabando e é umas cara bonitas que não é cara de puta, não. É cara de mulher direita que ama o marido que sou eu, das setenta e duas tudo. E eu amo elas que só é safadas quando fica trepando em cima de mim que é pra mim trepar nelas, setenta e duas. É setenta e duas e eu nem fico cansado, e nunca vai parar, só na hora que eu quiser chupar o mel que nasce nas árvore junto com leite e o mel e eu vou passar nas bucetinha delas e fico lambendo, depois, eu vou jogar o mel no meu pinguelo e elas vêm tudo chupar o meu pinguelo, porque agora eu sou pica doce, minha pica é doce e elas é mais bonitas que as mulher, as artista daquela novela que tinha os Marrocos e aquelas mulher tudo bonita, mas que não é tão limpinhas que nem essas setenta e duas que é tudo minhas esposa virgens e que fica lambendo o leite que sai do meu pinguelo e falando uns palavrão gostoso que eu gosto de ouvir sem ficar com vergonha. Agora eu sei que ficou valendo a pena de verdade, que é setenta e duas mesmo e que elas faz tudo que eu gosto pra mim e vão ficar fazendo sempre, tudo o que eu gosto de fazer com as mulher. E elas depois vão falar coisas boa e engraçadas pra gente ficar rindo, tudo amigo e fazendo essas coisa de sex.

Tadinho do Mané. Moleque, moleque. Porra, dezessete ano. Ele só precisava era comer uma buceta, caralho. A gente levava ele nas parada da night, ele ficava olhando pras gata com aquela cara de mamãe-eu-quero, mas morria de medo. Eu até achei que o Mané era viado, mas não era não. O Mané era é envergonhado. Era só ver uma gostosa que ele já começava a suar, podia estar vinte abaixo de zero que ele ficava todo suado. E as gata dava tudo em cima dele. Aqui não é que nem no Brasil, não. Aqui, preto faz o maior sucesso, caralho. Lá no Brasil, só depois que a gente fica famoso. Mas, aqui, é show. Preto, brasileiro... Esse negócio de jogador de futebol nem interessa muito. Podia ser até vendedor de caipirrrrinha! Umas trancinha ajuda, mas já tá ficando fora de moda e eu vou cortar. Já comi umas de quinze, dezesseis aninho. Tudo querendo conhecer o tamanho da jeba do negão. Mas o Mané é mané mermo. Em vez de comer as loirinha, foi se meter com aquela galera. Eu avisei pro cara. O pessoal aqui gosta de negão, mas turco não come ninguém. Até come aquelas mocréia deles, mas as gostosinha, as lourinha rastafári... ai, meu Deus, cada bucetinha... Eu não podia imaginar que ele ia levar aqueles folheto tão a sério. O Mané era muito burro, acreditava em tudo o que a gente falava. Pô, será que eu tive culpa? Não... eu só tava sendo psicólogo dele, que o moleque tinha problema psicológico. Eu falei pra ele que eu não acreditava em nada daquelas parada. Eu vou pra night, saio com as gata, mas eu acredito é em Deus, católico, apostólico, romano. Deus é Deus. Maomé, questão de fé.

Eu não tenho pena desse paciente. Já vi gente muito melhor, gente boa mesmo, criança, pai de família, morrendo. Esses turcos são todos malucos. Ele não queria morrer mesmo? Pois então, vai morrer. Ainda bem que não levou ninguém junto com ele. Quer saber? Ele não vale o soro que eu vou dar a ele. Como fede esse turco! Eu é que vou ter que limpar.

Agora elas faz só carinho que eu tô um pouco cansado de ficar trepando nelas. Mas não é cansado assim ruim, é cansado bom, igual depois do jogo, quando tira as chuteira e dá aquele friozinho nos dedo e a gente ganha massagem do Hans e depois põe os pé na água quente. Agora é assim, só que muito melhor, que as mulher é tudo cheirosa e limpinha e virgens de novo até depois de ficar trepando ni mim. E fica apertando nas perna, nas costa, no pescoço e passando uns creme fresquinho e fazendo uns carinho nas orelha e dando uns beijinho no meu pinguelo que fica sempre duro até agora e gostoso e não precisa ficar correndo pra comer elas, setenta e duas, de novo, porque eu vou ficar comendo elas de novo pra sempre e quando eu ficar cansado assim de novo, eu vou ficar vendo elas trepando nelas mesma, ficando se esfregando e eu fico só chupando uvas e as mulher vai trazer pipocas pra mim, pra gente tudo, eu e elas, e esses vinho que não deixa a gente bebo e eu vou ficar assim só feliz com o pinguelo doce que elas adora e eu adoro elas também, porque é tudo amor de verdade e eu sei que eu não sou viado, não, porque eles lá em Ubatuba não têm as setenta e duas mulher que eu tenho porque eu sou macho mesmo e agora eu sei e eu ganhei de prêmio, muito melhor que taça de campeonato, o prêmio que é amor. Isso é que é amor mesmo que elas sente ni mim e que eu sinto nelas que é amor de ficar gostando mesmo, todas horas, melhor que o amor da mãe que nem ligava quando os índio daqueles cara ficava batendo ni mim e falando que a mãe era biscate e até puta mesmo. A mãe tomava pinga, pinga ruim de boteco mesmo e ficava largada lá na praça com os bebo que depois batia nela, mas eu não vou nem lembrar porque agora eu quero ficar só feliz aqui com esses carinho e depois vou continuar de novo a comer elas. Eu vou fazer mais coisa ainda, que nem naqueles filme que o Jeipom tinha na casa dele, que nem os filme que tinha lá perto da Tizôo Gartem que o Uéverson me levava pra ver naquelas sala escura e tinha até mulher mesmo, de verdade, que ficava mostrando, abrindo as bucetinha pra mim ver, mas não podia relar nelas e essas aqui que são limpinha e bonita que nem as artista da novela eu posso relar na hora que eu quero e posso até ficar lambendo que tem tudo gosto de mel e cheiro de eucalips até no cuzinho. E se fizesse filme com nós, o Jeipom ia comprar os filme, ia ficar me vendo comendo elas tudo que nem naqueles filme dele e ia ficar todo mundo, aqueles cara, tudo índio, olhando pro meu pinguelo e fazendo punheta me vendo. Tudo com inveja, que eles só faz troca-troca e eu não. Eu fico é comendo essas mulher bonitas, tudo virgens dando as bucetinha só pra mim e fazendo carinho nas minha orelha. Dando beijinho.

Que fedor! O cara não pára de cagar, coitado. Tá todo fodido e essa enfermeira racista não faz nada, só porque o cara é árabe. Mas, aqui na Alemanha, eu aprendi um truque — é só chamar os alemães de nazistas que o tratamento muda na hora, quer ver?

"Fräulein Nazi, Fräulein Nazi, komm, schnell. *O Türkenschwein cagou de novo.*"

Viu como a Fräulein Nazi entrou sorrindo pra mim? Ela não gostou de ser classificada de nazi, mas achou engraçado que eu, o sul-americano descontraído, tivesse chamado o colega aí de porco da Turquia. Até sorrindo essa enfermeira é mal-encarada. Agora, ela vai explicar que não é nazista mas que não gosta dos turcos, que são terroristas e maltratam as próprias mulheres. Vai dizer também que não tem nada contra judeus, nem contra negros e que adora o povo da América do Sul. Alemão de classe média baixa é ignorante pra cacete. Pra eles, argentino, brasileiro, boliviano, é tudo a mesma coisa: Südamerikaner. E árabe é tudo turco. Acho que eles nem sabem que a Turquia fica na Europa. Se bem que o Brasil agora é chique por aqui. Um pouco por causa do futebol. Mas tem também os mestres de capoeira, os músicos, a caipirinha...

Vocês são tão divertidos. Brasilien, samba, lambada, schöne Männer, Fussball!

Naquela cidade pequena filha-da-puta, jogar bem futebol valia quase tanto quanto dar porradas nas caras dos filhos-da-puta na saída da escola.

O Mané jogava direitinho, mas, por ser um viado filho-da-puta, acabava levando a má fama também para o futebol.

Mas não.

O Mané estava jogando um bolão. O time dele, do Mané, ganhava por 3 × 0 do líder do campeonato. Além de fazer o primeiro gol, o Mané tinha cruzado uma bola na medida para um daqueles filhos-da-puta cabecear e fazer o terceiro.

O Mané sentia que aquele jogo era a chance dele, do Mané, deixar de ser um viado filho-da-puta.

Mas não.

Quase no finalzinho da partida, a bola quicou na frente do Mané e subiu uns poucos centímetros.

O Mané podia ter dado um chutão e pronto.

Mas não.

O filho-da-puta do Tuca, que Deus o tenha, vinha correndo na direção do

Mané para disputar a jogada. O Mané amorteceu aquela filha-da-puta de bola com o pé direito, deu um toquinho de leve, encobriu o filho-da-puta do Tuca e matou a bola no peito do outro lado.

Foi um chapéu filho-da-puta.

Ai ai ai! O viadinho tá arregaçando.

Ai ai ai! Vamos ter que chamar o Alemão pra segurar o viadinho.

Alemão era o apelido do gordinho filho-da-puta, que não era alemão. O gordinho filho-da-puta era filho de russos.

Tudo bem. Depois de um chapéu filho-da-puta como aquele, o Mané seria declarado "craque" e nunca mais teria que pagar lanche de filho-da-puta nenhum para não apanhar na saída da escola.

Mas não.

O jogo acabou e os filhos-da-puta que jogavam no time do Mané foram dar uns tapas na cabeça dele, do Mané. Era a forma de expressar afetividade que aqueles filhos-da-puta tinham.

Mas não.

Aquilo não era demonstração de afetividade.

O Mané foi para o vestiário e entrou no chuveiro (sem tirar o calção, já que um viado filho-da-puta como o Mané não podia se dar ao luxo de deixar a bunda exposta na frente daqueles moleques filhos-da-puta).

O viadinho tá aprendendo a jogar, hein!? Agora vai ter que dar a bunda pra todo mundo.

Um filho-da-puta veio e abaixou o calção do Mané. Os outros filhos-da-puta do time cercaram o Mané, rindo, passando a mão na bunda dele, do Mané. Na tentativa de levantar o calção, o Mané tropeçou e se esborrachou no chão molhado.

* * *

Seus filhos-da-puta.

Numa cidade pequena filha-da-puta como aquela, um moleque viado e filho-da-puta como o Mané não deve chamar os outros moleques de filhos-da-puta. É uma ofensa grave.

Talvez tenha sido por isso que um dos filhos-da-puta aplicou uma gravata no Mané e outro filho-da-puta abaixou de novo o calção dele, do Mané.

O Mané ia ser estuprado, não fosse a chegada do Mário Telles, que era o organizador do filho-da-puta do Campeonato Dente-de-Leite, cujo lema era: "Bom de bola, bom na escola".

O filho-da-puta do Mário Telles, a quem os filhos-da-puta do dente-de-leite também chamavam de viado que gostava de chupar rola de negão, não gostou da bagunça e disse que ia tirar os pontos do time filho-da-puta do Mané.

Enquanto o viado do Mário Telles dava a bronca, o Mané aproveitou para vestir a roupa, localizar a bicicleta e planejar a fuga.

Assim que o Mário Telles, aquele chupador de rola de negão, saísse do vestiário, o Mané montaria na bicicleta e pedalaria em disparada para casa.

Mas não.

Algum filho-da-puta esvaziou os pneus e o Mané voltou para casa empurrando a bicicleta, com todos aqueles filhos-da-puta dando cascudos na cabeça dele, do Mané.

Ô viadinho, por sua causa a gente vai perder os pontos.

Ô viadinho, amanhã depois da aula você tá fodido.

Ô viadinho, quem gosta de você é o Alemão.

Ô viadinho, no nosso time, bicha não joga.

Até o filho-da-puta do Levi, que não era do filho-da-puta do time, apareceu para dar uns cascudos no Mané e chamar o Mané de viado filho-da-puta.

No dia seguinte, na escola, o Mané teve que roubar dinheiro na mochila de uns três ou quatro filhos-da-puta, para pagar o lanche de uns três ou quatro filhos-da-puta, para não tomar porrada na saída.

E, no jogo da outra semana, um filho-da-puta qualquer foi entregar uma camisa, com o número 24 costurado nas costas, para o Mané.

O Mané podia ter usado a camisa com o número 24 e comido a bola.

Mas não.

O Mané vestiu a filha-da-puta da camisa 8 e ficou com medo de encostar na filha-da-puta da bola. O Mané passou o jogo inteiro fugindo dos lances.

No filho-da-puta do Campeonato Dente-de-Leite, aqueles filhos-da-puta passaram a chamar o Mané de Vinte-e-Quatro.

Ô Vinte-e-Quatro, você não joga nada, hein!?

"Aquele todo arrebentado, o que faz cocô toda hora, é brasileiro também. Eu não sabia que no Brasil também havia muçulmanos. O pessoal de lá é tão sensual, com aquelas mulheres lindas de Copacabana, todo mundo bebendo caipirrrrrinha. Os muçulmanos não são proibidos de beber?"

"Não é brasileiro, não. Eu sei que no Brasil há muitos negros, mas existem turcos negros também, esses que vêm da África, da Argélia, do Egito... O nome dele não é Muhammad? Nome de turco."

"Eu ouvi dizer que ele é de um grupo de palestinos. Mas jogava futebol, nos juniores do Hertha. Nunca vi palestino jogando futebol. É muçulmano brasileiro."

"Se ele ainda tivesse rosto, dava até para descobrir. Se fosse bonito, seria brasileiro. Se fosse feio, seria turco. Não, no Brasil não tem turco, não. Tem índio, mas turco, não."

"O outro, aquele da overdose, é brasileiro. E músico. Toca trompete. Eu amo a música brasileira."

"E o que tem os olhos arregalados e não fala nada?"

"Aquele é muçulmano legítimo, do Líbano. Explodiu um microônibus na frente da embaixada dos Estados Unidos."

"O Türkenschwein, o Muhammad, vai morrer, ou já morreu e ainda não sabe. O libanês está fora de perigo. O brasileiro drogado precisa sair daqui, antes que pegue uma infecção, ainda mais vivendo ao lado daquela merda toda que o Muhammad fabrica."

"É verdade. Injusto colocar o brasileiro ao lado de dois terroristas. Uma coisa é se picar com heroína, a pessoa só estaria prejudicando a si mesma. Outra coisa é ser terrorista."

"Por falar nisso, dá para você aplicar a injeção no Muhammad? Ele já está berrando de novo."

"Deixa comigo."

"Herr Enfermeiro, o cara aí é brasileiro. Ele disse 'buceta', que é vagina em português."

"Eu sabia, peguei uma conversa dos militares lá no corredor. Eu nunca imaginei que no Brasil tivesse muçulmano."

"Lá tem muita família de turco, de libanês. Mas são mais os cristãos. Só que esse aí não parece libanês, não. Ele não é preto?"

"Eu acho que é, embora não dê para ver direito."

"Ô colega... você é preto? É brasileiro?"

"Anhdããããããããã!"

"O que ele disse?"

"Disse 'anhdãããããããããã!'."

"Eu sei, mas como fica isso em alemão?"

"Meu amigo, o cara só gemeu. Por que ele ficou desse jeito?"

"Os militares não falam nada com a gente, mas parece que esse é o sujeito que se explodiu lá no Olympiastadion, no último domingo, o jogador suicida."

"É homem-bomba? Terrorista muçulmano? Se for, não deve ser brasileiro. Os nossos árabes não são disso. Eu devia estar ouvindo coisas. Ele não disse 'buceta', não. Muçulmano nem gosta disso. E que negócio é esse que você está aplicando nele?"

"Morfina."

"Também quero."

"Desculpe, amigo, mas o seu remédio é outro."

"Só um pouquinho. Estou com dores fortíssimas."

"Isso vicia, amigo."

"Pois é. Eu sou viciado."

"Não é mais. Agora você está em recuperação."

"E um baseado, pelo menos? Será que você não consegue um baseado para mim, não?"

"Eu até podia conseguir, mas, aqui no hospital, você não vai poder fumar, não. Eu não vou perder o meu emprego por causa de um baseado. Acho que você vai ter que se contentar com o calmante da noite."

"Olha como ele ficou quieto. Deve estar doidão."

* * *

Agora elas quer de novo, só porque eu também quero. Elas sempre quer tudo que eu quero. Elas quer mesmo é ver eu feliz. Eu disse que elas me ama. Ama mesmo. Se não amasse, elas não ficava fazendo isso comigo. É três: uma lambe uma bola, a outra lambe a outra bola e outra fica com o meu pinguelo todo na boca. É bom demais. E lá vem outra sentar na minha cara com o cuzinho de eucalips, cheirinho bom. E eu vou ficar dando um monte de beijinho na bucetinha dela que é pra ela gostar mais de mim ainda. Nem precisava, porque ela gosta de mim de qualquer jeito. Também tem cheiro de churrasco que elas tá fazendo porque sabe que eu gosto e depois vai ter também americano no prato, com pão à parte, bem tostado e ovo com o amarelo mole e um pratinho com maionese que é pra mim passar o pão e eu vou poder beber três guaraná e nem vou ficar com a barriga estourando, porque agora que eu sou feliz, nada que é ruim acontece, nem dor de barriga, nem ficar cansado, nem ficar suado. Tem tantas árvore com sombra e bate um ventinho que não gela, fica só ventando pra refrescar e as minha esposa me dá mais uvas ainda, que eu fico esfregando nas bucetinha e depois chupo e elas chupa também — as uva que eu passo nas bucetinha delas mesmas e tem gosto de mel com uva. As bucetinha tudo bonitinha, certinha, limpinhas, que não é que nem as bucetinha dos filme do Jeipom que tem umas pelanca saindo assim pros lado e umas pereba assim e uns cuzinho tudo que é uns buracão preto que os cara enfia os pinguelo e tem umas que cabe dois pinguelo de uma vez só. Nas minha esposa virgens só entra o meu pinguelo e os cuzinho delas e as bucetinha é tudo cor-de-rosa e não tem pelanca, nem aquelas gosma que fica nas buceta dos filme do Jeipom. E os peito então nem se compara. As minha esposa têm os peito tudo certinho também e é a parte que eu mais gosto. Uns peito grande, mas tudo redondinho, que é diferente dos peito das mulher dos filme do Jeipom, que tem uns peito meio assim com uns risco, que fica tudo pendurado e os bico são marrom. As minha esposa tem tudo bicos cor-de-rosa. E eu fico agora com os peito pra mim ficar chupando e beijando e apertando assim de lado e passando na minha cara, tudo com essas pele macia que faz até cosquinha na minha cara, os peito tudo lindo.

Apesar de ser viado, o Mané tinha uma namoradinha. E, numa cidade pequena filha-da-puta como aquela, um namoradinho deve pegar nos peitinhos da namoradinha.

Mas não.

Nem o Mané, nem nenhum outro filho-da-puta pegava nos peitinhos das namoradinhas.

O Mané e os outros filhos-da-puta todos estavam naquela idade filha-da-puta, na qual se morre de medo da namoradinha quando se está a sós com ela, mas, quando se está no meio do bando de filhos-da-puta, é necessário descrever malabarismos sexuais incríveis para os outros filhos-da-puta.

E as namoradinhas, naquela época filha-da-puta, nem peitinhos tinham.

O Mané podia ter pedido "beijo" na brincadeira de beijo-abraço-aperto-de-mão-voltinha-no-quarteirão. Era só dar um beijinho rápido no rosto da namoradinha e pronto.

Mas não.

Quando se tratava da própria namoradinha, era obrigatório pedir "voltinha no quarteirão".

A "voltinha no quarteirão" era assim:

O casal de namoradinhos devia dar uma volta no quarteirão e, no meio do caminho, parar para dar uns amassos. Só que, normalmente, o casal de namoradinhos não dava amasso nenhum e a namoradinha, depois, descrevia para as amigas dela os beijos de língua mais ardentes, enquanto o namoradinho descrevia para os amigos dele as mais altas sacanagens.

O Mané podia pelo menos ter tentado pegar nos peitinhos inexistentes da namoradinha dele, do Mané. Ela não ia deixar mesmo e pronto.

Mas não.

O Mané deu a voltinha no quarteirão como todo mundo dava: morrendo de medo da namoradinha.

O Mané não sabia que os filhos-da-puta dos amigos dele estavam acompanhando o casal à distância, conferindo a performance sexual deles, do Mané e da namoradinha dele, do Mané.

É um viadinho mesmo. Nem beijar, beijou.

A filha-da-puta da namoradinha do Mané desmanchou o namoro e passou a falar para as filhas-da-puta das amigas que o Mané era, de fato, um viadinho.

E o Mané nunca mais teve uma namoradinha.

Pra falar a verdade, eu não acho que o Mané era viado, não. A gente falava, inventava umas histórias. Já vi muito cara tentando convencer o Mané a dar a bunda, essas coisas, mas nunca vi ele querendo. Pô, a gente era muito criança. Tinha uns caras que faziam troca-troca e uns outros que comiam as bichas velhas da cidade em troca de sanduíche, de refrigerante, às vezes até de bebida, ou de maconha. Mas eram os mais crescidos. O Mané, naquela época, devia ter no máximo uns doze ou treze anos. Ele só pensava em futebol. Ah! Ele também não perdia uma sessão de vídeo pornográfico lá na casa do Japon. O Mané ficava assim, de boca aberta. O Mané sofreu na mão da gente, coitado. Mas a gente também era criança, não sabia o que tava fazendo. Mas o que que aconteceu com ele?

O cara não tem mais braço, não tem uma das pernas, não tem o couro cabeludo, tem um buraco sangrento no lugar do olho direito, a orelha virou um monte de carne retorcida. Caralho! O cara não tem mais pau, não tem mais saco! Eu vou vomitar.

Olha o tamanhão do meu pinguelo. Lá em Ubatuba ninguém tinha assim. Muito maior do que o do Humberto. Até nisso eu fiquei bom. E elas gosta, fica tudo rindo feliz. Agora eu quero guaraná, mais um pra mim beber. E olha só ela enfiando a garrafa na bucetinha. Tá gostoso, tá? Agora me dá que eu vou beber que nem eu vi lá na casa do Jeipom. Isso, vem vindo. Essa aí é igualzinha mesmo aquela da novela dos Marrocos. Como é que é o seu nome? Assim, vem cá, deixa eu dar um beijinho, nas teta, assim, quer lamber o pinguelo? Chama mais umas, aí vocês fica lambendo e beijando na boca que eu gosto de ver. Isso, uma enfiando a garrafa na bucetinha da outra, que nem no filme do Jeipom. Não precisa ficar com vergonha, não, que nem eu que antes tinha vergonha e agora não tenho mais nenhuma. Pode vim todas, setenta e duas. Tudo virgens sem vergonha. Ha, ha. Isso é que é pinguelo.

O Mané nunca fez troca-troca.
Mas não.
Numa cidade pequena filha-da-puta como aquela, numa idade filha-da-puta como aquela, todo mundo fazia troca-troca. E é óbvio que um moleque viado e filho-da-puta como o Mané deveria ser o rei do troca-troca.
Mas não.
Um viado filho-da-puta como o Mané não podia se dar ao luxo de fazer troca-troca com um daqueles filhos-da-puta.

O maior orgulho do Mané, mesmo ele sendo um viado filho-da-puta aos onze anos de idade, era nunca ter dado a bunda.

Mas não.

Só o Mané sabia que ele, o Mané, nunca tinha dado a bunda.

O Mané queria mesmo era pegar nos peitinhos da namoradinha dele, que não era mais a namoradinha dele, do Mané.

Mas não.

Naquela idade filha-da-puta, meninos não pegavam nos peitinhos das meninas, mas faziam muito troca-troca.

Todos aqueles filhos-da-puta queriam fazer troca-troca com o Mané. Troca-troca não. Os filhos-da-puta queriam comer a bunda do Mané, sem dar a bunda pra ele, pro Mané.

Enganar o Mané no troca-troca era fácil. O Mané dava a bunda e, quando chegava a hora da "troca", o filho-da-puta que daria a bunda para o Mané ameaçava o Mané com umas porradas e o Mané arregava.

Foi por isso que o filho-da-puta do Tuca um dia veio com uma conversa pra cima do Mané.

"Você dá a bunda pro Maurinho, não dá?"

Não, o Mané não dava a bunda para o filho-da-puta do Maurinho.

"Mas pro Roberto Albertini você dá."

Não, o Mané não dava a bunda para o filho-da-puta do Roberto Albertini.

"E pro Pedro Moisés?"

Não, o Mané não dava a bunda para o filho-da-puta do Pedro Moisés.

"Então, pro Saracura."

Não, o Mané também não dava a bunda para o filho-da-puta do Saracura.

O Maurinho, o Roberto Albertini, o Pedro Moisés e o Saracura não eram tão filhos-da-puta com o Mané quanto os outros filhos-da-puta. Eles eram os que mais se aproximavam daquilo que a gente chama de amigo naquela idade filha-da-puta. Tinha o filho-da-puta do Josefina também. Mas o filho-da-puta do Josefina sabia ser muito filho-da-puta quando estava junto com o filho-da-puta do Levi.

Mas não.

Como o Mané era amigo do Maurinho, do Roberto Albertini, do Pedro Moisés e do Saracura, o óbvio seria que ele, o Mané, desse a bunda para aqueles filhos-da-puta. Ou, pelo menos, fizesse troca-troca com eles, com os amigos filhos-da-puta.

Um viado filho-da-puta como o Mané, naquela cidade pequena filha-da-puta, não podia ter um filho-da-puta de um amigo sem dar a bunda pra ele. E, como o Mané dava a bunda para o Maurinho, para o Roberto Albertini, para o

Pedro Moisés e para o Saracura, o filho-da-puta do Tuca, que Deus o tenha, também queria comer a bunda do Mané.

Então, o filho-da-puta do Tuca perguntou para o Mané:

"Quer fazer troca-troca comigo?"

Não, o Mané não queria fazer troca-troca com o filho-da-puta do Tuca.

"Então mostra pra mim o seu pinto", o Tuca mandou.

O Mané não queria mostrar o pinto para o filho-da-puta do Tuca.

"Mostra aí, vai, se não eu te dou umas porradas."

O Mané podia não ter mostrado o filho-da-puta do pinto dele, do Mané, para aquele filho-da-puta do Tuca.

Mas não.

O Mané mostrou o filho-da-puta do pinto dele, do Mané, para o filho-da-puta do Tuca.

Naquela época filha-da-puta, o Mané não tinha nem pentelho. O filho-da-puta do pinto do Mané era "deste tamaninho" e ainda por cima tinha fimose.

O filho-da-puta do Tuca, que Deus o tenha, olhou para o pinto do Mané, morrendo de rir, e falou:

"Olha o bico-de-chaleira do viadinho."

O Mané devia ter dado uma porrada bem no meio da cara do filho-da-puta do Tuca.

Mas não.

O filho-da-puta do Tuca era mais velho do que o Mané, devia ter o pinto muito maior do que o do Mané e daria umas porradas no Mané com a maior facilidade.

O Mané pôs o filho-da-puta do pintinho para dentro da calça e ficou olhando para o filho-da-puta do Tuca, com um sorriso amarelo naquela cara filha-da-puta que ele, o Mané, tinha.

O filho-da-puta do Tuca, que Deus o tenha, tirou o pinto dele para fora da calça e falou:

"Então dá uma pegadinha aqui."

O Mané fez a única coisa que um viado filho-da-puta de onze anos de idade podia fazer.

O Mané saiu correndo como um filho-da-puta.

O Mané, Muhammad Mané como ele prefere, é bem diferente dos brasileiros que eu conheço. É difícil ver ele rindo de algo. E não tem nada desse temperamento sensual dos brasileiros. O Mané vinha com a gente para a noite e ficava no canto dele, tomando refrigerante, falando que estava com saudade de beber gua-

raná. Todo mundo na boate, comemorando a vitória do Hertha, cheio de mulher, e ele lá, triste, coitado. Às vezes aparecia uma mulher na mesa, querendo dançar com o Mané, Muhammad Mané, e ele ficava sem fala. Se a mulher insistia, ele ia para o banheiro e ficava lá, horas. Ele gostava mesmo era de ir no peepshow, onde podia ficar escondido, vendo as mulheres tirando a roupa para ele. Quando saía da cabine e se encontrava com a gente de novo, ficava olhando para o chão, com jeito de quem tinha feito algo errado. Eu gostava muito dele. Na África, nós não somos tão sorridentes e felizes como os brasileiros. Tem muito conterrâneo meu, lá de Camarões, que não se aproxima dos brasileiros, que acha que eles ficam rindo para os brancos, que são subservientes, que não têm palavra. Mas eu sou diferente. Acho bonito como eles tratam bem todo mundo e nem pensam muito nesse negócio de raça. A gente vê que eles se misturam fácil, que não são negros puros. Tem até louro no Brasil. E, outra coisa, como é que um jogador de futebol pode não gostar de brasileiros? O Pelé fez mais pela raça negra do que qualquer outro negro no mundo. Sem brigar com ninguém, ele fez o mundo inteiro respeitar um negro. As torcidas aqui na Europa são cheias de nazis, de gente racista, mas basta aparecer um Pelé, ou até um Ronaldo, que é mais ou menos negro, para calar a boca deles todos. O Mané ia ser como eles. Ia ser um grande jogador, mas aí começou a sair com aqueles muçulmanos. Será que ele sabia o que estava fazendo? O Mané, Muhammad, não era muito culto. Acho que ele começou a andar com os muçulmanos por medo de mulher. Com os muçulmanos, com aquele colega dele dos juniores, ele ia para aquelas casas de chá, onde não tem álcool, nem mulher, e ficava mais à vontade. Só não sei como eles conversavam. O Mané está aqui há um ano e não fala uma palavra de alemão, nem um "Guten Morgen".

Muhammad Mané? Ele é brasileiro, é? Pensei que era turco, árabe, sei lá. Só veio à aula uma vez. Olhou para mim, abaixou a cabeça, não falou nada, não prestou atenção em nada do que eu estava tentando ensinar, foi embora e nunca mais apareceu. Achei que era por causa de religião, essas regras dos muçulmanos, que os homens não podem ficar sozinhos com uma mulher numa sala. Eu até me dispus a vir dar aula usando véu, mas o garoto nem assim vinha. Ele ficava lá embaixo, sentado, olhando aqui pra cima. Quando eu ia até a janela, ele levantava e saía, disfarçando. Brasileiro? Normalmente, esses alunos mais acanhados, que jogam futebol, são turcos, árabes. Os brasileiros não faltam a uma aula. Eles não perdem o sotaque de jeito nenhum, mas aprendem a falar rápido, sempre querendo saber os palavrões. A maioria, eu nem sei dizer. O que é buceta? É palavrão? Aquele negro bonito, o Uéverson, amigo do Muhammad Mané, vem aqui e fica falando "buceta, buceta, buceta"... Deve ser alguma coisa engraçada, porque ele

*quase morre de tanto rir. Mas sobre o Muhammad Mané não posso dizer nada.
Eu nem sabia que ele é brasileiro. Eu ficava curiosa quando ele estava lá embaixo, olhando aqui pra cima. Eu já tinha essa impressão de que ele era turco, mas,
depois do atentado, aí eu tive certeza. Como ele está? Ainda corre perigo de vida?*

Essa vida aqui tá cada vez melhor. Até a Fraulaim Chom é minha esposa
virgens. E agora eu mandei todas as outra sair pra mim ficar só com a Fraulaim
Chom, que agora me ama e eu não tenho mais vergonha dela e ela vai trepar ni
mim. Vem, Fraulaim Chom! A Fraulaim Chom fica falando alemão comigo e
eu entendo tudo, tudinho, e ela tá falando que eu tenho o pinguelo grandão e fica passando esses cabelo louro em cima de mim, em cima do meu pinguelo e
fica enroscando os cabelo louro em cima do meu pinguelo, e fica falando que
gosta do meu pinguelo e põe o meu pinguelo na boca e fica lambendo ele e babando. A Fraulaim Chom é toda branquinha e tem os cabelinho louro na bucetinha que é toda cor-de-rosa e tem o cuzinho cor-de-rosa também e ela também
é cor-de-rosa com os olho verde e ela me ama e fica rindo pra mim, toda feliz
porque ela tá trepando ni mim e a Fraulaim Chom me ama mesmo de verdade
e eu fico dando uns beijinho nos peito dela que é cor-de-rosa e fico fazendo cosquinha no cuzinho dela e ela fica rindo, sentindo as cosquinha que eu faço e ela
fala em alemão que eu sou o amor dela e eu entendo tudo. Aí vem outra esposa virgens trazendo mais vinho e uvas e guaraná e americano com o ovo com o
amarelo mole e churrasco e sorvete de coco que vem com uns pedacinho de
coco mesmo e eu e a Fraulaim Chom ficamos bebendo vinho e chupando uvas
na sombra e é tão bom, tão bom e eu vou ficando bebo, isso é que é ficar bebo
e a Fraulaim Chom vai ficando beba e é um bebo assim que é outro bebo, diferente, não é bebo de ficar largado lá na praça, gritando besteira, não. É um bebo
que a gente fica amando mais ainda. Eu nunca tinha ficado bebo, mas agora eu
posso ficar bebo, esse bebo assim igual agora, esse bebo que pode porque eu ganhei o prêmio de Deus, que é o Alá, porque eu nunca fiquei bebendo antes,
nem trepando nas mulher e parei de fazer aquilo de ficar fazendo punheta também e agora esse bebo é diferente, porque não é esse bebo que a minha mãe ficava, babando, falando besteira, gritando. É um bebo bom pra ficar calmo e ficar
amando a Fraulaim Chom chupando uvas. Aí a Fraulaim Chom fica toda ale-
grinha dando risada, chupando uvas, chupando o meu pinguelo, chupando os
bico dos meu peito que é pra dar arrepio. Ai ai ai, bom demais. Eu tô bebo, mas
não tô que nem aqueles bebo de Ubatuba que fica fedendo. Aqui, nós tem cheiro de eucalips, que é o melhor cheiro que tem. Não, agora os meu pais não é bebo mais não. E eu não tive pais, não. Só mãe.

* * *

Naquela cidade pequena filha-da-puta era preciso ser muito macho para levar a vida de viado filho-da-puta que o Mané levava.

Os filhos-da-puta estavam todos lá, na porta da casa do Mané. Deviam ser uns vinte filhos-da-puta mais ou menos.

A puta da mãe do Mané estava fora e o Mané estava sozinho com a irmãzinha dele, do Mané, que, naquela época filha-da-puta, devia ter uns cinco anos de idade.

O filho-da-puta do Levi falou:

"Ô viadinho, mostra aí o bico-de-chaleira."

O filho-da-puta do Levi, que tinha mais ou menos a mesma idade que o Mané, também devia ter o pinto "deste tamaninho", mas, comparado ao Mané, um viado filho-da-puta, o filho-da-puta do Levi era um verdadeiro fodão pica grossa.

O Mané podia ter dado uma porrada bem no meio da cara daquele Levi filho-da-puta. Uma só, no nariz. E pronto.

Mas não.

Naquela altura da vida filha-da-puta de viado filho-da-puta do Mané, o Mané morria de medo de qualquer um daqueles filhos-da-puta. Até do gordinho filho-da-puta. Até do Maurício Bundinha, que também tinha fama de viado.

O Mané não devia ter saído da filha-da-puta da casa dele, do Mané.

Mas não.

O Mané sabia que aqueles filhos-da-puta iriam aprontar alguma sacanagem e tentou pelo menos proteger a irmãzinha dele, que estava dormindo no sofá.

Apesar de ser um viado filho-da-puta arregão, o Mané não ia deixar que aqueles filhos-da-puta fizessem alguma sacanagem com a irmãzinha dele, do Mané.

O filho-da-puta do Josefina, que só era filho-da-puta quando estava junto com o filho-da-puta do Levi, repetiu:

"Mostra aí o bico-de-chaleira."

"Que bico-de-chaleira?" O Mané tentou desconversar.

Os vinte filhos-da-puta foram chegando cada vez mais perto. O filho-da-puta do Josefina abaixou o short do Mané. O Mané levantou o short. Outro filho-da-puta abaixou o short do Mané de novo. O Mané ficou segurando a cueca. O Mané já não sabia quem era quem no meio de tanto filho-da-puta. O Mané só sentia os cascudos na cabeça e as mãos passando na bunda dele, do Mané. E, depois, uma dor filha-da-puta, quando um dos filhos-da-puta apertou o saco do Mané com toda a força.

Aí, o Amaro, o bebum oficial da cidade, virou a esquina, com as pernas dobradas sobre os pés inchados e uma garrafa de pinga pela metade na mão.

* * *

Olha o pai do viadinho.

O Amaro devia ter passado reto.

Mas não.

Sempre que o Amaro chegava no fundo do poço daquela vida filha-da-puta de bebum oficial de cidade pequena filha-da-puta, a mãe do Mané o acolhia, deixando que ele dormisse alguns dias numa rede nos fundos da casa. Por isso e pelo fato da mãe do Mané também beber pinga, aqueles filhos-da-puta diziam que a mãe do Mané dava para o Amaro.

O Amaro, coitado, gostava do Mané de verdade, embora o Mané, naquela idade filha-da-puta, levando aquela vida filha-da-puta de viado filho-da-puta, sentisse a maior vergonha quando a mãe dele, do Mané, abrigava o Amaro, ou ficava bêbada, na praça, junto com o Amaro. Não era fácil para o Mané chegar naquela escola filha-da-puta e ficar ouvindo o filho-da-puta do Levi fazendo as gracinhas mais filhas-da-puta sobre o relacionamento sexual do Amaro com a mãe do Mané.

O Mané podia pelo menos ter tentado proteger o Amaro.

Mas não.

Um viado filho-da-puta arregão como o Mané não tinha como enfrentar vinte filhos-da-puta como aqueles.

O Amaro, vendo o Mané no meio de todos aqueles filhos-da-puta que tentavam abaixar a cueca dele, do Mané, se armou com um pedaço de pau e veio defender o "filho".

O Amaro podia ter dado uma porretada bem no meio da cabeça daquele Levi filho-da-puta. Uma só, pra rachar no meio.

Mas não.

O Amaro mal conseguia se manter de pé e foi muito fácil para aqueles filhos-da-puta arrancar o pedaço de pau das mãos dele, do Amaro.

O Mané estava salvo e correu para dentro de casa. E o que o Mané viu por uma fresta na janela foi uma cena filha-da-puta.

Um filho-da-puta daqueles deu uma rasteira no Amaro. O Amaro se estatelou na rua.

Aqueles filhos-da-puta iam linchar o Amaro.

Mas não.

Apesar de bêbado, o Amaro era um negão alto. Uma figura que, de certa forma, amedrontava aqueles moleques filhos-da-puta, que, mesmo sendo filhos-da-puta, eram só uns moleques.

O Amaro bateu com a garrafa de pinga no chão e a quebrou no meio. Os moleques filhos-da-puta se afastaram, com medo do caco de vidro na mão do Amaro. E, de uma distância segura, começaram a atirar pedras.

O Amaro se levantou e partiu para cima dos filhos-da-puta, que se afastavam cada vez mais, ainda mandando as pedradas.

O Amaro podia ter retalhado a cara de um daqueles filhos-da-puta.

Mas não.

Quando os moleques filhos-da-puta já estavam a uma boa distância, o Amaro deu as costas para eles e uma pedrada, aliás, uma pedrada filha-da-puta, acertou suas costas.

Foi um filho-da-puta de um tombo.

O Amaro caiu com a cara no chão e literalmente comeu poeira, já sem forças para qualquer tipo de reação.

A sacanagem estava concluída e o Mané ainda ficou espiando o Amaro pela fresta da janela.

O Mané podia ter ido ajudar o Amaro, que estava lá, com a cara cheia de terra, baba e meleca, chorando e falando coisas indecifráveis.

Mas não.

O Mané estava com um medo filho-da-puta e ficou andando em círculos, dentro da casa minúscula, esperando que um daqueles filhos-da-puta invadisse o recinto, por um dos buracos na parede.

A irmãzinha do Mané dormia.

O Mané não dormiu naquela noite filha-da-puta.

De vez em quando, o Mané ouvia um ou outro filho-da-puta gritando.

Ô Vinte-e-Quatro.

Ô Viadinho.

Ô Bico-de-Chaleira.

Ô Filho-do-Amaro.

Eu só fico pensando: o que leva um filho-da-puta desses a fazer uma besteira dessas? Morrer pela pátria? Por Deus? Por Alá? Se Deus fosse bom, se Alá existisse, se Deus fosse justo, não ia deixar que esses caras levassem essa vida filha-da-puta que eles levam. Vingança? Vingança a gente faz nos outros, não na gente mesmo. E esse aí não matou ninguém, não feriu ninguém e está todo arrebentado, sofrendo sozinho.

É setenta e duas. Bom demais.

Não ia ser nada mesmo. Nada. É um bostinha, filho daquele bostão que me comeu e fez ele. Comeu, não. Estrupou. O pai era burro, eu sou burra e ele é burro. Não quero nem saber. Ele também não quer nem saber de mim, nem da irmã. Foi pro estrangeiro, sumiu, não levou nós e agora, burro, foi fazer besteira, se meter na confusão dos outros. Se machucou porque quis. E eu vou beber, eu quero mesmo é beber até morrer, porque eu já bebi tudo e fiquei meio maluca, acabada. Eu achava que o Mané ia ficar famoso, rico, que nem esses jogador de futebol que dá tudo pra mãe. Dá casa, cabeleireiro, roupa pra ir nas festa, viagem. Aí eu podia até parar de beber. Ou então só ia beber champanhe que nem as mãe dos jogador de futebol que eu vi nas revista, que antes era tudo pobre, das favela, e depois fica tudo peidando cheiroso. Tudo loira. Até as preta que nem eu fica loira. Mas eu não. Eu vou ficar pra sempre bebendo, preta, com esses cabelo branco de crioula velha, lá deitada na praça com os índio e os outros bêbado. E tomara que a Brigite, a minha filha, vira puta pra ganhar uns dinheiro. Ela não é bonita, mas também não é horrível. Novinha assim, ela pode ganhar uns dinheiro. Depois, quando ficar de maior vai ficar toda acabada mesmo, que nem eu. Eu queria ser puta, mas eu sempre fui muito feia mesmo, assim, horrível, sem dente. Só aqueles dois mesmo, bêbado, pra me estrupar e fazer esses filho que não serve pra nada ni mim. Ronaldinho porra nenhuma. O Mané virou só Mané mesmo. Quando ele foi pro estrangeiro, vieram falar que ele ia ficar rico, que a vida da gente ia mudar. Mudar porra nenhuma, ficar rico porra nenhuma, ficar loira porra nenhuma. Nunca deu notícia, nunca mandou dinheiro, nem passagem pra nós ir lá pro estrangeiro com ele. Agora vem com essa história de bomba, de hospital, que é pra mim ir cuidar dele. Não vou cuidar porra nenhuma e se morrer não vai fazer falta. Filho que nem ele já não serve pra nada, eu já não ganhei nada tendo um filho burro, o Mané. Agora, aleijado é que eu não vou querer mesmo. Ele ficou aleijado, não ficou? Imagina.

O céu é azulzinho, com umas nuvem assim bem branquinhas e faz um ventinho assim bem fresquinho, que quase não é vento, é só um suspiro gostoso. E mesmo que tem um sol muito grande, que fica brilhando assim, dando aquele negócio que dá nuns dias que parece que a gente não quer nada, que parece que tanto faz, que não vai acontecer nada e aí acontece. É só esse brilho do sol, desse sol daqui. Aí dá aquela sede e já tem guaraná. Um geladinho que não risca a garganta e faz parte desse dia com esse céu e esse ventinho gostoso. Aí vem as minha esposa, que são umas mulher, não, não é nem mulher, é moça, é menina, é da minha idade, mesmo as que são mais véia que nem as artista da televisão, as artista, e a Fraulaim Chom, que deve ter uns vinte e cinco, elas tudo é que nem se fosse umas menina, virgem, virgens, elas também tem uma pele assim tão fresquinha, com umas gota de molhado, que tem nas cachoeira daqui, que não tem borrachudo, e elas me dá guaraná e enquanto elas me dá guaraná, eu fico passando os dedinho nas bucetinha delas, assim por cima das calcinha molhada, que fica grudando nas bucetinha delas, e elas ficam rindo, ficam achando gostoso, ficam olhando pra mim com cara de quem me ama sincero mesmo, que nem tem nos filme às vez. É uma mistura dos filme do Jeipom com uns filme bonito, que a gente fica pensando de noite depois que desliga a televisão. Esses filme que lá no quarto eu ficava vendo de noite, que não precisava nem entender a língua que já era bom sem entender, porque é mais uma sensação triste que é gostoso, que é que nem se tivesse alguém sempre olhando pra gente, sempre gostando da gente, amando a gente, que podia ser Deus, mas não é, porque nessa coisa que dá, tem uma coisa com as bucetinha, todas cor-de-rosa, todas assim lisinha, com uns pelinho assim que parece que é feito de nuvens, dessas que fica passando em cima do azul. E as pele fresquinha das virgens que me ama, as gotinha pingando. Uma delas que é a Martinha, que era minha namorada, mas depois não quis mais, porque o pessoal falavam que eu era viado, mas é melhor nem pensar nessas coisa que pode estragar tudo, porque logo agora que a gotinha vai escorrer nos peitinho da Martinha e vai cair na minha boca e eu vou ficar dando umas lambidinha nos peitinho da Martinha e ficar esfregando o rosto nos peitinho, assim perto da orelha que é pra sentir o lisinho. Aí vem aquela esposa virgens, que me ama, aquela que é artista da novela dos Marrocos, e me dá mais uvas, mais guaraná e carne de churrasco. E isso tudo é que forma isso que é aqui, isso que eu tô sentindo, essa coisa que dá.

My name is Mubarak.
Meine Name ist Mubarak.
Eu sou o Mubarak.

Eu estou vivo.

Eu sou um mártir que ainda não morreu.

Eu sou um mártir que venceu sem morrer.

Eu vou continuar lutando.

Eu vou continuar servindo.

Eu não falo nada.

Eu sirvo.

Eu penso.

Ninguém sabe que eu penso, que eu vivo, que eu vejo.

Eu vou sair daqui.

Eu vou continuar.

Eu sou o Mubarak.

Eu vou continuar.

Eu vou continuar.

Era impressionante como, depois de uma noite filha-da-puta como aquela, o filho-da-puta do Levi ia falar com o Mané como se nada tivesse acontecido.

O Mané devia ter dado uma porrada bem no meio da cara daquele Levi filho-da-puta.

Mas não.

O Mané e o filho-da-puta do Levi estavam no "time de fora", esperando, atrás de uma das traves, o momento da "próxima" de quatro-contra-quatro-sem-goleiro-só-vale-gol-dentro-da-área.

E o filho-da-puta do Levi tinha uma proposta.

"Vamos comer a bunda do Alemão?"

O Mané não queria comer a bunda daquele gordinho filho-da-puta.

Mas não.

Naquela cidade filha-da-puta, recusar comer a bunda de um filho-da-puta também era sinal de viadagem.

"Mas como?", o Mané perguntou.

"É fácil. A gente junta uns três ou quatro, leva lá pra sua casa, que é meio escondida, tira as calça dele e tufo."

Querendo escapar daquela proposta filha-da-puta, o Mané argumentou que o gordinho filho-da-puta, por mais bobão que fosse, ia desconfiar logo e não toparia ir na casa dele, do Mané, com três ou quatro filhos-da-puta. Fora isso, o Mané podia acabar tomando umas porradas daquele gordinho filho-da-puta.

"Pô, vai arregar? Te garanto que não tem problema. Eu juro que não vou deixar o Alemão te encostar a mão. E, depois disso, o Alemão nunca mais vai bater em você. Ele vai ficar com medo. Aproveita."

Mané? De Ubatuba? É o Vinte-e-Quatro. O viadinho foi jogar futebol na Alemanha. Marditinho. Não jogava nada. O negócio dele era dar o cu.

Amigos, amigos, nós não éramos. O Mané nunca se aproximou de nós, não sabia falar alemão, nem inglês. No campo, eu me entendia com ele e com o Hassan. Nos últimos tempos, eles andavam juntos, conversando por mímica. Cada um falava uma língua diferente, não sei quais. Existe "brasileiro"? Não? Acho que cada um falava um dialeto árabe diferente. Às vezes, o Mané saía com o Uéverson e o Mnango do time principal. Saíam em grupos de negros, iam ao Slumberland, ou nos prostíbulos. Mas isso foi antes do Mané começar a andar com os turcos. O Mané começou a freqüentar algumas reuniões com o Hassan e ficou ainda mais quieto, vendo filme em preto-e-branco na televisão e olhando para a capa de um Alcorão. Quando o Mané chegou aqui, passava horas trancado no banheiro. Só saía quando alguém batia na porta. Depois, parou com isso também. Os brasileiros que eu conheço contam piadas, vivem rindo, fazendo samba no quarto. O Mané não parece brasileiro. Parece mais é turco mesmo. Mesmo antes de se converter, ele já parecia muçulmano. Ele é louco, não é não? Podia ter matado todo mundo.

"Eu não disse? É brasileiro, saiu no jornal, olha aqui."

TERRORISTA VEIO DA TERRA DE PELÉ

A Fräulein Nazi vai ficar decepcionada. Tomara que não sobre ódio racial pro meu lado também. Será que não aparece ninguém de um jornal brasileiro pra ver o meu caso? Eu só quero voltar pro Brasil. Lá, eu vou mudar de vida, voltar a tocar, largar a heroína. No Brasil quase não tem heroína. É só voltar pra lá e ficar só nos baseados, fazer outra banda. Vou adotar o pseudônimo de Cristiane Efe, fazer uma banda muito louca, bem berlinense mesmo. Já pensou? Herr Enfermeiro, qual é o nome desse mané aí?

Agora eu vou fazer uma coisa que eu sempre quis fazer que é botar o pinguelo no cuzinho da Martinha, que ela vai gostar e vai me amar ainda mais, porque aqui não dói quando eu boto o meu pinguelo nos cuzinho das minha esposa virgens. E vai ser bem assim devagarinho, amando, que é pra ir gostoso. Vem, minhas esposa, lambuzar o meu pinguelo de mel e trazer mais uns guaraná pra mim e pra Martinha beber. E pode beijar na boca da Martinha, bebendo guaraná e chupando uvas. Lá vai o meu pinguelo. Tá gostando no cuzinho?

O Mané devia ter comido a bunda daquele gordinho filho-da-puta.

Mas não.

Os filhos-da-puta chegaram para jogar "gol a gol" no terreno de fundos da casa do Mané.

O gordinho filho-da-puta, com aquele sorriso estúpido no meio daquela cara vermelha, nem desconfiava da sacanagem filha-da-puta que o filho-da-puta do Levi e os outros dois filhos-da-puta estavam para fazer com ele, com o gordinho filho-da-puta.

Eu acho, mas não tenho certeza, que os outros dois filhos-da-puta eram o filho-da-puta do Josefina, que sempre participava das sacanagens do filho-da-puta do Levi, e o filho-da-puta do Tuca (que Deus o tenha), que sempre estava no meio quando o negócio era bunda.

O Mané sabia que aquilo não ia dar certo e devia ter mandado todo mundo embora.

Mas não.

Um viado filho-da-puta como o Mané, naquela cidade pequena filha-da-puta, não tinha autoridade para expulsar filho-da-puta nenhum de sua casa e muito menos do terreno dos fundos.

Uma vez, o Mané expulsou uns filhos-da-puta que estavam jogando futebol de botão na casa dele e que, de uma hora para outra, resolveram comer a bunda dele, do Mané.

O Mané não deu a bunda, mas teve que pagar o lanche de todo mundo para não tomar porrada na saída da escola.

Naquela idade filha-da-puta, um moleque viado, filho-da-puta e pobre como o Mané não tinha dinheiro para pagar o lanche de todo mundo na escola. Então, o Mané roubava o dinheiro na mochila de qualquer filho-da-puta que desse sopa. Muitas vezes, o Mané roubava dinheiro do próprio filho-da-puta a quem ele, o Mané, deveria pagar o lanche para não tomar porrada na saída da escola.

O Mané era um filho-da-puta e nunca foi pego roubando dinheiro.

Voltando à sacanagem contra o gordinho filho-da-puta:

O Mané jogava "gol a gol" contra o gordinho filho-da-puta.

O gordinho filho-da-puta era bobão demais e não conseguia nem acertar o pé na bola. O gordinho filho-da-puta furava todas, mas continuava com aquele sorriso estúpido no meio daquela cara vermelha. Até que o filho-da-puta do Levi agarrou o gordinho filho-da-puta pelas costas.

O gordinho filho-da-puta ficou com a cara mais vermelha ainda, mas desmanchou o sorriso estúpido, buscando se livrar do filho-da-puta do Levi. Contudo, os outros dois filhos-da-puta se juntaram ao filho-da-puta do Levi e imobilizaram o gordinho filho-da-puta.

O Mané viu na cara vermelha do gordinho filho-da-puta a expressão mais pura do medo, do pavor, do terror... uma expressão que aqueles filhos-da-puta todos já deviam ter visto na cara de viado filho-da-puta do Mané, nas várias vezes em que tentaram estuprar ele, o Mané.

Os três filhos-da-puta foram levando o gordinho filho-da-puta para dentro da casa do Mané. Lá dentro, os filhos-da-puta arriaram o short do gordinho filho-da-puta e empurraram o gordinho filho-da-puta para cima do sofá velho, que era o único móvel da casa e cama da mãe do Mané.

O gordinho filho-da-puta se debatia como um filho-da-puta, com aquela bunda cheia de espinhas virada para cima.

O filho-da-puta do Levi olhou para o Mané e disse:

"Vai você primeiro que a gente segura."

Mas não.

Não havia nada neste mundo filho-da-puta que fizesse com que o Mané tirasse o filho-da-puta do pintinho bico-de-chaleira dele, do Mané, para fora e comesse a bunda daquele gordinho filho-da-puta.

O Mané nunca tinha comido a bunda de ninguém. E, por mais que o Mané odiasse o gordinho filho-da-puta, o ódio pelo filho-da-puta do Levi e pelas sacanagens que aqueles filhos-da-puta faziam com moleques bobões, como o Mané e o gordinho filho-da-puta, era muito maior.

"Vai arregar, é, ô viadinho?!"

"Você antes", o Mané disse para o filho-da-puta do Levi, na tentativa de ganhar tempo.

O filho-da-puta do Levi, então, se distraiu por alguns instantes e afrouxou a chave de braço que mantinha o gordinho filho-da-puta colado ao sofá.

Por mais bobão que fosse, o gordinho filho-da-puta era pesado. E qualquer bobão filho-da-puta, numa situação filha-da-puta como aquela, vira macho.

O Mané, que era o mais viado e filho-da-puta de todos, já passara por várias situações filhas-da-puta como aquela, naquela cidade pequena filha-da-puta, e, bem ou mal, sempre conseguira escapar com a bunda ilesa.

O gordinho filho-da-puta, roxo de ódio e pavor, esperneou mais um pouco e se desvencilhou dos três filhos-da-puta. E, como o Mané era o único filho-da-puta que tinha medo do gordinho filho-da-puta, o gordinho filho-da-puta foi para cima do Mané, com o short nos tornozelos, sacudindo os braços, tentando acertar uma porrada bem no meio da cara dele, do Mané.

Com o gordinho filho-da-puta todo desequilibrado, seria muito fácil, para o Mané, acertar uma porrada bem no meio da cara daquele gordinho filho-da-puta e deixar de ser um viado filho-da-puta.

Mas não.

O Mané devia ter comido a bunda daquele gordinho filho-da-puta.

Mas não.

De novo, o Mané arregou para o gordinho filho-da-puta e, de novo, o filho-da-puta do Levi não perdoou. O filho-da-puta do Levi mandou:

"Um dos dois vai ter que dar a bunda. Vão decidir na porrada."

Um filho-da-puta foi por trás do Mané e abaixou o short dele, do Mané. Ficaram, o gordinho filho-da-puta e o Mané, com a bunda de fora, olhando um para a cara do outro.

O gordinho filho-da-puta voltou a sorrir.

Rapidamente, o Mané levantou o short.

Um pouco mais lentamente (outra grande oportunidade para o Mané dar uma porrada bem no meio da cara daquele gordinho filho-da-puta, mas não), o gordinho filho-da-puta levantou o short dele, do gordinho filho-da-puta.

O Mané correu para perto do fogão com o gordinho filho-da-puta atrás dele, do Mané, ele, o gordinho filho-da-puta, aquele sorriso estúpido no meio daquela cara vermelha de gordinho filho-da-puta.

O Mané pegou uma faca de cozinha.

O filho-da-puta do Levi riu.

Os três amigos filhos-da-puta do Mané seguraram outra vez o gordinho filho-da-puta.

O filho-da-puta do Levi ria cada vez mais forte, aplicando uma nova chave de braço no gordinho filho-da-puta.

O Mané ficou encostado na parede, com a faca na mão.

O filho-da-puta do Levi disse:

"E aí, viadinho, vai arregar?"

O Mané devia ter enfiado a faca bem no meio da barriga daquele gordinho filho-da-puta.

Mas não.

No dia seguinte, na escola, o Mané e o gordinho filho-da-puta tiveram que pagar um lanche cada um para cada um daqueles três filhos-da-puta.

O Mané pagou o lanche daqueles três filhos-da-puta porque não matou o gordinho filho-da-puta.

O gordinho filho-da-puta pagou o lanche daqueles três filhos-da-puta porque ele, o gordinho filho-da-puta, estava vivo.

A morte é que é a vida. Agora eu sei. Porque aqui na morte, essas bunda, esses cuzinho que são tudo meu, são tudo vivo, com cheiro de planta, com cheiro de eucalips e não tem que pagar, não tem que ficar com vergonha, não tem que ficar pegando à força, não tem que machucar ninguém que aqui não tem nem sangue, nem machucado e agora, que é de noite, tem umas estrela tão lindas, cheio de estrela, e continua aquele vento que agora é meio quente e as virgens fazem um fogo que fica brilhando e o mar fica lá no fundo, com as onda batendo e fazendo aquele barulhinho e é que nem filme que eu gosto, que tudo dá certo e ninguém briga com ninguém e as virgens fica dançando com os pano que nem na novela dos Marrocos, mas sem roupa embaixo e quando elas levanta os pano, dá pra ver os cabelinho, tudo assim penteadinho, lisinho, que aqui não tem cabelinho ruim, não, tem é os cabelinho lisinho que é assim que eu gosto. Tudo lisinho, arrumadinho, limpinho, que é assim que eu gosto. Aqui tudo é assim que nem eu gosto. Essas estrela, essas minhas mulher que me dá amor, esse ventinho que não faz frio, essas coisa que eu fico sentindo de tão bom que dá vontade de chorar, mas é chorar de bom, chorar de gostar, uma coisa que não dá pra explicar, mas eu fico chorando mesmo, fazendo uns carinho nos pelinho lisinho em cima das bucetinha das minha mulher e fico chorando porque agora é tão bom e antes não era porque eu tinha muita vergonha.

Eu vejo esses dois aí do meu lado. Eu me vejo aqui. A impressão que eu tenho é de que a gente morreu. Agora vai sobrar uma outra coisa, umas outras coisas. Se bem que os terroristas aí já eram isso antes, já deviam estar prontos pra qualquer coisa. E o brasileiro? Maluca essa história. O que é que um jogador de futebol brasileiro pode ter a ver com fundamentalismo islâmico? É, ele é outra coisa, agora, também. Eu sou uma outra coisa, mas ele deve ser mais outra coisa do que eu. Na posição em que ele se encontra, é muito melhor morrer mesmo. O corpo dele já morreu, agora seria melhor libertar a alma. E se ele acorda e vê que tá desse jeito, todo fodido, sem pau?

Elas fica só brincando com o meu pinguelo, bem safadinhas, mas anjinhas também, rindo que nem menininhas, brincando de guspir e ficar fazendo borbulha com o meu pinguelo.

Quando eu cheguei aqui em Berlim era só sair, sentar num parque, numa praça, e ficar estudando. Mesmo sem eu pedir, o pessoal ia deixando uma graninha. No final do dia, além de estar tocando melhor, eu ia provar a junk food daqui, a pizza debaixo da ponte, o sanduíche de Falafel lá na Winterfeldplatz, um Currywurst em qualquer barraquinha. A noite chegando, o friozinho... Aí era tocar mais um pouquinho, ganhar mais uns trocados e tomar umas cervejas. Vidão. Aí eu fui conhecendo as pessoas, os músicos da cidade, e pintou a banda. Da pesada. Eram mais dois brasileiros, dois senegaleses, um italiano, um croata, três americanos e quatro alemães. E as duas cantoras, maravilhosas. E foram os brasileiros, claro, que começaram com esse negócio de pó, que me levaram pro mau caminho. Eles moravam numa squater com um peruano rajiníchi que viajava o mundo inteiro vendendo cocaína. O Falcão e o Zezão cheiravam o tempo todo. O Zezão, baterista, acelerava o andamento das músicas, acabava tudo rapidinho, só pro intervalo chegar mais rápido pra ele poder cheirar mais. Eu ficava puto e o Johannes, baixista, mais ainda, que o Zezão estava fudendo com o andamento de todas as músicas que a gente tocava e, pra baixista, isso é mortal. Mas, um dia, sei lá por que idiotice, eu acabei cheirando uma carreira com o Zezão. Coincidiu que foi uma noite legal, o som saiu melhor do que nunca, eu arrumei uma gatinha muito bacana, minha primeira trepada alemã. O dia amanheceu nevando, eu lá no apartamento dela, com vista para a Alexanderplatz, tocando trompete, a gatinha dando beijinhos no meu pescoço. Eu achei que eu era o Miles, The man with the horn, Berlim, jazz, sexo, cena de cinema. Só que a menina era a maior maluca. Acabou a cocaína que o Zezão me arrumou e a Rita veio com um saquinho de heroína. A gente ficou uma semana trepando e cheirando heroína e achando que era um filme. Mais um mês de namoro, a gente apaixonado, mais pelo clima cinematográfico do romance do que um pelo outro, e a gente se picou. Vou dizer um negócio: heroína na veia é gostoso pra caralho!!! Mas só nas primeiras vezes. Depois é isso que todo mundo sabe. O filme ficou uma merda. A gente ficou viciado, o pessoal me limou da banda, eu comecei a feder, vendi o trompete, fui morar na rua, perdi uns vinte quilos, batia na Rita, apanhava da Rita, tive uma overdose e acordei aqui do lado do Johnny-Vai-à-Guerra e do árabe de olho arregalado. Não era eu que tomava heroína. Eu sou inteligente. Eu sou feliz. Eu sou músico. Foi de bobeira, marcação de touca. E você, hein, ô Johnny-Vai-à-Guerra? Como é que foi se meter numa roubada dessa?

36

* * *

O Mané devia ter aprendido que roubar é muito feio.

Mas não.

Era uma morena, os olhos verdes brilhando, a boca toda bem-feitinha. Ela estava com os braços cruzados na altura da barriga, fazendo com que os seios redondos se unissem em primeiro plano. E tinha a correntinha dourada passando entre os seios, com a cabeça do coelhinho pendurada. O diretor de arte, um gênio do lugar-comum, ainda colocou dois brilhantes verdes fazendo o papel dos olhos do coelhinho. (Sacou a jogada dos olhos verdes?)

O Mané podia ter ignorado aquele arrepio que subiu pela espinha dele, do Mané, e seguido em frente.

Mas não.

O Mané olhou para um lado, olhou para o outro, viu que o filho-da-puta do cara da banca de revistas estava distraído e, rapidinho, pegou a <u>Playboy</u> americana, enfiou a revista debaixo da camiseta, correu para a bicicleta e pedalou em alta velocidade para casa.

A casa do Mané estava vazia, como sempre. A mãe do Mané já devia estar de porre, lá na praça, no bar do Franklin. A irmã do Mané junto com ela, com aquele olhar triste e um monte de meleca escorrendo do nariz.

O Mané arrebentou o plástico e começou a folhear a revista. As primeiras fotos interessantes eram as das tradicionais cheerleaders americanas, todas sem saia e sem calcinha, sacudindo os pompons nas mais diversas poses.

O Mané gostou das cheerleaders e foi indo adiante, até chegar na morena da capa. Era só uma morena gostosa de olhos verdes, igual a qualquer morena gostosa de olhos verdes de qualquer revista de mulher pelada.

Mas não.

Pamela era o primeiro amor de Mané. Amor mesmo, verdadeiro. Paixão absoluta, imensa paixão. Era um amor tão puro, que o Mané teve até vontade de chorar.

Mas não.

O Mané ficou com o pintinho duro, ficou com o coração batendo acelerado, ficou com um suor frio escorrendo pela testa, ficou com um meio sorriso nos lábios, ficou com os olhos revirados.

O que o Mané estava sentindo era bem diferente do que ele, o Mané, sentia em relação à Martinha. A Martinha era uma obrigação, um amor forjado para que o Mané pudesse participar da turma da pracinha, que brincava de beijo-abraço-aperto-de-mão-voltinha-no-quarteirão. O amor pela morena gostosa de olhos verdes da <u>Playboy</u> era verdadeiro, era físico, sentido na carne.

Era só tirar o filho-da-puta do bico-de-chaleira pra fora e bater uma punheta. Mas não.

O Mané ainda não tinha aprendido a se masturbar. O Mané nem sabia o que era punheta.

Que angústia!

O Mané, lá, pintinho duro, cheio de sensações, uma paixão, um amor, um desejo fulminante e... nada. Nenhuma satisfação.

O Mané só tinha onze anos, já fora vítima de inúmeras tentativas de estupro, já quase estuprara o gordinho filho-da-puta junto com outros três filhos-da-puta, já tivera um namoro, platônico mas namoro, terminado, mas ainda não sabia praticar o sexo solitário. Era melhor esquecer a morena de olhos verdes, ir jogar uma pelada e deixar os prazeres da carne para mais tarde.

Mas não.

O Mané começou a lamber a revista, beijar as fotos da morena gostosa de olhos verdes. Apaixonado. Depois, o Mané saiu correndo para o mato atrás da casa e se enterrou na lama do mangue.

O Mané passou a tarde inteira enterrado na lama, naquela angústia, sofrendo muito de tesão.

Eu vou continuar.
Eu vou continuar.
Eu vou continuar.

É setenta e duas, tudo lindas. Mas se fosse uma só, ia ser a Paméla. Não ia ser a Martinha, não, que a Martinha é bonita, mas é meio criança e não tem esses peito que só essas mulher das revista, da televisão, as americana, é que têm. A Fraulaim Chom também tem. A Fraulaim Chom é da Alemanha e as mulher da Alemanha também tem uns peitão, mas a Paméla eu já gostava antes naquela revista que eu tinha e que eu sempre via pra ver a Paméla, que tinha aquela foto que ela ficava assim apertando os peito, com a bundinha toda redondinha assim meio de lado e com cara de menina que nem parece que sabe que tá sem roupa e ficava olhando assim pra mim com um riso, com um jeito de que tava me amando e agora eu sei que a Paméla tava me amando mesmo, porque ela ia ser minha esposa virgens e ficar me amando e eu posso ficar beijando ela agora na carne, que antes eu tinha que ficar beijando na revista que tinha gosto azedo mas eu nem ligava porque pra mim tinha gosto é de mulher que me ama e esse cheiro de eucalips. E eu posso chamar a Martinha também e elas, a Martinha e a Paméla, e mais eu, fica tudo dando uns beijo e brincando com as bucetinha e o meu pinguelo e elas beija na boca delas que nem se fosse namoradas e elas e eu é tudo namorados e amigos com muito amor e a Fraulaim Chom vem também trazendo aquele vinho e aqueles guaraná e uns americano no prato com maionese duplas e nós come tudo junto, brincando com as bucetinha e elas fica rindo e vem mais as outras, vem aquela que é artista da novela dos Marrocos, e vem aquelas que fica atrás do vidro lá naquele lugar perto da Tizôo Gartem, que lá elas são puta, mas aqui elas são minhas virgens, minhas esposa e limpinhas com cheiro de eucalips. E aí fica uma festa e tem fogueira e tem vinho que não deixa bebo, deixa só gostoso tudo e tem até uns jogo de futebol que eu ganho tudo, faço os gol que eu sou muito bom, melhor que todo mundo até que o Uéverson e até que o Chúberti do Bremem e aqueles cara lá de Ubatuba não dá nem pra começar, aqueles bobão que acha que é alguma coisa, mas não é nada, tudo bosta, tudo índio, que não tem essas mulher que nem a Paméla que eu tenho, nem joga no estrangeiro, nem pode comer americano no prato toda hora e ainda lamber a maionese em cima das bucetinha das artista dos filme que passa na televisão de noite tarde. Bem feito.

Eu logo vi que o menino era craque. Eu enxergo longe quando se trata de um talento nato. E não é só isso, não. Eu também incentivo os meninos a estudarem. É por isso que o lema do nosso futebol dente-de-leite é "Bom de bola, bom na escola". Eu que criei esse lema. Os meninos têm que tirar nota boa na escola para poderem jogar no dente-de-leite. É uma forma de incentivar a educação. Senão, quando aparece uma chance como essa que o... como é mesmo o nome? Isso, o Mané. Quando aparece uma chance como essa que o Mané teve, de ir jogar na Europa, eles já vão com uma base na educação. Esporte é cultura.

Elas fica tudo dando os cuzinho pra mim trepar nelas. O pessoal lá de Ubatuba precisavam ver. Aqueles índio.

Esporte, cultura e moral. Assim é o nosso dente-de-leite.

O Mané tinha recuperado a confiança, fez um golaço, driblando três adversários só com o jogo de corpo e colocando a bola por cobertura no cantinho do gol. Era só voltar pra casa e comemorar dando umas lambidas na Pamela.

Mas não.

O filho-da-puta do Tuca, que Deus o tenha, estava a fim de comer a bunda do Mané e esperava o Mané na saída do vestiário.

"Vamo jogar uma partida de botão lá na sua casa?"

O Mané já devia ter aprendido que esse tipo de convite, ainda mais vindo do filho-da-puta do Tuca, que Deus o tenha, só podia ser sacanagem.

Mas não.

"Vamo, eu jogo com o Fluminense, você trouxe o seu time?"

"Não precisa, eu jogo com aqueles seus botões velhos."

No caminho, juntaram-se ao Mané e ao filho-da-puta do Tuca o filho-da-puta do Levi e o filho-da-puta do Josefina.

Podia até ser um campeonato bacana.

Mas não.

O filho-da-puta do Tuca, que Deus o tenha, o filho-da-puta do Levi e o filho-da-puta do Josefina, "bons de bola, bons na escola", cheios de cultura e moral, chegaram na casa do Mané, forçaram um pouco a porta e foram entrando, falando baixinho entre eles. O Mané foi pegar o Estrelão e os botões debaixo do sofá. O Mané ficou com o Fluminense, que era composto de algumas lentes de relógio com papeizinhos verdes, vermelhos e brancos colados.

O Mané, apesar de paulista, torcia para o Fluminense por se identificar com os mais fracos. Na época em que escolheu o time, o Fluminense tinha caído para a terceira divisão do Campeonato Brasileiro.

O Mané era craque.

Mas não.

O Mané tinha o maior complexo de inferioridade.

Os filhos-da-puta ficaram com uma mescla de botões das mais variadas procedências. Os botões brancos eram o Santos do filho-da-puta do Josefina. Os botões pretos eram o Corinthians do filho-da-puta do Levi e os botões verdes eram o Palmeiras do filho-da-puta do Tuca, que Deus o tenha.

A primeira partida seria Fluminense × Santos.

O Mané começou a jogar animado, sentindo uma espécie de alegria por estar sendo tão bem tratado por aqueles três filhos-da-puta. O filho-da-puta do Josefina distraía o Mané, elogiando as jogadas que ele, o Mané, fazia com o seu Fluminense.

O Mané nem notou quando o filho-da-puta do Tuca descobriu a <u>Playboy</u> da Pamela no forro de uma mala velha que o Mané usava de armário.

40

"Ai ai ai, olha os peito da biscate. Tá com a cara que é uma vaca leiteira."
"O Mané já tá virando homem, tocando punheta."
"Deixa eu ver, deixa eu ver."
"Ô Mané, aonde que você arrumou essa revista? É importada."

O Mané ficou mais animado ainda, achando mesmo que já era homem, que já fazia parte da turma. Só que o Mané bem que podia ficar calado.

Mas não.

O Mané inventou a maior história, sem pé nem cabeça, dizendo que ele, o Mané, conheceu a Pamela na praia e que ela, a Pamela, virou namorada dele, do Mané, e que mandou a revista do "estrangeiro" para ele, para o Mané, e que eles, a Pamela e o Mané, fizeram "aquilo" e que, quando ela voltasse a Ubatuba, ele, o Mané, ia emprestar a Pamela para os três amigos e que eles, os amigões, poderiam fazer de tudo com ela, a Pamela. Até lamber os "peito".

Mas não.

Nenhum filho-da-puta acreditou na história do Mané.

Mas não.

Os três filhos-da-puta fingiram que acreditaram na história do Mané. E o Mané ficou até meio fascinado quando o filho-da-puta do Tuca abriu a revista, bem no pôster central da Pamela, e a jogou em cima do Estrelão, interrompendo definitivamente o Fluminense × Santos.

O filho-da-puta do Tuca foi o primeiro a baixar as calças e mostrar o pau duro.

Rá rá rá rá rá rá rá rá rá rá rá rá rá rá rá rá rá rá rá rá rá rá rá rá rá rá rá rá...

O filho-da-puta do Levi.

Rá rá rá rá rá rá rá rá rá rá rá rá rá rá rá rá rá rá rá rá rá rá rá rá rá rá rá rá...

O filho-da-puta do Josefina.

Rá rá rá rá rá rá rá rá rá rá rá rá rá rá rá rá rá rá rá rá rá rá rá rá rá rá rá rá...

* * *

Todos os filhos-da-puta juntos.

Rá rá rá rá rá rá rá rá rá rá rá rá rá rá rá rá rá rá rá rá rá rá rá rá rá rá rá rá rá
rá rá rá rá rá rá rá rá rá rá rá rá rá rá rá rá rá rá rá rá rá rá rá rá rá rá rá rá rá
rá rá rá rá rá rá rá rá rá rá rá rá rá rá rá rá rá rá rá rá rá rá rá rá rá rá rá rá rá...

"E aí, Mané? Vamos fazer um campeonato, ver quem acaba mais rápido."
"..."
"Vamo lá, Mané. Mostra aí que você já é homem."
"Olha os peitão dela. Olha que rabo gostoso."
"Tô achando que o Mané não sabe bater punheta, não."
"Não sabe, não. O Mané ainda é muito criança."
"É, muito criança."
"Mostra aí, Mané, como é que você fez com a Paméla, vai."
"O Mané nem sabe o que é punheta. Sabe?"

O Mané podia ser um pouquinho mais humilde, admitir a falta de experiência e pedir para aprender.
Mas não.
O Mané abaixou o short.

Rá rá rá rá rá rá rá rá rá rá rá rá rá rá rá rá rá rá rá rá rá rá rá rá rá rá
rá rá rá rá rá rá rá rá rá rá rá rá rá rá rá rá rá rá rá rá rá rá rá rá rá rá rá
rá rá rá rá rá rá rá rá rá rá rá rá rá rá rá rá rá rá rá rá rá rá rá rá rá rá rá...

"Vai, Mané, começa aí."
"Vai, Mané, bate uma punheta."

O Mané não devia ter feito isso.
Mas não.
O Mané fez.

O Mané começou a dar tapas no pintinho duro, de um lado para o outro. O Mané estava "batendo" punheta, estava "batendo" no próprio pintinho.

Rá rá

Humpfssss rá rá rá rá chnnnninfsss rá rá rá chsssumpf hum hum rá rá rá rá humpchs rá rá rá rá humpfchhsssfff rá rá slumpffffff rá rá rá chslimpfff rá chchchlumpffff rá rá humf humf humf chchchchlchch rá rá rá slsss rá hum hum rá rá hum há rá rá há rá há há ai hum humps slchsssss rá rá rá jhum ah ah uh ah uh ah chchchchchchlimpffffff rá rá ah ah ah ah ah uh uh uh uh uh uh humps humpf humpf humps ah ah rá ah uh ah ah ah ah á á á á á á á á á á á á á á á á á áá ah ah aaaaah aaaah aaah aah ah rá   rá   rá rá rá rá rá rá rá rá rá rá rá rá rá rá rá rá rá rá rá rá rá rá rá rá rá rá rá rá rá rá rá rá rá rá rá rá rá rá rá rá rá rá rá rá rá rá rá rá rá rá rá rá rá rá rá rá rá rá rá rá rá rá rá rá rá rá rá rá rá rá rá rá rá rá rá rá rá rá rá rá rá rá rá rá rá rá rá rá...

O filho-da-puta do Tuca, que Deus o tenha, o filho-da-puta do Levi e o fi-lho-da-puta do Josefina começaram a bater punheta, olhando para a revista. Eles, os filhos-da-puta, foram se empolgando. O filho-da-puta do Levi passou a revirar uma outra mala velha, que era o "armário" da mãe do Mané, até achar uma calcinha. O filho-da-puta do Levi levou a calcinha da mãe do Mané até o nariz e cheirou, fazendo cara de nojo. Rá rá rá. O filho-da-puta do Levi jogou a calcinha da mãe do Mané em cima da revista. Os três filhos-da-puta bateram pu-nheta até ejacularem, quase que simultaneamente, em cima da calcinha, em ci-ma da revista. Ficou tudo cheio de porra. A mãe do Mané, bêbada, com a irmã do Mané, cheia de meleca escorrendo do nariz, no colo, entrou pela porta.

Rá rá rá rá rá rá rá rá rá rá rá rá rá rá rá rá rá rá rá rá rá rá rá rá rá rá rá rá rá rá rá rá rá rá rá rá rá rá rá rá rá rá rá rá rá rá rá rá rá rá rá rá rá rá rá rá rá rá rá rá rá rá rá rá rá rá rá rá rá rá rá rá rá rá rá rá rá rá rá rá rá rá rá rá rá rá rá rá rá rá rá rá rá rá...

* * *

A mãe do Mané podia ter pegado a faca, aquela que o Mané não usou para enfiar bem no meio da barriga daquele gordinho filho-da-puta, e ter enfiado bem no meio da barriga de um daqueles filhos-da-puta.

Mas não.

A mãe do Mané estava bêbada demais.

A mãe do Mané deixou a irmã do Mané cair no chão, deu três passos trôpegos na direção dos filhos-da-puta e se estatelou no sofá.

O filho-da-puta do Levi limpou o resto de porra do pau no pé da mãe do Mané. E ainda fez cara de nojo.

A irmãzinha do Mané chorou.

O Mané chorou.

Os três filhos-da-puta foram embora de bicicleta. Mas, antes, ainda passaram a mão na bunda do Mané e chamaram o Mané de viado. Os filhos-da-puta chamaram a mãe do Mané de puta.

Rá rá rá rá rá rá rá rá rá rá rá rá rá rá rá rá rá rá rá rá rá rá rá rá rá rá rá rá rá rá rá rá rá rá rá rá rá rá rá rá rá rá rá rá rá rá rá rá rá rá rá rá rá rá rá rá rá rá rá rá rá rá...

O Mané aprendeu a bater punheta.

Ele não participava de nada. Nem das brincadeiras, nem do pagode, não saía com a gente no sábado. Uma vez, o pessoal da televisão apareceu lá na Vila pra fazer uma reportagem com ele. Mas o Mané sumiu. Ele era parecido com o Pelé mesmo, fisicamente, o jeito de rir, mas nem rir ele ria muito. Agora, o que ele gostava mesmo era de se trancar no banheiro. Só na base do cinco contra um. Fora isso, o Mané jogava um bolão. Não ia ser um Pelé, que Pelé só tem um, mas ia acabar na Seleção. Naquela Taça São Paulo que ele disputou, ele foi o melhor do torneio. Ficou cheio de time querendo contratar o Mané. Eu acho que o pessoal aqui do Santos até tentou convencer o Mané a ficar, a esperar. Mas apareceu uns alemão aí e aí, antes de virar profissional, ele já tava indo pra Europa. O Mané fez mal em ir pra Europa, não é não? Se ele ainda estivesse por aqui, nada disso ia ter acontecido. Ele entrou pra turma do Bin Laden, não foi?

Eu vou continuar.
Eu vou continuar.
A vida não é nada.
A morte é tudo.
Alá é a morte.
Alá é a vida.
A morte é a vida.
Eu continuo vivo.
Eu continuarei morto.
Eu continuo com Alá.
Se atirarem em mim, eu continuarei morto.
Se eu morrer, eu continuarei vivo.
Eu estou morto e não vou rir.
Eu estou vivo e meu coração está rindo.
Eu estou morto e eu vou continuar.
Eu estou Mubarak e eu estou vivo.
Eu vou continuar.
Eu vou continuar.
Eu vou continuar.

Se eu soubesse que era tão bom morrer, eu já tinha morrido muito tempo antes. Explodido, que não dói nada, é tudo na mesma hora e é por causa de Deus que é Alá. Explode tudo e pronto, chega na mesma hora essa sombra e essas mulher todas que me ama e são minhas e essa coisa que a gente sente assim que é tudo bom e não dá nem pra explicar essas coisa que não tem mais nenhum problema nada é só coisa boa e alegria calma que o tempo vai passando, mas nem precisa passar porque é pra sempre e não tem tempo. Olha só o que eu agora fiquei sabendo: que não tem tempo. Eu não sei explicar direito porque eu era muito burro lá na escola, mas agora eu tô ficando inteligente que nem o Mário Telles queria que eu fosse assim, bom de bola e bom na escola, mas aqui não tem escola porque eu não gosto e fico inteligente assim mesmo, porque quando eu fico brincando com as bucetinha das minha mulher, sentindo amor, mas um amor mesmo, assim que é amor do jeito que eu achava que era que devia ser, eu não fico pensando em nada e quando a gente fica não pensando em nada, só na sombra, sentindo essas coisa que eu tô tentando explicar, eu vou explicando tudo eu mesmo, pra mim mesmo, pra mim ficar pensando e eu vou ficando inteligente, entendo essas coisa de não ter tempo porque tem tempo demais, pra sempre, nesse negócio de não pensar e isso é que é o Paraíso, esse aqui, esse com a Paméla que só tem coisa boa, coisas linda nos olho, no coração, por dentro dela, que é muito mais que a bucetinha e os peito que é a parte que eu mais gosto dela, nela, que é um amor assim de mãe que é outra coisa do que ser mãe mesmo, é ser mãe com bucetinha, que é uma coisa que eu queria, que eu sempre queria, não é igual a minha mãe, que tem cheiro ruim, que bebe pinga, sem dente, beba, com a cara feia assim e a boca inchada, muito feia que nem parece mãe. A mãe que eu sempre queria era pra ter amor de filho pra mãe, mas também tinha que ter um outro amor que parece também esse negócio de trepar nela, na mãe mesmo, mas sem vergonha, sem ter problema, sem ter problema com esse negócio de ficar pelado, de ficar com o pinguelo duro, uma coisa que pode ser amor, ser mãe e ser ficar pelado também, sem vergonha nenhuma. Essas coisas é que eu fico pensando e que é inteligente isso que eu tô pensando. Isso de ficar inteligente, ver que não tem tempo e ver que o que sempre foi a coisa principal é esse negócio da mãe ser a Paméla, e de ser mãe com amor e ficando pelado e ter sex. Isso é que eu queria, isso é que é assim aqui, que é o lugar de ganhar os prêmio pra morrer e pra matar os inimigo do Alá, que é o Deus. E continuar vivo, continuar e agora eu vou continuar pra sempre.

O Mané pensava que a mãe dele, do Mané, até que podia se esforçar um pouco, bem que podia ser mãe do Mané, pelo menos de vez em quando.

Mas não.

O Mané botou a muxibinha de carne na frigideira e encheu de óleo velho de fritura de peixe de barraca de praia. Depois jogou a casca de um queijo em cima de tudo. Ovo ele deixou para o final, para impedir que a gema endurecesse. Mais meio pão duro. Era o mais próximo que o Mané conseguia chegar do americano no prato do Império.

O Mané tinha que dar algo de comer à irmãzinha dele, do Mané.

Mas não.

O "americano no prato" só dava pra um e o Mané colocou a irmãzinha dele, do Mané, para o lado de fora da casa, que era para ela, a irmãzinha do Mané, não ficar com vontade.

A irmãzinha do Mané ficou do lado de fora da casa, quieta, olhando para a Serra do Mar, olhando para o vazio, cheia de meleca escorrendo do nariz.

O Mané sentou no sofá, ligou a televisão mal sintonizada e ficou vendo o programa de esportes que era apresentado por uma garota bem bonitinha, loirinha, bronzeada, com um decote que deixava aparecer uns bons pedaços dos seios. O Mané devia ter prestado mais atenção nos gols do que no decote da apresentadora.

Mas não.

O Mané mergulhou o pão duro na gema do ovo (o único ingrediente que ficou parecido com o americano no prato do Império), levou à boca e ficou com o pau duro, sentindo uma ansiedade diferente. A apresentadora do programa esportivo tinha seios muito bonitos, perfeitos.

Mas não.

Os seios da Pamela eram muito melhores.

O Mané acabou de comer o "americano no prato" na maior velocidade. Taquicardia. Depois abriu a mala dele, do Mané, e pegou a <u>Playboy</u> importada.

Primeiro, o Mané arrancou a página central da revista, sentindo a maior dor no coração, principalmente por causa daquela foto na dobra do pôster, onde a Pamela estava tão linda mordendo a correntinha de ouro, aquela boca toda, enquanto alisava os cabelinhos da pélvis.

Mas não.

O pôster estava todo grudento, cheio daquele negócio branco que saiu dos pinguelos do filho-da-puta do Tuca, do filho-da-puta do Levi e do filho-da-puta do Josefina.

Mas não.

Havia uma outra foto.

Pôr-do-sol ao fundo. Totalmente nua, Pamela foi saindo do mar, andando na direção de Mané.

Pamela beijou de leve os lábios de Mané e disse: "I love you".

Pamela segurou o pau de Mané, que era bem maior do que o pau do filho-da-puta do Tuca, do que o pau do filho-da-puta do Levi, do que o pau do filho-da-puta do Josefina.

Mané segurou os seios de Pamela e deu uma lambida em cada mamilo.

Pamela passou a masturbar Mané.

Mané enfiou um dedo na boceta de Pamela.

Pamela colocou o pau de Mané entre as pernas.

Mané ficou indo e voltando, fazendo movimentos com o quadril.

Pamela disse: "I love you".

Mané grudou seus lábios nos lábios de Pamela e ficou esfregando sua boca na boca dela, Pamela.

Mané ficou apertando a bunda de Pamela.

Mané ficou lambendo os seios de Pamela.

Mané estava quase explodindo, adorando fazer sexo com Pamela, sentindo tremores por todo o corpo, sentindo o próprio sangue, quente, correndo nas veias.

* * *

Mas não.

O pintinho do Mané, que era muito menor do que o pau do filho-da-puta do Tuca, do que o pau do filho-da-puta do Levi, do que o pau do filho-da-puta do Josefina, já estava quase em carne viva, ardendo, e nada.

O Mané foi chutar a bola dele, do Mané, de plástico, nos fundos da casa. Taquicardia.

A irmã do Mané era a trave.

Eu chamo Jay Paul, não é Japon que eu não sou japonês. Não tinha nada de vídeo pornográfico, não. Eu pego é as mulher de verdade. Tinha um Mané, sim. Mas não andava comigo, não. Eu detesto futebol. Eu gostava era de andar de skate. Ando até hoje.

Vivia insistindo pra mim levar ele na casa do Japon. Não podia me ver na rua. Tinha um jeitinho de viadinho, mas eu acho que não era, não. Pelo menos, vivia vendo os vídeos de sacanagem na casa do Japon. Era o mais tarado. A gente tinha essas brincadeiras de moleque, de fazer campeonato de quem gozava mais rápido, mas o Mané nunca queria disputar com a gente. É porque ele era mais novo, não tinha nem pentelho ainda. Ele tinha vergonha de mostrar o pinto. Depois do filme, ele sempre começava com uma história de que tava com dor de barriga, que tava sentindo um negócio não sei como. E corria pro banheiro. O pessoal tirava sarro, dizia que o Mané enfiava uma escova de cabelo, um troço lá de enrolar cabelo, elétrico, que tremia. O pessoal falava que o Mané batia punheta com aquele negócio enfiado na bunda. Sacanagem. O Mané só tinha uns doze anos. O pessoal são foda, são tudo índio mesmo. O pessoal não perdoam nada, não perdoam ninguém. Mas se ele queria andar com gente que é mais velho, tinha que agüentar. Eu ficava com pena, mas eu não era maluco de arrumar briga com todo mundo. Sem falar que, naquela época, quase ninguém tinha comido mulher ainda. O pessoal se aproveitavam dos viadinho: o Ricardinho, o Maurício Bundinha e o Mané, que era o que mais parecia viadinho mesmo. O Ricardinho eu vi dando pro pessoal. O pessoal faziam fila e o Ricardinho dava. Mas o Mané eu nunca vi, só ouvi dizer. O pessoal maltratavam mesmo. É que a mãe dele era biscate, dava até pro Amaro. Cruz-credo ter uma mãe daquela.

Podia morrer o brasileiro turco. Mas quem morre é só gente boa, cheia de vitalidade. A garota era nadadora, nunca fumou, atleta. De uma hora para outra vem uma célula lá de dentro, que estraga tudo, que se estraga, uma célula suicida, e pronto. Em dois meses, acabou a pessoa. Enquanto isso, um rapaz que sai lá do Brasil, uma terra onde todo mundo é feliz, dançando, cantando, tocando tambores, fazendo sexo com as mulheres mais lindas, as mulatas, jogando futebol, bebendo caipirrrrrinha, vem para a Alemanha, neste frio, para explodir os outros e morrer.

Mas o brasileiro turco ainda vive.

De que serve uma vida assim, cheia de dor? Um corpo inteiramente arrebentado, vivendo no meio da merda.

Deus existe? Deus gosta de nós?

É melhor amarrar, que um sujeito como esse, solto por aí, acaba fazendo uma besteira. Levantou uma vez, vai levantar de novo, vai continuar tentando. É fanático.

Eu vou continuar.
Eu vou continuar.
Eu vou continuar.

Você fica pensando demais, fazendo muita filosofia barata. Eu não tento mais entender certas coisas. Não. Para mim, Deus existe, é o pai de Jesus, quem for bom vai para o Céu quando morrer, quem for ruim desaparece, acabou. Os pacientes, eu tento imaginar que eles são máquinas com defeito, que nós temos que fazer uma revisão aqui, um reparo ali, passar um óleo, trocar uma peça e pronto. Claro que há aqueles pacientes pelos quais sentimos mais simpatia, como o Tomé, que é divertido. E há os estragados, como o brasileiro turco, que é uma máquina do mal. Ao cuidar dele, eu sinto como se estivesse cuidando de um tanque de guerra, de um míssil nuclear.

O Muhammad já está fora de combate, mas esse outro maluco aí, é melhor tomar cuidado. Ele não tem nada, só está louco. É louco.

E vai continuar. É setenta e duas. Cada hora, uma vem ficar comigo. E depois vem duas e depois vem dez e depois vem as setenta e duas tudo e por isso que continua, porque eu tô querendo e sempre que eu tiver querendo, vai continuar acontecer tudo que eu tô querendo e eu não quero ficar sozinho, quero ficar junto com elas que me ama, que é mãe também, que faz o tempo nunca acabar e o tempo é sempre bom sem ser depressa, nem devagar, só tempo que não é tempo porque não passa nunca e é que nem como não ter tempo, o tempo, assim, que passa. Assim, que nem a Martinha, que já passou uns quatro ano que eu não vejo ela e ela continua com a mesma cara de quando ela tinha treze ano, que eu gostava dela, quando eu ainda tava em Ubatuba e agora se ela fosse a mesma Martinha lá de antes, ela ia ter uns dezoito, ia ser grande, ia ter uns peitão igual a Paméla. Só que não, ela vai ficar sempre menina, do jeito que eu conhecia ela, do jeito que ela era e ela agora só existe aqui e não existe mais lá, na vida, porque agora só essa aqui é que é a vida, porque a vida só existe dentro da minha cabeça, o que os meu olhos vê, porque não dá pra ver mais como é que é lá, na outra vida que o tempo passa e que não tem mais porque aquele tempo passou. E vai continuar enquanto eu querer. Por isso que eu morri, foi pra viver que nem o Hassan falou e tava escrito naqueles papel que ele me dava, que ia ter o Paraíso e ia ter setenta e duas virgens pra ser minha esposa e ia ter a sombra que não deixa o sol queimar nós. E é assim mesmo e a Paméla que já sabia de tudo fica ensinando pra Martinha que fica aprendendo as coisa que é pra fazer com meu pinguelo e os peito da Martinha é pequenininho, um carocinho e a Paméla fica dando umas lambidinha nos peitinho da Martinha que nem se fosse um gato assim, mamando e a Martinha fica assim que nem se fosse uma filhote mamando no meu pinguelo, nessa sombra e umas uvas que nem naquele filme do Nero, que nem naquele filme que tinha na televisão do Jeipom que passava sempre. E elas joga vinho nelas, nas bucetinha, nos peito, ni mim, no pinguelo e fica tudo chupando vinho no outro, chupando mesmo, assim direto na pele, no meio dos cabelinho das bucetinha. E até nos cuzinho, que é tudo bonitinho, o cuzinho da Martinha, o cuzinho da Paméla. Pra isso é que serve morrer. Pra isso é que serve matar os inimigo de Deus, que é todos menos aqueles amigo do Hassan, de barba.

Ficou desesperado por causa da barba. O Mané queria porque queria ter barba. Porra, e eu é que botei pilha. Eu disse pra ele que cada fio de barba valia uma foda extra no Paraíso. Eu acho que o folheto falava alguma coisa de barba, que era pros fiéis ter barba. Sei lá se aquelas porra de folheto falava isso. Mas os turco de religião é tudo barbudo. Aí eu só aumentei a história. Não tinha uma história que o Bin Laden mandou os turco todo deixar a barba crescer? Era assim que eu fazia. Mas era só de sacanagem, só de psicologia. Eu disse pro Mané que se ele passasse bastante o barbeador na cara, a barba ia crescer mais rápido. É verdade, eu fazia assim quando eu era moleque, mas o Mané... Ele chegou com a cara que era uma pereba só, se esfolou todinho. E não adiantava, que ele não aceitava de jeito nenhum que tava se esfolando todo pra ganhar as fodas lá no Paraíso. Porra, era só aceitar ir com a gente comer as alemãzinha. Se eu quiser, eu como uma mulher diferente por dia. Duas, três, quantas que eu quiser. As alemã são tudo mais liberal, topa fazer tudo, até suruba, parecia até filme de sacanagem, as menina tudo novinha. Chamei o Mané uma porrada de vezes. Se ele tivesse comido só uma, não ia ter feito essa besteira. É muito burro o Mané. Será que foi por causa dessa história de virgens? A culpa é minha, já tô vendo. Não. Não é não. Eu falei pra ele um monte de vezes que era pra ele sair fora desses maluco, desses turco. A vida é pra aproveitar agora. No Paraíso tem é anjinho tocando harpa, essas coisa. Deus fez o sexo é pra gente aproveitar agora. Porra, mas eu disse pro Mané das virgens, da sacanagem toda que ia rolar no Paraíso. Eu sou católico, mas acho que esse negócio de sexo não tem nada a ver com religião, é a única coisa que eu não concordo com o papa. O importante é ser bom, é amar o próximo, é amar Deus. Fuder, temo mais é que fuder mermo. Não tem nada de pecado, não. Pecado é fazer mal pros outros. Sexo é bom, não faz mal pra ninguém. Só não pode é ser à força, porque aí é lógico que tá fazendo mal.

O filho-da-puta do Japon era japonês.

Mas não.

O filho-da-puta do Japon nasceu na República Dominicana e não era filho-da-puta. O filho-da-puta do Japon era um japonês tímido, que andava de skate e viajava todo ano para o Japão, de onde trazia todo tipo de bugiganga eletrônica, revistas de surf e vídeos pornográficos. O filho-da-puta do Japon andava com mais dinheiro que o resto dos filhos-da-puta, pois trabalhava no boteco dos pais, que eram japoneses mesmo, vendendo pinga.

A mãe do Mané bebia pinga no boteco dos pais do filho-da-puta do Japon.

O filho-da-puta do Japon era o melhor jogador de fliperama de Ubatuba.

Todo mundo chamava o filho-da-puta do Japon de Japon.

Mas não.

O filho-da-puta do Japon adaptou o apelido Japon para Jay Paul, que ele, o filho-da-puta do Japon, achava muito mais legal, porque era um nome americano, nome de surfista, de skatista.

O filho-da-puta do Japon tinha uma camiseta com o desenho de uma onda gigantesca e o nome Jay Paul escrito nela.

Mas não.

Isso não tem a menor importância para a história do Mané.

Foi o filho-da-puta do Humberto que levou o Mané pela primeira vez na casa do filho-da-puta do Japon.

O filho-da-puta do Humberto queria comer a bunda do Mané. O filho-da-puta do Toninho Sujeira estava junto e também queria comer a bunda do Mané.

Mas não.

O filho-da-puta do Humberto, o filho-da-puta do Toninho Sujeira e o viadinho do Mané passaram pela sala, onde estavam os pais do filho-da-puta do Japon assistindo a um programa de música romântica japonesa.

A casa do Japon foi uma das primeiras casas de Ubatuba a ter antena parabólica.

O quarto do filho-da-puta do Japon parecia uma nave espacial, cheio de computadores, aparelhos de som, joguinhos eletrônicos e um home theater bem em frente à cama do filho-da-puta do Japon.

"Ninguém deita na cama", o filho-da-puta do Japon foi logo avisando.

O Mané sentou o mais longe possível dos três filhos-da-puta, no fundo do quarto, embaixo do aparelho de ar condicionado.

O filho-da-puta do Japon apagou a luz.

O filho-da-puta do Japon apertou o botão do controle remoto.

Um cu em superclose.

Ai ai ai. Tá com a cara que é uma cratera.

Rá rá rá rá rá rá rá rá rá rá rá rá rá rá rá rá rá rá rá rá rá rá rá rá rá rá rá rá rá rá rá rá rá rá rá rá rá rá rá rá rá rá rá rá rá rá rá rá rá rá rá rá rá rá rá rá rá rá rá rá rá rá rá rá rá rá rá rá rá rá rá rá rá rá rá rá rá rá rá rá rá rá rá rá rá...

Um pau todo besuntado de vaselina em superclose.

Ai ai ai. Tá com a cara que é um foguete.

Rá rá rá rá rá rá rá rá rá rá rá rá rá rá rá rá rá rá rá rá rá rá rá rá rá rá rá rá rá
rá rá rá rá rá rá rá rá rá rá rá rá rá rá rá rá rá rá rá rá rá rá rá rá rá rá rá rá rá rá
rá rá rá rá rá rá rá rá rá rá rá rá rá rá rá rá rá rá rá rá rá rá rá rá rá rá rá rá rá rá...

O pau em superclose entra e sai do cu em superclose, entra e sai, entra e sai...

Ai ai ai. Tá com a cara que é um foguete mergulhando na cratera.

Rá rá rá rá rá rá rá rá rá rá rá rá rá rá rá rá rá rá rá rá rá rá rá rá rá rá rá rá rá
rá rá rá rá rá rá rá rá rá rá rá rá rá rá rá rá rá rá rá rá rá rá rá rá rá rá rá rá rá rá
rá rá rá rá rá rá rá rá rá rá rá rá rá rá rá rá rá rá rá rá rá rá rá rá rá rá rá rá rá rá...

O filho-da-puta do Japon distribuiu o papel higiênico.
O filho-da-puta do Humberto começou a se masturbar.
O Mané ficou assustado com o tamanho do pau do Humberto.
O filho-da-puta do Toninho Sujeira começou a se masturbar.
O filho-da-puta do Japon pegou um desses joguinhos eletrônicos de bolso e começou a jogar.
O Mané ficou com o pintinho duro, arregalou os olhos e ficou aprendendo.

A câmera abriu.
Era uma orgia romana. Umas vinte pessoas faziam sexo.
Tinha um cara comendo o cu de uma mulher. Tinha uma mulher dando a bunda para um cara, a boceta para outro cara e chupando o pau de um terceiro. Tinha duas mulheres chupando o pau de um cara. Tinha duas mulheres fazendo um sessenta-e-nove. Tinha quatro caras se masturbando em cima dos seios de uma mulher. Tinha um cara enfiando uvas na boceta de uma mulher. Tinha uma mulher chupando as uvas que o cara tirava da boceta da mulher. Tinha uma mulher coberta de vinho, sendo lambida por duas mulheres e um cara. Tinha uma mulher ejetando bolinhas de pano pela boceta na direção de um cara que usava um chapéu de bobo da corte (bobo da corte no Império Romano?), que pegava as bolinhas e fazia malabarismos com elas. Tinha um cara fazendo sexo normal com uma mulher.

* * *

Rá rá
Humpfssss rá rá rá rá chnnnninfsss rá rá rá chsssumpf hum hum rá rá rá rá humpchs rá rá rá rá rá humpfchhsssfff rá rá slumpfffffff rá rá rá chslimpfff rá chchchlumpffff rá rá humf humf humf chchchchlchch rá rá rá slsss rá hum hum rá rá hum há rá rá há rá há há ai hum humps slchsssss rá rá rá jhum ah ah uh ah uh ah chchchchchchlimpffffff rá rá ah ah ah ah ah uh uh uh uh uh uh humps humpf humpf humps ah ah rá ah uh ah ah ah ah á á á á á á á á á á á á á á á áá ah ah aaaaah aaaah aaah aah ah rá   rá   rá rá rá rá rá rá rá rá rá rá rá rá rá rá rá rá rá rá rá rá rá rá rá rá rá rá rá rá rá rá rá rá rá rá rá rá rá rá rá rá rá rá rá rá rá rá rá rá rá rá rá rá rá rá rá rá rá rá rá rá rá rá rá rá rá rá rá rá rá rá rá rá rá rá rá rá rá rá rá rá...

Os caras da orgia romana esporraram em cima das mulheres.

O filho-da-puta do Humberto e o filho-da-puta do Toninho Sujeira esporraram no papel higiênico.

O filho-da-puta do Japon ficou olhando para o Mané, com uma risadinha no canto da boca.

O Mané sentiu um cheiro estranho de ovo e começou a se preparar para ir embora.

Mas não.

O filho-da-puta do Humberto e o filho-da-puta do Toninho Sujeira ainda queriam comer a bunda do Mané.

"Gostou?", pergunta o filho-da-puta do Humberto para o Mané.

O Mané faz que sim com a cabeça.

"Quer fazer igual no filme?"

O Mané faz que sim com a cabeça.

"Então tira a calça, vai."

O Mané faz que não com a cabeça.

"Se não tirar a calça não dá pra fazer."

O Mané já estava escaldado e não caía mais em nenhuma tentativa assim.

O filho-da-puta que quisesse comer a bunda do Mané teria que ser mais esperto, muito mais esperto, ou então usar a força.

"Eu quero fazer é com mulher", diz o Mané.

"Mas é a mesma coisa. Você não viu aquela primeira cena, do foguete entrando na cratera?"

"Mas eu não quero ser a cratera", diz o Mané.

"Então eu sou a cratera", diz o filho-da-puta do Humberto, abaixando as calças e mostrando a bunda para o Mané.

"Aqui, não", diz o filho-da-puta do Japon.

O Mané vai se esgueirando, com a bunda bem colada na parede, se arrastando devagar na direção da porta. Mas o filho-da-puta do Toninho Sujeira segura o Mané pelo braço.

"Vamos lá em casa. Lá em casa pode", diz o filho-da-puta do Toninho Sujeira.

O Mané faz que não com a cabeça.

O filho-da-puta do Humberto se junta ao filho-da-puta do Toninho Sujeira e segura firme o outro braço do Mané.

O filho-da-puta do Japon vai na frente e abre a porta do quarto:

"Vocês vão resolver essa história em outro lugar, senão ninguém volta aqui mais."

O filho-da-puta do Toninho Sujeira e o filho-da-puta do Humberto foram saindo, puxando disfarçadamente o Mané pelos braços. O filho-da-puta do Humberto ainda exibiu um sorriso para os pais do filho-da-puta do Japon e ainda fez aquela reverência japonesa com a cabeça — filho-da-puta e cínico.

O Mané olhou com cara de choro para o filho-da-puta do Japon, como quem pede socorro.

Mas não.

O filho-da-puta do Japon estava pouco se lixando para o viado filho-da-puta do Mané.

O filho-da-puta do Humberto, ao sair da casa do Japon, foi logo dando um tapa na cara do Mané:

"Vai dar a bunda sim, que você já deu pra todo mundo e vai dar pra mim também", avisou o Humberto.

O Mané começou a chorar, mas ainda estava com o pintinho duro.

O filho-da-puta do Humberto começou a desconfiar que o Mané não era tão viado assim, que, se o Mané tivesse o costume de dar a bunda, não estaria apavorado daquele jeito.

"Você pode comer a minha bunda antes. Depois eu como a sua", o Humberto tenta negociar.

"Não, eu não quero", choraminga o Mané.

"Mas você vive dando pro pessoal do futebol", argumenta o filho-da-puta do Toninho Sujeira.

"Não dou, não", se defende o Mané.

"Dá." "Não dou." "Dá." "Não dou." "Dá." "Não dou." "Dá." "Não dou." "Dá." "Não dou."

Plaft.

"Aaaannnnnnhhhhhhhhhhhh..."

O Mané ficou agradecido pelo segundo tapa que tomou na cara, pois o tapa nem doeu tanto assim e ele, o Mané, teve a chance de se fazer de vítima e ir chorando para a sua bicicleta.

O filho-da-puta do Humberto ficou sem ação e o filho-da-puta do Toninho Sujeira sacudiu a cabeça e disse:

"Deixa pra lá."

Mas não.

O filho-da-puta do Humberto montou na bicicleta dele, do Humberto, correu atrás do Mané, deu um tapa na cabeça dele, do Mané, e ameaçou:

"Dessa vez você escapou, mas se eu te pegar sozinho por aí, vou comer esse cuzinho preto aí, viadinho filho-da-puta."

O Mané devia estar com muito medo.

Mas não.

O Mané estava muito feliz, com o pintinho duro, pensando em todas aquelas coisas que vira no vídeo pornográfico do Japon. O Mané acabara de ganhar um mundo novo. Era só chegar em casa e tentar fazer com que o seu pintinho cuspisse aquela gosma branca que saía do pinguelo de todo mundo. Só era preciso um pouco mais de treinamento. Inspiração era o que não faltava.

Não sei. Não sei. Já disse que não sei. Eu levei o Muhammad Mané para as reuniões, sim. Mas nunca vi bomba ou qualquer coisa assim no nosso grupo. Nós somos religiosos e o islã prega o amor, a paz. Muhammad Mané não entendia a nossa língua, nem compreendia o alemão. Só falava brasileiro mesmo. Ele deve ter entendido alguma coisa errada, ou então foi influenciado pela televisão, pela propaganda americana contra os muçulmanos. Não é justo que eu esteja preso. Não fiz nada. Eu só me reunia ao grupo de Mestre Mutanabbi para rezar, para discutir assuntos da nossa religião. Eu falava para Muhammad Mané que a televisão era usada como um veículo pelas forças da maldade, mas ele insistia em ficar vendo filmes até tarde, filmes americanos, alguns até com mulheres em trajes inapropriados. E, na televisão, nós somos retratados como bandidos cruéis, terroristas.

Mas nossos irmãos palestinos, nossos irmãos do Afeganistão, nossos irmãos xiitas, estão apenas se defendendo.

Eu vou continuar.
O sangue ainda corre em minhas veias.
Se o inimigo cortar a minha carne, meu sangue não brotará.
Meu sangue não vai alimentar o ódio do inimigo.
Meu sangue não vai saciar a sede do inimigo.
O inimigo quer o meu sangue.
O inimigo quer a minha vida.
Mas eu sou Mubarak e eu estou vivo.
E eu vou continuar.
Eu vou continuar.
Eu vou continuar.

Hassan é inocente. Hassan é um bom menino. Hassan tem um grande coração. Nós avisamos Hassan para tomar cuidado com o estrangeiro. Eles têm a sede de sangue. Eles matam. O menino Muhammad Mané era um bom menino também, mas não tinha a nossa formação. Era um ex-cristão. Os brasileiros são cristãos, não são? Era preciso esperar a ordem de Alá, o sinal.
Mas não.
O menino Muhammad Mané se precipitou. Atacou no momento errado, atacou as pessoas erradas e, por isso, só conseguiu fazer mal a si mesmo. Não é justo que Hassan e os outros paguem pelo erro do menino estrangeiro, do menino Muhammad Mané.
O menino Muhammad Mané ainda não é um homem formado, muito menos um muçulmano formado. O menino Muhammad Mané nem sequer sabe onde fica a Meca.

É aqui. O Paraíso existe e é aqui. O Paraíso existe e é este. Não é aquele do Deus. O Paraíso é do Alá, que é Deus, mas outro deus. É o Deus que o Hassan me ensinou e por isso eu pôdi vim pra cá quando eu morri. E o certo é esse, é ser sem mulher, sem trepar nelas lá na vida e agora, depois que ser bom e não trepar nas mulher, poder trepar na hora que quiser, com todas as mulher que a gente gosta, até a Paméla, pode fazer tudo que tem nos filme do Jeipom, é por isso que é bom. Vem cá, Paméla, faz uns carinho ni mim. Você me acha bonito não acha? Olha que pinguelo grandão que eu tenho. Isso, fica esfregando ele nos peito e chama a Martinha e a moça dos Marrocos pra ajudar. Isso, vai fazendo que eu vou tomar mais um guaraná e depois quando acabar, vocês pode lamber o leitinho todo e nós vai andar na praia tudo de mão dada, com as setenta e duas tudo, assim, vendo as estrela, tão bonitas as estrela e o mar de noite e esse cheirinho de eucalips que tem e vocês pode jogar bola comigo que eu ensino vocês tudo a jogar bola e não entra duro, não pega pra machucar, não, que vocês é tudo menina e vai jogar devagarinho, só fazendo jogada bonita que nem no Fluminense quando ganhou do Corinthians. Nós joga tudo bem, né não? Tá vendo? É por causa dessas coisa que vale a pena ser moslém, ser da turma do Alá, ser marte e ficar morto aqui que tem tudo que é bom: as virgens, as estrela, o mar, a praia que não tem borrachudo, o americano que não precisa pagar, os guaraná, jogo de futebol sem dar porrada, só com jogada bonita de show de bola, só golaço que eu marco, e as bucetinha, os cuzinho, os peito de tudo que é tamanho e o amor que é o mais importante, que o amor que é bom de trepar nas minha esposa, que é sempre com amor, que eu amo muito de verdade e que elas me ama. Aí a gente morre, mas não fica morto, agora que eu vi que era verdade tudo que tava escrito, tudo que o Hassan e o Maister falou, tudo que tava escrito bem explicado, até essas coisa de sex que o Uéverson disse que tinha lá na vida mesmo, mas lá não tinha é nada. O Uéverson é legal mas não entende nada, não sabe nada, que ele queria as mulher na hora, podia ser até biscate, até puta daquelas que tira a roupa nos show de sex lá na Tizôo Gartem. Aí o Uéverson, quando ele morrer, não vai ter as virgens, que é setenta e duas, e não vai poder trepar nelas, que ele preferiu trepar quando tava vivo mesmo e não pode. Tem que escolher e eu escolhi certo, escolhi o que que é melhor que é esperar pra na hora de trepar nas mulher não ter vergonha e ficar todo assim calmo, mandando elas beijar o pinguelo, passando maionese nos cuzinho pra mim poder lamber e mesmo assim sem ficar com vergonha. Agora não precisa mais ver os filme do Jeipom que eu faço eu mesmo que nem nos filme, eu mesmo, aqui nesse Paraíso, aqui com as minha esposa. Antes eu pensava que morrer era ruim, era tudo um preto que não tinha mais luz, que era só ficar parado no meio do preto sem fazer nada, só achando tudo ruim, sem poder fazer nada, sentindo umas coisa ruim no coração, porque eu achava que não tinha Inferno também não e nem nada dessas coisa de Deus, de Paraíso, de anjo. Nada disso. E agora eu sei que tem tudo, só que não tem nada daquela história do Jesus, dos padre e cruz e essas coisa. Que o Deus mesmo é é turco, é islã, é moslém. Deus é o Alá mesmo. O Uéverson fala Deus e o Hassan fala Alá. É a mesma coisa. Mas é eles que sabe das coisa, os pessoal do Hassan, os pessoal de barba. Mas agora nem precisa mais ter barba, nem precisa mais ficar fugindo das mulher. Pode vim as mulher tudo, que eu não fujo mais e não tem mais ninguém pra ficar falando que eu tenho que ir lá, ir lá com as mulher que era tudo puta lá naqueles bar esquisito que tinha todo mundo vestindo roupa preta e aquelas mulher com cabelo todo grudando, as loura que queria ser preta, as loura cheia de alfinete espetado na cara e umas com alfinete espetado nos peito tudo beba, tudo sem-vergonha, que ficava tirando as blusa com os peito e os alfinete, olhando pra mim, olhando pra mim, querendo trepar ni mim, mas eu não ia. Ainda bem, que se eu fosse eu não vinha pra cá e nunca ia encontrar a Paméla e a Martinha e as artista da televisão que agora são tudo minhas. Agora eu não preciso mais ficar inventando que a Paméla tava trepando ni mim que nem no filme do Jeipom, porque agora ela tá mesmo.

Eram umas vinte pessoas fazendo sexo sobre as pedras da cachoeira. Pamela, nua, sai de debaixo da queda-d'água, os olhos verdes brilhando muito, o coelhinho dourado brilhando muito entre os seios.

Mané estava deitado na maior pedra de todas, bem no meio do lago da cachoeira, com o pau muito grande e duro.

Pamela se aproxima de Mané e diz: "I love you".

Pamela tem pelinhos negros no púbis, muito bem aparados, e, de pé, abre as pernas sobre o rosto de Mané.

Gotas de água fresquinha escorrem pelo corpo de Pamela, passam pelos pelinhos muito bem aparados e caem sobre o rosto de Mané.

Mané diz para Pamela: "Ai ló viú".

Pamela se abaixa e beija a boca de Mané, enquanto roça os pelinhos muito bem aparados de sua boceta no pau de Mané.

Uma mulher nua da cintura para baixo, mas usando uma camisa de cheerleader, se aproxima de Mané e Pamela, trazendo uma bandeja cheia de cachos de uvas.

A cheerleader pega uva por uva, introduz uma a uma na boceta de Pamela e, depois, vai depositando as uvas na boca de Mané.

Pamela segura o pau grande de Mané e o ajeita em sua boceta. Sobe e desce, sobe e desce.

Mané usa sua mão esquerda para apertar um dos seios de Pamela e sua mão direita para apertar a bunda da cheerleader.

Mané beija Pamela na boca. Mané beija a cheerleader na boca.

As outras vinte pessoas continuam a fazer sexo em todas as posições conhecidas por Mané, que são as posições apresentadas na orgia romana do vídeo pornográfico do Japon.

Pamela troca de lugar com a cheerleader.

A cheerleader sobe e desce, sobe e desce.

Nova troca de posições.

Pamela sobe e desce, sobe e desce.

A cheerleader sobe e desce, sobe e desce.

Pamela sobe e desce, sobe e desce.

A cheerleader sobe e desce, sobe e desce.

Pamela sobe e desce, sobe e desce.

A cheerleader sobe e desce, sobe e desce.

Pamela se vira e mostra o cu para Mané.

A cheerleader sobe e desce, sobe e desce.

Pamela diz para Mané: "I love you".

Mané empurra a cheerleader para o lado e coloca o pau muito grande no cu de Pamela.

Pamela vira o rosto na direção de Mané e pisca um olho, depois repete: "I love you".

A cheerleader beija a boca de Mané.

Foi a melhor sensação que o Mané teve em toda a sua vida. Foi um arrepio na espinha, um calor que nasceu nos testículos e subiu até a cabeça do pau. Depois, um quentinho líquido que parecia sair da uretra.

Mas não.

Aquela gosma branca que saía do pau de tudo quanto é filho-da-puta que fazia aquilo não saiu do pintinho do Mané.

O Mané gozou.

Mas não.

O Mané não esporrou.

O Mané ficou achando que ele, o Mané, era diferente dos outros, que ele, o Mané, tinha algum defeito.

O Mané ficou um pouco preocupado.

Mas não.

O Mané logo pensou que era melhor assim, que aquele negócio branco que saía do pau de todos os outros filhos-da-puta era até meio nojento e, diante daquela sensação deliciosa que ele, Mané, acabara de experimentar, nada mais importava.

O Mané até pensou em começar tudo de novo. Era só pensar em outra historinha com a Pamela, ou até mesmo com a filha-da-puta da Martinha.

Mas não.

O pintinho do Mané estava em carne viva, molinho, molinho. E só de encostar nele, no pintinho do Mané, ele, o Mané, já sentia um grande desconforto. O Mané podia deixar para mais tarde. Estava na hora de comer um americano no prato quase tão bom quanto o americano no prato do Império.

Mas não.

O americano no prato que o Mané fazia em casa era muito pior do que o americano no prato do Império.

Mané era um pretinho, viadinho. Ele ficava aqui na porta, olhando pra dentro com cara de esfomeado. Tinha um colega aqui, o Carioca, que gostava de menino, dava dinheiro pra eles comerem a bunda dele. O Carioca sempre oferecia de pagar um lanche pra esse Mané. Uma vez ele aceitou e depois o Carioca queria levar ele pra casa. Tinha uns outros moleques um pouco mais velhos que ficavam botando pilha. Aí o viadinho começou a chorar, a fazer birra. O Carioca ficou nervoso. Pagou o lanche mais caro, americano no prato, e queria que o moleque comesse a bunda dele. Mas o Carioca não era viado não. Ele só gostava de menino, de homem ele não gostava não. O Carioca falava grosso, tinha bigode, jogava futebol, fazia tudo que homem faz, até ia na zona comer umas puta. Ele só tinha essa mania de menino novo. Tem umas pessoas que bebe, outras que fuma, outras que joga. O Carioca gostava de menino e eu não tenho nada a ver com a vida dos outros. Viado, viado mesmo, eu não gosto não. Mas quando é assim que nem o Carioca, tudo bem pra mim. É só não vim me encher o saco, ou ir pra cima de filho meu. Mas o Carioca respeitava os colega. O Mané é que não devia aceitar coisa de estranho. Mas é que aquele Mané era viadinho, todo mundo falava. Então ele não comia ninguém, ele dava mas não comia, por isso é que eu acho que ele era viadinho. E sabe o que que o Carioca fez? Pagou lanche pra uns três moleques darem umas porradas no Mané. O Carioca não podia bater porque ele era de maior e podia ser preso se batesse num de menor. Aí, os moleques foram bater no Mané, mas na hora o Carioca ficou com pena e mandou parar. Só que o Mané teve que comer pão esfregado na privada. Pão com bosta, com mijo, com cuspe. Ele comeu e ficou vomitando aí na porta. E o Carioca foi pra casa com os outros moleque, que foram lá comer a bunda dele. Depois, eu só lembro que esse Mané foi pro Santos. Eu nem sabia que ele sabia jogar futebol. Ele não era viado? Como é que jogava bola? Se bem que o Mário Telles gostava de dar pra preto. Pegaram ele chupando o pau de um negão lá no vestiário do estádio. Era ele que ensinava os menino a ser viado. Uns, ele criava pra comer ele, os preto. Os branco ele fazia ficar viado que nem ele. Mas o Mané não era preto? Agora eu confundi a cabeça.

*   *   *

Tinha heroína naquela seringa pra matar uns dez. E, juro, não foi tentativa de suicídio, não. Foi pra ver como é que era. E não era nada. Eu me piquei e apaguei na hora. Se eu não tivesse acordado, se eu tivesse ido direto, não ia ter problema nenhum. Aquela história do Shakespeare — morrer, dormir... E pronto.

Agora eu tô acordado, vivo, pensando na morte, com medo da morte que eu não morri, querendo acreditar que pode ter algum tipo de continuação legal, um lugar sem essas angústias todas que a gente tem. Eu não tinha tanta angústia assim. A vida era meio que resolvida, era curtição. O trompete, os baseados, os livros, Berlim, umas cervejas, batata frita com maionese, visitar Paris, tomar banho de cachoeira, ficar apaixonado e ser correspondido. O Paraíso só precisava ser isso, igualzinho à vida.

Eu queria muito ser igual a esses dois aí, ter tanta certeza de um Paraíso incrível depois da morte, que a vida fica até em segundo plano, que a vida fica sendo só uma espera por alguma coisa muito melhor. Aí valeria a pena explodir uma meia dúzia de americanos. Não precisava nem ser aquele Paraíso. Como eu disse, bastava ser uma coisa assim igual à vida que eu tinha.

Agora tudo vai continuar, eu vou continuar vivendo e tudo, de repente, pode dar tudo errado. Meu futuro pode ser horrível. Do mesmo jeito que tudo ia sendo lindo maravilhoso, até eu cheirar aquela carreira de heroína com a Rita. Agora, daqui pra frente, tudo pode ser uma sucessão de fracassos, uma sucessão de tristezas, uma sucessão de tragédias. Uma sucessão de malsucedidos. O Inferno pode ser aqui na vida, mas, Paraíso, o Paraíso não existe.

Eu queria avisar pro Uéverson que o Paraíso existe sim, que ele não sabe de nada, que aqui ele ia achar muito mais legal que naqueles bar com aquelas loura que quer ficar tudo pretas, com cabelo ruim. O Uéverson tinha que saber que as mulher daqui é tudo do jeito que a gente quer que fosse, que a gente pensa numa mulher e ela, na mesma hora, aparece e vem fazer as coisa que a gente quer que ela faz e depois pode jogar futebol e ganhar a Copa do Mundo na hora que quiser, com gol da gente e com todo mundo, as torcida, ficar gostando da gente, achando que a gente é os melhor jogador que existe. Os homem só gostando, bem longe lá nas arquibancada, e as mulher amando de verdade, amando de chorar porque elas fica até com esses negócio de chorar de tanto que elas gosta da gente e isso é que é felicidade mesmo, não é ficar nos bar bebendo, falando besteira alto, rindo das mulher alemã e fazendo piada que elas não entende. Essas piada de cu, de buceta, que não tem nem graça e eles só acha engraçado porque tá tudo bebo. Porque os cuzinho das mulher que tem lá na vida é tudo sujo, mesmo que elas limpa, porque lá elas faz cocô e as buceta faz xixi, mas aqui na morte, aqui nesse Paraíso, os cuzinho tem tudo cheiro de eucalips que nem aquelas bala e na hora que eu trepo nelas fica batendo um ventinho que é tão bom que lembra quando eu era bem criança, neném, quando eu nem sabia que a minha mãe era beba e não gosta de mim, não gosta de nada e eu achava que ia ser bom, que mãe ia ser uma coisa boa que ia cuidar de mim e que ia gostar de mim e que qualquer coisa que acontecesse de ruim ela ia vim pra me ajudar, pra tomar conta pra que nada ruim acontecesse, mas aí só aconteceu coisa ruim, mesmo na hora que eu jogava bola e ninguém via, ninguém falava pra mim que eu era bom, só ficava falando mal, mas eu não sou viado, não sou não, eu sou é macho e essas mulher virgens linda é tudo minhas e elas me ama mesmo. Elas acha que eu sou o melhor em tudo de todo mundo que existe e esse é o prêmio. Agora, enquanto a Paméla e a Martinha fica pegando flores, peladinhas com os peito sacudindo no meio das flor, com os cabelinho das bucetinha tudo bonitinho e cheiroso, lindo, com aquelas cesta, vem aquela da televisão aquela com aquele rabinho peludinho cor-de-rosa no biquíni e fica passando os peito dela na minha cara e eu dou umas lambidinha e os peito fica passando no meu nariz e é tão gostoso e aí vem aquela outra que é loura e que aparece naquele anúncio na televisão que ela fica dançando com um shortinho todo apertado que dá até pra ver a racha da bucetinha debaixo do shorts que é todo de prástico e fica tudo marcado. Ela agora tá tirando o shortinho e os biquíni e já vai ficar com o meu pinguelo, ela fica lambendo e lambe a outra minha esposa que tá fazendo carinho na minha cara com os peito e agora já vem chegando aquela do Islamberlândi, aquela loura que tem cabelo de preto, que queria trepar ni mim, mas eu não deixava que era pra mim poder vim pro Paraíso, esse aqui, e também porque eu tinha vergonha, mas agora eu não tenho e vou trepar nela, que ela vai ficar de quatro com a bunda virada e eu vou ficar vendo e lambendo tudo, até o cuzinho de eucalips, depois eu vou ficar trepando nela, agora, colocando o pinguelo no cuzinho, colocando o pinguelo na bucetinha, colocando o pinguelo na boca da loura do shortinho que já tirou o shortinho, colocando no meio dos peito da esposa virgens que tem aquele rabinho peludo cor-de-rosa e a Paméla e a Martinha vai ficar olhando de longe com as flor nos cabelo, olhando pra mim, fazendo cara que tá gostando e que me ama muito e elas ri pra mim. E eu amo elas também, só agora que eu sei o que que é esses negócio de amor que tem que é isso que tá acontecendo agora e tô até amando a alemã que tem cabelo de preta que antes eu nem gostava muito porque ela fazia eu ficar com vergonha porque ela ficava falando alemão e eu não entendia nada e o Uéverson falava que ela queria era trepar ni mim, queria é fazer sex comigo só porque eu sou preto e, antes, lá em Ubatuba, lá na vida, ninguém gostava de preto, mas na Alemanha eles gostava e aqui no Paraíso elas gosta também, mas aí não é porque é preto. É porque é eu que explodi a bomba nos inimigo de Alá que é todo mundo que fica trepando nas mulher sem morrer, porque o Alá disse que é pra ter sex só depois que morrer, ou então se casar com aquelas turca gorda, mas melhor é esperar o prêmio dos marte que é essas mulher virgens tudo. Essa alemã que quer ser preta, mas agora não quer mais, quer só eu e eu vou mandar ela ficar com o cabelo liso porque eu não gosto muito de mulher preta não. Gosto mais de loura e morena com uns peito que nem a Paméla.

Você já fez amor com alemão? Alemão não sabe fazer amor. Agora eu só faço amor com africanos e sul-americanos do Brasil. Negros. Existe essa história do tamanho do pênis dos negros, mas não é isso que me importa. É o modo de ser deles, o espírito tropical, o sorriso. Gosto dos mais velhos, entre vinte e trinta anos de idade, mas o que mais me atraía de todos era o sul-americano do Brasil, o tímido, o que é acusado de ser terrorista turco. Turco, não, árabe. Não é? O nome dele é Mané, Muhammad Mané. Eu nunca tinha visto brasileiro turco antes, nem árabe, nem terrorista. Se bem que o Mané nunca ria. Como um terrorista mesmo, que também nunca ri. Mentira. O Mané ria às vezes. Muito pouco. Um sorriso lindo, olhando para mim, para as minhas pernas, os meus seios. Fiz de tudo para conseguir dormir com ele. O Mané parecia que tinha medo de alguma coisa. O amigo dele, o Uéverson do Hertha, falava com ele, falava comigo, queria nos unir. Eu cheguei a vir aqui sem usar calcinha. Eu sentava na frente dele e abria as pernas. Ele sorria, lindo, e virava o rosto. E ainda dizem que, no Brasil, as pessoas são supersexuais. Acho que o Mané era diferente. Deve ser o lado turco dele. Eu não ia desistir assim tão fácil, não. Mas acho que agora não vai ser mais possível, não é? Eu só tenho dezesseis anos, mas, em matéria de sexo, já me considero bastante experiente. Sabe o que eu fiz uma vez? Levei o Uéverson e o Mnango, aquele camaronês que joga com o Uéverson no Hertha, para a minha cama. Eu gosto disso. Dois negros e eu no meio. Isso é que é sexo bem-feito. Mas eu trocaria os dois pelo Mané, com bomba e tudo. Nós poderíamos explodir bem na hora do orgasmo. Ele está em que hospital?

O Mané bem que podia prestar mais atenção no jogo de vôlei.
Mas não.
Naquela altura do campeonato, o Mané já havia se tornado um onanista de mão-cheia.

* * *

A jogadora holandesa gostosa foi tirando a camisa e o sutiã.

Mané já estava nu, sentado no banquinho azulejado do vestiário.

A jogadora holandesa gostosa diz para Mané: "I love you".

Mané vira a jogadora holandesa gostosa de costas e abaixa o short colante.

Mané dá mordidinhas na bunda da jogadora holandesa gostosa.

A jogadora holandesa gostosa fica de frente para Mané, revelando uma vasta cabeleira loura sobre o púbis.

Mané enfia e tira o dedo de dentro da boceta da jogadora holandesa gostosa. Enfia e tira, enfia e tira.

A jogadora holandesa gostosa se vira novamente e senta sobre o pau enorme de Mané.

As outras jogadoras holandesas gostosas entram no vestiário. Devem ser umas quinze.

Todas as jogadoras holandesas gostosas se despem e se aproximam de Mané e da primeira jogadora holandesa gostosa, que é a mais gostosa de todas as jogadoras holandesas gostosas.

Mané enfia o dedo indicador da mão direita dentro da boceta de uma jogadora holandesa gostosa.

Mané enfia o dedo indicador da mão esquerda dentro da boceta de uma jogadora holandesa gostosa.

Usando os dedos do pé direito, Mané fica dando beliscões na bunda de uma jogadora holandesa gostosa.

Usando os dedos do pé esquerdo, Mané fica dando beliscões na bunda de uma jogadora holandesa gostosa.

Uma jogadora holandesa gostosa se agacha e fica lambendo o pau enorme de Mané que fica entrando e saindo da boceta da primeira jogadora holandesa gostosa, que é a mais gostosa de todas as jogadoras holandesas gostosas.

Uma jogadora holandesa gostosa coloca um de seus seios na boca de Mané.

De vez em quando, uma jogadora holandesa gostosa diz para Mané: "I love you".

Mané tem um orgasmo.

O Mané sentiu que um líquido saía de seu pintinho bico-de-chaleira e ficou muito feliz, achando que ele, o Mané, era igual a todos os outros filhos-daputa, que soltam aquela gosma branca pelo pau, quando se masturbam.

Mas não.

O Mané abriu os olhos e constatou que o líquido que encharcava o seu pintinho e sua mão era sangue.

O pintinho bico-de-chaleira do Mané começou a arder muito e o Mané ficou desesperado. O Mané precisava ir correndo para a Santa Casa.

Mas não.

O Mané iria morrer de vergonha de sair correndo de bicicleta por aí, com o pintinho todo ensangüentado. E se algum filho-da-puta visse o Mané pela rua com o sangue escorrendo pelas pernas?

O Mané, então, foi até o chuveiro e ficou lavando o pintinho.

Demorou, ardeu, mas, uma hora, o sangue parou.

Pronto, passou.

Mas não.

A fimose do Mané estourou toda e o Mané ficou vários dias com o pintinho ardendo, inchado.

O Mané ficou vários dias andando de perna aberta e não deu nem para jogar na rodada do domingo.

Olha lá o viadinho. Deu tanto o cu que ficou toda assada.

Eu não sinto ódio.
Eu não sinto amor.
Eu faço o que é certo e vou continuar.
Eu vou continuar.
Eu vou continuar.
Eu vou continuar.
Eu não sinto dor.
Eu não sinto prazer.
Eu penso no inimigo e faço o que é correto.
Eu vou continuar.
Eu vou continuar.
Eu não sinto ódio, mas sinto o ódio que o inimigo sente por Mubarak.
Eu sou Mubarak e vou continuar.
Eu vou continuar.
Eu vou continuar.

Tava eu, o Mané e o Mnango. A gente tava bebendo uma Bier lá num Bier Garten, num castelinho no Mitte. Aqui, ninguém fica regulando se jogador bebe cerveja ou não bebe. Só não pode é exagerar, ficar de porre, babando pela rua. O Mané, com aquele jeito dele, tava bebendo Fanta Uva, argh. Aí veio uns nazi, cheio de bota bate bute, tudo fantasiado de rai Hitler, tudo careca. Vieram encher o saco do Mané por causa da Fanta Uva. Chamaram o Mané de preto viado. Preto, tudo bem, mas o Mané entra em crise quando chamam ele de viado. Ainda bem que o Mané não entende porra nenhuma de alemão, senão ele ia começar a chorar. Porra, só que os cara não conhecem o Mnango. Porra, o Mnango é príncipe, é filho de rei lá na tribo dele. O Mnango é forte pra caralho. E o negão tem classe. Primeiro, ele foi falar pro cara do balcão que os nazista tavam incomodando. O cara atrás do balcão fingiu que não era com ele. Eram uns cinco, tudo covarde. O Mané quis ir embora, mas o Mnango não deixou, falou que homem não pode abaixar a cabeça pra outro homem. Aí o Mané começou a tremer e levantou. Um careca foi e passou a mão na bunda do Mané e o Mané olhou com cara de choro pra mim, com a boca tremendo. Eu não sou de briga, meu negócio é paz, amor e mulher. Fora isso, cinco contra três, três, não, dois que o Mané não conta numa hora dessas. O Mané é magrinho demais e cagão. Por mim, a gente levantava e ia embora. Pra que arrumar encrenca? A gente tá no país deles, ganhando uma grana, comendo as bucetinha das gata deles... Pra que arrumar briga? Eu achei que a gente ia apanhar dos caras. Tudo armário. Mas o Mnango, cumpade...

O nazista pegou a garrafa de Fanta Uva do Mané e esvaziou ela toda na cabeça do Mnango. Pra quê, rapaz?!?! O Mnango parecia um gorila brabo, que nem aqueles que passa em programa de bicho. Bateu sozinho, o Mnango. Eu e o Mané nem levantamo. Não demorou nem cinco minuto e o Mnango quebrou o bar inteiro na cabeça dos cara. Aí ele só tirou o talão de cheque do bolso e foi lá pagar o prejuízo pro cara atrás do balcão e ainda deixou cinco nota de cem de caixinha, na maior categoria. Depois, só de raiva, só de vingança, a gente foi atrás das menina lá no Slumberland. Tinha a Mechthild, uma gata novinha, loirinha com cabelo rastafári, uma que vivia dando em cima do Mané. Pois é, como sempre, o Mané não quis comer. Mas eu, meu camarada, vou deixar escapar uma gatinha daquela?

Deixamo o Mané lá, se entupindo de Fanta Uva, e levamo a lourinha. Fomo lá na casa dela. O Mnango queria era comer o cu dela. Ele metia a piroca e ficava gritando na língua dele uns troço. Devia ser vingança contra os nazista. Mas a gata tava gostando. E olha que o Mnango tem um pau desse tamanho. Modéstia à parte, o meu pinto é grande, mas o do Mnango é campeão. O Mnango comia o cu da lourinha e a lourinha ficava chupando o meu pau. A gente gozou nela toda. Foi na bunda, na buceta, na boca, nos peito, várias vezes. E ela ficou lá, toda melecada, falando umas coisa sem pé nem cabeça. Devia tá drogada, ou então ficou doidona com as pica dos negão. Elas gosta. Porra, a gata era de menor. Ia ser boa pro Mané. Quer dizer, ela ia dar uma surra de buceta no Mané. Ia deixar o menino com problema psicológico. Se bem que o Mané já era cheio de problema psicológico. Se não fosse, ele ia aproveitar mais a vida. O Mané é muito mané, tadinho.

Ele não estava preparado para viver na Europa, tão longe de casa. O ego dele estava em frangalhos, não tinha auto-estima nenhuma. Eu avisei a todo mundo aqui no clube, disse que seria uma irresponsabilidade deixar o Manoel ir para o exterior tão novinho. E, você sabe, o pessoal de futebol tem muito preconceito com a psicologia. Cá entre nós, o Manoel foi vítima daquele empresário que apareceu por aqui. Os diretores daqui até tentaram evitar que o empresário levasse o Manoel. Mas, como sempre, o dinheiro falou mais alto. Eu não entendo muito de futebol, mas trabalho com atletas há muitos anos e conheço as histórias. Por melhor que seja o jogador como atleta, ele acaba se dando mal quando não tem uma boa estrutura psicológica. O Manoel não conseguia nem conversar. Eu perguntava as coisas pra ele e ele só abaixava a cabeça com um sorriso encabulado. Eu não sou uma freudiana ortodoxa, nem nada assim, mas o problema do Manoel era ligado a sexo, com Édipo no meio e tudo. A palavra <u>mãe</u> o deixava totalmente desconcertado. Eu sondei com os colegas dele e todo mundo dizia que ele não se enturmava, não participava das brincadeiras, não era amigo de ninguém e vivia trancado no banheiro. E é óbvio o que ele fazia dentro do banheiro.

A psicóloga diz para Mané: "Eu te amo", e tira a blusa.
Mané lambe os seios da psicóloga.
A psicóloga tira a saia.
Mané aperta a bunda da psicóloga e tira sua calcinha.
A psicóloga esfrega a boceta na cara de Mané.
Mané lambe a boceta da psicóloga.
A boceta da psicóloga tem cheiro de eucalipto.
A psicóloga se abaixa, tira o short e a cueca de Mané, com os dentes.
O pau de Mané é enorme.
A psicóloga chupa o pau de Mané e fica dizendo: "Eu te amo, eu te amo, eu te amo...".

Mané se deita no divã e a psicóloga se deita em cima de Mané, com a bunda na cara de Mané.

A psicóloga chupa o pau de Mané.

Mané lambe a boceta da psicóloga.

Mané lambe o cu da psicóloga.

O cu da psicóloga tem cheiro de eucalipto.

Sessenta-e-nove.

Mané tem um orgasmo demorado e ejacula litros de esperma na boca, na cara, da psicóloga.

Com a cara cheia de porra, a psicóloga se vira para Mané e diz: "Eu te amo".

É claro que eu gosto de sexo. Quem não gosta? Mas fiquei me sentindo um pouco sujo com aquilo que eu fiz com aquela menina. O Uéverson e eu nos aproveitamos dela. O Uéverson gosta dessas coisas, só pensa em sexo. Mas eu não gosto de perder a minha dignidade. E, naquela noite, aqueles skinheads me tiraram do sério. Se fosse só comigo, acho que eu resolveria o problema com mais discrição, sem quebrar tanta coisa. Eu só quebraria a cara dos racistas. Mas eles foram mexer com o Muhammad, Mané, com o meu irmãozinho brasileiro. Aquilo me provocou muita raiva. E não bastou bater nos cinco nazistas, quebrar o bar inteiro. Eu precisava extravasar mais e acabei usando a menina. Eu sei que ela queria, que ela gostou. Mas, mesmo assim, foi indigno da minha parte. Já estou na Alemanha há seis anos e ouvi muita coisa desagradável, já agüentei muita provocação desses nazistas que usam o futebol para manifestar seu ódio racial. Então, quando eu estava fazendo aquilo com aquela menina, eu imaginava que estava estuprando toda a Alemanha, que estava vingando a África por tudo o que ela sofreu nas mãos dos europeus. Agora vejo que eu também, de certa maneira, estava me vingando no objeto errado. A menina, de um modo ou de outro, está procurando a integração racial. Não que sair por aí, fazendo sexo com qualquer negro que apareça pela frente, seja a melhor maneira. Mas ela é só uma menina e está procurando uma identidade. Ela não quer ser vista como uma alemã nazista. Apesar de descer tão baixo quando está na cama com negros, ela só quer se integrar e ser aceita por outras culturas. Quer saber? Acho que ela poderia ter salvado Muhammad, Mané. E ter salvado a si mesma. Eles poderiam formar um casal de verdade, jovem, com um futuro pela frente. Ela podia ensinar tanta coisa sobre sexo, bom sexo, sexo saudável, ao Muhammad, Mané. Me sinto como se tivesse traído o meu irmãozinho brasileiro e também traído os bons alemães, que também são contra o neonazismo, que nos recebem bem aqui na Alemanha, que nos oferecem carinho e amizade. Quer saber? Vou voltar lá no Slumberland, conversar com a menina e tentar levá-la ao hospital para ver Muhammad, Mané.

O Mnango é meu melhor amigo aqui na Alemanha. Só não gosto é quando ele vem dar de certinho pra cima de mim, querendo fazer remorso por causa da lourinha rastafári. Pau no cu, porra. A gata é tarada num negão. Tava toda sorridente, dando o cu pro Mnango. Maior vagabinha. Agora o cara cismou que vai fazer ela namorar o Mané, que vai salvar o Mané. Tudo bem que o Mané tava precisando de comer uma buceta, mas, caralho, namorar sério uma putinha dessa, que leva dois caras que nem nós pra fuder daquele jeito. A menina deve ter uns quinze, dezesseis anos, e já tá com o cu todo arrombado, gosta de beber porra. Fora isso, a polícia não deixa ninguém entrar no quarto onde tá o Mané. Só tem terrorista naquela porra de quarto e o Mané deve tá todo fudido, todo queimado e o escambau. O que que será que sobrou do Mané?

Amor mesmo é isso. É eu e elas duas andando aqui de mãos dada nessa praia tão bonita que é do Paraíso. O Paraíso que é meu, que aqui, nesse Paraíso só aparece quem eu quero e é por isso que só aparece mulher porque eu não sou viado. Depois eu posso encontrar uns amigo quando eles morrer. Mas só na hora que eu querer ver eles, quando eu ficar cansado de ficar trepando nas mulher e querer jogar futebol ou então ver filme de caubói e ficar dando risada, comendo pipoca e tomando guaraná e comendo americano no prato e falando piada. Mas agora eu fico é andando de mãos dada com as duas, a Paméla e a alemã que tinha cabelo de preta, mas agora não tem mais porque eu mandei ela ficar com cabelo liso e solto e louro que nem mulher linda da televisão e a gente fica andando e dando uns beijinho e falando que ama. Eu amo elas e elas ama eu. E as onda do mar fica batendo e o mar é azul que parece anúncio de turista que viaja pro estrangeiro, aqueles anúncio de mentira porque no estrangeiro não tem mar nenhum, que não tem praia, só lá em Rostoque que tem um mar que é todo cinza, feio e a praia parece uma lama cinza e as véia e os véio fica tudo pelado. Horrível. Dá pra ver tudo, até dentro das buceta que as véia fica tudo de perna aberta deitada, pegando sol e não tão nem aí que a gente vê tudo. Mas as mulher daqui do Paraíso, as minha setenta e duas mulher, são lindas e são novas e tem tudo muito bonitinhas e elas ama eu. É amor, é sex, é amizade, é turma legal, é tudo que é bom da gente viver e elas e nós fica pelado e o ventinho fica batendo e os coqueiro, na hora que a gente quer, cai os coco e nós bebe a água do coco e eu bebo a água do coco na bucetinha dessa loura, dessa alemã que agora tem cabelo liso que eu pedi pra ter e ela fica rindo, sentindo cosquinha na bucetinha e é gostoso não é nem por causa dessas coisa gostosa que tem no sex. É gostoso é que a gente sente e sente acho que é no coração. É de amor que nem fosse uma mãe legal que a gente faz sex, mas é sex tudo limpinho. É sex de namorada quando é quase criança, que parece que é quando a gente brinca de beijo-abraço-aperto-de-mão-voltinha-no-quarteirão, mas sem ter medo, sem ter vergonha e às vez, quando a gente tá andando aqui, assim, a gente pára e fica namorando dando beijinho nos peitinho da alemã e nos peitão da Paméla e elas dá beijo nelas mesma, mulher com mulher, fica lambendo a língua, mulher com mulher, mas não é mulher-macho, não, não é sapatona, não, é é bonito pra gente vê e é igual criança brincando, sem maldade, sem coisa ruim, sem maliciar, sem ser puta que elas toda é honestas elas duas e as setenta e duas tudo, que tava escrito no papel que o Hassan deu. É setenta e duas. E dentro dessas setenta e duas cada hora eu escolho umas pra ficar namorando, pra ficar trepando, pra ficar só conversando, pra brincar na praia de super-herói que aqui não tem ninguém que vai ficar falando que eu sou criancinha só porque eu gosto de brincar de super-herói, porque aqui a gente faz tudo que a gente quer, eu faço tudo que dá vontade, assim, na hora, deu vontade, eu faço, sem ter nenhuma vergonha, que nem agora que eu fiquei com vontade de enfiar o dedo no cuzinho da Paméla e ela vira pra mim e eu enfio e ela fica rindo, achando bom e aí eu dou o dedo pra alemã loura e ela fica chupando o meu dedo que tem gosto de bala e tem cheiro de eucalips e ninguém tá ficando com vergonha que a gente tá só brincando e é casado, que aqui é tudo minhas esposa. E é minhas mãe também, mesmo que não tem nenhuma preta e eu sou preto e elas não liga, elas gosta, e essa alemã é que mais gosta, que eu sei que ela também gostava antes, lá na vida antes de eu morrer e vim pro Paraíso e ela gostava mesmo que eu tinha vergonha de trepar nela que ela queria e o Uéverson ficava mandando eu trepar nela mas eu ficava com vergonha e ela ficava mostrando embaixo da saia sem calcinha e eu ficava com mais vergonha ainda e agora não. Agora, eu mando ela fazer carinho no meu pinguelo que ficou grandão e ela faz e fica rindo com os cabelo molhado e o sol vai escondendo atrás do mar e o céu fica vermelho e alaranjado e não tem borrachudo e a Paméla fica pegando as conchinha e eu fico namorando a loura alemã, namoro de amor igual se fosse uma amiga que eu tenho e que nunca vai ficar zangada comigo, nem ficar falando que eu sou criancinha, nem que eu sou viado, nem nada dessas coisa que deixa a gente sentindo coisa ruim achando que ninguém no mundo gosta da gente, achando que morrer é melhor que tá vivo. Agora eu tô vivo morto, ou morto vivo, no Paraíso e sinto o melhor amor que é esse com essa alemã e a Paméla tá ficando lá atrás com as conchinha porque ela percebeu que nós tá namorando só nós dois, que tem uns

71

amor que tem que ser só dois que nem nos filme que é pra ficar mais prestando atenção no outro que a gente tá namorando que é pra sentir mais esse amor e a alemã loura de cabelo liso que antes era ruim fica olhando pra mim com uma cara tão bonitinha, com um riso que ama e é bom porque é um amor que não foi eu que mandei ela amar, não foi ela me obedecendo porque eu sou o dono desse Paraíso, é amor que ela já tinha lá no Islamberlândi e veio porque ela é meio maluca e gosta de preto, mas invés de gostar do Uéverson e do Mnango que são grandão e fortão, ela gostava era de mim, gosta de mim, ainda gosta, gosta mesmo, sempre, e ela só saiu pra ficar trepando neles, porque eu fiquei com vergonha, que ela ficou olhando pra mim, saindo do Islamberlândi, que eu vi e tinha amor nos olhos. Eu acho que ela gosta de preto magrinho com vergonha que nem eu. Mas agora nós, eu e ela, é tudo igual, é tudo namorado um do outro e ela é duas, a que ficou na vida, que vai ficar perguntando pro Uéverson cadê eu e vai ficar triste, chorando porque eu morri e essa aqui, que fica só rindo de tão feliz que ela é porque é minha esposa virgens, ela ficou virgem de novo porque as esposa do marte, eu, fica virgem toda hora de novo, mesmo que nós trepa, mesmo que eu enfio o dedo no cuzinho, porque tem essa lei do Alá, que é o Deus que manda em tudo. Agora eu só preciso é dar um nome nela, porque eu não sabia o nome dela porque é nome de alemã que é difícil falar e agora eu entendo tudo porque aqui não tem língua, tem é uma coisa que todo mundo fala, sem falar mesmo, é mais uma coisa assim que todo mundo entende e não é ingrêis e não é alemão e não é português e não é ubatubano. Deixa eu ver um nome bonito pra namorada... já sei: é Muhammad Crêidi. Muhammad vem de mim e Crêidi é bonito que nem nome de loura estrangeira da televisão. É. Muhammad Crêidi que eu amo e me ama. Ai ló viú.

Talvez tivesse sido melhor ter se fingido de morto, ter ficado meio escondido entre os zagueiros adversários.

Mas não.

O Mané estava jogando muito naquela manhã, depois de três rodadas de fora por causa da fimose arrebentada. E, depois do onanismo, futebol era a grande paixão do Mané.

Primeiro foi aquele lance logo no início. O filho-da-puta do Tonho chegou na linha de fundo e cruzou para a área. Mané matou a bola no peito, deixou que ela escorresse até o pé esquerdo, entortou o beque central, que era o filho-da-puta do Roberto, aproveitou a saída do filho-da-puta do Maurício Bundinha, que era o goleiro, e colocou a bola no canto direito bem devagarzinho, golaço.

Depois foi aquele gol que ganharia uma placa se o Mané fosse outro.

Mas não.

O Mané não era o Pelé. O Mané era só um mané.

Mas não.

O apelido desse Mané aqui não era Garrincha. Os apelidos desse Mané aqui eram Vinte-e-Quatro, Viadinho, Bico-de-Chaleira, Filho-do-Amaro. O Mané era só um viado filho-da-puta de uma filha-da-puta de cidade pequena no litoral norte paulista. Ele podia ser bem mais do que isso.

Mas não.

Infelizmente, naquela manhã, o Mané estava jogando muito.

O gol de placa foi muito parecido com o gol de placa do Pelé. O Mané pegou a bola no meio-de-campo e saiu driblando. Foram uns cinco ou seis e mais o goleiro. O Mané só não entrou com bola e tudo porque teve humildade.

Mas não.

O Mané só não entrou com bola e tudo porque teve vergonha.

Mas não.

O Mané só não entrou com bola e tudo porque ficou com medo de tomar um monte de porrada dos filhos-da-puta do time adversário e até mesmo dos filhos-da-puta do seu próprio time.

Quando o Mané fazia um golaço, ninguém corria para abraçá-lo. Quando o Mané fazia um golaço, ele ganhava era uns cascudos na cabeça.

A participação do Mané naquela partida podia ter terminado ali.

Mas não.

O Mané fez mais quatro. Foi a maior exibição de um jogador na história filha-da-puta daquele filho-da-puta de futebol dente-de-leite de Ubatuba.

Depois do jogo, o Mané entrou no vestiário segurando bem firme o calção, já preparado para a tentativa de estupro que sempre acontecia quando ele, o Mané, fazia uma grande partida.

Mas não.

Aquela partida tinha sido demais mesmo e no vestiário reinava um silêncio absoluto. Nenhum filho-da-puta demonstrava nenhum tipo de alegria pelos 6 × 0. Era como se apenas o Mané tivesse entrado em campo. O Mané até percebeu que os filhos-da-puta estavam respeitando ele, o Mané, naquele momento, mas o Mané nem se arriscou a trocar nenhuma palavra com um daqueles filhos-da-puta, nem a demonstrar nenhum tipo de alegria.

O viado filho-da-puta do Mário Telles passou pelo vestiário e foi falar com o viado filho-da-puta do Mané:

"Grande atuação. Como é o seu nome?"

"Manoel, Mané."

"Vai jogar no aniversário da cidade. Só precisamos ver se o Manoel é bom na escola como é bom de bola."

Mas não.

O Mané era péssimo na escola, não tinha uma nota no boletim que se aproximasse da média. Na escola, o Mané ficava o tempo todo preocupado em não tomar porrada do gordinho filho-da-puta ou de qualquer outro filho-da-puta. E, com notas tão baixas, talvez o Mané escapasse de ser convocado para jogar na Seleção Dente-de-Leite de Ubatuba.

Mas não.

Ninguém pode escapar da vontade de Deus.

Deus existe? Deus gosta de nós?

Era um menino sensível, um pouco burrinho, sem formação, extremamente tímido. Eu tinha muita simpatia por ele. Não tenho certeza, mas acho que ele tinha, sim, uma certa tendência homossexual. Só não o levei para a minha cama porque ele era muito novinho, devia ter uns treze anos. Mas os outros meninos, aqueles que viviam maltratando o coitado, ih, ganhei quase todos. E olha que muitas vezes fiz o papel de ativo. É sempre assim: os que mais falam dos outros são os que mais soltam a franga quando estão entre quatro paredes. Quando eu comecei, quando eu era apenas um menino descobrindo a sexualidade, também era assim, eu ficava tentando manter a pose de macho, cidade pequena você sabe como é. Até que eu me apaixonei de verdade por outro homem, um rapaz mais velho. Se eu tinha uns catorze, ele devia ter uns dezoito. Fizemos amor, amor mesmo, por todas essas praias. E não era só sexo, era um romance, uma grande paixão. E ele, não posso dizer o nome, não era nem um pouco afeminado. Era um rapaz forte, que me carregava nos braços, me dizia palavras lindas. Não tinha como resistir. A partir daí, assumi mesmo. Fui o primeiro homossexual assumido da cidade. No começo foi difícil, as pessoas demoraram para aceitar. Mas, com o tempo, fui me impondo e, hoje, todos me respeitam. Fiz muito por esta cidade. Graças a mim, hoje temos o concurso de miss, temos três escolas de samba no Carnaval, isso sem falar no concurso de poesia, o Gaivota de Prata. Mas do que que a gente estava falando mesmo? Ah! Do escurinho. Mané, não é? Acho que mais cedo ou mais tarde ele assumiria o lado mulher dele. Mas que tragédia! Aposto que essa coisa de bomba, de atentado suicida teve a ver com esse conflito sexual dele. Neste mundo cheio de preconceitos, é muito difícil ser diferente da maioria.

* * *

Se esse moleque continuar abusando, eu vou quebrar a perna dele no meio.

A maior alegria que um garoto de catorze anos pode ter é ser convocado para a seleção de sua cidade e, ainda por cima, vestir a camisa 10.
Mas não.

Deus existe? Deus gosta de nós? E do Mané, Deus gosta?

O Mané foi à Câmara Municipal sem a menor esperança de ser convocado para a Seleção de Ubatuba, categoria dente-de-leite, boa de bola, boa na escola.
Mas não.
Bom de bola, qualquer filho-da-puta, por mais filho-da-puta que fosse, sabia que o Mané era.
Mas não.
O Mané era péssimo na escola.
Mas não.
Numa reunião entre o Mário Telles, o Ciro Pai-de-Todos e os representantes da Associação Comercial de Ubatuba que financiavam a categoria dente-de-leite ficou decidido que, no caso do Mané, seria necessário fazer uma certa vista grossa para o boletim sem assinatura de pais ou responsável, todo cheio de notas vermelhas.

Goleiros: Isaac e Marcelo.
Laterais: César, Perseu, Tutinha e Saracura.
Zagueiros: Roberto, Geriel, Augusto e Roger.
Meio-campo: Levi, Moisés, André (aquele viado filho-da-puta), Firme, Maurinho e...
Antes de dizer o próximo nome, teremos que abrir um pequeno parêntese. Trata-se de alguém que não vem obtendo o desempenho escolar suficiente para representar as crianças de Ubatuba a nível estadual. No próximo dia 28 de outubro, ocasião do aniversário do município, a nossa cidade estará recebendo uma grande equipe paulista, um dos maiores representantes do futebol brasileiro a nível internacional: o Santos Futebol Clube, que vai trazer suas equipes a nível

infantil, juniores e profissional B. O nosso Manoel dos Anjos, conhecido por todos como Mané, não é exatamente o perfil de estudante que desejamos ter entre os nossos filiados, mas, devido às excelentes atuações com as quais vem nos brindando entre as quatro linhas, não podemos deixar de fora este que é uma das maiores promessas do futebol ubatubense. No entanto, que fique aqui uma advertência. Esta convocação não se trata de um prêmio ao relaxamento para com os livros, mas apenas de um reconhecimento ao talento desse atleta para o esporte que pratica: o futebol association. E que seja também um incentivo para que o nosso Manoel dos Anjos se esforce mais nos estudos e venha a obter melhores notas daqui por diante, pois esta chance não lhe será dada novamente. E aqueles que pensam que podem faltar com suas obrigações escolares e, mesmo assim, serem chamados em convocações futuras podem começar a rever seus planos, pois esta é uma ocasião ímpar, que não voltará a se repetir, nem para o atleta em questão, nem para qualquer outro atleta que venha a burlar o lema da nossa categoria dente-de-leite. Que todos os atletas aqui presentes, tanto os convocados como os que ainda aguardam uma oportunidade, sejam reiterados: um atleta dente-de-leite da nossa querida Ubatuba é, e sempre será, bom de bola e bom na escola.

Ai ai ai, o viadinho tá na seleção. Até parece que joga.

Não será mais admitida qualquer interrupção ou comentário de mau gosto. O próximo que se pronunciar de maneira chula estará suspenso.

Ai ai ai, tá com a cara que é chupador de rola de negão.

Seguranças, por favor, retirem o inconveniente do recinto. E, sem mais delongas, completamos o meio-de-campo com Manoel dos Anjos, o Mané.
Atacantes: Dâni, Rogério, Rogerinho, Pita, Israel e Rochinha.
Boa noite.

Se esse moleque continuar abusando, eu vou quebrar a perna dele no meio.

Era o infantil do Santos Futebol Clube e, naquela defesa, tinha zagueiro que, alguns anos depois, chegaria à Seleção Brasileira.

Mas não.

O Mané, mais uma vez, estava acabando com o jogo.

Mas não.

O infantil do Santos era bem melhor que a Seleção de Ubatuba, categoria dente-de-leite, boa de bola, boa na escola. Aos quinze do primeiro tempo, o Santos já havia feito três gols e a goleada era inevitável.

Mas...

Mesmo assim, o Mané fazia o seu show particular, deixando a zaga do Santos desesperada. O quarto-zagueiro santista tinha três vezes o tamanho do Mané e estava furioso com os dribles que tomava. E as tentativas de quebrar a perna do Mané no meio só tornavam a situação mais patética, pois o Mané estava arisco demais naquela tarde, fazendo com que o armário santista só chutasse o vento a cada tentativa de acertar o joelho do Mané.

Mas não.

Por mais que o Mané estivesse jogando, nenhum de seus companheiros de equipe se comovia e ninguém se aproximava do Mané para tentar uma jogada em conjunto.

Por que será que ninguém gostava do Mané?

Porque o Mané não deu uma porrada bem no meio da cara daquele gordinho filho-da-puta na saída da escola.

Mas não.

Tudo bem. A Seleção de Ubatuba, categoria dente-de-leite, boa de bola, boa na escola, ia levando um gol atrás do outro — 1... 2... 3... 4... 5... 6... 7... 8 — e o Mané continuava jogando sozinho, infernizando a defesa santista, nas vezes em que pegava na bola.

Faltando uns três minutos para acabar o jogo, o quarto-zagueiro do Santos finalmente conseguiu acertar o Mané na entrada da área. A porrada foi no pescoço, na garganta, e o Mané demorou bem uns cinco minutos para recuperar a respiração.

Cartão vermelho para o zagueiro, que saiu rindo e fazendo gestos obscenos para o público presente.

O Mané quis bater a falta.

Mas não.

Ninguém ia deixar um viado filho-da-puta como o Mané bater uma falta, mesmo sendo ele o melhor cobrador de falta daquele time de filhos-da-puta.

Mas não.

Um filho-da-puta qualquer bateu a falta em cima da barreira. Na rebatida, o Mané dominou a bola, deixou uns três adversários sentados e tocou de leve, lá no ângulo, lá, onde seria impossível para o goleiro alcançar a bola.

Mas não.

Mais uma vez não houve aplauso, não houve comemoração, não houve tapinha nas costas. Não houve nada.

Era só um viado filho-da-puta de uma cidade pequena filha-da-puta fazendo um gol único numa partida contra o time infantil de um grande clube brasileiro, num aniversário de cidade pequena filha-da-puta.

Mas não.

Definitivamente, Deus não gosta do Mané e um olheiro do Santos reparou no futebol do viadinho, Vinte-e-Quatro, Bico-de-Chaleira.

Coitado do Mané.

Não pedi desculpa, não. Jogar nessas cidadezinhas, nessas festinhas, sempre dá nisso. Chega os neguinho querendo fazer nome, querendo aparecer em cima da gente. Eu já vou logo enfiando porrada mesmo. Se quer jogar em time grande, primeiro tem que aprender a apanhar. Pô, fica os caras atrás do alambrado só sacaneando, só tirando sarro da cara da gente. Não sou palhaço, não. Se eu cheguei onde eu tô, foi jogando duro mesmo. Não sou craque, nunca fui craque, nem vou ser craque, mas já fui convocado duas vezes pra Seleção e não foi fazendo firula, não. Foi protegendo a área, foi marcando em cima esses cara metido a craque. Depois daquele jogo lá em, como é o nome?, Ubatuba, isso, neguinho veio treinar aqui. Não deu pra fazer amizade. Era um moleque esquisito e eu não tô falando isso de inveja, não. Pergunta pro pessoal. Neguinho não falava com ninguém, não procurava amizade com ninguém e vinha querer humilhar a gente da defesa nos treinos. Comigo, não. Dei logo uma bifa na cara dele, de noite, lá no alojamento, e aí ele começou a respeitar. Neguinho tinha habilidade, fazia uns truques com a bola, mas não jogava pro time, não tinha objetividade, tá me entendendo? Pô, o pessoal aqui tem essa mania de arrumar o novo Pelé toda hora. Porra nenhuma. Vai ser Pelé lá na puta que o pariu. Pelé, pra cima de mim, não. Depois da bifa ele aprendeu a não ser folgado, era só me ver, pra soltar logo a bola pra quem tivesse mais perto. Agora... que ele fora do campo era meio maluco, isso era. Maluco, não. Acho que era crente, ou então era viado, não gostava de mulher. Você sabe, dia de folga a gente ia na zona. Mas neguinho, não. Ficava no alojamento. A gente chegava tarde depois de curtir com as mina, e neguinho tava lá de olho arregalado na frente da televisão. Aí, a gente chegava e ele corria pra cama, não falava com ninguém. Fora do Brasil, então, aí é que ele deve ter ficado maluco de vez mesmo. Deve ter sido mais difícil ainda ele fazer amizade lá na Europa. O pessoal que vai pra lá sente falta daqui mesmo. Imagina. Se ele nem consegue falar com a gente, imagina com os gringo. Por isso que ele virou palestino, que são tudo maluco também. É ou não é?

Qualquer conclusão neste momento seria precipitada. Já sabemos que o rapaz veio mesmo do Brasil. Ele treinava nos juniores do Hertha e freqüentava as reuniões de um grupo religioso islâmico, juntamente com um companheiro de clube cujo nome é Hassan. Hassan nasceu em Berlim, mas é filho de sírios. Não temos conhecimento de nenhuma atividade suspeita do grupo freqüentado por Hassan e Muhammad Mané. A princípio, eles se reuniam apenas para rezar e ler o Alcorão. Encontramos alguns folhetos no apartamento onde esse grupo se reunia. Os folhetos não contêm nada que nos dê a certeza de que incentivassem os participantes a cometerem atos terroristas, atentados suicidas ou qualquer coisa semelhante. Apenas um mártir ou outro mártir muçulmano histórico é citado. Por via das dúvidas, Hassan está detido enquanto averiguamos o caso. E, por enquanto, ninguém pode entrar no quarto onde Muhammad Mané está internado. Quanto ao outro terrorista, de nome Samir Mubarak, parece agir independentemente de qualquer grupo. Ele é libanês, tem origem palestina, perdeu os pais e sete irmãos na Guerra do Líbano. Vive ilegalmente na Alemanha há cinco anos. Samir Mubarak está fora de perigo, apresenta boas condições físicas e médicas, mas parece não compreender a realidade. Ele não é um terrorista suicida. Ele estava perto do ônibus que explodiu. Ele detonou a bomba de uma certa distância, não estava com os explosivos junto ao próprio corpo. Para o momento é só. Boa noite a todos.

Eu vou continuar.
Eu vou continuar.
Eu vou continuar.

É melhor trocar, que eu acho que Muhammad é nome de homem que nem eu, que não sou viado, não. Fica sendo só Crêidi mesmo e Muhammad fica sendo segundo nome que vem depois do nome. E a Crêidi vai ficar sendo minha esposa virgens principal junto com a Paméla, que é as duas que eu acho que eu amo mais. A Paméla é por causa que é a primeira e porque ela tem uns peito que eu gosto muito de tão redondinho e grande sem ser pendurado que é o que eu mais reparei na revista estrangeira que eu peguei lá na banca da praça, quando eu ainda não sabia que o Alá era Deus e eu já pedi desculpa e o Alá aceitou, senão eu não tava aqui brincando de botar os dedinho na bucetinha da Crêidi que eu tô gostando muito dela nesses dia e fico mais com ela que é mais novidade e as outra nem liga, porque elas tudo quer é que eu fique sempre contente fazendo todas as coisa que eu quero e eu vou brincar de cabaninha agora com a Crêidi. Vem, Crêidi. A Crêidi vem junto comigo e me dá a mão e tá toda peladinha e tem uma bundinha toda redonda com marca de biquíni que nem as brasileira que vai na praia de biquíni e não fica pelada tomando sol que não dá marca de biquíni que eu gosto. E as estrela fica brilhando e tem luz que é uma luz que eu não sei da onde vem, mas vem assim mesmo que é pra eu ficar olhando pra bundinha da Crêidi e pros cabelinho lourinho que ela tem em cima da bucetinha que é uma bucetinha toda bonitinha, pequenininha e que não tem aqueles caroço que tem nas bucetinha dos filme do Jeipom e nas bucetinha dos show lá na Tizôo Gartem. Com a Crêidi, com a Fraulaim Chom, com a Paméla, a Martinha, a artista dos Marrocos, elas tudo, as virgens minhas esposa, é tudo limpinho, é tudo sem caroço, sem nada que dá nojo, porque esse negócio de sex tem umas coisa que dá nojo, que nem nos filme do Jeipom, que fica tudo depois melecado e aparece uns cu que são tudo pretos, cheio de cabelo, uns buracão horríveis. Só que aqui, hoje, agora, nessas estrela, aqui embaixo das estrela, tô só eu e a Crêidi e tem uma fogueira que fica brilhando e a gente fica pelado, rolando, rolando, dando beijo, trepando no outro, gostando, a Crêidi entendendo tudo que eu penso, sem precisar falar alemão que eu não sei, sem precisar ficar com vergonha e agora, hoje, nesses dia é que eu fiquei entendendo esse negócio de amor, de ai-ló-viú, de sex, essas coisa de ficar abraçando e falando ai ló viú quando elas, as esposa virgens são estrangeira e eu te amo quando as esposa é do Brasil e a gente entende, né, Crêidi? Ai ló viú.

Pelé só teve um, claro. O garoto não era Pelé. Mas que ele tinha um enorme potencial, um grande talento, isso ele tinha. Naquele jogo em que eu descobri ele, lá no litoral norte, ficou claro que ele tinha futuro. O time deles, lá, era muito fraco, os outros garotos nem sabiam explorar a velocidade do Mané. A bola não chegava nele. Só que o garoto era inteligente, sabia voltar pra buscar jogo. E quando ele conseguia pegar a bola, dava o maior sufoco na nossa defesa. Eu fiquei até com medo de alguém quebrar a perna dele. Acho que o nosso zagueiro até pegou o garoto de jeito e foi expulso. E o gol que ele fez? Num espaço curtinho, minúsculo, ele conseguiu armar a maior bagunça, driblou todo mundo e viu a brecha aberta no meio de um monte de gente. Ele tocou no único espaço possível onde a bola podia passar. Mesmo o time dele perdendo de goleada, ele foi o melhor jogador em campo, destoava do resto. Eu tinha que trazer o Mané pra Santos. Aqui, ele ficou meio esquisito no começo, parecia que tinha medo de mostrar o que sabia. Chegou a decepcionar e quase mandamos ele de volta. Mas eu acho que era só o temperamento dele que atrapalhava. Ele era muito retraído, muito introvertido. Ele nem se dava conta de que estava tendo a grande chance da vida dele. Acho que ele ficou um ano aqui, ou dois. Aí ele foi se soltando e, naquela Taça São Paulo, um pouco antes dele ir embora, ele desencantou de vez, jogou tudo. Os alemães ficaram loucos com o Mané. A gente sente orgulho quando descobre um craque desses. Como eu disse, o pessoal queria devolver ele pra cidade dele. Fui eu que mais uma vez insisti pra manter ele no clube. E, quando os alemães começaram a dar em cima dele, eu, de novo, tentei segurar o Mané. Ele não tinha contrato, não tinha parente, não tinha quem orientasse ele, a mãe era analfabeta, não ligava a mínima para o garoto. Aí veio o empresário e negociou ele com o Hertha Berlin. Eu não podia fazer nada pra evitar. Claro que o clube era responsável pelo Mané, mas não era dono dele, nem do passe dele. Ele era muito novo, ainda não tinha nem passe. Não deu pra segurar. O empresário, um tal de Edmílson Paoli, foi na cidade dele e conseguiu fácil uma autorização da mãe dele. Como eu disse, a mãe estava pouco se lixando pro garoto. Qualquer dinheirinho comprava o Mané da mãe. Injustiça, porque foi aqui que o garoto começou a ser gente. Até certidão de nascimento fomos nós que providenciamos pro Mané. E eu não acho também que o Hertha Berlin teve culpa no que aconteceu. Lá na Europa, o negócio é sério. Eles tratam muito bem os garotos. Não sei como ele foi se meter com terrorismo. O Mané não sabia de nada, quanto mais essas coisas de fundamentalismo, essas religiões. Duvido que ele soubesse onde fica o Oriente Médio. Era um garoto muito inocente. Deve ter sido usado por alguém. Ele não tinha um colega árabe, palestino? Pois é. Alguém deve ter colocado essa bomba no Mané. O Mané era até meio bobo. A gente botou a nossa psicóloga em cima dele, pra ver se ele desenvolvia pelo menos um pouco de agressividade. Ele não tinha agressividade nenhuma. Acho que nunca fez nem uma falta jogando futebol, apanhava caladinho e nunca revidava. Só sei que da cabeça do Mané não saiu esse negócio de atentado suicida.

É nisso que resulta procurar amizade com não-muçulmanos. Muhammad Mané... Por causa dele estou aqui, preso. Não fiz nada. Eu só queria jogar futebol e ser fiel a Alá. Mas eu devia ter percebido que essa amizade não daria certo. Não sei o que ele entendia das nossas reuniões, mas em momento algum nenhum

de nós o estimulou a praticar tamanho descalabro. Juro. Conheço muitos muçul-
manos radicais, fundamentalistas, mas, que eu saiba, Muhammad Mané nunca
freqüentou outro grupo além do nosso. Penso, sim, que em alguns momentos é ne-
cessário o uso da força para derrotar os inimigos de Alá, mas só em último caso,
só para se defender de um ataque, só no caso de uma guerra santa verdadeira. Mas
explodir companheiros de esporte? Eu estava do lado dele na hora da explosão. Eu
seria o primeiro a morrer. Mas só os meus tímpanos foram afetados pelo barulho.
Já expliquei inúmeras vezes que eu não sabia de nada, que eu conversava com
Muhammad Mané por gestos. Nós entregávamos textos a ele, sim. Mas eram tex-
tos com passagens do Alcorão, não havia nenhuma menção a política neles. Os
textos estavam todos escritos em alemão e, repito, Muhammad Mané não demons-
trava conhecer uma palavra sequer de alemão. Não vou dizer que tenho simpatia
pelos infiéis do Ocidente. Meu povo é vítima de cristãos e judeus há muitos sécu-
los, mas sempre me foi ensinado que a paz está acima de tudo. E, afinal, nasci
aqui em Berlim, sou alemão, a Alemanha acolheu minha família num momento
muito difícil. Não é justo. Por que Muhammad Mané não diz a eles que eu não
tenho culpa?

Não vejo possibilidade alguma de o paciente retomar a consciência. Ainda
não temos a dimensão exata dos danos, mas as funções cerebrais e nervosas foram
prejudicadas em alta escala. E eu sou um cientista, um médico. Não acredito em
milagres.

Essa marquinha do biquíni na bundinha da Crêidi é muito linda. Obrigado, Alá. Obrigado, Deus.

É porque é tudo mocréia. Se elas conhecesse o negão aqui, elas largava esses véu e essas roupa preta e ia fazer fila pra dar uma bimbada. No fundo, eles,
os turco todo, só quer saber de sacanagem. Aqueles folheto do Mané era cheio
de sacanagem. Os cara ia ganhar não sei quantas esposa quando morresse, tudo
virgem, tudo cabaço. Na rua, eles ficam fazendo pose de sério, as mulher tudo
fingindo que é santa. Mas, embaixo daquelas roupa, deve tá tudo com as buceta se derretendo. E os cara, pior. Chega em casa, tem três, quatro mulher, deve
rolar a maior suruba. Eu tentei avisar o Mané que os cara não batiam bem das
bola, que os cara tava tudo a perigo, com despeito de nós, que pode trepar na
hora que quiser. E o Mané, mané, ao invés de comer as gata que dava em cima

dele, a lourinha que gosta de dar o cu e chupar ao mesmo tempo, que ia ensinar um monte de sacanagem pro Mané, o Mané preferia sair pra tomar chá com um monte de homem barbado. No dia em que a gente fudeu com a lourinha, era pra ele estar lá, só aproveitando. A gata é piranha, mas é gostosa pra caralho. Eu ainda tentava assustar o Mané com as sacanagens do Paraíso dos caras, porque o Mané tinha, tem, sei lá, medo de foda, medo de mulher, né, aí eu ia fazer a cabeça dele ao contrário, ia fazer ele ficar com tesão nas mulher do Paraíso dos turco, pra depois chamar umas gostosa aí e fazer o Paraíso aqui mermo, no meu apartamento. Aposto que se ele tivesse trepado com a lourinha, ou com qualquer gata aqui da Alemanha, ele ia parar com essa história de virar turco. Ele ia ver que trepar é a melhor coisa, não é não? Mas não deu tempo, o cara foi lá e pá.

Quando elas fica todas reunida aqui junto comigo é tão legal!!! Agora nós nem tá fazendo nada de sex, mas nós é tão amigo que é que nem se todo mundo fosse homem e fosse uma turma de amigo mesmo de verdade, sem falar que o outro é viado, que aí não é amigo mais. Aí é índio que nem aqueles que eu não gosto nem de lembrar que dá um negócio ruim, aquele bando de índio que é muito pior que os índio mesmo, que toma pinga, fica tudo bebo, mas não fica chamando os amigo de viado. Por isso que aqueles índio não é amigo meu, não é amigo de ninguém, não é amigo nem deles mesmo. Fica tudo passando a mão na bunda do outro e quando vem um mais fraco, uns mais novo, que nem eu, que nem o Alemão, que nem o Ricardinho, que nem o Maurício Bundinha, aí é que eles ficam mau mesmo e não tem nem pena. Agora, essas setenta e duas é eu que passo a mão na bunda delas e não é de maldade, não. É de gostoso pra mim e pra elas, que elas gosta. Elas gosta quando eu brinco nelas. E aí a gente fica aqui, rindo, passando os coco, bebendo os coco e os guaraná, comendo americano, coxinha, xis-presunto, churros, uvas, vinho que faz nós rir mais ainda e não fica bebo tonto, fica só bebo engraçado. E se eu começar a ficar triste, vem uma, vem umas, vem a Crêidi, vem a Paméla, e fica fazendo carinho nos meu cabelo, fica fazendo coisas. Tudo amigo, tudo esposas, tudo mãe, tudo santas e anjos do Paraíso, que o Paraíso meu, que é do Alá, também tem anjo. Só não tem é Jesus, cruz, padre, essas coisa, que esses é proibido, que é dos americano, é dos judeu que o Alá, que é o Deus que é deus mesmo, não gosta. Por isso é que é bom ter uns amigo que é tudo mulher, que não passa a mão na minha bunda, eu é que passo nelas, com elas gostando, e dá até pra jogar futebol que nem se fosse amigos homem e a gente faz uns racha e uns jogo de torneio que é igual à Copa do Mundo, que eu sou campeão e elas, da torcida, fica tudo gritando: Mané, Mané, Mané, Brasil, Brasil, Brasil, Nensê, Nensê, Nensê, e eu vou fazendo uns golaço atrás do outro e elas, que joga no meu time, vêm tudo abraçar e eu dou uns beijinho nos peito delas, que aqui pode jogar mulher e elas até mata a bola nos peito e, se dói, eu dou uns beijinho que passa. A gente é tudo uma turma unida. Nós. Eu e elas.

Eu era o George e o meu primo era o Paul. A gente pegava as raquetes de tênis do meu avô e ficava tocando na frente do espelho. Não é que eu brincava de Beatles. Eu era mesmo o George Harrison e passava os dias como se estivesse vivendo a vida de um beatle: George acaba de acordar, George escova os dentes, George faz xixi, George veste a cueca... Foi aí que começou o lance da música. Não tinha nada dessa história de dom, de talento. A música era o de menos, pelo menos no começo, antes de eu começar a estudar pra valer. O que eu gostava mesmo era daquele clima dos Beatles, essa coisa de grupo, de turma. No filme, Help!, os quatro ficavam viajando pelo mundo, ficavam nos hotéis fazendo piada, pintavam umas mulheres, tinha aquele negócio deles tocarem rindo uns pros outros. Foi mais isso que me pegou. Claro que eu adorava as músicas também, aprendi a falar inglês ouvindo os Beatles. Sei de cor todos os arranjos, cada detalhe de cada música. Mesmo antes de aprender música, eu já cantava tudo, não só as melodias, mas também as orquestrações, aqueles trompetes do Magical mystery tour. Eu toco trompete por causa de "Penny Lane". Por causa daquele solinho de trompete. E olha que os Beatles nem são da minha época. Quando eu era adolescente, o pessoal ouvia era música punk, new wave, aquelas coisas. E eu ficava com os Beatles. Eu sempre gostei de tudo, tirando as picaretagens. Eu gostava dos punks, gostava de jazz, de Pink Floyd, isso tudo. Mas o que eu queria mesmo era ser os Beatles. É por causa da amizade que eles passavam nos filmes. Quando eu tinha a banda lá no Brasil, eu queria isso do pessoal. Antes de tudo, eu queria é que a gente fosse amigo, que a gente viajasse e ficasse nos hotéis mais vagabundos, fumando uns baseados, fazendo bagunça. Sempre que a gente viajava pra tocar, o pessoal queria sair depois do show pra arrumar mulher. Por mim, eu ficava só entre a gente, sendo os Beatles, sentindo aquele amparo, uma transa de irmandade. Claro que eu sonhava com a minha namorada ideal, mas ela teria que fazer parte da turma, da rapaziada, entende? Se entrasse uma mulher na banda, ela teria que ser a minha namorada, a minha mulher. Ou então teria que entrar uma para cada um. Aí seria tudo uma família só. Mas "the dream is over". Não tem mais nada de Beatles, não. Tem é esta vida aqui. Eu, morrendo de arrependimento, pensando que não vai dar mais nem pra fumar uns baseados, nem beber uma cerveja, nem fazer nada que me coloque em risco de cair na heroína de novo. Será que eu vou precisar freqüentar os Narcóticos Anônimos ou coisa parecida? E os porres memoráveis? E o Paul fumando um com o Ringo no palácio da rainha? E o Miles? Não vai dar mais pra ser Beatles, nem Miles. Faz um ano que eu não toco. Perdi o calo da embocadura. Será que dá pra voltar? Pra tocar outra vez tem que ser com uma turma meio careta, que se eu começo a andar com maluco, vou acabar voltando pro crime. Ou não? Não. Esse negócio de vício é relativo. Eu não quero morrer disso. Eu já saí do troço, já me desintoxiquei. Não vou tomar pico de novo só por causa de uma cerveja, de um baseado. Será? A gente ouve cada história. Não. É. Não dá pra arriscar. Tem que ver é na hora. Não adianta ficar pensando nisso. Eu já sou marmanjo, já tenho mais de trinta. Tá na hora de amadurecer, de esquecer esse negócio de Beatles. Eu não sou o Miles. Eu tenho carência afetiva. Oh! Não!

Tá vendo, seus índio? Eu não sou viado, não. Tô trepando nelas quatro de uma vez só. Elas quatro com as bundinha virada e eu vou metendo numa de cada vez, com esse pinguelão grandão que o Alá me deu. Vocês é que são viado. Vocês é que fica fazendo troca-troca, fica dando pro Carioca, que eu sei. Eu sou é homem. Eu sou é marte de Alá. E vem elas tudo dar beijinho no pinguelo. Vem, vem, que vocês me ama. Ai ló viú pras gringa. Eu te amo pras do Brasil.

Depois daquela partida filha-da-puta contra o infantil do Santos, era impossível negar que o Mané era o melhor jogador de futebol da história daquela cidade pequena filha-da-puta.

Mas não.

Naquela segunda-feira filha-da-puta, na manhã seguinte do jogo filho-da-puta, na hora do recreio filho-da-puta, o Mané foi para o pátio da Escola Estadual de Primeiro e Segundo Grau Capitão Deolindo de Oliveira Santos se sentindo leve, achando que chegara o fim daquela vida de viado filho-da-puta que ele, o Mané, levava naquela cidade pequena filha-da-puta.

Mas não.

Além de viado e filho-da-puta, o Mané era também muito otário.

O filho-da-puta do Humberto estava com uma revista pornográfica na mão, chamando tudo quanto é filho-da-puta para ver as fotos. Em busca de enredo para punheta, o Mané foi se aproximando da rodinha de filhos-da-puta que estava se formando. Foi aí, então, que o filho-da-puta do Humberto cochichou alguma coisa no ouvido do filho-da-puta do Toninho Sujeira, que, por sua vez, cochichou no ouvido do filho-da-puta do Tuca, que Deus o tenha. E um filho-da-puta foi cochichando no ouvido do outro filho-da-puta até o último filho-da-puta da rodinha de filhos-da-puta.

O filho-da-puta do Humberto jogou a revista pornográfica no meio da roda.

A revista caiu no chão, aberta bem numa cena de ménage à trois, na qual um negro, que havia se formado em ciências políticas, colocava o pau dele, do negro que havia se formado em ciências políticas, no cu de uma secretária loura, bronzeada pelo sol, magra, de seios firmes com róseos mamilos e bunda empinada, enquanto uma vendedora de roupas jovens de uma butique de roupas jovens, morena, bronzeada pelo sol, magra, de seios firmes com róseos mamilos e bunda empinada, dava lambidas no saco escrotal dele, do negro que havia se formado em ciências políticas.

Quem for homem de pegar a revista no meio da roda pode levar ela pra casa.

O Mané já havia apanhado o suficiente naquela vida filha-da-puta de viado filho-da-puta, naquela cidade pequena filha-da-puta, para saber que aquilo, mais uma vez, só podia ser mais uma sacanagem filha-da-puta daqueles filhos-da-puta.

Mas não.

O Mané não tinha como resistir àquele desafio filho-da-puta. O Mané só pensava nos momentos de prazer que aquela revista filha-da-puta poderia proporcionar a ele, ao Mané, na quantidade de posições e variações sexuais que ele, o Mané, poderia aprender e praticar com a capacidade dele, do Mané, de se concentrar e formar imagens de grande nitidez em sua imaginação.

O Mané se jogou no meio da roda e pegou a revista.

Foi menisco. E pus, muito pus. Na linguagem comum, é o que chamamos de água no joelho. O garoto era novo, os ossos ainda estavam crescendo. Não dava para fazer uma previsão muito exata de quanto tempo ele precisaria para se recuperar.

Eu não gostava de esperar não. Não gosto de esperar não. Por isso que aqui é tão bom. Porque é só pensar que elas já vêm e já vêm dando beijinho no pinguelo e vão abrindo as boca e lambendo e chupando e passando guspe e esfregando na cara e beijando umas nas outra e esfregando nos peito, nos peitinho das que têm peitinho, nos peitão das que têm peitão e uma lambe o pinguelo e outra lambe as bolinha do saco e fica tudo lambuzado, escorregando e mistura o guspe delas com vinho, com uvas, com maionese e joga guaraná junto e os coco e bate o ventinho e o sol fica bonito mas não fica queimando e é amor e é sex e é mãe e é os amigo mulheres e é assim, sem parar, eu vou pensando e as coisa vai acontecendo, sem parar, é pensando e acontecendo, pensando e acontecendo, as bucetinha, os cuzinho, os peito, as perna, os cabelinho, os cabelão, tudo, sem ter que esperar que nem eu esperei sem conhecer mulher que é pragora conhecer tudo como é que é mesmo, eu fazendo, sem precisar ficar pensando, sem precisar ficar inventando historinha, que nem era quando eu fazia punheta antes do Hassan me levar pra mim conhecer a verdade do Alá, do Deus, a verdade que é essa, que é essa verdade que tá acontecendo agora, essa verdade de eu pensar e as coisa que eu fico querendo, pensando, acontecer na hora, sem ter que esperar.

Deu remorso depois. Eu nem chutei ele. Mas eu tava no meio, tava rindo. Tem coisas que é brincadeira, tem coisas que é maldade. Nós não sabia separar, coisa de criança. Tinha uns que era mau mesmo, que não tinha nenhum remorso de fazer essas coisa. Já saía chutando, fazendo umas coisa que dá até medo. Se nós visse, agora que nós já é grande, mas visse direito, nós ia ver que tem o Demônio no meio, que o Demônio usa até as criança pra praticar as maldade dele. Isso é que eu acho, que ele, o Demônio, usava nós que era criança. Que botava a inveja em nós. Agora eu tenho remorso porque Deus abriu meus olhos, mas na hora, naquela época, o pessoal iam chutando mesmo, por causa da inveja que nós tinha. Era por causa que o Mané era bom no futebol, era melhor que nós tudo. Eu tinha inveja que eu não sou bobo. Já pensou? Ir pro Santos, depois ir jogar no exterior. Era isso que todo mundo queria. E o Mané tava conseguindo. Aí nós foi lá, com o Demônio falando nos ouvido, nós foi lá e saiu chutando.

Machucado não ia dar, né!?! Ele já tava quase vindo, quando deu o problema no menisco dele. Aí o treinador dos juniores falou que não queria ninguém com problema físico. Mas aí o Chico, o nosso olheiro, disse que o menino era muito bom, começou a falar que tinha o jeitão do Pelé com dezesseis anos, que ia ser cracaço. Meio exagero.

O Mané devia estar arrasado. Os filhos-da-puta daquela cidade pequena filha-da-puta foram machucar o joelho dele, do Mané, bem no momento em que ele, o Mané, estava com um convite para treinar no Santos.

Mas não.

O joelho e outras partes menos importantes do corpo para um jogador de futebol podiam estar machucados, mas o Mané havia ganho um novo estímulo para continuar vivendo.

O Mané deixou que sua mãe, bêbada havia três dias, continuasse a dormir, abraçada com a garrafa de pinga, na rede que ficava do lado de fora do barraco, a rede onde o Amaro dormia quando estava no fundo do poço. Um fedor danado.

A irmãzinha do Mané, que era um objeto inanimado, ficou trancada no banheiro, sem reclamar, com o nariz escorrendo.

E o Mané começou a festa.

Com a perna engessada, da coxa ao tornozelo, cheio de hematomas pelo corpo, o Mané pulava pelo cômodo, preparando um americano no prato comemorativo feito de restos, com muita maionese cuja data de validade estava vencida havia pelo menos dois meses.

O Mané se deitou no colchão, segurando o prato gorduroso com uma mão, a revista da Pamela e a recém-conquistada revista pornográfica de nome <u>Sex</u> com a outra.

Mas não.

Com as duas mãos ocupadas não ia dar.

O Mané deixou o americano no prato em cima da cama.

A <u>Playboy</u> importada ficou em cima da televisão, encostada na parede, de pé, aberta numa foto que mostrava os seios de Pamela em close. A televisão, só um detalhe a mais, ficou ligada num programa onde tinha um cara vendendo remédio para emagrecer, cercado por um monte de mulheres usando shortinhos colantes e esfregando as vaginas na lente da câmera.

O Mané tirou a bermuda e se deitou ao lado do americano no prato, de frente para as vaginas que passavam na televisão e para os seios de Pamela, segurando a revista pornográfica <u>Sex</u> com uma mão e o pênis de pequenas proporções com a outra. A mão que manipulava o pênis do Mané de vez em quando também manipulava a maionese e o ovo do americano no prato.

A maior melecação. Um nojo.

O Mané começou a folhear a revista <u>Sex</u>.

Mané nem sabia que no mar do Caribe existia um grupo de ilhas que se chamava Caribe. Mas, mesmo assim, Mané caminhava numa praia do Caribe.

Mané estava de mãos dadas com Pamela, que usava um biquíni reduzido verde fosforescente, e com Jasmine (página 32 da <u>Playboy</u> importada), que usava um biquíni reduzido, que imitava a pele de um coelho cor-de-rosa fosforescente, com um pompom cor-de-rosa fosforescente colado.

Havia muitos coqueiros naquela ilha do Caribe.

O mar era muito azul e transparente naquela ilha do Caribe.

Pamela pára e olha nos olhos de Mané. Jasmine abraça Mané por trás e pega no pau dele, Mané.

Mané passa a mão sobre a boceta de Pamela, sobre o biquíni. Jasmine tira o pau negro, grande, duro e cheio de veias de Mané para fora da bermuda.

Pamela se ajoelha e passa a chupar o pau negro, grande, duro e cheio de veias de Mané. Jasmine também se ajoelha e ajuda Pamela a chupar o pau negro, grande, duro e cheio de veias de Mané.

Enquanto Pamela chupa o pau negro, grande, duro e cheio de veias de Mané, Jasmine se levanta, se ajoelha atrás de Pamela e coloca a mão dentro do biquíni de Pamela, em cima dos pêlos pubianos de Pamela.

Jasmine tira a parte de baixo do biquíni de Pamela. Pamela tira a parte de cima do seu próprio biquíni e passa a esfregar seus seios no pau negro, grande, duro e cheio de veias de Mané.

Jasmine tira a parte de cima de seu próprio biquíni e se junta a Pamela. Pamela e Jasmine ficam esfregando seus seios, uma nos da outra, e esfregando seus seios no pau negro, grande, duro e cheio de veias de Mané.

Mané se encosta num coqueiro. Pamela fica de quatro, chupando o pau negro, grande, duro e cheio de veias de Mané. Jasmine se deita sob Pamela e fica lambendo a boceta de Pamela.

Pamela faz um giro de cento e oitenta graus, tira a parte de baixo do biquíni de Jasmine e fica de quatro, com a bunda virada para Mané.

Mané coloca o seu pau negro, grande, duro e cheio de veias na boceta de Pamela, por trás. Pamela lambe a boceta de Jasmine. Jasmine lambe a boceta de Pamela e o pau negro, grande, duro e cheio de veias de Mané, simultaneamente.

Mané se levanta e sai correndo na direção do mar. Ele se deita na areia, bem perto do mar, com a barriga e o pau negro, grande, duro e cheio de veias para cima.

Pamela e Jasmine saem correndo atrás de Mané. Pamela senta em cima do pau negro, grande, duro e cheio de veias de Mané. Pamela desce e sobe, desce e sobe, desce e sobe.

Jasmine beija a boca de Pamela. Mané coloca três dedos dentro da boceta de Jasmine.

Jasmine se levanta e senta sobre a cara de Mané. Mané lambe a boceta e a bunda de Jasmine.

Pamela e Jasmine trocam de posição. Jasmine desce e sobe, desce e sobe, desce e sobe, desce e sobe sobre o pau negro, grande, duro e cheio de veias de Mané, só que de costas, com a bunda virada para o abdome de Mané. Pamela senta sobre a cara de Mané, só que de frente para o rosto de Mané. Mané lambe a boceta de Pamela. Mané coloca dois dedos dentro do cu de Pamela.

Mané, Pamela e Jasmine se levantam.

Mané volta para o coqueiro e se encosta nele, no coqueiro, com o pau negro, grande, duro e cheio de veias apontando para o céu, de frente para Pamela e Jasmine.

Pamela se vira de costas e vem recuando na direção do pau negro, grande, duro e cheio de veias de Mané.

Mané segura o pau negro, grande, duro e cheio de veias dele, Mané.

Para dar mais firmeza nele, no pau negro, grande, duro e cheio de veias de Mané, Pamela levanta a perna direita e ajeita o cu dela, Pamela, no pau negro, grande, duro e cheio de veias de Mané.

Enquanto Mané come o cu de Pamela, Jasmine se ajoelha e começa a lamber o saco escrotal dele, Mané.

Mané tira o pau negro, grande, duro e cheio de veias dele, Mané, de dentro do cu de Pamela e ejacula na boca e no rosto de Jasmine.

Dessa vez, o Mané tinha ejaculado mesmo. Foi a primeira vez.

Mas não.

Aquilo que saiu do pintinho pequenininho, meio bico-de-chaleira, com uma cicatriz bem feinha por causa da fimose estourada, não era esperma. Era só um líquido ralo e transparente.

Mas não.

Além de ter tido o orgasmo mais gostoso de sua vida até aquele momento, o Mané ficou extremamente feliz, pensando que o líquido que saía do pintinho pequenininho, meio bico-de-chaleira, com uma cicatriz bem feinha por causa da fimose estourada dele, do Mané, era muito mais limpinho do que aquela gosma branca que saía do pau de todos os outros filhos-da-puta.

Mas não.

A mãe do Mané entrou abruptamente no barraco e pegou o Mané com o pintinho numa mão e a maionese vencida lambuzando a outra. O Mané não sabia onde enfiar a cara.

Mas não.

A mãe do Mané nem reparou no pintinho do Mané, na revista Sex, ou na Playboy importada, aberta em cima da televisão.

A mãe do Mané olhou para o Mané, tomou mais um grande gole de pinga e se estatelou no chão. E a irmãzinha do Mané...

A irmãzinha do Mané não conta.

O Mané era legal, sempre jogava bola ni mim, que eu era sempre trave ou então grandula. O Mané foi pro estrangeiro e depois vem buscar eu pra ser puta lá no estrangeiro, que a minha mãe gosta. Quando eu fazer doze, eu vou começar a ser puta e ganhar muito dinheiro pra dar pra minha mãe, que o Mané não tá mandando nada pra nós. Mas depois ele vem buscar eu.

Eu sou honesto. Desde criança que eu cumpro com a palavra. O Mané é que, além de ser viado, era doidinho por uma putaria. Era filme de sacanagem na casa do Japon, era revista de mulher pelada que ele roubava na banca. Nem tinha pentelho, nem porra, e já vivia batendo punheta toda hora. Ele é que quis correr o risco de tomar umas porrada pra ficar com a revista. Porra, tava uma roda, a revista no meio da roda. Eu desafiei, e ele é que quis entrar no meio da roda. Nós batemo e ele ficou com a revista. Eu deixei ele ficar com a revista. Agora... esse negócio do joelho, eu não tenho nada com isso. Eu chutei, mas não fiquei vendo aonde os chute tavam acertando. Nós era muito moleque ainda e fazia essas brincadeira mesmo. O Mané fez muita fita pra bancar o coitado. Ficava lá no estádio exibindo o gesso, fazendo cara de coitadinho. E não foi nada de mais. Passou só uns três meses e ele já foi jogar no Santos. Primeiro jogador viado que eu já vi.

Viado? Acho que não. Claro que não. Ele não tinha jeito de viado, não. Ele era é meio caipira, meio bicho-do-mato. Chegou lá na Vila, a gente foi puxar papo e ele mal falou com o pessoal. Nunca vi ele rindo. Mas ele era bom de bola. No primeiro treino, ele começou a infernizar o Fernando. Deu o maior passeio. Chegou a ser humilhante pro Fernando. Mas o Fernando já tava puto com o moleque por causa de um jogo lá em Ubatuba, de onde veio o moleque. Lá, a gente enfiou uns oito ou nove neles, mas o moleque ficava driblando a defesa da gente, passou bola por baixo da perna do Fernando, deu chapéu... Aí, depois, já na Vila, no primeiro treino dele, ele foi de novo pra cima do Fernando. O Fernando agüentou calado, que era pra não ter problema com o Professor. Mas, depois, de noite, depois do jantar, o Fernando pegou o moleque num canto e deu o maior esporro nele, deu tapa na cara e o caralho. Aí o moleque travou, ficou um tempão jogando escondido, fugindo da bola. O pessoal ia mandar ele embora de volta. Mas era no treino, quando tinha o Fernando, que ele arregava. Quando ele teve a chance de jogar com os outros, quando o Professor botou ele em campo, no segundo tempo de um jogo, acho que no interior, aí o moleque arrebentou e não saiu mais do time. Aí o Fernando jogava com ele e dos outros ele não tinha medo, não. Só do Fernando. Mas não tinha nada de viado não. Ele era, cá entre nós, ele era é punheteiro. A gente via novela na televisão lá do alojamento e, toda vez que aparecia mulher bonita, ele corria pro banheiro, ficava um tempão. Tinha uns caras que chamavam ele de cagão, por causa desse negócio de ir no banheiro toda hora. Mas ele ia é bater punheta. Tava na cara.

"Assim não é possível. Merda mesmo. Fez cocô de novo. Deve ter sido a décima vez hoje. É um porco da Turquia de verdade."

"Porco do Brasil, você quer dizer."

"Nem me lembre, que eu fico decepcionada."

"E os alemães? O que você acha dos alemães? Somos melhores do que os turcos?"

"Ninguém é melhor do que ninguém. Só que, também, ninguém é obrigado a gostar de ninguém. Os turcos maltratam as mulheres deles, são moralistas com os outros. Eles é que se acham melhores. Olham para nós como se fôssemos uns pecadores horríveis só porque não usamos véu, bebemos umas cervejas. Eles é que ficam nos controlando."

"Você sabe que a Turquia é um país europeu, uma nação leiga, não sabe? Nas universidades de lá, as mulheres não podem nem usar o véu."

"Na Turquia pode ser. Mas os turcos daqui são machistas, racistas e moralistas."

"Nós é que somos todos certinhos, organizadinhos, limpinhos... Nós, alemães, nem cagamos mais. Nem morremos."

"Ótimo. Qual é o problema de termos uma das maiores expectativas de vida do mundo?"

"Viver muito... viver muito. Pra quê? Para fazer o Holocausto?"

"Que holocausto? Quem fez o Holocausto já morreu há muito tempo. A Alemanha, hoje, tem um governo de esquerda, nosso ministro de Relações Exteriores é um verde, um hippie."

"É, mas o governo apóia os Estados Unidos."

"Não apóia nada. Fomos contra a invasão do Iraque, que, por mim, teria mais é que sumir do mapa."

"Mas o Iraque é o berço da civilização!"

"São eles mesmos que destroem tudo. Viu aqueles do Afeganistão? Explodiram aqueles budas antiqüíssimos."

"Mas você não pode generalizar. O Afeganistão é uma coisa, o Iraque é outra."

"Tudo a mesma coisa. Se tem muçulmano no poder, é tudo a mesma coisa. Eles gostam de morrer e matam sem o menor remorso. Para eles, tudo o que é vida é ruim, é do Demônio, é contra o Alcorão."

"Existem vários tipos de muçulmanos: os sunitas, que apoiavam o Saddam Hussein no Iraque, os xiitas, que são os aiatolás, os do Irã e do sul do Iraque, e esses do Afeganistão, os talibãs, que são os ultra-radicais. O seu preconceito é que coloca todos no mesmo plano, como se fosse tudo uma coisa só."

"Preconceito? Estou limpando a bunda de um terrorista turco que não pára de cagar há uma semana e você ainda me chama de preconceituosa?"

"Ele não é turco. É brasileiro. Só de você o chamar de turco, já está sendo preconceituosa. Quem falou que todo terrorista é turco? Você é a Fräulein Nazi mesmo."

"Olha, o rapaz brasileiro, tudo bem. Ele está sempre brincando mesmo, como todos os brasileiros. E ele até fala com um certo carinho. Mas você, não. Eu não admito que você me chame de nazista."

"Fala como nazista, age como nazista, mas eu não posso falar, não é?"

"É isso mesmo. Não pode falar, não. E, já que você gosta, da próxima vez, quando o Türkenschwein cagar de novo, você limpa."

"Tudo bem, eu limpo. Você é muito... É muito... É... é... é... Sua... sua... sua... alemã."

"Um absurdo, puro preconceito. Havia quase cem pessoas esperando o trem, mas, na hora que a bolsa com o equipamento fotográfico sumiu, foram logo acusando adivinha quem? O brasileiro. Eu fui lá e tomei satisfações com o policial. Se deixarem, se continuarem a agir com preconceito, a Alemanha acaba caindo nas mãos de um novo Hitler. Então, se roubam alguma coisa, se alguma coisa dá errado, logo jogam a culpa nos estrangeiros. Se fosse um turco, ainda vai. Mas logo o brasileiro?"

"É. Mas, na minha opinião, sabe quem roubou a bolsa?"

"Quem?"

"Claro que foi o brasileiro. Você já viu alemão roubando alguma coisa?"

"..."

"Você é muito deslumbrada. Tudo bem que nós, negros aqui, temos pênis grandes, que você gosta de foder com nós. Mas, lá no Brasil, se alguém vacila um segundo, é roubado na hora. Trepar é com nós mesmo. Agora, honestidade não é o nosso forte, não. Você é muito novinha, Fräulein, gosta de dar essa vagina aí, deixa o cabelo ficar duro, mas, para ser brasileira, vai ter que aprender muito."

"Eu tenho dezesseis, mas sou vivida, tenho muita experiência e conheço várias culturas, principalmente da América do Sul e da África. Hoje em dia, eu nem me considero mais alemã. Minha alma é negra."

"Então deve ter sido você que roubou a bolsa."

"Pára, Uéverson. Esse negócio de roubo é sério."

"Errou de novo. Se você tivesse alma de negro, de brasileiro, não ia levar isso tão a sério."

"E o Mnango, não vem hoje? Estou louca para repetir aquele ménage à trois do outro dia."

"Ih! Eu acho que não vai dar, não. Sabe, eu e o Mnango queremos te aproximar do Mané. Ele é mais da sua idade, está precisando de alguém como você para aprender certas coisas."

"Como ele está? Eu gosto tanto dele."

"Ainda não sei. Ninguém deixa nós entrar lá no hospital, fazer uma visita. Mas vamos tentar. E você vai também. Você vai ser a namorada do Mané e vai parar de ficar dando para qualquer negro que aparece por aqui."

"Pelo Mané, eu até me torno uma Fräulein séria. Mas parece que ele tem medo de mim. Ele não virou turco? Não virou muçulmano?"

"Virou. Mas é só porque ele ainda não experimentou uma vagina. Quando ele te conhecer melhor, vai esquecer essa história toda."

E não é que eu tô amando mesmo a Crêidi e ela também tá me amando tanto com esse amor de fazer tudo do jeito que eu gosto, na hora que eu quero? E ela é tão cheirosinha, tem os cabelinho tão lourinho, tão bonitinha. Eu agora quero que ela deita em cima de mim, de costas pra mim, e eu vou colocar o meu pinguelo na bucetinha lourinha dela, assim, por trás. E a Martinha pode vim e ficar lambendo o meu pinguelo e a bucetinha da Crêidi, pra nós dois ficar gostando mais ainda e a Crêidi ficar dando uns gemido baixinho que eu não gosto quando as mulher fica gritando e falando palavrão que nem no filme do Jeipom. Isso, Martinha, lambe a bucetinha da Crêidi, lambe o meu saco que agora você me ama e não pode mais ficar falando pra todo mundo que eu sou viado e você não é mulher-macho também não e esse negócio de ficar lambendo a bucetinha da Crêidi é só porque você me ama e ama a Crêidi também. Fala ai ló viú pra Crêidi, fala. Fala ai ló viú que a Crêidi é alemã e não sabe falar que nem nós, não. Mas aqui não precisa, que a gente só pensa e vocês já entende, tá vendo? Isso. Que bonito esse riso que você dá. É de amor, né? É de amor pra Crêidi e pra mim, que vocês é tudo minhas. E agora vamos mudar. Agora a Martinha vira a bundinha pra cá que eu vou colocar o pinguelo na bucetinha e a Crêidi vai colocar os dedo no cuzinho e vai lamber os dedo que vai ficar com cheiro de eucalips e gosto de uvas, gosto de guaraná e gosto de maionese, tudo ao mesmo tempo. Tá vendo, Crêidi? Não precisa ficar preta, não. Fica lourinha que é muito mais bonita. Tá tão gostoso que parece que eu vou explodir. Vai, Martinha, vai Crêidi. Aaaaaannhnnnnnnn!!!

"Aaaaaannhnnnnnnn!!!"

"E a *Fräulein Nazi? Abandonou o nosso Johnny-Vai-à-Guerra, o nosso Türkenschwein?*"

"*Ela não gosta de estrangeiros.*"

"*De mim ela gosta.*"

"*Ela não gosta de turcos, quer dizer, de árabes, de muçulmanos. É uma Fräulein Nazi, sim.*"

"*Você assistiu* Johnny vai à guerra?"

"*Não. Eu não gosto de filme com violência.*"

"*Mas não tem violência, não. Quer dizer, tem. Mas não desse tipo que vocês, politicamente corretos, rejeitam. É a história de um sujeito que vai à guerra, se arrebenta todo e chega num hospital que nem o Türkenschwein — sem braço, sem perna, cego... Ninguém sabe que ele ainda está consciente, que ainda ouve, sente... Até que uma enfermeira...*"

"Aaaaaaannnhhhnnnnnnnnn!!!"

"*Pois é. A enfermeira descobre que ele sente as coisas e começa a masturbá-lo. O Türkenschwein nem precisa da enfermeira.*"

"Aaaaaaaaaaaaaaannnnnhhhhnnnnnaaannnnnn!!!"

"*Será que a Fräulein Nazi não quer fazer um carinho no Türkenschwein, não? Se bem que ele não tem nem pau mais.*"

"*Você fala que a Fräulein Fritsch é nazi, mas também chama o rapaz de porco da Turquia.*"

"*Eu estou brincando, amigo. O rapaz é porco do Brasil mesmo. E quem tem que agüentar o cheiro sou eu e o outro maluco ali.*"

"*Eu sou Mubarak e vou continuar. Eu sou Mubarak e o sangue do inimigo vai derramar e lavar o pecado do mundo.*"

"*Pobre Fräulein Nazi. Cercada de porcos por todos os lados. O Mubarak ainda tem pau. Chama a Fräulein Nazi, chama.*"

"*Eu não estou me entendendo muito bem com ela ultimamente.*"

"*Vá lá, dá um beijinho nela que passa.*"

"Dê você. Ela gosta de você, que é brasileiro. Ela me disse que acha você bonitão."

"Eu? Se me arrumarem um baseado, eu dou uns beijos na Fräulein Nazi. Mas, primeiro, o baseado."

"Já falei para você esquecer as drogas. Lá na sala de espera tem dois policiais por cadeira. Policial, não. São militares mesmo, serviço secreto. Tem até gente da CIA aqui no hospital."

"E eu? O que é que eu estou fazendo aqui, junto com terroristas? Eu vou ser preso, quando sair daqui? Eu não sou traficante. Só fiquei viciado por causa de uma garota. Mas nem estou viciado mais. Só quero voltar pra casa."

"Calma. Hoje em dia, viciados não vão para a prisão. Acho que o mais provável é que você seja extraditado. Você tem visto de permanência?"

"Não tenho nada. Perdi até o meu passaporte."

"Então, calma. Vou tentar falar com alguém na embaixada do Brasil."

"Você é um santo."

"Aaaaannnnnnhhhhhhaaaannnnnn!!!"

O joelho do Mané ainda não estava completamente bom.

Mas não.

O representante do Santos já estava naquela filha-da-puta de cidade, tentando acertar com a puta da mãe do viado filho-da-puta do Mané a ida dele, do viado filho-da-puta do Mané, para a Vila Belmiro.

Pode levar, mas quando tiver dinheiro tem que mandar pra mim, que sou a mãe, que criei ele, que tenho que agüentar ele comendo sem parar. Ele acaba com tudo que tem na geladeira e não sobra nada pra irmã dele. Se quiser levar ela, pode levar também. É lá pra Santos, né? Então, ele vira jogador de futebol e a menina vira puta, que lá em Santos, eu sei, tem muita puta por causa dos marinheiro. Também tem que mandar o dinheiro dela pra mim, que eu que cuidei até agora, eu é que já expliquei pra ela que ela vai ser puta desde cedo, que quando é novinha pode cobrar mais caro. Quem for tirar o cabaço vai ter que pagar bem, que ela vai chegar virgem nos doze anos. Vai ser com doze o descabaçamento e vai custar duzentos real. Até lá, eu não deixo ninguém botar a mão nela, que é pra não perder o valor. Mas o menino você já pode ir levando. Quanto que ele vai ganhar quando ele começar a ganhar? Jogador ganha mais que puta, né não? Eu nem sabia que o Mané sabia jogar, magrinho desse jeito. Os moleque aí vive passando a mão na bunda dele. Vou só avisando, que eu sou honesta, eu sou sincera: o pessoal aí falam que ele é meio viado. Viado pode jogar bola? Porque depois não adianta tentar devolver que eu não vou querer ele de volta não. Não vou não. Puta ainda dá dinheiro, mas viado não. Só se virar travesti, botar peito de prástico, bunda de prástico. Vocês vão botar peito de prástico no Mané? Porque eu não tenho dinheiro pra botar não. Eu não garanto nada. Eu quero é o meu, que esse menino só deu prejuízo até agora. Ele e aqueles amigo dele que vêm aqui bater punheta. Qualquer hora dessa, eles acaba estragando a menina antes da hora, que é tudo tarado, não respeita nada, nem velha que nem eu, nem menina que nem que a menina. Então pode levar o Mané. Leva logo e só traz de volta quando for trazendo dinheiro, que nós tá sempre precisando. Dá pra adiantar uns trinta pau pra comprar as comida que o Mané comeu tudo?

Não tinha a menor condição. Sem querer me vangloriar, mas nós, o Santos, salvamos o garoto. A mãe tinha cheiro de pinga, era completamente ignorante. Se eu não tivesse levado o Mané, aquele joelho não ia ficar bom nunca. O gesso que ele usava já estava completamente mole. Era marrom de tanta sujeira, de lama. Depois até apareceu um picareta de um advogado, dizendo que eu tinha comprado o Mané da mãe dele. Mas não deu em nada. Eu só tinha deixado uma ajuda, do meu próprio bolso mesmo. Foi mais pela menina, pela irmã do Mané, que a mãe queria jogar na vida, na prostituição. Ela dizia que a filha ia estrear no bordel aos doze anos. Dava pena mesmo. Mas não teve nada disso, de comprar. Eu só pedi a assinatura da mãe para a autorização do Juizado de Menores. O dinheiro, uns mil reais, era só uma ajuda. Era caridade. E o Mané, claro, nem pensou duas vezes.

Sabe o que que é que eu fico pensando agora que eu sei pensar, agora que eu sou marte, que eu sou inteligente e que eu tenho um pinguelão desse tamanho grandão? Eu fico pensando é que tem uma hora que tem justiça, que tem esse negócio de ganhar alguma coisa boa pra pagar as coisa ruim que acontece antes, que faz a gente ficar sofrendo sem alegria, que faz ficar doendo. E aqui, agora, bem nessa hora, com a bunda da Martinha com o meu pinguelo dentro do cuzinho e ela gostando e ela rindo, olhando pra mim com amor, com essa cara de amor que ela fica fazendo. E ela é toda amiga da Crêidi e elas se entende bem porque é assim que é mais bonito e esse negócio de cuzinho não fica sendo mais aquela coisa de fazer mal pros outro, de ficar sujando tudo de coisa branca e de ficar machucando que é pros outro sofrer invés de gostar, invés de amar. E essa Martinha que é a Martinha que eu gostava, que era namorada até, minha, não é mais aquela Martinha que eu gostava e que gostava de mim, mas não podia gostar porque o pessoal falava que eu era viado e essas coisa e a Martinha ficava com vergonha de gostar de mim e ficou com tanta vergonha, que aí não gostava mais e ficava falando também que eu era viado. E agora ela deixa eu enfiar o pinguelo no cuzinho dela e fica me amando junto com a Crêidi, que essa, a Crêidi, que eu nem sei se chama Crêidi mesmo, que não chama Crêidi, que eu que dei o nome Crêidi mais Muhammad que é pra ter o nome igual o meu, pois aí a Crêidi, que gostava mesmo e ficava olhando pra mim lá no Islamberlândi com essa mesma cara de quem gosta, mas lá não era amor assim que nem agora, era mais gostar de ficar querendo ficar trepando ni mim, esse negócio de sex e aí era eu que tinha vergonha. Mas essa Martinha aqui, que é a mesma, mas é outra, que olha pra mim com cara de amor, mesmo com o cuzinho com o meu pinguelo dentro, essa Martinha aqui nem lembra que ela mesmo preferia ficar rindo de mim, me fazendo ficar com vergonha, me fazendo ficar sofrendo, e eu ficava com tanta vergonha, com tanto medo de tomar porrada na cabeça porque a Martinha ficava falando, só de vergonha de ser minha namorada, ela ficava falando que eu era viado mesmo, ficava falando que eu não beijava ela, mas ela nem queria que eu desse beijo nela, porque ninguém beijava que a gente era tudo criança e tinha só esse negócio de cu que a turma ficava toda hora falando, mas era cu de homem, era cu de menino mesmo, porque as menina ninguém beijava, ninguém nem encostava, só dava a mão no cinema e depois ficava falando que beijava. É difícil explicar isso que eu tô querendo falar, porque eu entendo tudo agora, eu fico pensando, mas eu não sei as palavra. Eu sei poucas palavra. Mas é esse negócio da cara que a Martinha tá fazendo agora, com o meu pinguelo dentro do cuzinho, essa cara que não é de gente, é cara de fantasma, cara de alma boa, cara de amor puro, essa cara que faz eu não ficar com vergonha, essa cara que faz eu acreditar no amor dela e até esquecer que é esse mesmo cuzinho que tem cheiro de eucalips é que também faz cocô. Mas aqui, nesse meu Paraíso, não tem esse negócio de cocô não. Aqui os cuzinho faz é amor, esse que a Martinha de antes, a Martinha que falava pra turma que eu não beijava ela, que falava que eu era viado mesmo, esse amor que a Martinha tinha vergonha de ter, que eu tinha vergonha de ter, que todo mundo, que todo mundo, os índio, tinha vergonha de ter, então ninguém tinha amor e amor era só uma palavra que tinha nas novela, ou nas missa, esse negócio. Mas agora tem é esse amor que é o Alá, que é Deus. É por isso que fala que Deus é amor, porque esse Paraíso, que foi Deus que fez pra mim, o deus que é o Alá, é o Paraíso do amor de Deus. E esse amor tá até nos cuzinho das minhas esposa virgens, tá no meu pinguelão, tá em todo lugar aqui. E essa Martinha aqui é a Martinha

98

que descobriu que tem amor, que me ama, que é a mesma Martinha de antes, só que com amor até dentro do cuzinho. Que a outra Martinha, que é essa mesma, só que diferente, não sabia que existia amor, que existia amor ni mim pra ela. Então ela era uma Martinha sem amor, aquela, essa. Não, aquela de antes. Isso é que eu fico pensando agora.

O Mané, agora sim, estava realizando o sonho de qualquer garoto de catorze anos que adora futebol.

Mas não.

O Mané, entre o medo do desconhecido e o apego a um sofá-cama, uma revista <u>Playboy</u> importada, uma revista pornográfica e um punhado de maionese vencida, estava longe de sentir qualquer tipo de euforia. O representante do Santos dera ao Mané o prazo de uma semana para arrumar as coisas, se despedir dos amigos, daqueles filhos-da-puta, e fazer as últimas provas da escola. (Mas não. Desde que machucara o joelho, o Mané nunca mais voltou à escola e, naquela altura do ano, final de novembro, o Mané já havia tomado bomba em todas as matérias. Fora isso, catorze anos não era mais idade para freqüentar a quinta série.)

Arrumar as coisas:

O Mané pegou a mala-armário embaixo do sofá-cama, tirou tudo de dentro dela. Do forro falso ele tirou a Pamela. O Mané levou a Pamela para o banheiro.

Pamela, no banheiro do barraco do Mané, está nua e diz: "I love you".

Mané beija a boca de Pamela.

Pamela se ajoelha e coloca o pau de Mané na boca. Pamela chupa sofregamente o pau de Mané. Pamela cobre o pau de Mané com beijinhos. Pamela coloca o pau de Mané entre os seios.

O coelhinho dourado do colar de Pamela pisca um de seus olhos verdes para Mané.

Pamela pisca um de seus olhos verdes para Mané.

Pamela esfrega o pau de Mané em sua cara.

Mané pede gentilmente para que Pamela fique de quatro sobre o pano de chão debaixo do chuveiro.

Pamela fica de quatro sobre o pano de chão debaixo do chuveiro.

Mané liga o chuveiro e come a boceta de Pamela, por trás.

Pamela geme baixinho e fica repetindo: "I love you, I love you, I love you...".

Pamela se levanta e encosta na parede, abrindo as pernas.
Mané come a boceta de Pamela, pela frente.
Pamela enlaça a cintura de Mané com uma das pernas.
Pamela e Mané se beijam na boca.
Pamela e Mané atingem juntos o orgasmo.

Dessa vez, o Mané ejacula. É esperma de verdade.
O Mané fica com nojo do próprio esperma.
Mas não.
Logo, logo, o Mané aceita o fato de que é um filho-da-puta igual a todos os outros filhos-da-puta.
Mas não.
Arrumar as coisas:
O Mané sai do banheiro, coloca a Pamela no forro falso da mala-armário.
Depois, o Mané coloca todas as suas coisas dentro da mala-armário.
Mas não.
O Mané não tinha quase nada.

Teve essa história toda que aconteceu com o Mané e eu tô com muita pena dele. Eu não queria mal a ele, juro. Mas eu também não queria namorar com ele. Quando a gente começou era só uma coisa de criança, não tinha nem beijo na boca. Era aquela coisa de ficar brincando na pracinha. Cada um tinha um namorado pra hora de brincar de beijo-abraço-aperto-de-mão. Aí o Mané ficou sendo meu namorado, mas podia ser qualquer outro da turma. Não era namoro pra valer. A gente tinha que mostrar pros outros que a gente já sabia beijar na boca, essas coisas. Mas não tinha nada, não acontecia nada. Só que tinha a tal da "voltinha no quarteirão". A amiga da gente, que ficava tapando os olhos da gente na hora de escolher a prenda, apertava os olhos da gente assim de leve e a gente ficava sabendo que era o namorado da gente. Aí a gente tinha que pedir "voltinha no quarteirão". Só que, um dia, eu saí pra dar a "voltinha no quarteirão" com o Mané e a turma seguiu a gente e viu que a gente não fez nada: não deu beijo na boca, nem nada. Aí, a turma, que já pegava no pé do Mané falando que ele era viadinho, ficou tirando sarro da cara da gente e eu tive que terminar com o Mané. Senão pegava mal, né? Pegava mal ser a namorada do "viadinho". Todo mundo ia ficar rindo de mim. Mas não mudou nada. Só que, depois desse dia, eu virei namorada do Toninho Sujeira, mas também não acontecia nada nas "voltinhas no quarteirão" que a gente dava, eu e o Toninho Sujeira. Depois, eu também parei de namorar o Toninho Sujeira, porque a turma tirava sarro que o Toninho Sujeira tinha umas sujeiras, umas casquinhas assim no pescoço. Por isso que o apelido dele era Toninho Sujeira. E era isso, tudo namorinho de brincadeira, namorinho de criança. Quando a gente começou a ficar mais velha, começou a namorar mais de verdade, a dar beijo na boca, essas coisas, eu nem lembrava mais do Mané, só via ele passando de longe. Quando ele me via, ele até abaixava a cabeça, não olhava pra minha cara de jeito nenhum. E eu nunca mais vi ele conversando com menina nenhuma, por isso que eu acho que ele era meio viadinho mesmo. Vou até confessar uma coisa: eu era um pouco mais saidinha que as outras meninas. Eu queria aprender logo a beijar na boca e até dava a entender pro Mané que, se ele quisesse, eu até deixava ele beijar a minha boca, sabe? Eu ficava olhando pros olhos dele, ia chegando com a boca perto da dele, mas o Mané, nada. O Toninho Sujeira também não me beijava, mas eu reparava que ele ficava, como eu vou dizer? Dava pra reparar que ele ficava com um negócio debaixo do short, sabe? Um volume, assim. Isso dava medo naquela época. De jeito nenhum que eu ia pra cama com o Toninho Sujeira, ou com qualquer menino. Mas beijo na boca eu queria, só pra ver como é que era, pra imitar a novela. O Toninho Sujeira era um negócio de não perceber mesmo que eu tava querendo beijar ele na boca. Só que o Mané eu percebia que ele percebia que eu queria beijar ele e ele é que não queria. Por isso é que eu fiquei achando que ele era viadinho mesmo. Mas eu sempre tratei ele muito bem. Eu sempre quis que ele fosse feliz, que ele se desse bem lá em Santos e virasse um jogador famoso. Eu torcia pra ele.

Mas não.

Se despedir dos amigos:

Era quarta-feira e, no cinema, estava passando um filme cheio de efeitos especiais, com uma história que acontecia em Nova York, no futuro. Todos os filhos-da-puta e filhas-da-puta daquela cidade pequena filha-da-puta foram ao cinema.

Mas não.

O Mané não tinha dinheiro e ficou sentado na mureta, na frente da sorveteria.

Mas não.

O Mané era um expert em arrumar dinheiro numa situação dessas e a vítima era uma turista americana que estava encantada com os bêbados daquela cidade pequena e exótica e filha-da-puta. Entre os bêbados, estava o Amaro, tocando pandeiro, e a própria mãe do Mané, cantando com uma garrafa de pinga na mão.

O Mané se aproximou do grupo de bêbados.

* * *

Ai ai ai! Olha lá o Vinte-e-Quatro com a família dele. Tá com a cara que é um bando de chipanzé pinguço.

A turista americana já estava bebendo pinga no gargalo da garrafa, dançando um troço que ela, a turista americana, achava que era samba. A turista americana até que era bonita e o Mané não tirava o olho dos seios da gringa.

Mas não.

Os seios da turista americana já estavam registrados na memória masturbatória do Mané e ficariam para mais tarde. Agora, o objetivo do Mané era outro.

A turista americana deixou a bolsa de lado, no capô de um carro, e foi dançar de rosto colado com o Saponga, outro bêbado famoso daquela cidade pequena filha-da-puta.

Enquanto o Saponga babava no pescoço da turista americana, foi muito fácil para o Mané chegar junto da bolsa e tirar lá de dentro, na maior mão leve, uma nota de cinqüenta. Dava para o ingresso do cinema e para uma meia dúzia de americanos no prato, acompanhados por meia dúzia de garrafas de guaraná. Era a glória, uma despedida de luxo.

Mas não.

O Mané correu para o cinema, comprou o ingresso e foi entrando na sala escura. O filme já tinha começado, mas isso não importava para o Mané, que só queria ficar perto dos amigos, que eram filhos-da-puta mas eram os únicos tipos de amigos que o Mané conhecia naquela época filha-da-puta.

Mas não.

O Mané descobriu seus "melhores amigos" numa fileira e uma poltrona vazia bem no meio deles, dos "melhores amigos" do Mané. Então, o Mané pediu licença para o primeiro da fileira e foi se espremendo entre os joelhos dos amigões e as poltronas da fileira em frente. Todos aqueles filhos-da-puta passaram as mãos na bunda do Mané.

Mas não.

O filho-da-puta do Levi enfiou o dedo no cu do Mané, por sobre a bermuda do Mané.

E que coincidência! A cadeira vazia ficava bem ao lado da cadeira da filha-da-puta da Martinha. Que ótimo!

Mas não.

Além de começar a suar frio de tanta timidez, o Mané reparou que o filho-da-puta do Toninho Sujeira estava sentado bem do lado da filha-da-puta da Martinha. O filho-da-puta do Toninho Sujeira e a filha-da-puta da Martinha não se beijavam, nem nada. Na verdade, o filho-da-puta do Toninho Sujeira também não sabia o que fazer com a filha-da-puta da Martinha, ali do lado.

Mas não.

Ao ver o Mané do seu lado, a filha-da-puta da Martinha deu a mão para o filho-da-puta do Toninho Sujeira. E pior: a filha-da-puta da Martinha deitou sua cabeça no ombro do filho-da-puta do Toninho Sujeira, que, por sua vez, começou a suar frio. O Mané ficou pensando, se lembrando do filho-da-puta do Toninho Sujeira lá na casa do filho-da-puta do Japon, se masturbando enquanto assistia ao filme da orgia romana. E a filha-da-puta da Martinha era mesmo uma filha-da-puta. De mãos dadas com o filho-da-puta do Toninho Sujeira, ela, a filha-da-puta da Martinha, olhou para o Mané e sorriu. Era um sorriso filho-da-puta de deboche. Foi por causa disso, do deboche, que o Mané, naquele momento, se sentiu muito apaixonado pela filha-da-puta da Martinha.

O Mané, então, se levantou e atravessou de novo a fileira de filhos-da-puta, dessa vez virado de frente para os filhos-da-puta, que era pra filho-da-puta nenhum passar a mão na bunda dele, do Mané.

Mas não.

Os filhos-da-puta, um por um, apertaram o saco do Mané. E doeu.

Mas não.

Doeu menos do que ver a filha-da-puta da Martinha de mãos dadas com o filho-da-puta do Toninho Sujeira.

Ai ai ai. Tá com a cara que é o viadinho do porto de Santos.

Rá rá rá rá rá rá rá rá rá rá rá rá rá rá rá rá rá rá rá rá rá rá rá rá rá rá rá rá rá rá rá rá rá rá rá rá rá rá rá rá rá rá rá rá rá rá rá rá rá rá rá rá rá rá rá rá rá rá rá rá rá rá rá rá rá rá rá rá rá rá rá rá rá rá rá rá rá rá rá rá rá rá rá rá...

Mas não.

A despedida do Mané não tinha acabado. O Mané tinha algo que o filho-da-puta do Toninho Sujeira não tinha para oferecer à filha-da-puta da Martinha: quarenta e cinco pau, que dava para uma noite e tanto naquela cidade pequena filha-da-puta.

E o Mané ficou lá fora, esperando que aquela sessão filha-da-puta de cinema terminasse. O Mané ficou bem longe da puta da mãe dele, do Mané, do Amaro, o "pai" dele, do Mané, do Saponga, da americana com os seios sacudindo.

Mas não.

Aqueles filhos-da-puta não deixaram de reparar na "família" do Mané, quando saíram daquela sessão de cinema filha-da-puta.

Ai ai ai. Tá com a cara que é uma macaca pinguça.

Ai ai ai. Tá com a cara que é o pai do viadinho.

Cuém, cuém, Saponga. Tá com a cara que tá na fila pra comer a mãe do viadinho.

Ai ai ai. Você pode comer a crioula, mas a gringa deixa que eu carco.

Ai ai ai. Tá com a cara que é a privada do alambique.

Rá rá rá rá rá rá rá rá rá rá rá rá rá rá rá rá rá rá rá rá rá rá rá rá rá rá rá rá rá rá rá rá rá rá rá rá rá rá rá rá rá rá rá rá rá rá rá rá rá rá rá rá rá rá rá rá rá rá rá rá rá rá rá rá rá rá rá rá rá rá rá rá rá rá rá rá rá rá rá rá rá rá rá...

O Mané, todo mundo já conhece, não tinha a menor chance de superar a vergonha e convidar a filha-da-puta da Martinha para jantar. Aliás, o importante para o Mané nem era exatamente chamar a filha-da-puta da Martinha para jantar, mas sair com a sua turma, com seus amigos de infância, da infância que estava acabando. Todos aqueles filhos-da-puta não eram mais crianças. Aqueles filhos-da-puta agora eram um bando de adolescentes filhos-da-puta.

O Mané, então, muito esperto, foi lá e chamou o filho-da-puta do Toninho Sujeira para comer um americano no prato do Império. O filho-da-puta do Toninho Sujeira aceitou, claro, desde que pudesse levar também a filha-da-puta da Martinha. O filho-da-puta do Toninho Sujeira também avisou que, se o Mané ficasse olhando muito para a filha-da-puta da Martinha, ele, o Mané, ia tomar uma porrada bem no meio da cara. O Mané concordou e tudo estava resolvido.

Mas não.

O filho-da-puta do Levi ouviu a conversa e disse para o Mané que, se ele, o Mané, não pagasse um americano no prato para ele, para o filho-da-puta do Levi, e para o filho-da-puta do Josefina, ele, o filho-da-puta do Levi, ia dar uma porrada bem no meio da cara dele, do Mané.

O Mané fez as contas e viu que o dinheiro, quarenta e cinco pau, daria meio que na medida para cinco pessoas comerem um americano no prato e tomarem um refrigerante cada. Mas que ninguém pedisse nada a mais.

Mas não.

Dá pra ver nos olhos dela, dessa Martinha aqui, essa Martinha que me ama tanto, que fica com o meu pinguelo inteirinho na boca dela, escorrendo guspe pelos lado da boca, mas que não é guspe assim de guspir, que esse guspe assim é feio, dá nojo, que tem catarro junto. Esse agora que sai nos lado da boca da Martinha é diferente, é um guspe limpinho que tem amor, que tem um negócio que é de ter respeito. Respeito da Martinha pra mim. É respeito de amor de fazer isso, essa baba é amor, sabe? Eu queria ter mais palavras ni mim pra poder explicar essas coisa nova que eu tô descobrindo com esses pensamento inteligente que eu tô tendo agora, essa coisa de ver a Martinha com o meu pinguelo na boca e ver que ela faz isso com um amor que é muito grande mesmo, que ela faz isso por gostar de me ver gostando, porque pra ela isso, esse negócio de ficar lambendo e babando no meu pinguelo não é pra ela sentir esses arrepio que dá quando a gente fica fazendo sex. Esse arrepio, eu é que sinto, porque é no meu pinguelo, tá entendendo isso que eu tô falando? É difícil de explicar porque eu não tenho as palavra certa pra dizer o que eu tô querendo dizer. Mas eu vou tentar dizer. É que antes a Martinha tinha uma coisa que era ruim nos olho. Ela olhava pra mim e parecia que eu era uma coisa muito ruim, muito sem motivo pra existir, sem motivo pra alguém gostar de mim. E ela mostrava com os olho uma coisa, como é a palavra? É... é... é... é... é desprezo, isso, isso mesmo, a palavra. Nos olhos dela tinha desprezo que nem se eu fosse pior que todo mundo, pior que todos, quase que nem se a Martinha tivesse um nojo. Então, ela nunca que ia botar o meu pinguelo na boca dela, nem dar a mão pra mim, nem encostar a cabeça dela nos meu ombro pra ficar me namorando. E agora que eu sou o marte do Alá e todas as virgens do Paraíso me adora, me ama, a Martinha tá mostrando que ela não é mais ruim e nem eu sou mais ruim que nem ela achava quando todo mundo ficava falando que eu era viado, que eu era filho de bebo, filho de macaca, essas coisa que eles falava. Agora, nos olho da Martinha, olhando pra mim assim de lado, assim de baixo pra cima, com o meu pinguelo na boca, com a baba escorrendo nos canto da boca, esse jeito de olhar é de muito amor, é de muito respeito, é olhar bom que ela tem, que nem quando a gente olha pra alguém que a gente acha muito bom, alguém que é que nem se fosse um herói pra gente, alguém que nem um jogador que faz um gol na final da Copa, alguém que a gente pode ter muito respeito e como nós é um homem e uma mulher, pode ser respeito e mais amor. É isso esse negócio, a Martinha tem é amor com respeito pra mim e é por isso que eu fico fazendo uns carinho no cabelo dela e fico chamando a Crêidi pra fazer uns carinho também na bucetinha dela, que é pra ela também ficar gostando e sentindo esse arrepio do sex. Eu respeitando a Martinha, a Martinha me respeitando, mais a Crêidi, mais a Paméla, mais a artista da novela dos Marrocos, mais aquelas que dança com o rabinho cor-de-rosa no biquíni em cima da bunda, mais as virgens tudo. Tudo com amor e com respeito pra mim. E a Martinha, se queresse, já ia poder ter esse amor que eu tenho pra ela muito antes, porque as outra é tudo de um sonho que eu inventei na minha cabeça. É desse sonho que faz o Paraíso, desse sonho que faz acontecer tudo que eu fico querendo, que não é sonho, mas é vida que existe pro marte do Alá quando ele morre e vem pro Paraíso. A Paméla eu também já gostava lá na vida de antes, lá em Ubatuba, mas ela é mais feita na minha cabeça por causa da revista que eu tinha. Eu amava a Paméla era por causa das foto dela na revista, por causa dos peito que ela apertava e ficava olhando pra mim, mordendo os beiço, então eu ficava imaginando que ela podia trepar ni mim. Mas a Martinha, não. A Martinha já existia de verdade, já existia na vida mesmo e eu, lá na vida, queria namorar ela. A Martinha podia me amar antes dela ser minha virgens agora que eu sou marte. A Crêidi também era de carne e osso, mas eu não queria namorar ela, porque era mais um negócio só de sex, só de ficar trepando nela que ela ficava trepando nos preto todo que ia lá no Islamberlândi e eu achava meio esquisito esse negócio dela querer ser preta com aquele cabelo, então eu não queria ser namorado dela. Só agora que eu quero. Quero ela e as outra também. Mas a Martinha foi a primeira que eu fiquei querendo namorar lá na vida de carne e osso. E agora eu sei que ela me ama muito de verdade e não fica mais me olhando com aqueles olho de desprezo, achando que eu era pior que os outro, sentindo vergonha de me namorar. A Martinha me olha agora que nem se eu sou aquele jogador que fez o gol na final da Copa, achando que eu sou o campeão da bucetinha dela, do cuzinho dela, dos olho dela, dos peitinho dela, do coração dela, de tudo dela. A Martinha tem um grande amor ni mim. Agora que ela descobriu que tem. Antes ela tinha, mas tinha vergonha de ter.

* * *

O Mané e os outros quatro filhos-da-puta, incluindo a filha-da-puta da Martinha, sentaram no balcão do Império, um do lado do outro, na seguinte ordem: a filha-da-puta da Martinha lá no canto esquerdo; o filho-da-puta do Toninho Sujeira do lado da filha-da-puta da Martinha; o filho-da-puta do Josefina no meio, do lado do filho-da-puta do Toninho Sujeira; o filho-da-puta do Levi entre o filho-da-puta do Josefina e o viado filho-da-puta do Mané, que estava achando tudo muito bacana. Aliás, o Mané não tinha a instrução necessária para conseguir definir os sentimentos dele, do Mané. Mas o Mané, naquele momento, estava emocionado, sentindo uma nostalgia antecipada de seus amigos filhos-da-puta, de sua namoradinha filha-da-puta, que não era namoradinha dele, do Mané, mas namoradinha do filho-da-puta do Toninho Sujeira.

Os americanos no prato e os refrigerantes foram chegando.

O filho-da-puta do Toninho Sujeira e a filha-da-puta da Martinha, entre uma mordida e outra, cochichavam um no ouvido do outro e olhavam para o Mané, com sorrisos debochados naquelas caras de filhos-da-puta. O Mané, burro pra cacete, chegou até a vencer a timidez e sorrir de volta para a filha-da-puta da Martinha, que, logo em seguida, cochichou mais uma vez no ouvido do filho-da-puta do Toninho Sujeira, que, por sua vez, quase morreu de tanto rir com a piadinha filha-da-puta de maldosa que a filha-da-puta da Martinha cochichou no ouvido dele, do filho-da-puta do Toninho Sujeira.

O filho-da-puta do Levi comia simultaneamente do próprio prato e do prato do Mané, que não ousava reclamar de nada e se conformou em comer menos da metade do americano no prato dele, do Mané.

O filho-da-puta do Josefina comeu o americano no prato dele, do filho-da-puta do Josefina, em menos de dois minutos e logo pediu outro e mais outro e mais outro. Depois de comer quatro americanos no prato e beber duas garrafas de cerveja (naquele bar filho-da-puta, daquela cidade pequena filha-da-puta, não tinha essa viadagem de não vender bebida alcoólica para menores), o filho-da-puta do Josefina saiu rapidinho, foi embora, e o Mané nunca mais viu ele, o filho-da-puta do Josefina, na vida.

O filho-da-puta do Levi arrotou.

Rá rá rá rá rá rá rá rá rá rá rá rá rá rá rá rá rá rá rá rá rá rá rá rá rá rá rá rá rá rá rá rá rá rá rá rá rá rá rá rá rá rá rá rá rá rá rá rá rá rá rá rá rá rá rá rá rá rá rá rá rá rá rá rá rá rá rá rá rá rá rá rá rá rá rá rá rá rá rá rá...

* * *

O filho-da-puta do Levi peidou.

Rá rá rá rá rá rá rá rá rá rá rá rá rá rá rá rá rá rá rá rá rá rá rá rá rá rá rá rá rá rá rá rá rá rá rá rá rá rá rá rá rá rá rá rá rá rá rá rá rá rá rá rá rá rá rá rá rá rá rá rá rá rá rá rá rá rá rá rá rá rá rá rá rá rá rá rá rá rá rá rá rá rá rá rá rá rá...

O filho-da-puta do Levi arrancou a garrafa da mão do Mané antes que ele, o Mané, desse o último gole do guaraná. O filho-da-puta do Levi tomou o último gole do guaraná do Mané.

Rá rá rá rá rá rá rá rá rá rá rá rá rá rá rá rá rá rá rá rá rá rá rá rá rá rá rá rá rá rá rá rá rá rá rá rá rá rá rá rá rá rá rá rá rá rá rá rá rá rá rá rá rá rá rá rá rá rá rá rá rá rá rá rá rá rá rá rá rá rá rá rá rá rá rá rá rá rá rá rá rá rá rá rá rá rá...

Agora era só pagar a conta e ir embora, dar um pulo na praia e ficar olhando para as estrelas, todos juntos, grandes amigos.

Mas não.

As duas cervejas e os três americanos no prato a mais do filho-da-puta do Josefina estouraram o orçamento do Mané.

O Mané tirou os quarenta e cinco pau do bolso e colocou no balcão. O filho-da-puta do Carioca foi contando as notas e abriu aquele sorriso:

"Tá faltando dezoito."

O Mané explicou que ele, o Mané, tinha convidado os amigos para comer um americano no prato cada um, mas que o (filho-da-puta do) Josefina tinha comido a mais e bebido cerveja. O Mané também disse que não tinha mais dinheiro nenhum, que o (filho-da-puta do) Carioca deveria cobrar do (filho-da-puta do) Josefina, depois.

Mas não.

Não tinha conversa. O viado filho-da-puta do Carioca não queria saber de desculpa, chamou o Mané num canto e ofereceu três alternativas a ele, ao Mané:

pagar imediatamente os dezoito pau que faltavam;

ir até a casa do filho-da-puta do Carioca e comer a bunda dele, do filho-da-puta do Carioca;

comer pão com bosta.

* * *

O Mané era meu amigo sim. Eu sempre ia na casa dele pra jogar futebol de botão. O pessoal judiava dele, mas eu, não. Eu gostei quando ele foi pro Santos. Eu torço pro Santos, mas nunca vi o Mané jogando lá. Aí falaram que ele foi jogar no exterior, mas eu também nunca vi, que eu não tenho televisão em casa. Eu não tenho nem casa, porque o meu pai jogava e deu a casa pra pagar dívida de jogo. Aí eu não jogo mais futebol e fico aí tomando conta dos carro. A última vez que eu vi o Mané? Não lembro não. Eu não lembro de quase nada. Eu tenho uns problema com a memória. É por causa das droga. Eu usava droga, cheirava farinha, mas agora eu parei porque eu fui preso e os guarda da cidade fica tudo me vigiando, não deixa eu ficar sossegado. Por isso é que eu tenho que tomar conta dos carro. Eu lembrei agora. O Mané me chamou pra despedir dele lá no Império. Acho que o pessoal do Santos deu uma grana pra ele e ele tava cheio de dinheiro no bolso. Ele pagou lanche pra todo mundo. Tava lá a namorada do Mané, a Marta. Gostosinha. O pessoal falavam que o Mané era viado, mas não era não. Eu posso falar, porque eu já tentei comer o Mané e ele não dava mesmo. O Mané era bundão prum monte de coisa, mas se nós tentava comer ele, ele ficava bravo, puxava até faca. Uma vez ele tentou matar o Alemão, um gordinho que tinha aí que era o maior bundão de todos, mais bundão que o Mané, só que o Mané tinha medo dele porque o Levi, um colega nosso, ficava atiçando. O Levi era foda. O Levi vivia arrumando encrenca pra todo mundo. Arrumou um monte de encrenca pra mim. Eu fui preso por causa dele, do Levi, que duvidou que eu cheirasse na mesa do boteco. E quando duvida de mim, aí é que eu faço as coisa mesmo. E agora é que eu faço tudo que eu quero mesmo, que a minha vida não tem mais jeito não. Agora eu só tô esperando pra morrer e até lá eu faço o que dá na telha. Quer saber? Eu cheiro mesmo, eu bebo, eu como mulher, homem, faço tudo. É só me jogar uma grana na mão. O Mané era meu amigo, mas também não tem essa de amigo não. Nas hora que eu precisei de amigo, nunca aparecia amigo nenhum. Como é que diz? Amigo é amigo, negócios à parte. É assim. Eu nunca bati no Mané, nem ia bater, mas quando o Levi atiçava pro Mané pagar lanche, eu também aproveitava, porque o meu pai nunca deu dinheiro pra tomar lanche, essas coisa. Aí o Mané ficava com medo do Levi e eu aproveitava. Eu não gosto de comer cu de homem não. Eu gosto é de buceta. Mas se pagar eu como até leproso, até viado de AIDS, que eu tenho que me virar. Quando o Levi armava as parada, eu ia. A gente já comeu o Carioca um monte de vez. Ele pagava lanche, dava relógio, dava remédio pra ficar doidão, dava Psicopax, Fastinan, xarope de tosse, qualquer coisa pra ficar doidão. Aí era aquela putaria. Dava até nojo, mas eu ia assim mesmo, quer saber? Comia lanche, comia cu, ficava doidão. Amigos à parte. O Mané eu gostava, que eu tinha pena. Mas que se foda o Mané.

Pão com bosta, que o Mané era um viado filho-da-puta mas não estava nem um pouco interessado em comer outro homem, ou em ser comido por outro homem. O Mané era um viado filho-da-puta que só fazia sexo com modelos internacionais da revista Playboy, com grandes jogadoras de vôlei da Europa, com cheerleaders de teams de football, atrizes e apresentadoras lindas da televisão, umas turistas de corpos perfeitos e com a Martinha.

Diante da expressão de nada do Mané, que nem tentou pronunciar palavra alguma, o filho-da-puta do Carioca só abriu um sorriso para o filho-da-puta do Levi e jogou para ele, para o filho-da-puta do Levi, um pãozinho francês, supercrocante, que acabara de chegar, quentinho, da padaria.

O filho-da-puta do Levi entendeu o recado.

Rá rá rá rá rá rá rá rá rá rá rá rá rá rá rá rá rá rá rá rá rá rá rá rá rá rá rá rá rá rá rá rá rá rá rá rá rá rá rá rá rá rá rá rá rá rá rá rá rá rá rá rá rá rá rá rá rá rá rá rá rá rá rá rá rá rá rá rá rá rá rá rá rá rá rá rá rá rá rá rá rá rá rá rá rá...

Tinha um carro de polícia encostado bem na porta do Império e o Mané bem que podia pedir uma ajuda aos dois PMs que ocupavam a viatura, onde estava escrito "Policial Militar: Amigo de Fé, Irmão Camarada".

Mas não.

O Mané tentou escapar saindo em disparada.

Mas não.

O filho-da-puta do amigo de fé, irmão camarada segurou o Mané pelo pulso e entregou ele, o Mané, para o filho-da-puta do Carioca, que logo justificou, muito justo, o que estava para acontecer com o Mané:

"Tá tentando fugir sem pagar a conta."

A dupla de PMs, muito justa, achou justo que o Levi saísse do banheiro com uma fatia de pão toda molhada por um líquido marrom esverdeado e a enfiasse na boca do Mané, goela abaixo.

Primeiro, eram só umas lágrimas escorrendo pelo rosto do Mané.

Rá rá rá rá rá rá rá rá rá rá rá rá rá rá rá rá rá rá rá rá rá rá rá rá rá rá rá rá

rá rá rá rá rá rá rá rá rá rá rá rá rá rá rá rá rá rá rá rá rá rá rá rá rá rá rá rá rá rá rá rá
rá rá rá rá rá rá rá rá rá rá rá rá rá rá rá rá rá rá rá rá rá rá rá rá rá rá rá rá rá...

Mas não.

Enquanto o filho-da-puta do Carioca segurava o Mané, sob o olhar justo dos dois PMs, o filho-da-puta do Levi enfiou na boca dele, do Mané, a segunda fatia de pão com bosta, mijo, cuspe e tudo quanto é tipo de merda que fica na privada fedorenta de um banheiro imundo de uma lanchonete suja de uma cidade pequena filha-da-puta.

O Mané começou a vomitar. Todo mundo se afastou do Mané para que o Mané não vomitasse em cima de ninguém.

O Mané vomitou muito, ajoelhado no chão.

O Mané levantou o rosto e viu a cara da filha-da-puta da Martinha.

A filha-da-puta da Martinha encarou firme o viado filho-da-puta do Mané.

A filha-da-puta da Martinha:

"Rá rá rá rá rá rá rá rá rá rá rá rá rá rá rá rá rá rá rá rá rá rá rá rá rá rá rá rá rá rá rá rá rá rá rá rá rá rá rá rá rá rá rá rá rá rá rá rá rá rá rá rá rá rá rá rá rá rá rá rá rá rá..."

Aquela cidade pequena filha-da-puta:

"Rá rá..."

Fazer as últimas provas da escola:
Que mané escola o caralho.

Sumiu. Nunca mais eu vi o Mané. A última vez, que eu me lembro, foi lá no Império. Eu tava com a Martinha, e o Mané ficava dando em cima dela. Aí, pra impressionar a Martinha, ele veio com uma história de pagar lanche pra ela.

A Martinha pediu o lanche, comeu e, depois, o Mané não tinha dinheiro pra pagar. Veio até polícia. Não sei como é que foi que o Mané fez. Acho que ele ficou lá, lavando prato. Eu namorava a Martinha, mas tinha pena do Mané. Bater nele ia ser covardia. Eu não bato em ninguém mais fraco do que eu. Também, o Mané tinha aquele jeitinho de bicha, não ia conseguir nada com a Martinha. A Martinha gostava era de homem, homem de verdade. Depois disso, eu nunca nem mais ouvi falar no Mané. Ele foi jogar futebol não sei onde. E esse negócio de futebol não é comigo não. Por quê?

Não precisa ter nojo, não, Martinha. Não é gostoso o leitinho do meu pinguelo? Tá gostando, né? É limpinho, tem gosto de guaraná. Agora a Martinha não ri muito mais não. Agora é só um riso baixinho, é só os olho que fica rindo olhando pra mim. É só a boca que fica um pouquinho aberta com o leite do meu pinguelo saindo e ela passa a língua assim de um lado pra outro que é pra limpar tudo, que é pra ela engolir tudo, que nem aquela morena da revista de sex do Humberto. A Martinha antes ria que era pra mim ficar chateado, ficar achando que eu não valo nada, que eu sou, ficar achando que eu era viado mesmo, com todo mundo rindo de mim. Mas agora a Martinha não ri, não. Nenhuma ri. Elas tudo me acha bom, me acha homem bom mesmo, homem macho legal, que faz elas ficar feliz, que faz elas ficar tudo arrepiada, sentindo aquela coisa que dá vontade de gritar quando faz cosquinha nas bucetinha, que nem eu sinto no pinguelo quando eu trepo nelas, quando elas fica engolindo o meu pinguelo. É tudo coisas de amor, sem maldade nenhuma. Essa Martinha aqui não tem maldade nenhuma, nem tem vergonha de ninguém que aqui é eu que mando e ela pode ficar me amando sem ter vergonha, que aqui não tem ninguém que vai ficar dizendo pra ela que o namorado dela, que o marido, eu, eu é que sou o marido e ninguém vai falar pra ela que eu, o marido dela, é viado. Ninguém vai falar nada, porque agora as mulher me ama e os homem tem tudo medo de mim. Todo mundo tem medo de mim porque eu sou marte agora.

Eu não morri, mas eu sou um mártir de Alá.
Eu vou continuar sendo um mártir de Alá por toda a eternidade.
Eu não quero o Paraíso.
Eu não quero me deitar à sombra.
Eu não quero as virgens do Paraíso.
Eu vou continuar mártir.
Eu vou continuar por Alá.

Eu vou continuar pela eternidade.
Eu vou continuar sentindo a dor.
Eu vou continuar cada vez mais puro.
Eu vou continuar.
Eu vou continuar.
Eu vou continuar.

Isto não é um sonho e vai continuar. Está começando o pior. É: o pior. O pior começou a acontecer e eu não me dei conta. Eu estava com uma sensação de estar realizando tudo o que eu tinha sonhado. Eu tocando na Europa, vivendo de música, e não era música babaca, comercial, só pra ganhar dinheiro, não. Era música boa. Eu tinha uma namorada linda. Muito louca, mas linda, inteligente, talentosa. Era a mulher que eu queria ter quando eu era adolescente, a Rita. Era o som que eu queria fazer quando eu era adolescente, era a cidade onde eu queria morar quando eu era adolescente. Um sonho tão nítido, tão concreto. Não dá para me reconhecer naquele infeliz que começou a se picar. Nem neste infeliz aqui, agora. Eu não queria mais ficar aqui, olhando para o teto, pensando num futuro que eu nem sei se vai haver. É isso. Acabou o futuro. Antes, quando as coisas andavam mal, eu tinha sempre aquela convicção de que tudo ia melhorar. E, quando as coisas iam bem, aí era só acender um baseado e comemorar, curtindo a felicidade. Agora eu sei que as piores coisas podem acontecer com qualquer um, a qualquer momento. E as piores coisas estão acontecendo comigo, agora. Um dia eu me piquei com a melhor heroína do mundo, fui apagando dentro de um sonho — eu, o trompete, as estrelas, amor, sexo, madrugada em Berlim, o metrô vazio, um bêbado que canta uma música antiga, Kreutzberg deserta, o som de música eletrônica vindo de um inferninho muito doido, um irlandês tocando violão na praça deserta, uma menina turca de lenço na cabeça, coberta do pescoço aos pés, usando um batom vermelho vivo, linda, cheiro de pizza, o frio, a fumaça de um cigarro, o policial de brinco ajudando o viciado da Zoo Garten a se levantar, a alemã gorda bebendo cerveja, Joe Zawinul na porta do Quasimodo, o apartamento da Rita, Nouvelle Vague, a Rita batendo na minha cara, a banda, eu e os caras improvisando no banheiro, a gente contando piada, o Mouzon falando da África, a mulher do Mouzon dançando, a gente batendo palma, eu chegando no aeroporto de Madri, eu chegando no aeroporto de Zurique, tudo novo, eu bebendo no aeroporto de Zurique, a aeromoça me servindo aquela garrafa de vinho, os aviões no céu, o rio Reno lá embaixo, montanhas cobertas de neve, o mar da França lá embaixo, eu chegando no aeroporto de Berlim, baixo de pau, trompete e bateria, só o trompete e eu, noite na Kant Strasse, Döner Kebab antes de voltar pra casa, mais uma cerveja, a última, nós ouvindo as fitas uns dos outros, nos conhecendo, estrangeiros. Eu queria sempre ser um estrangeiro, um ferido de guerra no país inimigo, a piedade do inimigo, o amor do inimigo, Jesus —, fui acordando dentro de um sonho — cheiro de bosta, um maluco de olho arregalado dizendo que é o Mubarak, outro maluco, sem olho, falando "buceta", sem pau, uma enfermeira durona, racista, que gosta de brasileiros, um enfermeiro gente boa, bonzinho demais, ecologista, pacifista, um coração grande, dor de cabeça, o soro acabando, remédio pra dormir, sonhos que não me lembro, uma saudade tão grande, um medo tão grande, agentes da CIA. Isso não sou eu. Isso não é um sonho. Eu ia ser tanta coisa, eu ia tocar em tantos festivais de jazz. O bom não é ser. Bom é sonhar que vai ser, é achar que se está sendo tudo o que é preciso para ser. O futuro começa agora, nesta cama. E não há futuro. Se eu estivesse morto, eu já teria vivido o bastante. Eu, o trompete e a madrugada. Eu. Cadê o meu trompete?

"Não fique assim comigo. Eu já limpei o Muhammad, já troquei os lençóis. Está tudo limpo."

"Estou cansada de ouvir desaforos. Eu não sou nazi."

"Eu sei. É que às vezes você diz umas coisas..."

"Só porque somos alemães, nunca podemos usar determinadas palavras. Qualquer um pode fazer piada de turco, piada de judeu, piada de negro. Só nós é que não. Depois, ainda falam que nós não temos humor, que somos frios, que somos fechados. Eu também queria ser brasileira. Como é mesmo o nome do rapaz, o brasileiro drogado?"

"Tomé."

"Pois é. O Tomé faz piada o tempo todo. Foi ele quem começou a chamar o outro de Türkenschwein. A mim ele chama de Fräulein Nazi. E você acha tudo lindo."

"Não. Eu já disse a ele que não acho isso certo. Mas não adianta. Acho que isso é o espírito brasileiro, o humor brasileiro."

"Pois é. Eu também quero ter esse humor brasileiro. Não aceito mais o rótulo de alemã nazi, fria, mal-humorada."

"Ninguém pode deixar de ser o que é."

"Eu posso. E quer saber? Já estou cansada desses brasileiros. Eles acham que são os donos da alegria, da felicidade, olham para nós, alemães, como se fôssemos umas pedras de gelo sem sentimentos."

Quem eles pensam que são? Só porque tiveram o Pelé, acham que são os melhores sempre. Esse Uéverson que trouxeram para cá, por exemplo. Já tem cinco rodadas que ele não faz um único gol. Fica andando em campo com a mão na cintura, dando ordens ao resto do time, com aquele sotaque, com aquele jeito de falar que mais parece o Tarzan. Nós perdemos o jogo e ele fica rindo. Depois, os nazis vão acabar dando uma surra nele por aí. Se eu falo assim, já vão logo dizer que eu sou racista. Mas não sou. O Mnango eu respeito, que o Mnango joga para o time, corre o jogo todo, sua a camisa. Os africanos, em vez de ficarem rindo, trabalham duro, fazem por merecer o salário que ganham. Outro dia, fiquei sabendo quanto o Uéverson ganha: dez vezes mais do que eu. E por quê? Só porque é brasileiro. Mas nem na seleção do país dele ele joga. Veio aqui ganhar dinheiro fácil, beber e promover orgias sexuais de negros com as nossas mulheres, que ficam todas deslumbradas com os exóticos sul-americanos. Em vez de jogar junto com o Uéverson, eu queria jogar, pelo menos uma vez, contra ele. Eu ia acabar com aquela alegria brasileira num instante. Mas também não adianta. Toda hora chega um novo. Daqui a pouco, o futebol alemão só vai ter estrangeiro e cada equipe vai ter o seu Pelé particular. É brasileiro, é negro, já se transforma em Pelé.

Meus olhos se encheram de lágrimas. Foi só ver aquele garoto entrando, franzino, tímido, com aquele jeito de andar. Na mesma hora eu me lembrei de muitos anos atrás, quando um outro negrinho chegou aqui na Vila. Eu sei que já chegaram vários negrinhos por aqui, pretendendo ser Pelé. Teve o Cláudio Adão, o Juari, agora o Robinho. Mas o Mané, vou te dizer, era o mais parecido, tanto no físico quanto no futebol. Eu digo parecido, porque Pelé nunca vai ter outro igual. Ah, o tempo. Já são noventa e cinco anos. Só de Vila, eu tenho oitenta anos. Já fiz de tudo aqui, até joguei futebol, mas isso numa época que futebol era quase uma brincadeira. Depois, eu fui gandula, roupeiro, massagista, cozinheiro, auxiliar técnico, faxineiro, porteiro, vigia, conselheiro e até diretor. Agora faz uns vinte anos que eu não sou mais nada. Só que eu continuo vindo aqui, que nem se eu fosse um fantasma, o Fantasma da Vila. E o que eu mais aprendi nessa vida foi ver o tempo passar. Porque o tempo passa e a gente nem nota. Mentira. A gente nota de vez em quando, principalmente nas horas que a gente fica triste. Eu notei que o tempo passou quando eu fiz quarenta e tive um desastre de barco, trombada mesmo, no mar. Eu estava num barquinho de pesca e o barco bateu num baita navio que estava com a luz apagada por causa da guerra. Pode dizer até que eu sou ferido de guerra. Aí foi muito ruim, porque eu nunca mais pude jogar uma bolinha, nem de diversão. E a coisa que eu mais gostava, que eu mais gosto nessa vida é futebol. Mas aí alguém disse que quarenta não é mais idade pra jogar futebol e eu vi que o tempo tinha passado, que eu não tinha conseguido nada no futebol, que eu nunca tinha jogado muita coisa mesmo e que a única coisa que eu tinha nessa vida, na verdade, não era nada. Aí eu notei o tempo passando e fiquei tão triste! Eu fiquei triste porque, depois de quarenta anos, quando a gente é um nada, aí é que não vai ser mais nada mesmo, só se tiver filho, que aí a gente pode ser alguma coisa através do filho, mas eu não tive filho, não, que eu tinha problema, eu era estéril. Lá em casa era só eu e a Celina, a minha esposa, que faleceu quando eu fiz sessenta anos e aí eu também notei, outra vez, que o tempo tinha passado. Era uma época tão boa, mas com o falecimento da Celina ficou tudo ruim por um bom tempo. Lá, era a época do Pelé, do melhor Santos que teve. Eu viajava com o Santos pra todo lugar, dava conselho pros jogadores todos. Todos eles gostavam de mim. A Celina faleceu logo depois do bicampeonato mundial, aí aquela felicidade toda virou tristeza. Porque, com sessenta, aí é que eu não era mais nada mesmo. Aí eu era só um velho que ficava mancando. Naquela época, com sessenta, a gente já era velho. Aí eu olhava pra trás e via que a minha vida era o que os outros faziam, era o futebol que os outros jogavam e eu só ficava nos boteco discutindo futebol, ou então eu vinha pra Vila ficar paparicando jogador, ficar paparicando o Pelé. Eu mesmo não fazia nada, não vivia nada, não fazia nada que era meu, não conquistava nada, só pegava carona na conquista dos outros e aí já era tarde demais, que ninguém começa mais nada depois dos sessenta. A Celina faleceu e eu notei que eu nunca fiz nada de bom pra Celina, nunca dei nada de bom pra ela. Eu notei que o tempo passou de novo e que eu passei a vida toda perdendo tempo. Mas, como eu disse, aí já era tarde, eu era um velho sozinho e se eu não continuasse acompanhando o Santos, aí é que a vida ia ficar um vazio só, que ela é. A gente é que disfarça esse vazio dando importância pra coisas que nem um time de futebol, ou uma profissão, ou o amor por uma mulher. Ou então arrumando algum vício que nem fumar, que nem beber, que nem jogar. Eu não tive vício nessa vida. Eu preenchi esse vazio da vida com o futebol. O futebol é que fez o tempo passar depressa. A gente ganhava um campeonato e ficava feliz por alguns meses. Depois, começava outro campeonato, a gente não ganhava e, depois, outro campeonato que a gente não ganhava e mais outro e mais outro e, quando eu parava pra ver, já tinha passado um tempão, vários anos, sem campeonato nenhum. Aí a gente notava o vazio, pra só esquecer desse vazio no próximo campeonato que a gente ganhava. Aí apareceu o Mané, que era um menino quietinho, um menino triste, muito triste, e eu quis que ele fosse o Pelé, eu quis que o tempo não tivesse passado e que eu fosse o pai desse novo Pelé. Mas o Mané também não ligava muito pra mim, não. Ou então ele ligava, mas não sabia demonstrar isso porque ele era muito perturbado. Ele ficou uns dois anos treinando aqui e eu, todo dia, ia falar com ele, ia corrigir o jeito dele se posicionar em campo, ia dar conselhos pra ele, que ele era muito xucro, muito inocente e, se não tivesse ninguém pra dar uns bons conselhos, ele ia acabar jogando a carreira dele no lixo, e futebol não é lugar pra gente inocente, não. Mas, aí, eu falava com ele, ele balançava a cabeça, dava as costas e saía andando com aquele jeito de quem não tinha percebido nada, de quem não tinha captado o que eu dizia pra ele. Eu até achei que ele não falava direito comigo porque eu era muito velho, que ele devia achar que eu era gagá. Mas aí eu vi que o Mané era assim com todo mundo. Mas eu me apeguei a ele assim mesmo e quando ele foi embora pra Alemanha, foi pra Alemanha, né?, quando ele foi pra Alemanha, foi aí que eu notei, pela última vez, que o tempo tinha passado. E agora passou mesmo e daqui a pouco eu vou morrer e tanto faz se eu morrer. E eu não acredito em Deus, eu não acredito que eu vou pro Céu, ou pro Inferno, nem nada disso. Também não acredito nos homens, não acredito no amor, não acredito no futebol, não acredito em mim. É tudo uma coincidência, é esse negócio dos átomos, não é mesmo? Eles, os átomos, se juntam ao acaso, formam moléculas que também se juntam e, juntas, formam um homem, uma estrela, uma pulga, um oceano, uma galáxia. Eu sou velho, não tenho muita instrução, mas tenho muito tempo pra pensar e eu acho que eu entendi tudo como é que funciona o mundo, o Universo. E não cabe Deus no meu raciocínio, nem cabe essa história de destino, nem cabe o tempo, que eu sinto, bem aqui dentro, que o tempo não existe. Existe é um emaranhado de acasos, milhares de acasos pequenininhos, que vão fazendo os acontecimentos acontecerem. Eu queria que não fosse assim, eu queria poder acreditar em alguma coisa, acreditar no sentido das coisas, acreditar que um gesto bom pode melhorar um pouco a vida da gente. Mas não. A televisão, nesses anos todos que eu venho todo dia aqui na Vila, já fez várias reportagens comigo. Eu sou o velhinho simpático que toda hora um repórter descobre. Aí tem a reportagem, todo mundo vem falar comigo, dizendo que chorou quando me viu. Igual eu digo que chorei toda vez que apareceu um negrinho franzino e tímido aqui no Santos. Eu chorei mesmo e choro até hoje. Mas eu descobri que eu choro é por mim mesmo, é porque não adiantou nada eu ter conhecido o maior jogador de futebol que já existiu, que não adiantou nada nem eu ter nascido. E todo mundo chora quando me vê na televisão é porque eu não sou nada e as pessoas percebem, no meu nada, o nada delas. Alguma coisa dentro delas, em algum lugar dentro da mente, diz a elas que toda existência é vazia, que, ou elas vão morrer cedo, vão interromper tudo que existe, de susto, de uma hora pra outra, sem fazer nenhum sentido, ou elas vão se transformar em velhinhos tristes, velhinhos que vão notar que o tempo passou e elas não aproveitaram bem essa vida que não é nada. Todas as pessoas, dentro delas, sabem que não existe Deus, que não existe um destino justo, sabem que a vitória ou a derrota não significam nada, que viver ou morrer dá no mesmo. Se eu tivesse morrido há cinqüenta anos atrás ia dar no mesmo. Eu dei muitos conselhos pro Pelé, mas hoje eu sei que esses conselhos não fizeram a menor diferença, não tiveram a menor importância. Eu e todos os velhinhos que freqüentam por toda a vida o campo de treinamento de algum clube não temos a menor importância e até o Pelé mesmo não teve importância. O Pelé mudou a minha vida, mudou a vida de muita gente, mas isso também não tem a menor importância. Se não existisse o Pelé, se não existisse futebol, se não existisse o homem, se não existissem as estrelas, os planetas, se não existisse nada, ia dar tudo na mesma. Tudo ia dar em nada. Mas vocês querem saber é do Mané.

O Mané ficou esperando pelo representante do Santos, sentado num banco, na praça da Matriz. Ele, o Mané, estava decidindo com quem iria fazer sexo quando já estivesse instalado no alojamento da Vila Belmiro, em Santos. A Pamela, com toda a certeza, estaria no enredo.

Mas não.

A última novidade era a turista americana, os seios baloiçantes da turista americana.

Mas não.

O Mané podia fazer sexo com várias mulheres diferentes ao mesmo tempo, nas mais diversas posições. Graças à revista <u>Sex</u> e aos vídeos pornográficos do Japon, o Mané já conhecia um belo repertório de situações pornográficas.

Ai ai ai. O viadinho já tá com as mala pronta. Vai dar a bunda lá em Santos, ai ai ai. Tá com a cara que é a nova namoradinha do Pelé. Cuidado pra não engravidar, que o Pelé é foda nessas parte.

Mas não.

O Mané já não escutava mais nada, já não via mais nada, já não ligava pra mais nada.

Mas não.

O representante do Santos parou o carro na esquina e veio vindo na direção do Mané.

O Mané olhou para o representante do Santos com aquela cara de nada que ele, o Mané, fazia como ninguém.

"Vamos?" O representante do Santos pegou a mala do Mané e foi levando ela, a mala do Mané, para o carro.

O Mané não estava feliz.

Mas não.

O Mané nunca era feliz.

Silêncio.

O representante do Santos e o Mané entram no carro.

Ai ai ai. O Vinte-e-Quatro arrumou freguês. Esse aí vai pagar bem pra comer esse cu preto, hein, ô viadinho?!?!

Ih! Olha lá o viadinho andando de carro importado. Agora o viadinho só dá a bunda pra rico!

O Mané não estava infeliz.

O Mané não estava sentindo nada, não estava escutando nada e o carro negro, importado do Japão, partiu.

Sabe, meu filho, agora a sua vida vai mudar totalmente. O futebol vai deixar de ser uma brincadeira de final de semana para ser uma profissão de verdade.

O Mané olhou para a pracinha onde ele, o Mané, brincava de beijo-abraço-aperto-de-mão com a filha-da-puta da Martinha e não sentiu nada.

Você tem muito talento, joga bem mesmo, mas tem muito que aprender. A partir de agora não vai ser só entrar em campo e começar a jogar. Vai ser preciso muito treino, muita preparação física. Com a sua habilidade, você vai ser caçado em campo. Em cada partida, vai ter alguém o tempo todo em cima de você. Os adversários vão fazer de tudo pra te assustar. Eles vão cuspir na sua cara, vão te xingar, vão ficar segurando a sua camisa, vão enfiar o dedo no seu cu.

O Mané olhou para a árvore, em frente à ponte do Perequê, onde o filho-da-puta do Tuca, que Deus o tenha, enfiou o dedo no cu dele, do Mané, quando ele, o Mané, estava fazendo a contagem para ir procurar os filhos-da-puta na brincadeira de pique-esconde, e não sentiu nada.

Mas nós, lá em Santos, vamos te dar toda a infra-estrutura que você precisa para enfrentar qualquer situação. Você vai ter até uma psicóloga para te ajudar a superar a tensão, as inseguranças normais que todo atleta tem.

O Mané olhou para a quadra de esportes da praia, onde ele passava o dia inteiro tentando participar da pelada mas nunca era escolhido no par-ou-ímpar, apesar de ser o melhor jogador de futebol de todos os tempos daquela cidade pequena filha-da-puta, e não sentiu nada.

Você ainda é muito novo, tem muito futuro, mas não pode deixar o sucesso subir na cabeça. Está certo, você agora está indo jogar num time grande, o clube onde Pelé jogou, mas ainda está muito cedo para que a gente possa garantir que você um dia vai chegar de fato a ser um profissional. Tenha muito cuidado para não se decepcionar. Por isso, é bom que você continue seus estudos, para caso o futebol não dê certo para você. Nós temos um programa para os nossos atletas que vêm de outras cidades, o programa "Bom de bola, bom na escola", onde você terá professores, livros e todo o material escolar que você vai precisar.

O Mané olhou para a janelinha do subsolo da Câmara Municipal, onde havia as reuniões semanais dos filhos-da-puta do dente-de-leite com o viado filho-da-puta do Mário Telles, cujo lema era "Bom de bola, bom na escola", e não sentiu nada.

A carreira de jogador de futebol parece ser um mar de rosas — fama, dinheiro, mulheres, carrões —, mas só uma pequena minoria atinge o topo. Eu vou insistir — não basta ter talento. É preciso muito sacrifício. Você tem que pensar que é uma carreira muito curta. Você vai ter aí uns vinte anos para ganhar algum dinheiro e se preparar para a vida pós-futebol. Então, é melhor se dedicar com afinco, só pensar no futebol, no trabalho, nos treinamentos, durante esses vinte anos. Depois, sim, você vai ter uma vida inteira pela frente para aproveitar o dinheiro que ganhou no futebol. Mas, vou logo te avisando, se você não andar na linha, pode acabar na miséria, sozinho, sem ninguém pra te ajudar quando acabar a fama e o dinheiro.

O Mané olhou para a estrada de terra que ia dar no cais, onde ele, o Mané, apostava corrida de bicicleta com as crianças filhas-da-puta daquela cidade pequena filha-da-puta e sempre perdia, sendo jogado na água de roupa, tênis, bicicleta, e não sentiu nada.

Mané, né? Teve um xará seu, o Garrincha, você já deve ter ouvido falar. Foi um dos melhores jogadores que o mundo já teve. Alguns falam que o Garrincha era melhor do que o Pelé. Eu não acho, mas o Garrincha era espetacular, ganhou a Copa de 62 sozinho.

O Mané olhou para a costeira da praia Grande, onde, pela primeira vez, ele, o Mané, observara os seios de uma mulher, de uma australiana que fazia topless e foi atacada com uma chuva de areia pelos moleques filhos-da-puta, incluindo o próprio Mané, daquela cidade pequena filha-da-puta, e não sentiu nada.

Outra coisa que você vai precisar aprender é a se relacionar com os companheiros. Lá na Vila Belmiro, tem garotos de várias partes do Brasil, garotos de todo tipo. É preciso que você seja leal com todos, que adquira espírito de grupo. Futebol é um esporte coletivo onde ninguém vence sozinho. Você é muito bom, talvez venha a se tornar o craque do time. Você sabe o que significa vestir a camisa 10 do Santos? Tenha muito cuidado para que isso não te suba à cabeça. Jogador não gosta de companheiro mascarado, que se acha o dono do time. É preciso ser humilde para conquistar a confiança e o respeito do grupo. Senão, nem a bola eles vão te passar.

O Mané olhou para o Betty's, a danceteria onde houve a matinê de fim de ano para os meninos bons de bola, bons na escola, filhos-da-puta, do dente-de-leite, e suas namoradinhas filhas-da-puta, na qual a filha-da-puta da Martinha passou a tarde inteira dançando com o filho-da-puta do Toninho Sujeira e olhando para o Mané com aquele sorriso de filha-da-puta na cara filha-da-puta, com a única intenção filha-da-puta de fazer com que o viado filho-da-puta do Mané se sentisse humilhado, sozinho, e não sentiu nada.

É. Eu acho que você pode ser tudo, menos mascarado, não é verdade? Você não fala nada, fica aí quieto, olhando pela janela. Deve estar começando a sentir saudade da família, dos coleguinhas. Acho que o seu problema maior vai ser para vencer a inibição. No futebol é preciso ser humilde, mas não pode ser demais. Senão, são os adversários que se aproveitam, pisam em cima. Você precisa dosar a humildade com a coragem, a garra. Craque que é craque não leva desaforo pra casa.

O Mané olhou para o morro do Saco da Ribeira, onde três dos seus coleguinhas filhos-da-puta tentaram estuprá-lo, sem conseguir, já que o Mané sabia evitar um estupro como ninguém, mas, mesmo assim, os três coleguinhas filhos-da-puta dele, do Mané, conseguiram arrancar toda a roupa dele, do Mané, e jogar tudo lá embaixo, no mar, e o Mané teve que voltar para a estrada pelado, até achar uma sunga imunda, nojenta, numa poça, e não sentiu nada.

Estou te aborrecendo? Tudo bem. Se você não quer conversar agora, tudo bem. Depois, quando você chegar na Vila, você vai começar a se soltar mais, não é verdade? Isso aqui é só o começo, Mané. Você ainda vai chegar muito longe. Já estou até te vendo, na Copa do Mundo, beijando a taça. Você vai conhecer esse mundão todo, vai conhecer lugares que você não pode nem imaginar que existem. Ânimo, Mané. Sua vida, a vida de verdade, está começando agora.

O Mané olhou para a placa onde estava escrito "Limite dos Municípios Ubatuba-Caraguatatuba" e não sentiu nada.

Está na hora de se animar, Mané. O seu futuro está começando.

O Mané começou a sentir um eco em seus ouvidos. O Mané estava deixando para trás as vozes do passado dele, do Mané, e não estava sentindo nada.

* * *

Aquela cidade pequena filha-da-puta:

"Rá rá..."

Eu sou Mubarak e os Estados Unidos, o Demônio, os judeus, Cristo, todos estão rindo.

Eu não aceito a humilhação e vou continuar.

Eu não sinto a humilhação quando demônios estão rindo de Mubarak.

Eu não sinto dor quando demônios cortam a minha pele e sugam o meu sangue.

Eu sou Mubarak, o imortal.

Eu sou Mubarak, aquele que sempre continua.

Eu sou Mubarak.

Eu sou só Mubarak.

Eu sou só.

Eu continuo, mesmo sem a minha família.

Eu continuo, mesmo amarrado.

Eu continuo, mesmo que arranquem meus braços.

Eu continuo, mesmo que arranquem minhas pernas.

Eu continuo, mesmo que ceguem meus olhos.

Eu continuo, mesmo que arranquem minha língua.

Eu sou a consciência de Alá.

Eu sou Mubarak e vou continuar.

Eu sou Mubarak e vou continuar.

Eu sou Mubarak e vou continuar.

Sou eu, Muhammad Mané. Pena que ninguém agora pode ficar me vendo. Eu queria que aqueles índio tudo podia me ver aqui sendo o marte desse meu Paraíso. E vendo ela, que ela é a Martinha, que aprendeu a não rir de mim, que agora eu sou marte, que é a mesma coisa que ser herói, um herói do Alá, do Deus. Só que eu não posso ficar metido agora, que o Alá não gosta. Mas eu posso só ficar aqui, com a Paméla e aquela artista da novela lambendo as bola do meu saco, olhando a Fraulaim Chom ensinando a Martinha como é que faz pra fazer sex que nem as alemã que sabe muito mais que a Martinha e aquelas menina todas lá de Ubatuba, aquelas meninas tudo índia, tudo que se achava boa, se achava importante só porque tinha uns peitinho assim mais ou menos que não dá nem metade dos peito da Paméla, dos peito da Fraulaim Chom, e nem dos peito da Crêidi, que também é menina, que é pequenininha mas tem uns peito de mulher, assim tudo redondinho com os mamá cor-de-rosa. Agora a Martinha tá aprendendo. Mas não era pra mim ficar assim, com raiva da Martinha agora. É que eu fico lembrando daquela cara que ela fez pra mim quando eu tava indo embora de lá, que o Carioca queria trepar ni mim que nem se eu fosse viado e eu não queria ir na casa do Carioca, aí ele mandou o Levi dar pão com bosta pra mim e a Martinha ficou rindo, aí eu olho pra ela e dá uma raiva que eu até esqueço que essa Martinha que tá aqui com a bundinha virada pra mim, com o cuzinho e a bucetinha aparecendo, tudo arreganhado pra mim, aí eu até esqueço que essa Martinha aqui é uma Martinha que ama eu, que fica rindo pra mim com a cara doce, que é a mesma Martinha de antes, só que diferente, que é uma Martinha que faz parte do prêmio do marte que é eu. Desculpa, Martinha. Agora eu vou amar você outra vez que é pra você não ficar triste, me amando enquanto eu fico com raiva daquela Martinha que é você, mas também não é. É outra. Aí as outra virgens esposa vão dando licença pra ficar só eu e a Martinha, que nós vai ficar fazendo sex só nós dois, eu e ela, né, Martinha? E vai ser, e tá sendo, sex de amor, sem muita coisa diferente, sem ficar inventando muita coisa. É só a Martinha deitando e abrindo as perna e eu deitando em cima dela e colocando o meu pinguelo na bucetinha dela e mexendo em cima dela, indo e vindo, assim, indo e vindo e a Martinha fica rindo um riso de amor e falando que me ama e eu beijando a boca dela que nem na novela, aqueles beijo de amor, só amor e nós dois acaba na mesma hora e fica olhando pra cara do outro com cara de amor e dizendo que ama. E nós agora é aquela coisa, junto, e nós é amor, é pai, é mãe, é irmão, é irmã, é amigo, é esposa, é marido, é como devia ser todo mundo se não tivesse o Demônio fazendo as pessoa ser ruim, ser mau, ser aquelas pessoa que fica rindo mau dos outro, que fica chamando os outro de viado só porque os outro não gosta de brigar, não gosta de ficar fazendo coisa ruim que dá nojo, esses negócio de comer o cuzinho do Carioca, que não é nem cuzinho, é cuzão mesmo, todo fedido. Mas nós, aqui no meu Paraíso é diferente, aqui nós é tudo pessoa boa, sem maldade, sem vontade de fazer coisa ruim nos outro. Aqui nós é tudo irmãos e irmãs, amigo e amigas, tudo junto com um monte de amor de verdade, amor de querer só coisa boa pro irmão, eu, e pras irmã, as virgens que são minhas esposa. Eu te amo, Martinha.

"Nós não vamos conseguir falar com ele."

"Calma. Nós somos os astros do Hertha. Reparou quantos autógrafos nós já distribuímos?"

"Eu quero ver é vocês convencerem a polícia, os militares. Olha o tamanho daquele segurança ali."

"E o nosso Mnango aqui? Muito maior. Outro dia, aquele dia que nós deixamos você louca na cama, naquele dia, o Mnango bateu em cinco desses nazis e depois ainda deu aquela surra de pênis em você."

"Pára com isso, Uéverson. Aquele dia eu estava fora de mim por causa dos nazistas. Mas, hoje, não estou aqui para brigar com ninguém. Só quero levar a... a... a... Como é o seu nome mesmo?"

"Mechthild."

"Mnango, você não presta. Fez tudo aquilo com a moça e nem sabe o nome dela."

"Mas estou arrependido. É por isso que quero uni-la a Muhammad Mané. E tem mais. Não estou no melhor do meu humor e não tenho que aturar essas piadinhas de brasileiros. O nosso amigo Muhammad Mané está lá em cima, sofrendo, e não acho justas essas demonstrações de alegria num momento como este."

"Não está mais aqui quem falou. Eu é que não vou encarar um Leão de Kamerun. Mas, garota, como é mesmo o nome? Mete onde?"

"Mechthild."

"Meto no rildi, na buceta, no rabo, atrás da orelha, embaixo do braço, em qualquer lugar que você quiser, minha princesa."

"O quê?"

"Nada não, eu só estava pensando alto, em português."

"Com licença, vou dar uma volta. Quando eles liberarem a nossa subida, me chamem."

"Viu o que você fez, moça? Assustou o Leão com essa sua bunda maravilhosa."

"Sabe, Uéverson, você já está começando a ser desagradável. Não sou puta para você falar assim comigo."

"Não? Mas onde você aprendeu a trepar daquele jeito, com dois ao mesmo tempo?"

"Com vocês, negros."

"Racismo, não, hein!?!"

"Não é racismo, é elogio."

"Ah, bom!"

"Já estamos aqui há mais de duas horas, eles não vão nos chamar."

"Calma, princesa, calma. Dentro de alguns minutos, o Mané vai ser todo seu. Sabe, eu sempre tive a fantasia de fazer sexo num hospital. De preferência com uma enfermeira, uma dessas aí, uma alemã peituda."

"O Mnango tem razão. Você está passando um pouco dos limites. O Mané sofrendo lá em cima e você só falando besteira, só pensando em sexo."

"Ah! E o sacrifício que estou fazendo pelo Mané?"

"Que sacrifício?"

"Não te levar agora mesmo num quarto desses, vestir você de branco e te comer."

"E quem disse que eu ia querer, que eu ia deixar?"

"Eu sei que você gosta."

"É, eu gosto de brasileiros, gosto de negros, mas você está ficando muito grosso, sem respeito. Acho que, com você, eu não vou mais fazer amor."

"Amor, não. Sexo."

"Nem amor, nem sexo, nem nada disso. De você, a partir de agora, só vou ficar ouvindo as piadas. Já disse que não sou puta. Posso até dormir com dois homens, com três, quatro, mas é necessário que me conquistem, que tenham pelo menos um pouco de romantismo."

"Nada disso, princesa. Você agora vai ser a namorada do Mané, não vai mais ficar saindo com aqueles negros todos do Slumberland não."

"Você não manda em mim. Eu sou uma mulher livre."

"Então, vamos embora. Já é difícil fazer o Mané comer você. Se, ainda por cima, você ficar se comportando como uma puta, aí é que não vai dar em nada mesmo. O Mané vai ficar apaixonado quando vocês fizerem sexo a primeira vez e, depois, você não vai fazer o menino sofrer, vai?"

"Não. Eu gosto do Mané. Sou louca por ele. Mas você tem que parar um pouco com esse seu machismo, com essas piadas de mau gosto. Pare de me tratar como se eu fosse puta e eu vou fazer o Mané muito feliz. Não é isso que você e o Mnango querem?"

Atenção, Herr Oliveira, Herr Manu e Frau Reischmann. Favor comparecer à recepção do quinto andar.

Elas é muito bonitinhas. As duas juntas, andando de mão dada, elas peladinha assim, quase umas menina, umas criança. Uma toda lourinha, a outra toda moreninha, com umas bundinha lindas e elas faz carinho na bundinha da outra e dá beijinho na outra e pega essas flor que só tem aqui no Paraíso e põe no cabelo da outra e eu fico só aqui assistindo e amando elas. E elas fica brincando igual fosse criança mesmo, correndo perto do mar, a Crêidi e a Martinha, minhas virgens mais nova, mais virgens ainda que as outra, porque elas é mais novas que as outra. Mas é tudo virgens, elas e as outra, porque depois que eu trepo nelas, elas fica virgens de novo, tudo com cheirinho de eucalips que é o cheiro que as virgens têm. Aí eu deito aqui nessa rede, nessa sombra, no ventinho, a Fraulaim Chom e a Paméla fica me dando uvas na minha boca e eu fico vendo a Crêidi e a Martinha andando junta, amando elas e elas amando eu, tudo sem briga, sem falar coisa feia, sem ter ploblema, sem ter conversa brava, nem conversa de humilhar e essas coisa de ficar chamando de viado e elas faz troca-troca, mas é um troca-troca legal, que é sem ser viado, que é troca-troca só de mulher que aí é limpinho porque é só as bucetinha se encostando e elas rindo que nem fosse uma brincadeira de menina sem ficar machucando ninguém e isso é que é o Paraíso, tudo funcionando do jeito que devia funcionar a vida sempre, com todo mundo contente, amando os outro, gostando de ver os outro feliz e com sex que é bom, que é de amigo e que faz sex sem maltratar quem tá sendo trepado. Todo mundo que trepa aqui tem respeito pra quem tá sendo trepado e tem também amor e tem vontade de fazer quem tá sendo trepado ficar feliz, ficar contente achando que todas ama ele, que sou eu que é eu que é o mais que elas ama. Linda a Crêidi e a Martinha. Linda a Fraulaim Chom e a Paméla fazendo carinho no meu pinguelo e me dando uvas na boca.

O Mané entrou no alojamento, pôs a mala no chão e ficou encostado na parede, esperando que o "grupo" logo viesse pra cima dele, do Mané, e tentasse arrancar as calças dele, do Mané, e tentasse comer a bunda dele, do Mané.

Mas não.

Filho-da-puta nenhum tentou comer a bunda do Mané. O único rosto meio hostil era o rosto do Fernando, aquele zagueiro filho-da-puta que quase quebrou a perna do Mané, no jogo comemorativo do aniversário daquela cidade pequena filha-da-puta de onde vinha o Mané.

Mas não.

Apesar do olhar hostil do filho-da-puta do Fernando, os outros filhos-da-puta não pareciam filhos-da-puta e teve até um filho-da-puta, que não era filho-da-puta, que deu as boas-vindas ao Mané e foi explicar como ele, o Mané, deveria arrumar as coisas dele, do Mané.

O Mané tinha direito a um armário de ferro com três compartimentos para guardar suas coisas. Tinha um cadeado para que ninguém mexesse em nada que fosse dele, do Mané, e ele, o Mané, pudesse esconder a Pamela, a Jasmine, as cheerleaders, além do negro, que havia se formado em ciências políticas, da secretária loura, bronzeada pelo sol, magra, de seios firmes com róseos mamilos e bunda empinada, e da vendedora de roupas jovens de uma butique de roupas jovens, morena, bronzeada pelo sol, magra, de seios firmes com róseos mamilos e bunda empinada da revista <u>Sex</u>. O Mané também tinha uma cama com travesseiro, lençóis e cobertor; um kit de higiene pessoal composto de uma escova de dentes, um tubo de creme dental, um sabonete, um shampoo, um desodorante e uma toalha. O Mané também ganhou um caderno, uma caneta, lápis e borracha.

Mas não.

O Mané nunca usaria o caderno, a caneta, o lápis e a borracha.

Cara mais esquisito. Chegou no alojamento, encostou na parede e ficou olhando pra gente, tremendo, com medo de alguma coisa. Eu fui lá, falei com ele como funcionavam as coisas, falei pra ele ficar à vontade, que era pra ele só tomar cuidado pra não perder o treino de manhã, que o Professor era chato com horário. Porra, nem um obrigado o Mané falou. Ele virou as costas e se enfiou debaixo do cobertor, de roupa, sapato e tudo. O Mané era muito bicho-do-mato. Era cedo ainda, devia ser umas sete da noite, e ele ficou lá deitado, olhando pro teto. Você deve imaginar, né? Alojamento de moleque. De noite sempre era a maior bagunça. Nada de mais também. Tinha uns caras que ficavam jogando dominó, o Mazinho ligava o rádio, a gente ficava cantando uns pagode, batucando nas mesinhas. Tinha a turma que não gostava de pagode, a turma do rock. Aí toda noite tinha discussão que acabava em guerra de travesseiro. Tinha umas sacanagens que a gente fazia com quem pegava no sono, coisa assim de encher a cara do cara de pasta de dente, ou então amarrar o cara na cama com o cadarço do tênis e o cara tentava levantar na hora que chamavam pra janta e levava o maior tombo. Essas sacanagens de moleque, nada de mais. Mas o Mané morria de medo e a gente nem sacaneava ele. O Mané ficava de fora de tudo. O negócio dele era televisão e banheiro. E o jantar também. O cara comia todo afobado, como se estivesse morrendo de fome. E ele não sabia segurar direito o garfo e a faca, espalhava arroz pra tudo que é lado e não olhava pra ninguém. É que ele era boleiro mesmo, senão ele ia se dar muito mal com a gente. Só que, quando a gente descobriu que ele jogava bem pra cacete, o pessoal não implicou mais tanto com o Mané. Mas amigo mesmo ninguém era do Mané.

Não sei se todo brasileiro é assim, ou turco, sei lá. Eu nem sei mais o que o Mané era. Mas nós achávamos estranho o modo como ele comia. O Mané misturava arroz, batata, pão, macarrão, tudo no mesmo prato. E segurava os talheres assim, ao contrário. Nem o Hassan, que era amigo dele, que era turco também, conseguia ficar perto dele na hora de comer. É que o Mané sempre sujava de comida quem estivesse sentado do lado dele. E maionese. Ele punha maionese em tudo, muita maionese. Ficava tudo sujo. O Uéverson, do time principal, ficava com vergonha do Mané e vinha dizer que, no Brasil, não era todo mundo que comia daquele modo. Então, o Uéverson pegava os talheres, com o dedinho levantado, e mostrava como ele era bem-educado para comer. Bem... o Uéverson comia de boca aberta, falava com a boca cheia, mas levantava o dedinho parecendo um lorde inglês. Grande pessoa o Uéverson. E, comparado com o Mané, o Uéverson era mesmo um lorde inglês.

O Mané bem que podia ter ido com menos sede ao pote. Quer dizer, ao prato.

Mas não.

O primeiro jantar do Mané, em Santos, era composto de bife, arroz, batata frita, ovo com a gema mole, salada e mais um pão. Ou seja, era o americano no prato do Império, com arroz.

Mas não.

Faltava a maionese.

Mas não.

Logo, o Mané descobriu, bem no meio da mesa coletiva, uma cesta cheia de sachês de mostarda, ketchup e... maionese.

Era o americano no prato do Império.

Mas não.

Era muito melhor, muito mais bonito, do que o americano no prato do Império. E o Mané, coitado, era tímido demais.

Mas não.

O Mané esqueceu de tudo, separou o arroz num canto do prato, só porque o americano no prato do Império não tinha arroz, pegou uns oito sachês de maionese, abriu com modos selvagens cada sachê e fez uma montanha de maionese no outro canto do prato. Depois, o Mané começou a comer desesperadamente, babando maionese, engordurando as mãos, espalhando comida para todos os lados. Dois "companheiros" que estavam sentados ao lado do Mané tiveram que mudar de mesa e nunca mais ninguém sentou perto do Mané naquele refeitório.

Depois do jantar, o Mané foi ao banheiro, levando mala e mulheres. Agora, sim, essa era a noite mais feliz da vida do Mané, que, de barriga cheia da melhor comida do mundo, estava no auge de sua criatividade.

Eram três americanas deliciosas: Pamela, Jasmine e a americana dos seios baloiçantes que bebia pinga e dançava com os bêbados de Ubatuba na porta do cinema. Elas estavam no gramado, no círculo central de um grande estádio. Nas laterais do campo, as cheerleaders, totalmente nuas, segurando pompons cor-de-rosa, realizavam uma coreografia cheia de pernas abertas e bundas rebolantes.

Pamela, Jasmine e a americana pinguça vestiam uma espécie de uniforme, com shortinhos negros apertadíssimos e camisetas colantes brancas, meio transparentes, além de meiões e chuteiras.

Mané, vestindo o uniforme do Fluminense, sobe as escadas do vestiário e entra em campo. A torcida, formada basicamente de mulheres nuas, vai ao delírio.

Pamela e Jasmine vêm ao encontro de Mané, trazendo a americana pinguça pelos braços. Pamela e Jasmine, com muita formalidade, apresentam a americana pinguça a Mané.

Mané dá dois beijinhos na americana pinguça e ela, a americana pinguça, logo segura no pau de Mané. A americana pinguça se atraca a Mané, como uma esfomeada de sexo, lambendo o rosto de Mané, se esfregando no corpo de Mané, dizendo sofregamente: "I love you, I love you, I love you, I love you...". Pamela e Jasmine são obrigadas a contê-la, separando o casal.

Pamela desnuda Mané e ainda dá um beijinho no pau dele, Mané.

Jasmine desnuda a americana pinguça e ainda dá um beijinho no seio esquerdo dela, da americana pinguça. Depois, Jasmine abraça a americana pinguça por trás e aperta os dois seios dela, da americana pinguça.

Pamela e Mané vão beijar os seios da americana pinguça. A americana pinguça se desvencilha de Jasmine, se ajoelha e fica esfregando seus seios no pau de Mané. Jasmine e Pamela ficam beijando a boca de Mané.

Mané ordena que as três fiquem de quatro, uma ao lado da outra. Mané coloca o pau dele, Mané, na abertura vaginal da americana pinguça, que está no meio, e penetra fundo, enquanto fica dando tapas nas bundas de Pamela e Jasmine.

A americana pinguça olha para trás, para Mané, e continua a repetir: "I love you, I love you, I love you, I love you...".

Mané vai comer Pamela por trás e enfia dois dedos na boceta e o dedo polegar no cu da americana pinguça, que grita mais alto: "I love you, I love you, I love you, I love you, I love you...".

Jasmine se levanta e deita embaixo da americana pinguça. Jasmine lambe a boceta da americana pinguça e a americana pinguça lambe a boceta de Jasmine: "Humpfff, i lovumff yourssss, slurrffff you, ampfsh lonf yumfff, ãin lof yumm ssshssllfiissshhh...".

Mané tira o pau dele, Mané, da boceta de Pamela e o coloca na boceta da americana pinguça.

Pamela se levanta, beija Mané na boca e oferece seus seios para que Mané possa beijá-los.

Mané tira o pau da boceta da americana pinguça. A americana pinguça se ajoelha e esfrega seus seios no pau de Mané. Pamela abraça Mané por trás e passa a masturbá-lo. Jasmine lambe o pau de Mané, beija a boca da americana pinguça, lambe os seios da americana pinguça.

Mané ejacula nos seios da americana pinguça e na boca de Jasmine.

Pamela diz para Mané: "I love you".

O Mané sai do banheiro depois de meia hora, sem sinais de que tivesse tomado banho. Há uns três ou quatro "companheiros" na porta, esperando para entrar.

Silêncio.

Fernando, o zagueiro, fala lá do fundo do alojamento:

"Aí, hein, cagadinha mais demorada."

Rá rá rá rá rá rá rá rá rá rá rá rá rá rá rá rá rá rá rá rá rá rá rá rá rá rá rá rá rá rá rá rá rá rá rá rá rá rá rá rá rá rá rá rá rá rá rá rá rá rá rá rá rá rá rá rá rá rá rá rá rá rá rá rá rá rá rá rá rá rá rá rá rá rá rá rá rá rá rá rá rá rá rá rá rá rá rá rá...

"É o seguinte: se o senhor quer saber quem sou eu, é só abrir qualquer jornal da Alemanha, na página de esportes. Eu sou o Uéverson e ele é o Mnango. Juntos, nós fizemos cinco gols ontem, contra o Freiburg. No jornal, o senhor vai ver a foto do meu terceiro, aquele que encobriu o goleiro. Ela aqui é a... é a... a..."

"Reischmann, Mechthild Reischmann."

"Isso. Eu nunca vou conseguir pronunciar esse nome. Mas ela é a namorada do garoto, do Mané."

"Muhammad Mané, o senhor quer dizer."

"Esse negócio de Muhammad foi inventado pelos turcos. Para mim é só Mané."

"Quais turcos?"

"É uma história complicada. Nós só viemos fazer uma visita para o Mané. Vocês, quer dizer, os senhores, vão fazer um interrogatório agora?"

"Não. Mas, se o senhor puder nos ajudar, ficaríamos muito agradecidos. Nós podemos adiantar algumas coisas. Depois, num local mais apropriado, nós vamos pedir um depoimento oficial. Agora é necessário que os senhores mantenham a cabeça relaxada. Afinal, vamos ou não vamos nos classificar para a Copa da UEFA? Eu também sou torcedor do Hertha, claro."

"Tudo certo, eu vou colaborar no que vocês, quer dizer, no que os senhores precisarem. Mas, depois, podemos ou não podemos ver o Mané?"

"Não sei se os senhores e, principalmente, a Fräulein Reischmann vão gostar de ver vosso amigo."

"Ah, não, é? Por quê?"

"Porque ele está muito machucado."

"Mas ele está vivo, não está?"

"Mais ou menos."

"Como assim, mais ou menos?"

"Muhammad Mané está inconsciente, perdeu um braço, as pernas, um olho, está cego, além de ter vários órgãos danificados."

"Meu Deus. Ele perdeu as pernas? Acabou o futebol para o Mané?"

"Bem, eu sou militar, não médico. Mas acho que não foi só o futebol que acabou para Muhammad Mané."

"Com todo o respeito, será que o senhor não pode parar de chamar o Mané de Muhammad, não? Foi por causa desses turcos, desse negócio de Muhammad, que o Mané fez essa besteira."

"Se ele não era Muhammad, qual é o nome verdadeiro dele?"

"No Brasil, Mané vem de Manoel, mas o sobrenome dele eu não sei. Lá no Hertha, eles devem ter uma ficha do Mané."

"E desde quando o seu amigo, Mané, passou a usar o nome Muhammad?"

"Ele ficou amigo do Hassan, que é turco..."

"Turco, não. Hassan era alemão mesmo, filho de sírios."

"Alemão, o Hassan não era, dava para ver na cara. Mas, para ser sincero, eu não sei muito bem a diferença de turco, sírio, árabe, Irã, Iraque, libanês, Índia, judeu... Você sabe, Mnango?"

"Isso é por causa do preconceito dos alemães. Aqui, qualquer pessoa de origem árabe é chamada de turca. É porque há muitas famílias turcas vivendo na Alemanha."

"Tudo bem, senhores. O que nós queremos saber é se o Hassan tentava convencer Muha..., Mané a praticar algum ato terrorista."

"Acho que não. O Hassan era boa gente. Tinha a religião dele, não bebia, não saía com as mulheres, ia toda hora em reuniões de religião. E o Mané começou também com essa mania de virar turco. Beber, ele não bebia mesmo, fora isso, ele era muito acanhado, não conseguia nem conversar com mulher. Mas não era viado, não. No Brasil, viado é homossexual. Aqui, não, né? Aqui, viado é um bicho macho. Vai entender. O Mané, antes de virar turco, gostava de ir no peepshow. Depois, até isso ele parou de fazer. O Mané era virgem. Ele vivia falando numa Paméla, que ele falava que era namorada dele lá na cidade de onde ele veio. Ele dizia que essa Paméla era americana. Mas não sei. Acho que era mentira que o Mané contava para que nós não achássemos que ele era... viado, quer dizer, homossexual."

"Mas a Fräulein Reischmann não é namorada de vosso amigo?"

"Ih! Agora o senhor me pegou."

"Como assim?"

"É que eu gosto do Mané, mas ele é muito tímido e não queria sair comigo, só nós dois."

"Mas vocês eram namorados ou não?"

"Tecnicamente, não."

"É o seguinte, Herr Polícia, nós queremos ver se o Mané se anima um pouco com a visita da Fräulein aqui. Eu sei que o Mané gosta dela. Quem sabe ele não se anima quando ela entrar no quarto dele?"

"Vai ser difícil, senhor. Como eu disse antes, vosso amigo está inconsciente. Fräulein Reischmann pode não gostar do que vai ver. O estado de Muhammad Mané é gravíssimo."

"Eu quero vê-lo mesmo assim."

"Só mais uma pergunta, sr. Uéverson: Muhammad Mané nunca lhe falou sobre o que eles conversavam nos encontros religiosos?"

"Mais ou menos. Acho que o Mané nem entendia direito o que eles falavam. O Mané não sabia turco, nem alemão. Ele me trazia alguns folhetos para que eu traduzisse. Mas, como o senhor deve estar percebendo, o meu alemão também não é muito bom."

"O senhor fala muito bem, sr. Uéverson."

"Exagero do senhor. Esses folhetos tinham umas coisas de religião e de como os turcos deveriam agir aqui na Alemanha. Essas coisas de turco: não pode beber, não pode sair com mulher, tinha uma bússola, aquela estrela de bússola, mostrando para que lado eles deviam virar para rezar."

"E estratégias de guerrilha urbana, alvos a serem atingidos, coisas assim?"

133

"Não tinha nada disso, não. Falava muito era do Paraíso, de como era o Céu deles. Era até engraçado, porque no Paraíso deles tem um monte de mulheres, sexo, tem um vento que fica refrescando o... como é que eles chamam?"

"Fiel."

"Xiita."

"Não, nada disso."

"Mártir."

"Isso, o mártir. O mártir, quando morre, tem direito a não sei quantas mulheres, vinho, o tal vento refrescante, palmeiras, leite, frutas, a maior boa vida. Engraçado é que tudo o que não pode agora, o cara, o mártir, vai poder depois de morto. O que é mártir?"

"É justamente aquele que morre pelo islã. Aquele que se sacrifica pela causa islâmica. Um homem-bomba é considerado um mártir. Acho que vosso amigo quis ser um mártir."

Quando o cara lá da polícia explicou o negócio de mártir pra mim, aí caiu a ficha, caralho. É por isso que eu tô começando a achar que eu tenho culpa no cartório. Será? Mas tava tudo escrito lá mermo, que o mártir ia viver no Paraíso, com setenta e tantas mulher, porra, a maior suruba, já pensou? Assim, até eu quero virar turco. Só que eu não acredito em porra nenhuma disso. Esses cara da polícia são tudo esperto. Me pegaram direitinho naquela história da namorada que não era namorada porra nenhuma. Mas eu também preciso aprender a falar menos. Quase que eu sujei a parada pro Mané. É que eu não sei falar alemão direito também não. Nem português eu falo direito, que eu parei de estudar na sexta série. Eu aprendo as coisa na cara e na coragem. Será que eu exagerei nas suruba que tem lá no Paraíso dos turco? Eu só ficava falando os detalhe pro Mané, que era pra ver se ele ficava com vontade de foder, caralho. Mas era pra foder aqui na Terra mermo, era pra foder com a lourinha, a Metichíldi, caralho. Aí eu já ia ensinando umas posições, ia ensinando como é que era pra fazer na hora de pegar uma suruba. Os olhos dele brilhava quando eu falava. Ele devia sair correndo pra bater punheta lá no alojamento dos menino. Se bem que, com esse negócio de virar turco, devia ser proibido. Eu falei pra ele que era, não sei se ele obedeceu. Mas eu juro que era tudo pra fazer o Mané ficar mais solto, não gastar tempo com punheta e ir direto nas gata. Tô na maior dúvida se fui eu que fiz o Mané explodir aquela porra. Mas quem deu os folheto pro Mané foi os turco amigos do Hassan. O Hassan tem muito mais culpa que eu. Ele é que deu o material pra mim me basear pra inventar umas sacanagem a mais. A sacanagem mesmo tá é na cabeça dos turco. Deve ser a maior suruba quando aquelas mulher deles tira os véu da cabeça. Aí vêm os cara, tudo com aqueles bigodão, e faz a festa. Será que agora, antes de morrer, já pode? Não deve poder, não. Nem vale a pena com as mocréia. Se bem que tem umas novinha que bate uma bola. Os pai é que estraga, botando tanta roupa nelas. Aí elas vão ficando gorda, vão estrubufando e vira aqueles barril de véu e cara de enfezada. Elas apanha tanto dos marido. A gente escuta da rua quando passa perto da casa deles. Sempre tem umas gritando, chorando. Mas eu dava uma grana pra descabaçar uma turquinha dessas novinha. Será que o Hassan não descolava umas pro Mané, não?

É por isso que a integração fica impossível. Cada povo tem a sua maneira de interpretar as coisas. Mesmo entre nós, muçulmanos, há tanta controvérsia, tantas maneiras diferentes de lidar com o que está escrito no Alcorão. Para um ocidental como Muhammad Mané fica impossível. De onde ele foi tirar essa idéia de explodir o Olympiastadion? Nem um talibã seria tão inconseqüente. Agora, serão os nossos irmãos de fé que pagarão por esse ato impensado. Aliás, eu já estou pagando. Nem as finais do campeonato eu vou poder jogar. O que será que Muhammad Mané viu nas nossas reuniões, ou nos nossos folhetos, que o levasse a cometer tamanho erro? Nós, muçulmanos, só queremos viver em paz com a nossa fé.

Muita conversa. O Uéverson nunca perde uma chance de falar mais do que devia. Só por causa de meia dúzia de piadas, não conseguimos ver Muhammad Mané. E Muhammad Mané precisa de nós, precisa de Mechthild. Ultimamente não tenho conseguido permanecer muito tempo ao lado de Uéverson, ao lado de brasileiros em geral. Não podemos encarar a vida levianamente o tempo todo. Há momentos em que é necessário se retirar, refletir, encontrar o rumo certo. Como no futebol. O Uéverson está driblando demais e são dribles desnecessários. Assim, a magia do jogo, do jogo da vida, se esvai. Pelé driblava objetivamente, rumo ao gol, sem excessos. Os dribles de Pelé eram soluções para encurtar o caminho até o gol. Pelé nunca driblava por vaidade, por exibição gratuita. O futebol é muito mais do que um jogo. O futebol é uma representação da vida. E, na vida, o Uéverson está exagerando nas firulas, no riso fácil. Uéverson não está colaborando nem um pouco para aliviar a dor de Muhammad Mané. Uéverson quer levar Mechthild a Muhammad Mané, como quem leva uma prostituta para a primeira relação sexual de um adolescente. Mas Muhammad Mané não precisa de prostitutas, não precisa de sexo vulgar. Muhammad Mané é um jovem muito especial, muito puro, que necessita de amor. Estou decidido a honrar um pouco mais a minha existência, parar de me entregar à bebida, ao sexo fácil. Não vou vender minha alma, não vou me

135

deixar corromper pela cultura decadente do colonizador. Preciso ter uma conversa séria com Uéverson. E com Mechthild. Mechthild precisa conhecer o verdadeiro valor da minha raça, da raça negra. Ser negro não é sair por aí, se deitando com qualquer um, fazendo malabarismos sexuais. Como o futebol, o sexo também é uma arte. E as mulheres africanas, antes de mais nada, têm respeito por si mesmas. A nossa cultura não é feita apenas de cortes de cabelo e roupas coloridas. Nós trazemos conosco a dor mais profunda da espécie humana. É na superação dessa dor que alcançamos nossas conquistas mais valorosas.

Mas quer saber? O que aconteceu aconteceu. Não vou ficar a vida inteira achando que eu tive culpa. Porra nenhuma. Os cara são foda. Agora o Mnango fica olhando pra mim com aquela cara de rei da África. Mas, na hora de comer o cu da Metichíldi, não tinha nada disso não. Ficava lá babando, mordendo a língua com a maior cara de tarado. Agora, parece que virou padre, daqui a pouco vai virar turco que nem o Mané. Tá achando o quê? Que é melhor do que eu? Que é menos preto só porque é filho de rei duma porra de uma tribo merreca? Porra, volta pra África então. Aí eu quero ver. Mas o Mnango fica é aí bancando o bonzinho. Porra, eu não tenho culpa, não. Só tô querendo ajudar o Mané, que é meu amigo. E os policial daqui é tudo estudado, entende desses negócio de turco. Eu não tive culpa nem do Mané ter explodido, nem dos cara não terem deixado a gente falar com o Mané. Lá no Brasil, com polícia, a gente tem que levar no papo, na conversa. Pô, eu até caprichei pra falar alemão. Falei direitinho com os cara. O Mané é que não tava em condições de receber visita. A única cagada que eu dei foi com aquela história da Metichíldi ser namorada do Mané. Aí eu me enrolei e os cara perceberam que tinha alguma coisa esquisita. Mas pra quem foi só até a sexta série, até que eu mandei bem, é ou não é? Esses porra é que são foda. Lá no Brasil eles ia deixar eu entrar aonde eu quisesse. Vê se eles ia barrar o Uéverson do Flamengo em algum lugar. Porra, lá até o presidente é meu fã.

O Mnango tem razão. Estou me expondo demais. O Uéverson já não tem respeito algum por mim, me trata como se eu fosse uma vagabunda. O policial ficou olhando para mim como se eu fosse a última das prostitutas. Claro que havia uma boa dose de racismo naquela polidez com que eles trataram o Uéverson. Só não foi pior porque o Uéverson e o Mnango são famosos. Se fossem dois negros quaisquer, eles não passariam nem pela porta do hospital. De qualquer forma, não vou mais permitir que o Uéverson falte com o respeito para comigo. E sexo com ele, nunca mais. Vou voltar outra hora no hospital, sozinha. Assim, talvez eles permitam que eu fale com o Mané, Muhammad Mané, sei lá.

A outra, então, tá se achando. Até outro dia era a maior piranha. Não podia ver uma piroca preta que já se jogava em cima. Deu pra tudo que é negão de Berlim. Ainda nem é maior de idade e já tá toda arrombada. Dá o cu que é uma beleza. Daqui a pouco vai pegar uma doença. Ela acha que é a gostosa do pedaço, mas eu já comi loura muito melhor lá no Brasil. Já comi modelo, já comi miss, já comi cantora, já comi artista. Já comi metade dessas gata que sai na <u>Playboy</u>. Toda hora aparecia uma dizendo que tava grávida de mim. Aí vem uma pivete dessa mandando eu falar menos. Tá legal, tá legal, não falo mais nada. Vou mais é bater a minha bola, gastar a minha grana com quem é meu amigo de verdade. Mas quando quiser a pica do negão aqui, não vai mais ter. O Mnango também não vai querer comer mais, que o Mnango agora acha que é santo. O Mané, pelo jeito que os cara falaram, agora é que não vai comer mais ninguém mermo. A Meti vai ter que se virar com esses neguinho que fica tocando tambor na rua, esses que não têm dinheiro nem pra pagar uma Bier pruma gata. Fui, tá ligado? Eu vou é procurar a minha turma.

"Axé, meu povo. Quer dizer, guten Abend."

"Ih! Olha o cara, aí! Aprendeu a falar alemão."

"É, cumpade, temo que falar a língua dos mané aí."

"Aí, Cunhado, noch ein Bier, bitte. E não precisa fazer essa cara, não, que o nosso Uéverson aqui tá pagando. Manja o Uéverson do Hertha? Rico pra caralho."

"Sabe o que que é caralho, hein, ô Chucrute?"

"Caralho ele sabe. Ele não sabe é o que que é buceta, não é não, ô Lora Burra?"

"Porra, essa Bier tá quente. Esses alemão não entende nada de cerveja."

"Tu é viado, não é não, hein, ô Filhote-de-Cruz-Credo? Por isso é que não sabe o que que é buceta."

"Leva essa merda aí e traz uma gelada."

"Olha os peitão da mina, meu. Essas porra não tem bunda, mas tem cada peitão, né não?"

"E aquelas ali, com os cabelo tudo careca. Vai ser feia assim lá na casa do caralho."

"É tudo sapatão essas mina."

"Essas porra é tudo assim, só tem viado e sapatão, que tá na moda."

"Ô Filhote-de-Heil-Hitler, tu é viado, tá na cara que é viado com essa calça apertadinha. Gosta de dar o cu, né não?"

"Muuuuuuuuuuuuuuuuuuuuu... Muuuuuuuuuuuuuuuuuuuuu..."

"Que porra é essa? Virou touro o cara."

"Touro porra nenhuma. É corno mesmo."

"Cês são uns porra mesmo, não saca nada de alemão. Cu em alemão é vaca, porra. Cê falou que o fruta ali dá o cu. Ele dá é a vaca, então."

"É. Tem a Kudamm, que é a avenida das vaca."

"Avenida dos cu."

"Avenida dos cu é aqueles dois, a lá. Não tem vergonha não, hein, ô viado?"

"Porra, que nojo os cara. Tudo de bigode dando beijo na boca."

"Ô Uéverson, e aquela mina de menor que cê tava comendo?"

"O Mnango é que gosta de comer aquele rabo. A gata é a maior vagaba."

"Cadê o Mnango?"

"Sei lá. Agora virou santo. Não sai mais, não bebe mais, não come mais ninguém."

"Precisa levar o Mnango é pro Carnaval lá no Rio."

"Um negão daquele, com aquela pinta, vai acabar virando mestre-sala."

"Aquilo é um crioulo de classe."

"Mas gosta de um cuzinho alemão."

"Ih! A lá os turco. Até atravessaram a rua."

"Também, nessa porra só tem viado."

"Ô turco mané, fica com medo não que as mina não morde não."

"Esses turco é que são viado, só andam em bando de homem."

"Essas porra têm é medo de mulher. Tu não viu aquele amigo do Uéverson, o moleque, o Mané? Entrou pra igreja dos turco e começou a fugir de mulher."

"Mas aquele lá já tinha medo de mulher antes."

"Porra, Uéverson, aquele cara era viado, né não?"

"Não fala assim, porra, o Mané tá mal, tá todo fudido lá no hospital."

"Também, porra, aquela porra virou terrorista do Saddam."

"Mas viado então ele não era. Tem que ser macho pra explodir ele, ele mesmo."

"Se ele fosse macho ia comer aquela mina lá do Uéverson. Aquela porra vivia dando mole pro Mané."

"Porra, o cara só bebia Fanta Uva."

"Então era viado."

"Ó aí. Não fala assim do Mané, não, que o Mané é meu amigo, aí."

"Ih. Ó o Uéverson aí. O Uéverson comia aquele cuzinho. É, aí."

"Vão tomar nos seus cus."

"Porra, Uéverson, também não precisa ficar nervoso, porra. Parece essas porra dos alemão, porra. Cara mal-humorado."

"Mal-humorado é o caralho. Traz noch ein Bier aí, ô Chucrute."

"Porra, essas porra aí nem sabe o que que é chucrute. Eles é que inventaram e não sabe o nome da porra. Eles chama chucrute de sauer crauti."

"Esse aí sabe tudo de alemão. Sabe falar chucrute, sabe falar cu."

"É o Essa Porra."

"Pede mais uma Bier aí, ô Essa Porra."

"Porra nenhuma. Hoje quem tá pagando é o Uéverson, que ele é que é rico."

"Ah, se o Parreira visse o Uéverson aqui, na maior pingaiada."

"É. Qualquer hora um porra desse aí do jornal te fotografa e manda a foto lá pro Brasil."

"Foda-se. Pra Seleção, eu sei que não vão me chamar mermo. Bom de jogar aqui é que ninguém enche o saco, ninguém fica vigiando se a gente tá bebendo, se a gente tá saindo com mulher..."

"É. Esses porra são tudo pinguço. Os cara bebe até na concentração. É ou não é, Uéverson?"

"Também não é assim. Um vinho no almoço, outro no jantar. Beber mermo, só na folga."

"Então essas porra são folgado pra caralho."

"Ih! A lá, a lá. Olha lá uma alemã com bunda."

"Porra, que cuzão."

"Vai lá, Uéverson, você que é famoso."

"Vou nada. Hoje o rei tá de folga."

"É. Essa porra tá com medo de tomar um esporro do Mnango."

"Ih! Sai fora, aí. Tô com o pau todo esfolado. O rei aqui é o rei de Berlim, o rei das lourinha. Já comeu demais nessa semana."

"Tô te estranhando. Vai recusar uma bunda daquela?"

"Me dá um sossego, vai. Noch ein Bier, bitte."

"Porra, Chucrute, não dá pra trazer essa porra de conta só no final, não?"

"Porra, Essa Porra, o mané aí não fala português, não."

"Esses porra quando vai no Brasil fala português? Fala porra nenhuma. Por que que eu tenho que falar essa porra de alemão? Esses porra fica trazendo a conta toda hora. Traz a porra da cerveja, bota a porra da conta na mesa, a gente paga essa porra com nota de euro, eles ficam contando as porra das moedinha, enche a porra da mesa de moedinha, porra, enche o saco essa porra."

"Pára de reclamar e bebe logo essa porra."

"A lá aquelas duas. 'Maria Sapatão, sapatão, sapatão, de dia é Maria, de noite é João.'"

"Cara mais caipira. Não tá vendo que elas são moderna? Isso aqui é Berlim, Alemanha, Europa. Tudo moderno. Homem com homem, mulher com mulher, turco com turco."

"Sou mais o Rio. Lá é que tem mulher. Faz um tempão que eu não como uma moreninha gostosa, com peitinho, bundão, falando manso, gostoso."

"É isso aí. Essas porra daqui não tá com nada."

"E uma turca dessas? Eu queria comer é uma dessas."

"Porra, Uéverson, essas porra é tudo trubufu."

"Que nada. Tem umas de quinze aninho, tudo louca pra dar. É só tirar aquelas roupa e passar os ferro. Elas ia delirar comigo."

"Isso dá é cadeia."

"Cadeia nada. Vêm é os irmão, o pai, os tio, e cê tá fudido. Com esses cara tem essa parada de honra e o caralho. Eles matam ocê e a mina."

"É. Esse pessoal turco são foda."

"Mas, pra você, não tem perigo. Você é mestre de capoeira ou não é? Dá logo uns rabo-de-arraia e acabou."

"Porra nenhuma. Essa porra fica dando uma de mestre de capoeira só pra ganhar as mina. Lá no Brasil, essa porra não era mestre de capoeira porra nenhuma. Fez umas porra de umas aulinha e já veio pra cá tirando uma chinfra de mestre."

"Que nem o Jorginho, que aqui é mestre de bateria de escola de samba. O Jorginho não falou nada hoje. Que que foi, Jorginho, tá menstruada?"

"Po-po-po-porra. Vo-vo-vo-cês falam pra pra pra ca-ca-caralho, ma-ma-ma-ma-mas nã-nã-não co-co-co-co-me ni-ninguém. Só o Ué-Uéverson, que que que é é fa-fa-famoso, e eu, que que que que sou go-go-gostoso."

"Porra nenhuma. Você não come porra nenhuma."

"Ih! É só só só pe-pe-gar o tam-tam-tam-tamborim. Dar u-uma ba-ba-batu-batu-cadinha e du-du-du-zentos euros, du-du-duzentos euros. As as as alemãs fi-ficam loucas co-co-co-comigo."

"Eu devia era ter levado o Jorginho pra dar umas aula de ganhar as gata pro Mané. As gata dando em cima dele e o Mané nada."

"E ele era bom de bola mesmo?"

"Jogava pra caralho. Aquele ia pra Seleção na boa. Ia ser dos melhores. Foda. Só que eu acho que ele veio novo demais pra cá."

"É. Aquela porra devia pelo menos ter perdido o cabaço antes de vir pra Alemanha. Aí ele ia ficar mais solto pra aproveitar essas porra dessas mina daqui, tudo louca pra dar, tudo liberal."

"Esse é que foi o problema. As gata assustaram o moleque."

"E essas porra desses turco. Esse negócio de Muhammad. Essas porra é que fudeu a cabeça do Mané."

"É isso aí. Foram as porra dos turco."

"Tem que chamar o Bush pra jogar umas bomba na cabeça dos cara."

"Nem precisa. Pra jogar bomba tem o Mané."

"Já falei que não é pra ficar de sacanagem com o Mané. O Mané é meu brother."

"Porra, Uéverson. Então dá essa porra de cu pra ele."

Rá rá rá rá rá rá rá rá rá rá rá rá rá rá rá rá rá rá rá rá rá rá rá rá rá rá rá rá rá rá rá rá rá rá rá rá rá rá rá rá rá rá rá rá rá rá rá rá rá rá rá rá rá rá rá rá rá rá rá rá rá rá rá rá rá rá rá rá rá rá rá rá rá rá rá rá rá rá rá rá rá rá...

A garotada que treinava no Santos parecia ser diferente, mesmo que um ou outro fizesse uma ou outra piada maldosa, aqui ou ali.

Mas não.

A garotada do Santos também gostava de sacanear um mané ou outro que aparecia para treinar na Vila Belmiro.

Mas não.

Dessa vez o mané não era o Mané. Era o Guerrinha, um zagueiro comprido, magrelo, que ganhava todas as bolas vindas pelo alto mas era um tremendo perna-de-pau com a bola no chão.

E, naquela manhã de treino, o algoz do Guerrinha estava sendo justamente o Mané.

Mal começou o coletivo e o Mané já foi pra cima, deixando o Guerrinha de quatro. E o Mané logo se encheu de confiança, sentindo até o prazer sádico de ver alguém que não fosse ele próprio, o Mané, ser alvo da chacota dos colegas.

Mas não.

O Mané, todo seguro de si, foi passar a bola por debaixo das pernas do Fernando, aquele que fora expulso na partida de Ubatuba por ter entrado duro no Mané.

O Fernando olhou feio para o Mané.

Mas não.

Não se passaram nem cinco minutos e o Mané entrou na área de novo, fazendo fila. Guerrinha para um lado, Fernando para o outro, goleiro fora de combate, gol.

Mas não.

Era só um treino e ninguém foi cumprimentar o Mané pela pintura de jogada.

O treino já estava quase acabando.

Mas não.

Ainda tinha mais.

O Mané, para fechar sua estréia na Vila Belmiro, aplicou ainda mais uma seqüência hilariante de dribles no Fernando. O Guerrinha nem ousava mais se aproximar do Mané.

Mas o Fernando, não.

Para o Fernando aquilo virou uma questão de honra. Ele foi para cima do Mané para rachar o Mané no meio.

Mas não.

O Mané se esquivava das porradas do Fernando com dribles malabarísticos.

Rá rá rá rá rá rá rá rá rá rá rá rá rá rá rá rá rá rá rá rá rá rá rá rá rá rá rá rá rá rá rá rá rá rá rá rá rá rá rá rá rá rá rá rá rá rá rá rá rá rá rá rá rá rá rá rá rá rá rá rá rá rá rá rá rá rá rá rá rá rá rá rá rá rá rá rá rá rá rá...

É Mané o nome do menino? De físico parece o Pelé, mas driblando é o Mané, Mané Garrincha.

O Guerrinha, assim como o Mané, já estava acostumado a ouvir o pessoal rindo da cara dele, do Guerrinha, um mané, assim como o Mané.

Mas o Fernando, não.

O Fernando olhou para o Mané. O Fernando olhou para os companheiros e para os curiosos atrás do alambrado (rá rá rá rá rá rá rá rá rá rá rá rá rá rá rá...). O Fernando olhou para o Mané com o olhar mais feroz do Universo.

Mas não.

O Fernando olhou para o técnico, o Professor, e desistiu de triturar o Mané.

Mas não.

Mais tarde o Mané vai receber o troco.

"Ei, os senhores. Preciso só de um minuto de atenção. Por favor."
"Um momento."

"Eu sou Mubarak e vou continuar. Eu sou Mubarak e trabalho em nome da verdade, em nome da justiça, em nome de Alá. Eu sou Mubarak e eu estou vivo. Eu estou vivo e meu dever é continuar até o fim. Eu sou Mubarak e vou continuar até a morte, até o encontro. Eu sou Mubarak e sou um mártir vivo. Eu morri e ainda estou vivo para continuar. Eu estou vivo e vou morrer para derrotar os inimigos. Eu sou Mubarak e vou continuar. Eu sou Mubarak e vou continuar. Eu sou Mubarak e vou continuar."

"Por favor, só um minuto de atenção. O Mubarak fala sempre a mesma coisa."

"O que o senhor acha?"

"Às vezes parece simulação, parece que ele está se fingindo de louco. Mas eu acho que não. Ele não teria nada a ganhar com isso."

"E, doutor, quais são as condições clínicas do paciente?"

"Clinicamente ele está ótimo, tem apenas um ou outro arranhão. Por mim, ele poderia receber alta imediatamente. Mas, psicologicamente, ele tem demonstrado não compreender nada da realidade que o cerca. Ele repete sempre as mesmas coisas, as mesmas frases. Tivemos que amarrá-lo à cama, pois ele tentava fugir, tentava arrancar os tubos de soro dos outros pacientes."

"E o senhor acha que podemos levá-lo para a prisão?"

"Como eu disse, do ponto de vista clínico ele tem condições, mas não acho que ele possa conviver com outros detentos. O melhor seria interná-lo num hospital psiquiátrico. Mas isso não faz parte da minha área médica."

"E eu? O que vai ser de mim?"

"O senhor? Quem é o senhor?"

"Eu sou Tomé. Tomé Barros Silva. Tive uma overdose e fui trazido para cá pela polícia. Os senhores não são da polícia?"

"De certo modo, sim. Mas não lidamos com drogas. O senhor não é alemão, é?"

"Eu sou brasileiro e quero voltar para o Brasil. Não sou traficante de drogas. Sou viciado. Fiquei viciado aqui na Alemanha."

"Sinto muito, mas, como eu disse, não trabalhamos com drogas. O senhor sabia que esse outro paciente também é brasileiro? Só que ele é terrorista, é muçulmano fundamentalista."

"Sei que ele é brasileiro por causa de algumas palavras que ele pronuncia enquanto está dormindo. Mas eu nunca ouvi falar de terroristas muçulmanos brasileiros. E esse aí, pelo jeito, não tem exatamente o biótipo de alguém que tenha origem árabe ou coisa parecida. Ele é negro, não é?"

"Parece que sim."

"Os árabes que foram para o Brasil são quase todos sírio-libaneses. Dificilmente vemos um árabe negro no Brasil."

"Sei, sei."

"Mas e eu? Será que os senhores não podem me ajudar, dizer pelo menos o que vai acontecer comigo?"

"Não podemos fazer muita coisa. Talvez falar com alguém da polícia. Isso, se encontrarmos alguém da polícia."

"Mas, meu Deus, os senhores são ou não são da polícia?"

"Desculpe, amigo, mas não podemos dizer quem somos, correto? De qualquer forma, boa sorte."

"Eu sou Mubarak e vou continuar. Eu sou Mubarak e estou vivo. Eu sou Mubarak e estou morto. Eu sou Mubarak e vou continuar. Eu sou Mubarak e vou continuar. Eu sou Mubarak e vou continuar."

"Ei, espera aí! Ei! Herr Enfermeiro! Herr Enfermeiro! Fräulein Nazi! Fräulein Nazi!"

"Por favor, não me chame mais assim. Não sou nazista."

"Me desculpe. É só um jeito de falar. É brincadeira."

"Não estou achando graça nessa brincadeira. Já tive até uma discussão com o Herbert por causa disso."

"Está bem. Me desculpe. Mas quem eram aqueles sujeitos que estiveram aqui?"

"Eram o dr. Sperl e os homens do exército."

"Exército? Que exército?"

"Não sei bem. Acho que são agentes secretos, ou algo parecido. Eles estão investigando os casos dos seus colegas terroristas."

"Annnhhhhhaaaaannnhhhhha! Isso! Faz assim com o meu pinguelão, põe na boca, assim. Annnnnhhhhhaaaaaannnnnnn!"

"O que ele falou?"

"Algo pornográfico demais para uma Fräulein que não é nazi."

"Você não toma jeito."

"Por favor, Fräulein Que-Não-É-Nazi, quem é que vai me tirar daqui? Eu queria saber, pelo menos, quem é que me mantém aqui. Como é que chama isso? Estou na custódia de quem?"

"Alá. Obrigado, Alá, por essas bucetinha, vem Crêidi, me dá mais um pouco dessa maionese. Esse ventinho que fica resfrescando. É por isso que agora eu consigo ficar pensando essas coisa nova de..."

"O que..."

"Chchchchchchchchchchchch!"

"... e agora tá ficando melhor. A Martinha pode ficar assim que nem cachorra, que é pra mim vim assim pra trepar nela. É tudo porque Alá gosta de mim, que o Hassan falou que só o Alá é que ama nós mesmo e dá pra nós as coisa que nós quer porque nós, nós que ataca os inimigo e se explode em nome de

144

Alá é que é bom e pode ficar trepando nas bucetinha e nos cuzinho com maionese que tem cheiro de eucalips... Anhha! Shnnidjh do Alá."

"*O que ele falou?*"

"*Sexo, Fräulein, sexo.*"

"*Eu sempre digo. Os turcos são todos tarados. É tudo sexo.*"

"*É, Fräulein Que-Não-É-Nazi. Ele fala de sexo e de Alá. Mas turco ele não é.*"

Porra, moleque, se vier de novo pra cima de mim, vai encerrar a carreira antes de começar. Isso aqui não é circo não, pra você ficar fazendo gracinha as custa dos companheiro. E comigo não tem nada de companheiro com você não. É melhor você nem olhar pra minha cara.

E fica até bonito de ver a bucetinha da Crêidi assim, cheia dos cabelinho lourinho, assim, junto com o meu pinguelo preto. Dá umas cor bonita, dá uma coisa assim que é quase triste de tão bonito que é. Não é triste, não. É é feliz que aqui tudo é feliz, que os pessoal turco ensinou que era, que ia ser pros marte, que nem tá sendo agora. É por isso que eu fiquei sabendo que eu ia fazer certo na hora de virar turco. Mas não é turco, não, que eles nem são turco, só uns. O Hassan era sírio e era alemão porque os pais dele era sírio e ele mesmo nasceu foi aqui mesmo, então ele é os dois. Eu não sou turco também não, eu sou, eu fiquei é moslém que é todo mundo que acha que o Deus é o Alá, que é o mesmo Deus de Jesus, só que tem outro nome e quem torce pra ele, quase todos, é os turco, que não são todos que parece turco, turco é uns e os outros todos é moslém, até os turco. E eu, que fiquei moslém marte e por isso é que eu fico aqui trepando na Crêidi, que queria ser preta que nem eu, mas agora ela viu que o que é legal mesmo é ser lourinha, que aí eu gosto mais, que aí eu acho mais bonito de ver o meu pinguelo preto entrando na bucetinha lourinha dela e dá aquele negócio que é muito melhor que aquele negócio que dava quando a gente via os filme na casa do Jeipom, porque aqui esses negócio de sex, de bucetinha, de baba, de leitinho que sai, de cheiro que tem, é tudo mais limpinho, é tudo com amor que elas têm neu. Tudo com cheiro de eucalips. E isso é só porque eu sou moslém e marte do Alá. Eu descobri isso e o Alá me salvou, me deu o Paraíso.

"Como é que você chama, garoto?"

"Manoel. Mané."

"Já ouviu falar do Pelé, né? Claro."

"Já."

"Você se parece muito com ele. Tem a mesma cara, o mesmo corpo que ele tinha quando chegou aqui."

"É?"

"É sim. E o Pelé foi o melhor jogador que já existiu."

"Não foi, não. Foi o Renato Gaúcho."

"Renato Gaúcho?"

"Ele é que fez o gol do Fluminense, quando o Fluminense foi campeão e ganhou do Flamengo. Eu vi na televisão."

"E você nunca viu na televisão os gols do Pelé na Seleção?"

"Vi. Só que eu gostei mais do gol do Renato."

"É que você é torcedor do Fluminense. Você é carioca?"

"Não. Eu sou ubatubano, mas não sou índio, não."

"Não é não. Você é preto, que nem eu, que nem o Pelé. Você joga muito bem. Eu vi o seu treino ontem. Você tem muita habilidade, me lembrou muito o Pelé quando era novo. Só tem é que tomar cuidado pra algum zagueiro mais nervoso não te pegar. Eu sei que você deve estar querendo ganhar logo a sua posição, mostrar pro treinador que você merece vaga de titular, e merece mesmo. Mas ouve o meu conselho. Eu estou todo dia aqui, faz mais de sessenta anos que eu não perco um treino. Vejo tudo, dos fraldinha até os profissionais. E eu já vi muita gente chegar aqui no Santos que nem você. Muito jogador de habilidade. Alguns se deram bem, mas outros acabaram logo. Não fica com pressa, não. Quantos anos você tem?"

"Catorze."

"Catorze. Mais novo do que os outros. Você ainda era pra ser dente-de-leite. Mas já está no infanto, no sub-17, sei lá que nome eles dão agora, toda hora muda. Mas você tem muito tempo ainda pra mostrar seu futebol. E toma cuidado com aquele grandão, aquele zagueiro. Você fez todo mundo rir dele com aqueles dribles. Acho que ele ficou nervoso."

"Tá."

"Agora vai lá que o treinador tá chamando. Espera a hora certa de driblar. Você ainda vai vestir a 10 do Santos, a 10 do Pelé."

Mas não.

O Mané não jogou nada no segundo coletivo dele, do Mané, no Centro de Treinamento Rei Pelé. Depois do tapa na cara que levou na véspera, o Mané estava com muito medo do Fernando.

Mas não.

O medo que o Mané sentia não era exatamente medo do Fernando. Era medo. O Mané era uma pessoa com medo.

Acabou o segundo treino coletivo do Mané no Santos e só o seu Laureano notou a ausência de espírito do Mané.

Mas não.

O Fernando, muito satisfeito, também notou.

Para o jogo de sábado, contra o infanto-juvenil do xv de Piracicaba, o Mané não foi relacionado nem para o banco de reservas.

O menino tem talento, sim. Ontem até que ele foi bem no coletivo. Hoje, ele ficou meio apagado. É cedo ainda pra ele jogar uma partida. Vamos esperar que ele se ambiente, se entrose com o time e, aos poucos, vamos começar a levar ele para os jogos. Tudo tem o seu tempo.

Lamentável. Eu já estava pronto para indicá-lo ao treinador dos profissionais. Muhammad Mané foi o melhor jogador que já treinei nos juniores do Hertha e ele teria vaga assegurada no time profissional. Fora do campo ele já se entendia muito bem com Uéverson e Mnango. Os três, jogando juntos, poderiam até trazer um título alemão para a nossa equipe. Ele era exatamente o terceiro homem de ataque que faltava. Para um alemão, é sempre perigoso falar o que vou falar, mas esses estrangeiros de países primitivos, de países mais atrasados, possuem um grande talento para o futebol, mas têm a cabeça muito fraca, são muito irresponsáveis. E os muçulmanos, então, são totalmente loucos. Até hoje eu não sei se Muhammad Mané é brasileiro ou muçulmano. Pelo que eu conheço dos brasileiros, acho difícil que algum deles seja muçulmano. O pior é que perdi o outro também, o Hassan. Desde que Muhammad cometeu aquela loucura, Hassan não apareceu mais para treinar. Hassan é muçulmano. Será que ele também está envolvido com grupos terroristas?

"Não. Já disse que não. Não sei de onde Muhammad Mané tirou essa idéia absurda de explodir uma bomba no Olympiastadion. Sou muçulmano, sim, mas o grupo ao qual pertenço é pacífico. Nós nos reunimos semanalmente para ler o Alcorão e discutir filosofia. Somos totalmente contrários a grupos radicais fundamentalistas. E eu sou um jogador de futebol. Sigo os preceitos do islã, mas, em minha vida individual, só penso na minha carreira, na minha equipe. Meu sonho é

jogar uma Copa do Mundo, vestindo a camisa da Alemanha. Este é o meu país. Eu nem conheço a Síria, o país de meus pais."

"Meu rapaz. Nós sabemos muito bem que Muhammad Mané se converteu ao islamismo através do senhor. Foi o senhor, inclusive, que sugeriu a ele o nome de Muhammad."

"Sim. Acho sonoro Muhammad Mané, como Muhammad Ali. Na verdade, sugeri até Muhammad Pelé, mas por alguma razão ele não queria ser comparado ao Pelé, o jogador do Brasil."

"Caralho. O novo Pelé aí já tá há mais de meia hora no banheiro."

"Haja papel higiênico."

"Ô Pelé, tá precisando de uma tesoura pra cortar esse cocozão aí?"

"Como é que foi caber tanta merda dentro de um neguinho magrelo desse jeito?"

"Porra, daqui a pouco vai começar a feder."

"Alguém aí tem um cigarro?"

"Ih! Qualé, cumpade? Aqui ninguém fuma, não. Aqui só tem atleta."

"Então, alguém acende um fósforo, pelo menos. É pra espantar o fedor."

"Que nada, meu. Se alguém acende um fósforo, isso aqui explode. Junto com a bosta, sai um monte de gases."

Rá rá rá rá rá rá rá rá rá rá rá rá rá rá rá rá rá rá rá rá rá rá rá rá rá rá rá rá rá rá rá rá rá rá rá rá rá rá rá rá rá rá rá rá rá rá rá rá rá rá rá rá rá rá rá rá rá rá rá rá rá rá rá rá rá rá rá rá rá rá rá rá rá rá rá rá rá rá rá rá...

"Mas, então, me explique uma coisa: como é que um garoto brasileiro, de um país sem a menor ligação com o islamismo, vem para a Alemanha, passa a freqüentar um grupo religioso islâmico, adota o nome de Muhammad, se transforma em homem-bomba, tenta explodir o time de juniores do Hertha Berlin e esse grupo religioso não tem nada a ver com isso?"

"Eu já disse que não sei. Na verdade, nós, Muhammad Mané e eu, nos comunicávamos por mímica. Muhammad Mané não sabe falar alemão. Se os senhores quiserem, é só fazer uma revista no apartamento do Mestre Mutanabbi, onde fazíamos as nossas reuniões."

"É claro que não encontramos nada por lá. Só aqueles folhetos."

"Então por que ainda estou preso? Havia alguma coisa nos folhetos que pudesse me incriminar ou incriminar alguém do nosso grupo?"

"Não. Não havia. Mas precisamos descobrir a razão pela qual Muhammad Mané cometeu o atentado. E o senhor é o único amigo dele que possui alguma ligação com grupos islâmicos."

"Eu não tenho ligação com grupos políticos. Eu sou muçulmano e só. Tenho o direito de seguir a minha religião, de me encontrar com outros muçulmanos, ler e discutir o livro sagrado da minha religião. Se um cristão comete um crime, as pessoas que freqüentam a mesma igreja que ele devem ser presas e interrogadas?"

"Cristãos não saem por aí, cometendo atentados suicidas, até porque o suicídio é condenado pelo cristianismo."

"Os senhores sabem que eu sou menor de idade, que estou preso sem nenhuma acusação formal, não sabem?"

"Que insinuação é essa? Isso aqui não é uma prisão e o senhor não é um prisioneiro. O senhor é nosso convidado e há uma guerra acontecendo no mundo, na qual muçulmanos, como o senhor e o seu amigo Muhammad Mané, cometem atos terroristas. É nosso dever investigar e evitar que novos atentados ponham em risco a segurança da população. Em algum momento o senhor foi maltratado?"

"Não acho que ser mantido aqui, sem poder treinar, sem poder conversar com a minha família, seja um bom tratamento."

"O senhor fique calmo. Sua família sabe que o senhor está conosco e mesmo o seu Mestre Mutanabbi já foi comunicado. Dentro de poucos dias, o senhor será liberado. É só colaborar conosco."

"Eu já disse tudo o que poderia dizer. E repito: não faço a menor idéia de por que Muhammad Mané fez aquilo. Inclusive, eu estava bem ao lado dele quando a bomba explodiu. Se a bomba fosse um pouco mais potente, eu estaria morto."

"Não sabemos se isso seria de todo mau para gente como o senhor. Todo dia há algum muçulmano se tornando mártir em alguma parte do mundo."

"Garanto que, se eu quisesse me tornar mártir, aquela bomba teria causado um estrago bem maior do que causou."

"É melhor o senhor não dizer mais nada por enquanto. Dessa maneira, vai acabar se comprometendo ainda mais. Mais tarde, vamos continuar."

Meu nome é Mubarak e eu vou continuar.
O povo de Israel recebeu a revelação e ignorou as advertências de Alá.
O povo de Cristo recebeu a revelação e ignorou as advertências de Alá.
Eu sou Mubarak e carrego a espada de Gabriel.
Eu sou Mubarak e cortarei as cabeças dos infiéis.

Eu sou Mubarak e nada pode me deter.
Eu sou Mubarak e a dor que sinto não dói.
Eu sou Mubarak e a tristeza que sinto não dói.
Eu sou Mubarak e sinto a alegria de servir.
Eu sou Mubarak e sinto a alegria de sentir a dor que purifica.
Eu sou Mubarak e sinto a alegria de continuar.
Eu sou Mubarak e vou continuar.
Eu sou Mubarak e vou continuar.
Eu sou Mubarak e vou continuar.

"Você está louco?"
"Estou. E faço isso por você."
"Como assim? Você vai perder o seu emprego."
"Pode ser, mas amigo é pra essas coisas."
"Mas alguém tem que ficar de olho nos dois malucos. E se o Mubarak escapa? Já imaginou o estrago?"
"Mas você não disse que queria? Taí, vamos ali no banheiro dos fundos. Lá, há ventilação."
"A Fräulein Nazi sabe disso? Alguém tem que ficar tomando conta do andar."
"A Fräulein Fritsch? Ela não é nazi, não. Foi ela quem arrumou o baseado."
"Grande Fräulein Que-Não-É-Nazi. Mas e a CIA?"
"Eles estão lá na entrada e não vão entrar no banheiro dos funcionários. E os seguranças são todos amigos. Pode ficar sossegado."
"Mas e se eu fumar e ficar com vontade de me picar?"
"Nem estou te reconhecendo. Que medo súbito é esse? Onde está aquela segurança? Você não pediu o baseado?"
"Eu não tenho fogo."
"Deixa que eu acendo."
"Hum... Cof... cof... cof..."
"Vai devagar, que isso aí é haxixe paquistanês. A Fräulein Fritsch trouxe da Holanda."
"Então a Fräulein Nazi é... cof... cof... cof... é... cof... maconheira? É uma doidona de direita? Nunca vi."
"Você é que está sendo de direita agora. A Fräulein Fritsch é feminista. Por isso é que ela implica com os muçulmanos."
"Forte mesmo esse negócio."
"Então chega, que você ainda não pode abusar. Deu vontade de tomar heroína?"

"Não deu, não. Acho que não vou repetir a bobagem nunca mais. Isso aqui é muito mais gostoso. Combina com música."

"É? Então vamos voltar lá para o quarto que eu tenho mais uma surpresa para você."

"Se for mais droga, eu não quero. Agora, só o calmante da noite."

"Não é droga, não. É outro presente. Dessa vez, um presente que eu comprei para você."

"Vá devagar que eu estou com a perna bamba. Violento esse haxixe."

"Pode se deitar, que eu vou buscar a Fräulein com o meu presente."

"Alá é misericordioso, mas aquele que não obedecer sua vontade pagará com o próprio sofrimento, por toda a eternidade."

"Uma, duas, três, quatro, cinco, seis, sete, oito, nove, dez... Dez bucetinha. É tudo minhas. É tudo minhas e do Alá que me deu pra mim."

"Alá é o Deus único e eu sou Mubarak. Deus se chama Alá e meu nome é Mubarak. Alá é eterno e eu vou continuar."

"Fräulein Que-Não-É-Nazi, você é minha deusa. Que delícia de baseado."

"Agora só tem essas coisa feliz, essas mãe que me dá tudo que eu queria sempre que é só esse amor dessas menina que é amiga, é mãe, é irmã e é sex debaixo desse ventinho que fica batendo, que dá uns arrepio nas costa, que faz o pinguelo ficar sempre duro, que faz ter uma felicidade aqui bem dentro, que é que nem o Céu que o padre falava lá na missa quando o Dalberto morreu. Só que esse Céu aqui é que é o Céu de verdade, que é o Céu do Alá, que é muito melhor que o Céu de Jesus, porque o Céu de Jesus não pode ter essas virgens que eu tenho agora, que fica tudo com as bucetinha me mostrando aberta que é pra mim ver e escolher qual que eu quero agora."

"Não acredito. Isso deve ter custado caro."

"Experimente."

"Eu sou Mubarak e posso ouvir as trombetas do Juízo Final. Eu sou Mubarak e trago os infiéis em desonra para o julgamento de Alá."

"Lindo!"

"Tudo lindas!"

"Ouçam, infiéis. Os arcanjos anunciam a chegada de Alá, a ira de Mubarak, a presença de Muhammad!"

"Essas bucetinha tudo minhas!"

"É Miles?"

"'All blues'."

"Não interrompa, deixe que ele continue."

"Meu nome é Mubarak e eu vou continuar."

"Elas agora tão virando tudo devagarinho que é pra mim ficar vendo tudo, todos os pedaço, que esse negócio de sex, bom é ficar vendo, é ficar vendo elas gostando, olhando assim pra mim, que nem se tivesse agradecendo deu gostar delas, deu amar elas, deu ficar dando o meu pinguelo pra elas brincar."

"As trombetas, as trombetas, as trombetas do Juízo Final!!!"

"Cansei. Eu estou sem fôlego."

"As trombetas cessam! É chegada a hora do castigo!!!"

"E o Mubarak ficou excitado com o som do seu trompete novo."

"Eu é que fiquei excitado. Estou ótimo. Agora só falta a liberdade."

"Fui à embaixada do Brasil."

"Mas o que é isso? Vocês são os anjos de Alá? Baseado, trompete..."

"Para aqueles que honrarem a dádiva de Alá, o Paraíso."

"É setenta e duas. Agora elas tão tudo aqui ao mesmo tempo, tudo peladinhas, do jeito que eu queria sempre."

"Por enquanto, eles não podem fazer nada por você. Primeiro, você vai receber alta, depois, se entender com a justiça. Como eu disse antes, não creio que haverá algum problema maior. A nossa legislação é tolerante com viciados. O mais provável é que você seja extraditado. Depois, você volta se quiser. Não sei até que ponto vai a rigidez na entrada dos aeroportos."

"Vamos sentir sua falta, quando você se for."

"Ai daquele que se volta contra seu Criador, contra o Criador do Céu e da Terra. Ai daquele que se volta contra a lei de Alá. Meu nome é Mubarak, eu sou o anjo exterminador de infiéis, eu sou a espada de Alá e vou continuar."

"Mas quanto tempo vou ter que ficar aqui? Tudo bem, que o tratamento é VIP, o haxixe é da melhor qualidade, a enfermeira não é nazi e o enfermeiro é um santo, só que não faz mais sentido eu ficar aqui. Não estou doente, já me recuperei da overdose e não sinto a menor vontade de me picar outra vez."

"Calma, Tomé. Você vai ver: logo, logo, alguém vai resolver a sua situação. Estão todos muito ocupados com o caso dos terroristas. Mas, daqui a pouco, tudo isso acaba."

"Agora, aproveite o efeito desse paquistanês que você fumou, porque não é todo dia que a Fräulein Nazi viaja para Amsterdã."

"Nazi, não."

"Não. De jeito nenhum. É Fräulein Que-Não-É-Nazi, é Türkenschwein..."

"Meu nome é Mubarak..."

"Alguma dúvida? O nome dele é Mubarak. E ele vai continuar."

"... e eu vou continuar."

"É o são Herr Enfermeiro..."

"E você? Não tem apelido engraçadinho, não? Como é que você se chama?"

"George Harrison."

* * *

Estamos todos lá. Nós quatro e mais o Brian. Experimento um trompete e toco com perfeição. Tenho idéias para novas composições. Somos todos irmãos, unidos pela paz e pelo amor, construindo um mundo muito, muito, muito melhor. Estão todos muito loucos. Estou muito louco. Eu não sabia que eu sabia tocar trompete. Agora são três instrumentos: a guitarra, a cítara e o trompete. Somos todos irmãos e temos mulheres maravilhosas, lindas, inteligentes, companheiras. Andamos pelas ruas, todos juntos. Estamos fazendo experiências que vão transformar a vida de toda a humanidade. É uma sensação espiritual e posso tocar minha própria alma. Posso tocar a alma de meus irmãos Paul, John e Ringo. Posso tocar a alma das quatro mulheres-musas que nos acompanham. Posso sentir a presença de Deus que a tudo vê. Deus concorda. Deus aprova. O Deus deste momento sagrado é meu irmão. Não é um Deus pai. É um Deus irmão. Meu Deus, meu irmão. Posso contar com ele para o que der e vier. Agora somos nove. Deus está entre nós. Paramos num pub, Flying Dutchman. Não é Londres. É Berlim. Os quatro fabulosos em Berlim, ao lado de Deus, que pede conhaque. Deus pede uma cerveja e um conhaque. Paul manufatura o baseado. Deus fuma maconha, o Deus irmão. Minha namorada tem o rosto de todas as mulheres que amei. Minha namorada é Grace Kelly. Grace Kelly hippie, muito louca. Yoko se entende com Paul. Somos todos irmãos. Deus também. Mick e Keith chegam e se unem a nós. Miles, Jimi, Bird, Zappa, Pastorius... Não é o baseado da Fräulein Que-Não-É-Nazi. É Deus. É a emoção. Quero dizer palavras, mas digo sons de trompete. Estas notas não existem em nenhuma escala. É o baseado da Fräulein Que-Não-É-Nazi. Posso ouvir Mubarak, que vai continuar. Posso ver Friederich entrando em Berlim, derrotando os prussos. Posso ver um Hitler que chora, um Hitler arrependido, o julgamento, o Juízo Final. Sou também um Türkenschwein, um porco brasileiro. Estou perdoando. Perdôo Rita. Perdôo Hitler. Perdôo Deus. Lovely Rita meter maid. Rita sobrevivente. Rita sobreviveu. Cadê a Rita? Eu amo Rita? Me abrace, Paul. Eu sou seu irmão, Paul. Eu sou George. Visto o casaco de couro, Rita na garupa da minha moto. O show foi maravilhoso. O Cavern Club lotado. Seremos hippies. Vamos todos ser hippies. Hitler hippie ao lado de Mick e Keith. Vejo Hitler descendo num avião vermelho, o Barão Vermelho, sobre o Tier Garten, no zoológico, sobre os gorilas. Tão tristes, os gorilas. Vamos soltar os gorilas, vamos libertar os gorilas. É só atravessar a rua e ganhar a cidade. Uma passeata hippie de paz e amor. Vamos nos confraternizar com a mais nova juventude eletrônica. Vamos fazer paz e amor nos parques, os gorilas, Rita, Grace Kelly. Eu acredito em I Ching, eu acredito nos Beatles, eu acredito no Maharishi, eu também acredito no John e na Yoko. Eu preciso cantar. Minha consciência está aqui, na hora da verdade, no momento da decisão, na luta, mesmo na certeza da morte. Eu sou Paulo Martins, eu sou Glauber Rocha, eu sou George Harrison, eu sou Tomé, eu sou Mubarak, eu sou Hitler, eu sou Friederich atravessando o Brandenburg Tör. Um baseado e um trompete. Um baseado e um trompete. Um baseado e um trompete. George. Eu sou George Harrison. O meu primo é o Paul. Estamos em Berlim com nossas lindas louras hippies namoradas dos Beatles, irmãos no Flying Dutchman. É tão bom! É tão maravilhoso! Minha consciência está aqui. É o triunfo da beleza. O sonho vai continuar. Mubarak vai continuar. O sonho vai continuar. O sonho vai continuar. O sonho vai continuar. Eu sou George Harrison e o sonho vai continuar. Eu sou George Harrison e o sonho vai continuar. Eu sou George Harrison e o sonho vai continuar.

Vai, sim. Vai passear com a Crêidi, vai as duas. Uma que é lourinha e a outra que é moreninha que parece até com aquelas duas que dança na televisão aquela música da bundinha, que elas têm umas bundinha muito mais bonita que aquelas duas que nem precisa tá aqui, que eu nem escolhi elas pra ser minhas esposa virgens. Não precisa não, que as minha são tudo muito melhor, mais bonita e me amando. Agora eu vou é ficar trepando nessas tudo que são da televisão. Elas são da televisão, essas aqui, mas são de pograma mais bom, de pograma que é mais cheiroso com cheiro de eucalips, que as mulher tem bundinha mais bonita, só que não fica assim tão suja, tão exibida, esfregando aquela bundona na cara da gente que dá até medo dela cagar ni nós. Dá até pra ver os carocinho de pereba, os cabelinho enrolado, que no começo parece que vai ser legal, mas depois, quando a gente repara bem, dá até nojo. É que nem nos filme do Jeipom, que na hora é legal, na hora que a gente tá vendo, com o pinguelo duro, com vontade de trepar naquelas mulher que tem no filme. Mas, depois, aí, quando a gente acaba, dá um negócio ruim, um nojo mesmo daquelas buceta toda melecada, escorrendo o leite dos cara do filme, que têm os pinguelo tudo grandão e nojento, tudo vermelho e dá até pra sentir o cheiro de ovo podre só com a imaginação que dá. Essa imaginação que faz tudo ficar parecendo que é de verdade. Mas aqui no Paraíso meu é diferente, porque as mulher não é essas da dança da bundinha, não. Não é não. É as outra mulher da televisão, é as mulher da novela, aquela dos Marrocos e aquela lourinha que é legal do pograma de esporte que eu gostava, que ficava rindo com os olho azul, olhando pra mim, rindo, e que agora fica aqui pra sempre junto comigo, trepando ni mim na hora que eu quero e que tem uns peito bonito, assim cheinhos, com o mamá cor-derosa. E agora ela fica só brincando com o meu pinguelo, fazendo ele ficar escorregando nos dedo dela e ela fica rindo, brincando e fica mostrando pra moça dos

Marrocos que eu nem vou dar nome, porque é muito difícil ficar escolhendo os nome, que nem foi com a Crêidi que ia ser Muhammad igual eu. Então é todas Muhammad no segundo nome, que fica sendo porque elas é minhas, é pra ficar bem marcado. Tem umas que é meio putas também, mas é putas limpinhas, tudo gringa daqueles filme que passa sábado de noite tarde, aquelas que usa biquíni com rabinho cor-de-rosa, que tira as roupa encostada naquele cano e fica passando a língua na boca e mostrando a bunda, só que de longe que é pra nós não ver as pereba, então fica tudo limpinhas igual aqui. Porque aqui elas, nenhuma das minha esposa, elas não têm nenhuma pereba na bunda, nem não tem também marca, nem cabelinho encravado e os cuzinho é tudo tão limpinho que nem parece que é cu que faz cocô. Aqui ninguém faz cocô, nem faz nada que é sujo, nada que dá nojo ni nós. Aqui não tem meleca, não tem cocô, não tem xixi, não tem vomitado, não tem pereba, não tem machucado, não tem sangue, não tem nada dessas coisa fedida. Aqui é igual na televisão, nos pograma dos gringo, nas novela dos Marrocos que tudo é limpinho e brilhando. Porque aqui é tudo almas. E almas não têm essas coisa suja que fede, que só os vivo é que têm. Por isso é que é bom ser morto depois quando a gente é marte. Só quando a gente é marte, porque quando a pessoa é dos infiel, esses que é inimigo do Alá, aí vai tudo pro Inferno e aí eles vê o que que é bom pra tosse, porque aí é tudo com dor, tudo com coisas nojenta, aí fica todo mundo pegando fogo e só tem bosta pra comer e as mulher é tudo horríveis, tudo com verruga que nem bruxa, que nem véia. As mulher no Inferno é tudo véia. Mas aí eu nem sei direito, que eu sou marte e vou ficar trepando nas mulher da televisão, que vai tudo fazer fila pra trepar ni mim. E umas eu vou ficar só assistindo elas trepando nelas, umas nas outra. Aquela que apresenta os esporte vai ficar brincando com o pinguelo junto com aquela dos Marrocos e as de biquíni com rabinho vai ficar dançando naqueles cano que vai ficar aqui nessa praia e aquelas da novela nova e aquela que é cantora e mais aquela que passa desenho animado vai ficar elas mesmo trepando nelas mesmo. Isso. Assim é que eu gosto.

Era sábado e a folga começava logo depois do almoço. O Mané tinha a chance de sair com os companheiros, fazer amigos, se enturmar.

Mas não. Óbvio.

Nem no Centro de Treinamento o Mané deu o ar de sua graça para ver o jogo contra o xv de Piracicaba. O Mané deve ter comido uns oito pães com manteiga no café-da-manhã e foi para a sala de televisão assistir ao programa de esportes apresentado pela lourinha, limpinha, de olhos azuis e peitos cheinhos que ele, o Mané, adorava.

O Mané também ia muito ao banheiro. Para ser mais preciso, o Mané foi quatro vezes ao banheiro naquela manhã.

Mané fazia embaixadinhas no Centro de Treinamento Rei Pelé. A apresentadora do programa de esportes chegou para entrevistá-lo.

A apresentadora do programa de esportes sorria, dentes perfeitos, olhos brilhantes, seios entumecidos.

"Vai ser uma partida dura, mas eu e meus companheiros estamos preparados e futebol é um esporte coletivo, mas eu estou pronto para chamar a responsabilidade para minha pessoa e colaborar com a equipe. O mais importante é a vitória e os três pontos, mas, se Deus me ajudar, espero sair do Maracanã com mais alguns gols na briga pela artilharia do campeonato."

"Você fala tão bem, Mané. Eu te amo. Vem comigo, eu te amo."

A apresentadora do programa de esportes pegou Mané pela mão e o levou para o vestiário. A apresentadora do programa de esportes beijou demoradamente a boca de Mané.

Mané tirou a blusa da apresentadora do programa de esportes.

A apresentadora do programa de esportes se ajoelhou e abaixou o calção de Mané. Depois, segurou o pau de Mané, olhou para seu rosto e disse: "Eu te amo".

A apresentadora do programa de esportes passou a chupar o pau de Mané. Mané tirou o pau da boca da apresentadora do programa de esportes e passou a esfregá-lo nos seios.

A apresentadora do programa de esportes se levantou subitamente, tirou a calça jeans apertada e revelou sua calcinha cor-de-rosa e transparente.

Mané se agachou e ficou esfregando seu rosto no tecido da calcinha da apresentadora do programa de esportes. Mané tirou a calcinha da apresentadora do programa de esportes com os dentes.

A apresentadora do programa de esportes se apoiou na borda de uma banheira, abriu as pernas num ângulo de cento e oitenta graus e disse: "Eu te amo".

Mané caiu de boca na boceta da apresentadora do programa de esportes.

A apresentadora do programa de esportes puxou Mané pelos cabelos e disse: "Eu te amo, meu macho. Agora trepa neu".

Mané introduziu seu pau na boceta da apresentadora do programa de esportes.

A apresentadora do programa de esportes gemeu forte.

Mané teve um orgasmo.

"Ih! Sai fora, Guerrinha. Você não vai com a gente, não."

"Como é que tu me deixa passar aquele cara? Tinha que ter matado a jogada quando o cara ainda tava longe da área. Pô, se não sabe sair pra dar o combate, devia ficar esperando."

"É isso aí. Não era pra sair que nem uma galinha louca, caralho. Entregou o jogo."

O infanto-juvenil, ou sub-17, do Santos era bem melhor do que o infanto-juvenil, ou sub-17, do XV de Piracicaba.

Mas não.

No finalzinho do jogo praticamente ganho, o Guerrinha saiu da área para tentar interceptar a bola e chutou o ar numa furada bisonha. A bola sobrou para o centroavante adversário, que ficou livre para fazer o gol de empate.

Santos 1 × 1 XV de Piracicaba.

No almoço, macarrão com frango assado, só se falava na falha do Guerrinha e na folga do resto do dia.

Praia durante a tarde, quando os adolescentes ficariam reparando nas bundas das mulheres e fazendo comentários elogiosos ou depreciativos sobre cada porção de carne feminina que aparecesse.

Mas não.

Os comentários elogiosos seriam também depreciativos.

"Que cu tem aquela mina, hein, galera!?!?!"

"Eu lambia aquele rabo até sair caroço de feijão!!!"

"Rá rá rá rá rá rá rá rá rá rá rá rá rá rá rá rá rá rá rá rá rá rá rá rá rá rá rá rá rá rá rá rá rá rá rá rá rá rá rá rá rá rá rá rá rá rá rá rá rá rá rá rá rá rá rá rá rá rá rá rá rá rá rá rá rá rá rá rá rá rá rá rá rá rá rá rá rá rá rá rá rá rá rá rá rá rá rá rá rá..."

Depois da praia, um pulo no alojamento para o banho, o desodorante e o perfume. Muito perfume.

"Hoje eu pego aquela gostosa da Sheila. Aquela piranha sabe chupar um pau!"

"Aquilo lá não tem nem dente. Já comi umas dez vezes. Um dia, eu tava comendo o cu dela e enfiei até o talo. A dentadura dela voou longe."

"Aí é que tá o segredo da chupada dela. Mulher banguela é que chupa gostoso."

"O nome também é de mentira. O nome dela é Francisnalda. Sheila é só por causa daquela, da artista."

"Na hora de dar o cu, é Sheila. Na hora de chupar rola com a banguela é Francisnalda."

"Rá rá rá rá rá rá rá rá rá rá rá rá rá rá rá rá rá rá rá rá rá rá rá rá rá rá rá rá rá rá rá rá rá rá rá rá rá rá rá rá rá rá rá rá rá rá rá rá rá rá rá rá rá rá rá rá rá rá rá rá rá rá rá rá rá rá rá rá rá rá rá rá..."

Lanche no final da tarde, matéria-prima para o Mané produzir uns seis americanos no prato iguaizinhos aos do Império.

Não.

Americanos no prato muito melhores do que os do Império. No Império, o bife era de coxão mole. No alojamento do Santos, o bife era de contrafilé.

"Sai pra lá, Guerrinha. Não vem babar em cima do meu prato, não."

"A gente vai lá no Drinks Privé hoje?"

"Nós vamo. Você, não."

"Vai ficar de castigo pra aprender a não entregar jogo no finalzinho."

"Ninguém pode me impedir de sair, de ir aonde eu quiser."

"Então vai lá. Mas eu acho que as mina não vão querer nada com você, não."

"As mina do Drinks Privé querem é dinheiro."

"Elas pode escolher. Cem pau seu, ou cem pau de cada um da gente. Nós tudo junto dá pra lá de dois mil."

"A há, u hu, Drinquís Privê é nossu!!! A há, u hu, Drinquís Privê é nossu!!! A há, u hu, Drinquís Privê é nossu!!! A há, u hu, Drinquís Privê é nossu!!!"

"Tá olhando o quê, hein, ô mané?!!?? Vai chorar, é?"

"Tô morrendo de pena do Guerrinha, tadinho."

"Pô, Guerrinha, é só deixar de ser mané, que a gente te leva pra comer umas puta."

"Mané é ele ali."

"Só que o Mané aqui é mané só no nome, porque ele joga um bolão."

"Também não exagera."

"Tá nervosinho só porque levou baile do Mané."

"É. Mas não vou levar outro não. É ou não é, Mané?"

"..."

"A gente precisa arrumar esse negócio dos nome dos cara. Não pode ter dois Mané, senão a gente se confunde no campo."

"Não é possível que o Professor vai deixar esse mané no time."

"Qual dos dois?"

"O Guerrinha, porra. O outro ainda nem entrou no time."

"Tem que resolver quem vai chamar o quê."

"O Guerrinha fica sendo Mané e o Mané fica sendo Pelé."

"Pelé? Também não é assim. Aqui no Santos ninguém vai aceitar chamar outro jogador de Pelé."

"É. O Mané não é Pelé porra nenhuma."

"Eu não sou Pelé, não."

"E eu não sou Mané."

"Você fica é calado."

"Pera aí... Vamo organizar essa merda... O Guerrinha, a partir de agora, fica sendo Mané. E o Mané fica sendo..."

"Fica sendo Cocô. Ele não sai do banheiro."

"Ô Cocô, vamo com a gente comer umas puta?"

"Não. Eu não chamo Cocô."

"Porra, Cocô é sacanagem, é demais."

"Cês são uns incompetentes, não sabem nem botar apelido em novato."

"Então, caralho, cumé que ele vai chamar?"

"Pelé, Cocô, privada, banheiro, papel higiênico, bunda, cu, lombriga, verme..."

"Oxiúros."

"Oxiúros?"

"Que porra é essa?"

"É um bichinho, um verme, uma porra dessas que dá coceira no rabo."

"Fala, Oxiúros. Vamo lá no Drinks Privé comer umas puta?"

"..."

"Rá rá rá rá rá rá rá rá rá rá rá rá rá rá rá rá rá rá rá rá rá rá rá rá rá rá rá rá rá rá rá rá rá rá rá rá rá rá rá rá rá rá rá rá rá rá rá rá rá rá rá rá rá rá rá rá rá rá rá rá rá rá rá rá rá rá rá rá rá rá rá rá..."

O Mané bem que podia ter ido ao Drinks Privé, comido uma puta, se enturmado com aqueles caras simpáticos, alguns até futuros jogadores da Seleção, e acabado de vez com a inibição, a insegurança, o medo de tudo...

Mas não.

O Mané não tinha dinheiro para comer uma puta.

Mas não.

O problema não era esse. O pessoal ofereceu de fazer uma vaquinha para pagar a puta do Mané.

Mas não.

O Mané era inibido, inseguro e tinha medo de tudo. Não havia quem tirasse o Mané de dentro daquele alojamento.

O Guerrinha até propôs uma partida de dominó.

Mas não.

O Mané tinha várias razões para não se aproximar demais do Guerrinha:

o Mané não sabia jogar nenhum jogo de mesa que não fosse futebol de botão;

o Mané era tímido demais para se relacionar com alguém recém-conhecido mesmo que esse alguém fosse um mané como o Guerrinha.

O Mané gostava muito de ficar sozinho, vendo televisão e se masturbando, ainda mais na madrugada de sábado para domingo, que sempre passava uns filmes com umas mulheres americanas, peitos parecidos com os da Pamela, que usavam biquínis cor-de-rosa, com pompons nas bundas.

O Mané era um ótimo menino, de alma limpa e coração puro.

Mas não.

O Mané estava achando muito bom que houvesse alguém como o Guerrinha no grupo, alguém que fosse muito mais mané, muito mais humilhado do que ele, o Mané.

"O que você acha?"

"Não sei. Está difícil chegar a alguma conclusão. Não me parece que o garoto esteja mentindo."

"Mas a única ligação de Muhammad Mané com o islamismo veio através de Hassan e do grupo dele."

"É verdade. Mas todos do grupo estão com a situação regularizada na Alemanha. Todos têm endereço conhecido, emprego, ficha limpa na polícia e no Departamento de Imigração. Não há um só suspeito entre eles, ninguém que tenha participado de nenhum ato suspeito. E, de fato, não há nada nos folhetos encontrados no apartamento do Mestre Mutanabbi que possa indicar algo ligado a qualquer ato terrorista."

"Eu sei. Só que eles podem ter se livrado dos indícios. Você se lembra que o Uéverson falou sobre folhetos que descreviam as recompensas de um mártir muçulmano?"

"São aqueles folhetos que achamos entre as coisas de Muhammad Mané, no alojamento do Hertha. Eram citações vagas, nada explícitas. Se não me engano, a palavra <u>mártir</u> só aparecia uma vez, numa referência à expulsão dos cruzados."

"E o outro terrorista, o Mubarak? Você vê alguma ligação entre os dois atentados?"

"Talvez haja alguma ligação de Mubarak com Muhammad Mané. Ninguém do grupo do Mestre Mutanabbi afirmou conhecer Mubarak e todos conheciam Muhammad Mané, que, por sua vez, poderia ter alguma ligação com Mubarak por outras vias. Talvez seja só uma coincidência, mas as duas bombas explodiram exatamente na mesma hora. E esses loucos têm dessas coisas."

"Será que era algum horário sagrado? O horário que os muçulmanos se viram para a Meca, por exemplo."

"Não. Duas e quinze da tarde, que eu saiba, não é uma hora significativa para os muçulmanos."

"Eu acho é que o Mubarak está se fazendo de louco para não ser obrigado a dizer algo. Nós podíamos apertar o sujeito."

"Como? Tortura?"

"Não. Claro que não. Temos que usar a inteligência."

"Então, que tal se a gente tirasse o Mubarak do hospital e o trouxesse para cá?"

"Não acho que seja o momento. Temos é que observá-lo mais de perto."

"Poderíamos pôr uma câmera, um aparelho de escuta para ouvir o que ele diz, para ver como ele se relaciona com Muhammad Mané."

"Vamos colocar a escuta e também infiltrar um agente se passando por enfermeiro."

"E aquele outro paciente? Aquele das drogas."

"Aquele não é assunto nosso. Daqui a pouco, a polícia deve tirá-lo de lá. É um caso típico de extradição. O importante é ficarmos atentos aos dois turcos. Quer dizer, aos dois mártires."

"Eu não tenho nada a dizer. Eu não tenho nada a pensar. Eu não posso me confundir. Eu não posso me distrair. Eu não posso me desviar do caminho. Meu nome é Mubarak e eu vou continuar. Meu nome é Mubarak e eu vou continuar. Meu nome é Mubarak e eu vou continuar. Eu vou continuar, em nome do islã, em nome da verdade, em nome de Alá."

"Alá é que é o Dèus. Isso é que é o Deus que dá coisa boa pra nós que é bom. Eu é que sou bom, que fui bom pro Alá e matei os inimigo todos, os infiel, os judeu, os que ficava trepando nas mulher sem morrer, sem ser marte. Porque agora eu posso trepar nas mulher tudo, porque agora eu já fiz tudo que o Alá mandou, fiz tudo."

"Meus amigos, meus irmãos. Amo e sou amado. Sou um cara feliz, cercado por meus amigos, meus sonhos realizados. Meu trompete e a cítara de Ravi

Shankar, os músicos indianos, as melodias se entrecruzando, se misturando. Todo o som. O aroma da Índia, do Paquistão. Caminho com meus irmãos por Penny Lane, aqui em Nova York ao lado de Miles, Joe Zawinul. Não, eu não uso heroína. Não, eu não enlouqueci. Eu não sou louco. Eu não sou louco. Eu sou todo consciência."

"*A Meca. A Meca. Onde está a Meca? Eu preciso continuar. Eu vou continuar. Meu nome é Mubarak e eu vou continuar.*"

"Não. Isso vai acabar. É um sonho, uma alucinação. Alucinações. Paul!?! Cante para mim, Paul. Rita!?! Lovely Rita. Me dê mais uma dose. Só mais uma dose. Está acabando. Tá doendo. Não. Não está doendo. Cadê o meu trompete? O meu trompete novo. Fräulein Nazi!?! Rita!?!"

"Crêidi, vem, Crêidi. Agora é sua vez junto com a Fraulaim Chom. Isso, vem as duas alemã junta pra lamber o meu pinguelo. Essa o Uéverson ia gostar de ver. Essa eu queria que os índio lá de Ubatuba visse. Aqueles índio que nunca vão no Paraíso, que eles nem sabe que tem o Alá, que precisa ser marte de Alá pra ter o Paraíso e essas mulher tudo. Eu matei os inimigo de Alá..."

"*... e vou continuar.*"

Os senhores são pessoas muito importantes, muito competentes. Imagino que já devem ter conhecido boa parte deste nosso planeta. E, como a própria profissão indica, são homens de "inteligência". Pois bem. Sou um muçulmano e o Alcorão é a minha lei, a lei que sigo fielmente, em seus mínimos detalhes. Na Al Bácara, segunda surata do livro sagrado, versículos 190, 191, 192, 193, 194, estão bem claros os anseios de Alá para o seu povo, no que diz respeito à guerra. Alá é indulgente e misericordioso e a guerra só é permitida na defesa da lei e tem limites muito bem definidos. Só podemos combater aqueles que nos combatem, aqueles que tentam nos impedir de praticar a religião de Alá, a religião do Deus único. Só podemos combater aqueles que atacam nossas mesquitas, nossos locais sagrados. Os senhores sabem muito bem disso, já que são homens de "inteligência", de cultura, e, com toda a certeza, devem ter estudado o Alcorão, com o objetivo de conduzir com clareza e conhecimento de causa as investigações relativas a grupos supostamente islâmicos, dados à prática do terrorismo. E, com base nesse conhecimento adquirido através do estudo de nossa religião, de nossa cultura, certamente já concluíram que não havia, entre os cidadãos presentes no Olympiastadion, principalmente dentro do espaço destinado à prática do futebol, esporte que muito admiro, nenhum inimigo do islã. Sendo assim, não seríamos nós, meros seguidores de um Deus severo mas de uma bondade ilimitada, os responsáveis por tamanha tolice, como a praticada pela criança chamada Muhammad Mané, que chegou a freqüentar al-

gumas reuniões de nosso grupo de estudos sagrados e que, desconhecendo o idioma germânico, idioma este utilizado em nossos encontros, já que a grande maioria de nossos dezoito companheiros possui a nacionalidade alemã, possivelmente se equivocou na interpretação de algum dos nossos ensinamentos. Ou então foi influenciado por outras pessoas, outros grupos. Mas não cabe a mim, um mero professor da religião islâmica, tirar conclusão alguma a respeito do ocorrido e, muito menos, me intrometer em vossas investigações. Finalmente, se os senhores me permitirem, eu gostaria de suplicar humildemente pela liberdade de Hassan, que é uma criança muito pacífica, cujos passos são guiados por fé inteligente e que, com toda a certeza, por Alá, não seria tão tolo a ponto de participar de ato tão estúpido, tão inútil, tão contraproducente, como o cometido pela criança Muhammad Mané. E, se ainda paira sobre o nosso grupo alguma desconfiança, que prendam a mim, o responsável por todos aqueles que de alguma forma freqüentam a minha casa. Se alguém deve arcar com o ônus da responsabilidade, esse alguém sou eu e não uma criança que nem sequer atingiu a maioridade etária. Em nome de Alá, o Sapiente, o Misericordioso.

Foram os turcos, sim. Eles é que ficaram colocando essas coisas de mártir na cabeça do Mané. Foi porque eles proibiram o Mané de foder que o Mané ficou louco. Ninguém agüenta isso, ainda mais um menino de dezessete anos. Vocês, os senhores são homens também e devem saber disso. Nessa idade, a gente só pensa em mulher, não é? E o Mané chega aqui, país diferente, sem falar alemão, que nós, lá do Brasil, somos todos burros, sem estudo, pretos. Lá no Brasil, preto não estuda não. Ou vira pagodeiro, conhece pagode?, ou então jogador de futebol. Se não der para ser uma coisa, nem outra, nós entramos para o crime, viramos bandidos, traficantes, essas coisas. Eu ainda sou assim, alegre, gosto de brincar. Mas o Mané, não. O Mané é burro e calado, não consegue fazer amigo, não arruma namorada, nunca trepou na vida. Então ele ficava sempre nervoso, assim, por dentro. Aí o Hassan, sabe quem é?, o Hassan joga com ele lá nos juniores do Hertha. O Hassan levou o Mané lá nos turcos e falou para ele que não podia ter mulher, que não podia beber nunca, que tinha que ter barba, essas coisas. Aí o Mané foi ficando cada vez mais maluco, ficava raspando a barba para ela crescer mais rápido, foi parando de sair com nós. O Mané sempre saía comigo e com o Mnango e já estava quase namorando a Metichíldi, é assim que ela chama, não é? O sobrenome eu não guardei, não. É aquela que estava aquele dia, semana passada, lá no hospital do Mané. Aquela que eu falei que era namorada dele, mas é só quase-namorada, sabe? Eu e o Mnango estávamos ajudando, tentando fazer os dois namorar, o Mané e a Metichíldi. Mas aí não deu tempo, porque os turcos ficaram falando para o Mané que não pode. Não pode nada. Eu não tive culpa, não. Eu nem li aqueles folhetos que eles davam para o Mané, aqueles folhetos que falavam que tinha um Paraíso cheio de mulher, que tinha que deixar a barba crescer nuns dias santos deles lá, dos turcos. Eu nem sei falar alemão! Falar eu sei um pouquinho, que eu aprendi falando, porque eu gosto de falar, de conversar, de fazer uns amigos, pode perguntar lá para o pessoal do Hertha. Mas ler, explicar para o Mané o que é que estava escrito nos folhetos, isso eu não aprendi, não. Eu só sei essas coisas de verbo, de genitiv, que fala com efe no final, genitif, essas coisas que a Fräulein Schön ensinava nas aulas. Mas eu sou muito burro e não aprendi quase nada. Eu ficava só aprendendo a falar palavrão, que eu gosto. Todo brasileiro que é preto, que é burro, gosta de ficar falando palavrão. Mas falar alemão bem, para poder explicar ao Mané aqueles folhetos, isso eu não conseguia, não. Por isso é que eu acho que foram os turcos que fizeram o Mané ficar louco. Se o Mané tivesse fodido com a Metichíldi, quer dizer, se o Mané tivesse namorado a Metichíldi, ele não teria feito nada disso que ele fez. Agora, ele ia estar treinando, jogando o futebol dele e namorando com a Metichíldi. Vo... Os senhores sabem, foder é bem melhor do que explodir bomba. É ou não é? Ainda mais a Metichíldi, que é toda loura, que sabe foder bem. Quer dizer, eu acho que sabe, porque as alemãs são mais liberais que as brasileiras. As brasileiras usam biquíni fio-dental, ficam rebolando no Carnaval, mas, na hora de foder, elas ficam todas acanhadas, sabe? Mas a Metichíldi, não. A Metichíldi é a maior vagabunda, quer dizer, no bom sentido. É que ela sabe fazer bem. Ela tem... ela tem... tem técnica. Quer dizer, eu acho que tem, pelo jeito dela. Porque eu nunca fui para a cama com ela. Nem o Mnango. Quer dizer, eu acho.

Vocês nunca vão entender. Vocês, alemães, já têm tudo pré-moldado na cabeça e não conseguem conviver com outras culturas, como a dos negros. Eu sou alemã também, mas eu sou diferente, já me libertei de todos os preconceitos e estou aberta para me relacionar com seres humanos de outras raças. Mas eu entendo que deve ser difícil para vocês, que estão inseridos no contexto branco-ocidentalcristão até o pescoço, entender que uma mulher européia como eu possa manter um relacionamento com um negro sul-americano. Para mim, a barreira racial, ou social, já caiu há muito tempo. Enquanto vocês ainda mal conseguem conviver com os alemães do leste, que falam a mesma língua, têm as mesmas características físicas, eu já estou bem adiante, convivendo em harmonia com pessoas diferentes, com hábitos e costumes diferentes. Por que eu não poderia me relacionar com um negro? O Mané é o meu amor. Um amor sincero, verdadeiro e puro, já que não mantivemos nem sequer uma única relação sexual. Já fiz amor com outros homens negros e posso afirmar que eles sabem como fazer uma mulher se sentir plena, feliz. Mas, com o Mané, eu estava esperando o momento ideal, a ocasião perfeita, que estava prestes a acontecer. O Mané ainda não estava preparado para se entregar a uma mulher como eu. As mulheres livres ainda assustam certo tipo de homem. Mas, pouco a pouco, nós estávamos aprofundando o nosso conhecimento mútuo e Mané estava descobrindo o amor. Ele era um rapaz muito tímido, tinha dificuldades para se soltar. Talvez ainda estivesse um pouco confuso com a religião para a qual se convertera, uma religião que sempre acolheu os negros oprimidos de todo o mundo. Não concordo com certas normas islâmicas, principalmente no que diz respeito às mulheres. Afinal, somos todos iguais: brancos e negros, orientais e ocidentais, homens e mulheres. Mané e eu não nos víamos havia algum tempo. Respeitei o direito dele de se recolher, de meditar a respeito do que estava aprendendo com os muçulmanos. Enquanto isso, enquanto o Mané se descobria como pessoa, eu continuei a levar minha vida com a liberdade que conquistei. Assim, eu saía com outros homens, com amigos e amigas. Tive até uma relação mais íntima com o Uéverson e o Mnango. Sou livre também sexualmente e acho que o ciúme é uma tormenta na vida de qualquer pessoa. Por isso, procuro não direcionar minha vida de acordo com esse tipo de sentimento mesquinho e egoísta. Mas, no dia que Mané se resolver, e se sua escolha for a da fidelidade sexual, estarei disposta a abrir mão de determinadas liberdades. Porém, só farei isso por ele, Mané. Por amor. Quanto ao suposto atentado, não tenho o que informar a vocês. Minha opinião, uma opinião apenas intuitiva, é que o Mané simplesmente tentou acabar com a própria vida. Ou seja, tentativa de suicídio. Talvez tenha sido até por amor a mim, pela sua incapacidade de se declarar a mim. A repressão sexual leva algumas pessoas a tomar esse tipo de atitude. O Mané me ama, eu sei disso.

Eu não sei de nada. Não sei nada sobre os dois terroristas muçulmanos. Parece que um deles, Muhammad Mané, é brasileiro. Foi o terceiro paciente, o Tomé, que é brasileiro de fato, quem disse que o Muhammad fala em brasileiro nos seus delírios. O outro diz que se chama Mubarak. Aliás, diz isso o tempo todo. Ele, o Mubarak, fala em inglês, alemão e numa terceira língua, que eu acho que é árabe ou outro dialeto qualquer. Considero Mubarak um paciente perigoso. Temos que mantê-lo atado à cama o tempo todo, pois outro dia, quando relaxamos um pouco na vigilância, ele se levantou e tentou desligar os aparelhos que mantêm a circulação do soro e da alimentação parenteral de Muhammad Mané. Mubarak também tentou quebrar outros objetos e adotou um comportamento furioso. Fora isso, não tenho muito a acrescentar. Se possível, eu gostaria muito de levar a Tomé alguma informação sobre o caso dele. Tomé está muito aflito com sua situação, com a falta de informações sobre o que vai acontecer a ele. Trata-se de uma pessoa excelente, um músico da mais alta qualidade, que passou a usar heroína quase que por acaso e, agora, já está limpo e não parece querer voltar ao vício em hipótese alguma. Tomé quer apenas voltar para o Brasil e continuar com sua música. Se fosse possível, ele até gostaria de continuar na Alemanha, em Berlim, que ele diz ser a cidade com que sonhava desde a infância. Eu sei que os senhores não são responsáveis pelo caso dele, no entanto acho que, talvez, os senhores possam intervir em favor dele junto aos responsáveis. Deve ser muito duro, para qualquer pessoa, estar no leito de um hospital, num país estrangeiro, tão longe de casa, sem saber o que vai acontecer. Tomé está conosco há mais de dois meses e, desde sua internação, ninguém da polícia, ou da Imigração, apareceu para vê-lo. Talvez tenham até se esquecido dele e nós já não sabemos o que fazer. Falei com a direção do hospital, com o médico responsável, e todos afirmam que só quem assinou o termo de responsabilidade na internação é que pode levá-lo. Não seria possível, para os senhores, localizar o responsável pela internação do Tomé?

Ligação entre os dois? Acho que não. O Mubarak, outro dia, até tentou matar o turco-brasileiro. Me desculpem, eu não deveria falar assim. É que eu ando um pouco nervosa com esses pacientes. Eles dão muito trabalho. O Mubarak, mesmo amarrado, é muito agressivo, já tentou me morder várias vezes. Qualquer descuido e ele é bem capaz de destruir o andar inteiro e matar todos os outros pacientes. Na opinião de Mubarak, todo mundo é inimigo de Alá. Ele grita o tempo todo, dizendo que vai continuar. Já o turco-brasileiro, me desculpem de novo, o Muhammad Mané, está fora do ar, mas faz muita sujeira e também fala muito. Fala baixo, mas fala. O Tomé, que também é brasileiro, diz que Muhammad Mané fala muito de sexo e de Alá. Não sei o que uma coisa tem a ver com a outra. Não é estranha essa história? Nunca ouvi falar que no Brasil há muçulmanos, muito menos terroristas muçulmanos. Sexo eu sei que eles gostam. O Carnaval deles é uma orgia. Mas onde entra o Alá, não faço a menor idéia. Eu não sou racista, mas não tenho muita simpatia pelos turcos, quer dizer, pelos muçulmanos, não. Não posso aceitar o modo como eles tratam suas mulheres, como educam os filhos. Moro em Kreuzberg e, quando passo por grupos de jovens turcos, sou obrigada a ouvir as maiores grosserias. Eles me tratam como se eu fosse uma prostituta. E eu não posso reclamar, não posso falar nada, senão alguém vai logo me chamando de racista, de nazista. Até o Tomé me apelidou de Fräulein Nazi. Mas o Tomé é assim mesmo, um piadista, e já me acostumei ao jeito dele. Até me afeiçoei ao Tomé, gosto muito dele. Sem querer me intrometer no assunto dos senhores, por mim o Mubarak não tem mais nenhum problema grave de saúde e deveria estar na prisão, *ou num hospício. Já o Muhammad Mané, não há mais nada a fazer. Ele é um morto vivo, um vegetal fanático e tarado. E o Tomé até que merecia a alta e a liberdade. É só um músico e não oferece perigo algum para ninguém. Estão vendo? Já mudei de assunto. É que não tenho muito que acrescentar. O que é que os senhores querem saber mesmo? Ah! A ligação entre Mubarak e Muhammad Mané. Como eu disse, não acho que tenham ligações um com o outro, mas é só uma opinião. Como é que vou saber da vida deles antes de virem para o hospital?*

Gosto muito de Muhammad Mané. Ele é como se fosse um filho para mim. Não. Filho, não, que eu não tenho idade para isso. Ele é como se fosse um irmão mais novo. Nos tempos de hoje, é muito difícil encontrar alguém como Muhammad Mané, alguém com o coração tão puro, tão bom. Muhammad Mané é uma pessoa sem maldade, sem ganância, sem ambição, que não pensa em sexo, em dinheiro, em fama, ou em qualquer outro valor material. Ele tem hábitos muito simples, gosta de jogar futebol, de ver televisão, de... gosta de refrigerante e de maionese. Tudo muito simples. Quanto à relação dele com os muçulmanos, não vejo nada de mais. Ele apenas ficou amigo de Hassan, que joga com ele nos juniores do Hertha, e, como Muhammad Mané não tem muitos amigos da idade dele, acabou freqüentando os mesmos locais que Hassan. Mas todos eles, os seguidores do Mestre, esqueci o nome..., todos me parecem muito pacíficos, gente comum de origem árabe, como qualquer muçulmano de Kreuzberg. Não consigo entender o porquê da atitude de Muhammad Mané, mas não acho que ele tenha tido a intenção de machucar ninguém, tanto que a única pessoa ferida no suposto atentado foi o próprio Mané, ou Muhammad Mané, como ele prefere ser chamado. Fora isso, eu não sei falar português, nem Muhammad Mané domina o alemão. Aqui em Berlim, a única pessoa que conversava com Mané, Muhammad Mané, na língua dele, era o Uéverson, com quem os senhores já devem ter conversado. Talvez o Uéverson possa esclarecer alguma coisa. O que sei é que Muhammad Mané gostava muito de Mechthild, só que era tímido demais para iniciar um romance de verdade. Talvez, por isso, ele tenha pensado em cometer suicídio. Mas não me parece lógico, até porque Mechthild correspondia a esse amor e se declarou a Muhammad Mané muitas vezes. Mas vou confessar uma coisa aos senhores, talvez ajude. Uéverson e eu, alguns dias antes da explosão no Olympiastadion, fizemos sexo com Mechthild. Me arrependo muito disso. Foi depois de sermos agredidos por skinheads, quer dizer, depois de termos entrado em luta corporal com eles. Fiquei muito nervoso com a agressão que sofremos num bar. Pela minha raça, já fui muitas vezes agredido e humilhado aqui na Europa e, algumas vezes, me deixei abater. Pode ser que Muhammad Mané tenha ficado desgostoso com o ocorrido, tenha se

167

sentido traído pelos amigos, que, para Muhammad Mané, são como irmãos mais velhos, Uéverson e eu. Dói muito pensar que eu possa ter algo a ver com a tragédia ocorrida. Quanto ao tal Mubarak, eu nunca ouvi falar. Não creio que seja amigo ou conhecido de Muhammad Mané. Se fosse, com certeza já teríamos pelo menos ouvido falar nele. Não creio que o motivo de Muhammad Mané ter se explodido no Olympiastadion tenha alguma relação com esse Mubarak de quem os senhores estão falando. Muhammad Mané não é um terrorista. Na verdade, ele não entende nada de política, não sabe nada de geografia e desconhece completamente a razão de qualquer conflito entre muçulmanos, judeus, americanos e toda essa história.

Agora eu é que sei, eu é que mando em tudo nesse mundo, porque eu sou o marte desse mundo aqui, desse Paraíso. É igual se eu fosse o Deus. O Deus é Alá, eu sei. Mas ele é que me deu um pedaço, um pouco desse negócio de ser Deus e eu fiquei sendo um pouco Deus aqui e elas tudo acha também que eu sou o Deus delas, das virgens tudo. Mas eu não sou Deus que dá castigo não. Eu só dou coisa boa pra elas e elas gosta de tudo que eu dou. E nunca elas sente nada que é ruim, que fica doendo, que fica fazendo ficar triste, ficar com dor na cabeça, dor de sentimento que é quando nós acha que nós é o pior que existe, a pior pessoa que ninguém gosta, que todo mundo chama de viadinho, que ficam falando que o pinguelo da gente é pequeno, que é bico-de-chaleira. Aqui o meu pinguelo é todo grandão, maior que aqueles dos filme do Jeipom, é o maior pinguelo que existe, mas não dói nada nas minha esposa virgens, nem quando eu ponho o pinguelo todo nos cuzinho delas. Nada tem dor, nada tem coisa ruim e ni mim também nunca dói nada e nunca nada é ruim, é só uma coisa boa que dá aqui na minha cabeça, no meu pinguelo, no corpo todo, quando sopra aquele ventinho que nem agora, na hora que elas dá uvas pra mim, na hora que eu fico passando a mão nas perna da Crêidi, aqui assim nas coxa que tem uns pelinho tudo louro e isso tudo, essas coisa boas tudo é sabe por quê? Porque eu sou o marte do Alá que matou os inimigo dele tudo, aqueles cara que não acredita no Alá, que fica falando que o Deus é outro, é o Jesus, os cara que é tudo gringo, tudo lá dos americano, dos judeu, tudo os cara que ataca os turco, que o Alá é dos turco e esses gringo tudo da Argentina, dos cara lá de Taubaté e até os carioca, menos os tricolor, os Fluminense, que também é da turma do Alá e por isso eles agora vai ganhar sempre daqueles do Santos que só uns que é legal, que os da defesa é tudo gente mau que fica dando porrada ni nóis que faz gol e dá dibre. E isso é que é o negócio todo. Isso é que é o segredo, isso é que explica tudo esse negócio de Deus, do Alá. Tem os bom e tem os ruim. Os bom são esses que têm barba, que não fica bebendo pinga, que não fica trepando nas mu-

168

lher sem ter morrido, que não fica fazendo guerra contra os turco, contra os pessoal do Alá e do Muhammad, que não sou eu, é o outro, o que é o profeta do Alá, que nem tem o Jesus que é do Deus lá dos padre da igreja, tem o Muhammad que é a mesma coisa, só que é do Alá e eu sou Muhammad porque é homenagem, que é o nome que o Maister, junto com o Hassan, que eles deram ni mim, que é pra dar homenagem pro Muhammad que é o Jesus do Alá. E tem os ruim, que é os que fica tirando a barba, que fica jogando bomba nos turco, fica tomando a terra deles, esses que fica só bebendo e trepando nas mulher, que fica sendo contra o Alá, que fica sendo americano, que fica sendo judeu, que fica sendo da Argentina, aqueles cabeludo. Aí até o Uéverson tá sendo inimigo do Alá, porque o Uéverson fica só falando de trepar nas mulher, fica só bebendo cerveja lá no Islamberlândi, olhando pras perna das mulher que fica tudo sem cobrir a cabeça, fica tudo de saia curta querendo ser preta, que nem a Crêidi era antes quando eu ainda não tinha morrido sendo marte do Alá, mas agora ela mudou, a Crêidi, ela agora é minha e eu já mandei ela ficar amando o Alá e o único preto que ela ama, que ela gosta, que ela fica trepando nele, é eu. Essa é que é a explicação que agora eu sei porque agora eu não sou mais burro que nem eu era antes.

"Nada. Mais uma vez, nada. Ninguém disse nada de aproveitável."

"Não é bem assim. Pelo menos está ficando claro que precisamos mudar de direção."

"Como assim?"

"Para mim, Hassan, Mestre Mutanabbi e todo esse pessoal não estão por trás do atentado. Também não está parecendo que Mubarak conhecia Muhammad Mané."

"É cedo ainda para descartar essas possibilidades. Você acha que devemos liberar Hassan?"

"Não é isso. Podemos e devemos continuar observando o grupo de Mestre Mutanabbi. Mas temos que procurar outros rumos para nossas investigações. Estamos muito concentrados numa coisa só."

"Talvez você tenha razão no que se refere ao Mestre Mutanabbi. Ele me pareceu uma pessoa sensata, racional em seus argumentos. Mas Mestre Mutanabbi e Hassan continuam sendo os únicos pontos de ligação, as únicas referências de Muhammad Mané com o islamismo. A não ser que Muhammad Mané conhecesse o Mubarak, mas não temos o menor indício disso."

"E se o atentado não tiver sido um atentado e sim uma tentativa de suicídio? Afinal, não havia no Olympiastadion nenhum inimigo de Alá, nenhum alvo em potencial para um fanático fundamentalista."

"Existem formas de suicídio bem mais práticas do que se explodir no gramado de um estádio de futebol. Seria bem mais fácil para Muhammad Mané ter se jogado na frente de um trem ou coisa parecida. Homem-bomba é coisa de terrorista mesmo."

"Não sei. A mente humana produz coisas muito estranhas, que muitas vezes não parecem ter sentido."

"Talvez possamos descobrir quem estava no Olympiastadion. Será que não havia, entre os torcedores, funcionários, ou mesmo entre os atletas, alguém que pudesse ser considerado inimigo do islã?"

"Quem?"

"Sei lá, um soldado, um dirigente, ou até mesmo um sorveteiro judeu."

"Na arquibancada até pode ser. Mas, perto do gramado, não havia ninguém assim, nem mesmo um repórter de origem judaica, nada, nada."

"Eu sugiro que ponhamos Hassan em liberdade. Assim, podemos segui-lo e ver se ele nos leva a algo ou a alguém suspeito. Paralelamente, temos que ter alguém trabalhando para nós aqui no hospital. E eu sei quem."

"Quem?"

"O viciado. Tomé."

"E aquela idéia de infiltrarmos um agente disfarçado de enfermeiro?"

"Não sei se é a melhor opção. Primeiro por causa da língua. Até encontrarmos alguém capacitado para a missão e que fale português, vamos perder um bom tempo. Penso que Tomé é ideal para a tarefa. Ele fala português e alemão. Tomé compreende o que Muhammad Mané diz e também o que diz Mubarak."

"Tem razão. Mas como vamos convencê-lo a trabalhar para nós?"

"Muito simples. Trocaremos a liberdade dele por informações. Tomé é perfeito para essa função. Ele fica vinte e quatro horas por dia ao lado dos dois terroristas."

"Lembra que o enfermeiro disse que Mubarak tentou matar Muhammad Mané? Pode ter sido queima de arquivo."

"Pois é. Precisamos urgentemente ter uma conversa com esse Tomé."

"E com a garota."

"Que garota?"

"Fräulein Reischmann, Mechthild."

"Em que Fräulein Reischmann pode ajudar? Aquilo é só uma putinha deslumbrada. Se Muhammad Mané estivesse consciente, ela poderia até arrancar alguma informação dele, mas acho que o nosso homem-bomba, na atual situação, se encontra imune a apelos eróticos."

"Eu sei disso. Mas existem muitas coisas entre o Céu e a Terra etc. etc. Talvez se a pusermos ao lado de Muhammad Mané, falando baixinho, sensualmen-

te, no ouvido dele, ele acabe falando algo de útil. Falar, ele fala. Aí, cabe a nós distinguir o que é delírio e o que é memória."

"Só que a Mechthild não entende português."

"Trabalho em equipe, parceiro. Fräulein Reischmann excita a libido de Muhammad Mané e Tomé fica de ouvidos bem abertos. Vamos falar diretamente ao inconsciente do nosso homem-bomba. E o inconsciente sabe de tudo, conhece tudo."

"Acho tudo isso puro esoterismo, mas também não vejo muitas alternativas."

"Do jeito como estamos perdidos, temos que usar a criatividade, temos que tentar de tudo."

"Mechthild é cheia de discursos, defensora dos estrangeiros oprimidos, dos negros discriminados, e não vai colaborar com investigadores a serviço do imperialismo ianque."

"Fräulein Reischmann não vai saber que está colaborando. Nós só precisamos deixá-la visitar Muhammad Mané. O resto fica por conta de Tomé, que tem bons motivos para colaborar com investigadores a serviço do imperialismo ianque."

"Só espero que os ianques não tomem conhecimento dos nossos métodos. Falar diretamente ao inconsciente, excitar a libido — vamos virar motivo de chacota na CIA."

Vamos sair. Dominó é o cacete. Inventei essa história só pra disfarçar. Você acha que o Drinks Privé é o único puteiro dessa cidade?

O pessoal filho-da-puta daquela cidade pequena filha-da-puta de onde veio o Mané sabia das coisas. O Mané era mesmo um filho-da-puta e já estava vendo no Guerrinha uma grande oportunidade de deixar de ser o maior viadinho filho-da-puta daquele filho-da-puta de litoral paulista.

Mas não.

O Mané era otário demais para ser um filho-da-puta.

Mas não.

O Mané tentou.

"Eu não tenho dinheiro."

"Não tem problema. A despesa é por minha conta."

"Então me dá o dinheiro agora."

"Depois eu te dou, quando a gente sair."

"Depois, não. Eu vou ficar com vergonha de não ter dinheiro pra pagar a puta."

"Tá bom. Vai se arrumar, que eu te empresto o dinheiro."

"Eu queria agora, só pra mim ficar sossegado."

"Tá bom, tá bom. Mas vê se no próximo coletivo você não abusa de novo. Já tá pegando mal. Fica todo mundo rindo da minha cara."

"Eu não vou dibrar você mais não. Só o Fernando. E daqui a pouco eu vou ser do time titular e vou dibrar só os reserva."

"Então vai se arrumar, que tá ficando tarde."

"Me dá o dinheiro então."

Jogador de futebol iniciante normalmente é pobre.

Mas não.

Sob o olhar atento do filho-da-puta do Mané, o Guerrinha foi até o armário, pegou a mochila e foi tirando suas roupas de dentro dela. No fundo da mochila estavam as meias. E o Mané, aquele filho-da-puta, viu muito bem quando o Guerrinha tirou um envelope, todo amassado, cheio de notas de cinqüenta, de dentro de uma meia vinho com listras diagonais alaranjadas.

O Guerrinha vinha de uma boa família do interior. O Guerrinha era filho de fazendeiro, de latifundiário.

Toma aí. Duzentos dá pra pagar a puta e ainda tomar umas cervejas. Rumbora?

Mas não.

O filho-da-puta do Mané bem que podia ter deixado de ser um viado filho-da-puta, ter ido à zona com o Guerrinha, perdido a virgindade com uma piranha bem gostosa, tomado umas cervejas e ainda ter feito uma grande amizade, dessas que a gente guarda para o resto da vida. E que são muito raras, principalmente para um mané como o Mané.

Mas não.

O Mané, todo arrumadinho, todo filho-da-puta, até saiu do alojamento junto com o Guerrinha, mas, na primeira esquina, já perto do ponto de ônibus, o Mané simulou uma dor de barriga, devolveu os duzentos reais para o Guerrinha e voltou correndo.

Pelo menos o filho-da-puta do Mané foi honesto ao devolver o dinheiro do Guerrinha.

Mas não.

"É Silva o seu nome, não?"

"Não. É Tomé Barros Silva. Mister Silva, do Brasil. Os senhores podem me algemar e me mandar de volta para casa."

"Não. Nós não vamos algemar o senhor. Mas, se o senhor nos ajudar, podemos mandá-lo de volta em poucos meses. Ou dias."

"Ajudo, claro que ajudo. É só os senhores me dizerem como."

"Muito simples. O senhor é músico, não é?"

"Sou, sim, trompetista."

"Então vai ser muito fácil, pois precisamos exatamente do seu ouvido, que deve ser bem apurado."

"Tudo bem, mas quem são exatamente os senhores? Como vão poder me tirar daqui e me pôr em liberdade?"

"Vamos dizer que somos, que somos... agentes secretos."

"A serviço de quem? Posso saber?"

"Não. O senhor não pode saber de nada, mas garanto que trabalhamos para o bem. Estamos em busca de gente muito perigosa, de terroristas, como aqueles dois que dividem o quarto com o senhor."

"CIA?"

"Não. Nosso trabalho é aqui na Alemanha mesmo. E temos ligações com a polícia, com o governo, e não será nada difícil conseguir que o senhor volte em segurança para o seu país."

"E se eu não aceitar?"

"Se o senhor não aceitar, simplesmente não vamos fazer nada. Nesse caso, é só o senhor esperar que os responsáveis pela sua prisão tomem as providências."

"Eu estou preso?"

"Acho que não. O senhor está internado num hospital para se desintoxicar. Na Alemanha, não é costume condenarmos viciados à prisão."

"Sim. Se a sua situação estiver legal, é só esperar mais um tempo pela completa recuperação, que logo alguém vai tirar o senhor do hospital."

"Eu estou recuperado, fisicamente e psicologicamente. Sei que é o que todos dizem, mas posso garantir que não vou tomar heroína nunca mais. Mas e se a minha situação de estrangeiro não estiver legal?"

"Nós sabemos que a sua situação não está legal. Sabemos inclusive que o senhor perdeu o passaporte e não tem nenhum documento. Talvez por isso esteja demorando tanto para que o senhor receba a alta hospitalar."

"Sei, sei. Mas e então? Para pessoas como eu, cuja situação não está legal, o que acontece, caso eu não aceite a oferta dos senhores?"

"Provavelmente o senhor será extraditado, depois de obter novos documentos na embaixada do seu país."

"Sei. Mas então eu não ganho nada ajudando os senhores."

"Ganha tempo. Tudo vai se resolver mais rápido, sem burocracia."

"Tudo bem, tudo bem. Mas o meu problema é justamente a falta de definição, é eu não saber o que vai acontecer comigo e quando vai acontecer. Se os senhores resolverem mesmo o meu problema, eu posso ajudar. Se não..."

"Se não, o quê?"

"Se não, se não... nada. Eu fico sem saber o que vai me acontecer e os senhores ficam sem... Pois é, sem o quê? O que os senhores querem de mim, do meu ouvido?"

"Queremos que o senhor ouça tudo, mas tudo mesmo, o que os seus dois colegas de quarto estão dizendo, principalmente o brasileiro, o Muhammad Mané. O senhor deve anotar cada frase, cada palavra do que eles disserem. A interpretação fica por nossa conta. Inclusive, Muhammad Mané vai receber a visita de uma namorada. É possível que ele reaja a essas visitas e esses são os momentos em que o senhor deve estar mais atento."

"Certo, nenhum problema. Mas, agora, e o meu caso, como fica?"

"Já dissemos. Vamos providenciar a sua volta ao Brasil, assim que terminar a missão. Satisfeito?"

"Ainda não. Quero saber quando vai ser isso."

"Não temos como determinar uma data precisa. Assim que tivermos informações suficientes, o senhor será liberado."

"Mas, no estado em que se encontram os colegas, é bem provável que não surja informação alguma que sirva, só delírios."

"Se assim for, depois de três meses. Está bom assim? Até o final do ano, o senhor estará em casa."

"E aí nunca mais vou poder entrar na Alemanha, é isso?"

"Penso que, depois de uns seis meses, ou um ano, o senhor poderá retornar como turista. Serão mais seis meses de visto. Mas pode ser que o seu nome fique nos computadores e que a polícia de fronteira não deixe mais o senhor entrar no país. Certo?"

"E o que eu teria de fazer para ter residência fixa na Alemanha?"

"Mas o senhor não queria voltar logo para casa?"

"Eu quero sair daqui e voltar a tocar. Eu toco numa banda muito boa aqui em Berlim. Os senhores gostam de jazz?"

174

"Não estamos aqui para discutir música."

"O senhor é trompetista, não é? Adoro a música de Miles Davis."

"Uau! É o primeiro policial de bom gosto que eu conheço."

"Eu não sou exatamente um policial."

"Herr Silva, precisamos de uma posição sua."

"Então vamos lá. Faço o serviço em troca de um visto permanente. Quero continuar vivendo em Berlim."

"Isso nós não podemos assegurar."

"Então, nada..."

"Sim, podemos sim. Vamos conseguir a sua permanência."

"Estão vendo? Como vou poder confiar nos senhores? Um diz uma coisa e o outro contraria."

"É que não estávamos preparados para o seu pedido."

"Quero ter a certeza de que vou ganhar o visto permanente. Senão, nada feito."

"Na sua atual posição, o senhor não está em condições de ficar fazendo exigências demais. Ou aceita, ou deixamos o senhor com a Polícia Federal, com a Imigração. E eles são bem mais lentos do que o senhor imagina."

"Desculpe, não quis ofender os senhores. Mas... e a permanência? Ganho ou não ganho?"

"Nã..."

"Ganha..."

"Me desculpem, vou repetir. Ganho a permanência, ou não ganho?"

"Ganha. É só colaborar."

"E a garantia?"

"A garantia é a nossa palavra. O senhor não tem outra escolha."

"Está certo. Os alemães costumam ter palavra. Então é só anotar o que os dois malucos falam?"

"Isso. A cada três dias voltaremos aqui para pegar um relatório. E, qualquer problema, pode recorrer a qualquer um de nossos homens, esses que estão espalhados pelos corredores."

"Combinado. Mas é só porque o Herr 007 gosta do Miles."

"Mais respeito, certo? O senhor não sabe com quem está falando."

"Não sei mesmo. Me desculpem. Foi só uma brincadeira para descontrair o ambiente."

"Chega de conversa. Pode voltar para o seu quarto. E até sexta-feira."

O Mané era um filho-da-puta. Fodeu a minha carreira, fodeu a minha vida. Eu podia até não ter lá muita técnica, mas, no alto, a bola era sempre minha. E o Mané, com aquela cara de santo, de moleque humilde, jogou o time todo contra mim. E eu tentei ser amigo dele, puxei conversa, convidei ele pra sair, emprestei dinheiro e ele me fodeu. Aquilo lá não presta, não. Se tá metido em encrenca agora, é porque deve ter feito alguma coisa errada. Essa história dele ser terrorista é meio esquisita, mas alguma coisa, alguma culpa no cartório ele tem. Eu é que sei como ele pode ser filho-da-puta.

Pois sim.

O Mané foi mesmo um grande filho-da-puta com o Guerrinha e o Guerrinha bem que devia ter dado uma porrada bem no meio da cara daquele neguinho filho-da-puta.

Mas não.

O Mané entrou de volta no alojamento, pronto para uma noite de luxúria. De vez em quando, o Mané era bem espertinho, você sabe — aquela história de todo viado filho-da-puta gostar de ter um viado filho-da-puta mais viado filho-da-puta para chamar de viado filho-da-puta. O Guerrinha passou a ser o viado filho-da-puta da vida do Mané. E o Mané passou a ser o gordinho filho-da-puta da vida do Guerrinha.

O Mané, que alguns minutos antes ficara de olho no esconderijo onde o Guerrinha guardava seu dinheiro, foi direto ao armário do Guerrinha, abriu a mochila, tirou as roupas de dentro dela e pegou, na meia vinho com listras diagonais alaranjadas, o envelope de dinheiro.

Num alojamento cheio de adolescentes, não se deve deixar um envelope cheio de dinheiro, assim, dando sopa.

Mas não.

O Guerrinha, além de otário, era rico e não se preocupava tanto em esconder seu dinheiro. E o Mané, que, apesar de otário, adquirira uma boa experiência em roubar dinheiro para pagar o lanche daqueles filhos-da-puta daquela cidade pequena filha-da-puta de onde ele, o Mané, vinha, não ia desperdiçar aquela chance de descolar uns trocados para comprar, para comprar, para comprar... O Mané não tinha nada para comprar.

Mas não.

Em qualquer banca de revistas, havia uma porrada de revistas, cheias de enredos para as sessões de masturbação do Mané.

Mas não.

O Mané tinha vergonha de comprar revistas de sacanagem nas bancas de jornal.

Mas não.

Por uma bela foto de sexo oral, o Mané fazia qualquer coisa, e ele, o Mané, acabou dando um jeito de comprar novas revistas para fazer companhia à <u>Playboy</u> da Pamela e à revista <u>Sex</u>.

Foram duzentos reais, a mesma quantia ganha e devolvida por Mané. Quatro notas de cinqüenta talvez não fossem percebidas e, se fossem, o Mané poderia alegar que o Guerrinha teria feito confusão com o dinheiro emprestado e devolvido.

Mas não.

Não seria preciso alegar nada.

Foi uma festa.

Tudo começou na sala de estar. Mané se esparramou na poltrona mais confortável, pegou o controle remoto e ligou a televisão no seu canal favorito de sábado à noite. Foram duas horas de americanas peitudas sendo possuídas por americanos fortinhos e lourinhos. E ainda havia os intervalos, com umas brasileiras bundudas, que esfregavam as bundas nas caras dos telespectadores, na cara do Mané, convidando para sessões de sexo telefônico. O Mané ainda conseguiu entrar na cozinha e descolar uns pães, um pote de maionese e umas latinhas de guaraná. Em duas horas, o Mané conseguiu comer nove pães com maionese e beber seis latinhas de guaraná.

Depois do filme:

umas setenta e duas americanas, todas vestindo biquínis cor-de-rosa com pompons peludos acima das bundas, formavam um enorme círculo. As setenta e duas americanas estavam de quatro e rebolavam. Mané, nu, estava no meio da roda, com seu enorme pau negro cheio de veias.

Mané fechava os olhos, rodava em seu próprio eixo, e, a primeira bunda que via quando abria os olhos, era ela mesmo. Mané chegava perto da bunda, arrancava a calcinha cor-de-rosa e mandava ver.

As americanas repetiam, em coro: "I love you, I love you, I love you...".

Depois de levar as setenta e duas americanas aos orgasmos mais incríveis e ruidosos (I love you, I love you, I love you, I love you, I love you, I love you, I love you, I love you, I love you, I love you...), chegou a vez de Mané ser recompensado por sua extrema habilidade em proporcionar prazeres indescritíveis às mulheres.

Mané se deitou no centro do círculo imaginário e foi soterrado por mulheres americanas, que o lambiam, acariciavam, mordiam, envolviam seu enorme pau negro cheio de veias com as bocetas, os cus, os seios fartos.

* * *

O Mané gozou bem na hora que o pessoal estava chegando no alojamento, voltando do Drinks Privé, às quatro da manhã.

"Por que só ela pode subir? Nós é que somos os amigos do Mané, conhecemos ele há muito mais tempo."

"Calma, Uéverson. O importante é que, pela primeira vez, alguém conhecido vai nos poder dizer como Muhammad Mané está de fato. E, se tudo correr bem, dentro de algum tempo, possivelmente nós também poderemos vê-lo."

"Eu acho que é racismo, só porque nós somos pretos, só porque nós somos estrangeiros."

"Agora é você que está falando como a Mechthild, vendo racismo em toda parte. Fora isso, foi você que inventou que a Mechthild era a namorada de Muhammad Mané. Deve ser isso. Para os policiais, ou para os médicos, só as pessoas mais próximas é que podem ter acesso ao paciente. Devem ser as regras do hospital."

"Ih! O Mané tá aí, dormindo que nem uma mocinha responsável."

"Acorda aí, cumé que é mesmo o apelido novo do Mané?"

"Oxiúros."

"Oxi o quê?"

"Oxiúros."

"Acorda aí, ô Oxiúros."

"Acho que esse apelido não vai pegar, não. É muito complicado."

"Acorda aí, Mané."

"Acorda pra cagar, meu."

Mas não.

O Mané não estava dormindo coisíssima nenhuma. Ao escutar o rumor dos caras lá fora, o Mané correu pra debaixo das cobertas e fingiu.

"Cadê o Guerrinha?"

"Cadê o Guerrinha, Mané?"

"Saiu, foi trepar nas puta."

"O Guerrinha? No Drinks Privé ele não tava."

"Ele falou que vocês tudo é bobo, viadinho, trouxa e bico-de-chaleira, que não sabe nem fazer punheta."

O Mané é um filho-da-puta.
Mas não.
O Mané, assim como o gordinho filho-da-puta, era só um bobão.

"Puta, aonde? O Guerrinha foi aonde?"
"Ele falou que tinha um lugar que as puta era muito melhor que essas que vocês trepa nelas. E ele falou que o pinguelo dele é que é grande e que vocês tudo têm pinguelo pequeno de viadinho bico-de-chaleira."
"Que merda é essa de bico-de-chaleira?"
"É quando o pinguelo é pequeno e o cara é viadinho que não sabe fazer troca-troca e tem uma pele assim que fica pendurada."
"E você, Mané, sabe bater punheta?"
"Eu sei."
"Então mostra aí como é que faz."
"Aqui, não, que vocês vão passar a mão na minha bunda."
"Nós, não. Nós já tá tudo sastisfeito de bunda."
"Mas você deve tá precisando."
"Tá tarde. Eu já fiz punheta hoje."
"Mas então o Mané, além de cagão, é punheteiro."
"Não sou, não. Só de vez em quando."
"Então o que é que você faz quando fica aquele tempo todo no banheiro?"
"É. Ou tá cagando, ou tá batendo punheta."
"Não."
"Então, pra que ficar duas horas no banheiro?"
"Eu fico pensando."
"Pensando no quê?"
"Fica pensando em sacanagem. Agora eu entendi."
"Não."
"É sim. Só toma cuidado é pra não engravidar o azulejo."
"Rá rá rá rá rá rá rá rá rá rá rá rá rá rá rá rá rá rá rá rá rá rá rá rá rá rá rá rá rá rá rá rá rá rá rá rá rá rá rá rá rá rá rá rá rá rá rá rá rá rá rá rá rá rá rá rá rá rá rá rá rá rá rá rá rá rá rá rá..."
"Pára."
"Não vai chorar, né, ô Mané?!?"

"Não, eu nunca choro."

"Ah! É macho."

"Porra, Mané, é brincadeira. Não precisa fazer essa cara, não. Aqui, todo mundo sacaneia todo mundo. É só brincadeira. Só não vai dar uma de Guerrinha, que, além de ruim de bola, é riquinho e babaca."

"É. Ele é viadinho, bico-de-chaleira e filho de bebo. A mãe dele dá pros bebo todo. Rá rá rá rá rá rá rá rá rá..."

"Então... Vamo aprontar uma pro Guerrinha, pra quando ele chegar."

"Já sei. Vai lá, Mané, você que não foi no Drinks Privé, vai lá, bate uma punheta e goza no travesseiro do Guerrinha, embaixo do travesseiro, pra ele enfiar a cara na porra, quando ele for dormir."

"O que que é gozar?"

"Vai dizer que um punheteiro que nem você não sabe nem o que é gozar?!"

"Sei, sim, mas eu esqueci."

"Ih! O Mané é muito criança."

"Não sou, não. Eu já tenho catorze anos. Vou fazer quinze, mês que vem."

"Então... Mostra lá que você é homem. Esporra no travesseiro do Guerrinha."

"O que que é espórra?"

"Esqueceu também?"

"Esqueci."

"Tá bom. Você sabe foder, não sabe?"

"Esqueci também."

"Porra, assim não vai dar. Deixa esse moleque pra lá."

"Ô Fernando, só porque o Mané te deixou de quatro lá no treino, você fica implicando com ele. Agora o Mané é nosso, cara. Dá a mão pra ele e entra num acordo. O grupo tem que ficar unido."

"Unido é o caralho. Mas tudo bem. Ensina aí o moleque a bater punheta. Eu tenho mais o que fazer. Vou lá fora dar uma banda."

"Fica aí, Fernando. Vai ser engraçado."

"Então, Mané? Você sabe ou não sabe bater punheta?"

"Sei. Só esqueci o que que é gozar, espórra, essas coisa."

"Quando você bate punheta, não dá uma coisa gostosa que você sente? Um negócio assim, delicioso?"

"Dá."

"Então, isso é que é gozar. Aí não sai uma coisa branca do pau? Um negócio branco e grudento?"

"Sai."

"Isso é que é porra. Quando você goza, você esporra. Entendeu?"

"Aaaaaaah!"

"Então, vai lá na cama do Guerrinha, bate uma punheta e esporra no travesseiro dele. É o seu batizado pra entrar na turma. Aí, na semana que vem, a gente leva lá no Drinks Privé pra comer uma puta, uma mulher de verdade. Você ainda é novo, mas já tá na hora de conhecer as coisa boa da vida. É ou não é?"

"É."

"Então vai lá, vai."

"Vai ficar todo mundo olhando?"

"Ô moleque chato."

"Calma, Fernando, deixa ele. O Mané tá certo, a gente vai sair. Quanto tempo você acha que vai demorar?"

"Não sei. Dez minuto."

"Então vai rápido, antes que o Guerrinha chega."

Foi uma foda rápida. Pamela invadiu o quarto, sedenta de sexo. Já chegou arrancando as próprias roupas. Depois, sôfrega, tirou a cueca de Mané com os dentes e, de boca cheia, urrou: "I loffff younnnu".

Pamela estava mesmo incontrolável e, depois de chupar o pau de Mané, ficou de quatro sobre a cama de Guerrinha.

Com estocadas rápidas e violentas, Mané punha e tirava seu pau negro, enorme, cheio de veias, de dentro da boceta de Pamela.

Pamela rebolava e mordia o travesseiro de Guerrinha.

Mané avisou: "Vou... vou... vou... espórra".

Mané tirou seu pau cheio de veias, negro, enorme, de dentro da boceta de Pamela.

Pamela aproximou o travesseiro de Guerrinha do pau enorme, cheio de veias, negro, de Mané.

"Aaaaannnnnnnnnnnhhhhhhhhhhhhhhhh!!!"

Rá rá rá rá rá rá rá rá rá rá rá rá rá rá rá rá rá rá rá rá rá rá rá rá rá rá rá rá rá rá rá rá rá rá rá rá rá rá rá rá rá rá rá rá rá rá rá rá rá rá rá rá rá rá rá rá rá rá rá rá rá rá rá rá rá rá rá rá rá rá rá rá rá rá rá rá rá rá rá rá rá rá rá rá...

É claro que o time inteiro ficou assistindo, por uma fresta da janela, à punheta do Mané.

Acabei. Pode vim agora.

O travesseiro do Guerrinha ficou cheio de porra.

"*Você viu a namorada de Muhammad Mané?*"

"*Pois é, agora eu não estou entendendo mais nada. A moça tem o maior jeito de, de, de, jeito de normal. Ela é turca? Loura?*"

"*Ute..., você...*"

"*Espere um pouco. Do que foi que você me chamou?*"

"*Ute. Não é o seu nome?*"

"*Obrigada, Herbert, é a primeira vez, em meses, que alguém me chama pelo nome aqui neste hospital, sem Fräulein, sem Nazi... Obrigada mesmo.*"

"*Pois é, Ute, minha amiga, mas o que eu ia dizer é que você continua cheia de rótulos, cheia de preconceitos na cabeça. Nem parece alguém que traz haxixe de Amsterdã para os pacientes.*"

"*O que foi que eu falei de errado desta vez?*"

"*Primeiro: nem todo muçulmano é turco. Segundo: nem todo turco é muçulmano. Terceiro: na Turquia há muita gente loura. Quarto: Muhammad Mané é brasileiro.*"

"*Certo, certo. Mas como é que você explica isso? O sujeito vem do Brasil, o lugar mais sexual do planeta. O nome dele é Muhammad, o Profeta de Alá. Em nome do islã, Muhammad Mané comete um atentado suicida, sacrifica a própria vida em prol de uma religião que obriga as mulheres a se cobrirem dos pés à cabeça e, agora, aparece uma menina menor de idade, de cabelo rastafári, minissaia, blusa transparente, sem sutiã, de um jeito que dá para ver cada detalhe de cada mamilo. E essa menina é namorada de Muhammad Mané. Me desculpe, Herbert, mas as coisas não se encaixam, entende?*"

"*Não se encaixam porque sua cabeça só funciona com estereótipos. Neste nosso mundo há combinações das mais variadas. Tudo é possível.*"

"*Estou vendo. Qualquer hora dessas, vai ser feita a revelação de que Muhammad Mané é o próprio Muhammad, o Profeta reencarnado, que Mubarak é Alá e que Tomé é na verdade o arcanjo Gabriel e que aqui é o Paraíso islâmico.*"

É ou não é, Crêidi? Aqui não é o melhor lugar que existe? Eu sou o dono daqui, desse Paraíso, e você é a princesa junto com as outra tudo. É setenta e duas princesa, mas agora você que é a princesa que é a rainha, porque agora tá só nós dois passeando de mão dada nessa sombra desses coqueiro tudo, nesse ventinho, que nem se a gente fosse namorado que passeia assim sozinhos na praia, namorando. E a gente vai tomar picolé de groselha que é o mais gostoso que o Alá deu pra nós. Né, Crêidi? Porque o Alá dá tudo que eu quero e que você quer, porque aqui nesse Paraíso, você e as suas colega, que é tudo virgens, quer sempre as coisa que eu quero, sabe? É que nem se a gente fosse ligado assim pela cabeça. Aí eu penso numa coisa que eu quero e na mesma hora você quer também a mesma coisa e a coisa aparece que nem apareceu esse picolé de groselha, que nem apareceu aquela cabaninha que é pra nós ir lá e ficar namorando e trepando ni você e você ni mim e os dois vão ficar gostando e depois nós fica só deitado, olhando pra cima, ganhando um ventinho em cima de nós que tá pelado e fica nós dois assim sentindo como que é bom esses lugar aqui do Paraíso, esses lugar que eu fico inventando e que vira de verdade mesmo que é só o meu pensamento que agora eu sei que quando a gente pensa numa coisa, pensa muito nela com muita vontade dela existir, aí ela fica existindo que nem essa cabaninha, que nem esse ventinho, que nem você que já existia antes lá no Islamberlândi mas que era uma outra Crêidi, que nem chamava Crêidi, que tinha uns cabelo igual de preto que eu não gosto, que ficava sem calcinha mostrando pra mim, mostrando pra todo mundo, falando aquelas coisa pra mim que deixava eu com vergonha, que deixava eu ficar sem graça com vergonha e sem saber o que que você tava falando porque era tudo com palavra alemã que eu não entendia nada, mas agora eu entendo tudo sem nem precisar falar, sem nem precisar ir na aula da Fraulaim Chom porque a Fraulaim Chom já tá aqui e fala só com o pensamento, que nem filme de nave que os pessoal vai pros outro planeta e fala só com os pensamento e todo mundo entende e eu entendo e a Fraulaim Chom já apareceu só porque eu pensei nela, só porque eu quis que ela aparecesse e ela apareceu pra ficar com nós sem falar alemão, só ficar trepando ni nós, mas agora não, agora ela sumiu de novo porque eu queria ficar um pouco só namorando com você porque pra fazer sex é bom ter um monte de mulher com nós, que fica aquela confusão gostosa com todo mundo trepando ni todo mundo igual filme do Jeipom, só que namorar fica mais lindo quando é só dois que aí é um troço assim de ficar se amando só os dois, olhando nos olho do outro e dá aquela coisa que eu sinto aqui no Paraíso, aquela coisa da outra, da mulher que tá comigo ser esposa e ser mãe e ser amiga e ser irmã e ser tudo junto ao mesmo tempo e eu fico com vontade de chorar sem ficar triste, fico com vontade de chorar de achar tudo bonito, tudo perfeito assim, tudo de um jeito que não tem nem palavra pra explicar, é só uma coisa assim que enche os olho de água, que dá um engasgo, que dá uma coisa, sabe, Crêidi? E é pra você que eu fico sentindo essas coisa agora. Nessa hora agora e eu fico olhando pra você, eu fico sentindo nos seus olho esse amor que você tem neu, que é tão bonito, que é tão assim sem nada ruim, com tudo bom, com tudo de verdade, que você gosta deu mesmo e eu sei que gosta mesmo e é tão bonito, Crêidi. É tudo tão amor, que eu nem vi isso nem nas novela que os cara gosta das namorada e as namorada gosta dos cara só de fingimento, que eles que é artista, que o trabalho deles que é artista de novela é ficar fingindo essas coisa, esses amor e aqui é muito melhor que nas novela, que aqui não é fingimento, que nós não é artista, que nós é só umas pessoa que sente amor no outro, pra outra, as outra, que aqui é eu de homem e vocês tudo, setenta e duas, é mulher, que mesmo que é setenta e duas, todas ama que nem se fosse uma só, amando mesmo e quando eu amo todas, eu amo cada uma com esse sentimento que eu comecei a sentir aqui no Paraíso, que mostra que o Alá tem mesmo, que o Alá é de verdade, que o Alá fez esse amor pra nós amar. Então, agora que é só nós dois aqui, você é a coisa mais bonita que tem nessa vida e é essa coisa que os cara que faz novela, que faz filme de chorar quer mostrar pra nós, mas vendo os artista eu não entendia, mas vendo você agora, aqui, olhando pra mim desse jeito, com esses olho lindo, aí eu entendi. Eu fiquei agora entendendo tudo desse negócio de amor que eles fala.

O Guerrinha era o maior otário de todos, o maior mané.

Mas não.

O Guerrinha tinha dinheiro e passara a noite fazendo sexo com três mulheres. Foi uma noite de mil reais e o Guerrinha só chegou no alojamento de manhã, às sete.

"Porra, que sacanagem é essa?"

"É porra mesmo, ô espertinho. Tava achando o quê? Que ia sair sem autorização e que ia ficar por isso mesmo?"

"Que autorização? Ninguém aqui manda em mim. Foi minha noite de folga e eu vou pra onde eu quiser."

"Vai, o caralho. Aqui, a gente é um grupo. Você fez merda no jogo ontem e a gente decidiu que você ia ficar de castigo. Fora isso, o Mané disse que você ficou falando mal da gente. Ficou xingando."

"Que filho-da-puta! Eu não falei porra nenhuma, só saí e ainda chamei ele, até tinha emprestado um dinheiro pro Mané comer uma puta. Só que, na hora, quando a gente já tava lá no ponto, o Mané voltou correndo. Deve ter vindo cagar. Acorda aí, ô cagão. Acorda aí, porra."

"Não adianta ficar nervosinho e descontar no Mané, não. Se encostar um dedo no moleque, é você que vai tomar porrada, falô?"

"Agora até você, que tinha ódio do Mané, vai ficar do lado dele?"

"Não gosto dele e não gosto de você. Tô de saco cheio de ter que segurar a defesa sozinho. Você não joga porra nenhuma. O Professor é maluco de dar vaga pra você."

"É isso aí, acabou pra você, mané. A gente ia te dar uma chance pra pensar. Era só passar uma noite de molho, que depois tudo ficava normal pro teu lado. Mas, agora, acabou. Foi mal em campo e agora foi mal com a rapaziada. Perdeu, mané."

"Pára de me chamar de mané. E você aí. Olha que cara de filho-da-puta, seu sonso filho-da-puta. Que foi que eu falei dos cara, hein? Não falei porra nenhuma."

"Falou sim. Falou que eles era viadinho, que eles era bico-de-chaleira."

"Que bico-de-chaleira? Que porra é essa?"

"Falou que eles tinha tudo pinguelo pequeno."

"Ele tá maluco! Eu não falei nada dessas porra, porra."

"Você é que é uma bicha mesmo. Fica gritando que nem viado. Se vier alguém aqui por causa dos seus grito, você tá fudido, tá ligado?"

"É isso aí. Vai calando a boca e pode deitar, bem quietinho."

"Eu não vou deitar nessa cama. Vou trocar essa roupa de cama. Que horas abre a rouparia?"

"Rouparia é o caralho. Vai dormir aí mesmo, com a cara no travesseiro, pra aprender a deixar de ser furão."

"E quem é que vai me obrigar?"

"Olha aqui, rapá, essa é a sua última chance. Ou deita a cabeça aí nessa porra e dorme, ou nunca mais vai jogar futebol por aqui, falô?"

Mas não.

O Guerrinha não deitou a cabeça naquela porra. E nunca mais jogou futebol.

Foram os sub-17 do Santos mesmos que pediram a barração do Guerrinha para o Professor, que, como todos, já estava insatisfeito com as atuações, com as falhas sucessivas do Guerrinha nos jogos do time.

Foi de dar pena.

Depois de um domingo inteiro tentando reverter a situação a seu favor, sem o menor sucesso, o Guerrinha até tentou dialogar com o Mané, que poderia pelo menos amenizar a hostilidade do "grupo".

Mas não.

O Mané foi filho-da-puta até o fim.

"Por que você fez isso comigo, cara? Que mal eu te fiz?"

"..."

"Pô, eu te emprestei dinheiro, quis te levar pra uma noite do caralho — trepei com três mina ao mesmo tempo —, fui legal com você até quando você me humilhou em campo, no treino. O Fernando te xingou, deu um tapa na sua cara, e você ainda ficou do lado dele, contra mim. Não tô te entendendo."

"..."

"Porra, pelo menos me explica por que você fez intriga contra mim, botou o pessoal contra mim..."

"..."

"Você tem essa cara de inocente, mas é um filho-da-puta, mesmo. Eu queria entender. Foi só por maldade?"

"..."

"Fala, cara. Me diz o que foi que eu te fiz?"

"..."

"Fala, me fala."

"..."

"Vai lá, diz pro pessoal que era mentira. Que eu não xinguei ninguém, pelo menos isso."

"..."

"Cara, eu vou te arrebentar, Mané."

"..."

"Eu tô te avisando. Ou você vai lá, agora, e livra a minha cara, ou eu te arrebento."

"..."

"Ah! É assim? Não vai dizer nada, né, seu moleque filho-da-puta, seu sonso do caralho, eu vou te cobrir de porrada! Agora você vai aprender a não sacanear colega. Eu vou..."

"Turma! Pessoal! O Guerrinha quer bater neu! Turma!"

Mas não.

O pessoal até foi lá e impediu que o Guerrinha desse uma porrada bem no meio da cara daquele Mané filho-da-puta. Mas daí ao Mané pensar que tinha encontrado a sua turma havia uma distância enorme.

Na segunda-feira, o Guerrinha, tadinho, apareceu todo uniformizado para o treino, tentando passar desapercebido.

Mas não.

O Professor, minutos antes, já havia sido convencido pela "turma" a barrar o Guerrinha do time titular.

Mas não.

A coisa foi muito pior.

"Horrível, horrível. É horrível."

"Fale. Nos diga como ele está."

"Ele está todo deformado, perdeu braço, perna, o rosto está irreconhecível. Ele não vai sair daqui vivo."

"O Mané está em coma?"

"Não. Ele fica falando umas coisas, o olho dele, um olho só, porque o outro só tem um buraco, o olho dele fica arregalado, tremendo."

"O que ele fala?"

"Não sei, eu não entendo. Eu não sei falar brasileiro. Mas não deve ser nada lógico. Estou dizendo, o estado do Mané é trágico. Mesmo se ele sobreviver, não há a menor possibilidade de ele voltar a ter uma vida normal. O Mané está todo queimado, todo desfigurado."

"Tem alguém lá com ele?"

"Ele está sendo bem tratado?"

"Há mais dois pacientes no quarto com o Mané. E eles estão bem, estão inteiros. Um, que parece louco, o Mubarak, é terrorista mesmo, é aquele que explodiu um ônibus na porta da embaixada americana. O outro não falou nada, ficou só escrevendo num caderno."

"Calma, Mechthild. Então, quer dizer que Muhammad Mané é mesmo terrorista?"

"Não sei. Como é que eu vou saber? Vocês é que eram amigos dele. O Uéverson é que entende brasileiro."

"Português, Metichíldi, no Brasil nós falamos português."

"Iiiiiiih! Não me interessa. Eu só estou dizendo que não sei se Mané é terrorista ou não. Eu só sei que ele era lindo e agora ficou horrível, um monstro deformado."

"Calma, Mechthild. Estamos perguntando por causa do Mubarak. Os policiais que nos interrogaram querem saber se Muhammad Mané possuía alguma ligação com Mubarak."

"Eu não sei de nada. Mubarak fica repetindo: 'Eu sou Mubarak, eu sou Mubarak, eu sou Mubarak, eu sou Mubarak...'. E o Mané fica gemendo em brasileiro."

"Português, Meti, português."

"Isso, português."

"Quero ver Muhammad Mané."

"Os policiais estavam lá?"

"Eles falaram comigo antes de eu entrar no quarto, mas, no quarto, eles não entraram."

"Será que eles vão nos deixar subir?"

"Vocês, eu não sei, mas eu posso vir quando eu quiser. Eles me liberaram."

"Eu vou visitar o Mané também. Se eles deixaram você, que não é parente dele, vão me deixar subir também."

"Mas eu sou namorada dele."

"Desde quando?"

"Desde que você disse a eles que eu era. Ou você agora vai desmentir?"

"Parem de discutir, vocês dois. Vamos esperar. Quando eles descerem, nós falamos com eles, certo?"

"Eles vão nos mandar embora. Ela só pôde subir porque ela é alemã, é loura."

"Isso é verdade, esses alemães são todos racistas."

"Mas você é alemã. Está reclamando por quê?"

"Sou alemã, mas conheço a cultura de outros povos. Quero me integrar a todas as raças."

"Sei bem como você se integra."

"É. Os alemães são racistas e você é um machista, um, um, um... sul-americano porco chauvinista."

"Melhor do que ser racista. Heil Hitler!"

"Não venha me ofender, não."

"Não sejam estúpidos. Isso não é hora de brigar. Temos que ter paciência. Esses policiais não são policiais comuns. Eles são agentes, trabalham para algum serviço de inteligência. Com certeza, eles têm algum plano."

"E o que é esse negócio de inteligência?"

"Nunca viu filme do James Bond?"

"Vi. <u>007 contra o homem da pistola de ouro</u>."

"Então... É isso. Eles são agentes secretos. Temos que ir devagar com eles."

"Eles é que têm de vir devagar comigo. Eu não sou qualquer um. Eu sou o Uéverson, o goleador do Hertha Berlin. Fora isso, eu posso até não ter inteligência, mas quem é aqui que conhece o Mané melhor do que eu?"

"E ninguém aqui também é tão arrogante quanto você. Se você quer ver Muhammad Mané, vai ter que aprender a usar a cabeça, a falar manso, a ser humilde, a respeitar quem de fato decide as coisas. Com todas essas discussões, essa gritaria, esse nervosismo, não vamos chegar a lugar algum."

"Isso mesmo. O Mnango mais uma vez tem toda a razão. É por isso que você é o meu rei africano."

"Sim. Esse negócio de rei fez eu lembrar do meu rei negão aqui embaixo. E se nós fôssemos, agora, repetir aquela festinha lá em casa? Também quero que a Meti seja a rainha do meu rei."

"Com você, Uéverson, nunca mais. Agora eu me dou ao respeito."

"Uéverson, lembre-se de que Mechthild agora é a namorada oficial do nosso amigo Muhammad Mané."

"É mesmo. Então eu vou procurar outra rainha por aí. Vagina é o que não falta aqui para o goleador. Mas, amanhã, eu vou voltar com a Metichíldi e quero ver esses James Bond aí me impedirem de ver o meu amigo Mané."

Guerra, por favor, venha até aqui. Preciso ter uma conversa com você.

O que eu tenho a te dizer não vai ser nada fácil. Momentos como este são os piores momentos na vida de um treinador de categorias de base. Vocês chegam aqui cheios de sonhos, cheios de esperanças. Que garoto não sonha em ser um grande jogador, brilhar nos campos, viver no mundo do futebol? Mas, você sabe, a peneira é apertada. Só de ter chegado até aqui, você já pode se considerar um vencedor. Mas acho que vai ser melhor pra você não alimentar muitas ilusões. Você tem altura, tem porte físico de zagueiro e até se sai muito bem nas bolas altas. Só que isso não é o suficiente para um jogador profissional. É preciso um plus a mais e, vou ser sincero, vou ser direto, você anda falhando muito, tanto nos treinamentos como nos jogos do campeonato. No sábado, contra o XV, cedemos o empate no final, num jogo que estava ganho e, sinto muito dizer isso, a falha foi toda sua. Claro, todo mundo erra e ninguém é sacado do time apenas por causa de uma jogada infeliz. É pelo conjunto das suas atuações e, mais do que isso, pelo seu potencial de desenvolvimento, que não me parece muito promissor. Você ainda é jovem, é um cara bem articulado, parece que vai bem nos estudos e seria muito mais sensato de sua parte continuar investindo nos estudos e não mais perder tempo com uma carreira para a qual você não foi moldado. Eu também já fui jovem, também quis ser um jogador profissional, mas um dia também tive alguém que me colocou na real, que me aconselhou como eu estou te aconselhando agora. Com isso, pude me dedicar aos estudos, cursei a faculdade de educação física e pude voltar ao futebol de outra maneira, como treinador. Hoje, eu agradeço os conselhos do meu técnico no infanto-juvenil, como um dia você ainda vai me agradecer. No momento, você perdeu a posição de titular. O Wescley ainda é mais novo do que você, ainda não se desenvolveu totalmente, mas já faz um tempo que ele anda merecendo uma chance. Se você quiser, pode continuar treinando entre os reservas, mas acho que você deveria voltar para a sua cidade, terminar o colégio por lá e depois tentar o vestibular e a faculdade. Eu decido quem joga e quem fica no banco, mas não posso decidir quem permanece no clube e quem deve deixar a Vila. Sendo assim, a decisão está nas suas mãos. Eu aconselho, mais uma vez, que você redirecione os rumos da sua vida e tente uma outra profissão. Quem sabe até, no futuro, sejamos colegas e adversários. Ainda poderemos nos encontrar no Morumbi, no Maracanã, decidindo um campeonato importante. Isso se você quiser continuar, de alguma forma, dentro do futebol. Só que, no momento, o melhor que você pode fazer é voltar para junto de sua família. Me desculpe a sinceridade, mas você não tem talento para jogar futebol profissional. Você é quem sabe. Nos vemos por aí.

"Aí está. Anotei tudo que consegui ouvir. Escrevendo, o meu alemão não é dos melhores, até porque o Muhammad diz coisas que são intraduzíveis. O Muhammad fala mal português, usa umas palavras que devem ser da região de onde ele veio. Já o Mubarak continua dizendo que ele é o Mubarak e que ele vai continuar. O resto são palavras de ordem, do tipo 'vou derrotar os inimigos de Alá' e essas coisas. O Mubarak às vezes fala em alemão, às vezes em inglês e às vezes em árabe, que, me desculpem, eu não entendo nada."

"Mubarak se relaciona de alguma forma com Muhammad Mané?"

"Não, eu já tinha dito isso antes. O Mubarak é um lunático. Está sempre de olhos vidrados. Ele parece ignorar tudo a sua volta. Se ele finge, finge muito bem."

"Mas vamos ao que interessa. O que foi que Muhammad Mané disse enquanto a namorada dele estava lá?"

"Está tudo anotado aí. Como eu disse antes, meu texto, em alemão, não é dos melhores, mas também não há grandes novidades. No delírio do Muhammad, ele falava com uma tal de Creide. É um nome mais ou menos comum no Brasil. O certo é Cleide, mas é comum, para quem não teve a chance de estudar, trocar o L pelo R. Então, o Muhammad fala Creide mesmo."

"Por favor, não estamos aqui para aprender a língua de vocês. Estamos interessados é em terrorismo."

"Mas não há nada de terrorismo no que ele falou com a namorada. Aliás, é muito estranho que um fundamentalista islâmico tenha como namorada uma garota daquele tipo, usando aquelas roupas, minissaia, cabelo rastafári. Ela tem um jeito bem liberado para ser namorada de um muçulmano. Eu também não consigo entender como um brasileiro pode ter se tornado muçulmano, ainda mais um garoto tão novo. Que idade ele tem?"

"Pela ficha de Muhammad no Hertha Berlin, ele tem a idade de dezessete anos."

"Pois é. Muito novo. Pelo estado dele, não dá para deduzir a idade dele só

pela aparência. Muhammad vai morrer, ou vai ficar desse jeito para sempre? Porque vida normal, vida de verdade, acabou para ele."

"Nós não sabemos. E nem importa. O que nós queremos saber é quem está por trás do atentado que Muhammad Mané cometeu. Nós sabemos que Muhammad Mané já não oferece perigo a ninguém. O problema é quem manda, ou quem mandava, nele."

"Os senhores, então, têm uma tarefa muito difícil. O Muhammad só fala em Alá e sexo. Ele diz que Alá deu um Paraíso de presente a ele. Um Paraíso com picolé de groselha, cabaninha e um monte de mulheres, virgens. No lugar onde ele pensa que está, o Muhammad faz sexo com setenta e duas virgens e não precisa saber falar alemão. Bem, os senhores poderão ler tudo isso nas minhas anotações."

"Está certo. E continue anotando tudo. Cada detalhe do que Muhammad e Mubarak disserem nos interessa."

"Anoto, sim. Mas a minha permanência na Alemanha não vai ser negada só porque o Muhammad não esclarece de que grupo terrorista ele faz parte, vai? Acho muito difícil conseguir informações precisas de alguém naquelas condições."

"Fique tranqüilo, Herr Silva..."

"Os senhores podem me chamar de Tomé e de você. Afinal, vamos trabalhar juntos. Posso chamar os senhores de vocês?"

"Acho que o senhor está confundindo as coisas, Herr Silva. Temos um acordo, mas o senhor ainda está sob custódia da justiça alemã. E nós não costumamos ter intimidades com nossos colaboradores. É uma questão de segurança. Está claro, Herr Silva?"

"Certo, certo. Mas, por favor, não me chame de Herr Silva. No Brasil, todo mundo é Silva. Me dá a sensação de que não sou um indivíduo. Mas os senhores, vou continuar chamando os senhores de senhores. Ou preferem alguma coisa mais formal, como Excelentíssimos Senhores Agentes Secretos?"

"Chega de gracinhas por hoje. Quando me referi a questões de segurança, eu quis dizer que era uma questão de segurança para o senhor. Nós estamos bastante seguros, pode ter certeza disso, Herr Silva."

"E esteja sempre pronto. A qualquer momento, podemos entrar em contato. Bom dia."

O Mané, então, estava pronto para ganhar a posição de titular, já que, agora, fazia parte da "turma".

Mas não.

O Mané, feliz da vida, entrou na área dos titulares. E ele, o Mané, não tinha perdido a mania perigosa de aplicar os dribles mais desconcertantes em zagueiros duas vezes maiores do que ele, do que o Mané.

O Wescley, por exemplo, era bem mais baixo do que o Guerrinha.

Mas não.

O Wescley era bem mais forte, tinha bem mais massa muscular, além de não estar com a menor vontade de desperdiçar a chance que o Professor estava dando a ele no time titular.

Mas não.

O Wescley não foi nem um pouco violento com o Mané, quando ele, o Mané, tentou aplicar o drible da vaca nele, no Wescley. Bastou um tranco de ombro, para que o Mané fosse jogado ao chão. Nem falta foi.

Mas não.

O Mané não se desanimou com a primeira tentativa frustrada. Na segunda tentativa, o Mané tentou passar pelo Fernando, achando que, depois de ter sido um tremendo filho-da-puta com o Guerrinha, até o Fernando passaria a gostar mais dele, do Mané.

Mas, claro, óbvio, que não.

O Fernando, ao perceber que o Mané estava pronto para aplicar um chapéu nele, no Fernando, não pensou duas vezes e entrou de sola, assim meio de lado, diretamente no joelho, aquele que havia sido machucado na conquista da revista Sex.

Já te falei, Mané. Comigo não vai ter brincadeira. Esse foi só mais um aviso pra você refrescar a memória. Na próxima, você vai ficar aleijado pra sempre. Tô avisando.

Dessa vez, o Mané compreendeu, de uma vez por todas, que ele, o Mané, continuava e continuaria a ser o viado filho-da-puta de sempre. A nova "turma" não era filha-da-puta como os filhos-da-puta de Ubatuba, mas também estava longe de ser um grupo fraternal para com novatos filhos-da-puta como o Mané.

E o Guerrinha nunca mais foi visto.

Alá é Justo, Misericordioso. Alá nunca abandona aqueles que o servem com o coração puro. Graças a Alá, meu filho voltou para casa e está entre os seus. Eu já estava perdendo as esperanças, me desculpe, Alá, meu Senhor. Fui levada a crer que os infiéis destruiriam a vida de meu filho. Mas ele agora está aqui, protegido do mal. Não vou deixar que Hassan se perca na companhia de estranhos, de pessoas que vêm de uma terra maldita, onde a ira de Alá não é temida. Sempre fui contra deixar que Hassan fosse jogar futebol. Não pelo esporte. O problema eram as companhias, os infiéis. Mas o pai de Hassan ama o futebol e tem muito orgulho do talento que o nosso filho possui para a prática desse esporte. Só que eu tinha razão. Foi no futebol que Hassan conheceu o brasileiro, a quem recebemos com todo o respeito e amizade. Mas, como todo não-muçulmano, o brasileiro optou pelo caminho da violência, prejudicando a meu filho. Mas, graças a Alá, esse pesadelo terminou e, a partir de agora, Hassan vai tomar mais cuidado com quem se relaciona. Meu filho é um menino muito responsável e obediente. Hassan tem Alá em seu coração e Alá é Prudentíssimo, Sapientíssimo.

Meu nome é Mubarak e eu vou continuar.
Mesmo que o chão se abra sob meus pés, eu vou continuar.
Mesmo que as legiões do Inferno ocupem a Terra onde vivo, eu vou continuar.
Mesmo que o sangue dos infiéis contamine a água que mata a minha sede, eu vou continuar.
Mesmo que o fogo largado pelo inimigo cegue os meus olhos, eu vou continuar.
Mesmo que a escuridão tome conta do Sol, eu vou continuar.
Mesmo que minha alma seja lançada ao caos, eu vou continuar.
Mesmo que os demônios do Ocidente arranquem a minha língua, eu vou continuar.
Mesmo que a insanidade ronde a minha mente, eu vou continuar.
Meu nome é Mubarak e eu não estou louco.
Meu nome é Mubarak e eu vou continuar.

Com os duzentos reais afanados do Guerrinha, o Mané comprara nada mais, nada menos do que quarenta revistas pornográficas. Com o auxílio delas, das revistas pornográficas, o Mané completou sua educação sexual. Ele, o Mané, aprendeu tudo.

Mas não.

O Mané aprendeu tudo na teoria, porque, na prática, o Mané continuava morrendo de medo de mulher. Depois de mais umas três ou quatro tentativas de levar o Mané ao Drinks Privé, o grupo desistiu por completo dele, do Mané. Todo sábado era isso: o pessoal ia à zona e o Mané ficava vendo televisão e se masturbando, trancado no banheiro, cercado de revistas pornográficas.

Na escola, era a mesma coisa. O Mané colocava as revistas pornográficas entre as páginas do caderno e passava a aula inteira fantasiando. Os recreios eram passados no banheiro todos os dias.

Nos treinos, o Mané não era nem a sombra daquele viado filho-da-puta que encantara o olheiro do Santos naquele jogo comemorativo do aniversário de Ubatuba. O Mané seguia à risca os conselhos do Fernando e estava sempre se escondendo em campo, fugindo da bola.

O Mané, depois de dois anos em Santos, continuava sendo o que sempre fora: nada, ninguém. Ele era tão nada, tão ninguém, que a comissão técnica dos sub-17 demorou esses dois anos para perceber que o Mané ainda não jogara uma partida sequer pelo Campeonato Paulista Sub-17. Ninguém percebera também que o Mané, nesses dois anos, recebera nota zero em todas as provas, de todas as matérias, na escola. Ninguém percebia nem que havia um mané chamado Mané treinando na Vila Belmiro.

Mas não.

Alguém, atrás do alambrado, estava sempre esperando pelo nascimento do novo Pelé.

Depois de uma certa idade, a gente simplesmente pára de existir. Quem vem conversar comigo fica olhando pra minha cara, sempre sorrindo esse sorriso que todo mundo sorri pros velho, querendo mostrar que é uma pessoa boa que gosta dos velhinho. Mas ninguém presta atenção. Eles ficam só olhando e sorrindo. Aí eu falo, falo, eles sorri de novo, dão aquele tapinha nas minhas costas, vira e vão embora sem ter ouvido nada, sem ter prestado atenção em nada. E taí: eu já falei pra todo mundo, já falei pro treinador dos meninos não sei quantas vezes. E ele só fica sorrindo, como se eu tivesse falado alguma coisa engraçada. Mas eu falo sério. Eu sou triste e nunca falo nada pra ninguém rir. E é por isso que eu fico cada vez mais triste. Gente, o Mané era o melhor jogador que tinha aqui no clube. Ele ficou dois anos treinando e não levaram ele nem uma vez prum jogo de verdade. Aquele zagueiro, o parrudão, ameaçou o Mané, disse pro Mané ficar longe do gol e o menino obedeceu. Eu alertei pra todo mundo. Alertei até pra ele, pro Mané mesmo. Todo dia eu falava pra ele também não ter medo do grandão, que era pra ele jogar o que ele sabia, sem medo. Se o grandão fizesse alguma coisa com o Mané, era só o Mané falar com o treinador. Mas o Mané era muito medroso. Acho que ele tinha medo não era nem de apanhar do grandão. Ele tinha medo era de aparecer. Tem gente que é assim, que tem medo de ser notado, que tem medo até de ser gostado. Eu gostava tanto dele, eu botava tanta fé no futebol dele. Aí teve um dia que eu não agüentei mais e fiz aquilo. Aí o treinador teve que me ouvir. E eu tava certo. É ou não é?

Mas não.

O seu Laureano até estava certo quanto ao talento do Mané para o futebol, mas errou redondamente ao pensar que o futebol traria algo de bom para o Mané.

Sim.

O seu Laureano não podia prever que o novo Pelé, o Mané, rá rá rá rá rá rá rá rá rá, por causa da intervenção dele, seu Laureano, acabaria titular do time sub-17 do Santos, teria uma participação sensacional na Taça São Paulo de Juniores e seria transferido para o Hertha Berlin da Alemanha, onde teria um companheiro de ataque muçulmano que o levaria a freqüentar as reuniões com o Mestre Mutanabbi e... bum.

Se o seu Laureano pudesse prever tudo isso, ele, o seu Laureano, não teria invadido o campo de treinamento, depois que o meia-esquerda dos juniores do Santos, pela quinta vez consecutiva, perdera um gol feito.

Mas não.

O seu Laureano invadiu o campo de treinamento e foi na direção do Professor Tuta, que, por sua vez, sorria para o seu Laureano.

Não é pra rir, não. Esse seu camisa 10 não tem a menor condição de vestir essa camisa.

Mas não.

O Professor continuou sorrindo para o seu Laureano.

"Que isso, seu Laureano? O senhor nunca foi de ficar nervoso. Na sua idade, a gente tem que tomar cuidado com o coração."

"Eu também nunca fui de falar palavrão, ainda mais na frente dos menino, mas puta que pariu, hein, Professor!?!?"

"Calma, seu Laureano. Depois do treino, eu te convido pra tomar um chope e aí o senhor me diz a razão desse nervoso todo."

"Ô Professor, eu já tenho noventa e cinco anos e não tenho muito tempo pra perder não. Vai que eu tenho um troço e caio duro ali na arquibancada."

"Não faz isso não, seu Laureano. O senhor é o nosso amuleto da sorte."

"Não sou amuleto, não. Só que eu presto muita atenção, assisto tudo quanto é treino aqui, desde os fraldinha até os profissionais, e o melhor jogador que você tem aqui não tá tendo a menor oportunidade."

"Melhor jogador? Quem é?"

"O Mané, Professor. Só pelo jeito de correr, pelo jeito de amortecer a bola, a gente já nota que o menino sabe tudo de bola. Esse aí que você põe pra vestir a 10 do Pelé não dá nem pro chinelo do Mané."

"Olha, seu Laureano, eu respeito muito o senhor, que é uma simpatia de pessoa, mas eu tenho que continuar o treino e esse aqui é o meu trabalho. É claro que eu quero ouvir o que o senhor tem a dizer sobre o Mané, mas acho melhor o senhor esperar lá na sombra, tomando uma água-de-coco e, depois, como eu disse, a gente conversa. Pode ser?"

"Tá bom, Professor. Mas dessa vez é pra valer. Se você não vier conversar comigo logo depois do treino, eu faço greve de fome. Você não vai querer ser o culpado pela minha morte, vai?"

"Que besteira é essa de greve de fome, seu Laureano? Não precisa nada disso, não. Vai lá, que eu já vou. Fica tranqüilo."

"*Que bonito! Não pára, não.*"

"*Eu não quero atrapalhar a sua conversa com o seu namorado.*"

"*Que conversa? Eu nem entendo o que ele fala. Ele é brasileiro, só fala em português. E é tão romântico isso que você está tocando.*"

"*Você gosta de jazz?*"

"*Gosto. Mas eu gosto mais ainda de reggae, de música africana, música cubana, essas coisas mais autênticas.*"

"*Mas o jazz é autêntico e é música de negro também. Já percebi que você gosta de negros.*"

"*Como?*"

"*Pelo seu gosto musical e pelo seu namorado.*"

"*Como é que você sabe que ele é negro? Desse jeito, todo queimado, cheio de ataduras, não dá nem para saber que cor ele tem.*"

"*Eu já estava aqui quando ele chegou. Já vi muitas vezes a troca de curativos do Muhammad.*"

"*Eu prefiro que você o chame de Mané. É mais bonito. Muhammad lembra os amigos muçulmanos dele. Por causa dos tur..., desculpe, por causa dos muçulmanos ele ficou desse jeito.*"

"*Foram os muçulmanos que mandaram ele se explodir lá no Olympiastadion?*"

"*Eu não sei quem foi, nem como foi. Mas o Mané tinha um comportamen-*

to um pouco estranho e acho que era por causa da religião dele. Eu respeito todas as religiões, todas as culturas, mas não aceito essas coisas de terrorismo, não aceito violência contra mulheres, nada disso."

"Mas, então, por que você foi namorar exatamente um muçulmano? Pelo seu jeito, pelo modo como você se veste, dá para perceber que você não é nem um pouco muçulmana."

"Eu me apaixonei pelo homem, não pela religião dele."

"Mas e ele? O Mané deixava você usar minissaia?"

"Nenhum homem manda em mim. Ninguém manda em mim."

"Então, é isso que eu acho estranho. Normalmente, os muçulmanos que eu conheço, que eu conheci, mandam nas mulheres deles."

"Estava demorando para aparecer o preconceito. Alguém que toca uma música tão bonita, um artista, não deveria ter esse tipo de idéia preconceituosa na cabeça."

"Me desculpe, como é o seu nome?"

"Crêidi, Crêidi, Crêidi, ai ló viú."

"Mechthild. Ele falou 'I love you' para mim. Ele me reconheceu, ele me ama, ele não vai morrer."

"Me desculpe, Mechthild, mas o Muhammad estava se declarando a outra mulher."

"Crêidi, Crêidi, deixa eu lamber também que é pra você gostar mais deu ainda..."

"Como é que você sabe? Ele falou 'I love you' para mim, não falou?"

"Ele falou 'I love you', sim, mas foi para a Cleide."

"Cleide, quem é Cleide? Como é que você sabe disso?"

"É que eu sou brasileiro também. Eu entendo o que ele fala e ele falou que ama a Cleide."

"Será que ele tinha uma namorada no Brasil?"

"Talvez não. Talvez sim. Ele fala muito em sexo e, pelo jeito, ele deve ter muitas mulheres no lugar onde ele está. Tem a Cleide, a Paméla, a Martinha, a Fräulein Schön. Em cada momento, ele está com uma, ou com várias."

"Não é possível. O Mané que eu conheço é tão tímido, tão sem jeito com as mulheres. Ele era tão sem jeito comigo."

"Já o que eu conheço só pensa, só sonha, só delira com mulher e o pior é que ele está bastante prejudicado nessa área."

"Como assim?"

"Eu não quero desanimar você, mas o seu namorado perdeu o... o... o instrumento de trabalho."

"Que instrumento de trabalho? Não estou entendendo nada do que você fala."

"Ele perdeu o pênis."

"*Que horror! Você viu?*"

"*Vi, Mechthild. Foi feio o negócio.*"

"*Oh! Meu Deus!*"

"*Me desculpe. Acho que estou falando demais. Devo estar atrapalhando. Me desculpe, Mechthild.*"

"*Não se preocupe. Está tudo bem. O meu amor por Mané está acima até do sexo.*"

Por isso é que você tá ficando a principal, a primeira, mais que a Paméla. É porque você foi ficando diferente por causa que eu quis. Você é que ficou mais diferente, que antes você era muito assim meio sem-vergonha, muito exibida que ficava mostrando tudo, ficava mostrando os cabelinho da bucetinha pra todo mundo ver lá no Islamberlândi, pros negão todo, ficava mostrando pra mim, querendo que eu fosse trepar ni você, querendo que eu não fosse mais islã, que eu não fosse mais moslém, que eu fizesse pecado e esquecesse das coisa que o Alá mandou nós fazer pra poder ir nesse Paraíso aqui. E aí, aqui, você mudou tudo e só faz coisa de sex quando eu penso que eu quero, quando eu quero e você faz sex neu com cara de amor, que você me ama e eu ai ló viú que em brasileiro fala é eu te amo e em alemão é daquele jeito complicado que eu não consigo falar, mas aqui eu falo em brasileiro mesmo, ou então em ingrêis que eu sei falar, que é ai ló viú que fala, mas eu falo sem falar, só com os pensamento que dá na cabeça e aí vocês tudo entende que nem se eu falasse alemão, ou ingrêis que é a língua da Paméla, que ama você também e você ama ela e eu amo todas e todas me ama e agora não vai ter mais nada disso de principal mais não que eu agora ai ló viú todas, que é setenta e duas e elas tudo tá vindo agora que é pra nós ficar tudo junto brincando, beijando, bebendo aquele vinho que nasce nas árvore, que nasce nos rio, que não deixa a gente ficar bebo fazendo baixaria, fazendo xixi nas calça e desmaiando que nem os bebo que tinha na vida lá antes deu virar marte. Eh, que beleza isso tudo aqui vocês tudo setenta e duas. Ai ló viú vocês tudo.

"Não disse que eu vinha, seu Laureano? Agora o senhor pode falar à vontade. Sou todo ouvidos. O senhor me acompanha num chope?"

"Eu não posso ficar bebendo muito, não, que o meu projeto é passar dos cem. Falta só cinco anos pra eu encerrar a carreira de vivo. Mas um chopinho, só um, nesse calor até que vai cair bem."

"Ô Mazzaropi, traz aí dois chopes. Capricha no do seu Laureano que não é todo dia que ele nos dá essa honra."

"Tá bom, Professor, me desculpe, mas como é o seu nome mesmo? Os menino só te chamam de Professor, que eu nem sei como você chama de verdade."

"Me chama de Tuta, que é como todo mundo me chama lá em casa. O senhor é que devia ser chamado de Professor por todo mundo."

"Certo, Tuta. E outra coisa: por que é que você fica rindo quando fala comigo? Sabe que eu não gosto disso?!? Fica parecendo que o que eu falo não é pra levar a sério. E, na minha opinião, essa questão do Mané é muito séria, sabe?"

"Me desculpa, seu Laureano, é que o senhor é muito simpático, mas eu levo a sério, sim, o que o senhor fala, o que o senhor vai falar. Só não sei é se eu vou concordar com tudo, mas, aí, o senhor me perdoa. Tudo o que acontece com os juniores é responsabilidade minha. Eu tenho que manter o time jogando bem, ganhando os jogos. O Santos está acima de nossas opiniões pessoais."

"Então, tá bom. Mas pra ganhar tudo, pra arrebentar mesmo, você tem que pôr o Mané no time. O menino é a melhor coisa que apareceu aqui no Santos desde o Pelé."

"Ô seu Laureano, com todo o respeito que eu tenho pelo senhor, mas comparar o Mané com o Pelé é um pouco de exagero. Ele até tem um jeitinho meio parecido com o do Pelé, o tipo físico, essas coisas. Mas se tem uma coisa que o pessoal aqui do Santos desconfia é desses novos pelés. Até o próprio já disse que igual ele não vai aparecer mais ninguém."

"Eu sei, Professor..."

"Pode me chamar de Tuta, vai, por favor."

"Olha, Tuta, eu sou macaco velho de tudo, de tudo isso. Já vi não sei quantos novo Pelé aparecendo aqui no clube e sei que o Mané também não é o novo Pelé. Mas ele joga muita bola pra ficar dois anos esquecido, jogando no meio dos reserva, sem ter nenhuma chance nem de ficar no banco."

"Eu acho que não é bem assim. O senhor deve saber que, pra ser um bom jogador, não basta só ter habilidade, que o Mané tem de sobra. É preciso também que o atleta tenha fibra, garra, gana, que jogue dentro de uma organização tática, que ajude no trabalho de equipe. E o Mané me parece um pouco apático, um pouco escondido. Às vezes, parece até que ele foge da bola, que tem medo de jogar. Aí, não tem habilidade que dê jeito. Até nisso, ele anda meio apagado. O moleque, quer dizer, o garoto sabe driblar, mas nem isso ele faz. Pra ser sincero, eu ia até recomendar a dispensa do Mané. Eu não gosto muito de ver esses garotos se iludindo, se dedicando demais a um negócio que depois eles vão ter que largar. Mas me disseram que o Mané é muito pobre, não tem família, quer dizer, tem, mas a mãe dele é alcoólatra, aí eu fiquei com pena. Aqui, pelo menos ele tem escola, ele come as três refeições do dia. Mas, pra ser sincero, eu não boto muita fé no moleque, no garoto, no Mané, não."

"Olha só, aqui tem uma psicóloga, não é não? Porque eu sei o que que tá acontecendo com o Mané."

"O quê?"

"O fortinho, aquele seu zagueiro parrudo."

"Quem? O Fernando?"

"Esse mesmo. Logo que o Mané chegou aqui, eu não sei nem se era você o treinador dos meninos..."

"Era eu, sim. Todo mundo só falava no Mané, no moleque novo que foi descoberto lá no litoral norte. Tinha esse papo de novo Pelé e tudo."

"Pois é. Então você também lembra que o menino comeu a bola no primeiro treino dele, que ele foi pra cima do Fernando e daquele comprido que sumiu."

"O Guerrinha. Fui eu que dispensei o Guerrinha, que era fraco pro futebol profissional. A gente aqui tem que ter critério, tem que ter responsabilidade. Vê esse caso do Guerrinha mesmo. O moleque vinha de família rica, pode fazer qualquer coisa na vida, escolher uma profissão, entrar pra uma faculdade. Eu não podia deixar ele ficar se iludindo aqui com o futebol. Então, depois de várias falhas, em jogos seguidos, eu recomendei que ele voltasse pra casa e fizesse uma faculdade. Depois, ele pode até voltar pro futebol como técnico, como jornalista. Só não faço a mesma coisa com o Mané, porque o Mané é pobre e, se não jogar futebol, não vai dar em mais nada nessa vida. Mas acho difícil, a não ser que ele mude de postura, tenha mais personalidade e se esforce mais. Jogador de futebol precisa ter cabeça também."

"Então, aí é que tá o negócio com o Mané. Quando ele chegou aqui, naquele primeiro treino, ele comeu a bola, deixou o Fernando e esse Guerrinha de quatro. Se eu não me engano, o Mané fez gol e o diabo. Por que, então, você acha que, depois, ele se retraiu, ele ficou apático desse jeito?"

"Sei lá. Às vezes é assim mesmo, num primeiro momento o cara parece que é uma coisa e depois a gente descobre que ele é outra. Vive acontecendo isso, até nos profissionais. Quantas vezes o senhor já não viu um jogador fazer uma partida de gênio, fazer o gol decisivo de um campeonato e, depois, nunca mais fazer nada?"

"Mas não é o caso do Mané."

"O senhor fala isso com tanta segurança. O que é que o senhor sabe, que ninguém mais sabe?"

"O único problema do Mané é que ele tá com medo."

"Então... É isso que eu tô dizendo. O que que adianta o moleque ser craque, ter essa habilidade toda, se ele tem medo da bola?"

"Não é da bola que ele tem medo."

"Do que que é então?"

"Ele tem medo do Fernando, que não tem nada de bobo e ameaçou o Mané. O Fernando tomou o maior baile do menino no primeiro treino dele e, depois, lá no alojamento deles, deve ter ameaçado o Mané. Tá na cara."

"Mas como é que o senhor sabe disso? O Mané reclamou de alguma coisa com o senhor?"

"O Mané não reclama de nada. Ele nem fala com ninguém. Às vezes dá até raiva, porque eu tento orientar ele, tento dar umas dicas, mas ele fica me olhando com aquela cara de nada, de quem é vazio por dentro."

"Pois é, por isso é que eu não escalo o Mané pra jogo nenhum. Ele vai ter que adquirir personalidade. Se bem que eu nem sei se vai dar tempo. Ele já tá treinando no sub-17 há dois anos. Daqui a pouco, ele estoura na idade. Os outros já tão quase virando profissional."

"Não vai me dizer que você nem reparou que o Mané é um pouco mais novo do que os outros!?!"

"Reparei. Mas é muita diferença de idade?"

"Um ou dois anos. Pra quem tem noventa e cinco não é nada. Mas a diferença entre um menino de quinze e um de dezessete já é bastante coisa."

"Tá certo. Mas, então, o que é que o senhor sugere que eu faça?"

"Bota o Mané pra jogar no time titular. Se ele jogar do mesmo lado que esse Fernando, o medo passa."

"Passa o medo que ele tem do Fernando. Mas como é que ele vai fazer quando pegar um zagueiro desses que ameaçam mesmo, que cospem na cara, que, me desculpe a expressão, mas desses que enfiam o dedo no cu do adversário, que passam o jogo inteiro infernizando a vida do adversário? Com essa falta de personalidade, com essa insegurança que o Mané tem, aí é que ele não vai agüentar mesmo. Aí é que ele vai fugir do jogo mesmo."

"Eu não quero ensinar nada a ninguém, muito menos te dizer como você deve treinar os seus menino, mas, pelo Mané, pelo talento que ele tem, pela qualidade do futebol dele, acho que vale a pena fazer um esforço conjunto."

"Como assim?"

"Psicologia, meu jovem. Bota o Mané pra conversar com a psicóloga, leva um papo com o Fernando... O Fernando pode ajudar muito pra fazer o Mané perder o medo. E coloca o Mané pra treinar com os titulares. Dá uma chance pra ele jogar de verdade. Você vai ver: na Taça São Paulo, o Mané vai tá em ponto de bala."

"Mas e o Lucas? Eu não posso barrar o Lucas, assim, sem mais nem menos, só pra fazer uma experiência. Acho que até os outros moleques vão estranhar, vão reclamar. E, o senhor sabe, pra ser técnico a gente tem que ter o respeito do grupo."

"Quer saber? O Mané é muito, mas muito mesmo, mais jogador que o Lucas. Você vai ver. Vai pondo o Mané aos poucos, vai conversando com ele, botando coragem na cabeça dele. Pede ajuda pro Fernando, conta essa história pra psicóloga. Quando o Mané começar a mostrar o que ele sabe, os próprios companheiro é que vão pedir pra você deixar ele no time titular. Vai por mim. Eu posso não ser treinador profissional, mas eu vivo no meio do futebol há mais de oitenta anos. Eu conheço bem esse negócio. Se eu estiver errado, eu... eu... eu... nunca mais assisto uma partida do Santos. Isso é promessa."

"Que isso, seu Laureano? O senhor tá muito dramático com essa história do Mané. Uma hora fala que vai fazer greve de fome, agora esse negócio de não ver mais o Santos jogar. Deixa disso e aproveita a vida, o senhor merece aproveitar um pouco. Já sei. Vou colocar o senhor pra ser meu assistente. Aí eu deixo o Mané por sua conta. O senhor tem até a Taça São Paulo pra provar que o moleque é bom mesmo."

"Nada disso. Eu não tenho mais idade pra provar nada pra ninguém. Fora isso, eu já trabalhei demais nessa vida. Eu tenho muito treino pra assistir e muito treinador pra ajudar, pra dar meus palpite. Mas eu ajudo um pouquinho. Vou virar psicólogo também. A gente tem que botar a cabeça do Mané pra funcionar. Se der certo, eu já vou poder morrer tranqüilo, sabendo que eu ajudei a formar um craque."

"Já vem o senhor de novo. O senhor vai passar dos cento e vinte. Ainda não tá na hora de pensar em morrer, não."

Isso não é morrer não. Morrer era antes, lá embaixo, na vida que não era vida, era morte. E aqui que é morte, é que é vida. Porque aqui eu sou muito bom, eu sou o melhor que tem e elas acha isso, elas sabe disso e elas fica tudo assim, olhando pra eu, achando eu muito legal, achando quase que eu sou o deus delas e o Alá é o meu deus e eu sou o deus delas, mesmo que o Alá também é deus delas e meu. O Alá me deu esse negócio, essa coisa que faz eu ser deus das virgens que é tudo minhas, que é pra eu ter o prêmio que ele dá pros marte que mata todo mundo que não acredita que o Alá é Deus, que fica falando que o Jesus é que é Deus, que fica trepando nas mulher sem ser morto, sem ser marte. Porque só os marte é que pode trepar nas mulher, é que pode beber esses vinho que eu tô bebendo junto com as uva que elas fica me dando na boca, que elas coloca nas bucetinha que é pra eu ir lá e ficar chupando as uva, dentro das bucetinha delas, que elas gosta. Né, Crêidi?

* * *

"Errado, Herr Silva."

"Por favor, não me chame de Herr Silva."

"Herr Silva, sim. O senhor não está agindo corretamente."

"Mas o que foi que eu fiz?"

"O senhor falou. Falou demais."

"Como assim? Não estou entendendo nada."

"O senhor é muito simpático, muito inteligente, muito engraçado."

"Muito obrigado. E tem algum problema nisso? É errado ser simpático, inteligente e engraçado?"

"Não. O problema é que o senhor está sendo simpático, inteligente e engraçado para a pessoa errada. Acho que o senhor está com vontade de ser expulso da Alemanha definitivamente."

"Os senhores me desculpem, mas não estou entendendo esta conversa, nem o motivo de tanta agressividade. Eu não tenho culpa se o Muhammad não está dizendo o que os senhores querem ouvir. Também, naquele estado é que ele não vai dizer nada que signifique alguma coisa. Eu já disse: o Muhammad só fala em sexo e em religião, tudo muito difuso, como, por exemplo: 'Obrigado, Alá, por essas bucetinha, vai, Creide, lambe'. Ou seja, o nosso amigo é o fundamentalista mais tarado que eu já vi."

"Não é nada disso, Herr Silva. É que a namorada de Muhammad Mané achou o senhor muito simpático, muito inteligente, muito engraçado, além de ser um ótimo músico e, ainda por cima, brasileiro, daquele país que ela adora."

"Mas isso não é ótimo? Ao conquistar a confiança da moça, a minha tarefa fica mais fácil."

"Acho que o muito inteligente foi exagero de Fräulein Reischmann."

"Aí os senhores já estão me ofendendo."

"Vamos explicar só uma vez. É o seguinte: não queremos o senhor de conversa com Fräulein Reischmann."

"Mas quem é Fräulein Reischmann?"

"Mechthild, Herr Silva. Fräulein Reischmann é Mechthild, namorada de Muhammad Mané. Assim como Herr Silva é Tomé. Entendeu agora?"

"Por isso é que eu prefiro que os senhores chamem as pessoas pelo nome. Tomé não é muito mais bonito do que Herr Silva?"

"Escute aqui, Herr Silva: o nosso trabalho é muito difícil, envolve pessoas de muitos países diferentes, e nosso objetivo é salvar vidas. Centenas, milhares, milhões de vidas. Uma falha, um deslize, qualquer falta de atenção e pode acontecer um novo Onze de Setembro. Entendeu?"

"E esse Muhammad Mané pode ser tarado, pode ser louco, pode ser o que for, mas um sujeito assim pode fazer um estrago muito grande na vida de muita gente, na sua vida."

"Certo. E..."

"E é melhor o senhor parar com gracinhas, nos respeitar e prestar muita atenção."

"Está bem. Só que eu nã..."

"Pode nos fazer o favor de escutar e não abrir mais a boca?!?!?"

"Po..."

"Ele pode sim. Então é o seguinte: não queremos o senhor de conversa com Fräulein Reischmann. A sua função é apenas escutar e nos informar sobre qualquer coisa que Muhammad Mané, Mubarak e a própria Mechthild falarem."

"Mas se eu não..."

"Mas se o senhor, coisíssima nenhuma. O senhor fica quieto e com os ouvidos bem abertos."

"E basta."

"Entendeu?"

"Entendi. Mas e se a Mechthild, quer dizer, Fräulein Reischmann, puxar conversa? Foi ela quem começou a conversar comigo da outra vez. Ela é que veio falar de música."

"Isso porque o senhor estava tocando. Aliás, acho melhor o senhor nos entregar o seu instrumento."

"Ah! Não! Estou trancado aqui há vários meses e o trompete é o único passatempo que eu tenho. Ganhei do Herr Enfermeiro-Gente-Boa e prefiro ser logo extraditado do que voltar àquele tédio."

"Então é mais um motivo para o senhor não errar de novo."

"Exatamente. Não faça nada além de escutar e anotar, disfarçadamente, quando Fräulein Reischmann estiver de visita. Quando ela não estiver presente, então o senhor volta a tocar. Correto?"

"Correto. Mas e se ela puxar conversa?"

"Aí o senhor responde rapidamente, sem se estender no assunto."

"Fale o mínimo possível, apenas o suficiente para não despertar desconfiança."

"Quem deve falar são os outros."

"..."

"Olha, Manoel. Você não está aqui de castigo, nem nada disso. A gente só precisa conversar um pouco."

"..."

"Você não quer ser meu amigo?"

"..."

"Todo mundo aqui no clube gosta muito de você, mas você precisa conversar mais com as pessoas, participar mais do dia-a-dia dos seus colegas."

"..."

"Tudo bem. Vamos tentar de novo. Vamos devagar, sem pressa, sem medo."

"..."

"Você tá com medo de mim?"

"..."

"Você precisa me responder. Senão, não vai adiantar nada."

"..."

"O seu treinador me disse que quer colocar você pra jogar no time titular, mas que você precisa se soltar mais, ser amigo dos colegas. Ele me disse que você não conversa com ninguém, que até no jogo você fica longe de todo mundo, fica longe até da bola. Você não gosta de jogar bola, não?"

"..."

"Gosta ou não gosta? Você só precisa me responder isso. Depois eu deixo você ir embora."

"Gosto."

"Viu? Não é tão difícil assim conversar comigo. Foi difícil?"

"..."

"Você já falou uma coisa. Agora é só ir falando, é só responder o que eu pergunto."

"A senhora disse que eu ia poder ir embora depois que eu falasse. Eu já falei. Agora eu posso ir embora?"

"Pode, Manoel. Mas amanhã você volta e conversa mais comigo. Fica pensando hoje e amanhã você me responde por que é que você não gosta de falar."

"..."

"Combinado?"

"..."

"Então vai. Amanhã, depois do almoço, a gente conversa de novo. E bom treino pra você, amanhã. Treina bem, que daqui a pouco você vai ser titular."

No começo, eu só tentei por causa do seu Laureano, que é uma figura incrível, muito querido aqui no clube. E ele sabe das coisas também. A vida do seu Laureano é o Santos. Todo santo dia ele vem pra cá, fica o dia inteiro, vê todos os treinos, todos os jogos que são aqui em Santos. Pode ser o time de criança, os fraldinhas, que ele tá lá atrás do alambrado, torcendo como se fosse a final da Copa do Mundo. Às vezes, ele até atrapalha um pouco, porque ele acha que ele é que é o técnico. Mas a gente releva. O Mané é que era foda. Custou pra entrar no clima. A gente fez de tudo: botou ele na psicóloga, que quase mudou de profissão por causa do Mané, conversamos com ele, botamos ele pra treinar no time titular. Até o Fernando, esse que hoje é profissional, que joga lá no Rio, no Fluminense, até o Fernando, que é mal-encarado pra chuchu, aceitou tomar uns olés só pra ajudar o moleque, o Mané, a ganhar confiança. A gente foi brigando, foi lutando, até que o moleque começou a render. O seu Laureano tinha razão.

Que cara é essa, Mnango? Depois de uma partida dessa, você fica todo mal-humorado!?!?! Que golaço aquele seu segundo gol! Quatro num jogo só, e contra o Bayern, que não perde de ninguém. Mas eu também ajudei. Foi ou não foi? Meti, acho que hoje o Mnango merece uma festa de rei. Mnango, você foi promovido de príncipe para rei. Eu entrego minha coroa a você. Mnango, o Rei de Berlim. Meti... Metichíldi. Leve o Mnango para um lugar mais confortável e faça o nosso rei delirar. Ele merece. Traga uma cerveja aí, garçom. Mnango, o que é que foi, brother? Que cara é essa? Nós ganhamos, 6 × 1, você fez quatro. É hora de comemorar. Se você já enjoou da Meti, nós arrumamos outras por aí. Hoje é dia de sexo. Meti, vá dar uma volta com o Mnango, vá, senão ele vai começar a chorar. Um cara desses, milionário, artilheiro, com um pau deste tamanho, cheio de mulher querendo dar para ele, e ele ainda fica de mau humor. É ou não é, Meti? O que é que a gente faz com ele? Acho que só uma Ferrari nova, para o Mnango voltar a sorrir. Ou então uma vagina bem gostosa como a sua, Meti. Ou então esse cuzinho delicioso, é ou não é, Mnango? Lembra aquele dia? Vamos lá de novo, com a Meti? Você pode ficar com o cuzinho de novo, que a Meti adora, é ou não é, Meti?

Foi por impulso, quase sem querer. Quando o Mané se deu conta, ele, o Mané, já estava dentro do gol, com bola e tudo. Já o Fernando, pela última vez na vida, ficou sentado, ali na meia-lua, fuzilando o Mané com os olhos. Dessa vez, o Mané não teria como escapar das porradas que o Fernando iria dar nele, no Mané.

Mas não.

O Professor já tinha levado um papo com o Fernando, que, por sua vez, estava sabendo que não seria tolerada nenhuma tentativa sua de agredir o Mané. Sendo assim, o Mané estava com o campo livre para driblar quem ele quisesse, do jeito que quisesse.

Mas não.

Ninguém disse para o Mané que ele, o Mané, poderia driblar o Fernando à vontade. E o Mané, ao se dar conta do que acabara de fazer, mais uma vez se retraiu e se escondeu do jogo, esperando pela prensa que o Fernando, com toda a certeza, daria nele, no Mané, depois do treino.

Mas não.

"Mané, que bom ver você jogando de novo, fazendo gol, mostrando o que você sabe fazer com a bola."

"..."

"Bem, eu ainda acho que, depois do gol, você sumiu em campo, parecia que tava com medo de alguma coisa. Aliás, tirando aquele seu primeiro treino aqui, você parece estar sempre se escondendo, sempre fugindo da bola."

"..."

"Você está com medo de alguma coisa?"

"Não."

"Nem do Fernando?"

"Não."

"Não mesmo?"

"..."

"Olha bem, escuta o que eu tô te dizendo. O Fernando não vai fazer nada contra você. Dou a minha palavra, eu garanto. Só que agora chegou a sua vez de decidir se quer ou não quer ser um jogador profissional. Você não tem mais muito tempo. Qual é a sua idade?"

"Não sei direito, não. Eu acho que eu tenho quinze, dezesseis."

"Você tem uma certidão de nascimento aqui?"

"O que que é isso?"

"É um documento, um papel que diz quando foi que você nasceu, onde você nasceu, quem é o seu pai, quem é a sua mãe."

"Eu nasci em Ubatuba, mas eu não sou índio não. Minha mãe tá lá e eu não sei como que é o nome dela, não. Eu chamo ela só de mãe. Meu pai é o Renato Gaúcho?"

"Quem?"

"O Renato Gaúcho. Não, não é não. Eu não sei quem que é meu pai não. Eu não sei não. Eu só tenho mãe, que minha mãe não é puta não. Não é não e ela nunca fez nada com o Amaro, não. O Amaro não é o meu pai, não. Minha mãe não é beba, não."

"Calma, Mané. Não precisa ficar nervoso. Agora você vai ter a chance que você sempre quis ter."

"..."

"Então? Você não quer saber o que que é, não?"

"..."

"Se você não quer falar, não precisa. Mas jogar, você vai ter que jogar. Amanhã, eu vou te colocar no time titular. É só pro treino. Se você mostrar que merece a vaga, se jogar direitinho, sem medo de ir na jogada, aí a gente te experimenta num jogo de verdade. Que tal?"

"..."

"Pode parecer que não tem nada a ver uma coisa com a outra, mas você precisa conversar com as pessoas que gostam de você. Pelo menos em mim você tem que confiar. Eu só quero ver você jogando bem, seguindo em frente na sua carreira, ganhando muito dinheiro. Se você investir desde já no seu futebol, você pode acabar na Seleção. Já pensou, você lá na Copa do Mundo, levantando a taça? Hein? Você não quer ir pra Copa do Mundo?"

"..."

"Quer sim. Então vamos combinar uma coisa. Se você não quiser falar comigo, tudo bem. Vamos indo devagar, progredindo aos poucos. Mas você tem que me prometer que vai conversar sempre com a psicóloga e que não vai mais ficar com medo dos zagueiros. Você pode driblar, pode fazer gol, pode jogar tudo que você sabe. Só não vale é ficar com medo. Eu garanto que ninguém vai bater em você. Ninguém vai te machucar, nem o Fernando, nem nenhum outro zagueiro. Você promete?"

"..."

"Pelo menos isso, você vai ter que prometer, vai ter que falar."

"..."

"Promete ou não promete?"

"..."

"Agora é sério. Ou você me promete que não vai ter mais medo dos zagueiros adversários, que não vai ter medo de jogar e que vai conversar sempre com a psicóloga no horário marcado, ou, então, você vai ter que voltar pra Ubatuba e desistir de jogar futebol. Você quer isso? Quer voltar pra Ubatuba?"

"Não. Eu não sou índio, não."

"Não, Mané. Você não é índio, não. Então me promete o que a gente combinou."

"Tá."

"Tá, não. Vai, promete."

"Eu não sei prometer, não. Cumé que eu tenho que fazer?"

"É só falar assim: 'Eu prometo que não vou ter mais medo dos zagueiros, que vou jogar tudo que eu sei e que vou todo dia conversar com a psicóloga'."

"É muito grande. Eu não sei falar tudo isso, não."

"Mas você entendeu o que foi que eu te pedi?"

"Não."

"Tá difícil, hein, Mané? Você só precisa fazer duas coisas. Duas coisas. Primeiro: não ter medo de jogar futebol, não ter medo do Fernando, nem de mais ninguém que estiver jogando no time adversário. Segundo: ir todo dia na psicóloga e conversar com ela, colaborar com ela, conversar, falar dos seus problemas com ela."

"Não era só duas coisa?"

"É, Mané. Duas coisas: não ter medo e ir na psicóloga."

"..."

"Então, Mané, promete ou não promete?"

"Tá."

"Então fala: 'Eu prometo'."

"Eu prometo."

"Muito bem, Mané. Então, amanhã, você vai treinar com os titulares, do mesmo lado que o Fernando. Quero ver você jogando sem medo. Se der tudo certo, se você jogar tudo o que sabe jogar, você vai virar titular e jogar os jogos de verdade. Combinado?"

"Eu prometo."

"E outra coisa que eu lembrei. Como é que tá lá na escola?"

"..."

"Mané, você prometeu que ia conversar direito com as pessoas."

"Eu prometo."

"Agora você quer me enganar, né não? Pode falar da escola. Pelo jeito, não deve estar muito bem na escola também não. Eu te disse, eu sou do seu time, pode me falar a verdade. Eu não vou brigar com você, não. Mesmo que você só tiver tirado zero, em tudo. Se tiver algum problema na escola, a gente te ajuda, põe um professor particular pra estudar com você. Que nota você tirou? Você tá em que ano lá na escola?"

"Sei não."

"Mas você vai na escola pelo menos?"

"Vou."

"E o que é que você faz lá?"

"Leio os caderno."

"Então como é que você não sabe nem em que ano você tá?"

"..."

"Ô Mané, faz um esforço, vai. Você pelo menos já sabe ler e escrever?"

"Sei."

"Então, o que é que tá escrito naquele cartaz ali?"

"..."

"Não sabe ler, né, Mané?"

"Sei."

"Então me fala. O que é que tá escrito no cartaz?"

"San-tos Fu-fu-te-bol Cluuuuuube. Divi-divisões de Base. Bom de... Bom de bola. Bom de bola, bom na escola."

"Muito bem, Mané. E você sabe o que significa isso?"

"..."

"Sabe ou não sabe, Mané?"

"Sei."

"Então me fala, me explica."

"Foi o Mário Telles que disse que nós tem que tirar nota boa pra poder jogar bem no dente-de-leite. Mas eu só sei porque o pessoal falaram lá. Eu não fui na casa do Mário Telles, não. Eu não sou viado não. O Mário Telles não fez coisa que não pode ni mim, não. Eles fala, mas é tudo mentira, é tudo mentira. Eu fui lá comer o cu do Alemão e não fugi, não. Eu vou lá dar uma porrada no Alemão que eu não sou viado não e minha mãe não trepa no Amaro não, que não é meu pai, não. O meu pai é o Renato Gaúcho ou então eu nem sei quem é o meu pai não. Não é o Amaro não. Eu não sou viado não."

"Calma, calma, Mané. Uma hora você não fala nada, outra hora desanda a falar. Mas tá bom. Vamos ver amanhã no treino como é que você se sai. E conta direito essa história do Renato Gaúcho, do 'Bom de bola, bom na escola', pra psicóloga. Ela vai te ajudar a resolver esse negócio aí. Pode confiar nela, falar com ela, que nem se ela fosse sua amiga. Combinado?"

"..."

"E então? Como ele está?"

"O mesmo de sempre. Ele geme, ele fala umas coisas em português..."

"Eu é que devia ir lá. Eu consigo entender. Eles têm que me deixar subir até lá. Se esses James Bond me deixassem falar com o Mané, eu poderia explicar para eles o que aconteceu. Quando alguém fala dormindo, é aí que se fala a verdade, que os segredos são falados. Eu sou demais, até como agente secreto eu ia ser muito bom. Se eu fosse eles, eu colocava eu para investigar o assunto. Eu não tive instrução, eu sou um pouco burro, mas eu sou muito esperto. Quem veio de onde eu vim e chegou aqui, olhem só, na Potsdamer Platz, bebendo vinho, falando alemão com uma lourinha gostosa que eu nem quero comer e um príncipe da África. Já sei, você é o Kunta Kee Tê."

"Eu sou quem?"

"Ih! O Mnango é príncipe, mas é mais burro do que eu. Kunta Kee Tê é aquele negro da televisão, um que era escravo e foi para os Estados Unidos e o dono dele perguntava: 'Qual é o seu nome?'. 'Kunta Kee Tê.' Schplaft... Ããããnnnn! O cara ficava só apanhando. Só que, depois, o filho do filho do filho do filho do Kunta Kee Tê virou escritor, um negócio desses, escreveu o livro que virou esse filme do Kunta Kee Tê. O Kunta Kee Tê também era príncipe da África."

"Não entendi nada, Uéverson."

"É porque você é burro, não conhece os filmes. Na África, nos Camarões, ainda nem inventaram a televisão. Eu, quando era criança, lá no Rio, eu era pobre, mas minha mãe tinha televisão. E geladeira e fogão e rádio. Sem televisão, sem rádio e sem ir na escola, ninguém aprende nada. Por isso é que a África é mais atrasada que o Brasil."

"Está certo, Uéverson. Na África ainda não inventaram a televisão. E eu sou burro porque não vi televisão quando eu era criança. E eu era canibal também. Continuo achando que você deveria falar menos. Ultimamente, então, com tudo isso que está acontecendo com o Mané, você ficou insuportável. Só fala bobagem."

"Ih! Sai pra lá, Kunta Kee Tê. Se não gosta de coisa moderna, de gente esperta assim como eu, volte para Camarões. Vá lá morrer de fome, vá lá pegar AIDS dos macacos. Pode deixar a Meti comigo e com o Mané, que nós, do Brasil, gostamos é de mulher."

"Eu já te falei, Uéverson, você, em mim, não encosta mais nem um dedo. Já entendi tudo, toda essa história de vocês, brasileiros. Vocês têm a mentalidade ainda mais atrasada que os turcos, digo, que os muçulmanos. Tratam a nós, mulheres, como se fôssemos todas prostitutas. Você tem uma mentalidade muito atrasada. Mas vou te dizer: fui eu que usei você sexualmente. A única coisa que presta em você é o pênis. E essa bunda musculosa também, está certo. O resto não vale nada. Agora, eu não quero mais, nunca mais, e você vai ter que pagar para fazer sexo, porque as minhas amigas lá do Slumberland também já estão prevenidas contra machistas como você. A partir de agora, brasileiro, para mim, só o Mané. Ou, então, aquele outro que também está internado no mesmo quarto que o Mané. Ele é branco, mas é muito simpático, bonito e músico. Um artista. Garanto que tem muito mais sensibilidade do que você."

"Sensibilidade... sensibilidade... É veado."

"Veado!!?!?"

"É. Veado. Eu não expliquei que quem é afeminado, no Brasil, nós chamamos de veado."

"Eu acho que não é não, viu, Uéverson?"

"Quem é esse sujeito? Esse veado sensível? Outro terrorista? Não tinha um outro terrorista lá no quarto do Mané? Mas não era brasileiro, não. Ou era?"

"Não. O outro terrorista se chama Mubarak. Outro, não. O único, porque o Mané não é terrorista. Mas esse Mubarak, eu me lembro que os policiais, os dois sujeitos do serviço de inteligência, falaram sobre ele. Eles queriam saber se o Mané tem alguma ligação com ele. Mas é claro que não tem."

"Se me deixassem subir no quarto do Mané, eu ia descobrir tudo, saber de tudo. A polícia, aqui, não sabe o que está perdendo. Eu sou do morro, já fui da malandragem, falo a mesma língua que o Mané."

"Se eu fosse a polícia, eu iria contratar é esse outro brasileiro que está lá e que não é o Mubarak. Esse brasileiro me pareceu muito inteligente. Eu já disse que ele era bonito?"

Meu nome é Mubarak e eu vou continuar.
My name is Mubarak and I will continue.
Mein Name ist Mubarak und ich werde weitermachen.

"Você é foda mesmo, hein, ô Mané?!?! Já foi me entregar pro Professor, é?"
" ..."

"Sabe do que que eu me lembrei agora? Do Guerrinha. Agora eu tô entendendo. O Mané foi que inventou que o Guerrinha tinha xingado a gente. Foi ou não foi?"
" ..."

"É sonso pra caralho esse moleque. Agora eu não posso te enfiar a mão na fuça, que o Professor tá ligado. Mas uma hora dessas o Professor esquece e, aí, me aguarde que isso não vai ficar assim, não. Pode vir me driblar que eu também sei fingir, mas vai chegar a hora de te pegar, moleque. Eu não sou o Guerrinha, não. O Guerrinha era mané que nem você, fácil de sacanear. Mas comigo, não. Pode esperar, que a sua hora vai chegar."
" ..."

"O que me irrita é que ele não fala nada, fica com essa carinha de santo. Se você conversasse, quem sabe a gente não podia resolver essa parada que nem homem. Fala aí, moleque, o que foi que o Guerrinha falou da gente?"
" ..."

"Fala, moleque. Se não falar, o Professor pode até me mandar embora, mas eu quebro essa sua cara inteirinha, cada dente, um por um. Fala, porra!"
" ..."

"Ah! Não vai falar não, né?"

"O Guerrinha falou que vocês é tudo viadinho, vinte-e-quatro, bico-de-chaleira que faz troca-troca, tudo bebo, filho-do-Amaro, que não sabe ler nada na escola, que não sabe nem como é que faz punheta, que não faz nada quando brinca de beijo-abraço-aperto-de-mão-voltinha-no-quarteirão, que nem beija as namorada, que fica roubando dinheiro pra pagar lanche, que arrega pra todo mundo pra não tomar porrada, que gosta de dá o cu pro Mário Telles, que a mãe docês é tudo beba e puta e dá pro Amaro, que é pai docês, e que toma porrada, que é tudo viadinho, tudo..."

"Pára, pára, pera aí, tá legal, beleza, ótimo. Porra, tem que mandar esse moleque é pro hospício. Ele não bate bem mesmo não."

"E você só descobriu isso agora?"

"Porra, o Professor veio com uma conversa que era pra mim não intimidar o Mané. Porra, a gente vai ter que aturar esse merda? Agora eu vou ter que deixar esse cara me sacaneando em campo, fazendo o nome dele às minhas custas?"

"Acho que não precisa deixar nada não, Fernando. O Mané é esquisito, mas tem categoria com a bola no pé. É só você não ficar ameaçando o moleque."

"Até vocês? Porra, então tá legal. Mas não vai ser eu que vou marcar o Mané. Vou fingir que nem é comigo. Depois, vocês que agüentam, porque, se depender de mim, os reserva vão começar a ganhar dos titular. Eu é que não vou fazer papel de palhaço."

"Calma, Fernando. Pelo jeito, o Professor, o pessoal da diretoria, tá todo mundo querendo ver se o Mané joga mesmo."

"É isso aí. Já faz uma porrada de tempo que o Mané tá aqui sem fazer nada. Se ele for bom mesmo, ele vai virar titular e não vai mais driblar você. E se ele não vingar, final do ano eles manda o pirralho embora. Fica sossegado, meu. Vamo comer, Fernando."

"Vamo comer. É isso aí. Senta lá na mesa do Mané, Fernando. Aí vocês conversam, resolvem a parada. Só que é melhor você levar um troço pra proteger a cara. Você sabe, o Mané comendo, voa comida pra tudo que é lado."

"Sai fora, Lucas. Do Mané eu quero distância. No campo e na mesa."

"Isso aí, Mané. Amanhã eu quero ver você entortando o Fernando."

"..."

Mas não.

O Professor colocou o Mané para treinar com os titulares. E quem pegou o colete amarelo dos reservas foi o Lucas.

* * *

Aquele seu Laureano era gagá. Foi ele que me fodeu lá no Santos. Foi ele que convenceu o Professor a barrar eu pra botar o Mané. Tudo bem, que o Mané joga pra cacete, mas dava pra gente jogarmos junto. Mas o Professor era foda também, gostava de botar três volantes, três cabeça-de-área pra jogar no meio-de-campo. E a gente, que joga mais pro ataque, ele só botava um. Tinha que ser eu ou o Mané. No começo, o Professor falou que ia fazer uns teste, que era pra mim não se preocupar. Pra mim, tudo bem. Mas aí ele foi colocando o Mané cada vez mais. Eu ficava esperando que o Professor fosse experimentar o Mané no lugar de outros cara, mas porra nenhuma. Era sempre eu que saía. O Professor nem tentava fazer nenhuma experiência tática, porra nenhuma. Eu jogava um pouquinho no time titular e o Mané já entrava no meu lugar. Aí o Mané foi ficando, foi ficando e eu fui ficando na reserva. E o Fernando, cê sabe, o cara só dava porrada. Eu não tinha medo que nem o Mané, não. Mesmo assim, cê não vai arriscar se machucar no treino. Então eu nem ia pra cima com muita vontade. E o Fernando tá só se dando bem assim. Depois que ele virou profissional, que foi jogar no Rio, ele já quebrou uns vinte. E olha que não tem nem dois ano que o Fernando virou profissional. Os dois, o Fernando e o Mané, era inimigo, mas, depois daquela Taça São Paulo, foi os dois que se deu bem. O Fernando foi pro Fluminense e o Mané foi pra Europa. E eu tô aqui no interior, jogando em time pequeno. Aí fica foda de passar prum time grande, de mostrar futebol. Aqui só tem perna-de-pau e jogar com esses cara não dá. A gente, que joga meio no ataque, nunca aparece quando o esquema é de retranca. E tudo por causa do seu Laureano. Só porque ele é velho fica todo mundo puxando o saco. Até o Professor. Aí deu nisso. Mas o Mané é bom de bola sim. Ele ainda vai poder jogar futebol?

Eu só estou pensando em voltar a jogar. Vim aqui para treinar, me recuperar fisicamente. Eu estou ótimo. Graças a Alá, a justiça foi cumprida e eu estou livre para fazer o que mais gosto nesta vida, que é jogar futebol. Sinto muito mesmo pelo que aconteceu a Muhammad Mané. Vou visitá-lo quando puder e espero que ele possa se recuperar. Quanto às especulações sobre uma possível ligação de Mestre Mutanabbi, ou qualquer um de nós, com grupos terroristas, não existe a menor possibilidade. Somos muçulmanos, mas não somos terroristas. Inclusive, sou um cidadão alemão, um berlinense. Amo a Alemanha, amo o futebol, amo o Hertha Berlin. E, acima de tudo, amo a Alá, que é Misericordioso, Paciente.

* * *

O Fernando até gostou da surpresa. Claro que ele, o Fernando, disfarçou e manteve a pose de mau, mas que ele, o Fernando, sentiu um grande alívio ao ver o Mané com a camisa dos titulares, isso ele sentiu. O Fernando não estava com a menor vontade de ser driblado sem esmigalhar o joelho do Mané, que, agora, estava com carta branca para jogar tudo que ele, o Mané, sabia.

Mas não.

Também não era assim. Não seria de uma hora pra outra que o Mané iria erguer a fronte e sair pelo campo entortando todos os que aparecessem em sua frente, como se nada tivesse acontecido antes, como se ele, o Mané, tivesse dado uma porrada bem no meio da cara daquele gordinho filho-da-puta, como se ele, o Mané, tivesse dado um apertãozinho, de leve, nos peitinhos inexistentes da Martinha, como se ele, o Mané, fosse um freqüentador assíduo e desinibido do Drinks Privé, como se ele, o Mané, fosse bom na escola, como se ele, o Mané, não tivesse medo de nada.

Mas não.

O Mané precisava mesmo de um empurrãozinho para começar a se soltar.

Porra, caralho, seu neguinho filho-da-puta!!! Quando é pra cima de mim, você vem cheio de toquinho, cheio de firula. Porra, vá se fuder, moleque. Não vai jogar bola, não? Vai ficar ensebando, é? Porra, vai pra cima dos cara e faz que nem você fez comigo ontem, porra!!! Tá com medo de quê? Se não começar agora a suar a camisa, eu te pego até você jogando do meu lado, falô, hein!?!? Seu viadinho filho-da-puta. Vê se vai pra cima, caralho, porra.

Aí foi só alegria.

Apavorado, morrendo de medo de tomar uma porrada do Fernando, o Mané acabou com o treino. Foi, de longe, o melhor jogador em campo. E, depois que ele, o Mané, fez o terceiro gol dele, do Mané, até o Fernando se aproximou dele, do Mané, para dar um tapinha nas costas dele, do Mané.

Mas não.

Ele, o Fernando, também não quis ultrapassar o limite que separava os machos dos viadinhos filhos-da-puta e, na última hora, desviou a mão e desistiu do gesto afetuoso. Ele, o Fernando, ainda fazia questão de mostrar que quem mandava naquela porra ainda era ele, o Fernando.

Mas não.

O Fernando não deu o tapinha nas costas do Mané, mas o resto do time titular inteiro foi festejar com ele, com o Mané, a ressurreição dele, do Mané.

Mas não.

Tinha uma coisa no Mané que não deixava ele, o Mané, raciocinar direito, a ponto de entender o que estava acontecendo. O Mané ainda olhava pra todo mundo como se, a qualquer momento, um filho-da-puta daqueles fosse dar uma porrada bem no meio da cara dele, do Mané. Ou como se, a qualquer momento, todos os filhos-da-puta juntos fossem estuprar ele, o Mané, aquele viadinho filho-da-puta.

Mas não.

O time sub-17 do Santos estava feliz com o ótimo treino realizado pelo Mané naquela manhã.

Mas o Mané, não.

O Mané não estava entendendo nada.

O Mané nunca vai entender nada.

É só pra eu ficar feliz que elas faz isso de ficar com esses biquíni que tem escudo do Fluminense. É só porque eu sou Fluminense. O escudo fica bem em cima das bucetinha, bem em cima do lugar que fica os cabelinho das bucetinha. Na parte de trás não dá nem pra ver nada dos biquíni que é tudo enfiado na bunda de tão pequenininho que eles é nelas. E é as setenta e duas que é Fluminense, até a Fraulaim Chom, a Crêidi, a Paméla, as gringa que nem sabe do Fluminense. Mas elas sabe tudo que eu gosto e toda hora começa essas festa que têm as coisa que eu gosto. Essa agora é a festa do Fluminense campeão que eu nem sei se teve jogo, se teve campeonato, mas eu sei sim que teve, porque, aqui nesse Paraíso, eu sei tudo que tem em todos lugar, porque, aqui nesse Paraíso, eu é que invento as coisa que acontece e aí elas acontece, as coisa todas. Eu pensei hoje, eu inventei que o Fluminense era o campeão do Brasil e da Alemanha também, tudo junto, e que ia ter essa festa das minhas esposa de biquíni com escudo do Fluminense nas bucetinha e as bundinha delas aparecendo de tão pequeno que é os biquíni. E os peitinho também aparecendo, pulando assim, balançando assim, tudo bonitinhos de um lado pro outro. E tem aquela artista da televisão, aquela mulher que fica mostrando a bunda, aquelas bunda grandona, gigante, que eu nem acho bonita de tão grande que ela é. Mas aqui, essa moça aqui que é do pograma da praça é a única que eu gosto, que a bunda dela é redondinha, lisinha, esticadinha assim, e ela põe o avental na frente, com o escudo do Fluminense e fica servindo as comida que é as comida que eu gosto que é americano no prato com essas maionese que tem aqui no Paraíso, que é as mais gostosa, que é mais salgadinha e tem muitos limão nela que eu gosto de limão e os bife vem também tudo que nem eu gosto que é bem tostadinho assim e os ovo, dois ovo frito com o amarelo mole que é pra passar o pão e pôr o tomate em cima, e tem guaranás, um monte de guaraná que eu vou bebendo todos e vinho também, que eu não gosto mas esse eu gosto, que é do Paraíso e eu não fico bebo não. Eu fico é sentindo coisas no pinguelo com esse vinho que faz uma cosquinha no pinguelo e nas bucetinha das setenta e duas e elas fica tudo querendo que eu põe o pinguelo nelas pra fazer cosquinha nelas, nas bucetinha delas que é igual pinguelo, só que é buraco pra dentro. Aqui é igual a vida, só que só com as coisa que é boas, essas coisa que é normal, que todo mundo faz, mas que é só as coisa boa que todo mundo faz, todo mundo que é do Alá, ou então todo mundo que é rico e que estudou muito na escola e entende essas coisa boa, pode gostar, que nem tem aquele véio na televisão que fica bebendo uns vinho que eles planta os vinho na Alemanha e o véio fica falando qual que é bom e qual que não é bom, mas todos é bom e as esposa fica me dando pra mim beber na minha boca junto com as uva, o americano no prato e as bucetinha que é os buraco que eu enfio as uva e depois eu chupo e dou pra elas chupar também e fica só os rio correndo aqui do lado da gente, uns rio tudo mais bonito que os rio lá de Ubatuba, que aqui não tem borrachudo nem ninguém que fica fazendo macumba nos rio que o Alá é contra esses negócio de macumba. Esses negócio de macumba, de sorte, de Jesus Cristo, de assombração, de Nossa Senhora, de botar fitinha no braço, essas coisa, essas coisa de cigana, essas coisa de atleta de Cristo, de cruz, de loura fantasma que vai no banheiro, essas coisa de alma penada, de santo Antônio, de são Pedro, de são Paulo, que é o santo, não o time de futebol, nem aquela cidade depois de Taubaté, é o são Paulo santo que eu tô falando, essas coisa tudo que eu falei, então, essas coisa tudo de Jesus Cristo, é tudo mentira. De verdade só tem o Alá e esse Paraíso aqui que eu sou o Alá dele, não, não, eu não posso falar que eu sou o Alá que o Alá não gosta que ninguém fica sendo o Alá, porque o Alá é só ele mesmo, o Alá mesmo, que é o único Alá, que é Deus. O Alá é Deus e eu não sou Deus, não, nem Alá eu sou, cruzcredo isso que eu disse, isso que eu pensei de que eu era o Alá aqui do Paraíso. É que, aqui, no Paraíso, eu é que mando, eu é que fico querendo as coisa e as coisa acontece, mas o Alá pode mandar neu, pode acabar com essas esposa tudo e aí acabou tudo se eu faltar com o respeito. Eu não sou Alá de nada, não, viu, Alá? Essas bucetinha das setenta e duas esposa é sua, viu Alá? É o senhor que deu pra mim, viu? Eu sou só o marte. Se o senhor querer, eu empresto elas pro senhor. Eu empresto até a Crêidi, que é a que eu tô mais gostando. Eu empresto, não. Eu dou, que a Crêidi já é sua que foi o senhor que deu pra mim. O senhor desculpa, né? É que eu não fui muito na escola e não sei explicar direito esse negócio que eu disse que eu é que era o Alá, mas é outra coisa, é só assim o Alá daqui desse pedacinho que o Alá de verdade me deu pra eu ser o Alá dele, desse pedacinho só e não o Alá de todas as coisa, o Alá chefe mesmo, dono de todas as coisa, todos os Paraíso de todos os marte que morre, as bucetinha das esposa, dono chefe, aquelas coisa, aquelas palavra que eu não entendia nada, que eu não sei falar turco, nem alemão e por isso que eu não entendia nada e o Uéverson é que tinha que explicar. Só que o Uéverson queria ficar fazendo sex sem ser marte, sem morrer antes. Ele vai ver só quando ele for pro Inferno que ele mesmo leu. Mas, viu, Alá? Eu aqui no meu Paraíso, no seu Paraíso que o senhor me deu, eu tô até ficando inteligente, sem precisar das palavra pra ser inteligente. É inteligente só nos pensamento que aí eu entendo tudo, entendo até tudo que a Crêidi fala sem falar, que ela também fala pensamentos e não tem nada de alemão, nem de brasileiro, nem nada dessas coisa que complica. É só as palavra dos pensamento, as palavra que é da alma, que a alma é que é os pensamento. Essas coisa tudo, aqui, é a alma. Viu? Esses pensamento inteligente, essas coisa que eu tô falando, que eu tô inventando, é tudo eu que ganhei do Alá por causa que eu sou marte. As bucetinha tudo que agora tão com o escudo do Fluminense. Eu gosto de ver elas tudo, é setenta e duas elas, eu gosto de ver elas pelada, sem roupa, andando assim de um lado pro outro, nadando nos rio, nas praia, subindo nos coqueiro que dá pra ver tudo aqui embaixo aí eu fico vendo as bucetinha delas comé que é, que antes eu só tinha visto nos filme, nas revista, aquelas bucetona cheia de pereba, cheia de umas coisa que sai meio esquisita e essas aqui, não. Essas aqui é tudo lisinha, tudo sem nada sujo, sem nada fora do lugar, todas cor-de-rosa. Mas tem umas hora que cansa, que vai ficando tudo normal, tudo comum de tanto que eu fico vendo essas bucetinha e foi por isso que eu inventei esse negócio dos biquíni com o escudo do Fluminense, que é pra sentir uns negócio mais diferente, pra dar esse negócio de dar vontade de trepar nelas de novo, sem ficar enjoando, que esse negócio de sex, quando a gente faz muito, quando a gente vê muito as bucetinha, os cuzinho, as coisa todas toda hora, aí vai ficando muito normal e a gente fica achando que esse negócio de sex é normal. Por isso é que quando tudo é muito bom toda hora, aí não fica mais bom, fica só normal, por isso é que tem que ter coisa ruim de vez em quando, que é pras coisa boas ficar sendo boas sem ser normal. Isso é que faz as coisa boas ser boas. É as coisa ruim. As coisa ruim é que faz as coisa boas ser boas. Isso é que é a minha inteligência que eu tô ganhando, que eu tô ficando, essas coisa de entender que as coisa ruim a gente precisa delas pra achar que as coisa boas é boas mesmo. Que nem um time de futebol que ganha todas as partida e aí perde a graça de ver o time jogar ganhando sempre. Aí, a gente liga a televisão, já sabe que o time vai ganhar e não fica nem nervoso porque já sabe que o time nosso vai ganhar. Mas quando perde, não. Aí, depois, quando perde e depois ganha, nós fica tudo feliz, porque antes ficava triste quando perdeu. Pra ser feliz, antes tem que ser triste. Esse é que é o negócio do Alá que agora eu tô entendendo. É esse negócio que eu era triste, que todo mundo batia neu, que a Martinha não queria namorar com eu, que eu tinha medo de trepar nas mulher, na Crêidi antes dela ser Crêidi, essas coisa, aqueles americano que eu fazia em casa com resto de queijo ruim, com pelanca de carne, com tomate véio, que depois, quando eu ia no Império, aí o americano lá era mais bom ainda. Porque antes, na minha casa, o americano era ruim. E agora, depois que a minha vida era tudo ruim, agora ficou tudo bom, ficou tudo com as mulher que eu mais gosto, que eu posso trepar nelas toda hora, comendo esses americano do Paraíso que é os mais gostoso que eu já comi, os vinho que eu não fico bebo mas dá coisa no pinguelo, as uva que elas dá na minha boca, os rio cheio de guaraná, o ventinho gostoso, o mar que não afunda. Tudo as coisa boa que o Alá tá me dando e que eu tô gostando muito. É por isso que antes era tudo ruim, que era pra ficar bom agora. E os biquíni nelas fica ainda mais bonitinho depois que eu vi elas pelada o tempo todo. Então eu vou deixar um pouco elas vestida de biquíni, não muito vestida, porque as bundinha e os peitinho eu fico vendo e depois eu troco e depois eu ponho elas tudo vestidas e depois eu tiro as roupa delas tudo e vou achar mais legal ainda, porque antes elas era de roupa. Esse é que é o negócio do Alá que o Maister explicava e eu nunca entendia porque eu não entendia alemão nem turco e agora eu entendo os pensamento, as idéia sem palavra estrangeira, sem palavra nenhuma, que palavra é muito complicado.

"Você se masturba muito?"

"Não!!!!!"

"Não? Quantas vezes você se masturba numa semana?"

"..."

"Pode se abrir comigo. Aqui, nós podemos falar de tudo. Eu nunca vou contar pra ninguém as nossas conversas. Faz parte da minha ética profissional. É importante que você me diga tudo o que passar pela sua cabeça, sem medo, sem censura."

"..."

"Você gosta de sexo, não gosta?"

"..."

"Olha, Manoel... Você prefere que eu te chame de Manoel ou de Mané?"

"..."

"Pelo menos isso você podia me responder."

"Isso o quê?"

"Se você prefere que eu te chame de Manoel ou de Mané."

"Eu não prefiro nada não."

"Posso te chamar de Mané? É como todo mundo te chama, não é?"

"É."

"Então tá, Mané. Qualquer coisa que te incomodar, qualquer coisa que você não gostar, você me avisa, tá?"

"..."

"Mas o que eu estava dizendo é que, aqui, quem tem que falar é você. Muitas vezes, a gente guarda umas coisas dentro da gente, que ficam incomodando, que fazem a gente se sentir meio estranha, meio triste. Tem umas coisas que passam pela nossa cabeça que dão medo, dão vergonha. E na hora que a gente fala isso pra outra pessoa, com um profissional em entender a cabeça dos outros, aí dá um alívio, sabe? Então, quando a gente percebe que o outro, esse profissional, o psicólogo, está nos entendendo, esses medos vão embora e a gente começa a entender melhor a nossa própria cabeça. Esse é que é o trabalho que nós vamos fazer aqui. Nós vamos ajudar você a perder esses medos que você tem, essas angústias. Você sabe o que é angústia?"

"Sei."

"Então me explica o que é."

"..."

"Angústia é essa aflição que você sente, esse medo que você não sabe explicar, que você não entende direito de onde vem. É como se você tivesse um problema, sofresse com esse problema, mas não soubesse definir ele direito. Você fica sofrendo, sofrendo, e aí, de repente, esse problema passa, aquela coisa pela qual você estava sofrendo perde toda a importância e você começa a sofrer por causa de outra coisa que, mais tarde, você também vai achar que não tinha importância também. Aí, você fica substituindo um problema sem importância pelo outro, vai descobrindo que nenhum desses problemas tinha mesmo muita importância, mas o sofrimento, a angústia, continua. É um pouco difícil, né? Mas você me entendeu mais ou menos?"

"..."

"Entendeu?"

"..."

"Então, tá. Hoje eu não vou falar mais nada. Se você quiser, pode ficar aí em silêncio. Mas fica pensando. Pensa em quantas vezes você se masturba numa semana."

"..."

"..."

"..."

"Pensou?"

"Pensou o quê?

"Eu falei sobre masturbação. Eu queria saber quantas vezes você se masturba por semana."

"..."

"Édipo, então, nem pensar, né?"

"..."

"Pode ir."

"O cara comeu a bola hoje no treino."

"Vai virar titular."

"Aí, Mané, pra jogar no time titular, tem que comparecer no Drinks Privé."

"Porra, Mané, tu não é mais criancinha, não."

"É, Mané. Sabadão você vai com a gente pra perder o cabaço."

"Você ainda é cabaço, Mané?"

"..."

"Tá na cara que é. Por isso é que ele tem medo de ir lá com a gente."

"Pode confessar, Mané. Futebol, você começou a mostrar que tem. Agora tá só faltando uma piranha pra você virar homem."

"..."

"Que golaço, Mané, aquele seu terceiro. Até o Fernando vai ter que reconhecer."

"Reconheço, sim. Futebol é futebol, amigo é amigo. Não é só porque eu não vou com a cara do cara que eu não vou reconhecer que o cara jogou bem. Só não vir pra cima de mim, querendo fazer o nome às minhas custas. Mas se tá no meu time, quero mais é que se foda o zagueiro do outro time. Por isso é que eu sou titular e o Mílson é reserva. Aí, Mílson, se eu fosse você, dava logo uma no cara. É assim que a gente ganha respeito na área. Não é por nada não, mas foi só o Mané vir pro meu time, pra ele começar a jogar bola. Contra mim, não tem Pelé, não."

"Porra, Mané, vai deixar neguinho falar assim de você?"

"Eu te amo."

A psicóloga mal podia se conter de tanto desejo e foi logo beijando a boca de Mané.

"Eu te amo."

A psicóloga tirou a própria blusa, o próprio sutiã, e exibiu os seios para Mané.

"Eu te amo."

Mané agarrou os dois seios da psicóloga com as mãos e passou a sugá-los, ora um, ora outro, como se estivesse mamando.

"Eu te amo, eu te amo, eu te amo, eu te amo, eu te amo, eu te amo, eu te amo, eu te amo, eu te amo, eu te amo, eu te amo, eu te amo, eu te amo, eu te amo... Agora é a minha vez", diz a psicóloga, tirando o short e a cueca de Mané com um único movimento.

A psicóloga empurra Mané, short e cueca atravessados nos tornozelos, para o sofá e passa a chupar o seu pau enorme, gigantesco e pulsante.

"Eu te amo, slupfrt, eu te amo, schsslumpfff, eu te amo, schupssss, eu te amo, chullpssss, eu te amo, slupfsssch, eu te amo, schllssss, eu te amo, chulpsssssss, eu te amo..."

A psicóloga se levanta, tira o resto de sua roupa, calça, calcinha e sandália de salto-agulha, e monta em cima de Mané, encaixando suavemente sua boceta no pau incrivelmente monumental de Mané.

A psicóloga sobe e desce, fazendo movimentos circulares com o quadril.

A psicóloga geme alto, emitindo grunhidos em inglês.

Mané mantém uma expressão blasé no rosto.

"Oh! Ah! Oh! Ai ló viú! Ai ló viú. Oh! Ah! Oh! Fóquimi, fóquimi! Oh! Ah! Ai ló viú! Ai ló viú! Oh! Ah! Aaaaaaaaaaaaaaaaaaaaaaaaaaaaahhhhh", goza a psicóloga.

"...", goza Mané.

"Porra, Mané, abre essa merda aí que tem mais gente na fila pra cagar, caralho."

"*Talvez isso não seja correto. Vamos acabar tendo problemas.*"

"*É seguro. Ninguém vai lá nos fundos. O Tomé anda meio calado ultimamente. Ele vai gostar da surpresa. E sempre que o Tomé fuma, ele fica inspirado, toca muito bonito.*"

"*Isso aqui é um local de trabalho, um hospital. E agora, ainda por cima, tem esses sujeitos da CIA espalhados por toda parte.*"

"*E você acha que a CIA está preocupada com um baseado? Fora isso, eles não são da CIA. Acho que eles não chegam nem na Stasi. Aquele orelhudo que sempre vem falar com o Tomé tem cara de idiota. Parece o Bush.*"

"Então, CIA."

"Vamos logo, aproveitar que o Stephan está aí. Deixa que eu vou pegar o Tomé para ir ao banheiro. Vá indo."

"Eu não vou. Eu não fumo no trabalho."

"Eu também não. É só para pegar uma carona na viagem do Tomé. Ele toca muito bem. Fora isso, foi você que trouxe a droga."

"E depois vocês ainda me chamam de nazista."

Não mastruço, não. Eu prometo. Eu prometo. Não mastruço, não. Minha mãe não é beba, não, e eu não tenho pai, não. Tenho, mas ele não é bebo, não. Não sei falar, não. Não mastruço, não. Foi sim que eu botei as mão na blusa da Martinha e apertei assim, fiquei apertando os peito, foi lá na esquina, no poste, eu encostei nela assim com o pinguelo, não tenho pai, não, não é o Amaro, não, é o Renato Gaúcho, não é o Pelé, não. Viu? Eu tô falando. Falei tudo. Eu prometo. Eu sei ler tudo, sim. Bom de bola, bom na escola. Não fiz nada no Mário Telles, não. Não fez nada no meu pinguelo, não, não sou viado não. Eu fiz troca-troca neles tudo, nos índio. É tudo índio eles. Eu não sou índio, não, não sou não. Minha mãe chama Paméla. Ela tem uns cabelão assim, tudo lisinho e tem uns peito assim grande assim, dois morro, tudo assim pra apertar, mas não deu pro Amaro, não. É o Renato Gaúcho. Eu vou jogar no Fluminense depois, que vai ganhar do Palmeiras que eu fiz troca-troca no Levi, mas ele não fez ni mim, não. Eu prometo. Tá bom agora?

"Fräulein, Fräulein... Não quer, não? Uma só, vai. Mostre que você é uma nazi doidona."

"Vai começar de novo com essa história de nazista? Então me dê logo um trago do meu baseado."

"Super, Fräulein Que-Não-É-Nazi-mas-Sim-uma-Maconheira-Radical-Extremista-Marxista-Defensora-da-Igualdade-entre-os-Sexos-e-da-Justa-Distribuição-de-Renda-entre-Todos-numa-Comunidade-Internacional-Somos-Todos-Irmãos-Felizes-Independentes."

"Já chega, você fumou demais, já está falando besteira e, daqui a pouco, a CIA chega aí para falar com você."

"O que é isso, Fräulein Humanitária-Praticamente-uma-Ariana-de-Alma-Turca-Que-Adora-um-Haxixe-Turco-Quer-Dizer-Paquistanês-Turco-Paquistanês-Coreano-Afegão-Tudo-a-Mesma-Coisa-Tudo-do-Eixo-do-Mal! Eu estou acostumado com isso. *Mas tudo bem, eu já estou doidão mesmo. Muito bom esse fumo, hein, Fräulein Que-Nã...*"

"*Tomé. Você já recebeu o seu cachê. Agora, ao trabalho. Queremos ouvir você tocar.*"

"*Mas é claro. Vamos lá, que eu vou tocar uma lambada para vocês.*"

"*Não, lambada, não. Pode tocar Antonio Carlos Jobim, ou Wilson Simonal?*"

"*Quem?*"

O Mané era foda mesmo. O pessoal me disse que ele tinha ficado aí um tempão, encostado. Diz que ele não ficava nem no banco, nos jogos dos moleque. Um dia vieram me chamar correndo pra ver o moleque treinando. Cara, era foda. Era impressionante. Sabe aquele gol do Maradona contra a Inglaterra? Sabe aqueles gols do Dener? O Pelé mesmo, aqueles gols que o cara sai driblando do meio-de-campo, vai entortando todo mundo, rapidinho, escorregando no meio dos cara até quase entrar dentro do gol? Então, o Mané fazia uns três ou quatro desses em cada treino. Não tô exagerando, não. A gente acabava o nosso treino aqui e, em vez de voltar pra casa, ficava todo mundo lá assistindo o moleque, o Mané, jogando. Juro, virou atração. O pessoal da torcida ia assistir mais o treino dos moleque do que o nosso treino. Sem sacanagem.

Eu vinha todo dia. A galera toda começou a vir. A gente saía do colégio, passava na casa do Pedrinho, dava dois e ia pra lá ver o Mané. Era programa cult da galera.

Você não acredita. Era inacreditável. Parecia um macaquinho. Sabe esses mico esperto? Parece até que tá de sacanagem com a gente.

Depois eu entendi que o cara não era normal. Coitado. Não tem esses filme que o cara é meio retardado mas sabe fazer conta? Você pergunta pro cara quanto é quatrocentos e dezessete milhões, quinhentos e noventa e quatro mil, trezentos e oitenta e sete vírgula trinta e dois vezes trezentos e vinte e nove bilhões, quatrocentos e não sei quantos milhões e vinte e dois centavos... e o cara responde, na hora: duzentos e não sei quantos trilhões, bá bá bá bá bá bá, certinho. O Mané era assim com futebol: só faltava babar, aliás, se babava todo quando tava comendo, mas aí, quando entrava em campo, parecia um capeta. No começo, ele jogava com os reserva e veio pra cima de mim, querendo me entortar. Aí eu dei um chega-pra-lá nele. Era ele ou eu, porra. Eu posso até dizer pra todo mundo que eu consegui anular o cara. Contra mim, o Mané sumia do jogo. Mas, quando jogava do meu lado, era o capeta mesmo. Eu tinha bronca do cara, sim, mas depois que eu vi que ele era meio retardado, aí eu fiquei com pena e parei de implicar com ele. Ele é retardado, não é não?

Eu vou dizer uma coisa que ninguém vai aceitar, mas é a minha opinião. O Mané, esse que treinou aqui, era melhor do que o Garrincha. Ele tinha a mesma habilidade, só que tinha muito mais preparo físico. Não sei nem se é isso, se era o preparo físico. É mais uma coisa de agilidade, de velocidade. O menino era escorregoso, parecia que ele tava voando no campo. Pena que teve esse negócio de terrorismo. Esse ia ser um dos melhores que o Brasil já teve. Ele ainda tem chance de voltar a jogar? Me falaram que ele ficou paralítico. É verdade? O Mané tá com que idade? Acho que ele nem chegou a fazer dezoito anos, fez? Ia dar gosto de ver ele jogando na Seleção.

Foi isso. O viado filho-da-puta do Mané virou a grande sensação da Vila Belmiro. Durante algum tempo, os treinos dos sub-17 do Santos lotavam o Centro de Treinamento Rei Pelé.

Rá rá rá rá rá rá rá rá rá rá rá rá rá rá rá rá rá rá rá rá rá rá rá rá rá rá rá rá rá rá rá rá rá rá rá rá rá rá rá rá rá rá rá rá rá rá rá rá rá rá rá rá rá rá rá...

Muhammad Mané falou: "Eu gostaria de introduzir o meu pênis, que é muito grande, em sua vagina. Venha, Creide [Cleide]. Deixe que eu lamba a sua vagina, tão bonita, com esses pequenos cabelos louros por cima dela. Quero lamber toda a maionese que sobrou do americano no prato [um tipo de sanduíche que se vende nas lanchonetes do Brasil]. E, depois, vou derramar guaraná [um refrigerante feito de uma fruta da Amazônia] em sua vagina e beber tudo. Foi Alá quem me concedeu o direito de fazer sexo com todas vocês, minhas setenta e duas esposas virgens queridas. Porque eu sou marte [Ele quis dizer "mártir". É que o português dele é muito ruim. É difícil até para mim compreendê-lo totalmente.]. E a recompensa que um marte [mártir] recebe por não ter praticado atos obscenos, por não beber álcool, apenas guaraná e maionese [rá rá rá rá rá rá rá rá rá rá rá rá rá rá rá rá rá rá rá rá rá rá...], é que agora poderei possuir a vagina de todas vo-

cês, e também vou possuir os pequenos ânus de todas vocês, que têm o cheiro mais gostoso que existe, que é o cheiro de [rá rá rá rá rá rá rá rá rá rá rá rá rá rá rá rá rá rá rá rá...] eucalips [É o modo como ele fala "eucalipto".], minhas setenta e duas esposas tão bonitas, que atendem a todos os meus desejos, que são como mães para mim. Mas não mães bêbadas, não mães pretas, não mães com cheiro ruim, cheiro de aguardente, cheiro de esgoto. Vocês todas são muito bonitas e me dão muito amor, como mães, mas mães com as quais eu posso fazer sexo, porque é uma mistura de mãe, esposa, irmã e até de amigos homens. Não como aqueles indígenas de Ubatuba [uma cidade do Brasil, na praia, no estado de São Paulo], mas como amigos verdadeiros, esses que a gente ama sem querer fazer essas coisas de sexo, sem fazer troca-troca [Como posso explicar isso? Troca-troca é uma prática sexual de adolescentes. É quando um garoto faz sexo com o outro por falta de experiência sexual com mulheres. Não que eles sejam homossexuais ou algo assim. É um jogo de descoberta da sexualidade. Chama-se troca-troca, porque os dois garotos trocam de posição. O que é ativo na primeira relação depois tem que fazer o papel do passivo. Entenderam? Claro que entenderam. Essas coisas acontecem em todos os lugares.] Na vida, quando estamos vivos, todas as pessoas deveriam ser como vocês, minhas setenta e duas esposas, minhas setenta e duas mães, minhas setenta e duas amigas para sempre. I love you, vocês todas, setenta e duas". Rá rá rá rá rá rá rá rá rá rá rá rá rá rá rá rá rá rá rá rá rá rá rá rá rá rá rá rá rá...

"Se tudo isso que Herr Silva nos contou foi dito mesmo pelo Muhammad Mané, esse é o terrorista mais louco que eu já vi."

"E você acha que algum homem-bomba, algum desses terroristas suicidas, não é louco?"

"Claro, todos eles devem ser motivados por essa promessa do Paraíso, das virgens. Mas esse aí exagerou. Olha só este trecho das anotações do Herr Silva. Ele diz que as esposas são como amigos homens com os quais não é necessário fazer sexo. Isso é alguma coisa do Alcorão?"

"Claro que não. Deve ser um delírio qualquer. Ou o Herr Silva está fazendo uma de suas piadas."

"Não. Herr Silva não faria piadas agora, depois das recomendações que fizemos a ele. Acho que ele quer sair do hospital de bem com a Imigração."

"E nós vamos mesmo interceder por ele?"

"Claro, parceiro. Temos que ser corretos com nossas fontes. Ou não?"

"Sim. E eu gosto do Herr Silva."

"Esse jeito irreverente dos brasileiros. Por isso é que as coisas não se encaixam

nesse nosso quebra-cabeça. Um muçulmano fundamentalista brasileiro... Não. Isso não existe. Quer dizer... Pode até existir, mas haveria de ter uma razão para isso."

"Sexo, colega. Alguém convenceu o rapaz a se explodir para ganhar as virgens do Paraíso. O rapaz devia estar precisando."

"Mas e a namoradinha dele, Fräulein Reischmann? Acho que se fosse uma questão só de sexo, o Muhammad Mané já estaria bem servido. Aquela menina estava louca para fazer sexo com o rapaz."

"Aliás, de muçulmana ela não tem nada."

"Pois é. São essas coisas que me intrigam. Se Muhammad Mané fosse mesmo muçulmano, fundamentalista, não namoraria alguém como Fräulein Reischmann."

"Nem seria tão ligado a pessoas como o Uéverson e o Mnango, que, pelo que pude perceber, são típicos jogadores de futebol do Terceiro Mundo — chegam na Europa, começam a ganhar rios de dinheiro e ficam completamente deslumbrados. Só pensam em mulheres, bebida, carros de luxo..."

"E pelo que entendi dos depoimentos do Uéverson, do Mnango e da própria Fräulein, Muhammad Mané e Fräulein Reischmann ainda não eram namorados."

"Será que a Fräulein Reischmann não é só uma dessas deslumbradas, que se apaixonam por estrangeiros exóticos e acabam se convertendo à religião deles?"

"Ela pode até ter se apaixonado pelo estrangeiro exótico, mas, convenhamos, está longe de ser convertida. Não com aquela minissaia e aquela blusa transparente."

"Cada vez mais, chego à conclusão de que Muhammad Mané é apenas um rapaz perturbado, com problemas psicológicos."

"Sim. Mas, por trás dele, deve haver alguma organização que se utiliza de sua perturbação mental. E quer saber? Acho também que não é o grupo do Mestre Mutanabbi."

"Não tenho tanta certeza de que Mestre Mutanabbi seja inocente. O garoto turco, o Hassan, foi convincente. Talvez esteja sendo usado também. Mas o Mestre Mutanabbi, não sei. Ele tem aquela aparência de homem santo, fala macio, é exageradamente respeitoso para conosco."

"O nosso pessoal, de qualquer forma, está atento."

"Sim. Mas, até agora, ainda estamos na estaca zero. Não sabemos de nada."

"Muhammad Mané, Mubarak, Mestre Mutanabbi, Hassan... Alguém deve estar por trás deles todos."

"Mas quem?"

Era viado e pronto. Esse negócio de futebol foi um daqueles cara do Santos que inventou. O Mané era viadinho, dava o cu pra todo mundo aqui, desde pequeno. Eu comi várias vezes e comi a mãe dele também. A irmãzinha eu só não comi porque ela é novinha demais. Naquela casa, todo mundo dá. Pra comer a mãe dele, eu tive que beber pinga pra caralho, que aquela chipanzé é ruim de encarar careta. O pessoal falam que eu sou mau, que eu sou isso, eu sou aquilo. Qualquer coisa que acontece de maldade, o pessoal já vem: "Foi o Levi, foi o Levi...". O Levi é o caralho. Mas eu não sou viado, não. Né não? Se o cara quer dar o cu pra mim, eu como mesmo. Se é mulher, então, aí é que eu não vou deixar pros outro. Então, essa história do Mané aí, tem viadagem no meio. Ele devia tá dando o cu pra alguém no time dele, lá. Devia tá dando o cu pros gringo. Aí tem essas coisa de viado, sempre aparece um morto. Porque você sabe: depois que a gente come cu de viado, dá aquele arrependimento, dá aquele nojo, aí dá vontade de matar mesmo. Dá aquela loucura. Isso que aconteceu, de terem explodido ele, tem cara de ser alguém que comeu e depois ficou meio maluco, com nojo. Eu quase já matei um, uma vez. Mas, na hora mesmo, eu pensei que podia me prejudicar e dei só umas porrada no boiola. Foi só pra descarregar a raiva.

Isso, Mané. Vai pra cima. Vai com raiva que eu garanto. Vai, caralho. Não fica com medo de cara feia, não, porra. Deixa que eu garanto. Se o cara te machucar, eu mesmo quebro ele. Vai... bonito... Vai... Puta que pariu! Gol... Golaço!

O Mané jogou muito no primeiro jogo oficial que disputou pelo Santos. E o Fernando ajudou.

Como sempre, o Mané começou o jogo meio apático, meio amedrontado. Numa das primeiras bolas que recebeu, de frente para o gol, o Mané driblou o volante da Portuguesa Santista três vezes e meteu a bola na trave. Mas o volante da Portuguesa, que tinha o triplo da massa muscular do Mané, não gostou nada do jeito desaforado que o Mané tinha de driblar os adversários e foi logo chegando junto. Primeiro, foi uma pisada no calcanhar. Depois, um tapa na cara, quando o juiz não estava prestando atenção. Mas uma entrada naquele joelho que havia sido machucado pelo Humberto, na escola de Ubatuba, deixou o Mané amedrontado. Ele, o Mané, até tentou se esconder do jogo, mas o Fernando percebeu a situação e foi lá cobrar empenho do Mané. E com o Fernando garantindo a segurança física dele, do Mané, o Mané se sentiu à vontade para jogar tudo o que sabia. E o Mané sabia tudo de bola, todo mundo sabe.

Mas não.

O Mané não sabia.

O superego do Mané era habitado pela voz do filho-da-puta do Levi.

* * *

Viadinho, Vinte-e-Quatro, Filho-da-Puta, Filho-do-Amaro, Comedor-de-Bosta, ou paga o lanche ou toma umas porradas, não vem pra cima, não, que eu te dou uma porrada, seu viado filho-da-puta.

"Cinco gols, Mané?"

"..."

"Agora você vai ser titular do time. O Professor Tuta me disse que você vai jogar a Taça São Paulo. Você sabe o que isso significa?"

"..."

"A Taça São Paulo é a maior vitrine pra jogadores da sua idade, pros juniores. A televisão mostra pro Brasil inteiro. Se você jogar bem, já é meio caminho andado pra você virar profissional daqui a um ou dois anos. Às vezes, até antes. Tá todo mundo falando aí no clube que você é muito bom, que você vai acabar na Seleção. Tem gente até comparando você com o Pelé. E agora? Você tá feliz?"

"Eu prometo."

"Não, Manoel, Mané. Não é pra você prometer nada, não. Eu quero é que você me conte o que que você tá sentindo. Você tá feliz agora?"

"..."

"Olha, Mané: parece que você perdeu o medo de jogar. Mas, agora, você tem que perder os outros medos também. Me conta uma coisa: de que é que você tem mais medo nessa vida?"

"..."

"Mané, isso aqui não é brincadeira, não. Já tá na hora de você perder o medo de mim também. Eu não vou fazer nada contra você. Eu não vou contar pros outros as coisas que você me fala. Mas você tem que colaborar, tem que me ajudar a te ajudar. Pensa bem: se você perder esses medos, você vai jogar ainda melhor, vai ter uma carreira muito bonita, vai ganhar dinheiro, vai arrumar uma namorada bem bonita e vai ser muito feliz. Você já teve namorada? Quem é aquela Martinha que você me falou? Lembra? Você disse que acariciou ela, que a acariciou. Me conta como foi."

"..."

"Você vai me desculpar, Mané, mas hoje você só sai daqui quando me falar sobre essa Martinha. Ela é sua namorada? Você gosta dela? Você já fez sexo com a Martinha?"

"Foi, sim. Foi, sim. Não é mentira, não. Não é, não. Eu peguei ela assim e fiz troca-troca nela, que eu não sou viado, não. Eu fiz 'voltinha no quarteirão' com a Martinha e fiquei apertando os peito dela, assim, grandão, igual da Paméla, e botei a mão na calcinha dela, assim, debaixo, e ela ficou me dando beijo, ficou olhando eu fazer punheta e pôs a cara assim embaixo do meu pinguelo e saiu leite na cara dela e ela ficou lambendo tudo depois, que eu não sou viado, não, e ela virou assim o cuzinho e enfiei o dedo e o Levi não fez nada, não, não enfiou o dedo ni mim, não, que eu sou dez, ou então eu sou oito que é pra ficar passando as bola, lançando a bola, não sou vinte-e-quatro, não, e tem umas jogadora de vôlei que vai lá na minha casa e fica com os peito, assim, esfregando no meu pinguelo, fica eu e fica umas vinte comigo, lá na cachoeira, fica tudo lá com a bunda virada e eu enfio os dedo, enfio o pinguelo e fico lambendo elas nas bucetona que elas têm, tudo cabeludas, assim, tudo loura, menos a Paméla que tem cabelo preto e uns peito tudo cor-de-rosa e eu esporra o leite nos peito dela e eu deixo todo mundo vim também, menos o Levi, que faz troca-troca ele e o Toninho Sujeira, eles é que é viadinho, que não pega nos peito da Martinha e eu não vou dar mais guaraná pra eles, não, eu não comi pão com bosta, não, que o Carioca não fez troca-troca neu, não, não fez, não, eu é que fiz troca-troca no Carioca, fiz troca-troca no Alemão, que eu não sou viadinho, não, e eu não vou pagar lanche, não, que eu vou lá no Drínquis Privê, que lá tem sex e eu é que faz sex lá, sábado, domingo e o Levi não vai lá, não, que o Levi nem sabe fazer punheta e eu é que sei, eu é que vou lá com a Paméla e sai esporra do meu pinguelo, que eu não sou viado, não, eu não sou preto não, eu sou, não, eu sou moreno, é, porque eu vou lá na praia com a Paméla e fico, assim, apertando os peito dela, fazendo esporra com o meu leite que sai nos peito dela, na cara dela, que ela fica lambendo, que eu não sou viado, não, que eu não sou filho do Amaro, não..."

"Calma, Mané. Calma, calma. Não precisa falar tudo ao mesmo tempo, não. Vamos falar uma coisa de cada vez. Primeiro, a Martinha. Você já fez sexo com ela, Mané?"

"Fez assim com o pinguelo nos peito. Fiquei apertando, dando beijo na boca, fazendo 'voltinha no quarteirão'."

"Que história é essa de 'voltinha no quarteirão'?"

"Eu não sou viado, não. Eu fiz 'voltinha no quarteirão', eu fiz 'beijo', eu fiz 'abraço', fiz 'aperto de mão', fiz tudo e eu sei falar ingrêis e eu falei pra ela que eu ai ló viú. Que eu aprendi na televisão, o ingrêis. É só falar ai ló viú. Pronto? Pode embora?"

"Olha, Mané: o tempo até já acabou, mas a gente podia aproveitar que hoje você está falando mais, pra gente entender o que se passa na sua cabeça."

"..."

"Então você brincou com a Martinha. Mas você fez sexo com ela também?

Fez... como eu vou dizer?... Você colocou o seu, o seu, você sabe... Você foi até o fim?"

"Foi no quarteirão inteiro, dando voltinha. O Levi falou que eu não fiz nada, mas eu fiz, sim, nos peito dela, da Martinha."

"Mas houve penetração?"

"..."

"Meu Deus. Mané, você sabe o que é sexo?"

"..."

"Sexo é quando o homem coloca o pênis dele na vagina da mulher."

"..."

"Claro que você não sabe o que é pênis, o que é vagina, o que é penetração. Então, vamos lá. Mané, você comeu a Martinha?"

"Comeu, eu paguei tudo, paguei lanche, paguei sanduíche e a Martinha falou ai ló viú pra mim e eu dei uma porrada no Toninho Sujeira que queria ficar namorando a Martinha, mas é eu que é namorado da Martinha."

"E como é que funciona isso? Como é que você faz pra namorar?"

"Eu vou lá na pracinha e fico brincando de beijo-abraço-aperto-de-mão e pido 'voltinha no quarteirão' e fico passando as mão nos peito da Martinha e a Martinha fica fazendo uma cara assim e fica dando uns grito, falando ai ló viú e ela me dá uns beijo e fica assim fazendo uns negócio no meu pinguelo e nós fica comendo americano no prato e fica na praia falando umas coisa de ai-ló-viú que eu aprendi a falar no ingrêis na televisão, essas coisa assim. Pode ir?"

"Só uma última pergunta: Mané, você ainda tá com medo de jogar?"

"Eu prometo."

"Do ponto de vista psicológico, o Mané é um amontoado de problemas. Nunca tive um paciente tão primitivo. Bom... aí eu nem sei se o problema é psicológico mesmo, ou se tudo isso é fruto de ignorância, da pobreza, da falta de educação. Eu já vi muitos desses meninos vindos de ambientes miseráveis, meninos que passaram fome na infância até. Mas o Mané, de todos, é o mais atrasado. O mais primitivo mesmo. Ele não consegue elaborar um pensamento que seja."

"Doutora, eu tô treinando um cara que vai entrar pra história do futebol. O menino é gênio. Se ele continuar jogando do jeito que tá jogando, pra mim, não precisa pensar, não. Tem jogador que pensar atrapalha."

Essa coisa que dá, esse gostoso, é que faz a gente ficar pensando, pensando nas coisa que são boa mesmo, essas coisa que a gente não esquece, que vêm lá de quando eu era pequeno, é uma agüinha que tinha, que passava em cima da terra, uma agüinha limpa que fazia só um barulhinho que nem dava pra escutar, era só o gostoso ali. Tinha um cheiro do mato, cheiro de lama limpa dentro da água do rio, da cachoeira, e tinha um cheiro ruim, cheiro ruim que tinha na minha casa, que dava pra sentir lá fora também, no rio, que misturava no ar, que o vento trazia, misturava o cheiro ruim da casa, da minha mãe beba, que essas agora é que é minhas mãe, a Crêidi, a Paméla, a Martinha, a Fraulaim Chom, essas tudo, até as da novela, até essas dos peitão, dos filme que passa sábado, essas que é artista, que não dava nem pra eu ver mesmo, assim, na frente, que não tem nem cheiro, que é só um filme, que agora é minhas, é minhas mãe, é minhas esposa, essas tudo é que é mãe mesmo, que é que nem mãe devia ser, mas aquele cheiro ruim, junto com o cheiro bom do mato, a agüinha limpinha, com o barulho que passava só um marimbondo, tudo quieto, tudo sem barulho, só o marimbondo. Essas coisa é que dá o pensamento agora, depois que passou, depois que acabou tudo lá na vida, lá na verdade, e que agora eu e essa mardita cabeça ficando inteligente, ficando conversando comigo, a cabeça, ela mesmo falando aqui dentro, mostrando essas coisa desses cheiro que tinha quando eu era pequeno lá no rio e ia ficando de noite e acendia as luzinha lá na cidade e eu ficava vendo, sentindo esses cheiro que até era cheiro ruim também, cheiro de bosta de cachorro, de urubu que ficava cheio voando, quando assim tava ficando de noite e ficava assim tudo sujo, cheio de prástico boiando, de lata de gordura, mas tinha esse cheiro do céu ficando de noite e lá longe no mar dava pra ver só uma luzinha verde, depois outra e quando era sábado eu ia lá na cidade e ficava vendo os menino comendo pipoca, ficava todo mundo, os menino na porta do cinema véio que tinha na praça e passava uns filme de caratê e uns filme de mulher pelada que tinha umas bunda no cartaz e eu ficava lá fora só olhando, depois eu via os menino sair também, tudo de menor que o Darci deixava entrar, menos eu que ninguém gostava, aquelas bunda que eu um dia entrei, que o Darci deixou e eu fiquei vendo e só tinha bunda, não tinha nem peito e aí fica juntando essas coisa toda na cabeça, eu esse agora inteligente, as lembrança, essas coisa que dá na cabeça agora, essas coisa que é tudo boa, esse cheiro de bosta de cachorro que a cabeça faz ficar sendo boa essas coisa que era ruim e eu fico achando boa porque fica ligado agora uma coisa na outra, na cabeça, os peitinho da Crêidi, aquele pedacinho que fica dobrado com aqueles pelinho, tudo que nem sol, esses pelinho que elas tem nas perna, na hora que dobra o joelho e eu fico vendo, dando esse gostoso que não precisa nem trepar nelas, dando uma coisa que é na cabeça, o gostoso, que é as lembrança e essas coisa nova que eu fico pensando, fazendo carinho nos pelinho nas perna em cima do joelho, isso de ficar sendo inteligente. Isso de ficar com esses pensamento, pensando esses cheiro que lembra umas coisa que junta com as coisa que tem no Paraíso que é as coisa boas.

A estréia do Mané na Taça São Paulo foi um acontecimento. O segundo gol dele, do Mané, por cobertura, quase do meio-campo, ficou passando ininterruptamente em todos os programas esportivos, em todas as mesas-redondas da noite de domingo.

A Taça São Paulo nem é um evento dos mais importantes. É só uma espécie de vitrine para jogadores em início de carreira. Mas, como a Taça São Paulo é disputada numa época do ano em que os profissionais estão de férias, acaba sendo o único assunto ligado ao futebol que o pessoal tem para falar na televisão.

Mas não.

Esse segundo gol do Mané foi tão bonito, que chamaria atenção em qualquer época do ano.

E, claro, como o Mané era pretinho, magrinho, novinho e vestia a camisa 10 do Santos:

"Lá vêm vocês inventando outro Pelé. Vocês não acham que tá muito cedo pra ficar endeusando o moleque assim, não? Eu já vi esse filme antes, dezenas de vezes."

"Sem dúvida, meu caro Luís Oscar, Pelé só teve um. O garoto lembra o Pelé pelo físico, pelo jeitinho, isso a gente não pode negar. Mas ele começou bem a carreira dele."

"Fora esse golaço que o telespectador está assistindo, o menino fez mais dois e jogou uma grande partida."

"O Pelezinho..."

"Tá vendo. Isso é que eu digo: já estão chamando o moleque de Pelé. Ô Moreira, como é que é o nome desse moleque?"

"Mané."

"Tá vendo? Rima com Pelé."

"Vocês enlouqueceram. Esse moleque aí vai ter que comer muita grama pra chegar no calcanhar do Pelé. Pelé só teve um e acabou."

"E você, telespectador? É você quem vai responder à pergunta da semana: 'É possível ou não é possível o surgimento de um novo Pelé?'. Sim: disque 0800 4501. Não: disque 0800 4502."

Porra! Agora o Vinte-e-Quatro virou Pelé.

Pelé é o caralho. Já comi o cu desse cara.

Martinha, Martinhaaaa! Vem ver! Aquele seu namoradinho tá na televisão. Viu, perdeu a chance. Já pensou se ele fica famoso? Já tão chamando ele de Pelé.

Não é que o viadinho deu certo lá no Santos!?

E tem formação o Manoel. Aqui, a gente não forma só o jogador, forma também o indivíduo. Por isso é que eu faço questão que os meninos freqüentem a escola.

O Mané dava pro Mário Telles. Ou comia, sei lá.

"E aí, Fernandão Cara-Feia? O que é que tu me diz agora?"

"Porra, enche o saco não. Já disse que, jogando no meu time, tem mais é que fazer gol mesmo. Agora... se fosse contra mim, ele não ia jogar nada. E se fosse o Pelé de verdade, eu também não deixava jogar. Tomara que os adversário não descubra, mas é só chegar junto que o Mané aí arrega."

"Tu tá é com inveja porque não foi tu que apareceu na televisão. Tu vai ver: amanhã tá cheio de jornalista, de empresário, aqui."

"Empresário? Pode levar. Pelo menos o Mané não vai ficar mais empatando a fila do banheiro."

"Que papo é esse? Agora o negócio é ganhar a Taça São Paulo, que vai ser bom pra todo mundo. Se o Mané continuar jogando esse bolão, eu quero mais é pegar uma carona nessa parada aí. Se eu for de Coutinho já tá mais do que bom. Mané e Ditinho. Fica bom, né? Pelé e Coutinho, Mané e Ditinho."

"Fala, Mané. Acho que o Ditinho quer dar pra você."

"..."

"Ô Mané, não vai falar nada, não? Já tá ficando seboso, achando que é o Pelé mesmo?"

"..."

"Esse moleque é retardado. Já reparou? Ele nem sabe o que que tá acontecendo."

"É inveja sua, Fernando. Pára de sacanear o Mané. Agora é todo mundo no mesmo barco. O Mané faz parte do grupo. Ele que ganhou o jogo hoje."

"Porra, eu falo, vocês não acreditam. O moleque joga bola pra caralho, mas é meio doido da cabeça. Meio retardado, que nem esses filme que passa, esses de retardado. Passou outro dia, o cara que fica correndo, vai pra guerra, joga pingue-pongue, ganha medalha do presidente dos Estados Unidos, come uma gostosa e é retardado, ganhou Oscar e o caralho. É ou não é, Mané?"

"..."

"Fala, então. Mostra aí que você não é retardado. Bate uma punheta aí."

"Eu sei fazer punheta, sim. Mas eu não quero."

"Tá vendo? Fala igual retardado."

"E aí, Mané? Você é igual o Pelé?"

"..."

"É ou não é? Os cara tão perguntando na televisão."

"É ou não é? Fala, Mané!"

"..."

"Você é igual que jogador?"

"É o Pelé, é?"

"Renato Gaúcho."

"?"

"?"

"?"

"?"

"?"

"?"

"Rá rá rá rá rá rá rá rá rá rá rá rá rá rá rá rá rá rá rá rá rá rá rá rá rá rá rá rá rá rá rá rá rá rá rá rá rá rá rá rá rá rá rá rá rá rá rá rá rá rá rá rá rá rá rá rá rá rá rá rá rá rá rá rá rá rá rá rá rá rá rá rá rá rá rá rá rá rá rá rá rá rá..."

Lourinha, limpinha, de olhos azuis e seios cheinhos: a apresentadora do programa de esportes da televisão, que o Mané adorava.

Mas não.

O Mané, apesar de ser um viado filho-da-puta primitivo, até se animou um pouco, quando percebeu que o carro da televisão que estava chegando era para fazer uma reportagem com ele, com o Mané.

* * *

Aí, hein, Mané!?! Vai aparecer na televisão. Daqui a pouco até o Pelé de verdade vai aparecer pra fazer foto com o Mané.

Mas não.
O Mané saiu do alojamento devagar, nervoso, fingindo que não era com ele, com o Mané. Ficou na porta, vendo o carro de reportagem estacionar e a equipe preparando o equipamento.
O Mané até ensaiou mentalmente o que diria na entrevista:

Eu prometo. Eu não sou o Pelé, não. Meu pai é o Renato Gaúcho e a minha mãe não é beba, não. Eu vou jogar lá no Fluminense. Eu não sou índio, não. Minha mãe é a Paméla, que é a minha namorada também, que é gringa e tem os cabelo liso e eu não mastruço, não. O jogo foi bom e eu fiz os gol.

Mas não.
Quando o Mané estava quase relaxado, a apresentadora do programa de esportes da televisão, lourinha, limpinha, de olhos azuis e seios cheinhos, saiu do carro da reportagem e, cercada pelos jogadores juniores do Santos, que apontavam orgulhosos para o Mané, aquele cara primitivo, foi andando na direção daquele cara ignorante, do Mané.
Ninguém viu na hora que o Mané sumiu.

"Abre essa porra aí, Mané. O pessoal da televisão quer falar com você."
"Taí aquela gostosa do programa de esporte."
"Você tá famoso, Mané. Agora tem que falar na televisão pro pessoal te conhecer."
"Porra, Mané, fala lá da gente também."
"Você não vai deixar passar essa chance, né, Mané?"
"Porra, Mané, se você não sair daí, o Fernando vai te dar uma porrada."
"Mané, caralho, isso é hora de cagar?"
"Mané, porra, eles tão indo embora. Eles vão embora. Porra, foram embora."
"Pode sair, Mané. A gostosa já foi."
"Além de cagão, é viado. Não quis nem falar com a gostosa."

"É isso aí. Se o repórter fosse homem, o Mané falava."

É. Se o repórter fosse homem, o Mané até falava.
Mas não.
O Mané não era homossexual.
O Mané era primitivo.

"Oi, Tomé. Como vai?"
"Bem."
"Substituiu o trompete pelo caderno?"
"Pois é."
"E o Mané? Tudo bem com ele?"
"Acho que não, Fräulein."
"Fräulein? Por favor, não seja tão formal. Você esqueceu meu nome?"
"Sim, esqueci."
"É Mechthild. Pode me chamar de Mechthild. O Uéverson me chama de Meti. Você conhece o Uéverson, não é? Ele é brasileiro também."
"OK."
"Ih! O que foi? Você está estranho, hoje."
"Não é nada, não. É que eu estou concentrado aqui. O Uéverson eu conhe-ço, sim. No Brasil, todo mundo conhece o Uéverson. E você? Conhece o Uéverson de onde?"
"Do Slumberland. Um bar aí. Foi lá que eu conheci o Mané."
"Eu conheço o Slumberland também."
"O Mané está quieto hoje. Aconteceu alguma coisa?"
"Às vezes, ele fica calado mesmo. Passa uns dias sem dizer nada. Fale com ele. Talvez ele reaja."
"Mané, Mané. Sou eu: Mechthild... Ele não fala alemão."

Pra ficar tendo esses pensamento não precisa falar, não precisa ficar expli-cando essas coisa de sex, essas coisa de mastruço, esses negócio. Fica tudo acon-tecendo que nem eu mando, que nem eu penso que eu tô mandando por pen-samento. O sex fica tudo em volta, fica tudo aqui no céu, fica no ventinho, nos coqueiro, nas minha esposa que fica brincando de sex nelas, elas com elas mes-mo e eu só fico pensando sem querer, só vendo elas, o que elas vai fazer. Eu pen-so que elas vai fazer e elas faz, que nem a Crêidi agora, que ela tá trepando na moça da televisão que eu não sei nem o nome e eu tenho que ficar dando nome pra elas tudo, essas que eu não sei o nome, que nem a Crêidi que agora eu sei o nome porque foi eu que dei o nome dela, Crêidi Muhammad e essa moça da televisão que é minha esposa virgens vai ficar sendo Renata igual o meu pai que é o Renato Gaúcho que vai aparecer agora atrás da árvore pra jogar bola comigo e ganhar o jogo e a gente vai ficar vendo elas, a Crêidi e a Renata, Crêidi Muhammad e Renata Muhammad fazendo sex nelas elas mesmo. Com esse ventinho gostoso, esses pensamento de inteligente que eu fiquei tendo, esses de entender o que que é pai mesmo, que é esses que joga bola pra gente e deixa a gente ganhar só porque é filho do pai, sem fazer sex, que fazer sex com pai, que é homem, é viadinho, é vinte-e-quatro. Só pode com a mãe mas que não é sex, nem é mãe, que assim, sex mesmo, esses que sai leitinho, que põe guspe, não pode não que ninguém deixa, ninguém gosta, nem o Deus do Jesus que é de mentira, nem o Deus do Alá que é ele mesmo, o Alá que é o Deus dele mesmo, ninguém gosta, ninguém deixa, é só esse sex de pensamento, desse pensamento novo que é esses que eu fico tendo, é mais é um amor, esse da mãe, esse que eu tenho com a Paméla, quando eu faço esses sex com ela, que bota o pinguelo mas fica é pensando nessas coisa gostosa, que não é sex, é um amor mesmo, que é um amor na gente mesmo, um amor que é quando eu gosto de eu, do Mané mesmo, um amor que é esse de ficar pensando sem pensar nada ruim, que é pensar igual era na televisão de noite, tudo escurinho, só a televisão, sem cor mesmo, filme véio, de selva, eles beijava na hora que o barquinho ia cair na cachoeira e antes eles brigava, ele e ela, ela achava que ele era mau porque ele ficava mandando ela fazer as coisa direito que era pra não cair na cachoeira, nem deixar os jacaré comer eles e depois, quando ele salva ela, não deixa ela cair na cachoeira, ela fica descobrindo que ele é bom e eles beija, assim, esfregando a boca, que filme véio não aparece nem bunda, e é essa coisa é que dá esses pensamento bons, essas coisa, os barulho dos bicho, dos sapo e a televisão ligada no filme véio, o cheiro ruim que era bom, que ficou sendo bom.

Eu vou continuar porque meu nome é Mubarak.
Meu nome é Mubarak e eu vou continuar.
Eu vou continuar porque sou de Alá.
Eu vou continuar porque tenho Alá.
Eu vou continuar porque sou da razão.
Eu vou continuar porque tenho razão.
Eu vou continuar porque fui escolhido.
Eu vou continuar porque Mubarak foi o escolhido.

Meu nome é Mubarak e eu sou um escolhido.
Meu nome é Mubarak e eu vou continuar.

"Que língua é esta que ele está falando?"
"Não faço a menor idéia."
"E o Mané? Falou o quê?"
"É muito difícil de explicar."
"Só assim, mais ou menos. Por favor."
"Metafísica."

"Metafísica? O que é isso? Nem o Mnango sabe o que é."
"Para ser sincera, eu também não sei."
"Mas você é alemã, entende dessas coisas."
*"Uéverson, o seu problema é que sua mente funciona através de padrões pre-
determinados pela sociedade onde você viveu. Ficou convencionado pela sociedade européia, branca, dominadora, que vocês, negros, sul-americanos, africanos,
não podem reter o conhecimento. Ou que têm menos capacidade de fazer isso. Cria-
se o estereótipo de que uma alemã tem mais conhecimentos do que um negro. Isso
é uma espécie de auto-racismo embutida em sua mente."*
"Mnango, meu irmão, olha os peitinhos da Meti balançando. Delícia."

Mechthild, você é tão artificial...

Meti, da próxima vez eu quero comer esse cuzinho...

Crêidi, é por causa dessas coisa que eu sei que tem amor de você neu. É
amor de cuzinho e de mãe sem ser beba tudo junto.

*Creide, Cleide. Pelo que ele fala, essa aí é a mulher mais próxima dele, a na-
morada dos sonhos dele. Se bem que há outras. A Paméla... Nunca ouvi o nome
Mechthild sair da boca de Muhammad. Do Mané.*

239

Todo o alojamento vazio. Ninguém. Na televisão passava um bangue-bangue em preto-e-branco. A cena da fogueira no Grand Canyon, o caubói deitado, tocando gaita.

Mané, lá, deitado na cama, relaxado, com um pau negro, enorme, cheio de veias.

A apresentadora do programa de esportes da televisão, nua, lourinha, limpinha, de olhos azuis e seios cheinhos, entrou pela porta, se dirigiu à cama de Mané e amou Mané.

Mané e a apresentadora do programa de esportes da televisão tiveram um orgasmo simultâneo.

A apresentadora do programa de esportes da televisão, que o Mané adorava, estava lá, na beira do gramado, na Vila Belmiro. Havia vários outros repórteres de rádio e televisão.

Mas não.

O Mané só viu a apresentadora do programa de esportes da televisão, virou a cara para ela, para a apresentadora do programa de esportes da televisão, e entrou correndo no campo, direto para o círculo central.

"Seria bom fazer um gol logo no primeiro tempo?"

"Como você se sente vestindo a camisa que já foi de Pelé?"

"É muita responsabilidade?"

"É verdade que você já vai jogar o Campeonato Paulista no time profissional?"

"Mané... Mané..."

"Você é filho adotivo do Renato Gaúcho?"

" ..."

...

Ao sair de campo, cercado de repórteres, vitorioso, três gols a mais no currículo, o Mané só pensava numa coisa: se esconder da apresentadora do programa de esportes da televisão.

O Mané adorava a apresentadora do programa de esportes da televisão.

Filho-da-puta o moleque. Ficou quase dois anos escondendo o jogo e, do dia pra noite, virou o melhor jogador do time.

Eu não tô dizendo? É retardado. Esse negócio de explodir bomba é coisa de retardado. Os cara deve ter colocado a bomba na cueca dele e ele nem percebeu.

O Mané Viadinho? Enfiaram a bomba é no cu dele.

"Mas ele ainda fala. Fala dormindo, mas fala. Isso quer dizer que ele não desligou totalmente."

"Eu não sei, Mechthild. Mas se ele está nesse estado que você contou, cego, deformado..."

"Sem pau. Coitado do Mané. Perdeu o pau sem nunca ter usado."

"Eu ainda tenho esperança. Pouca, mas tenho."

"Meti, mas e se ele voltar, como é que você vai fazer? Você é a maior tarada. Como é que vai agüentar ficar com um cara que não tem pau? Vai é colocar chifre no Mané."

"Chifre?"

"Não sabe o que é chifre, não?"

"Já vem o Uéverson com piadas, com irreverências."

"Chifre, corno. No Brasil, quem é traído pela mulher ganha chifre. É jeito de falar."

"Chifre? Por quê?"

"Acho que os agentes secretos estão bravos com você, Tomé. O que houve?"

"Eu tento explicar a eles os delírios do Muhammad e eles não entendem. Acham que eu estou inventando."

"Por que eles conversam tanto com você? Agora eles vêm quase todo dia e passam um tempão no quarto, com você, com ordens para não deixar ninguém entrar."

"Me desculpe, mas eu não posso falar muito, não, Fräulein Que-Não-É-Nazi."

"Não vá me dizer que você também é agente secreto, disfarçado de doente!"

"Eu não. Eu sou só um viciado, um ex-viciado em heroína. Eles é que ficam me fazendo perguntas."

"Que perguntas? É sobre os terroristas? Claro, só pode ser sobre os terroristas. Mas o que eles querem saber de você?"

"Fräulein, eu não devia falar, mas como você me fornece os baseados... Eu fiz um trato com os dois agentes. Eles querem que eu diga a eles tudo o que o Muhammad fala."

"Então você agora é alcagüete?"

"Nada disso, Fräulein Que-Não-É-Nazi..."

"Ute. Sem Fräulein."

"Nada disso, Fräulein Que-Era-Nazi-Passou-a-Ser-Fräulein-Que-Não-É-Nazi-e-Agora-Toda-Implicante-Faz-Questão-de-Ser-Apenas-Ute. Não estou entregando ninguém. Esse maluco só fala em sexo — sexo pesado, sujo, com maionese. Ele delira demais. Aí os caras do serviço secreto ficam bravos comigo. Mas o Muhammad não diz nada que eles queiram saber. É só sexo sujo e umas maluquices filosóficas, metafísicas."

"Filosóficas? Metafísicas? A religião dele permite?"

"Eu já disse, Ute: o Muhammad não entende direito esse negócio do islã, não. Ele acha que Alá deu a ele várias esposas e agora é só ficar no Paraíso, fazendo sexo e comendo maionese com guaraná. Bem... lá no Paraíso tem também um ventinho agradável, coqueiros, cachoeiras sem borrachudos. Ah! E o Muhammad acha que, agora, está ficando inteligente, que, agora, ele faz sexo com a própria mãe, que tem seios redondos e se chama Paméla, que não é mãe, mas é como se fosse um amigo homem com o qual não é preciso fazer sexo, mas ser amigo, jogar futebol e ver filmes de bangue-bangue em preto-e-branco, sentindo cheiro de cocô de cachorro, que é um cheiro ruim que agora ficou bom. Entendeu?"

"Não faz o menor sentido. Mas por que você está fazendo esse trabalhinho para os homens do serviço secreto?"

"Eles prometeram me ajudar a conseguir um visto de permanência na Alemanha. Mas, se o Muhammad não disser quem mandou explodir a bomba, acho que eu vou acabar na prisão."

"Não creio. O máximo que pode acontecer é você ser expulso da Alemanha."

"Estou quase inventando uma história, só para deixar os dois contentes."

"Não faça isso. Eles, com toda a certeza, vão checar a sua história. E, se descobrirem que você está mentindo, aí é que não vai haver acordo mesmo."

"Mas, sinceramente, eu acho que esse Muhammad aí não é de nenhum grupo terrorista, não. Ele é só maluco mesmo. Acho que vou ficar aqui no hospital para sempre. Você vai ter que ir muitas vezes a Amsterdã para conseguir os meus baseados."

"Não é preciso. Eu consigo em qualquer lugar. Quer um agora?"

"Você é uma irresponsável, Fräulein... Fräulein... Fräulein Traficante-Ex-de-Direita-Perseguidora-de-Porcos-da-Turquia."

"Eu devo continuar."

"O nome dele é Mubarak."

"No banheiro?"

O vestiário estava vazio. Mané estava cheiroso, de banho recém-tomado, exalando o odor do desodorante de eucalipto. Em vez do abrigo esportivo do Santos, Mané usava um abrigo do Fluminense.

Uma mesa estava instalada no meio do vestiário, uma mesa de orgia romana, com velas, cachos e mais cachos de uvas, dois americanos no prato e duas garrafas de guaraná.

A apresentadora do programa de esportes da televisão vai na direção de Mané. Ela tira toda a roupa de Mané e beija todo o corpo do jogador, dos pés à cabeça. São beijinhos rápidos, afetivos, amorosos, apaixonadíssimos.

A apresentadora do programa de esportes da televisão diz: "Eu te amo".

Mané tira a blusa da apresentadora do programa de esportes da televisão, que usa um sutiã todo rendado, nas cores grená, verde e branca. Mané brinca de ficar apertando os seios cheinhos da apresentadora do programa de esportes da televisão.

Mané tira o sutiã da apresentadora do programa de esportes da televisão.

A apresentadora do programa de esportes da televisão senta num sofá de couro branco com os seios cheinhos à mostra.

Mané se deita no colo da apresentadora do programa de esportes da televisão, nu, com o enorme pau negro, duro e cheio de veias.

A apresentadora do programa de esportes da televisão amamenta Mané, com seus seios cheinhos. Em vez de leite, os seios cheinhos da apresentadora do programa de esportes da televisão esguicham guaraná na boca de Mané.

A apresentadora do programa de esportes da televisão masturba Mané.

Eu estou preparado para a partida de hoje e todos os meus companheiro, que não é vinte-e-quatro, estão preparado para a partida de hoje, do grupo, e o Professor Tuta preparou nós para a partida de hoje para o grupo atingir a liderança sem mastruço. Nunca eu mastruço.

A apresentadora do programa de esportes da televisão, lourinha, limpinha, de olhos azuis e seios cheinhos, amava muito Mané e sorria.

Mané quase teve um orgasmo.

Mas não.

"Porra, Mané! Isso é hora de bater punheta? O Professor tá chamando pra preleção."

"Mané, não tem nenhum jornalista aqui, não. Nem a sua amiga da televisão."

"É, Mané, pode sair que aqui só tem homem, do jeito que você gosta."

"Rá rá rá rá rá rá rá rá rá rá rá rá rá rá rá rá rá rá rá rá rá rá rá rá rá rá rá rá rá rá rá rá rá rá rá rá rá rá rá rá rá rá rá rá rá rá rá rá rá rá rá rá rá rá rá rá rá rá rá rá rá rá rá rá rá rá rá rá rá rá rá rá rá..."

Mas não.

Com todos aqueles caras rindo atrás da porta, fazendo aquele tipo de piada que lembrava os filhos-da-puta daquela cidade pequena filha-da-puta, o Mané perdeu a concentração necessária para atingir o orgasmo solitário.

O Mané bem que podia ter se levantado do trono, vestido a carapuça de herdeiro do Rei e saído do banheiro com a fronte erguida, pronto para receber os olhares de admiração dos companheiros de time, dos torcedores, da mídia, e se dirigido à preleção do Professor Tuta, antes de entrar em campo e, mais uma vez, aplicar um show de bola nesta semifinal da Taça São Paulo.

Mas não.

O Mané se levantou rapidamente, tropeçou na própria cueca, vestiu o calção de modo atabalhoado e saiu do banheiro, nervoso, olhar baixo, mãos trêmulas e o pintinho negrinho, pequenininho, ainda duro.

"Mané, Mané... Agora tu só quer saber de bater punheta, né não?"

"Sei fazer punheta, sim."

"Tava era fazendo cocô. Tá com medo do Flamengo?"

"Não, não, não... O Fluminense é melhor que o Flamengo, ganhou do Flamengo, fez gol do Renato Gaúcho."

"Então? O que que você tava fazendo tanto tempo no banheiro?"

"Eu tava pensando."

"E tu por acaso pensa?"

"Pensa é em putaria, esse punheteiro. Agora, de mulher mesmo, mulher de carne e osso, ele tem medo."

"Não. Eu penso no jogo, eu não tenho medo, não, eu não mastruço, não, eu prometo."

"Pára com isso aí, porra! Vai deixar o moleque mal pro jogo, caralho. Ele já é retardado e vocês fica tirando da cara dele. Depois ele arrega e fica amarelando..."

"Tá legal. Mas se a gente ganhar a taça, depois ele vai ter que mostrar que é macho lá no Drinks Privé."

"Pra mim tem que ser macho é no jogo hoje. No Drinks Privé, quem vai ser macho é eu. Pra comemorar campeonato, eu pego é três de uma vez só. É CBB."

"CBB?"

"Cu, boca e buceta."

"Rá rá rá rá rá rá rá rá rá rá rá rá rá rá rá rá rá rá rá rá rá rá rá rá rá rá rá rá rá rá rá rá rá rá rá rá rá rá rá rá rá rá rá rá rá rá rá rá rá rá rá rá rá rá rá rá rá rá rá rá rá rá rá rá rá rá rá rá rá rá rá rá rá rá rá rá rá rá rá rá..."

Mas não.

O Professor entrou no vestiário e acabou com a sacanagem.

Quero ver vocês rindo é depois do jogo, porra. E já falei pra vocês não perturbarem o Mané. Ele joga sozinho muito mais que vocês tudo junto. Vocês ficam aí de sacanagem, perde a concentração, depois perde o jogo e fica aí tudo com cara de bebê chorão. É ou não é? O jogo hoje é decisivo. E não se trata só da Taça São Paulo, não. Se trata da vida de vocês, da carreira de cada um aqui. Classificando pra final, o Brasil inteiro vai ficar de olho em vocês. E eu não preciso dizer que jogador campeão da Taça São Paulo sobe rapidinho pro profissional, pode ser aqui no Santos ou em qualquer clube grande, proposta não vai faltar. O Mané até agora não quis falar com a imprensa e fez muito bem, que é pro sucesso não subir à cabeça. Vocês todos ainda são muito novo, vão ter muito tempo pra ganhar dinheiro, pra ficar famoso, pra ganhar as mina. É muito perigoso ficar marcando comemoração antes da hora. Eu vi vocês falando de mulher, de comer não sei quantas de uma vez e não gostei nada, nada. Pra mim, só interessa em vocês é o futebol. Na folga, vocês fazem o que quiser, vão aonde quiser, embora eu ache que zona não é lugar de menor de idade, que isso aí pode dar problema até pro clube. Mas isso também não é problema meu. Mas em dia de jogo eu quero mais respeito dentro do grupo, tem que tratar o companheiro com amizade, com companheirismo. O grupo tem que ficar unido, tem que ser solidário um com o outro. Vocês tudo têm que seguir o exemplo do Fernando, que abriu mão do egoísmo dele nos treinos, pra ajudar o Mané a crescer como jogador e até a nível de pessoa. Parabéns, Fernando. E é assim que eu quero ver todo mundo aqui, todo mundo se ajudando, em campo e fora do campo, porque isso é muito importante. Com esse negócio de aparecer na televisão, de ficar todo mundo chamando ele de "novo Pelé", e, presta atenção, Mané, você não é Pelé coisa nenhuma e nem vai ser. O Pelé é um desses fenômeno que acontece só uma vez e é bom você tirar isso da cabeça e jogar o seu futebol. Você pode vir a ser um grande jogador, chegar até na Seleção, ganhar uma Copa do Mundo, mas, pra isso, você tem que se concentrar no seu futebol, nas suas próprias qualidades, e não no que os outros falam de você. Viu, Mané? Mas o que eu queria dizer é que essa onda toda em cima do Mané vai fazer o Flamengo marcar o Mané em cima. Viu, Mané? Hoje vai ter uns três ou quatro te cercando, não deixando você jogar. Mas, com isso, vai sobrar espaço pros outros. Então, Mané, você tem que levar os cara que tão te marcando pras laterais do campo, tirar eles do jogo pra desembolar o meio. Aí o Ditinho pode aproveitar as brecha e tentar faturar uns gols. E o Fernando, que é bom nisso, que sabe impor respeito, pode chegar junto também ali no meio e até no ataque. Se sentir que os cara tão entrando duro no Mané, chega junto deles, pode entrar duro e ver se eles largam o Mané mais solto. Então, Mané, tá prestando atenção?, leva quem tiver em cima de você pros canto e se finge de morto. Deixa o Ditinho livre pra tentar o gol, os gols. Se você segurar a marcação dos cara, você pode jogar que nem você jogava antes, sem participar muito das jogada. Vamo lá, moçada.

Mas não.

Quer dizer, sim.

Não.

Sim, o Flamengo entrou em campo com três marcadores exclusivos só para não deixar o Mané jogar.

Não, o Mané não atraiu a marcação para as laterais, nem deixou o meio livre para o Ditinho fazer os gols.

Não, o Mané não entendeu nada do que o Professor tinha falado no vestiário.

Sim, o Fernando foi lá e pisou no joelho do primeiro filho-da-puta que tentou danificar os instrumentos de trabalho do Mané para sempre.

Não, o Mané não achava que ele, o Mané, era o Pelé.

Sim, o Mané preferia o Renato Gaúcho ao Pelé.

Sim, o Mané, mais uma vez, foi o melhor jogador em campo e logo aos três minutos de jogo fez o primeiro gol dele, do Mané.

Sim, o Mané marcou mais três depois desse primeiro gol, totalizando quatro na vitória de 5 × 0. O outro gol foi justamente do Fernando, de cabeça, numa bola cruzada pelo Mané.

Não, o Fernando não foi abraçar o Mané depois de fazer o gol.

Dava uns vinte mil no máximo. Na hora eu achei que era muito, que ia dar muito, porque eles veio falando que era dólar e eu achava que dólar era sempre muito só porque era dólar. Mas eu nem sabia o que que era dólar mesmo, nem sei agora direito mesmo o que que é dólar, essa minha burrice que eu tenho. Aí, quando vem falar mil, eu já fico achando muito, eu já ficava achando muito. Era uns quase vinte mil dólar pra me ajudar, pra mim assinar os papel e deixar o Mané ir. Antes tinha vindo outro, lá de Santos mesmo, e eu achei muito quando ele deu dinheiro pra levar o Mané, pra ajudar eu e a Brigite que era pra ela não virar puta cedo. Esses cara tem cada coisa de achar tudo absurdo só porque a Brigite minha filha ia ser puta. Mas só que o dinheiro que ele deu, esse de Santos mesmo, não deu pra nada, não deu nem pra televisão, nem pra geladeira boa, não deu pra nada, só pra esse fogãozinho aí de três boca. Não deu nem pra comprar fogão de quatro boca. E eu tinha que ir preparando umas roupinha pra Brigite ser puta e pra botar dente bom nela, que puta tem que ter pelo menos dente. Aí passou uns três anos e veio o alemão com o amigo dele, um que falava macio assim que nem malandro dos brabo. Me chamava até de minha senhora, parecia até que eu era gente. Depois me deu até garrafa de vinho, desses que faz borbulha e parece até refrigerante. O Mané não veio mais. Só mandaram o retrato dele pro Mário Telles, aquele que faz futebol pros menino só pra depois chupar a rola deles quando eles fica negão grande. O Mário Telles é que trouxe a foto pra mim, mas eu rasguei e joguei fora só de raiva porque o Mané nunca mandou mais dinheiro. Foi só os dólar e acabou. Aí eu saí gastando, achando que ia ter mais depois. Eu comprei televisão aí, e geladeira e uns vestido pra Brigite, botei dente nela e agora essa menina não quer ser puta, não. Ela disse que tem medo de pinto. Se ela não querer, pobrema dela, que eu é que não vou sustentar também. A gente dá tudo pra ver se os filho vira alguma coisa melhor e eles vira tudo vagabundo. Um explode bomba e a outra quer estudar pra ser dentista. Ela fica rindo com esses dente que eu dei pra ela, mas fica com medo de pinto que pode dar futuro pra ela, que ela tá ficando bonitinha, mulatinha clara que o pai dela era branco, louro, vagabundo louro, pinguço louro que quase não tem. A lá ela, tá quase pegando corpo, já tem uns peitinho até e não fez nem dez anos. Mas eu ainda acho que depois ela vira puta, sim, que eu vou insistir até ela fazer doze. Aí tem que ficar de olho, vigiando pra ninguém descabaçar de graça. Mas o Mané, eu sei lá. Não quero nem saber. Depois que ele explodiu essa mardita bomba, fica vocês tudo vindo aqui encher o saco, querendo saber do Mané. Ninguém traz dinheiro. O último dinheiro que eu vi foi esses dólar do alemão que veio pra comprar o Mané. Eu não gosto nem de lembrar dessas lembrança que ilude a gente. O Mané apareceu na televisão, nos jogo lá, depois teve ele no aeroporto, na televisão, todo arrumadinho pra andar de avião, as máquina de fotografia piscando e o Mané lá, com aquela cara que ele tem de ficar olhando pra baixo. Não durou nada: o alemão, os dólar, o Mané... Eu já falei muito, agora me dá um dinheiro aí. Uns mil já dá.

Neguinho filho-da-puta! Jogou com o Flamengo, fez quatro gol. Depois teve aquela final e ele foi embora.

Aí a gente perdeu a final.

Tirando o Mané, que foi pra Alemanha, só o Fernando se deu bem até agora. O Fernando tá lá no Rio, no bem-bom. O resto daquele time ainda está por aí. Uns, jogando em time pequeno do interior, os outros ainda aqui no Santos, tentando se firmar no profissional.

Nós não podíamos fazer muita coisa. Infelizmente, fomos prestar atenção no garoto tarde demais. O Mané ficou um tempão treinando na reserva do sub-17. Ninguém tava nem aí pra ele. Ninguém se preocupou em fazer um contrato mais profissional com ele. Só no finalzinho, um ou dois meses antes da Taça São Paulo. Era tarde. Logo na estréia dele na Taça São Paulo, ele fez aquele golaço, que fica passando na televisão até hoje. Aí já choveu repórter e, obviamente, tudo quanto é tipo de empresário, de picareta, tentando fazer o garoto assinar contrato. Ele deu até sorte de ter pegado um sujeito razoavelmente honesto, que levou o Mané pra Alemanha com tudo bonitinho, contrato, pré-contrato, autorização dos pais, quer dizer, da mãe, passaporte, visto de estudante. Claro que teria sido melhor, pro Mané, ter ficado aqui com a gente, pelo menos mais um pouco, pra ele se consolidar como atleta. Até assistência psicológica a gente tava dando pra ele.

* * *

Devia ser proibido isso. Deixar um menino como o Mané sair do Brasil, assim, de uma hora pra outra, sem preparação alguma. O Mané tinha muitos problemas psicológicos, ainda era um menino muito primitivo, mal sabia ler e escrever. Imagino o que significou, pra ele, chegar num país estrangeiro, ainda mais na Alemanha, que é uma cultura, uma língua totalmente estranha. Essa história de terrorismo, ou foi um gesto de loucura, ou ele foi envolvido por alguém, por pessoas que queriam se aproveitar da ingenuidade dele. Sozinho, ele não teria a menor condição de entender esse processo, essa guerra, essa questão toda do Oriente Médio, do fundamentalismo islâmico. Eu até que tentei cuidar da cabeça do Mané, mas não tive muito tempo. Eu tive algumas poucas sessões de terapia com o Mané. Depois, quando ele recebeu a proposta dos alemães, eu ainda tentei uma última vez, tentei mostrar pra ele que ele podia estar se precipitando. Mas...

"..."
"Pense bem, Manoel. Agora que você está conseguindo o seu espaço, que tem tudo pra ter um futuro brilhante como atleta, talvez fosse melhor você segurar a ansiedade e esperar um pouco. Se você continuar do jeito que está, jogando bem, fazendo sucesso, não vão faltar outros clubes no exterior querendo te contratar. E você pode conseguir contratos ainda melhores quando estiver consagrado como jogador. Nem profissional você é ainda."
"Eu prometo."
"Não, Mané. Não é pra você prometer nada. É só pra você pensar um pouco antes de tomar a decisão de ir pra Alemanha. Você pelo menos sabe onde fica a Alemanha?"
"..."
"Pois é. Você não quer pelo menos esperar o jogo de domingo, ver como você vai se sair? Você está jogando bem e um bom jogo no domingo pode fazer você ficar ainda mais famoso, mais conhecido, pode até valorizar o seu primeiro contrato como jogador profissional. Não decida ainda. Espera só mais um pouco."
"..."
"Então tá certo. Então, me prometa que você vai esperar o jogo de domingo antes de assinar qualquer coisa com esses alemães."
"..."
"Você promete?"
"..."

"Promete?"
"Eu prometo."

Mas não.

O Mané, depois do jogo contra o Flamengo pela Taça São Paulo de Juniores: "...".

O Mané diante da apresentadora do programa de esportes da televisão, lourinha, limpinha, de olhos azuis e seios cheinhos, que ele, o Mané, adorava: "...".

O Mané, na televisão, durante uma hora, numa mesa-redonda esportiva: "...".

Esses pensamento tudo, essas coisa boa que dá na cabeça, que junta com o pinguelo, que dá uma coisa de ficar todo arrepiado, pensando nos filme preto-e-branco de noitão, aquela moça da televisão que faz pograma dos esporte, aqui, toda peladinha, com os peitinho redondo passando na minha cara, na minha boca, a Renata, a Renata da televisão, Renata Muhammad. E não precisa falar nada, não precisa nem pensar esses pensamento, essas coisa, esses pensamento que já tá aí, no vento, nos peitinho da Renata Muhammad, sem pensar.

O Mané podia escolher, podia pedir o que ele quisesse, quanto quisesse.
Mas não.
Havia mais de cem pessoas na Vila Belmiro, esperando pela chegada do ônibus do Santos, esperando pela chegada do Mané, depois da goleada sobre o Flamengo. O Mané foi um dos últimos a descer do ônibus e ficou lá, parado na porta do ônibus, recebendo os flashes das câmeras fotográficas bem no meio daquela cara de viado filho-da-puta primitivo.

...

250

Primeiro, foi a mídia:

"Uma vez pode ser acaso, mas, nas seis partidas que disputou nesta Taça São Paulo, a sua média de gols foi de três por partida. Você já se sente mesmo o novo Pelé?"

"Na cidade de onde você veio, circula o boato de que você seria homossexual. Você confirma?"

"É verdade que você estava barrado do time até as vésperas da Taça São Paulo?"

"Você é analfabeto?"

"Um jogador assim, na sua idade, pronto para se tornar um profissional de sucesso, costuma ficar feliz quando o sucesso chega, quando a mídia o procura, oferecendo oportunidades de valorização. Por que você não fala nada com a imprensa?"

"Você já esteve com o Pelé?"

"E a final contra o Fluminense? Já está preparado?"

...

Depois, os negócios:

"Mané, Mané... você aceitaria um convite pra jantar hoje à noite?"

"Por favor, Mané, Mané, por favor, Mané... Aqui o meu cartão, tenho uma proposta muito boa pra você. Me telefona, mesmo. Me liga mesmo, você não vai se arrepender. Tô esperando, hein?!"

"Você tem um tempinho pra mim? É jogo rápido. É que eu tenho uma coisa pra você."

"Mané, eu preciso muito falar com você, Mané, Mané..."

"Mané, eu sei que agora tem muita gente em cima. Mas, por favor, não aceite nenhuma proposta. Não assine nada antes de falar comigo. Deixa que eu te ligo, vou te telefonar ainda hoje. É proposta quente, internacional, tem uns alemães aí querendo te ver. Deixa que eu te ligo. Mas não se precipite. Tenho certeza que ninguém vai te fazer uma proposta melhor do que a minha. Até. Me espera, tá? É um ótimo negócio pra você, tá? Me espera."

...

Finalmente, o grupo:

"Porra, Mané, depois dessa você ainda precisa bater punheta? Essa foi demorada, hein? Vê se guarda energia pra domingo, depois da final, que vai ter Drinks Privé. Ou você vai amarelar de novo?"

"Punheta, o caralho. Acho que agora ele tava é cagando mesmo. Olha a névoa, o cheiro."

"Agora ele tá até cagando cheiroso, o Pelé."

"Tá se achando já."

"Não peida nem jujuba, acha que caga bombom."

"Rá rá rá rá rá rá rá rá rá rá rá rá rá rá rá rá rá rá rá rá rá rá rá rá rá rá rá rá rá rá rá rá rá rá rá rá rá rá rá rá rá rá rá rá rá rá rá rá rá rá rá rá rá rá rá rá rá rá rá rá rá rá rá rá rá rá rá rá rá rá rá rá rá rá rá rá rá rá rá rá rá rá rá rá rá..."

"Porra, o cara é retardado, punheteiro e cagão, más uma coisa a gente tem que admitir: metido ele não é."

"Agora o Fernando Cara-Feia ficou amiguinho do Mané."

"O Fernando tá certo, chega de zoar o moleque, que ele arrebentou hoje. Né, Mané?"

"Ele sabe que é só sacanagem da gente, né não, Mané?"

"Aqui todo mundo é igual, todo mundo pode ser sacaneado um pouquinho. O Mané sabe disso."

"É. Chega de sacanear o cara."

"Vocês é foda. O Mané é o cara mais bonzinho aqui. Tá jogando pra caralho e o cacete. Vocês podia ser um pouquinho legal com o Mané."

"Então dá pra ele."

"Rá rá rá rá rá rá rá rá rá rá rá rá rá rá rá rá rá rá rá rá rá rá rá rá rá rá rá rá rá rá rá rá rá rá rá rá rá rá rá rá rá rá rá rá rá rá rá rá rá rá rá rá rá rá rá rá rá rá rá rá rá rá rá rá rá rá rá rá rá rá rá rá rá rá rá rá rá rá rá rá rá rá rá rá rá..."

...

Eu vou continuar porque meu nome é Mubarak.
Meu nome é Mubarak e eu vou continuar.
Meu nome é Mubarak e eu sou louco.
Eu vou continuar porque eu sou louco.
Eu sou louco porque eu vou continuar.
Eu sou louco porque eu não tenho nada a perder.
Eu sou louco porque meu algoz é lúcido.

Eu sou louco porque meu algoz mata com lucidez.
Eu sou louco porque meu algoz tortura com lucidez.
Eu sou louco porque meu algoz estava lúcido quando matou minha mãe.
Eu sou louco porque meu algoz estava lúcido quando matou meu pai.
Eu sou louco porque meu algoz estava lúcido quando matou meus irmãos.
Minha loucura está no sangue de minha mãe.
Minha loucura está na lucidez de meu algoz.
Alá está na minha loucura.
O Demônio está na lucidez de meu algoz.
Meu algoz é superior.
Nós, os loucos de Alá, vivemos no sangue, na inferioridade dos mártires.
Meu nome é Mubarak e eu sou um mártir.
Meu nome é Mubarak e eu sou louco.
O Demônio vai vencer, eu sei porque sou um louco.
Eu sei porque meu nome é Mubarak.
Eu vejo no sangue.
Eu vejo na superioridade do Demônio.
Eu sou Mubarak e vou continuar morto.
Eu sou Mubarak e vou continuar a matar.
Eu sou Mubarak e vou continuar a perder.
Eu sou Mubarak e vou gritar na vitória de meu algoz.
Eu sou Mubarak e vou derramar meu sangue na vitória da lucidez.
Eu sou Mubarak e vou derramar meu sangue na vitória da maldade.
Quando meu algoz explodir o Universo.
Alá é a loucura dos derrotados no sangue de minha mãe, derramado pela lu-
cidez dos superiores.
Meus superiores, meu algoz, o Demônio, o homem, o mal.
Meu nome é Mubarak e eu sou a loucura dos mortos.
Eu sou imortal e vou morrer.
Eu sou morto e vou continuar vivo.
Eu sou louco porque meu nome é Mubarak.
Meu nome é Mubarak e eu vou continuar.

Estou adorando. Anotei tudo. Está tudo aí. O Muhammad continua promo-
vendo orgias sexuais, com a televisão ligada em filmes de bangue-bangue e cheiro
de cocô de cachorro, que, segundo Muhammad, é ótimo, quando ele faz sexo com
a própria mãe. O Mubarak, agora, começou a recitar poesia esotérica. Ele é muito
canastrão. Mas os senhores não pediram a minha opinião. Está tudo anotado aí.
Divirtam-se.

* * *

O Mané não estava entendendo nada.

Mas não.

O Mané até percebera que ele, o Mané, estava ficando famoso, que ele, o Mané, estava sendo procurado por pessoas importantes, que ele, o Mané, estava sendo procurado até pela apresentadora do programa de esportes da televisão, lourinha, limpinha, de olhos azuis e seios cheinhos, que ele, o Mané, adorava, que ele, o Mané, até ganhara um novo status como ser humano.

Mas não.

O Mané não sabia o que era status.

Mas não.

Era provável que o Mané nem soubesse o que é um ser humano.

Mas não.

O Mané não pensava nessas coisas. O Mané, naquela noite, só pensava em comer o máximo de contrafilé, com queijo, com tomate, com alface, com maionese, com pão, deixando o arroz e o feijão de lado, já que arroz e feijão não eram ingredientes do americano no prato do Império.

Na mesa, ao redor do prato do Mané, havia maionese espalhada pra todo lado.

Não tinha ninguém sentado ao lado ou na frente do Mané.

Tudo ao redor ficava cremoso quando o Mané comia.

Mas, dessa vez, os colegas, o grupo, não conseguiam tirar o olhar do Mané. Um olhar de inveja.

E o Mané, lá, concentrado na maionese.

Mas não.

"Mané, telefone pra você, lá na administração."

"..."

"Mané, é pra você. Telefone. Disseram que é urgente."

Mas não.

O Mané só se levantou quando terminou de comer seu terceiro prato, sua terceira garrafa de guaraná. O Mané arrotou e, de novo: "Mané, o telefone. É a mesma pessoa da outra vez. Você vai atender?".

Por que é que ele fez isso comigo? O Pelé e os outros, eu não posso dizer que ajudei mesmo, de verdade. Mas eu tenho orgulho de ter reparado no Mané. Fui eu que abri o olho do treinador pra escalar ele no time titular. Considero o Mané uma descoberta minha. Se não fosse eu, eles iam mandar ele de volta pra cidade dele. E eu não tô dizendo isso por causa que eu queria dinheiro, ou outra coisa assim. Nem o reconhecimento do Mané eu queria, até porque o Mané era, é, meio fraco da cabeça. Ele tinha cada idéia! Teve uma vez que alguém trouxe uma fita de vídeo com os gols do Pelé, ele assistiu e não deu a menor bola. Não achou nada de mais. Era impressionante como ele não se reconhecia — tá bom, eu sei que o Mané não era o Pelé, que Pelé só teve um, nunca vai ter outro igual. Mas o jeitinho de correr, de tocar na bola, o físico... Era igualzinho o Pelé quando chegou aqui. Depois, o Pelé ficou maior, ficou mais forte. Mas quando ele tinha dezessete anos, era igualzinho o Mané. Mas nem isso eu acho que o Mané notava. Mas o que eu queria era que ele pelo menos virasse profissional aqui no Santos, disputasse pelo menos um ou dois campeonatos. Depois, tudo bem... Eu sei que é difícil pra um clube brasileiro segurar jogador. Mas eu só queria ver o Santos ganhando um campeonato com o Mané jogando. Aí eu podia morrer tranqüilo, que minha hora tá chegando. Pensa bem: vá lá que eu viva mais uns dez anos. Já seria muito. Passar dos cem não é pra qualquer um. Eu tô forte ainda. Eu não tenho nenhuma doença séria, mas, na minha idade, basta levar um tombo, basta uma gripe, pra morte começar. Aí eu vou pro hospital, eles me enchem de tubo, eu pego uma infecção, aí, babau. Eu queria mesmo era morrer de enfarte, um assim: pá pum. Na hora da volta olímpica, com o Mané carregando a taça. Eu tô com raiva do Mané, não adianta. Eu sei que ele não tem culpa, ele nunca nem percebeu o que que aconteceu com ele. Muito menos ele percebeu que fui eu que fui falar com o treinador dele pra dar uma chance pra ele. Mas a raiva fica assim mesmo. E é raiva de quem tá morrendo, de quem não acha mais graça em nada que acontece. E a última coisa que podia dar graça na minha vida, nesse tempinho que eu ainda tenho, era ver o Mané crescendo aqui no Santos, virando jogador da Seleção. Mas, agora, acabou tudo. Explodiu. Explodiu o Mané. Explodiu eu. Acabou. Morri.

"..."
"Alô. Alô! Tem alguém aí? Tem alguém na linha? Alô!"
"O Mané."
"É o Mané que tá falando?"
"O Mané."
"Oi, Mané. Tudo bom?"

"É."

"Mané, meu nome é Gonçalves. Valdir Gonçalves."

"É."

"Você pode falar agora?"

"..."

"Alô! Mané?"

"..."

"Mané, eu sei que você deve tá cansado, jogou muito bem hoje. Parabéns. Eu vi, hoje, mais cedo, que a imprensa tava toda em cima de você, que tinha um monte de empresário também. Eu vi que você precisava descansar um pouco. Não sei se você lembra, mas eu falei com você no meio daquela confusão, pedi pra você esperar pra falar comigo antes de aceitar qualquer coisa, de cair na conversa de qualquer um."

"..."

"Eu sei, Mané. Nesse meio tem muito picareta, muito empresário desonesto, muita gente querendo se aproveitar de um atleta novo e talentoso que nem você."

"..."

"Você tá certo em não ir dando papo pra qualquer um que te procura, que te liga. Você não me conhece e deve tá desconfiado, mas eu não quero forçar nada. Eu queria marcar um encontro a sério com você. Claro que você pode levar alguém de confiança, alguém da família, um advogado, quem você quiser. Como é que tá sua situação no Santos? Você já se profissionalizou? Já deve ter contrato, né? Me disseram que o treino do juvenil aí fica cheio de gente assistindo por sua causa."

"..."

"Como é que é? Você tem contrato?"

"..."

"Pode falar, Mané. Se for pra gente acertar alguma coisa, vai ser tudo transparente. Como eu falei, você pode até levar alguém daí do Santos mesmo pra te assessorar. Você ainda é de menor, né?"

"..."

"Mané, então tá certo, se você não quer falar, não precisa. Mas, então, com quem que eu converso?"

"..."

"Mané, você ainda tá aí?"

"É."

"Então me diga: como é que eu faço pra falar com você ou com um representante seu? Quem que te representa?"

"..."

"Quer que eu desligue? Se você quiser, eu desligo, mas eu tô te dizendo: o negócio que eu tenho pra você é imperdível, é uma proposta irrecusável mesmo. É pra jogar na Europa, pra ganhar um belo dum dinheiro pra alguém da sua idade, em começo de carreira. Aqui no Brasil, você ia ter que jogar uns quatro, cinco anos, pra começar a ganhar o que você vai ganhar agora na Europa. E, do jeito que você joga, não vai demorar muito pra você fazer um contrato milionário com os gringo, pra se profissionalizar. Tô te falando, não é qualquer merreca, não. É time grande, primeira divisão, na Alemanha. O Uéverson, você conhece, né? O Uéverson do Flamengo. Os gringo vieram buscar ele e ele já assinou contrato, vai pra lá ainda essa semana. Se a gente acertar direitinho, você pode ir também. O que que você acha?"

"É."

"É o quê?"

"..."

"Como é que tá os treinamento aí? Amanhã, você pode? Posso te pegar aí amanhã, antes do almoço. Quem é que vai com você?"

"..."

"Alô! Mané?"

"É."

"Com quem eu falo amanhã, quando eu for te buscar? Você tem que me dizer o nome de uma pessoa, do seu pai. Você tem pai?"

"Não sei, não."

"Não sabe. Sei. O Tuta é que é o técnico de vocês, né?"

"É."

"Ele tá aí?"

"Não."

"Que horas ele vai tá aí? É só amanhã, né?"

"..."

"Mané... Então, amanhã eu ligo praí, ligo pro Tuta. Se ele não se importar, eu pego você um pouco antes do almoço. Acho que o Tuta pode ir junto, pra você não ficar desconfiado, tá? O Tuta vai te ajudar a entender tudo, vai te explicar tudo da nossa conversa, do contrato. Fica tranqüilo, que vai ser tudo direitinho. A gente vai cuidar de tudo. Você só tem é que cuidar de jogar bola. Até amanhã, viu? Fica pronto. Te pego antes do almoço. Um abraço!"

...

* * *

"Estou começando a desconfiar que o rapaz está inventando tudo isso. Mesmo dormindo, mesmo em coma, ninguém fala desta maneira."

"Pode ser problema de tradução também. O Tomé mesmo disse que Muhammad Mané não se articula bem nem mesmo em português."

"E o Mubarak tem esse discurso pronto, pré-fabricado. É o típico maluco fanático, obsessivo e até pouco inteligente. Não gosto quando nossas fontes ficam emitindo opiniões próprias, mas tenho que concordar com o diagnóstico do rapaz."

"Ele pode ser metido a engraçadinho, mas também não ficaria inventando coisas só por diversão."

"Sim, meu amigo. Os dois terroristas são malucos. Vai ser muito difícil sair alguma coisa dali."

"O Muhammad Mané vai ser difícil, por causa do estado de saúde dele. Mas acho que, a qualquer momento, deveríamos conversar com o Mubarak, ver até que ponto o sujeito é mesmo louco."

Era para o Mané ter uma noite e tanto. Era para o Mané se deitar e ficar pensando em tudo aquilo que estava acontecendo na vida dele, do Mané. Era para o Mané fazer planos, sonhar com um futuro glorioso, ele, o Mané, lá, na Europa, cercado de mulheres lindíssimas, louras, européias, cheio de dinheiro, morando numa mansão, comendo americanos no prato fabulosos, conquistando títulos internacionais, vencendo a Copa do Mundo, entrando para a história do futebol mundial, entrando para a história. Era para o Mané até ter uma insônia saudável, uma insônia feliz, uma insônia realizada.

Mas não.

O Mané não conseguia dormir porque ele, o Mané, estava com muito medo de perder o almoço no dia seguinte, já que aquele cara, que o Mané não sabia quem era, disse que pegaria ele, o Mané, "amanhã, antes do almoço".

O Mané, prestes a entrar num futuro grandioso, estava com medo de perder um almoço — um bife, um ovo frito, uma fatia de queijo derretido, duas folhas de alface, um tomate, um bocado de maionese, uma garrafa tamanho médio de guaraná.

Mas não.

Não faz nem um ano, caralho. Eu também tava meio cabreiro lá no aeroporto. Mas, porra, o que que era aquilo?!? O Mané tava mais perdido que paraíba em Tóquio. O Mané é ubatubano, é ubatubano mas não é índio, não, ele falava naquelas parada meio maluca do Mané. Ele nunca tinha andado de avião. Acho que, antes dessa viagem pra Alemanha, o Mané só conhecia a porra da terra dele, ali no litoral de São Paulo. Eu também tava meio nervoso mermo com esse negócio de ir jogar na Europa. Todo mundo fica nervoso nessas hora. Mas o Mané tava tão nervoso, que eu nem fiquei nervoso mais, só de ver o nervoso dele, do Mané. O moleque parecia que não era gente. Parecia um robô, um boneco, essas porra, zumbi. Era ele, assim, que nem se fosse bicho, cachorro de madame, que vai viajar na cestinha, saca? O Herr Woll e uns advogado vendo as papelada, conversando com os cara da polícia, e o Mané lá, com aquela cara... Sabe esses cachorrinho pretinho, de madame, esses nervoso, que late fino, nervosinho, meio que tremendo uns arrepio assim? Se bem que o Mané não é nervosinho, é calmo, viajandão, burro pra caralho. Mas, aí, na hora que a gente foi sentar no avião, caralho, o Mané todo atrapalhado, o Herr Woll foi de primeira classe, o caralho, o Mané não sabia o que que era pra fazer com as parada da poltrona do avião, os fone de ouvido, aonde que botava as bolsa, o Mané se coçando todo com a porra da camisa toda engomadinha que arrumaram pra ele, o ar resfriou e começou a escorrer meleca do nariz dele e ele limpava a porra toda com a camisa engomadinha. Mas, aí, na hora que a gente tava sentando, cara, tu não acredita, pintou a maior gata, caralho, maior gata, dessas fina mermo, tipo mulher de negócio, sabe tipo a Sharon Stone fazendo papel de mulher fina? O Mané arregalou o olho, cara, mein Freund, a mulher sentou do lado do Mané. Eu fiquei na janela, a gata no corredor, cara, saia comprida, dessas que têm uma abertura do lado, aquelas perna, sabe coxa?, coxão, assim, e a porra da mulher ainda usava meia de prender na calcinha com aquelas liga, essas parada, cara, era que nem começo de filme de sacanagem, que rola sacanagem no avião. Porra, o Mané olhou pra coxa da mulher e começou a suar, a passar mal, a botar meleca pelo nariz, a porra da mulher toda sem graça, veio a porra do aeromoço com uma cesta de balinha, o Mané meteu o mãozão na cestinha, pegou umas dez bala de uma vez só, ia abrindo as bala, enfiando as bala na boca que nem animal, assim, e ia tudo ficando melecado e o Mané tentava limpar as porra toda na calça, aí foi a maior confusão pro Mané botar a porra do cinto, a porra da gata com aquelas coxa virada pra mim, nem se tocando, toda assim de biquinho, com um risinho que essas porra dá quando vê um moleque pretinho assim que nem o Mané, caralho. As gringa ficava maluca com o Mané, com aquela cara de menor carente, essas porra. Se o Mané quisesse, ele ia comer mulher pra caralho aqui em Berlim, essas gata, tipo a Meti, porra, essas gata são gostosa pra caralho, sabe tudo de bola, umas porra dessa ia deixar o Mané feliz da vida, assim que nem eu, porra. Tu precisa ver a cara que o Mané fez, precisa ver na hora que o avião subiu. Eu tenho um medinho assim meio de leve. Mas depois de uns dez minuto voando eu já relaxo. Eu me amarro em avião, em hotel de concentração, essas parada. Os cara reclama de ter que ficar concentrado, os cara lá no Brasil, mas, cara, concentração, hotel, aeroporto, avião, essas porra, é a melhor coisa pra arrumar mulher. Essa que tava no avião, aquelas coxa branca, gostosura, parecia filme mermo, mas não é filme de sacanagem, não, é filme tipo esses filme que ninguém gosta, esses que fica tudo meio parado, fica na montanha, a neve, filme daqui da Europa, essas porra, chato pra caralho, mas aí tem cada gata, meu irmão! Os cara lá no Brasil são burro pra caralho, não presta atenção. Porra, aí aparece umas branquinha que têm essa cor, umas de cabelo preto, com aquela boca, tipo francesa, cara, não precisa nem tirar muito a roupa, não. Só elas falando com aquela boquinha e mostrando esses pedacinho, a coxa, pá, que nem essa do avião do Mané. Na hora de fuder, aí tem que ser sacana mermo, tem que gostar da putaria, mas, antes, o antes, me amarro nessa parada dessas gata aqui da Europa, saca? Mais as do filme mermo, que filme é filme, neguinho já faz pra te instigar, já sabe que vai te dar tesão. As de verdade não tem nada dessas porra, é tudo normal, cu, bunda, buceta. Só às vezes é que é diferente, nessas que a gente fica amarradão mermo. Bom de ficar rico, de ficar famoso, essas porra, é isso: a gente come as daqui, ich liebe dich, o caralho e coisa e tal, e vai no Brasil, come as cachorra que já é outro estilo, mais bundão, mais cachorra, e o Mané não quis aproveitar. Tu precisa ver é o Mané na hora que chegou a comida, aquelas parada de avião.

"Porra, Mané. Hoje, não, né!?!"

"Se você já começa a bater punheta essa hora da manhã, de noite vai tá acabado!"

"Abre aí, meu!"

"Abre aí. Pra imprensa tu pode ser Pelé e o caralho, mas aqui tu é só Mané, ô mané."

"Isso aí. Libera o banheiro aí, porra. Hoje tem manhã livre."

"Vai rolar até uma piscina."

"Guaraná na piscina, Mané. Vamo jogar vôlei na piscina, Mané. Mordomia assim só na Taça São Paulo, que os profissional tá de férias. Tem que aproveitar agora. Cê vai ver: daqui a pouco vai tá cheio de gente aí pra fazer entrevista."

"Vai vim até a mina repórter, aquela dos peitão que eu sei que você gosta."

"Por isso é que ele tá trancado aí. Tá com medo da mina."

"No Drinks Privé, as piranha vão ter que estrupar ele."

"Rá rá rá rá rá rá rá rá rá rá rá rá rá rá rá rá rá rá rá rá rá rá rá rá rá rá rá rá

rá rá rá rá rá rá rá rá rá rá rá rá rá rá rá rá rá rá rá rá rá rá rá rá rá rá rá rá rá rá rá
rá rá rá rá rá rá rá rá rá rá rá rá rá rá rá rá rá rá rá rá rá rá rá rá..."

Mas não.

O Mané só estava trancado no banheiro para evitar que aquele cara, que o Mané não sabia quem era, levasse ele, o Mané, para algum lugar que o Mané não sabia onde, antes do almoço.

Mas, já que o Mané estava ali mesmo, trancado no banheiro, ele, o Mané, até tentou imaginar uma relação sexual da qual faziam parte a Pamela, a Martinha, a psicóloga e a apresentadora do programa de esportes da televisão, que ele, o Mané, adorava.

Mas não.

Foi a única vez que o Mané brochou na vida.

Também... Com todos aqueles caras gritando na porta, mais o medo de perder o almoço...

"Eu não tenho medo, porque meu nome é Mubarak. Meu nome é Mubarak e eu vou continuar."

"Não vai, não. O senhor não vai cometer mais nenhum atentado terrorista. O senhor está preso, Herr Mubarak, e, dentro de alguns dias, o senhor será provisoriamente encarcerado, até o dia do julgamento. O senhor é acusado da morte de dez militares americanos, dois militares alemães e ainda um civil — o motorista do microônibus. Alá aprova o assassinato de seres humanos?"

"Eu não sou humano. Eu sou nada. Eu sou Mubarak e vou continuar. Eu tenho nada. Eu como nada. Eu bebo nada. Eu vivo nada. Eu vou continuar."

"Mas o senhor faz parte de algum grupo, alguma organização?"

"Eu sou nada. Eu sou Mubarak. Eu sou a espada de Alá. Eu faço parte de Alá e vou continuar."

"Pois bem... Mas nós precisamos de detalhes. Será melhor para o senhor colaborar conosco. Qual foi o objetivo da morte desses treze seres humanos? O senhor tem consciência de que eram humanos?"

"Meu nome é Mubarak e eu vou continuar. Eu vou ao centro do Universo, ao centro da vida, ao centro da morte, empunhando a espada de Alá, a liberdade."

"O senhor é louco?"

"Eu sou Mubarak. Eu sou a consciência. Eu sou Alá. Eu sou Alá Mubarak, a espada, e vou continuar."

"Sua última chance, Herr Samir Mubarak, é colaborar conosco. Caso contrário, o senhor não vai continuar nada."

"E os americanos não são tão compreensivos, tão pacíficos como nós. Se o senhor não colaborar, poderá ser entregue aos americanos e os interrogatórios realizados por eles são bem mais violentos que os nossos."

"Eu sou Mubarak e não sinto dor. Eu sou Mubarak e não sinto prazer. Eu sou Mubarak e minha alma está morta. Eu sou Mubarak e estou ao lado de Alá. Eu sou Mubarak e estou ao lado de minha mãe, ao lado de meu pai, ao lado de meus irmãos, com Alá, a continuar. Sempre continuar. Porque meu nome é Mubarak e eu vou continuar."

"O senhor e quem mais?"

"Muhammad Mané?"

"Muhammad, meu profeta. Muhammad, meu irmão. Muhammad, meu pai. Muhammad e eu, Mubarak, vamos continuar."

"Então o senhor conhece Muhammad Mané?"

"Mubarak vai continuar porque Mubarak conhece a verdade. A verdade é Mubarak. A verdade é Muhammad. A verdade é Alá. Mubarak, Alá e Muhammad."

"Herr Samir Mubarak, o senhor é insuportável."

"Encenação."

"Eu vou continuar, porque meu nome é Mubarak e Mubarak vai continuar."

"Herr Samir Mubarak, o senhor é mentiroso, o senhor está fingindo, o senhor."

"Herr Mubarak, nós não somos idiotas."

"Herr Samir Mubarak, o texto que o senhor está falando é muito ensaiado, lugar-comum."

"O senhor está interpretando, Herr Samir Mubarak. E é melhor o senhor começar a nos contar sua história real."

"Meu nome é Mubarak e eu vou continuar. O exército. Sonora. Pelo México. O Rei da Inglaterra, os soviéticos, a NASA. Cortaram minha perna. Eu não tenho perna, mas meu nome é Mubarak e eu vou continuar. A espada de fogo. Dezessete horas e trinta minutos, Texas: BUM. Vinte horas, Ohio: BUM. Vinte e uma horas, Colorado: BUM. Flórida, Cabo Kennedy, a NASA."

"Herr Samir Mubarak, o senhor está fingindo, Herr Samir Mubarak."

"Mas continue."

"Meu nome é Mubarak e eu vou continuar. A morte está com Mubarak, em Medina. Eu vou continuar. A morte que liberta Mubarak. A espada de Muhammad que cura, que salva Mubarak. Mubarak vai continuar. Eu vou continuar porque meu nome é Mubarak. Com a perna, a ressurreição de Mubarak sobre a cruz. Mubarak é a ressurreição no fio da espada de Muhammad."

"Herr Samir Mubarak, estou me sentindo um idiota por lhe perguntar isso,

262

o senhor está tentando nos fazer de idiotas, mas o Muhammad ao qual o senhor se refere é o Profeta Muhammad ou é o terrorista Muhammad Mané, seu companheiro de quarto?"

"O Rei da Inglaterra sob a árvore anã. Os soviéticos. Dezessete horas e trinta minutos, Texas: BUM. Eu sou Mubarak e vou continuar, sem os soviéticos, minha fábrica de estofamento de mísseis. Vinte horas, Ohio: BUM. Eu sou Mubarak e eu vou continuar, uma loucura igual à do George Harrison. Eu vou continuar."

"Mané, Mané... Sou eu, o Tuta. Pode abrir. A gente precisa conversar. Lembra que você prometeu que não ia ter mais medo?"

"Eu prometo."

"Então, Mané?! Vai acontecer uma coisa muito boa na sua vida. Você precisa vir comigo."

" ..."

"Tem alguém que quer falar com você. Um empresário. Você falou com ele, ontem, no telefone."

" ..."

"Mané, a gente precisa ir logo, ele tá esperando."

" ..."

"Não precisa ficar com medo, não. Eu vou com você. Não vou deixar ninguém te enrolar não, eu prometo."

"Eu prometo."

"Não, Mané. Sou eu que prometo pra você. Abre a porta, vai, a gente conversa direito."

" ..."

"Ô Mané, não vai doer nada, não vai acontecer nada de ruim. A gente só vai conversar com o empresário, com uns gringos da Alemanha. A gente vai lá, almoça num restaurante bem gostoso..."

O Mané abriu a porta do banheiro.

Um guaraná, um coco, um guaraná, um americano no prato com filé-minhão, batata frita que fica chovendo, vinho que não deixa a gente ficar bebo, a bucetinha da Crêidi, o cuzinho da Fraulaim Chom, a Paméla fazendo uns carinho na minha cabeça. E a Renata Muhammad, a Renata, que gosta de jogar futebol com eu. Só futebol bom, de fazer jogada boa, de gol, de golaço, eu e a

Renata. E as outra fica tudo torcendo, tudo gritando Mané, Mané, Renata, Renata, Nensê, Nensê, Brasil, Brasil, tudo gritando com as calcinha dos biquíni com o escudo do Fluminense e os peito tudo balançando, redondo e a gente fica ganhando a Copa do Mundo toda hora e elas tudo rindo, rindo, rindo, rindo de gostoso, rindo de feliz, rindo de amor, não é rindo que nem aqueles índio de Ubatuba que ficava rindo de maldade, rindo só pra ficar judiando de mim, falando que eu sou viadinho, bico-de-chaleira. Mas ó aqui pra eles tudo, ó só o pauzão que eu ganhei do Alá, ó as mulher que eu tenho, tudo gostosa, tudo da televisão, tudo gringas, americana, alemã, tudo com bundinha redonda, com peitinho redondo, com cheiro de eucalips nos cuzinho. Ó aqui pra eles.

O Muhammad continua igual, falando as mesmas coisas: ânus com cheiro de eucalipto, Alá, futebol, guaraná, comida gordurosa. Nenhuma novidade. Agora apareceu outra mulher nos delírios dele: a Renata. Renata Muhammad. Perceberam? Uma mulher com o nome do Profeta, que é o nome dele próprio, do Mané, Muhammad Mané. Ele mistura tudo, sexo meio asqueroso com o islã e, eu sei, os senhores não querem a minha opinião. O Mubarak agora está com um discurso mais variado: a NASA, o Rei da Inglaterra, os soviéticos, exércitos invadindo os Estados Unidos, pelo México, bombas nucleares explodindo em horários específicos, nos Estados Unidos. Esse terrorista árabe viu muito filme de terrorista árabe, ele fala igualzinho terrorista árabe de filme americano. Os horários das bombas nucleares, onde elas vão explodir, as fantasias sexuais do Muhammad, tudo, tal e qual foi ouvido, está anotado. Depois, os senhores podem ler com calma. O Mubarak também gosta do George Harrison. Como eu.

O Mané enfiou uma bola inteira de mozarela de búfala na boca.

O Herr Woll não falava nada, na cabeceira da mesa. O Herr Woll fumava charuto, bebia bourbon com gelo. O Herr Woll sorria.

O Professor Tuta parecia uma espécie de padrinho bem-intencionado. O Professor Tuta era uma espécie de padrinho bem-intencionado.

O Mané bebeu duas garrafas de guaraná em menos de trinta segundos. O Mané comeu muito pão com manteiga, muita azeitona.

O cara que o Mané não sabia quem era não queria nem que o Mané jogasse a final da Taça São Paulo, para não arriscar uma contusão.

Mas não.

Para a final, o Professor Tuta não abria mão do Mané.

O Mané, por sugestão do cara que ele, o Mané, não sabia quem era, acei-

264

tou comer um filé com espaguete aos quatro queijos, que ele, o Mané, achou mais ou menos, já que não tinha maionese.

A final era contra o Fluminense.

O Professor Tuta tentava explicar para o Mané o que estava acontecendo.

A cara do Mané estava coberta de molho aos quatro queijos.

O Herr Woll sorria.

O cara que o Mané não sabia quem era disse que, para o Mané jogar a final, seria necessário colocar o Mané no seguro.

O Herr Woll sacudiu a cabeça, concordando em bancar o seguro do Mané.

O cara que o Mané não sabia quem era perguntou pelos pais do Mané, pelos documentos do Mané, pelo contrato do Mané.

O Professor Tuta disse que o Mané era muito novo, que ele, o Mané, devia ter apenas uma autorização dos pais, quer dizer, da mãe, já que ele, o Mané, falava que o pai dele era o Renato Gaúcho, mas que, obviamente, o pai do Mané não era o Renato Gaúcho, já que o Renato Gaúcho era louro e o Mané era preto, que se o Mané pelo menos fosse mulatinho, um pouco mais claro, podia até ser, mas não, o Mané era muito preto, mais preto do que o Pelé. O Professor Tuta disse que a papelada, a documentação do Mané, era com o clube, que o clube devia ter tudo direitinho, mas que ele, o Professor Tuta, iria conversar com ele, com o Mané, e explicar tudo. O Professor Tuta disse que a decisão final seria dele próprio, do Mané, mas que ele, o Professor Tuta, via com simpatia a contratação do Mané por um clube alemão. O Professor Tuta disse que o Mané tinha uma origem muito humilde, que o Mané era um dos melhores, se não o melhor, jogadores de futebol que ele, o Professor Tuta, já havia treinado e que ele, o Mané, merecia essa oportunidade de mudar de vida, de se tornar um astro internacional do futebol, na Europa, onde os grandes jogadores de futebol tinham o tratamento que mereciam, ao contrário do Brasil, onde dirigentes sem escrúpulos viviam se aproveitando da ingenuidade de meninos como o Mané.

O Mané aceitou um sundae duplo, cheio de cobertura, castanhas, cerejas, tudo, como sobremesa, e sujou a toalha branca da mesa toda. Até a roupa branca do Herr Woll ficou suja de cobertura de chocolate.

O Professor Tuta disse que o cara que o Mané não sabia quem era e o Herr Woll poderiam contar com ele, com o Professor Tuta, no que fosse preciso e que eles, o cara que o Mané não sabia quem era e o Herr Woll, poderiam passar no Centro de Treinamento Rei Pelé, no dia seguinte, para terem uma resposta definitiva do próprio Mané e, logo depois, poderiam procurar a mãe do Mané para que ela, a mãe do Mané, assinasse os documentos necessários, mas que disso, desse negócio de documentos necessários, ele, o Professor Tuta, confessou, não entendia nada.

265

O cara que o Mané não sabia quem era ainda disse que o Herr Woll queria saber dos estudos do Mané, queria saber se o Mané teria que continuar seus estudos na Alemanha.

O Professor Tuta disse que o clube tinha como política matricular todos os seus atletas jovens na escola, que o Mané estava matriculado, mas que, também, o Mané vinha de uma família muito pobre, que ele, o Mané, era bastante ignorante e mal conseguia acompanhar as aulas, embora soubesse ler e escrever, mal. O Professor Tuta disse que essa era mais uma das razões pelas quais ele, o Professor Tuta, achava que a ida do Mané para a Europa poderia trazer uma grande mudança, uma transformação radical, uma coisa mágica, um conto de fadas, um troço do caralho na vida dele, do Mané. O Professor Tuta era um cara legal, bem-intencionado, uma pessoa que, naquele momento, estava desejando honestamente algo de bom para o Mané. O Professor Tuta era um ser humano sensível, uma rara espécie de gente capaz de desejar o bem ao próximo, capaz quase de amar ao próximo.

Mas não.

A ida do Mané para a Alemanha estava definida.

O Herr Woll, que também era um cara de caráter, um cara que era alemão, um cara que também achava bonito fazer o bem, que ficava sinceramente comovido com as histórias desses meninos pobres da América do Sul e da África que se tornavam príncipes da noite para o dia, cinderelas, sorria.

Dezessete horas e trinta minutos, Texas: BUM.
E eu vou continuar.
Empunhando a espada do Rei da Inglaterra, Mubarak vai continuar.
Sobre a cabeça dos soviéticos, da NASA, Mubarak vai continuar.
Flórida, Cabo Kennedy, o Imperador do Japão, o Samurai: BUM.
Na estrada, empunhando a espada de raio laser, a espada do Samurai, do Rei da Inglaterra, seguido pelas setenta e duas virgens, Mubarak vai continuar.
Meu nome é Mubarak e eu vou continuar.

É setenta e duas, mas podia ser só uma, a mãe, esposa, os amigo que acha eu legal, acha eu amigo e fica fazendo campeonato de botão, os amigo, fazendo punheta sem ficar rindo, uma que fosse essas tudo aí que nem a Renata Muhammad, que joga futebol com eu quando eu chamo ela pra jogar e ela joga sério, joga dando uns toquinho, que faz tabelinha, dá uns toque assim por cima, perfeitinho pra eu chutar assim, bem no meio do pé, chutando assim de revestrés e a bola faz umas curva assim quando eu dou nela com essa parte do pé, assim no meio. E depois fica tudo tomando banho na cachoeira, com o sol que nem fica ardendo por causa dos ventinho que bate e fica elas tudo de cabelinho lourinho assim na perna, assim em volta das bucetinha, tudo sem maldade, ai ai ai, tá com a cara que é tudo uns anjinho e elas sabe falar tudo das coisa do jogo, elas fala das jogada que eu faço, sabe até comé que eu faço no pé, assim, que elas adora futebol. Elas adora tudo que eu adoro, essas coisa de sex, essas coisa das revista de sex, de cuzinho, de ficar lambendo as bucetinha das outra, brincando de ficar dando risinho, de ficar esfregando o pinguelo nas cara delas, aí vai ficando de noite e cai uma chuvinha e nós fica tudo deitado nas rede, perto da fogueira que não molha, que aqui é tudo Paraíso, é tudo que nem mágica, é tudo que nem eu fico pensando, que nem eu fico pensando, na mesma hora. Eu penso assim meio rápido, assim que não dá nem pra ver que tá pensando, eu penso que eu fico ouvindo, que eu fico querendo ouvir elas rindo, umas risadinha assim de amigo, com um calorzinho das fogueira e eu fico pensando, fico querendo que fica frio, com chuvinha fina, e com a fogueira pra dar o calorzinho e a chuvinha não molha a fogueira, mas fica fazendo o friozinho que é pro calorzinho perto da fogueira ficar mais quentinho ainda, as risadinha delas, a pele delas, tudo assim queimadinha do sol nos cabelinho lourinho e aí tudo acontece assim, do jeito que eu queria: uma risadinha, outra risadinha. É tudo o amor. É isso é que é esse amor delas.

O seu Laureano acha que você não devia ir, que você só devia ir mais tarde, quando você ficar firme como profissional. A psicóloga também acha que você ainda tá muito verde, muito novo pra encarar a Alemanha, que, pra você, vai parecer outro planeta.

Mas não.

Agora... Eu acho que coisa que aparece assim, a gente tem que pegar tudo. Não tem regra. No futebol, na vida, não tem regra. As coisas vão acontecendo e a gente vai encarando, vai aprendendo, vai vivendo. Você joga muito e isso vale uma grana. Vale mais grana na Europa que aqui no Brasil. Se você tem chance de começar a ganhar melhor mais cedo, por que não? Você vai aprender é com a experiência. O Pelé mesmo, com dezessete anos, já era campeão do mundo. Você é até mais novo do que o Pelé era naquela época. Você não tem ninguém, não tem nada te prendendo aqui no Brasil, vai lá ver a vida como é que é. Futebol é cheio de cara assim que nem você, cara que você olha e não dá nada por ele, uns cara esquisito, todo torto, um baixinho de perninha curta que nem o Romário, um barrilzinho inchado que nem o Maradona. Não é psicóloga, não é ninguém que vai saber do seu destino, do que que é melhor, do que que é pior pra sua vida. A gente não tem a menor idéia do que é que vai tá acontecendo daqui a um ano, daqui a dez anos. Só vivendo. Mané, foi por muito pouco que eu não te dispensei, você nem ia jogar essa Taça São Paulo. Aí o seu Laureano veio, reparou em você, me deu a dica e eu experimentei. Aí deu certo. Foi só você perder o medo do Fernando. E vê se lá na Alemanha não vai deixar ninguém te assustar. A única coisa que te atrapalha é esse seu medo. Pára de ter medo, que você vai longe. Mas eu já tô falando demais pro meu gosto. Você quer ir pra Alemanha? Quer ganhar um dinheirinho, fazer carreira?

...

Vai pensando aí. Mas, hoje à noite ainda, o seu empresário, esse que te telefonou, que te indicou pro alemão, vai ligar e você tem que dar uma resposta. Eu posso até falar com ele, mas é você que vai ter que decidir. Meu conselho é pra você aceitar. O dinheiro ainda não é muito, mas daqui a pouco vai ser e, pro padrão de um atleta de dezesseis anos, comparado com o Brasil então, é muito, sim. Mas aproveita e vai conversar um pouco com a psicóloga, que vai dar a opinião dela, vai dizer os argumentos dela. Depois, até domingo, esquece tudo e pensa só no Fluminense. É a sua consagração final, antes de ir pra Europa. É pra você deixar lembranças e a gente faturar a Taça São Paulo.

Mas não.

O Mané não tirou conclusão alguma do que disseram o Professor Tuta e a psicóloga. O Mané não entendeu nada. O Mané não decidiu nada. Quer dizer, o Mané, por alguma razão psicológica, por alguma razão inconsciente, perdeu toda e qualquer atração sexual que sentia pela psicóloga, que, inclusive, seria vetada no harém do Mané.

O Mané só ficou pensando no Fluminense, como recomendou o Professor Tuta.

Mas não.

O Mané não jogou nada contra o Fluminense.

Mas não.

A péssima atuação do Mané, contra o Fluminense, não teve nada a ver com a transferência para o Hertha Berlin.

Mas não.

A péssima atuação do Mané, contra o Fluminense, não teve nada a ver com o Fernando.

O Mané não conseguia sentir a raiva necessária para destruir a defesa do Fluminense.

O Mané amava o Fluminense e até comemorou, inconscientemente, o gol da vitória tricolor.

Mas não.

Não foi inconscientemente que o Mané comemorou o gol do Fluminense. O Mané deu até um soquinho no ar, imperceptível para a torcida e para os companheiros do Santos, comemorando mesmo o gol do Fluminense.

É possível que o Mané nem soubesse ao certo o significado de uma competição, de estar jogando no time adversário do Fluminense. O Mané ficou assistindo de perto ao jogo do Fluminense.

Santos? Pelé?

Trabalhar com jornalismo esportivo é assim mesmo. As expectativas de um dia inteiro, de uma semana inteira, podem se pulverizar de uma hora pra outra, sem mais nem menos, sem nenhuma explicação lógica. Vocês não viram o lance do Vanderlei, na Maratona? Quando é que a gente podia imaginar que naquele dia um brasileiro ia ganhar a Maratona? O pessoal do Brasil, a gente, o pessoal do jornalismo, ninguém tava nem dando muita bola pra Maratona. Aí, de repente, teve que sair todo mundo correndo pra lá. Quando a gente já tava comemorando, tentando já arrumar uma brecha pra falar com o Vanderlei depois da prova, aparece aquele mané lá, aquela figura ridícula, e muda tudo. Ficamos na Grécia uns três dias a mais pra cobrir a quase-vitória do Vanderlei. E o Mané, aquele dia, na final da Taça São Paulo, todo mundo esperando pra coroar o cara e ele não fez nada, nem viu a bola, não jogou nada. Claro, ia ficar esquecido que nem esses pelés que vivem aparecendo. Pode ver, pode reparar: o Mané, teve um gol, que ele fez, que ficou passando o tempo todo na televisão, quase um mês. Foi só o Santos perder a final, o Mané não estar num bom dia, pro cara ser esquecido imediatamente. Só apareceu agora de novo por causa desse lance de terrorismo. Mas, de futebol, ninguém mais falou sobre o cara e nem ia falar. Igual ele tem um monte que some na Europa, que acaba jogando na terceira divisão da Irlanda, um negócio desses.

* * *

Eu sempre falei: o viadinho não jogava nada. Não jogou nada na final da Taça São Paulo. E olha que o pessoal aqui da cidade, todo mundo, parou pra ver o jogo. O Mário Telles, que dava pro Mané, que comia, sei lá, quase obrigou o prefeito a fazer feriado pra ver o jogo. Se não fosse verão, época de temporada, era capaz até do prefeito fazer mesmo. Pra ver aquela merda. Eu nem sabia que ele tinha continuado a jogar, que ele tinha ido pra Alemanha. Lá, ele tava jogando bem? Tava porra nenhuma!

"Ele jogava bem, o Muhammad?"

"Não sei. Eu não acompanho futebol. Acho que ele ainda era da equipe júnior do Hertha."

"O Muhammad é muito louco. Você precisava ver as coisas que o Muhammad Mané fala. Acho até que esses agentes secretos que vêm falar comigo nem acreditam nas coisas que eu anoto. O Muhammad fala que está jogando futebol com uma tal de Renata Muhammad, depois, ele fica fazendo sexo com setenta e duas mulheres, debaixo de chuva, mas com uma fogueira acesa. E tem coisas que eu fico até com vergonha de dizer a você, ó Fräulein Que-Não-É-Nazi-Totalmente-Politicamente-Correta-e-Maconheira."

"O que é que ele diz? Pode falar. É algo relativo a sexo?"

"Sexo, maionese, eucalipto. Um nojo."

"Esses turcos têm mesmo problemas sexuais terríveis."

"Ele não é turco, Fräulein Nazi, ele é brasileiro."

"Agora é você que parece alemão. Turco é modo de dizer."

"Fräulein Nazi também é modo dizer, meine Liebe."

"O que o Terrorista Islâmico-Que-Não-É-Turco-É-Brasileiro faz com a maionese e o eucalipto?"

"Nem queira saber. Nem queira saber. Fräulein Extremamente-Democrática-Feminista-Maravilhosa, você devia experimentar desse fumo que você me traz."

"E o que é que você pensa que eu faço, todo dia, quando chego em casa?"

"Ora! Deve ir na reunião dos skinheads."

"Ah, é? Então, acho que não vou ter mais tempo para fornecer haxixe para um músico sul-americano que vem contaminar de doenças tropicais a minha pátria, consumir drogas e sujar as calçadas da Zoo Garten."

"Não!!! Por favor, Fräulein Extremamente-Maravilhosa-Protetora-dos-Imigrantes-e-Maconheiros-do-Brasil!"

"Não me leve a sério. É que estou começando a entender o humor de vocês, porcos da América do Sul."

"Rá rá rá."

Era muito bom jogador, sim. Eu iria experimentá-lo no time profissional, na primeira oportunidade que surgisse. Eu gostaria muito de ver como ele se sairia ao lado de Uéverson e Mnango. Os três já eram muito amigos. Pelo que pude observar, Muhammad Mané se tornaria um grande jogador. Pena que não deu tempo. Não sei o que se passa na cabeça de um jovem como esse Muhammad Mané. Ele era realmente muito bom. Eu notei isso. O nome dele já estava na minha cabeça, para o elenco do ano que vem.

A única coisa que eu vi dele, a nível de jogador de futebol, foi esse gol que passa toda hora. Golaço mermo. Foi porque o cara é brasileiro, jogador de futebol, essas parada, que os cara começa a inventar história pra vender jornal. O cara é moleque, jogava nos júnior desse Hertha aí, time pequeno na Alemanha. Os cara fica botando ele, esse Mané aí, do lado do Pelé, as foto, depois ele com barbicha parecendo o Bin Laden, botaram até o Renato Gaúcho pra ser pai do moleque, porra, o moleque é negão, preto preto, o Renato Gaúcho é louro. Da onde que apareceu essa história? Vamo falar de futebol, vai.

Nem voltou pra pegar as roupa. Olha quanta revista de sacanagem! Caralho! O moleque era punheteiro profissional! Olha a coleção! Olha o cu! Olha o cu da mina! Olha o cu, meu!

O Mané foi pra Alemanha e eu tô indo pro Fluminense. Depois eu encontro ele na Seleção, o retardado.

Eu ia comer a gata. Ela já tava olhando, cruzando a perna toda hora, olhando pro Mané e olhando pra mim com o canto do olho. O Mané todo melecado da comida, todo grudento, com a cara cheia de molho. E a gringa, a gata, toda sorridente, achando lindo o Mané. E o Mané se coçando, meleca pra caralho escorrendo do nariz, e a mulher achando lindo. Aí eu comecei a cuidar do Mané. No começo era só de pena mermo, mas aí eu saquei que a porra da gata gostou, essas parada de mulher, esse negócio de instinto de mãe, saca essa parada? Porra, se o Mané fosse criancinha, vá lá, porra. Mas o Mané também é marmanjo pra ficar, o tio aqui, limpando a boquinha dele. Porra, mas eu limpei a boquinha dele, fru fru fru, guardanapinho, o caralho. Foda foi pra limpar a meleca que não parava de sair do nariz do Mané. Eu mandei ele assoprar a meleca pra fora, botei o guardanapo assim embaixo e mandei ele assoprar. Aí começou a sair sangue. Agora, tu imagina, porra, o Mané ficou parecendo aqueles cara que faz aquelas luta de vale-tudo, cheio de sangue na cara, misturado com molho. Aí veio as aeromoça, os aeromoço e o caralho. E era avião, né? Então, não podia faltar, né?, o Mané vomitou. Nem assim a gata parou de ficar sorrindo. Aí, eu com a aeromoça levamo o Mané pro banheiro, a aeromoça arrumou uma camisa pra ele, a gente jogou água nele do jeito que dava, no banheiro do avião, todo apertadinho. Pena que a aeromoça era mocréia, senão eu comia ela também, que ela tava dando mole. Aí eu voltei pra cadeira junto com o Mané. A gata lá do filme francês já tava no papo. Eu botei o Mané na janela, ajeitei o travesseiro nele, botei o cobertor em cima dele, ajeitei, o caralho. Só faltou beijinho na testa. Aí eu já tava na cadeira do meio, do lado da gata. A gata toda sorridente, toda mamãe-com-papai. Só que é foda, a gata não sabia falar língua nenhuma, nem portunhol. Eu falei portunhol com ela, que eu já tinha jogado Libertadores pra caralho, já dei entrevista pros argentino, pros colombiano, Venezuela, Equador, Peru, Paraguai, Uruguai, essas porra toda. Falei portunhol com ela e ela não entendeu porra nenhuma. Tentei falar rauaiú, que é "como vai?" em inglês, ela falou umas parada que aí fui eu que não entendi porra nenhuma, ela falou umas porra que eu acho que é francês, depois acho que ela falou até alemão, mas naquela época eu não falava nem alemão ainda, que eu tava indo é exatamente pra lá. Falar não dava, não adiantou nada. E ela ficava cruzando e descruzando as perna. Aí eu botei a mão na coxa dela. Ela gostou, que eu vi na cara dela, mas aí ela quis fazer meio que de difícil e tirou a perna, assim, rápido, fazendo aquela cara de bravinha, mas, ao mesmo tempo, com um risinho que ela não conseguia disfarçar, ou nem tava querendo disfarçar, essas parada de ficar medindo, fazendo doce, que nem jogo mermo. Ganhar as gata é que nem jogar mermo. Tem essas parada de ganhar espaço, ir dominando o meio-de-campo. A gente ficou calado, só olhando na cara do outro. Então, pra pegar mais leve, eu peguei na mão dela, alisando de leve. Ela não deu sinal nenhum, mas deixou a mão dela lá. Aí o tempo foi passando, não rolava nada, tava tudo escuro, eu não tinha nada pra perder mermo, não ia dar tempo de mais nada mermo, ou eu pegava, ou eu largava, aí eu botei a mão dela em cima do meu pau. Meu querido, ela tirou a mão rapidinho, chamou a aeromoça, falou nos ouvido dela e a aeromoça levou ela pra outro lugar. Foda-se. Eu tinha que arriscar. Se

272

eu não arriscasse, eu não comia ninguém, eu não jogava futebol na Europa, eu não era rico, eu ia ficar é lá na favela, jogando pelada com bandido. Mas, porra, saca só como é que é, na hora de sair do avião, eu dando uma de babá do Mané, e a porra da gata, a filha-da-puta, passou do meu lado, deu um sorriso, um tchauzinho e ainda botou a língua pra fora da boca, esfregou a língua assim, que nem puta. Porra, era só eu ir correndo atrás dela, era só chegar junto, que eu comia. Mas aí não dava mais, né? Aí a gente já tava chegando em Frankfurt pra trocar de avião, o Herr Woll veio vindo, o Mané, lá, daquele jeito, todo destrambelhado. E a porra do Mané não botou nenhum casaco na bolsa dele. Em Frankfurt, tudo bem que a gente ficou só dentro do aeroporto, que já tem aquecimento. Porra, mas, lá em Berlim, o Mané quase congelou mermo. Ele batia o queixo e não falava nada. Nem comigo, nem com o tradutor que tava com a gente, um português engraçadão, que também não entendia nada que eu falava. Português que os português fala é outra língua, caralho. O cara ficava falando da camisola do Mané, a porra da camisola, camisola pra cá, camisola pra lá. Porra, depois é que eu fiquei sabendo que camisa, camiseta, lá em Portugal, é camisola. Os cara é burro pra caralho mermo. Depois fala que preto é que é burro. Eu não tenho estudo, mas sou esperto pra caralho. E ser esperto não é a merma coisa que ser inteligente? O Herr Woll é que é gente boa pra caralho. Aí ele foi lá e comprou um monte de coisa, um monte de agasalho pro Mané, botou um abrigo do Hertha, que ele comprou lá no aeroporto mermo, botou o abrigo no Mané. Aí o Mané ficou numa boa. É. Numa boa só com o frio, porque o resto, meu camarada, o Mané demorou pra se achar. Demorou, não. O Mané não se achou até hoje. E agora é que ele não vai se achar mermo, né não?

"É coma? Muhammad Mané está em coma?"

"Não. Se estivesse em coma, ele não falaria tanto. Ele não falaria nada se estivesse em coma. Os órgãos vitais estão em perfeito funcionamento: coração, fígado, rins, intestino..."

"Sim. O intestino está funcionando até demais."

"Herr Silva, por favor, preferimos que o senhor fique quieto, que não nos atrapalhe com o seu senso de humor brasileiro."

"Peço desculpas."

"Por favor."

"E o cérebro?"

"Bem... com toda a certeza, o paciente tem problemas de visão e audição. O olho que restou está cego. O paciente até reage ao som, mas pouco. Ele ficou com a audição muito prejudicada, mas isso se deve ao barulho da explosão. A cegueira *e a surdez se devem a problemas nos próprios órgãos, efeito da explosão, não têm nada a ver com o cérebro."*

"É possível, então, que Muhammad Mané sobreviva?"

"Talvez. O paciente pode sobreviver por algum tempo, deste modo, enquanto está ligado a todos esses aparelhos, enquanto ajudamos seu pulmão a funcionar, enquanto o alimentamos artificialmente. Mas a tendência é que os órgãos vitais se desgastem com o decorrer do tempo."

"E a lucidez? É possível que ele pelo menos acorde, que ele, em algum momento, possa conversar com a gente?"

"Acho melhor não contar com isso. Por mais que o cérebro consiga coordenar as funções vitais do organismo do paciente, creio que as informações, a memória, o raciocínio, nada disso funcione mais. Tudo está desorganizado. Isso sem falar nos possíveis danos psicológicos."

"Óbvio. Como é que um sujeito pode acordar cego, sem perna, sem braço, sem pele, sem pênis, e logo começar a prestar depoimento a dois agentes da CIA, como se nada tivesse acontecido?"

"Herr Silva, nós não somos da CIA e, caso o senhor insista em se pronunciar na presença de terceiros, creio que seremos obrigados a romper com o nosso acordo."

"Está claro, Herr Silva?"

"Sim, senhores. Mais uma vez, peço desculpas por minha interferência."

"Foi a última interferência, Herr Silva."

"Claro."

"Uma loucura como a de George Harrison."

"E ele?"

"Esse não tem nada. Clinicamente, ele não tem nada. Aliás, acho que o indicado para Herr Samir Mubarak é uma clínica psiquiátrica, não um hospital. Os enfermeiros reclamam que ele, às vezes, grita muito."

"Essas bucetinha. Tudo rosa, tudo cor-de-rosa. Os cuzinho de amor, com mel, guaraná. Crêidi, Crêidi, dá um americano no prato, dá. E hoje pode botar um beicom também, no meio, assim."

"Essas pequenas vaginas. Todas cor-de-rosa. Os pequenos ânus, com mel, guaraná..."

"Por favor, Herr Silva. Aqui no quarto, não. Tudo o que falamos tem que ficar entre nós. O senhor não falou nada sobre nós aos enfermeiros, falou?"

"Acho melhor parar de fornecer haxixe para o Tomé. Essas pessoas do serviço secreto estão cada vez mais paranóicas, fazendo mais perguntas, querendo saber tudo que os pacientes falam. Eu não sei o que eles falam. Só que o Mubarak

vai continuar. Já o brasileiro, o Muhammad, eu não entendo nada. E o Tomé, que é engraçadinho, na minha opinião inventa essas coisas de sexo que o Muhammad fala. Ele não deveria brincar tanto com esses policiais. Eles podem até não ser da CIA, mas parecem gente muito importante nessa área de informação. Essa história de fumar haxixe com o paciente, ainda mais num caso como esse, que envolve polícia, pode acabar nos prejudicando."

"Eu trago o haxixe mas não fumo com o paciente. No começo, eu achava perigoso e você insistiu. Agora que o Tomé está ficando mais feliz, você quer tirar o prazer dele? Acho que agora é tarde demais. Mas vamos tomar mais cuidado, deixar para fumar de noite, depois das onze, quando eles nunca vêm aqui."

"Comprei um teclado. Vou pedir para o Tomé me ensinar a tocar."

O tempo vai passando e nada. Eu continuo aqui. Pô, eu não tenho nada, não estou doente, não estou com a menor vontade de me picar. Esse visto tá ficando difícil demais. E o Muhammad, o Mané, não diz e não vai dizer nada a mais do que ele já disse. Pra mim, tá na cara que o cara é doidão. Ele e o Mubarak. Eu tenho certeza, nenhum dos dois faz parte de organização nenhuma, os dois são malucos. Uma loucura como a do George Harrison. Rá rá rá rá rá rá rá rá rá rá rá rá rá rá rá rá rá rá rá rá rá rá rá rá rá rá rá rá rá rá rá rá rá rá rá rá...

As trombetas.
Eu vou continuar.

O Mané, que era um adolescente tão primitivo, um menino cheio de problemas psicológicos, uma criança carente e introvertida, não deveria andar com gente como o Uéverson, que é extrovertido, sacana pra caralho.

Mas não.

Depois da atitude paternal do Uéverson para com ele, com o Mané, no avião, ele, o Mané, passou a ter nele, no Uéverson, o único ponto de referência dele, do Mané, lá, em Berlim, na Alemanha.

Mas não.

Depois apareceu o Mnango, que era alguém mais decente do que o Uéverson.

Mas não.

O Uéverson é uma pessoa decente. O Uéverson é só alguém extrovertido demais.

Mas não.

275

Quando chegaram em Berlim, no aeroporto, nem o Mané, nem o Uéverson sabiam da existência do Mnango.

Mas não.

O Uéverson já tinha jogado contra o Mnango, num Brasil × Camarões, pelo Mundial Sub-20.

Mas não.

O Uéverson nunca se lembraria do Mnango naquele jogo. O Uéverson nunca se lembraria daquele jogo.

O Mnango se lembra daquele jogo, mas não se lembra do Uéverson naquele jogo.

Tanto o Uéverson como o Mnango tiveram atuações bem apagadas naquele jogo.

Aí a gente foi no Mercedão do Herr Woll. Quando eu cheguei na Alemanha, eu ainda não tinha comprado o meu carro, que é muito mais caro que a Mercedes do Herr Woll. Agora eu acho que eu sou mais rico que o Herr Woll, mas, quando eu cheguei lá, a Mercedes ainda impressionava. O Mané, então, caralho, abriu os oião, grudou na manga do meu paletó que depois ficou até marca das unha do Mané no meu braço. Eu já tinha viajado pra fora, né? Fui pra esses país tudo da Libertadores, fui no Japão, fui na África jogar o mundial dos júnior, essas parada. Então eu já conhecia um pouco esses país estrangeiro. Mas o Mané não, né? Aí ele ficou lá sem falar nada, assustadão que nem aqueles cachorro de madame que eu falei, assim, tremelicando todo. Mais perdido que paraíba em Tóquio. Esse, o paraíba, era o Raimundo, cearense, o maior paraíba. O Raimundo, quando a gente foi jogar em Tóquio, levou uma vasilha, dessas de plástico, cheia de galinha à cabidela que a mãe dele tinha cozinhado. Acho que foi o Anselmo que falou pra ele que não tinha nada pra comer no avião, que ele ia ficar com fome se ele não levasse nada. Sacanagem do Anselmo. Aí o Raimundo levou a galinha da mãe dele. Na hora que veio as comida, ele deu uma olhadinha assim por cima, não gostou de porra nenhuma e pegou o plástico com a galinha dentro. Aí ele abriu a tampa, caralho, porra, caiu até aquelas porra de oxigênio. As máscara de oxigênio caiu tudo pra baixo com o cheiro da galinha à cabidela da mãe do Raimundo. Burro pra caralho, o Raimundo. Mas o Mané é muito mais burro ainda. Ele ficava tremendo, olhando pela janela, vendo aquelas rua tudo diferente. Tava tudo cheio de neve, que aqui é inverno quando é verão no Brasil, louco pra caralho. E quando o Mané via um negócio mais esquisito, os punk, as turca tudo vestida com aquelas porra que tampa até a cara, essas porra, ele olhava pra minha cara, acho que querendo que eu explicasse pra ele as parada, mas pra mim era tudo novidade também. Eu só não tava que nem ele porque eu também já tinha ido pro Japão, que também é uma porra de um lugar esquisito pra caralho, então eu já tava meio acostumado. Mas aí logo eu comecei a reparar nas gata, umas loura meio maluquinha, essas tipo a Meti. Umas gostosa. Pra puxar papo com o Mané, eu comecei a mostrar as alemã pro Mané, comecei a comentar as bunda, os peito, essas porra, olha aquela lá, olha que cuzão aquela ali e pá pá pá. O Mané gostou que eu vi nos olho dele.

Eram uma loura e uma morena. As duas estavam na frente, na Mercedes prateada.

Mané ia no banco de trás, apalpando os seios volumosos das duas alemãs, que, de vez em quando, olhavam para trás, para Mané, e diziam: "I love you".

Mané desabotoou a blusa da loura, que estava no banco do carona, e colocou sua mão dentro do sutiã dela, alemã loura.

A Mercedes parou num sinal fechado e a alemã morena se virou e beijou a boca de Mané. Depois, a alemã morena beijou a boca da alemã loura.

A morena continuou a dirigir e a loura veio para o banco de trás, onde tirou o resto da roupa, ficando totalmente nua. E a loura tirou toda a roupa de Mané.

Mané lambeu todo o corpo da alemã loura, se detendo um pouco mais na boceta dela, alemã loura.

Depois, a alemã loura chupou o pau de Mané.

A alemã morena já estava desesperada de tanto desejo. Ela, alemã morena, estava sedenta de amor e precisava ser possuída urgentemente por Mané, pelo pau negro, enorme e cheio de veias dele, Mané. Então, a alemã morena entrou por uma das ruas que cortavam o Tier Garten e estacionou o carro. A alemã morena também pulou para o banco de trás e disputou o pau duro, negro, enorme, cheio de veias, de Mané. Primeiro, as duas quase brigaram para ver quem chuparia o pau duro, negro, enorme, cheio de veias, de Mané. Mas, depois, as duas alemãs entraram num acordo e concordaram em chupar simultaneamente o pau duro, enorme, cheio de veias, negro, de Mané. Elas chupavam o pau de Mané, lambiam o pau cheio de veias de Mané e, depois, se beijavam na boca.

A alemã loura, com um movimento rápido e certeiro, sentou sobre o pau enorme, cheio de veias, negro, duro, de Mané e começou a subir e descer, enquanto a alemã morena tratava de se livrar da roupa dela, alemã morena.

As duas, alemãs, loura e morena, se revezavam para cavalgar o pau negro, enorme, cheio de veias, duro, de Mané.

Mané estava com um seio de cada uma, alemã morena e alemã loura, na boca.

Os três atingiram o orgasmo ao mesmo tempo: "I love you"; "I love you"; "I love you"; "Ai ló viú"; "I love you"; "I love you"; "I love you".

Era um garoto muito simpático. Tímido demais, mas muito simpático. Claro, eu vivo disso, eu ganho a vida assim, assessorando os clubes de futebol na contratação de jogadores estrangeiros. E, com o tempo, minha especialidade se tornou os jogadores brasileiros. Digo que assessoro os clubes, mas também, e principalmente, assessoro os jogadores, tanto os adultos como os mais jovens, como Muhammad Mané. Tenho muita simpatia por esse espírito dos brasileiros. Claro que eles dão um certo trabalho. Quando saem de férias, dou a eles dois ou três telefones celulares, para não perdê-los de vista. Mas, quando eles vão para o Brasil, logo desligam os telefones. Há alguns jogadores que chegam a jogar fora os celulares, só para não serem incomodados. E, quando eles vão para o Brasil, nunca se reapresentam na data combinada. Os brasileiros pagam multas altíssimas, têm descontos grandes nos salários deles. Mesmo assim, ficam sempre alguns dias a mais no Brasil. Sempre arrumam uma desculpa. Uma hora é a prima do irmão da cunhada que está doente, outra hora é o cachorrinho da tia da ex-mulher que teve de ser levado ao veterinário. Isso sem falar no Carnaval, nas confusões que eles fazem com as mulheres. Há jogadores que deixam de se apresentar ao clube oficial deles, aqui na Europa, porque tiveram de disputar um jogo entre amigos, sem a menor importância, na cidade pequena onde nasceram. Às vezes, isso me causa alguma ansiedade, alguma dor de cabeça, mas eu acabo perdoando a todos eles, mesmo que isso prejudique um pouco o meu trabalho, os meus negócios. Mas eu acho bonito isso nos brasileiros, esse desapego em relação ao dinheiro. Os jogadores brasileiros são humanos, não são máquinas. Deve ser por isso que eles têm tanta criatividade, tanta capacidade para a improvisação. Por isso eles são artistas da bola. Mas o caso de Muhammad Mané é ainda mais estranho, é diferente dos outros. Desde a primeira vez que o vi de perto, no Brasil, num almoço que oferecemos a ele, para discutirmos a contratação dele, notei que ele era uma pessoa diferente, um brasileiro diferente. Os brasileiros estão sempre rindo, mas Muhammad Mané tinha o olhar triste, nada falou durante o encontro, parecia estar totalmente indiferente ao fato de estar sendo contratado para jogar num time europeu, para o fato de, daquele momento em diante, passar a ganhar um salário muito acima de qualquer dinheiro que já tivesse ganho na vida. Muhammad Mané comeu muito nesse almoço. Depois, no desembarque dele, aqui em Berlim, Muhammad Mané estava com uma camisa muito fina para o nosso inverno. Tive que comprar alguns aga-

*salhos para ele. Muhammad Mané logo se apegou ao Uéverson, que ele só conhe-
ceu pessoalmente no avião, vindo para cá. O Uéverson já veio com um apartamento alugado, um bom apartamento, mas Muhammad Mané, não. Por ser menor de
idade, sem família, Muhammad Mané teve que vir morar no clube, juntamente
com outros três menores que vieram da Croácia. Muhammad Mané também não
conseguia compreender o que o intérprete contratado por nós dizia. O intérprete
era de Portugal e parece que o português falado em Portugal é um pouco diferente do português falado no Brasil. Apenas Uéverson conseguia se comunicar com
Muhammad Mané, que, quando chegou aqui, ainda não era Muhammad, era
apenas Mané, Mané dos Anjos.*

"O Manoel deverá ficar neste alojamento. Aqui há tudo que o Manoel necessita para se instalar confortavelmente."

"..."

"Aí, Mané, porra, bom pra caralho esse alojamento aqui, né não?"

"..."

"Há roupas limpas no armário, aparelho de televisão no quarto, quatro refeições ao dia, assistência médica, sala de recreação com jogos diversos, biblioteca e, a partir da próxima semana, o Manoel terá aulas de alemão com uma
professora especialmente contratada. O Uéverson, é este mesmo o nome do Uéverson? O Uéverson também virá a freqüentar as aulas particulares com a srta.
Schön. Assim está bem para o Manoel?"

"Acho que tá, né, ô Portuga? Agora a gente pode ir pro meu apê? Eu tô can-
sadão, aí."

"Não compreendo."

"Porra, Portuga, você não entende porra nenhuma, né? Como é que vai servir de intérprete pro Mané aí, que também é burro pra caralho?"

"..."

"..."

"Mané, seguinte: tu vai ter que ficar aí, valeu? É que tu ainda é de menor.
Eu vou morar num apê aí que os cara arrumaram pra mim. Mas a gente se cru-
za, falô? Faz aí o que os cara mandarem. Pelo que eu entendi desse portuga aí,
na semana que vem eu e tu vamo ter aula de alemão com uma gringa aí. Tomara que seja gata, né não?"

"..."

"Posso ir agora? Você se comporta direitinho?"

"Eu prometo."

"Porra, então tu sabe falar, né? Mas não precisa prometer nada pra mim, não, que eu não sou seu pai, não, não sou seu tio, não. Depois, a gente vai é cair na night aí. Vamo detonar com essa porra de Alemanha. Você vai ver, todo mundo fala que, aqui na Europa, as gata são chegada num negão que nem nós. Fica esperto aí, que chegou a nossa vez, meu querido. Tudo em ordem?"

"..."

"Então, valeu, Mané. Vamo lá, Portuga."

Certo. Certo. Eu anoto, sim, o que o Muhammad fala, já que ele fala português. Mas, quanto ao Mubarak, os senhores poderiam deixar um gravador comigo, que eu gravo quando ele estiver falando. Ele fala alemão e inglês, que vocês entendem. Quando ele fala na língua dele — árabe? — eu não entendo nada mesmo. Eu já disse que o Mubarak, agora, mudou de discurso. Além de continuar, ele agora está preparando a invasão dos Estados Unidos, ou a hecatombe atômica. "Dezessete horas e trinta minutos, Texas: BUM." É delírio dele. É muita loucura. Uma organização terrorista competente e organizada não deixaria planos tão contundentes nas mãos de um maluco como o Mubarak. Tudo bem que homens-bomba, em geral, já são malucos, mas um sujeito com a loucura igual à do George Harrison... Certo, certo, os senhores não querem a minha opinião. Me consigam um gravador e, depois, os senhores que tirem vossas conclusões.

Ele agora está dando ordens. Não gosto dele. Não acho que ele esteja contribuindo em nada. Não está esclarecendo nada.

Meu nome é Mubarak e eu vou continuar.
Foram os soviéticos, sob o comando do Rei da Inglaterra, que fingiu ser amigo de Mubarak. Foi na Alexanderplatz. O tiro. A perna de Mubarak está destruída. O buraco na perna de Mubarak. Depois, Cabo Kennedy, catorze horas, vinte e dois minutos: BUM. Tampa. TAMPA. Tampa Bay, catorze horas, trinta e oito minutos: BUM. Os soviéticos entram. Mubarak empunha a espada de raio laser. Eu sou Mubarak, meu nome é Mubarak e eu vou continuar. O lado esquerdo de Mubarak está destruído. O Rei da Inglaterra, a NASA: BUM. Eles destruíram o lado esquerdo de Mubarak, mas Mubarak vai continuar. A morte. A morte de Mubarak não é a morte. Mubarak vai continuar. É preciso morrer para renascer. Você, os negros. Você não entende Mubarak. É preciso carne. A carne. Dezesseis horas: carne. Mubarak requer carne. Vitaminas. Veneno. Mubarak vai morrer e vai continuar. É preciso morrer. A espada de raio laser. Ali, Alá, Ali, o tio de Mu-

*barak. A vida na espada de raio laser do tio de Mubarak. E Mubarak vai conti-
nuar. É preciso voltar à Terra Santa, Medina, para a recolocação da perna, para
a recolocação do lado esquerdo. O tio de Mubarak. Mubarak e as setenta e duas
virgens, na estrada da Meca. A perna. A nova perna de Mubarak. Depois, Sonora, México. Os exércitos de Mubarak, os exércitos de Muhammad, os exércitos de
Alá. A NASA, a espaçonave de Mubarak: BUM. Dezessete horas e trinta minutos, Texas: BUM. Vinte horas, Ohio: BUM. Vinte e uma horas, Colorado: BUM.
Catorze horas, vinte e dois minutos, Tampa Bay: BUM. Catorze horas, trinta e
oito minutos, Flórida, Cabo Kennedy, NASA: BUM. Vai nascer a fábrica de estofamento de mísseis de Mubarak: BUM. Mubarak é louco. Eu sou louco, mas é
uma loucura como a de George Harrison e Mubarak vai continuar: BUM.*

Não. Não há coerência, não tem lógica. São dois loucos, tanto Mubarak
como Muhammad Mané. Por mim, os americanos podiam levar os dois. Fazer
o que quiserem com os dois. Estou muito cansado.

*É só o amor que ainda me faz ter esperanças. Amo Muhammad Mané, mas
Muhammad Mané não está mais neste mundo e, creio eu, no mundo onde está Muhammad Mané, não há espaço para mim.*

Tem, sim, Crêidi. Tem mais guaraná, tem mais vinho, esse vinho bom que
ninguém fica bebo, pode beber, sim. Crêidi, você é minha esposa, virgens, você
é princesa desse Paraíso, é rainha, é mãe. Pode pegar, come mais um bife, tem
mais maionese, batata frita, fica gostoso, tem os coco caindo da árvore, tudo pra
refrescar as minha princesa. Depois, a gente nada sem ficar cansado, a gente
joga futebol também, faz os gol da Copa do Mundo e vai fazer sex, vai brincar
de ficar lambendo, nós tudo. Você, elas tudo, eu, que agora pode, é prêmio do
Alá. É tudo prêmio porque antes eu não trepei ni nenhuma, não bebi nada de
álcool, não fiz nada que não pode. Eu só vi os filme do Jeipom porque eles mandou, eles queria bater ni mim, aí o Alá deixa, o Alá não acha ruim, não. Antes
eu não sabia, ninguém falou que tem Alá, que o Alá é o Deus. Antes, eu só achava que tinha o Jesus, o Deus lá da igreja que tinha os padre, que tinha o padre,
que fazia missa quando morria os pessoal que era atropelado na estrada. Agora,
não. Não tem mais estrada, não tem mais aqueles índio que fica andando no
meio da estrada pros carro atropelar, não tem mais morto. Ninguém morre mais
nunca mais. Aqui. Que nem o Hassan falou. Que nem o Uéverson disse nos pa-

pel do Hassan, nos papel do Maister que o Abud fez. Pode vim, Crêidi, deixa eu dá um beijinho ni você, um beijinho nos peitinho, assim, outro assim na boca, bem lambido, que tem esse gostinho de mixirica, isso. Depois vamo comer mais americano, vamo beber mais guaraná, vamo fazer mais esses negócio de sex, esses negócio que nós faz, nós tudo, você e as outra. Vamo trepar na Fraulaim Chom?

Os três croatas que dividiam o alojamento com o Mané eram gente fina, ótimas pessoas. E o Mané poderia logo ter feito amizade com eles, com os três croatas: Viktor, Maurice e Peppino (filho de italianos).

Mas não.

Quando Viktor estendeu a mão para um cumprimento, falando, em inglês: "Prazer. Meu nome é Viktor", o Mané baixou a cabeça, olhou para o chão e não estendeu a mão.

"..."

Viktor, Maurice e Peppino tentaram se comunicar de todas as formas possíveis.

Mas não.

"..."

Os três croatas estavam orgulhosos por dividir o quarto e jogar no mesmo time que um brasileiro negro, com quem sonhavam realizar grandes partidas.

Mas não.

"..."

Depois de uns quinze minutos de mímicas, sorrisos, tentativas de falar em italiano e até em espanhol, que Maurice arranhava por ter treinado alguns meses nos juniores do Valencia, na Espanha, os croatas chegaram à conclusão de que o Mané era antipático, estrela, que ele, o Mané, se achava melhor do que os outros, só porque ele, o Mané, era brasileiro.

Mas não.

O Mané apenas estava mais perdido que paraíba em Tóquio, que ubatubano em Berlim.

Viktor e Peppino acham que era arrogância. Eu acho que era timidez, uma timidez doentia. Em um ano, mais ou menos, Mané, Muhammad Mané, nunca conversou com a gente. Nem em campo ele falava. No primeiro dia dele aqui, Mané se deitou na cama e ficou olhando para o teto, com os olhos arregalados. Jogando, ele era muito bom, embora tenha demorado para se soltar, para mostrar o que sabia. Na verdade, ele só começou a demonstrar um bom futebol quando fi-

cou amigo do Hassan, que, do time de juniores, era o único com quem Mané se relacionava fora de campo. Não sei por quê, já que um não fala a língua do outro e Mané nunca aprendeu a falar alemão, mesmo com as aulas da Fräulein Schön. Não sei como ele, Mané, conseguia freqüentar a igreja dos turcos, quer dizer, dos muçulmanos. Ele chegou a se converter ao islamismo, mesmo sem compreender o que eles, os turcos, os muçulmanos, falavam.

Ele só queria saber de três coisas: comer, assistir televisão e se trancar no banheiro. Às vezes, o Manoel, Mané, Muhammad Mané, passava horas trancado no banheiro. Acho que ele não gostava da nossa companhia, era muito cheio de si, só porque era brasileiro. Nos dois ou três primeiros meses, Mané não desligava a televisão nem para dormir. Não sei nem se ele dormia, já que, quando eu pegava no sono, ele ainda estava com os olhos vidrados na televisão, sempre vendo filmes em preto-e-branco. Ou então filmes eróticos, desses que passam de madrugada. Quando eu acordava, a televisão ainda estava ligada e Mané já estava no banheiro. Eu não me importava, mas Maurice e Peppino começaram a se incomodar com o barulho da televisão, que ficava no teto, bem no meio do quarto. Pedimos ao Mané que deixasse o volume um pouco mais baixo, mas ele não entendia nada do que a gente falava. Ou fingia que não entendia. Então, um dia, o Peppino diminuiu o volume da televisão sem perguntar nada ao Mané. E ele, Muhammad Mané, não se incomodou com isso. Nem quando nós passamos a tirar todo o volume da televisão, toda noite, a partir da meia-noite, ele reagiu. Claro, como ele não entendia a língua alemã, para ele o som não importava. Ele ficava lá, com os olhos arregalados.

Nós ficamos muito entusiasmados quando Muhammad Mané chegou aqui, no começo do ano passado. Para nós, sempre houve esse mito sobre os brasileiros. Principalmente por causa do futebol. Mas não era só isso. Há esse mito sobre a alegria dos brasileiros, a música, a mistura de raças. E Muhammad Mané, para nós, representava isso. Queríamos ser amigos dele de qualquer maneira. Queríamos que ele nos falasse sobre o Brasil. Queríamos ser parceiros dele, dentro e fora do campo. Nós passamos a nos sentir mais importantes por jogar no mesmo time que um brasileiro, ficávamos imaginando os lances geniais que faríamos em campo. Uma vez, nos disseram que nós, croatas, éramos parecidos com os brasileiros, tínhamos o mesmo tipo de humor dos brasileiros. Enfim, estarmos ao lado de um brasileiro nos daria status. Mas, com Muhammad Mané, não aconteceu nada disso. Ele era arrogante, não se relacionava, se achava superior a todos nós. Nunca conseguimos nos integrar com ele. Fomos nos apresentar a Muhammad Mané e ele não disse uma palavra. Fora isso, Muhammad Mané não era nem um pouco alegre. Ele é uma pessoa muito triste. Parecia um autista, com os olhos vidrados na televisão sem volume. Jogamos juntos e, depois de algum tempo, realmente ele mostrou ser um excelente jogador. Mas jogava sozinho, individualista, com muita habilidade. Nós três, croatas, e os alemães, na verdade nunca participávamos muito das jogadas que Mané, Muhammad Mané, criava. Só Hassan conseguiu se aproximar dele, conseguiu trocar passes com ele. Só os dois é que criavam as jogadas de ataque, as jogadas de gol. Mais o Muhammad Mané do que o Hassan. Nós, os croatas, fechávamos o meio-de-campo, os alemães fechavam a defesa e Muhammad Mané, juntamente com Hassan, era o criativo, era o jogador que ganhava as partidas sozinho. No dia da explosão, eu não entendi direito o que aconteceu. Nós estávamos perfilados no meio-de-campo, saudando a pequena torcida presente no Olympiastadion. Era um torneio preparatório sem importância, coisa de começo de temporada. Iríamos jogar contra os juniores do Hansa Rostock. Quando jogamos em Rostock, no ano passado, Muhammad Mané deu um verdadeiro espetáculo. Acho que ele, ainda este ano, seria promovido ao time profissional. Então, de repente: BUM. Hassan, que estava ao lado de Muhammad Mané, caiu para o lado, com as mãos nos ouvidos. Hassan levou um grande susto. E Muhammad Mané incendiou como se fosse um palito de fósforo. Todo mundo se assustou e saiu correndo, sem direção. Mané, Muhammad Mané, ficou se contorcendo, tremendo, no chão, exalando um cheiro de Döner Kebab, cheiro de churrasco. Foi uma cena impressionante. Sorte. Muita sorte que mais ninguém tenha se machucado.

Era um artefato bem primitivo. Não era exatamente um explosivo potente. Era uma bomba caseira, uma espécie de fogo de artifício, uma caixinha de madeira cheia de pregos e pólvora, coberta por estopa embebida em gasolina. Eu só não consegui identificar o detonador. O terrorista deve ter usado algo como uma pedra de isqueiro, ou outra coisa bem artesanal. Não havia nenhum componente eletrônico. A bomba que explodiu no ônibus, em frente à embaixada dos Estados Unidos, era parecida, sim, com essa do Olympiastadion, só que bem mais potente, com mais pólvora. O tamanho dela devia ser maior. A diferença principal é que essa bomba era uma bomba-relógio. Foi usado um timer de geladeira para controlar o tempo. E isso quer dizer que o terrorista Samir Mubarak não estava com a bomba junto dele. No momento da explosão, Samir Mubarak estava perto do ônibus, perto da bomba, mas não colado a ela. A bomba de Muhammad Mané tinha algum tipo de detonador manual. Pode ser que as duas bombas tenham sido fabricadas pelas mesmas pessoas. Só que a do Olympiastadion era menos potente do que a outra. Não seria possível para Muhammad Mané explodir o Olympiastadion, ou mesmo uma pequena parte de sua estrutura, com esse tipo de material. O alcance do artefato era de, no máximo, cinco metros de distância. Mas nem isso. Nem mesmo pessoas que estiveram bem perto do terrorista sofreram alguma lesão mais grave. Essa pequena bomba que explodiu no Olympiastadion, com toda a certeza, estava escondida num cinto, por baixo da cueca de Muhammad Mané, bem na frente. Por isso Muhammad Mané teve toda a genitália destruída.

O Mané não precisava ficar tão nervoso. Afinal, ele jogava melhor do que todos os juniores da Bundesliga, estrangeiros ou alemães. Para o Mané, seria moleza conquistar a vaga de titular, o título de melhor jogador sub-20 da Alemanha, o respeito dos colegas de clube, as mulheres, muito dinheiro, a simpatia dos alemães e a paixão da torcida.

Mas não.

O Mané passou sua primeira noite na Alemanha olhando para o teto. O Mané só pegou no sono quando o dia estava amanhecendo e dormiu menos do que meia hora.

Mas não.

Para ele, para o Mané, aquela meia hora pareceu uma eternidade, o suficiente para o Mané acordar sem saber onde estava, para onde ia e quem era ele, o Mané.

Mas não.

O Mané sabia que ele, o Mané, era ele, o Mané. Foi só força de expressão. Mas o Mané, de fato, se esqueceu, por alguns minutos, segundos, da viagem para a Alemanha, daquele alojamento, daqueles três caras, Viktor, Maurice e Peppino, que estavam dormindo no mesmo quarto que ele, o Mané.

Como ele estava chegando naquele dia e era novato aqui no Hertha, além de ser a grande promessa vinda do Brasil, eu preparei um café-da-manhã especial, com muitas frutas. Pus várias bananas na mesa, para que ele se sentisse em casa. Muhammad sentou à mesa, ficou observando por algum tempo e não tocou nas bananas, nem em nenhuma outra fruta. Só depois de quase uma hora calado, olhando para a mesa, resolveu pegar meia fatia de pão com um pouco de manteiga. E não comeu mais nada. Demorou algumas semanas para que Muhammad demonstrasse aquele apetite extraordinário que ele tem. Mas, nos primeiros dias, ele comeu muito pouco, não falou com ninguém... Bem... ele nunca falou com ninguém aqui. Só com o Uéverson, que aparecia de vez em quando. Os dois são brasileiros, não é? Muhammad era mesmo brasileiro? Estranho.

* * *

Porra, eu sempre fui legal pra caralho com o Mané. Só naqueles primeiros dias é que não deu pra visitar ele, né? A gente ainda nem era amigo mermo. Só teve a parada no avião, que eu ajudei ele, aquela parada. Mas, porra, a gente tem que passar por um período de adaptação quando chega assim num país estrangeiro, ainda mais na Alemanha, que os cara são tudo meio diferente e alemão é difícil pra caralho de falar. Então, eu demorei um tempo pra ir lá no alojamento que o Mané fica, ficava, que lá só tinha os moleque, não era nem muitos, só aqueles cara, os russo, polonês, aquelas porra de Iugoslávia, essas porra, Croácia, essas porra.

"Bom dia."
"Bom dia."
"Como vai?"
"Bem."
"Por que, de um tempo para cá, você não fala direito comigo?"
"É impressão sua."
"Não é, não. A primeira vez que eu vim aqui, você estava tocando trompete, conversou comigo, foi simpático. Agora, você só resmunga, não fala nada além de 'bom dia, boa tarde, até logo'."
"Mechthild, eu não posso ficar conversando muito, nem com você, nem com nenhuma outra pessoa."
"Mas por quê?"
"Oh! Meu Deus! Mas que fique entre nós, por favor."
"Claro. Você pode confiar em mim."
"Você se lembra da primeira vez em que esteve aqui, conversando comigo?"
"Lembro. Você estava tocando trompete e nós conversamos bastante."
"Pois é. Você sabe, obviamente, que o Mané cometeu um atentado terrorista, que ele é um homem-bomba, não é?"
"Sei. Mas não acho que ele seja terrorista, que ele tenha feito isso para machucar alguém."
"Certo. Tudo bem. Eu também tenho uma opinião sobre isso. Eu também acho que o Muhammad Mané não é ligado a nenhum grupo terrorista e que, se ele for, você não sabe nada a respeito. Ou sabe?"
"Não. Eu não faço a menor idéia do porquê desse ato tão radical."
"Pois é. Mas como ele fez o que fez, seja lá qual for o motivo, isso gera muita confusão. A polícia vem aqui a todo momento. A polícia, não. Na verdade são

pessoas ligadas a algum serviço de inteligência, talvez até ligadas à CIA. E eu também tenho alguns problemas com a lei. Meu visto de permanência, aqui na Alemanha, está vencido e eu posso ser extraditado a qualquer momento. E eu detestaria que isso acontecesse.”

“Eu também. Eu ainda gostaria de ver você tocar de verdade, fazendo um show aqui em Berlim.”

“Mas você também prestou depoimento à polícia, sobre o caso do Mané, não foi?”

“Sim, foi.”

“E falou sobre mim também, não é?”

“Não.”

“Eu acho que falou.”

“Talvez. Se eu falei, foi rapidamente. Com toda a certeza, você não foi o assunto da nossa conversa.”

“Você disse a eles que eu era simpático, inteligente, engraçado.”

“Disse?”

“Você disse, sim. Muito obrigado pelos elogios, mas acho que esses elogios só prejudicaram a minha vida.”

“Mas qual é o problema de elogiar você para os policiais? O que foi que eu fiz de errado?”

“Não foi você quem fez, não. Eu é que fiz.”

“Fez o quê? Não estou entendendo aonde você quer chegar. Poderia ser um pouco mais direto, mais objetivo? Daqui a pouco termina o horário de visitas.”

“É o seguinte, Mechthild: os policiais não querem que eu converse com as visitas do Muhammad, do Mané. Eu fui conversar com você, dar muita abertura, e eles reclamaram.”

“Mas o que é que tem de mais você conversar comigo? Por acaso você é terrorista também? Você está preso? Por que você está internado aqui?”

“Agora é você quem vai me interrogar? Meu Deus! Não, eu não estou preso. Eu usei heroína por algum tempo. Tive uma overdose e me trouxeram para cá. Agora estou limpo, mas tenho que me comportar como eles querem, se não, vou ser extraditado.”

“Mas você só conversou comigo. Qual é o problema? Qual é a ligação entre você e o Mané, além do fato de serem os dois brasileiros? Qual é esse segredo que eu não posso falar com ninguém?”

“Não tem segredo. Só que os policiais disseram que eu não poderia conversar muito com você e eu não posso arriscar.”

“Mas eu não posso falar nada com você? Assunto nenhum? Nem generalidades?”

“Pode, Mechthild. Isso é que eu queria explicar a você. Pode conversar, sim.

Só não pode é dizer a eles que você conversa comigo. Nem ficar me elogiando para os policiais."

"Ah! Então está certo. Não falo mais nada. E não elogio mais."

"Obrigado."

"Mas... e o Mané? Como vai o Mané?"

"Agora ele está calado. Faz uns dois dias que o Muhammad não abre a boca. Mas, quando ele fala, só fala de sexo. O Muhammad tem umas preferências sexuais muito estranhas."

"Que preferências? Quais são as preferências dele? Como você sabe das preferências sexuais dele? Ele falou o meu nome?"

"O seu nome? Não. Acho que o seu nome é muito difícil para ele pronunciar."

"É? Por quê? É mesmo. Não me lembro dele falando o meu nome."

"Mechthild não é um nome muito fácil para um brasileiro meio ignorante, como esse Muhammad, falar. Mas você não é namorada dele? Como é que você pode namorar alguém que não sabe nem o seu nome?"

"Você nunca vai compreender. O Mané é ignorante, é? Por quê? Como você sabe?"

"Pelo jeito como ele fala, dá para perceber. O Mané comete muitos erros de português, se articula mal, tem um vocabulário típico de alguém que nunca freqüentou uma escola. No Brasil, os jogadores de futebol são assim mesmo. Normalmente eles são pobres, vêm de lugares muito pobres. Você já ouviu falar das favelas, não é?"

"O Mané veio da favela, veio?"

"O Mané, especificamente, eu não sei se veio da favela. Mas, pela ignorância, com certeza veio de algum lugar muito pobre."

"Que lindo! E as preferências sexuais dele? Você não me disse quais são."

"Ih, Mechthild... Eu fico até com vergonha de falar a você, que é namorada dele... Não sei..."

"Fale. Pode falar. Em termos de sexo, eu conheço tudo, já fiz de tudo."

"É? Você não é nova demais para já ter feito de tudo em termos de sexo?"

"Ora, idade! Pode ter certeza de que eu sou uma mulher formada, experiente. Gosto de conhecer outras culturas e não há nada mais revelador sobre a cultura de um homem do que a forma como ele faz sexo."

"É, não é? E maionese? E setenta e duas mulheres com cheiro de eucalipto na, no, na, no, na parte traseira, no, vamos dizer, como eu vou dizer?"

"No cu?"

"Mechthild, garota, você é direta mesmo. Pois é, o Muhammad..."

"Mané..."

"Isso. O Mané passa maionese no, na parte de trás..."

"No cu..."

"Isso. Ele passa maionese nas mulheres e lambe, e tudo tem cheiro de eucalipto, e ele joga futebol com as mulheres nuas e manda uma mulher fazer sexo com a outra, e tem um cheiro de merda misturado com cheiro de mato que ele adora, e ele acha que as mulheres são os amigos homens dele e, ao mesmo tempo, a mãe, as mães dele, e ele enche as vaginas das mulheres com comida, mais maionese, tudo muito gorduroso, com um vinho que não embebeda, uma loucura..."

"Só isso? Não vejo nada de mais nisso. Claro, o tipo de comida não é o meu favorito, essas coisas gordurosas. Mas sexo com sorvete, frutas, chocolate, champanhe, eu até que gosto. Ou então com batida de coco. Adoro batida de coco. Batida de coco não é fabricada no Brasil, em Copacabana?"

"Copacabana? Não, Mechthild. Com toda a certeza, não."

"Na propaganda eles dizem que são os verdadeiros cocos de Copacabana. Mas nada disso me assusta. Desde que seja feito com amor. Amor também não precisa. Mas tem que ter algum tipo de sentimento. Aí, vale tudo entre quatro paredes."

"Mas e esse negócio de fazer sexo com a mãe?"

"Complexo de Édipo. É tão comum isso. Nós, as mulheres, as namoradas, sempre representamos, de uma forma ou de outra, o arquétipo da mãe. Muito natural."

"Certo. Certo. Você é mesmo uma garota muito aberta. Mas e o cheiro de merda que o Muhammad gosta na hora de fazer sexo?"

"É que aqui não cheira muito bem, não. Então, Tomé — é Tomé o seu nome, não é? —, o cheiro do mundo exterior penetra no subconsciente do Mané, que o insere em seus sonhos."

Adolescente é foda: aprende meia dúzia de lugares-comuns sobre psicologia e já se considera o próprio dr. Freud. No caso dela, dr. Jung. Ela não falou em arquétipo? Mas não é por nada, não: eu comia. Se der mole, eu como.

"Você entende mesmo de sexo e psicologia, Mechthild. Só que o cheirinho de merda deste quarto aqui é produzido pelo seu namorado mesmo. E nós não costumamos reparar no nosso próprio cheiro. Não é mesmo?"

"Até você que é brasileiro também é racista? Fala isso só porque o Mané é negro."

"Que é isso, Mechthild? Não tem nada a ver com a cor dele. É que ele está todo arrebentado, deve ter perdido o controle do esfíncter e não pára de defecar. A Fräulein Muito-Simpática-Politicamente-Perfeita-Defensora-das-Mulheres-e-das-Minorias-em-Geral o chama de Türkenschwein."

"Quem chama o meu Mané de porco turco?"

"A *Fräulein Extremamente-Defensora-das-Minorias-Femininas-Oprimidas-pelos-Muçulmanos-Opressores-das-Mulheres-Que-Não-São-Turcos-Mas-Aqui-na-Alemanha-Turco-Árabe-Palestino-e-às-Vezes-até-Mesmo-Sul-Americanos-de-Pele-um-Pouco-mais-escura-É-Tudo-a-Mesma-Coisa.*"

"*Quem?*"

"*A enfermeira. Quer ver? Fräulein Que-Não-É-Nazi, Fräulein Que-Não-É-Nazi, o Türkenschwein está fedendo, todo cagado, você pode vir até aqui?*"

"*Ah! Tomé! Você vai chamar uma enfermeira racista logo agora que eu estou aqui?*"

"*Ela vai deixar o seu namorado mais limpinho, mais cheiroso. Aí, você aproveita e vê como ficou a pele dele, o não-pênis dele.*"

"*...*"

"*Me desculpe, Mechthild. Acho que a piada não foi muito engraçada, não. Às vezes, eu erro na dose.*"

Eu comia mesmo.

"*Eu não suporto essas meninas. Essa aí, então!!! Ela acha que é a dona da sabedoria multicultural. Olha para mim como se eu fosse uma skinhead, mas quem tem que limpar a merda do namorado dela sou eu. Se ela é namorada do Muhammad, tem intimidade com ele, ela podia limpar o sujeito de vez em quando, trocar esses curativos dele. Fedelha. Putinha. Uma hora dessas, vai acabar se dando muito mal na mão de um fanático turco desses aí. Quer dizer, pelo jeito, já se deu mal.*"

"*A Fräulein Que-Não-É-Nazi está com ciúmes?*"

"*Ciúmes de quem? Desse turco fedorento? Por mim, já podia ter morrido. Não vejo sentido algum em manter vivo um paciente desses, que não tem o menor respeito pela vida humana, nem pela própria vida. Veja o estado dele, Tomé. Se fosse com você, você gostaria de ser mantido vivo, em carne viva, sem perna, sem braço, cego, surdo? Por que não deixam que ele vá logo para o Paraíso? Não foi com essa intenção que ele fez o que fez? O Paraíso, as virgens...*"

Elas é tudo tão irmãs, tudo tão amigas! E irmãs deu também e amigas deu também. Olha que bonitinho elas brincando, correndo na areia, tudo peladinhas nesse sol que não deixa nós ficar suado, que não queima, não descasca as pele delas que é tudo branquinha sempre, tudo que nem que eu gosto que tem que ser. Quando elas briga é só de brincadeira, na hora de fingir que tá brigan-

do pra ficar com o meu pinguelo na boca delas e elas fica brigando de brincadeira, rindo, olhando pra mim pra ver se eu tô gostando da brincadeira e elas
fica dando beijo nelas mesmo, uma dando beijo na outra sem ser mulher sapatão, é só mulher que tem amor, que é amor, que é esse amor que eu tenho nelas,
que eu dou pra elas e elas me ama. Aqui é tudo amor, que nem aquelas coisa do
Jesus que fala desse negócio de amor que a gente tem que ter. Só que ele, o Jesus, é tudo mentira, é tudo história que o padre fica contando que é pra nós acreditar nesse negócio de padre, de Jesus, esses negócio que é tudo mentira, esses
Deus que é Deus que eles inventa, que não é o Alá, porque o Alá, ó, o Alá agora eu sei que é o único de verdade, o único que dá um Paraíso assim tão bom
que nem esse com essas esposa que me ama, que nunca tem briga, que nunca faz
cara ruim pra elas mesmo, nem pra mim. Elas, essas aqui, essas minha que é setenta e duas, que não dá nem pra contar, que é qualquer uma que eu penso,
qualquer uma da novela, qualquer uma dos filme, da revista, as mais bonita que
tem, essas que aparece na televisão de noite, tudo gringas, tudo americana, menos as alemã e as brasileira que nem a Renata, que nem a Martinha, que nem
aquela das novela que tem aquelas dança dos Marrocos que elas fica rebolando.
Elas não precisa brigar porque tem tempo, porque não tem tempo assim que fica
marcando, que aqui não tem tempo e é sempre o tempo que eu quero, aí não
precisa ficar esperando pra acontecer as coisa boas, que elas acontece na hora
que eu quero na mesma hora. Então elas gosta de mim, elas ama eu, todas, mas
não briga, porque sempre tem tempo. Que não existe tempo, que quem inventou esse negócio de tempo foi os gringo, os americano, só pra atrapalhar o Alá que
o Alá não tem nada disso, não. Não tem nada desse negócio de tempo que acaba, não. Não acaba nunca, o tempo.

A Ute ficou foi com ciúme da Mechthild. A Ute é foda, toda contraditória.
Fala mal do coitado do Muhammad, mas foi só chegar a dona dele, que ela logo
fica ouriçada.

*"Ute, meu amor, eu te amo. Você é a enfermeira que sempre povoou minhas
fantasias mais secretas. Quando é que você vai me trazer outro baseado daqueles?"*
*"Sei muito bem que as suas fantasias estão em outra parte. Eu sou mulher e
reparei muito bem no modo como você fica olhando para aquela putinha do Muhammad. Mas eu trouxe um baseado, sim. Mais tarde, quando o corredor estiver
mais tranqüilo, eu te levo lá no nosso esconderijo. Mas eu estava conversando outro dia com o Herbert e ele está um pouco preocupado, achando que essa história*

de fumar haxixe aqui dentro, com todos esses policiais aqui no prédio, ainda pode dar problema."

Pô! Eu acho que a Fräulein Nazi está com ciúme é de mim, caralho. Ela acha que eu estou de olho na Mechthild. Pô! Mas que eu comia, eu comia mesmo. A Mechthild é claro. Sou louco por essas meninas meio bandidinhas, que nem a Rita. Cruz-credo, nem me fala. Chega de roubada.

O Mané era um pretinho magrinho, um pretinho miúdo, um pretinho viado filho-da-puta primitivo que parecia ser menor ainda sentado naquela poltrona enorme, toda estofada, toda anatômica, no meio da sala, cercado por quatro alemães imensos — o Herr Woll, o técnico dos juniores do Hertha Berlin, um diretor do clube e um médico — e um português — o intérprete, o Portuga.

O Herr Woll, com a ajuda do Portuga, tentava arrancar do Mané algumas informações sobre a vida dele, do Mané. Eram informações do tipo grau de instrução, algum histórico familiar, preferências alimentares, necessidades para vestuário etc.

Mas não.

O Mané não entendia nada do que o Portuga falava com ele, com o Mané. O Mané nem percebeu que o Portuga falava a mesma língua que ele, o Mané.

O Portuga falando, traduzindo, e o Mané lá: "...".

O médico do Hertha Berlin queria saber do histórico da saúde do Mané. O médico perguntando, o Portuga traduzindo e o Mané lá: "...". Não deu nem para se saber da contusão do joelho do Mané, quando ele, o Mané, foi atingido no joelho, pelo Humberto, ao conquistar a revista <u>Sex</u>. Mas, pelos exames realizados no Santos e que foram entregues para o Herr Woll nas vésperas da viagem do Mané, não havia nada de errado com a saúde do Mané, nem com o joelho do Mané, que estava totalmente recuperado.

O Herr Woll foi perdendo a paciência e acabou demitindo o Portuga naquele dia mesmo, na frente de todo mundo.

E o Mané lá: "...".

Foi muito difícil, no começo, fazer com que o Mané se adaptasse. Ninguém conseguia falar com o Mané, nem o intérprete que o Herr Woll contratou para os dois brasileiros do Hertha. Acho que o Uéverson, do time profissional, não gostou do intérprete também. O Mané não deu opinião alguma. Mas, se o intérprete não conseguia se comunicar com o Mané, tinha mesmo que ser demitido. Ele ficou desesperado, o intérprete. Olhava para o Mané com ódio, com uma raiva cega. Acho que o garoto tinha, tem, problemas psicológicos. O Herr Woll pensou em contratar um psicólogo para o Mané. Mas como o Mané iria conversar com o psicólogo, se ele não fala a língua? Não ia dar mesmo. Então, claro, começamos pelas aulas de alemão. Temos uma professora de alemão muito boa, a Fräulein Schön. É ela quem dá aulas a todos os estrangeiros que vêm jogar aqui. Pelos primeiros dias do Mané aqui, achei que o Herr Woll tinha errado ao trazê-lo para cá. O Herr Woll é muito emotivo, um apaixonado pelo futebol brasileiro. O Herr Woll vive enlouquecido com os brasileiros que ele traz para jogar na Europa. Ele, quando viaja para a América do Sul, não pode ver um negrinho jogando futebol com os pés descalços que logo acha que está descobrindo o maior jogador da história. O Mané mesmo. O Herr Woll nos telefonou do Brasil, dizendo que o Mané estava sendo considerado o novo Pelé pelos brasileiros. O garoto é, era, muito bom mesmo, muito talentoso. Mas Pelé é exagero. Mesmo assim, na maior parte das vezes, o Herr Woll acerta. Depois, ele fica tentando controlar os jogadores brasileiros dele, espalhados pela Europa. Ele deve administrar a carreira de mais de vinte brasileiros. Na Alemanha, são nove, fora o Mané, que, agora, não volta a jogar nunca mais, dizem. Não sei dizer exatamente como ficou o estado dele depois do atentado, mas, mesmo que o Mané se recupere fisicamente, ele deve passar o resto da vida preso, isso se os americanos, que agora são definitivamente os donos do mundo, não o levarem para Guantánamo, para uma prisão militar deles. Uma pena. Depois de um ou dois meses aqui, o Mané começou a mostrar o quanto ele jogava bem. Mas, nos primeiros dias...

No primeiro dia do Mané em Berlim, no Hertha, ele, o Mané, ficou o tempo todo olhando para o chão. Ele, o Mané, era levado de um lado a outro para fazer exames médicos, comprar roupas, tirar fotos para os mais diversos documentos, regularizar sua permanência, seu visto de estudante (rá rá rá...) etc. O Mané sempre quietinho, sem demonstrar entusiasmo algum, sem criar problema algum.

Mas não.

Havia um problema: a comida.

Para o café-da-manhã, o chefe da cozinha no Hertha Berlin encheu a mesa do Mané de frutas, de bananas. Muita banana. Era uma homenagem aos trópicos, de onde vinha o Mané.

Mas não.

Para o Mané, fruta e lixo era a mesma coisa. Banana, aquela praga que não parava de crescer ao redor da casa do Mané, em Ubatuba, para ele, para o Mané, era comida de morcego, de passarinho, não de gente.

Havia croissant também.

Mas não.

O Mané nunca tinha visto um croissant na vida.

No primeiro café-da-manhã do Mané, no Hertha, ele, o Mané, só comeu meia fatia de um pão mais ou menos parecido com o pão francês brasileiro e um pouco de manteiga.

No almoço, num restaurante caro da nouvelle cuisine alemã, puseram, na frente do Mané, um prato de salada com uma espécie meio estranha de peixe cru e um molho de iogurte com ervas. O Mané comeu meio tomate, que era a única coisa que ele, o Mané, reconhecia no meio daquela comida.

O jantar:

Todo mundo, em qualquer lugar do mundo, conhece e gosta de macarrão.

Mas não.

Quer dizer, sim. O Mané gostava de macarrão.

Mas não.

Molho pesto com fatias de berinjela gratinada era algo incompreensível para o Mané. Se ainda fosse um molho de tomate, ou um bolonhesa...

Mas não.

Era macarrão com molho pesto e berinjela gratinada e o Mané não comeu nada.

Não.

O Mané comeu outra meia fatia de pão com manteiga.

O Mané estava com muita fome quando ele, o Mané, foi se deitar.

Sim, o Mané sabia que o botão onde estava escrito "power" era o botão que ligava a televisão e que o botão onde havia o sinal de +, no controle remoto, era o botão que servia para trocar os canais.

O Mané não entendia de nada.

Mas não.

O Mané entendia de televisão.

O Mané ligou a televisão, pegou o controle remoto, se deitou e começou a trocar os canais, procurando algo.

Mas não.

Havia mais de cinqüenta canais na televisão instalada no quarto do Mané, mas nenhum desses canais era conhecido do Mané. O Mané não achou, em canal algum daquela televisão esquisita, as atrizes, as modelos, as apresentadoras de programas esportivos com as quais ele, o Mané, gostaria de fazer sexo naquela noite em que ele, o Mané, estava precisando muito de fazer sexo. O Mané precisava de inspiração, precisava de idéias para desenvolver um roteiro mental, no qual todos aqueles sentimentos confusos que assolavam o Mané, naquele primeiro dia, pudessem ser traduzidos na linguagem do sexo, da masturbação.

O Mané poderia recorrer à Pamela, à Martinha, à Seleção Holandesa de Vôlei, às cheerleaders do futebol americano.

Mas não.

Nenhuma dessas personagens poderia representar adequadamente essas sensações eróticas que o Mané experimentava ao descobrir esse mundo novo da Alemanha, daquelas mulheres diferentes que ele, o Mané, viu, durante todo o dia, nas ruas de Berlim.

Para o Mané, punheta era coisa muito séria. Para o Mané, punheta era muito mais do que sexo. Para o Mané, punheta era uma forma que ele, o Mané, encontrara para tornar concretos determinados sentimentos. Para o Mané, cada punheta era um plano para o futuro, um passaporte para um mundo onde ele, o Mané, era alguém melhor, era alguém amado, era alguém amando. Por isso, as parceiras sexuais do Mané, em seus filminhos mentais, deveriam ter feições exatas. O Mané, durante a masturbação, tinha que reconhecer cada pintinha, cada detalhe do rosto e do corpo das parceiras.

Mas não.

O corpo nem tanto. Como o Mané não tinha contato visual com o corpo de várias de suas musas, ele inventava e melhorava o corpo delas em sua imaginação. Mas, quanto às parceiras retiradas das revistas e da televisão, essas que se mostravam nuas para ele, para o Mané, ele, o Mané, decorava cada milímetro do corpo delas, das parceiras sexuais do Mané, que eram atrizes e apresentadoras da televisão, que posavam para revistas pornográficas, a Pamela, as cheerleaders, as atrizes dos filmes eróticos que apareciam na televisão nas madrugadas de sábado para domingo e que usavam pompons cor-de-rosa na bunda.

O Mané, refletiu, refletiu, se concentrou e se lembrou da moça que sentou a seu lado no avião, a moça que ficava cruzando e descruzando as pernas, aquelas pernas, aquelas coxas.

Mas não.

O Mané olhou tanto para as pernas da moça, que esqueceu de reparar no rosto. E o Mané não gostava de fazer sexo com mulheres sem rosto.

Mas o Mané se lembrou das duas alemãs, a loura e a morena, que, na véspera, atravessaram a rua, no semáforo, bem na frente da Mercedes prateada do Herr Woll. As duas alemãs, a loura e a morena, usavam roupas muito estranhas, de couro, roupas cheias de soldadinhos de plástico pendurados com alfinetes, roupas bem coladas ao corpo, roupas que definiam claramente as formas dos corpos delas, das alemãs loura e morena, estranhas, botas militares. Quando as duas alemãs atravessaram a rua, bem na frente da Mercedes prateada do Herr Woll, elas, as alemãs esquisitas, olharam para dentro da Mercedes prateada do Herr Woll, olharam para o Uéverson, sorriram, olharam bem nos olhos do Mané, fizeram comentários uma no ouvido da outra, olharam de novo para dentro da Mercedes prateada, sorriram.

Nesse momento, no qual as duas alemãs gostosas, loura e morena, atravessaram a rua, bem na frente da Mercedes prateada do Herr Woll, e olharam bem nos olhos do Mané, ele, o Mané, conseguiu captar a essência dos rostos das duas alemãs, da loura e da morena, decorou cada detalhe das feições das duas alemãs esquisitas, bonitas, loura e morena, e abaixou os olhos.

O Mané foi ao banheiro para pensar, e, quando saiu do banheiro, já encontrou o Viktor, o Maurice e o Peppino sentados nas camas deles, do Viktor, do Maurice e do Peppino.

Os três croatas, sorridentes, mais uma vez tentaram se comunicar com o Mané.

Mas não.

O Mané não se comunica.

O Mané sentia nostalgia da televisão que ele, o Mané, tinha em casa, quando ele, o Mané, era bem criança, cinco ou seis anos de idade. Era uma televisão em preto-e-branco que só pegava um canal. Tarde da noite, de madrugada, a mãe do Mané gostava de ficar assistindo a essa televisão que só pegava um canal, bêbada, fumando um cigarro atrás do outro.

O Mané não gostava do cheiro de pinga, mas gostava do cheiro de cigarro.

O Mané gostava de filmes em preto-e-branco, uns filmes esquisitos que passavam naquela televisão em preto-e-branco. O Mané não entendia aqueles filmes, mas gostava daquele clima — o cigarro, a televisão em preto-e-branco —, principalmente quando chovia muito e fazia barulho no teto de lata.

Mas não.

Em Berlim, não havia teto de lata.

O Mané não fumava. Os três croatas não fumavam.

Mas não.

O Mané achou uns filmes em preto-e-branco naquela televisão onde ele, o Mané, não entendia nada.

Os esqueletos de uns padres, de uns bispos, do papa, no alto de um rochedo à beira-mar. Umas pessoas esquisitas. Um cavalo. Um casal esquisito.

Um cara brincando com dois aviõezinhos, falando sem parar.

Nosferatu, do Murnau. O Mané adorou.

Umas pessoas num bote salva-vidas em alto-mar. De vez em quando, um cara vestido de marinheiro, que devia ser o chefe, o capitão, uma coisa dessas, jogava uma dessas pessoas no mar. Esse cara jogou uma velhinha no mar e, nessa hora, o Mané pensou em Deus. O Mané achava essa história de Deus muito esquisita. Deus não significava nada na vida do Mané. O Mané não sabia por que aquela cena da velhinha sendo jogada ao mar fez com que ele, o Mané, pensasse em Deus.

O caubói solitário, o cavalo, a fogueirinha, o cigarro, as estrelas, aquela musiquinha: a coisa mais linda que o Mané já viu na vida.
Não.
A coisa mais linda que o Mané já viu na vida foi o par de seios da Pamela.

Foi, sim. Eu demorei um pouco para acreditar no futebol do Mané. No primeiro treino dele, nem a corrida ao redor do campo ele fez direito. Ele corria um pouco e, sem mais nem menos, ele parava e ficava olhando para lugar nenhum. Com a bola, ele demonstrou ter habilidade, controle de bola. Mas no futebol é preciso ir além do malabarismo. Os brasileiros são os melhores, mas, por causa disso, os clubes aqui da Europa cometem muitos erros ao trazerem jogadores despreparados para o futebol profissional, só porque esses jogadores fazem alguns truques. Sinceramente, eu achei que o Mané (eu nunca consegui chamar o Mané de Muhammad) era mais um desses. Nesse primeiro treino, teve um momento que o Maurice cruzou uma bola na medida para o Mané cabecear. O Mané não pulou e, quando eu reparei, ele estava com o dedo na boca. Ele estava chupando o dedo. O Mané não tocou na bola, no primeiro coletivo dele aqui. Eu só não falei nada porque confio no faro do Herr Woll para descobrir jogadores na América do Sul. Ele não costuma trazer esses artistas de circo dos quais falei. Além disso, eu sou apenas um preparador físico. Quem sou eu para dar palpites na contratação de jogadores? O Mané não foi nada bem nos primeiros testes físicos, mais um indício de que trazer ele para cá tinha sido um erro. Mas o que estava errado eram os testes, porque, depois, o Mané demonstrou ter um pulmão e tanto e, mesmo sendo magro, pequeno, o Mané contava com uma musculatura perfeita e nem uma grama de gordura. Quer saber? Tirando esportes nos quais a altura é um requisito importante — vôlei, basquete —, o Mané seria um ótimo atleta em qualquer modalidade esportiva. Mas demorou algum tempo para descobrirmos isso.

Todo começo de ano é a mesma coisa. Nós, alemães, ficamos muito curiosos para conhecer os novos estrangeiros que chegam. No começo do ano passado, o pessoal só falava no brasileiro, no Pelé do Herr Woll. Eu, que nunca vi o Pelé jogando, não tinha como comparar. Na verdade, eu duvido até que o Pelé tenha sido melhor que o Maradona. Aquele gol do Maradona contra a Inglaterra, acho que é o gol mais bonito que já vi. Eu vi uns gols antigos do Pelé. Alguns eram bonitos, mas nenhum chegava aos pés daquele gol do Maradona. Mas, claro, eu também sou admirador do futebol brasileiro e jogar ao lado de um deles, de um brasileiro, seria motivo de orgulho para mim. O Muhammad veio treinar juntamente com o Viktor, o Maurice e o Peppino, que são da Croácia. Todos nós estávamos tão curiosos para ver o Muhammad jogando, que mal falamos com os croatas. No primeiro coletivo do ano, os novatos, sejam quem forem, sempre treinam no time reserva, não é? Pois o Hassan, que é um dos melhores entre os titulares, quis treinar com os reservas, só para jogar com o Muhammad. E veja como são as coisas. Por causa do Muhammad, o Hassan ficou esse tempo todo preso. Eu conheço o Hassan. Ele é meu amigo. O Hassan é muçulmano, mas é mais alemão do que nós. O Hassan é patriota, chega a ser ridículo. Quando toca o hino da Alemanha, esteja onde estiver, o Hassan fica de pé, leva a mão até o coração e canta o hino do começo ao fim. E olha que nós, que somos alemães mesmo, temos até vergonha de fazer esses gestos patrióticos. Então... nesse primeiro treino do Muhammad, ele decepcionou a todo mundo. O Muhammad simplesmente ficou parado. Levantaram uma bola para ele quando ele estava livre para cabecear. E ele nem se mexeu. Nem olhar para a gente ele olhava. Só olhava para o chão. Os croatas é que fizeram um excelente treino. Quem viu o Mané no primeiro treino dele, nunca poderia imaginar o quanto ele é bom.

Não só em Camarões, mas em toda a África, os brasileiros são heróis, mitos. Quando eu era criança, a imagem que eu tinha do Brasil era a de um país onde os negros derrotaram os brancos, derrotaram os colonizadores e fundaram uma nação livre, feliz. Teve um tempo em que eu achava que Pelé era um rei de verdade. É que eu tinha uma foto antiga de uma revista, na qual o Pelé estava vestido de rei, com uma coroa na cabeça. Deve ter sido de alguma reportagem onde o Pelé posou vestido de rei só para ilustrar o título de Rei do Futebol, uma coisa assim. Só que eu levei aquela imagem ao pé da letra e inventei uma espécie de super-herói para mim, um super-herói que seria jogador de futebol, rei, inimigo dos brancos opressores. O Pelé era o meu super-herói negro. E eu só vim a assistir alguns gols, algumas jogadas do Pelé, quando eu já morava na Alemanha. Meu pai falava muito do Pelé e falava dele como se fosse um rei mesmo. E como meu pai vem de uma família nobre, cuja árvore genealógica agrega reis tribais, eu também me sentia um rei. Quer dizer, um príncipe. Era normal eu brincar de super-herói com meus amigos. Nessas brincadeiras, um era o Super-Homem, outro era o Capitão América e eu era o Príncipe Pelé. Quando meu pai morreu, me proclamei "Rei Pelé". Bom... me tornei jogador de futebol, sonhando em encontrar um Pelé, um Romário, um Ronaldo, para ser meu companheiro em campo. E quem foi que eu encontrei?

Eu cheguei no treino e o Mnango veio todo sério pra falar comigo. O Mnango tava nervosão, tadinho. Parecia até que eu era alguma porra importante. Ele tava até tremendo, porra. Ele veio todo sério, falando inglês comigo, rauaiú, essas porra. Inglês eu não falo, mas o Mnango até falava espanhol, que parecia portunhol, aí deu pra entender umas palavra que ele dizia. E aí o Mnango ficou querendo ser meu amigo demais, ficou se enturmando, meio de grude comigo. Nesse dia mermo, depois, de noite, o Mnango apareceu lá em casa com uma garrafa de vinho. Porra, eu fiquei até achando que o Mnango era viado. Porra, nove hora da noite e aparece aquele negão na sua casa, de touquinha na cabeça, todo perfumado, com garrafa de vinho, porra. Aí eu deixei ele entrar, né? Mas eu achei esquisito. Fiquei com a pulga atrás da orelha. Mas o Mnango não é viado, não. Ele é é príncipe africano, essas porra, educado pra caralho. É que neguinho muito educado parece viado no começo, quando a gente ainda não conhece o cara. Mas o Mnango ficou falando de futebol só, e do Brasil. Ficava perguntando, querendo saber. Acho que o Mnango achava que o presidente do Brasil era preto, uma porra dessas. Não dava pra entender muito porque podia até parecer portunhol, às vezes, que ele falava. Mas era espanhol. Aí, quando ele foi abrir o vinho, ele falou que o vinho era muito esquisito. Mas não era, não. Era vinho normal mermo. Não sei por que que o Mnango disse que o vinho era esquisito. Não tinha porra nenhuma pra comer e o Mnango ligou pra pedir comida chinesa e o caralho. Não dá pra desconfiar? Porra, eu ficava pensando, como é que um negão desse tamanho pode ser viado? Porra, um negão visitando outro negão, trazendo garrafa de vinho, ligando pra pedir comida chinesa. Aí, quando já era mais de meia-noite, ele foi ficando quieto... Porra, se eu soubesse que o cara não era viado, eu até ia dar mais papo pra ele. Mas, porra, eu fiquei com medo de, uma hora, assim, de repente, o Mnango pegar no meu pau, uma parada dessa. Aí eu fiquei esperto, fiquei na minha, assim meio longe do Mnango, lá em casa. E o cara só queria se enturmar, ficar amigo, aí, saber dessas parada do Brasil, do futebol lá do Brasil, da política, essas porra. De futebol, eu até expliquei pra ele como é que era que funcionava. Mas de política eu não entendo porra nenhuma. O Mnango, não. O Mnango tem essas parada de fazer revolução, de fazer revolução dos preto, da África invadir a Europa, de juntar tudo, os pobre, os país pobre, essas porra. E ele quer que o Brasil seja o chefe desses país pobre. Porra, mas no Brasil não tem nada dessas porra de guerra, de revolução. No Brasil, os cara quer saber é de bunda, de putaria, essas porra. Nem de futebol os cara do Brasil quer saber mais. Futebol agora só na Europa, pode ver. Os craque mermo vêm tudo pra cá. Até eu. Porra, sabia que o Mnango achava que o Pelé tinha sido rei do Brasil? Imagina se no Brasil vai ter rei preto!?! No Brasil, preto, no máximo que chega, é deputado. Rei preto no Brasil só o meu pau, que é o rei da night. Night é palavra de inglês, né não? Agora que eu sei que o Mnango não é viado, ele ficou meu brother. Acho que o Mnango é o maior brother que eu já tive na vida. Gente finíssima o Mnango. Por isso que é legal ser jogador, conhecer esses país diferente, uns cara gente boa que nem o Mnango, que nem o Mané, que é brasileiro mas eu só ia conhecer ele mesmo vindo pra cá. Porra, às vezes eu sacaneio o Mnango, mas é só de sacanagem. Eu gosto do Mnango pra caralho, mas sem viadagem, porra. Só que essas parada de revolução de preto, de brasileiro fazendo revolução de preto... porra nenhuma, porra.

"Herr Silva, acho que o senhor está encrencado."

"Meu Deus, me desculpem. Isso é só haxixe, não tem nada a ver com heroína. Meu Deus, eu estou aqui há meses, não fiz mal a ninguém e a Fräulein, a Ute, estava aqui tentando me convencer a não fumar. A Ute não tem nada a ver com isso. Os senhores não vão prendê-la. Vão?"

"Herr Silva, por mim, por nós, o senhor pode fumar o que quiser. Pode beber, pode cheirar, pode se picar, pode morrer. Nada disso nos interessa. Só que o senhor anda falando demais e nós pedimos sigilo total, não foi?"

Meu Deus, não é possível! A Mechthild me entregou de novo. Eu pedi tanto a ela.

"Não. Eu não falei com ninguém. Pelo amor de Deus."

"Agora o senhor está sob o efeito de drogas. É melhor conversarmos outra hora."

"Não! Não. Eu não estou sob o efeito de nada. Haxixe não é droga e eu mal acendi o baseado. Eu juro, eu não vou tomar heroína nunca mais. Não é nem por problemas legais. É porque eu não gosto de heroína, eu já disse. Foi uma namorada que eu tive, uma namorada aqui da Alemanha mesmo. Foi ela que me influenciou. Agora acabou o namoro e a heroína, não me levem a mal."

"O seu problema com drogas vai ser resolvido pela Imigração. Não nos interessa. Mas agora, pode ter certeza, o nosso trato está cancelado. Não por causa dessa merda que o senhor fuma, mas pela sua boca grande. O senhor fala demais e ainda se acha inteligente."

"Eu não falei nada."

"Falou, sim. Falou com Fräulein Reischmann e falou com Fräulein Fritsch."

"Mas quem é Fräulein Reischmann? Quem é Fräulein Fritsch? Eu não conheço essas pessoas."

"Fräulein Reischmann é a namorada de Muhammad Mané. E Fräulein Fritsch é a sua amiga, aqui, a sua fornecedora de drogas."

"Não! Pelo amor de Deus! Muito pelo contrário. A Ute estava até tentando impedir que eu fumasse este baseado."

"O senhor realmente se acha muito inteligente, não é? Mas o senhor acha que nós somos ingênuos, que não temos nossos meios de obter informações? O senhor acha que nós entregaríamos uma missão como a que entregamos ao senhor sem antes sabermos exatamente com quem estaríamos lidando?"

"Como assim?"

"Nós sabemos tudo o que se passa neste hospital. Estamos acompanhando suas visitas a este banheiro desde a primeira vez que o senhor veio fumar haxixe aqui. Não há como o senhor fazer nada escondido de nós."

"Mas, se os senhores sabem de tudo, por que pediram a mim que ouvisse as conversas dos terroristas?"

"Herr Silva, agora não é o momento para falarmos sobre isso. Será que o senhor não vai perceber que os nossos assuntos devem ser tratados de modo reservado, sem a presença de outras pessoas?"

"Sim, sim. Eu entendo. A Ute não tem nada com isso. Por favor, não a prejudiquem. Ela estava, inclusive, tentando impedir que eu fumasse este baseado. Pronto! Joguei fora. Nunca mais voltarei a fazer isso. Mas, por favor, não façam nada contra a Ute. Eu jamais me perdoaria se a Ute perdesse o emprego por minha causa, por causa da minha teimosia."

"Herr Silva, eu já disse que esse problema seu com as drogas não nos interessa. O senhor não nos interessa, a Fräulein Fritsch não nos interessa, este hospital não nos interessa. O que nos interessa é a segurança da Alemanha, a segurança *do planeta. Para isso, precisávamos muito de sua colaboração, mas o senhor traiu a nossa confiança."*

"Fräulein Fritsch, nós sabemos muito bem que foi a senhora quem trouxe drogas para Herr Silva. Mas fique tranqüila, isso não é assunto nosso. Só que gostaríamos de conversar com a senhora numa outra oportunidade. Vamos chamá-la a qualquer momento."

"Sim, senhores."

"E eu?"

O primeiro treino do Mané no Hertha Berlin:
"..."

"E então, Meti? Você viu o Mané? Como ele está?"

"Nada mudou... E, pelo jeito, não vai mudar."

"Você já desistiu do Mané, Mechthild?"

"Não, claro que não. Mas o estado dele é lamentável. O Tomé, aquele meu amigo brasileiro que está no mesmo quarto do Mané..."

"Meti, eu não conheço, mas não gosto desse cara, desse seu amigo. Eu acho que você quer é trepar com ele. Eu te conheço, Meti. Você não pode ver um brasileiro, que já vai se abrindo toda."

"Uéverson, sexo não é a única coisa que move a minha vida. Se fosse, eu não me dedicaria tanto ao Mané."

"Ah, não, Meti. Você também não é nenhum exemplo de dedicação. Mesmo dizendo que gostava, que amava o Mané, você sempre acabava trepando com algum negro. E é quase todo dia. Você não esqueceu aquele nosso... como é que fala?"

"?"

"?"

"Sei lá como fala. Suruba, sei lá. Você trepou comigo e com o Mnango de uma vez só, ao mesmo tempo, na maior depravação. Você é muito safada, Meti. E agora já está atacando esse cara aí, esse brasileiro maravilhoso, inteligente, artista. Ele é negro também?"

"Não, Uéverson. O Tomé não é negro, não. Nem eu estou atacando o Tomé. Nós apenas ficamos amigos. Ele é o único que entende o que o Mané fala. Então, ele me conta as coisas que o Mané fala."

"O Mané fala?"

"Fala. Quer dizer, delira. O Tomé diz que ele fala muito de sexo. Parece que o Mané tem fantasias um pouco estranhas."

302

"O Mané? Mas o Mané não pensava em sexo. Conheço o Mané há um ano e nunca o vi ao lado de uma mulher. Até quando nós o levávamos a casas de mulheres, ele ficava sentado na mesa, sozinho, bebendo refrigerante, enquanto nós ficávamos com as prostitutas."

"Ah! Mnango, o Mané tinha é medo de mulher. Ele gostava, ele queria, mas o Mané é bicho-do-mato. Uma vez eu quase obriguei o Mané a comer uma, lá no Slumberland, uma amiga da Meti."

"Minha amiga, quem?"

"Aquela putinha, sua amiga. Aquela que vive com aquele tambor para cima e para baixo. Uma que queria ir para o Brasil, estudar numa escola de samba. Putinha igual a você, Meti. Ela queria dar para o Mané. Eu tentei ajudar o Mané, mas ele não quis. Eu é que acabei comendo a sua amiga. E olha que eu estava disposto até a levar o Mané comigo, ensinar na prática como é que se faz sexo. Mas aí achei melhor deixar para outro momento. Muito gostosa a sua amiga, Meti."

"Amiga coisa nenhuma. Eu disse a ela que eu gostava do Mané."

"Mas não aconteceu nada."

"Como assim? Você não acabou de dizer que comeu?"

"Eu comi. Não aconteceu nada foi com o Mané. Ele é que não comeu, não quis comer. Fugiu com medo, como sempre."

"Por isso é que eu amo o Mané. Além de ser lindo, meigo, ele é fiel a mim."

"Fiel a você? O Mané é fiel só ao Hassan, aos turcos, ao mestre deles."

"Vocês dois podiam parar com essa discussão interminável. Mechthild, me fale sobre o Mané. O que vai acontecer com ele? Ele vai se recuperar? O que esse seu amigo do hospital disse sobre ele?"

"Então, Mnango, foi o que eu disse. O Mané continua igual. Ele não reage ao mundo exterior. Segundo o Tomé, o Mané delira muito, fala umas coisas estranhas de sexo, fala coisas da religião dele. Mas o corpo dele está semidestruído. Não dá nem para reconhecer as feições do Mané. E agora é que ele não vai fazer sexo nunca mais. O Mané era virgem, Uéverson?"

"Não sei. Ele falava de uma americana que ele comia lá na cidade dele. Mas é uma história tão absurda, que eu acho que o Mané mentia quando falava nessa tal americana. O Mané falava que comia essa americana e também falava que a americana era a mãe dele. Acho que o Mané nunca fez sexo, não. Mas por que você diz que ele nunca mais vai fazer sexo? O Mané está morrendo, Meti? Mesmo?"

"Morrendo, eu não sei. O Mané fala, grita. Ele não está em coma, eu acho. As pessoas do hospital dizem que ele pode ficar assim durante anos. Mas ninguém acredita que o Mané possa voltar à vida normal, à vida. A figura do Mané, lá, deitado, coberto de ataduras, sem braço, sem perna... Uéverson, o Mané perdeu o pê-

303

nis, Uéverson. O Mané não tem mais pênis, entende? Se ele era virgem, vai continuar virgem para sempre. Eu nunca poderei fazer amor com o Mané."

"Porra! Caralho! Fudeu!"

"O quê?"

"É português. Não dá pra falar em alemão."

"Mechthild, o Mané está sofrendo?"

"Não sei, Mnango, acho que ninguém sabe. Segundo o Tomé, o Mané está sempre tendo relações sexuais nos delírios dele. O Mané, às vezes, geme alto, parecendo que está tendo orgasmos. Mas como isso pode acontecer se ele não tem mais os órgãos sexuais? Como ele pode ter orgasmos, se ele não tem mais um pênis?"

"Os melhores orgasmos acontecem na cabeça, na psicologia. Ou na alma. O Mané pode estar tendo orgasmos na alma."

"É. Não foi para isso que o Mané fez aquela bobagem? Para ficar lá, só comendo as virgens do Paraíso dele? Os turcos não têm isso? Um Paraíso cheio de mulher para esses caras que se explodem? Como é que chama isso, esses caras? Esses que se explodem. Aqueles dois da polícia falaram. Os marcianos. Como é que fala?"

"É mártir."

"Isso. O Mané pode não ter mais pênis. Mas deve estar na maior vida boa, só comendo as turcas do Paraíso."

"Até que você está conhecendo bem o islamismo. Foi o Mané que te ensinou isso, dos mártires, das virgens?"

"Acho que eu é que ensinei para ele."

"Como assim?"

"Eu é que traduzia para o Mané aqueles folhetos dos turcos, esses que falam do Alá, do Paraíso, dos, dos... como é o nome?"

"Mártires..."

"Mas você consegue ler em alemão, Uéverson?"

"É que eu me dediquei às aulas da Fräulein Schön."

Passou umas duas semana pra mim ir lá no Mané, lá onde ele ficava. Aí a gente ia junto na primeira aula com a Fräulein Schön e eu fui lá. Porra, o Mané é ruim de rir, ele tá sempre com aquela cara de triste, né? Cara, na hora que eu cheguei lá, o Mané até riu, até quase chorou quando me viu. Porra, parecia que eu era o pai do Mané mermo. Aquela cara que ele fez é cara de filho, de criança quando o pai chega em casa. Porra, me deu até um negócio no coração e o caralho. Coitado do Mané, porra. Ele tava acabrunhado pra caralho, pior que no avião. O Mané já é magrinho de tipo físico, mermo comendo pra caralho do jeito que ele come. Mas nesses dias, nesses primeiros dias dele aqui em Berlim,

304

o Mané emagreceu pra caralho. Parecia doente. E o foda é que tava frio pra caralho. Os beiço do Mané tava tudo roxo. Ele ficava tremendo. Primeiro eu fiquei puto com os cara do clube. Porra, como é que deixa o moleque passar fome, ficar com aquele jeitão de doente? De roupa, de agasalho, ele até que tava legal. O Mané tava tremendo era de nervoso, de medo, essas parada. E neguinho que não come direito acaba ficando com frio, que eu sei. Fome dá essas porra de tremedeira, dá tristeza, sei lá. Depois eu vi que a culpa não era do clube, que até que tava tentando dar comida pra ele. Mas quem não tá acostumado com o estrangeiro acaba sempre estranhando. E começa pela comida, né? Eu também achei meio esquisito no começo. Mas eu fui logo me arrumando, porra. Tá com fome, é só ir em restaurante italiano e comer macarrão, né não? Ou então come Currywurst, que é cachorro-quente de lingüiça. Essas porra é gordurosa, mas é bom pra caralho. Ainda mais no frio. A gente taca maionese, pede umas batata frita e ó, porra... Mas o Mané não tava era entendendo nada, né? Aí eu passei lá na concentração dele, lá onde ele ficava. Passei lá com o Herr Woll. Eu já disse, né? Que eu sou burro, mas sou esperto. E eu dava um jeito de se virar mermo sem falar porra nenhuma de alemão. O Herr Woll, tadinho, gente boa, queria arrumar um brasileiro pra ser tradutor da gente, do Mané e de mim, mas brasileiro aqui na Alemanha é tudo tranqueira, o resto dos tradutor é tudo portuga, ou então alemão que estudou português em Portugal, que fala tudo esquisito, tudo engraçado. Aí não dá, né? Os portuga fala e dá vontade de rir. Eles fala igual piada. Aí a gente ri, porra. Eu se viro, mas o Mané não, né, porra? Porra, aí o Mané viu eu e o Herr Woll e veio correndo. Ele até falou, porra.

Não tem bife, não tem ovo, não tem maionese, o pão é esquisito, não tem guaraná, não dá pra entender a televisão, os cara fala tudo esquisito, joga futebol tudo esquisito. Eu não mastruço não. Eu prometo.

E quando começa tudo a ficar meio tudo igual, toda hora, esse sol que não é quente, esse ventinho que não fica resfriado, essas virgens, que é esposa, que é mãe, que faz tabelinha, que é os meu amigo também, tudo peladinha de cabelo lourinho nos braço, aí eu fico querendo que as coisa muda um pouquinho, que as coisa fica de outro jeito que é pra aproveitar tudo, que é pra ficar sabendo de tudo que tem no mundo, que tem no Paraíso, que é tudo, todas as coisa aí, essas agora, que é a hora que o céu fica cinza, que fica caindo trovão, que fica caindo a chuva forte, fazendo barulho nas folha das planta, tudo cinza com verde e as minha esposa fica tudo vestida com roupa quente, bem quentinha, uns agasalho bonito que tem na Alemanha, que tem nos lugar que faz frio e elas fica tudo bonita vestida também e dá uma coisa nas pele delas, que fica meio arrepiada, meio geladinha que é pra mim fazer carinho, ficar conversando, ficar vendo televisão, ficar fumando uns cigarro que não tem tosse, que tem cheiro bom, que é coisa de amor, amor de ficar conversando, ficar vendo na televisão filme preto-e-branco que nem precisa entender o que eles fala, porque é filme de sentir, não é filme de entender, porque eu nunca entendo nada, porque eu só fico sentindo, gostando, falando ai ló viú que não precisa nem de sex pra sentir aquela coisa, aquele negócio que sente quando o pinguelo fica duro. É direto eu com a chuva, com os trovão, com as folha das árvore da montanha, com o Alá, com o amor, com as esposa que eu amo, com os amigo que eu amo que fica sendo as esposa porque o Uéverson não pode vim pra cá, porque o Uéverson ficava trepando nas mulher toda sem ser morto, sem ser marte, ele ficava, senão ele vinha pra ser meu amigo aqui também e podia ser o meu pai, que não é o Renato Gaúcho, não, que é mais é o Uéverson mesmo, que cuidou deu no avião, cuidou deu em Berlim, explicou esse negócio do Alá pra mim, das virgens, dessas coisa boa que faz com as esposa, que não é pecado não depois que morre, depois que é marte, que o Alá deixa, que o Alá dá de prêmio que nem se fosse a taça do campeonato. E agora fica chovendo, chovendo, chovendo tão forte, com frio tão bom, que é pra usar esses casaco, esses pano que é gostoso, que eu sinto que elas acha também, que elas tá tudo gostando, tá tudo sentindo esse amor que dá no frio, que dá na chuva, que dá quando tem neve, a lá a neve agora, neve e chuva tudo junto que fica caindo no telhado de lata que eu pedi só com os pensamento pro Alá e ele deu e eu vou ficar assim, só amando, só gostando, só sendo calmo, só esperando sem pressa, sem pressa que antes tinha, que agora não tem mais, esperando a vida toda que é a vida toda que vai ter sempre, sem tempo, não tem tempo, o tempo fica mudando na hora que eu quero, esse tempo que tá ligado direto nas coisa que eu fico pensando com essa inteligência que eu tenho agora, essa inteligência dos marte, essa inteligência dos cara que nem eu, que sabe, que viu, que tem certeza que o Alá é o Deus. E olha a cara da Fraulaim Chom, que bonita, que linda, amando eu.

Era só chegar lá, olhar para as figuras do livro e repetir o que a Fräulein Schön dizia. O Uéverson até estava ali do lado para ajudar a descontrair o ambiente.

Mas não.

Loura, alta, seios fartos, corpo sensual, a Fräulein Schön era bonita demais para que o Mané pudesse relaxar e começar a aprender alemão.

Não.

O Mané não é o tipo de ser humano que aprende uma língua estrangeira. O Mané não é o tipo de ser humano que aprende.

Mas o Uéverson, não.

A Fräulein Schön disse: "Guten Morgen".

O Uéverson disse: "Aftas ardem e doem. Rá rá rá rá rá rá rá rá rá rá rá...".

O Mané: "...".

A Fräulein Schön: "Mein Name ist Schön, Marianne Schön".

O Uéverson: "Hemorróidas idem. Rá rá rá rá rá rá rá rá rá rá rá rá rá rá...".

O Mané: "...".

A Fräulein Schön, para o Uéverson: "Wie heissen Sie?".

O Uéverson, para a Fräulein Schön: "Comé que eu faço pra botar minha pica nessa buceta loura aí, hein, ô gostosa? Rá rá rá rá rá rá rá rá rá rá rá rá...".

O Mané: "... Rá rá...".

A Fräulein Schön: "...".

O Uéverson: "Buceta, buceta, buceta, buceta, buceta, buceta, buceta, rá rá rá rá rá rá rá, buceta, buceta, rá rá rá rá rá rá, buceta, rá rá rá rá rá rá rá rá rá...".

A Fräulein Schön: "Rá rá rá rá... Ich verstehe nichts. Rá rá rá rá rá rá...".

O Mané: "...".

O Uéverson: "Buceta, caralho, cu, sua piranha gostosa, vou comer esse cu aí, alemoa do caralho, rá rá rá, buceta, buceta, buceta, rá rá rá rá rá rá rá rá...".

O Uéverson e a Fräulein Schön, juntos: "Rá rá rá rá rá rá rá rá rá rá rá rá rá rá rá rá rá rá rá rá rá rá rá rá rá rá rá rá rá rá rá rá rá rá rá rá rá rá rá rá rá rá rá rá rá rá rá rá rá rá rá rá rá rá rá rá rá rá rá rá rá rá rá rá rá rá rá...".

O Mané: "...".

O Mané se apaixonou pela Fräulein Schön e nunca mais teve coragem de freqüentar a aula da Fräulein Schön.

Mas o Uéverson, não.

O Uéverson era um cara inteligente, e foi aprendendo a falar alemão numa rapidez surpreendente. Eram três aulas por semana, nas quais o Uéverson e a Fräulein Schön se divertiam muito: "Buceta, rá rá rá rá rá rá rá rá rá rá, buceta, buceta, buceta, rá rá rá rá rá rá rá rá rá rá rá rá rá rá rá rá rá rá rá rá rá rá rá rá rá rá rá rá rá rá rá rá rá, buceta, buceta, rá rá rá rá rá rá rá rá rá rá rá rá rá rá rá rá rá rá rá rá rá...".

Ninguém sabe com certeza, mas parece que o Uéverson andou comendo a Fräulein Schön.

307

"Nós até queríamos ajudar o senhor, mas o senhor não está nos ajudando. Todos por aqui já sabem que o senhor está nos fornecendo informações sobre os terroristas, e isso inibe os potenciais informantes."

"Mas que informantes, meu Deus? Mubarak e Muhammad são loucos. Eles não sabem o que falam, não percebem o que ouvem. Eu alertei os senhores quanto a isso, quando fizemos o nosso acordo. Eu não posso levar a culpa pelo fato de os dois terroristas não estarem acrescentando nada de novo às investigações dos senhores. Eu não estou mentindo. Tudo o que Mubarak e Muhammad falam está anotado no caderno, palavra por palavra."

"O problema não é esse. Quanto às anotações que o senhor faz, tudo OK. O problema é que o senhor está tirando a espontaneidade das pessoas, da Fräulein Reischmann, por exemplo, que, ao saber que o senhor está nos prestando informações, vai tomar cuidado ao falar. Veja o Mubarak..."

"O que é que há com o Mubarak?"

"Herr Silva, o Mubarak, depois que percebeu que o senhor está anotando tudo o que ele diz, tenta nos confundir com esse novo discurso. De onde o senhor acha que o Mubarak tirou essa história de George Harrison? É claro que ele ouviu o senhor dizendo algo sobre os Beatles. É claro que ele percebeu que o senhor gosta dos Beatles, do George Harrison."

"Agora, ele está tentando conquistar a sua simpatia, enquanto se faz de louco."

"Então, os senhores acham que o Mubarak não é louco? Ora, alguém que esteja disposto a cometer um atentado suicida só pode ser louco. Os dois são loucos: Mubarak e Muhammad Mané."

"Eu não gosto de discutir com gente como você..."

"Ah! Agora o senhor me chamou de você. Não é melhor assim? Eu prefiro."

"Me desculpe, foi uma distração. Mas o que eu quero dizer é que o senhor se julga muito inteligente, muito esperto. No nosso ramo, é preciso possuir uma certa humildade, é preciso não acreditar apenas na própria intuição. Este é um trabalho quase científico. Não podemos confiar na mente humana. Uma pessoa pode ser louca em determinadas situações e, ao mesmo tempo, possuir uma lucidez matemática para realizar determinadas tarefas. Esses terroristas são muito bem treinados. Homens-bomba podem ser loucos e inteligentes ao mesmo tempo. Muito mais inteligentes do que o senhor. Fora isso, quase todos esses terroristas já passaram por situações muito difíceis nas vidas deles. É gente que viu a própria família morrer de forma trágica. É gente que perdeu tudo o que possuía na vida."

"Isso sem falar na fé. Muitos deles têm a certeza de que, após a morte, principalmente se a morte for heróica pelo ponto de vista deles, haverá o tal Paraíso maravilhoso que o islã promete."

"Eu sei disso. Todo mundo sabe. Mas crer nesse Paraíso fantástico dos már-

tires já é uma espécie de loucura. O próprio Muhammad Mané, por exemplo. Tecnicamente, o Muhammad nem morreu ainda. No entanto, já está vivendo no Paraíso."

"O que é uma ótima oportunidade para que nós possamos descobrir quem o orientou nesse sentido. O senhor, melhor do que nós, sabe que, no seu país, no Brasil, não há nenhuma tradição islâmica, a não ser por um ou outro imigrante muçulmano, o que não é o caso de Muhammad Mané. Então, quem o introduziu no islamismo, no Alcorão? Quem prometeu a ele esse Paraíso maravilhoso, as mulheres com as quais ele sonha e todo o resto?"

"Ora, ele pode ter conhecido isso em qualquer lugar. Aqui em Berlim, não faltam grupos de muçulmanos, gente distribuindo folhetos nas ruas. Ele pode perfeitamente ter conhecido algum muçulmano que o levou a alguma mesquita, que o apresentou a algum grupo islâmico mais radical, algo assim."

"Claro. Óbvio, Herr Silva. E é exatamente isso que tentamos descobrir."

"Não sei se deveríamos lhe dizer isso, mas nós inclusive já sabemos de um grupo religioso muçulmano freqüentado por Muhammad Mané."

"Então, está resolvido, oras! Basta os senhores irem até esse grupo e prender todo mundo. Eles podem dar aos senhores informações muito mais esclarecedoras do que as minhas."

"O senhor realmente acha que nós somos idiotas. E nós somos mesmo, discutindo com o senhor nossas estratégias."

"Então, não discutam. Eu estava aqui, esperando por algum sinal do que aconteceria comigo, já me conformando com a extradição, com a prisão, ou qualquer coisa do gênero. Foram os senhores que vieram pedir a minha ajuda. Eu ajudei dentro do possível e agora os senhores não querem cumprir a parte que lhes cabe do nosso acordo."

"Meu amigo, o senhor não está em posição de cobrar nada de nós."

"Não estou gostando desse tom agressivo com que o senhor está falando conosco. Não sei mais se devemos interceder pelo senhor junto a nossos colegas da Imigração."

"Mas o que foi que eu fiz de errado? Eu não posso entrar no cérebro dos dois malucos e arrancar informações lá de dentro. Informações que talvez nem estejam no cérebro deles."

"Não é isso, Herr Silva. Quanto às informações que o senhor nos passa, está tudo OK. Mas o senhor não pode dizer a ninguém que está nos prestando esse serviço. É só isso, simples."

"Mas eu não estou dizendo nada a ninguém. Talvez eu tenha comentado algo com a namorada do Muhammad, mas isso só porque ela ficou desconfiada por eu ter ficado mais calado quando ela aparecia. Ela insistiu e eu, provavelmente, acabei deixando escapar alguma coisa. Mas nada de comprometedor."

"Herr Silva, o senhor falou mais do que isso à Fräulein Reischmann. E também comentou sobre nós com a Fräulein Fritsch."

"Mas o que foi que eu disse? Como os senhores sabem o que eu disse?"

"Nós somos especialistas em saber o que as pessoas dizem."

"Claro, claro. E agora? O que eu devo fazer? O que eu posso fazer?"

"Agora, o senhor tem uma última chance. Qualquer deslize, qualquer detalhe, qualquer passo em falso e o nosso..."

"Não, acho melhor desistirmos de Herr Silva. Ele já demonstrou que não podemos confiar nele."

"Uma última chance, última mesmo. Se houver outra falha, temos como colocá-lo na prisão."

"Prisão? Mas, senhores, pelo que entendi, da mesma forma como fui recrutado para informar aos senhores sobre Muhammad e Mubarak, os senhores devem ter gente aqui, entregando informações sobre mim. E, pelo visto, esses informantes estão inventando coisas a meu respeito. Não quero correr o risco de ir parar na prisão. Então, acho melhor rompermos mesmo o nosso acordo. Certo?"

"Escute bem, Herr Silva. O senhor não é ninguém, não é nada, para que fiquemos negociando qualquer coisa que seja com o senhor. Se temos informantes ou não, o que fazemos ou deixamos de fazer, é problema nosso. Está bem entendido? Então, trate de anotar tudo o que os dois terroristas falarem e também de prestar atenção na Fräulein Reischmann, prestar atenção nas reações de Muhammad Mané, quando ela vem visitá-lo. Mas nos poupe de suas opiniões. Queremos apenas os fatos, as palavras pronunciadas por Muhammad Mané e Samir Mubarak."

"E aquele gravador que pedi aos senhores? Seria bom gravar as maluquices do Mubarak, assim os senhores acreditam em mim quando digo que ele é louco."

"Não precisa de gravador, não. O que ele fala, nós sabemos muito bem. Apenas anote tudo e tente prestar atenção nas reações dele. Tente perceber se ele conhece Muhammad Mané ou não."

"Ele não parece reconhecer ninguém aqui ao redor."

"Sim. Mas continue atento."

"E não se esqueça: não vamos admitir que você, que o senhor, fale qualquer coisa sobre nós a quem quer que seja."

"Aliás, evite falar. O senhor fala muito. Vai fazer bem ao senhor descansar suas cordas vocais."

"Mané... É Mané o seu nome, né?"

"..."

"Porra, cumpade, tô falando contigo. Comé que é teu nome? Caralho!"

310

"Mané."

"Então fala direito comigo, porra. Eu não te ajudei lá no avião, quando tu tava se cagando todo do lado da gata?"

"..."

"Eu vi que tu gostou da gata, da francesinha, alemã, sei lá. Tava lá, de olho arregaladão, olhando pras coxa dela. Tu tem essa cara de santinho, mas se amarra numa gostosa, né não?"

"..."

"Porra, caralho. Tu não fala nada mermo, né? Então fica calado, porra. Assim tu não vai agüentar a parada não. Tu não conhece ninguém aqui, não fala alemão, não quer conversar... Porra, meu cumpade, tá achando que é mole? Você é pobre, é preto, é feio, é burro para caralho, não sabe nem falar. A chance que tu tem na vida é essa, sacou? Se não aproveitar, vai se fuder. Os cara aqui seguram tua onda uns três meses e, depois, se tu não mostrar disposição, não se adaptar aqui nessa porra de país, tu se fode mermo. Eles vão te mandar embora, sacou?"

"..."

"Não sacou porra nenhuma. Escuta aqui, caralho. Eu não sou teu pai, não. Não sou teu tio, não. Lá no avião, eu te ajudei foi só pra fazer uma onda com a gostosa das coxa, que essas porra se amarra em cara bonzinho. E tu com essa cara de menino bonzinho, essa cara de menor carente, essas porra de mulher aqui da Alemanha fica tudo comovida, fica tudo molhadinha. Se eu fosse você, eu aproveitava. Aqui é pra gente tirar o atraso. Tu não é o novo Pelé? O Herr Woll falou que tu é o novo Pelé. Tu já comeu alguma gata? Gata, nem precisa. Mas uma mocréia da tua terra, você já deve ter comido. É ou não é?"

"..."

"Comeu ou não comeu, caralho?"

"Eu prometo."

"Promete o quê, caralho? Tu é maluco? Tu tem problema na cabeça? Tu tem problema mental, porra? Que porra é essa?"

"..."

"Tu é de onde? Diz aí, caralho!"

"Ubatuba."

"Ubatuba? Que porra é essa? É Nordeste? Não vai me dizer que tu é paraíba! Claro. Burro desse jeito, só pode ser paraíba. Deve ser por isso que tu tá magro desse jeito. Não deve ter comido nada que os alemão te dão pra comer, né não? Não come mulher, não come comida... Tô sacando que tu é pior que o Raimundo, paraíba que nem você, o Raimundo. O Raimundo foi no Japão comigo, com o Flamengo, e ficou uma semana quase sem comer, que nem tu agora.

Chegou na hora do jogo, ele ficou todo perdido no campo. O Professor tirou ele no intervalo e nunca mais o Raimundo jogou de novo no Flamengo. Ficou no banco uns seis meses e acho que ele acabou voltando pra terra dele, pra uma porra lá no Ceará. Ninguém nunca mais viu. Tu não vai querer voltar pro Nordeste, vai? Ondé que fica essa porra dessa cidade sua? Não vai me dizer que tu é cearense também!"

"..."

"Vamo, rapá! Ondé que fica a tua cidade? Comé que é o nome da sua cidade mermo?"

"Ubatuba."

"E essa porra fica aonde?"

"Perto de Caraguá, perto de Taubaté, perto da estrada. Pega a estrada e vai lá em Santos."

"Santos? No Nordeste?"

"É."

"Que porra é essa? Tu jogava no Santos, né? Nos júnior do Santos. Em Santos, né?"

"É."

"Então, caralho. Não tem nada de Nordeste, porra. Tu é fodinha mermo, né, moleque? Já vi que eu não vou entender porra nenhuma que tu fala. Tu tem problema mental. Já saquei a parada. Se fosse só burrice, tu ia pelo menos saber da onde você veio. Tu foi na escola? Fez escola?"

"Foi. Eu prometo. Bom de bola, bom na escola. O Mário Telles é que falou que tem que ser bom de bola e bom na escola. Aí eu fui, que eu não sou índio, não. Mas o Mário Telles não chupou o meu pinguelo, não. Eu prometo. Eu fiz esporra na Martinha, que eu não sou viado, não. Nem índio."

"Índio tu não é, que tu é preto. E que porra é essa que tu fez nessa Martinha? Quem é essa Martinha? É a tua namoradinha?"

"É. Eu fiz 'voltinha no quarteirão' com ela e dei um beijo na boca dela e fiquei passando a mão nos peito dela e fiquei fazendo esporra nela e depois veio a Paméla e eu fiz esporra na Paméla também e trepei no cuzinho dela e ela tem uns peitão grande assim e eu fiquei lambendo os peitão da Paméla, que é a minha namorada que nem a Martinha, só que grande assim, desse tamanho que nem os peito que é grande e eu não mastruço, não."

"Então tu é comedor, né? Tem problema mental que tu fala de um jeito muito esquisito. E a Fräulein lá, o que que tu achou?"

"..."

"Porra, Mané! Te fiz uma pergunta, caralho. Me responde. O que que tu achou da professora? É gostosa ou não é?"

"A Paméla é mais gostosa, que tem uns peitão e um cuzinho assim."

"Comeu Paméla porra nenhuma. Tu não comeu ninguém, moleque. Tu é cabaço. Mané, Mané... tu é mané até no nome, hein, cumpade? Mas então tu fica com essa Paméla aí e deixa a Fräulein Coisa pra mim. Beleza?"

"..."

"Viu, Mané? Cada um tem aula com ela numa hora diferente, falou? Combinado?"

"Eu prometo."

"Isso aí, meu camarada. Porra, tô a fim de comer a alemoa. Viu comé que ela riu quando eu falei de buceta? Ela não entendeu porra nenhuma do que que eu falei. Mas a buceta dela entendeu. Já deve tá piscando, pensando na jeba do negão. Depois que eu comer, eu deixo pra você. Só que tem muito mais mulher aqui na parada. Se tu colar aqui no tio Uéverson, tu vai tirar o pintinho aí da miséria. Tu vai ver. Me dá um mês pra eu virar o rei da night aqui nessa porra. Eu já era o Rei do Rio, desbanquei o Romário, o Renato Gaúcho..."

"O Renato Gaúcho é do Fluminense, é o melhor jogador e fez gol no Flamengo, golaço, de barriga, o gol, o melhor gol, e vai fazer mais gol quando ele jogar e o Flamengo é muito ruim. O Renato Gaúcho não faz mastruço, não."

"Ih! Olha o cara, aí. Que porra de Renato Gaúcho porra nenhuma. O cara aposentou no futebol e aposentou na night. Mas da onde você foi tirar o Renato Gaúcho? Não vai me dizer que tu é pó-de-arroz!?!? Caralho. O cara é paraíba, pó-de-arroz e ainda tem problema mental. Porra, Mané. Tu sabe jogar futebol? Da onde os cara foram te tirar, Mané?"

"Eu não tenho coisa mental, não. Eu não sou viado, não. Eu não sou vinte-e-quatro, não. Eu sou dez, mas eu não sou Pelé, não. Eu sou é Renato Gaúcho e vou fazer gol e vou na Copa do Mundo ganhar a taça. O meu pai não é o Amaro, não. A minha mãe não é a minha mãe, não. A minha mãe é a Paméla e o meu pai é o Renato Gaúcho."

"Tá maluco, cumpade? Isso aí é problema mental. Tu é preto, cumpade, que nem eu. Comé que tu vai ser filho do Renato? Não vai me dizer que tua mãe tentou aplicar o golpe no Renato. Só que, dessa cor aí, não dá pra enganar, né? Tua mãe é preta?"

"Não! Minha mãe é a Paméla, não é a minha mãe, não, é a Paméla. Eu prometo."

"Então tá bom. Eu é que não vou contrariar. Mas tu vai me quebrar essa, né? Na hora da aula com a Fräulein, tu fica me esperando lá embaixo e, depois, tu sobe. Vamo ter aula separado. Deixa que eu arrumo uma desculpa pro pessoal do clube. Maluco e burro do jeito que tu é, tu não vai aprender porra nenhuma de alemão. Mas vê se pelo menos come alguma coisa direito. Pelo menos pão com manteiga. Pede pro pessoal lá da sua concentração pra fazer um macarrão, uma parada dessa. Come ovo. Ovo tem em qualquer lugar. Se tu vacilar, neguinho te manda embora. Fica esperto, Mané."

"*O que é isso, Herbert? O show vai ser aonde?*"

"*Eu trouxe o teclado para que você me ensine a tocar. Você toca piano também, não toca?*"

"*Um pouco, só para compor, só para fazer arranjos.*"

"*Então, você me ensina?*"

"*Posso dar algumas dicas para você.*"

"Aí você pega o ovo, quebra na panela assim, tá vendo? Me dá um beijinho, dá, Fraulaim Chom."

"*O seu compatriota está falando.*"

"*É, ele está ensinando uma tal de Fräulein Schön a fritar ovo. Depois, provavelmente, o Muhammad vai colocar o ovo nas partes íntimas da Fräulein Schön e lamber.*"

"*Que loucura! E você anota tudo o que ele fala para entregar aos agentes da CIA?*"

"*Não. São anotações pessoais.*"

"*A Ute me disse que você teve problemas, que os policiais pegaram você fumando haxixe. Eu havia comentado com a Ute que essa história de fumar haxixe aqui poderia gerar algum problema.*"

"*Aconteceu alguma coisa com a Ute? Os agentes secretos a prejudicaram em alguma coisa? Foi por minha causa? Foi por causa do haxixe?*"

"*Não, Tomé. A Ute me disse que eles não se importaram nem um pouco com o haxixe. Parece que o problema é outro. Você precisa de alguma coisa?*"

"*Preciso, sim, Herbert. Preciso que você, a Ute, ou qualquer outra pessoa, não falem mais comigo sobre esse assunto.*"

"Viu, Fraulaim Chom? Viu que o ovo ficou igual se fosse de prástico, com o amarelo todo certinho? Aqui tudo fica certinho, que eu sou o marte, eu sou o amigo do Alá, que é o Deus. Agora vai lá chamar as virgens tudo pra lamber o ovo. Eu vou fazer aparecer um monte de ovo, setenta e três ovo, pra vocês tudo. Um pra mim, que eu é que sou o marte."

"*O que foi que ele disse?*"

"*Esqueça, Herbert. Vamos ver esse teclado aí.*"

Fräulein Schön já estava completamente nua quando abriu a porta para Mané.

Mané foi entrando e Fräulein Schön abraçou Mané, por trás.

Fräulein Schön, sedenta, disse para Mané: "I love you".

Mané, superior, quase friamente, disse para Fräulein Schön: "Ai ló viú".

Fräulein Schön não disse mais nada.

Mané não disse mais nada.

Mané empurrou Fräulein Schön para o sofá, usando até um pouco de violência erótica. Mané se despiu rapidamente e exibiu seu pau negro, enorme, túrgido, monumental, espetacular, pulsante, cheio de veias, grosso, entumecido como nunca, para Fräulein Schön, deitada languidamente no sofá.

Mané empurrou seu pau negro, enorme, túrgido, monumental, espetacular, pulsante, cheio de veias, grosso, entumecido como nunca, para dentro da boca de Fräulein Schön.

Como um bezerrinho mamando no úbere da mãe vaca, Fräulein Schön sugou o pau negro, enorme, túrgido, monumental, espetacular, pulsante, cheio de veias, grosso, entumecido como nunca, de Mané.

Antes que atingisse o orgasmo cedo demais, Mané tirou o seu pau negro, enorme, túrgido, monumental, espetacular, pulsante, cheio de veias, entumecido como nunca, de dentro da boca de Fräulein Schön, e ordenou que Fräulein Schön ficasse de quatro.

Sem piedade alguma, Mané introduziu brutalmente seu pau negro, enorme, túrgido, monumental, espetacular, pulsante, cheio de veias, entumecido como nunca, no cu de Fräulein Schön.

Fräulein Schön deixou escapar um gemido rouco de prazer e dor.

Fräulein Schön rebolava, enquanto era possuída violentamente, pelo cu, por Mané.

Dez cheerleaders, vestindo saiotes, sem vestir calcinhas, sem vestir camisas, segurando pompons, entraram no apartamento de Fräulein Schön e passaram a fazer sexo lésbico selvagem entre elas, ao redor da cama onde Mané possuía violentamente o cu de Fräulein Schön.

A torcida do Fluminense cantava: "A bênção, João de Deus. Nosso povo te abraça. Tu vens em missão de paz, sê bem-vindo e abençoa esse povo que te ama".

Mané enfiou três dedos na boceta de Fräulein Schön.

As dez cheerleaders tiveram um orgasmo simultâneo.

Mané e Fräulein Schön tiveram um orgasmo simultâneo.

Sentindo a dor e o prazer proporcionados pelo pau negro, enorme, túrgido, monumental, espetacular, pulsante, cheio de veias, entumecido como nunca, de Mané, em seu cu, Fräulein Schön gemeu um gemido rouco, animalesco.

* * *

"Mané, tu prefere ir primeiro ou depois?"

"..."

"Hoje vai ser difícil comer a Fräulein Coisa. Eu ainda tenho que ganhar ela direito e vou precisar de umas duas ou três aula. Então, se tu quiser, pode ir depois. Fica me esperando aqui no banquinho, que eu vou lá ter a aula e, depois, quando eu descer, eu te chamo. Mas não vai sair daí, hein! Se tu se perde aqui nessa porra, vai ser foda de te achar. Fica aí, falô?"

"..."

"Tu vai ficar aí direitinho, né?"

"Eu prometo."

Eu estava sentado na praça, lá em frente ao Slumberland, lendo o jornal. Eu estava lendo justamente uma reportagem sobre o Uéverson, quando ele e o Mané passaram andando bem na minha frente. O Uéverson, como sempre, falava sem parar. Eles estavam voltando da aula de alemão com a Fräulein Schön, a mesma professora que havia me ensinado o alemão. O Uéverson — acho que era a primeira ou a segunda aula dele — já tinha aprendido a falar "Ich liebe dich" e estava brigando com o Mané. Bem... não era bem uma briga. Era o Uéverson, daquele jeito dele, dando conselhos ao Mané. E o Mané calado, como sempre. Acenei para o Uéverson e o Uéverson me apresentou o Mané. O Uéverson, naquela época, falava comigo em espanhol, mas era um espanhol que eu não entendia. Era pior do que o alemão que ele fala hoje em dia, muito pior. Então, eu levei os dois para beber alguma coisa no Slumberland. E, claro, o impacto da nossa chegada foi grande entre as garotas, todas parecidas com a Mechthild, deslumbradas pelos negros e pelos brasileiros. O Uéverson se sentiu em casa, totalmente à vontade, olhando para as garotas e falando em português, com o Mané, acho que sobre as garotas, claro. O Mané não se manifestava. O Uéverson me disse que, no Brasil, o Mané era considerado o novo Pelé. Achei que era exagero do Uéverson. E o Mané parecia não gostar muito de ouvir o nome Pelé. Algum tempo depois, o Uéverson me contou que o Mané dizia que era filho de um tal de Renato Gaúcho, um outro ex-jogador brasileiro. O Mané era cheio dessas coisas estranhas. Nós nunca sabíamos se o que ele falava era verdade, ou era fantasia. O Uéverson acha que o Mané tem problemas mentais, que o Mané é louco. Mas eu, mesmo gostando muito do jeito do Mané, mesmo tendo muito respeito e amizade por ele, não sei dizer ao certo. Afinal, eu nunca conversei diretamente com o Mané. O Uéverson é que servia de intérprete entre o Mané e eu. E o Uéverson não é o melhor intérprete do mundo. No final daquela noite, Uéverson e eu acabamos com duas garotas na mesa. Acho até que uma delas era a Mechthild, não me lembro ao certo. Só que o Mané ficou sozinho no canto da mesa, bebendo um refrigerante atrás do outro. Isso sem falar nos Currywürste que o Uéverson buscava a todo momento, na praça, para o Mané. O Uéverson estava se comportando quase como se fosse o pai do Mané. E a diferença de idade entre os dois não é tão grande assim. No máximo, uns cinco anos. Só não saímos depois com as garotas porque o Uéverson, de uma hora para outra, se lembrou que precisava devolver o Mané no alojamento do Hertha para estrangeiros do time de juniores. Mas, depois disso, saímos várias vezes, com várias garotas. Ultimamente é que eu me cansei um pouco disso. Fiquei um pouco sem vontade de fazer sexo só pelo sexo, desde uma noite em que Uéverson e eu fizemos amor, juntos, com a Mechthild. Foi uma coisa um pouco grotesca. Achei que eu estava traindo o Mané.

Não teve jeito. O menino não sabia falar nem português. Aliás, o menino não falava nada. E acho também que ele não entendia nada. Não era um problema de idioma. Era um problema de coordenação das idéias, um problema de inteligência mesmo. Quer dizer, um problema de falta total de inteligência. Tem até nome isso: oligofrenia. Quando me chamaram para ser intérprete de jogadores de futebol, eu sabia que ia ter algumas dificuldades. Mas o menino era impraticável. O outro, não. Como é o nome dele? Wellington? Não. Era um nome desses esquisitos. Nome de jogador de futebol. Esse dava para levar. Era até um cara engraçado, divertido. Eu o acompanhei durante algumas semanas. Tirando os treinos, as coisas do futebol lá deles — eu não entendo nada de futebol e era um pouco difícil traduzir as coisas que o treinador dele dizia —, o resto eram as saídas noturnas, as paqueras. Vê se pode... Intérprete pra paquera! Bom... foi o trabalho mais engraçado, mais divertido, que eu fiz aqui na Alemanha. Mas, depois de uns quinze dias, o próprio Wellington entendeu que não precisava dos meus serviços. O sujeito aprendia rápido o alemão, muito rápido. E aprendia na rua, com as prostitutas, com os garçons dos restaurantes. Me disseram que o Wellington já tinha queimado um português que o Hertha Berlin havia contratado. Aí, um dia, ele chegou pra mim e disse: "Mein Freund, acho que tu tá me atrapalhando a aprender alemão. Se, toda hora que alguém fala comigo, tu traduz, eu acabo ficando com preguiça de prestar atenção. Aí eu não aprendo nada". Perdi o meu emprego, mas o Wellington tinha razão, sem rancores. Mas o menino não tem jeito. Com aquele ali, não adianta intérprete, não adianta aula, não adianta nada. Ele deve ser muito bom jogador para que os alemães estejam investindo nele. Mas espera aí... Esse menino não é esse terroris-

317

ta que explodiu o ônibus de uns americanos? Pois é, doidinho. O que é que um menino daquele pode ter a ver com terrorismo? Claro que alguém colocou a bomba nele. Para mim, tudo em paz. Quando eu fico sem trabalho, assim, eu aproveito para adiantar a tese do doutorado.

Já era para o Mané ter mostrado alguma coisa nos treinos.
Mas não.
Os três croatas jogavam um futebol bastante razoável. O Hassan era o melhor jogador do time.
Mas o Mané, não.
Durante dois meses, o Mané, nos treinos: "...".

O Rei da Inglaterra estava lá. Uma loucura que não era a dos Beatles. Era uma loucura como a de George Harrison.
Os soviéticos entraram com o gás.
Meu nome é Mubarak e eu vou continuar.
Destruíram o lado esquerdo de Mubarak e eu sou Mubarak.
A asa esquerda da águia.
Sim, preciso voltar ao Paraíso. O lado esquerdo de Mubarak vai ser reconstituído através da espada de raio laser de Muhammad, em nome de Alá. Mubarak, eu sou Mubarak, vai atravessar a estrada do Paraíso ao lado das setenta e duas virgens, empunhando a espada de Gabriel. Eu, Mubarak, passarei dez dias e dez noites no deserto de Sonora, México, até que as tropas dos mártires de Alá, o exército de Muhammad, se encontrem. Então, chegará o momento definitivo da morte. A morte de Mubarak, a nova vida de Mubarak, a morte de todas as coisas. E Mubarak vai continuar. Dezessete horas e trinta minutos, Texas: BUM. Vinte horas, Ohio: BUM. Vinte e uma horas, Colorado: BUM. Flórida, Cabo Kennedy, a NASA. O tio de Mubarak. Mubarak e as setenta e duas virgens, na estrada da Meca. A perna. A nova perna de Mubarak. Depois, Sonora, México. Os exércitos de Mubarak, os exércitos de Muhammad, os exércitos de Alá. A NASA, a espaçonave de Mubarak: BUM. Dezessete horas e trinta minutos, Texas: BUM. Vinte horas, Ohio: BUM. Vinte e uma horas, Colorado: BUM. Catorze horas, vinte e dois minutos, Tampa Bay: BUM. Catorze horas, trinta e oito minutos, Flórida, Cabo Kennedy, NASA: BUM. A morte de Mubarak. A morte de Muhammad. A vida na fábrica de estofamento de mísseis: BUM... BUM... BUM... Alá, Muhammad, Mubarak, o Imperador do Japão, o Rei da Inglaterra: BUM... BUM... BUM...

BUM... BUM... A espada do Samurai é a espada de Alá. As trombetas de todos os anjos de Alá.

Mubarak vai continuar. Mubarak vai continuar. Mubarak vai continuar.

"Os locais e as datas das explosões são sempre os mesmos. Ele decorou tudo. Talvez faça algum sentido."

"Sim. Pode ser algo que ele tenha decorado num desses treinamentos, em alguma espécie de lavagem cerebral."

"Será que há mesmo alguma organização terrorista pensando em fazer algo nesses locais?"

"Cabo Kennedy é um alvo bem específico. O resto é um pouco vago: Texas, Colorado, Ohio. São estados mais conservadores nos Estados Unidos, mas não faço a menor idéia de quais seriam os alvos nesses estados."

"Acho que temos aí, de fato, alguma coisa de real. Em algum lugar, em algum momento de sua vida, me parece que o Mubarak ouviu algum plano assim, com esses locais e esses horários."

"Ainda acho que é fingimento. O Mubarak demorou para começar com esse discurso e essa história de Beatles, George Harrison. É claro que tudo isso tem o objetivo de confundir o Tomé. O Mubarak percebeu que o Tomé está trabalhando para nós, que o Tomé está anotando tudo o que ele diz. Disso, eu não tenho a menor dúvida."

"Mas pode ser uma coisa inconsciente também. O Mubarak guardou em sua memória confusa algumas coisas que ouviu ao redor de si. Depois, misturou com coisas do passado, com uma boa dose de loucura mesmo, e acabou formulando esse discurso. Não sei. Herr Silva não tem condições de avaliar essas minúcias do comportamento de Mubarak. Herr Silva não é alguém com quem possamos contar para analisar os comportamentos, a psicologia dos terroristas. Acho que ele só nos serve para traduzir as coisas que o Muhammad fala. E aí tem outra coisa que eu não julgo ser tão necessária assim. Por mim, poderíamos perfeitamente seguir o nosso trabalho sem o Tomé. Nós estamos gravando tudo mesmo. Depois, é só entregar para um tradutor, um intérprete."

"Isso eu não sei. Acho que você está misturando uma antipatia pessoal pelo Tomé com o trabalho. Claro que se o Muhammad continuar apenas com essa perversão sexual dele, nada do que o Tomé tem feito vai nos adiantar. Mas nunca se sabe. Uma hora dessas, Muhammad pode acabar falando algo diferente, algo revelador. O mesmo vale para o Mubarak. Quem sabe o Tomé, em algum momento, flagre um olhar ou um gesto revelador vindo de Mubarak. Ou até mesmo da *namoradinha do Muhammad. Normalmente, as grandes revelações surgem em momentos inesperados."*

Crêidi, ô Crêidi... Eu sei que você ama o meu pinguelo, que você ama eu, que vocês tudo ama muito eu e eu amo vocês tudo, mas não pode ser assim toda hora, tá vendo? Foi só eu querer que você já tá com frio de novo, toda com essas roupa legal de Alemanha, essas roupas que faz dar só amor sem querer ficar trepando ni mim quando eu tô com vontade só de ficar amando amor, amor de amiga, de amigos, de ficar sabendo que não é sempre pra ficar sozinho, que é sempre pra ter você e as outra tudo junto, tudo comigo, tudo aqui, agora. Tudo, não, que setenta e duas é muito também e não dá pra ficar prestando atenção em todas, que dá essa coisa de ficar sozinho, quando tem muita gente, muitas amiga, que não presta atenção. E quando tem setenta e duas, tudo junto na mesma hora, tudo peladas, tudo querendo ficar trepando, ficar beijando, soltando baba, dando grito, essas coisa de sex, aí eu não presto atenção, aí eu fico só amando com o pinguelo e é bom porque aqui tudo é bom toda hora, mas esse bom, bom demais, bom, bom, bom, bom, bom, aí fica faltando uma coisa que é o ruim. Não, não é o ruim, não é ruim, é mais uma coisa que eu não sei se tem nome, é mais uma coisa que a gente precisa, que dá aqui na barriga, que é o ruim, mas é o bom também. Ruim dessa coisa de ficar inteligente aqui no Paraíso é que a gente fica querendo explicar umas coisa que antes a gente nem pensava, que como a gente não pensava, aí não tinha palavra que dava explicação, que era só coisa e pronto. Só coisa que a gente sentia sem palavra, sem explicação. Porque eu era burro. Mas esse ruim de ser inteligente é bom porque mexe aqui tudo, o coração fica batendo, olha só como bate e dá uma animação boa. É uma animação de ficar entendendo, de ficar com vontade de ficar explicando e eu fico explicando pra você, que era mais inteligente que eu, que é da Alemanha, é gringa, que sabia já essas coisa tudo de sex, que dava até medo, mas aí, aqui, você fica prestando atenção ni mim, ouvindo eu que sou marte, ouvindo e gostando, ouvindo e amando e você me olha com esses olho, com essa cara de ficar prestando atenção, essa cara de ficar aprendendo que nem se eu fosse professor e isso é que é esse negócio de ser inteligente, de ser professor marte, de ser professor que explica essa coisa do ruim que é bom, que é essa coisa do frio que é ruim mas fica bom porque nós pode usar essas roupa bonita, essas roupa que fica que nem se tivesse alisando a pele, essas roupa que é colorida, que tem escudo do Fluminense, que tem escudo do Hertha. Aí esse ruim vai ficando bom, vai ficando bom e esse Paraíso fica bom, bom, fica excelente, que é a melhor nota que tinha na escola, que é melhor que bom. Por isso é que é Paraíso, que é as coisa ser sempre bom, sem eu ficar pensando como é que faz pra ficar bom. É um pensamento que não é pensamento. É um pensamento que passa rápido, tá, tum, passou. Passa o pensamento rápido e as coisa fica boa. As coisa já é boas na mesma hora, até esse ruim que vira bom, porque não dá tempo de pensar mesmo. Como é que ia ficar dando tempo de pensar nesse tempo que nem existe, que é esse pensamento rápido, esse tá-tum, nesse tempinho que não dá nem pra perceber, comé que eu ia pensar com palavras esse negócio do frio que é frio pra ser bom na hora que aparece as roupa quente suas, que dá esse negócio de ficar mais sendo amado, sem sex, amado de amigo, de mãe, só com a roupa? Teve que passar um monte de palavra na cabeça pra mim pensar isso. Mas, na hora, não. Na hora, foi tá tum, deu uma vontade de ficar ruim um pouco, deu uma vontade de parar com esse negócio de sex, esse negócio da sua boca babando no meu pinguelo e na mesma hora parou tudo, deu frio e você ficou com essas roupa de Alemanha, me amando só com os pensamento, só com essa cara que é de amor de verdade. Aí, esse ruim, esse negócio de ficar enjoado de sex, foi só pra você ficar diferente na mesma hora, foi só pra nós ficar com frio e na mesma hora ficar quente, ficar só o amor, ficar só você me olhando com cara de amor, com cara de amiga, com cara de mãe, só você e eu aqui no mato, na noite, nas estrela, no amor, no quentinho, confiando, que nem tinha aquele cheiro de bosta na minha casa, que era pro cheiro do mato ficar mais gostoso, o cheiro do cigarro da minha mãe ficar mais gostoso, no mato, na noite, nas estrela, no amor. Essa inteligência é que eu tenho agora. Esse amor que você tem ni mim e fica me olhando, amando, sem fingir.

"Oi, Tomé. Como vai?"
"Tudo bem."
"Você ainda está com aquele problema? Não pode falar comigo?"
"É que eu estou escrevendo umas coisas aqui. Outra hora a gente conversa. Mas fique à vontade com o Muhammad."

Porra, Mané! Vai pra cima dos cara, caralho! Não tá vendo que é tudo bundão? Vai pra cima, porra. Tá com medo de quê?

Herr Woll e todo o pessoal do Hertha já estavam quase desistindo do Mané. Mas não.
Naquele dia, o Uéverson e o Mnango resolveram conferir a performance

do Mané, no treino dos juniores. O Mnango estava obcecado por essa história que o Uéverson tinha contado de que o Mané era considerado, no Brasil, um novo Pelé.

Mas não.

Na aparência física, o Mané até lembrava o jeitão do Pelé. Mas, em campo, naquele treino, o Mané não lembrava o Pelé. O Mané não lembrava nada.

...

Acorda, Mané. Eu trouxe o Mnango aqui pra te ver jogar e tu fica parado aí, caralho?!?!? Vai atrás da bola, porra. Ô alemão do caralho, solta a bola pro Mané, porra. Aí, Mané. É sua! Vai pra cima, vai lá, vai lá, garoto, beleza, garoto, vai pra cima, passou, passou, beleza, garoto, que beleza, garoto, bonito, garoto, é só fazer, é só fazer, faz, faz, faz, faz, fez... golaço, Mané! Golaço!

Foi de uma hora para outra. Nós até já tínhamos nos esquecido do rapaz. Ele treinava com os reservas e ficava sempre parado, alheio a tudo. Mas teve um dia que o Uéverson e o Mnango apareceram para assistir o treino. Não sei o que foi que o Uéverson gritava tanto, atrás do alambrado. Então, de repente, o Muhammad pegou a bola lá atrás e foi indo na direção do gol. Não é força de expressão, não, o Mané driblou todos os jogadores do time titular, incluindo o goleiro, e entrou para dentro do gol, andando com a bola no pé. Deixou a bola lá dentro e voltou andando, bem devagar, como se nada tivesse acontecido, como se fazer aquele espetáculo de gol fosse a coisa mais normal do mundo. Mesmo em treino, qualquer jogador comemoraria uma jogada daquela. Pelo menos sorrir, quem fizesse aquele gol, sorriria. Mas o Mané, não. O Uéverson quase teve um enfarte. O Uéverson pulou o alambrado, entrou correndo no campo, como se fosse um torcedor fanático, e só faltou beijar a boca do Muhammad. Mas os brasileiros são assim mesmo, exagerados. E o Mnango veio atrás, calmo, com um grande sorriso. Os garotos, os jogadores, ficaram todos estupefatos. Claro, no treino seguinte, eu já coloquei o Mané, o Muhammad, entre os titulares. Ele logo se entrosou com o Hassan e nunca mais decepcionou.

Até aquele dia, eu não conseguia entender o que Muhammad Mané estava fazendo no Hertha. Depois da decepção no primeiro treinamento, Muhammad

Mané ficou muito tempo sem fazer nada nos treinos coletivos. E, mesmo na preparação física, ele tinha atitudes muito estranhas. Às vezes, no meio de uma série de abdominais, por exemplo, Muhammad Mané parava com a cabeça para o alto, a barriga toda contraída, e ficava assim durante vários minutos, até o nosso preparador físico perceber e chamar a atenção dele. Aí ele continuava mais um pouco e depois parava. O problema não era meu. O assunto não era comigo. Mas, um dia, parece que Alá iluminou Muhammad Mané. Com uma ajuda do Uéverson, que ficava gritando algo incompreensível atrás do alambrado. Mas foi mesmo como uma luz divina. Só pode ter sido Alá. Alá, naquele momento, estava pescando um novo servo, estava convertendo mais uma alma humana. Muhammad Mané estava parado como sempre. Acho que foi Steph, sim, foi o Steph. O Steph tocou errado na bola, acho que com a intenção de fazer um passe para o Lucas, nosso lateral. Sem querer, a bola passou na frente de Muhammad Mané, que, em situações como aquela, normalmente não faria esforço algum para alcançá-la. Mas a bola tocou no pé de Muhammad Mané sem que ele precisasse fazer esforço algum. Em toda a jogada, realmente, Muhammad Mané não parecia estar fazendo esforço. Foi tudo muito natural, leve. Fui o primeiro a ser driblado, lá na intermediária dos reservas. Depois, Muhammad Mané foi driblando um a um até chegar dentro do nosso gol, do gol dos titulares. Não precisou mais do que esse gol, para que o treinador colocasse Muhammad Mané para treinar conosco e, assim, se aproximar de mim, de Mestre Mutanabbi, e se converter ao islã. A história não acabou muito bem, mas os desígnios de Alá se revelam aos poucos. Talvez, um dia, eu possa compreender a atitude de Muhammad Mané no Olympiastadion.

"Eu já vou, Tomé. Tchau. Hoje, o Mané está quieto, não é?"
"É."
"Não disse uma palavra. É sempre assim?"
"Não. Às vezes, ele fala bastante."
"E o que é que ele fala?"
"O de sempre."
"O de sempre o quê, Tomé? Sexo?"
"Sim. Sexo e algumas outras coisas."
"Então, me fale."
"Nada de mais. Delírios."
"Já entendi. Você não quer dizer nada por causa dos policiais, não é?"
"É. Não. Não sei. É que hoje estou pensando em outras coisas. Estou com sono. Estou sem vontade de falar muito. Deixe para outro dia."

"Você é quem sabe. Tchau."
"Tchau."

Depois do treino, no vestiário, enquanto o Mané se vestia, todos olhavam para ele com uma profunda admiração. Era para o Mané sentir pelo menos um pouquinho de orgulho pelo gol que tinha feito.

Mas não.

O Mané era incapaz de sentir orgulho por qualquer coisa que tivesse feito.

Viktor, Maurice e Peppino, por serem companheiros de quarto do Mané, se sentiam mais próximos dele, do Mané. Por isso, foram os que se aproximaram mais, para cumprimentar o Mané pela pintura de gol.

Mas não.

O Mané olhou para os croatas e fez aquela cara de nada que só o Mané sabe fazer. E, mais uma vez, o nada do Mané foi interpretado como arrogância.

Mas não.

O Mané, por sua vez, era incapaz de interpretar qualquer interpretação vinda das outras pessoas, era incapaz de interpretar qualquer reação, boa ou má, vinda de outra pessoa.

A psicóloga do Santos analisava essa incapacidade como falta de inteligência emocional, como falta de inteligência para com o outro.

O Mané vestiu o abrigo do Hertha e, sem nenhuma inteligência para com o outro, foi saindo do vestiário, sem olhar para trás, sem falar com ninguém.

"Porra, Mané, se tu faz um gol desse num jogo de verdade, tu vira o Pelé mermo. Es ou no es, Mnango?"

" ..."

"Puerra, Mnango, ustede también no habla picas de portunhol."

" ..."

"Mas o negócio é o seguinte: ontem, na estréia, a gente deu um baile naquele timeco de mierda. A dupla aqui arrebentou. Olha aqui o jornal: só dá Uéverson e Mnango. Quer ver como eu já tô falando alemão, Mané? Aqui, ó: 'Uéverson: Der grosse Fussballspieler aus Brasilien'. Sabe o que que tá dizendo aí? Uéverson: o grande jogador de futebol do Brasil. Caralho! Tô jogando pra caralho! No resto da reportagem só dá eu. A Fräulein Schön leu comigo. Fala do Mnango também, mas fala mais de mim. Es ou no es, Mnango? Habla aí, carajo. Puerra. Jo estoy no mejio de dos mudos. Ninguém habla nada, carajo. Entonces, vamos comemorar com las putanas. Vamos a la noche de las alemoas, carajo. Mané, depois desse gol que tu fez, tu tá merecendo perder esse cabaço aí. Tu vai ver a alemoa gostosa que o tio Uéverson vai arrumar pra você. 'Vamos a la playa, ô ô ô ô ô.' Komm mit mir. Tô falando alemão para carajo."

"Melhorou muito, Herr Silva. Nós percebemos que o senhor tem sido mais discreto nos comentários que faz com os enfermeiros do hospital e com a namorada do Muhammad Mané."

"Sim. Se o senhor continuar assim, não vai haver problemas. O senhor vai conseguir o seu visto."

"E vai demorar? Sinceramente, estou convencido de que não há mesmo informações mais relevantes a serem obtidas através dos delírios do Muhammad."

"Herr Silva, não creio que precisaremos de seus serviços por mais muito tempo. Mas é bom lembrar do que eu já disse anteriormente: a verdade pode vir à tona no momento mais inesperado."

"Os senhores leram minhas últimas anotações?"

"Sim."

"Sim."

"Repararam como Muhammad Mané está dizendo coisas um pouco diferentes? Claro que, mesmo para mim, que entendo o português, as coisas que o Muhammad diz são muito confusas. É difícil traduzir tudo para o alemão, com as minúcias dos erros de português que o Muhammad comete. E não se trata apenas de erros de português. Eu diria que o vocabulário de Muhammad é muito reduzido, que ele tem enormes dificuldades para se expressar, principalmente porque ele está delirando e os delírios são cheios de sobressaltos, cheios de mudanças bruscas no raciocínio. Mas, pelo que pude perceber, ultimamente ele não está mais tão obcecado pela questão do sexo. Ele tem dito coisas quase filosóficas, ou psicológicas, psicanalíticas. Sempre usando uma linguagem primitiva. É como se ele, agora, estivesse começando a entender o mundo, a entender um pouco de si mesmo. E, em momento algum, Muhammad demonstra conhecer qualquer coisa que seja sobre política internacional, ou sobre qualquer tipo de inimigo do islã. Ele pode até ter se convertido ao islamismo, mas é óbvio que ele não sabia o que estava fazendo. É óbvio que ele desconhece o significado do ato que cometeu."

Mas que sujeito mais pernóstico. Já vem ele de novo, querendo nos ensinar a interpretar nossos casos. Um drogado brasileiro, tocador de corneta. O que um sujeito desses sabe sobre psicologia, sobre política, sobre terrorismo internacional?

* * *

Claro que Muhammad Mané não sabia o que estava fazendo. Mas também é claro que ele deve ter a influência de alguém ou de alguma organização. Ou então alguém colocou o explosivo na cueca dele. Mas, sem ele saber, como? Por isso é que devemos insistir mais um pouco com Herr Silva. Muhammad Mané pode dizer algo sobre os momentos que antecederam a explosão. Apesar de um pouco arrogante, acho que Herr Silva é uma boa pessoa. Eu gostaria de ajudá-lo a ficar na Alemanha. Um músico de jazz, alguém que gosta do Miles, não merece a prisão. Fora isso, Berlim é uma cidade tão interessante por causa dessas pessoas, os estrangeiros, os muçulmanos inclusive.

Porque o mundo, tudo, tudo, o mundo, essa vida, a outra vida, tudo, não é só o Levi, o Josefina, aquela Martinha que ficou namorando o Toninho Sujeira, os bando de índio que fica querendo enfiar o dedo no meu cuzinho, que fica querendo fazer esporra nas minha revista, na Paméla, na minha mãe, na minha irmãzinha. O mundo, a vida, tem essas gringa todas que agora ama eu, que agora fica olhando pra eu com amor, que agora vai ficar com eu, comigo, pras coisa toda que acontecer, que sabe um monte de coisa, que sabe falar as língua todas só com o pensamento, que sabe todo mundo aqui fazer golaço, que ensinou eu tudo, o Paraíso, ensinou que tem o Alá e eu nem sabia que tinha tudo, que tinha esse mundo grande, que tinha Alemanha, que tinha Rostoque, que tinha Munchem, que tinha esses trem que fica passando na rua, que leva nós prum monte de lugar, que tinha essas televisão com filme preto-e-branco de monstro que eu gosto, esses avião que pode pedir Coca-Cola, Fanta Uva, só não pode pedir guaraná, que guaraná só tem em Ubatuba, em Santos e no aeroporto lá perto de Santos, naquela cidade que tem o céu alaranjado de noite. Tem o ar, as estrela que a gente vê de noite no avião e que é tão bom, que dá tanto esse negócio que dá, que é esse sentimento de bom, de coisa que a gente pensa que é a inteligência que fica querendo entrar na gente pra gente ficar querendo ver tudo, ficar conhecendo tudo, saber de tudo, aqui no alto desse avião, no Paraíso, tudo escuro, só as esposa tudo pelada, tudo no escurinho, que eu fico só vendo. Eu olho prum lado e vejo as estrela da inteligência e eu olho pro outro e vejo as minhas esposa que me ama tudo, de verdade, com inteligência, sem inteligência, com sex, sem sex, sendo mãe que não deixa as coisa nunca mais ficar ruim e é por isso que eu sou marte e eu sou alemão também, que Alemanha é muito melhor que Brasil, menos o Fluminense, que é Brasil, que é do Rio, que fica no Brasil. O resto é muito melhor a Alemanha e Berlim, por isso que as minhas esposa é tudo mais é gringa, é alemã, tem umas americana e tem umas da Holanda, que joga vôlei, que a Holanda é que tem as mulher mais bonita que existe no Paraíso e aí não dava pra ficar sempre em Ubatuba, em Santos, que aí não ia ter nada disso, não ia ter nenhuma esposa gringa, nenhuma, ia ter só uma esposa ubatubana, toda enrugada, toda com uma barriga grandona e as perna tudo inchada de tanto ter mordida de borrachudo. Aqui, não. Aqui tem praia sem borrachudo e tem avião com estrela e as mulher tudo pelada, com comida que é boa, que é americano no prato, com guaraná, com sorvete de chocolate e vinho que fica bebo diferente, que fica bebo sem ficar fedendo, sem ficar dando pros outro bebo na praça, que nem as mãe que não é a Paméla, a Fraulaim Chom e essas gringa que me ama.

"Certo, Herr Silva. Vamos ler as anotações."
"Mas nos poupe dos comentários."
"A não ser que o senhor tenha alguns fatos relevantes a nos contar."
"Ele disse fatos, Herr Silva. Não opiniões."

Sou fanático pelo Hertha e fiquei muito entusiasmado com a chegada de Uéverson, Mnango e o garoto no meu estabelecimento. A estréia do Uéverson havia acontecido na véspera. Se eu não me engano, o Uéverson fez dois gols com passes do Mnango e o Mnango fez um gol com passe do Uéverson. O garoto eu ainda não sabia quem era. Só depois, quando os três viraram fregueses constantes, é que me disseram que o garoto jogava no time de juniores, que era brasileiro. O Mnango falava que o garoto iria se transformar no novo Pelé. O meu estabelecimento é freqüentado também por moças especiais, muito especiais. São prostitutas de luxo, algumas até muito ricas para a idade que têm. Naquela noite, quando notei que se tratava de Uéverson e Mnango, é claro que telefonei para as garotas mais bonitas da minha agenda. Seis garotas, duas para cada um. Paguei do meu bolso, o que não deixou de ser um investimento, se eu for pensar no dinheiro que a dupla já gastou aqui no meu estabelecimento. Improvisei uma grande festa em minutos, com os melhores vinhos, muita comida e as garotas, claro. Depois, o Uéverson queria que eu conseguisse um quarto de luxo para todos juntos. Aqui, no bar, seria impossível. Aqui é só um bar. Mas, logo aqui em frente, há um hotel da melhor qualidade, mas, mesmo com toda a admiração que sinto por Uéverson e Mnango, uma suíte presidencial, ou coisa parecida, seria muito cara para mim. O Uéverson estava disposto a pagar para ter uma orgia, mas o Mnango preferiu ir sozinho, com as duas garotas, para o hotel.

* * *

"Vamo lá, Mané. Deixa que eu pago o quarto e a gente come as quatro. Eu vou te ensinar comé que tu faz pra levar as gata à loucura. Tem uma parada que chama DP, dupla penetração, tu já viu filme de sacanagem? Em filme de sacanagem sempre tem DP. Você come a buceta da gata que eu como o cu dela. Brother, vai ser uma loucura. O Mnango não quer ir com a gente, que ele é envergonhado. Mas nós vamo, né, Mané? Vamo dar um fim nesse cabaço aí, que tu já tá na idade."

"..."

"Porra, Mané, vamo lá que é a tua chance. Ou tu vai comigo e as gata e aprende a fuder com o mestre aqui, ou tu vai ter que aprender sozinho. E sozinho tu vai ficar muito mais nervoso, vai ficar com mais vergonha."

"..."

"Caralho. Tô achando que tu é viado. Fica enrolando, não quer aceitar a ajuda do professor Uéverson. Porra, Mané... Fala. Tu é viado?"

"Não sou viado, não, eu não mastruço, não, eu não jogo com a camisa 24, não, eu não sou índio, não, e eu fiz esporra com as mulher tudo, as gringa, a Martinha, e fiz punheta lá na cama do Guerrinha e fiz esporra."

"Então vamo lá, caralho! Vamo fazer esporra nas piranha. Olha as gata, Mané! Tu vai perder essa? Piranha importada. Olha os peitão da gata, Mané. Vamo lá logo, porra, moleque."

"..."

"Tá bom. Tá legal. Tu não vai, né? Eu vou. Tô indo. E vou levar duas. Tu fica com as outras duas aí. Se vira. Vai ter que se virar sozinho. Qualquer coisa, o hotel é ali na frente. Tu tem alguma grana aí? Tem euro?"

"Tenho."

"Quanto?"

"..."

"Porra, Mané, isso aí não dá pra porra nenhuma. Um quarto desse hotel aí na frente é caro. Comé que tu faz com grana aqui? Quem que te dá dinheiro? Você recebe do Hertha? Tu tem contrato? Tu ganha salário por mês? Comé que tu faz?"

"O moço lá no time me dá dinheiro todo dia depois do treino que tem depois da folga."

"E quanto que ele te dá?"

"Dá três nota de cinqüenta que nem essa."

"É que tu ainda é júnior. Depois tu vai ganhar mais. Se tu fizer mais gol, que nem esse que tu fez hoje, tu vai é ficar rico. Eu já tô botando a mão numa grana. Toma aí. Isso aí dá pra tu pagar o hotel. As puta aí, acho que o cara aqui do bar já tem um acordo com elas. Não é pra pagar nada pra elas, que depois nós acerta com ele. Gostei dessa parada aqui. Isso aqui é puteiro de luxo. É puteiro de rei, de príncipe que nem o Mnango. Sabia que o Mnango é príncipe? É príncipe da África. Na África tem príncipe negão. Ou tinha, sei lá. Mas, porra, Mané... Tu não quer ir com a gente mermo, não?"

"Eu vou depois."

"Que depois, Mané? Tu não vai é porra nenhuma. Tu vai é ficar cabaço. Já vi que tu vai demorar pra aprender. E, porra, a gente só aprende a fuder, fudendo."

"..."

"Então falô, meu brother. Fui. Fomos. Komm mit mir, suas piranha alemã gostosa. Tá na hora de conhecer o Rei do Rio. Ich liebe dich, periquituda. Tchau, Mané. Se tu for, foi. Se tu não for, me espera aqui, que na saída eu te pego. Mas vai demorar. Eu só saio desse hotel de manhã cedo. Tu não quer ir mermo, né?"

"..."

O Mané ficou lá, sentado, durante nove horas e meia:

"..."

O Mané bebeu quinze garrafas de Fanta Uva, comeu dois frangos assados inteiros e onze pães com manteiga.

Mas, definitivamente, o Mané não gostava dos pães da Alemanha.

O Mané poderia ter ganho pelo menos uma chupadinha, um boquete duplo. As duas meninas eram lindas.

Mas não.

As duas prostitutas tentaram, de todas as formas, se comunicar com o Mané. Uma delas ficou quase que inteiramente nua, ao lado do Mané.

Mas não.

O Mané teve uma ereção que durou quase um dia inteiro.

Não.

A ereção do Mané durou aquela noite, mais o dia seguinte inteiro, só se desfazendo depois da sessão onanística na noite seguinte.

Depois de duas horas de sedução, com o Mané olhando fixamente para "os peitão das gata", as prostitutas desistiram e foram embora, com o dinheiro pago pelo dono do bar. Quer dizer, com o dinheiro investido, pelo dono do bar, na nova clientela.

E o Mané lá, até dez horas da manhã, quando o Uéverson e o Mnango reapareceram, se despedindo das outras quatro prostitutas:

"..."

* * *

"As trombetas. A loucura como a loucura de George Harrison. Texas: BUM. Cabo Kennedy: BUM. Esta é a loucura. A loucura de George Harrison nas trombetas dos anjos de Alá. BUM... BUM... BUM... BUM..."

"Ô Mubarak, dá um tempo aí, vai. Tá atrapalhando."

"Was?"

"Estou falando com o Mubarak que ele está nos atrapalhando. Eu já não agüento mais esses dois. Logo agora que você está pegando o jeito. Acho que você está começando a entender o que eu te ensinei de harmonia."

"Você acha?"

"Claro. Vocês, alemães, quando põem uma coisa na cabeça, quando estabelecem uma meta, logo aprendem qualquer coisa."

"Mas não é tão difícil assim. Entender o que você me explicou sobre os acordes, sobre o two-five, até que foi fácil."

"Pois é. Com essa seqüência de primeira, quarta, primeira, quinta, quarta, mais o two-five para resolver a harmonia, você pode tocar oitenta por cento do repertório de rock e blues que existe."

"Me beija agora... Bem devagarinho... de amor, de amor... ai ló viú..."

"A loucura de George Harrison! 'There's a fog upon LA — And my friends have lost their way — We'll be over soon they said — Now they've lost themselves instead — Please don't be long — Please don't you be very long...' BUM! BUM! BUM!"

"Você conhece isso, Herbert? Isso que o Mubarak cantou."

"Não. O que foi que ele cantou?"

"É dos Beatles. Do George Harrison. Tem no <u>Magical mistery tour</u>. Vá lá, ó. Esse acorde... Aqui... Põe o dedo assim, aqui... isso. Isso... Agora esse..."

"Assim?"

"Isso. Aí fica trocando. Um tempo, esse acorde. Outro tempo, o outro acorde. Isso mesmo. Ótimo. Vai, Mubarak. Vai, Mubarak. Não foi."

"Cuzinho, cuzinho, isso, vem Crêidi, vem Crêidi."

"BUM... BUM... BUM... BUM... BUM..."

"Virou o festival dos malucos. Não vai dar. Deixa para outra hora, Herbert."

"As trombetas de Alá. 'Please don't you be very long.'"

"Se ele pelo menos respeitasse o maestro Silva."

"BUM... BUM... BUM... 'Los Angeles, please don't be long.' Dezessete horas e trinta minutos, Texas: BUM."

"Ô Crêidi. Pára agora um pouco e vamo olhar pra lua. Olha o ventinho. Sex é bom mas tem outras coisa boa também. Aproveita agora pra ficar fingindo que é só nós dois, igual namorado na vida, que só namora de dois. Aqui é setenta e duas pra mim, todas com amor que eu tenho nelas. Mas uma hora, agora, também é bom ter só uma pra essas coisa de olhar a lua, de ficar sentindo um ventinho, é só uma que é legal, que nem filme de ai-ló-viú que eles fica só dois. Amor de filme. Depois eu chamo as outra pra ficar tudo trepando ni mim, com amor e sex."

"*Falou, Muhammad maluco. Estou gostando desse cara.*"

"*O que foi que ele disse?*"

"*Espere um pouco.*"

"*O que você anota aí?*"

"*É um diário, Herbert. Oh! Não. Você também, não. Não é nada. Não posso dizer. Vá treinando. Aproveite essa onda de silêncio. Quatro em lá, duas em ré, duas em lá, uma em mi, uma em ré, volta para o mi, de novo. Não! Você está misturando a música do George Harrison com o blues. Fica só no blues. É lá, ré e mi apenas. Quatro, duas, duas, uma, uma, uma pra fechar em mi, resolve em dó.*"

Vai, Mané. Do caralho. Agora o moleque se soltou. Bolão, Mané. Bolão, Mané. Olha o turquinho solto. Beleza, garoto. Vai, turquinho, toca pro Mané. É sua, Mané. O moleque tá sobrando. Problema mental é o caralho.

"*Fale comigo, Mané.*"

"Agora eu não quero. Vamo jogar futebol. Todo mundo é Fluminense."

"*O que ele disse?*"

"*Não sei. Eu estava distraído.*"

"*E o que é que você sempre escreve? É o que eu falo? Você anota tudo o que eu falo para entregar ao serviço secreto?*"

"*Não, Mechthild. Eu escrevo umas coisas para mim mesmo. Letras de música. Fique à vontade com o Muhammad. Esqueça que eu estou aqui.*"

"*Dezessete horas e trinta minutos, Texas: BUM. Vinte horas, Ohio: BUM. Vinte e uma horas, Colorado: BUM. Catorze horas, vinte e dois minutos, Tampa Bay: BUM. Catorze horas, trinta e oito minutos, Flórida, Cabo Kennedy, NASA: BUM.*"

"*O que é isso? E esse aí?*"

"*É maluco. Acha que vai explodir os Estados Unidos. Mas, por favor, deixe que eu acabe de escrever o que eu estava escrevendo.*"

"*Você não é mais o mesmo, Tomé.*"

"Não sou, não. Por favor, me deixe escrever minhas canções. Não foi para visitar o Muhammad que você veio? Então, fique com ele."

"Peraí, peraí. Pode deitar tudo em fila, tudo uma do lado da outra, de costas que eu vou passar maionese. É. Assim, na bundinha."

"Rá rá rá rá rá rá rá rá rá rá rá rá rá rá rá rá rá rá rá rá rá rá rá rá rá..."

"Você está rindo de quê? O que foi que o Mané disse?"

"Nada, Mechthild. Essas coisas de sexo com comida, com maionese. Essas coisas que não têm nada de mais. Entre quatro paredes vale tudo, desde que haja amor."

"Você está rindo de mim. E o seu jeito, a sua ironia... Você está muito agressivo comigo."

"Mechthild, eu só quero escrever em paz. Por favor."

"E eu queria ser sua amiga."

"Tudo bem. Você é minha amiga. Depois, quando isso tudo acabar, eu te convido para uma cerveja. Mas, aqui no hospital, nem todo dia eu estou muito disposto a conversar."

"E eu é que não vou ficar implorando pela sua amizade. Quem me importa é o Mané. Você está me ouvindo, Mané? Sou eu, Mechthild. Eu te amo, Mané."

"Mané, se liga na gatinha ali. Essa é da sua idade. E tá dando mole, Mané, tá dando mole!"

"..."

"Vai lá, cumpade. Chega junto. Faz que nem tu fez no treino do Hertha. Lembra?"

"Não."

"Como não lembra? Tô falando daquele treino que tu tava paradão, com medo da bola. Foi só o tio aqui dar um incentivo que tu matou a pau. Com mulher é a mesma coisa. Tem que perder esse medo. Tu vai lá, enfrenta o medo, finge que é corajoso, faz cara de fodão e traça. A gatinha tá dando mole, não tá vendo? A lá, cara. Tá olhando pra gente, tá rindo. Cara, brother, cumpade, tá na mão a menina. É só ir lá, caralho."

"..."

"Vai ou não vai? Se tu não for, eu vou. Porra, só que ela é de menor. Sei lá se isso dá treta aqui. Não deve dar, não. Porra, Mané, mas é tu que tem que ir. É perfeita pra você. Da sua idade. Ela se amarra num negão. Já reparou essas menina que vêm aqui? Elas vêm aqui tudo pra arrumar negão. Tá tudo querendo dar pra gente. Tu pega essa, que eu arrumo uma mais da minha idade. Tu tá com que idade, Mané?"

332

"Dezessete."

"Porra, então? Não tá mais na idade de ser cabaço, não. Eu, na sua idade... Não faz nem muito tempo. Eu tô com vinte e cinco. Na tua idade eu já tinha comido as baranga tudo da minha área. Era só mocréia, que naquela época eu não tinha dinheiro nem pra pegar o ônibus pra ir treinar. E você aí, dezessete aninho, em Berlim, cheio de gatinha em volta, o tio Uéverson aqui pra dar uma moral, pra ensinar comé que faz a parada e... você aí. Qual que é o problema? Pode se abrir comigo. Tá com medo de mulher? Tá com medo dela perceber que tu é cabaço? Tu tem pau pequeno? Tá com vergonha do tamanho do teu pau?"

"Não, não. O meu pinguelo é grandão, é desse tamanho e eu sei fazer punheta, sei fazer esporra e eu não sou viadinho, não."

"E com esse papo aí tu não ia comer ninguém mermo. Mas aqui, na Alemanha, tu nem precisa falar. Porra, Mané, aqui na Alemanha as mulher gosta de preto. A lá, Mané, a lá... Piscou, Mané. Mané, porra, ela piscou pra você. Porra, Mané, pelo menos olha pra Fräulein. Se tu olhar, ela vem aqui. Não precisa nem você chegar junto. Só olha. Aqui, as gata não fica esperando, não. Elas vêm, elas dá em cima e, se bobear, elas é que te come. Tu não precisa fazer porra nenhuma, Mané. Só olha. Vai..."

"..."

"Tá vendo? Lá vem a gata. Vai que é sua, Mané. Guten Abend, Fräulein. Das ist mein Freund: o Mané. Du hablas portunhol, muchacha?"

"Hallo!"

"Hallo! Wie heisst du?"

"Mechthild. Und ihr?"

"Mein Name ist Uéverson. Porra, Mané, já tô falando alemão com a gata. Eu sou bom pra caralho, Mané. Mané, sein Name ist Mané."

"..."

"..."

"Agora é contigo, Mané. Só que tu não vai na aula da Fräulein Schön. Vai ser foda. Mas não precisa falar nada, não. Vai chegando perto, fala em português mermo, depois pega na mão dela e deixa rolar. Essa gatinha aí sabe tudo, Mané. Adios, muchachos, jo voy dar um rolé por aí. A lá o Mnango chegando."

"..."

"Habla, Mnango. O Mané já descolou una muchacha. Ahora falta nós. Komm mit mir, Mnango. Alô, alô, suas alemoas do caralho. Quem vai querer a jeba do Uéverson e o piruzinho do Mnango? O ataque do Hertha tá na área!"

Seria muito fácil. O Mané podia ter comido tranqüilamente a Mechthild, naquela noite mesmo.

Mas não.

Por mais que a Mechthild fizesse de tudo para que o Mané entendesse que ela, a Mechthild, estava totalmente disponível para realizar as fantasias sexuais dele, do Mané, e ele, o Mané, embora fosse um cara primitivo, que não tinha inteligência para com o outro, que não sabia se comunicar com as pessoas, que morria de medo de mulher, que tinha problemas psicológicos profundos, traumas infantis insolúveis, tivesse até entendido que ela, a Mechthild, estava totalmente disponível para realizar as fantasias sexuais dele, do Mané, o Mané não teve coragem nem de olhar para a cara dela, da Mechthild.

A Mechthild sorriu, falou em alemão, arriscou um espanhol mais ou menos, fez carinho no braço do Mané, soprou no ouvido do Mané, pôs a mão numa das coxas do Mané, cantarolou músicas brasileiras, ficou passando a língua de um lado para o outro sobre os lábios, gemeu, apontou para a máquina de vender camisinhas na entrada do banheiro.

Mas não.

"..."

Porra, Mané... Tu não fez nada? Eu fiquei de butuca, vendo a lourinha se abrindo toda pra você, só faltando tirar a roupa no bar mermo e abrindo as perna pra você, e tu não comeu. Tinha que ter comido, porra. Eu e o Mnango saímo com aquelas outras duas lá e fizemo a maior suruba, a maior sacanagem. Dessa vez eu nem te chamei, que aquele outro dia tu não quis. Fora isso, tu tava bem acompanhado pra caralho. Essa gata que tava contigo era a mais gostosa do pedaço. Era menininha ainda. Deve ter a buceta apertadinha, perfeita pra tu perder o cabaço. E tu, nada. Tá decepcionando o tio. Cara, tu precisava ver o que que eu e o Mnango aprontamo com aquelas duas. Cara, eu já tenho um piroção que dá medo. Não é qualquer uma que agüenta, não. Cara, e o Mnango é um jegue, meu camarada. Cara, sem sacanagem, o pau do Mnango, mole, bate no joelho do cara. E as alemoa se divertiram, agüentaram tudo. Até aquela porra que eu te falei: a DP, a dupla penetração. Porra, Mané, faltou você. Aí virava tripla penetração, um botava no cu, outro na buceta e o outro na boca. Cara, e as alemoa se amarra em beber porra. A gente gozou tudo na boca delas. E tu acha que foi uma vez só? Porra nenhuma. Ficamo fudendo a noite inteira. Dei umas quatro, cinco, seis... Até perdi as conta. Cara, essas alemã são demais, não têm frescura, não têm nhenhenhém. Elas gosta e não têm vergonha de gostar. Não é que nem no Brasil, não, que as mulher fica tudo exibindo a bunda, falando sacanagem, mas, na hora de fuder, não quer fazer isso, não quer fazer aquilo, nhenhenhém, nhenhenhém. Cara, e essas gata não era puta, não. Quer dizer, é tudo meio vagaba, meio piranha, mas não é profissão, não é profissional. Elas dá não é pra ganhar dinheiro, não. Dá é porque gosta. Aquelas da outra noite era prostituta profissional, e cara, só que o dono daquele bar fez questão de pagar pros ídolo. Mas essas aí deram de graça. Elas não deixaram nem a gente pagar a conta do bar. Tu vai ver. Aposto que essas gata têm tudo profissão séria. Elas faz aquela sacanagem toda de noite e no dia seguinte vai trabalhar em firma séria, deve ser tudo médica, advogada, até polícia. Porra, Mané, já sacou as mulher policial daqui? Tem cada gatinha, cumpade! Cara, vou te dizer. Isso aqui é o Paraíso prum negão assim que nem eu. Depois, eles fala que alemão é racista, essas parada de heil Hitler, essas porra. Racista porra nenhuma. No Brasil, tudo bem, eu até como umas branca, umas loura, mas é só porque eu sou famoso, porque eu tenho uma grana. Senão, eu não ia comer branca nenhuma, loura nenhuma. Antes de aparecer no jornal, quando eu ainda não era famoso, eu nunca tinha comido uma mulher branca. Nem branca pobre da favela. Só que aqui as alemã gosta mais de nós do que dos alemão louro de olho azul. Lá no Slumberland, então, as gata são tudo especialista em crioulo. E tu não aproveita. E tu fica com medo das gata. Fica aí, na punheta, inventando que comeu essa Panela, essa americana. Se tu tivesse comido essa Panela aí que tu fala, tu não ia arregar praquela gatinha no domingo. Cara, meu camarada, vou só te avisando, se tu não comer aquela gata, eu vou comer, hein!? E outra coisa, acho melhor tu começar a ir na aula da Fräulein Schön. Vai te ajudar pra caralho pra pegar mulher. Tá bom que essas do Slumberland, aquela maravilhosa que tá querendo dar pra você, dá até se você não falar nada. Só precisa ser preto. Mas, porra, falar a língua dos cara ajuda em tudo, né, caralho?! Porra, eu e o Mnango não podemo ficar de babá sua, não. A gente sai, vai pra night, eu e o Mnango saímo com as gata, vamo comer as gata, comemo as gata... E depois a gente tem que voltar pro boteco pra pegar você, porra?! Tu tem que aprender a se virar também, né? Dá licença! Outra coisa, porra, tu tá tomando Fanta Uva demais. Isso vai fazer mal pra você. Tu não come no clube, aí, quando sai com a gente, bebe Fanta Uva pra caralho, come pão pra caralho, Currywurst pra caralho. Cara, isso deve dar a maior zica na tua barriga, porra. Mané, Mané... Tu tem tudo pra ser foda, joga pra caralho, é melhor que essas porra toda que tem aí, mas fica aí com essa cara de bebê chorão, não aprende a falar alemão, não come as gata, não sabe voltar pra concentração sozinho e também não pergunta pra ninguém comé que faz. Cara, se não tivesse eu aqui, comé que tu ia fazer? Não ia sair daquela porra de alojamento. Ia ficar o dia inteiro lá, batendo punheta. Desse jeito, tu vai acabar dando a bunda e gostando. Porra, Mané, vê se não vai virar viado.

* * *

Eu prometo.

Mechthild estava sendo muito carinhosa com Mané. Ela o amava demais e não se cansava de repetir: "I love you. I love you. I love you. I love you...".

Lentamente, com muito amor, Mechthild foi tirando, uma a uma, cada peça de roupa usada por Mané: a camisa do Fluminense, a calça de moletom do Hertha Berlin, as chuteiras, as meias brancas e felpudas, a cueca.

Fascinada com o pau negro, enorme, cheio de veias, de Mané, Mechthild passa a lambê-lo de baixo para cima, de cima para baixo, com muito carinho. Vez ou outra, Mechthild encarava Mané e sorria. Era um sorriso meigo, divertido.

Mané aponta para a máquina de vender camisinhas no fundo do quarto, fazendo com que Mechthild, que entendia todos os desejos de Mané sem que este precisasse dizer nada, se levantasse e fosse até ela, máquina de vender camisinhas no fundo do quarto.

Mané, também sorrindo muito, carinhoso, exibe o seu pau negro, duro, enorme, cheio de veias, para Mechthild e diz: "Ai ló viú".

Trazendo uma camisinha, Mechthild vem de volta até Mané e, mais uma vez, diz: "I love you".

Mané quase teve uma ejaculação precoce, quando Mechthild se ajoelhou e vestiu o pau negro, enorme, cheio de veias, duro, com a camisinha.

Era a primeira vez que Mané usava uma camisinha e, para ele, a camisinha era um objeto muito erótico, muito excitante.

Mechthild se levanta, sempre sorrindo carinhosamente, sempre dizendo "I love you", e vai tirando lentamente sua roupa, enquanto cantarola com perfeição, extremamente afinada, o hino do Fluminense.

Mechthild vira as costas para Mané e senta sobre o pau enorme, duro, negro, cheio de veias, vestido com a camisinha, de Mané.

Mechthild sobe e desce, sobe e desce, depois se deita completamente, de costas, sobre o corpo de Mané, que, por sua vez, bolina os seios com mamilos róseos de Mechthild.

O orgasmo é simultâneo.

"I love you!"

"Ai ló viú!"

O Mané bem que podia tentar se relacionar, ou pelo menos demonstrar alguma cordialidade com Viktor, Maurice e Peppino, que, desde aquele golaço espetacular, naquele treino assistido por Uéverson e Mnango, passaram a ter uma profunda admiração por ele, pelo Mané, embora ainda considerassem o Mané uma pessoa extremamente orgulhosa, arrogante, uma pessoa que se achava melhor do que as outras.

Mas não.

O Mané, que não tinha inteligência para com o outro, que não tinha inteligência, que era primitivo, que não sabia se comunicar, nem olhou para Viktor, Maurice e Peppino e, relaxado pelo orgasmo que acabara de ter, se deitou debaixo das cobertas, permanecendo até altas horas da madrugada, vidrado num documentário sobre o atentado de 11 de setembro contra as Torres Gêmeas.

Mas não.

O Mané, além de não entender o alemão, também não sabia que aquilo que estava passando na televisão era um documentário. Para o Mané, aquilo era um filme de ficção científica. E ele próprio, o Mané, criou o enredo da história.

O Planeta do Santos ia jogar na Copa do Mundo, que ia ser em Ubatuba, no Estádio Municipal do Perequê-Açu, que tinha um monte de índio, aqueles cara índio que vivia enchendo o saco, escondido no mato atrás do estádio e depois pulava em cima pra dizer que eu sou viadinho. Eu não sou viadinho, não. Os jogador do time campeão da Copa do Mundo ia ganhar a taça e um monte de mulher pra ficar trepando nelas. As mulher ia ser tudo alemã, que é as segundas mulher mais gostosa que tem. As mais gostosa mesmo é as holandesa, aquelas que joga vôlei. Tinha dois time bom nessa Copa do Mundo: os do Planeta do Santos e os do Planeta do Fluminense. Os cara do time do Planeta do Santos morava tudo nuns prédio alto que tinha lá, com as parede tudo de vidro preto que não dava pra ver comé que era lá dentro. Lá dentro desses prédio, os cara ficava o tempo todo fazendo troca-troca, que era tudo viadinho. Os chefe dos cara era o Fernando e o Levi que usava a camisa 24. E tinha o Pelé que não era eu, não, que não era o meu pai, não. O meu pai era o Renato Gaúcho, que jogava no time do Planeta do Fluminense, que era o Planeta que eu jogava. Aí nós pegou os avião que ia pra Copa do Mundo no Perequê-Açu e fomo tudo voando nos avião, olhando pras estrela, comendo americano no prato com maionese separado e bebendo guaraná, que esses avião que tem no Planeta do Fluminense tudo tem guaraná. Tem Fanta Uva também pros que gosta mais de Fanta Uva, mas eu gosto mais é de guaraná. Aí a gente foi indo voando, voando, vendo as estrela até ficar de dia e as nuvem ficar embaixo de nós, que nem no avião que vai pra Alemanha. Aí, nós passou em cima do Planeta do Santos e no Planeta do Santos tinha esses prédio que ficava os jogador deles, com o Fernando e o Levi, que era tudo viadinho filho-da-puta e eles é que ficava lá no alto do prédio fazendo assim com a mão, chamando nós de bico-de-chaleira. Eu não sou bico-de-chaleira, não. Eu não faço troca-troca, não. Eles é que faz, os marditinho. Aí eles ficava tudo gritando, fazendo assim com a mão, que ia dar porrada no vestiário depois. Aí nós, eu que era o chefe, eu que era o capitão que ia levantar a taça, eu, tinha o Uéverson também, que não era mais do Flamengo, era é do Fluminense que é muito melhor, ainda mais no Planeta do Fluminense, que é o Super Fluminense, que era esse time que nós jogava, eu, o Uéverson, o Renato Gaúcho, o Mnango também pode e tem o turquinho que o Uéverson fala, esse que joga comigo no Hertha e dá passe pra mim fazer gol e nós joga bem que nem o Uéverson e o Mnango que joga no time dos cara mais véio aqui no Hertha, mas lá, nesse filme, era tudo Super Fluminense. Aí, nessa hora que a gente tava voando em cima dos prédio dos viadinho vinte-e-quatro filho-da-puta e eles ficava falando que ia dar porrada ni nós, nós fomo e jogamo os avião em cima deles. Primeiro foi esse primeiro avião que eu tava dirigindo e eu apertei o botão e saí voando tão rápido que não deu nem pra ver na televisão. Aí todo mundo saiu voando também, todo mundo do Super Fluminense. Aí ficou o prédio pegando fogo e todo mundo deles foi saindo correndo nas rua do Planeta do Santos e as polícia que nós chamou foi correndo atrás pra prender eles pra eles não dar porrada ni nós no vestiário. Só que ainda ficou um prédio deles de pé e os cara lá achando que não ia acontecer nada com eles. Eles tava achando que ninguém via eles atrás dos vidro preto que tinha. Mas aí o meu pai, que era o Renato Gaúcho, foi também, dirigindo o avião que ele é que era o chefe do outro avião, foi lá, apertou o mesmo botão que eu tinha apertado no avião que eu que era o chefe e jogou o avião em cima do outro prédio e ficou tudo pegando fogo e eles tudo se fudeu e teve todo mundo que sair correndo na rua com os pedaço dos prédio caindo na cabeça deles e os policial correndo atrás deles e eles foi tudo pra Copa do Mundo correndo, com os pé mesmo, que eles nem sabia voar de avião, que eles é tudo burro. E nós, que era Super Fluminense foi voando mesmo, sem avião e levando uns guaraná e uns americano que nós levamo no cinto, numa bolsa que tinha atrás assim no cinto que era só pros Super Fluminense. Aí eles ficou tudo com o pé tudo machucado de tanto que eles correu com os policial correndo atrás deles. Aí teve reunião lá na Câmera Municipal e o Mário Telles falou que eles, esses do Planeta do Santos, que tinha o Fernando, tinha o Levi, ah!, e tinha o Guerrinha também que era viadinho, que eles tudo não era bom na escola e que eles ia ter que jogar tudo levando porrada dos Super Fluminense e eu não arreguei, não, e dei porrada no Alemão, bem assim

338

no meio da cara dele, no jogo, que ele era do Planeta do Santos e todo mundo de nós fez gol, o Uéverson, o Mnango, o Renato Gaúcho, eu e o turquinho que nós passava a bola. Aí foi um monte de gol. Foi goleada e eles ficaram tudo assim chorando que nem viadinho. Aí, no final, veio aquele cara gringo, de cabelo branco, junto com os cara que era da polícia, essa polícia especial que veste tudo de preto com umas capa amarela e subiu com esse cara de cabelo branco no palanque de ganhar prêmio. Aí eles também ficou chorando, mas não era chorando de viadinho, não. Era chorando de campeão, esses choro que os jogador chora quando é campeão. Os cara do Planeta do Santos é que ficava chorando no meio da fumaça dos rojão que soltaram pra nós. Aí, depois, nós foi tudo trepar nas mulher que a gente ganhou junto com a taça, as alemã. Mas esse pedaço não passou no filme, não. Esse pedaço eu inventei foi com a minha cabeça.

Uma loucura como a de George Harrison.
Eu vou continuar.

"*Eu não quis falar sobre isso com o Uéverson. Ele logo iria me criticar, fazer piadinhas, tentar me levar para a cama. Você sabe como é o Uéverson, não é?*"
"*Sei, sim. Mas o que houve?*"
"*Eu não sei explicar direito. Não sei muito bem o que dizer. Mas é que algo mudou nos meus sentimentos pelo Mané.*"
"*Mas quais eram os seus sentimentos pelo Mané?*"
"*Amor. Eu amava o Mané. Mas é que agora, olhando aquele corpo deformado, na cama do hospital, não consigo mais reconhecer o Mané nele.*"
"*Mechthild, eu até compreendo. É claro que eu não esperava que uma menina da sua idade fosse ficar eternamente presa, dedicada a alguém que se encontra naquele estado. O Mané, caso sobreviva, não vai ter condição alguma de manter um relacionamento com você ou com qualquer outra mulher.*"
"*Claro, Mnango. Não se trata apenas de sexo. Não é por causa da perda do pênis ou algo assim. É que eu fico assustada com as mudanças em meus sentimentos. Às vezes eu acho que você e o Uéverson me vêem como uma prostituta, ou, no mínimo, como uma mulher vulgar, que vai para a cama com qualquer um, a qualquer hora. E isso não é bem assim. Vocês me vêem dessa maneira porque os países de onde vocês vieram são mais conservadores. Ainda há muito preconceito contra mulheres independentes, que vivem a própria sexualidade de modo livre. Aqui na Europa, na questão da sexualidade, as mulheres já se nivelaram aos homens há muito tempo. E, eu sei, esse mundo do futebol no qual vocês vivem é ainda mais*

machista. Vocês comemoram as vitórias com prostitutas, em orgias nas quais as mulheres são meros troféus. E eu não gostaria de ser confundida com essas mulheres-troféu. Eu amava o Mané de fato, mas há algo que mudou. Não posso mais afirmar com certeza se o que sinto por Mané ainda é amor."

"Mechthild, é verdade, a maioria dos jogadores de futebol é assim como você diz. Infelizmente, sou obrigado a admitir que eu também já comemorei muitas vitórias em bordéis, ou com fãs, ou com mulheres como você. Mas eu até que venho tentando mudar meu comportamento desde o que aconteceu com o Mané. Na verdade, tenho tentado ser diferente há mais tempo, e o Mané, para mim, foi até um exemplo, uma inspiração. Eu comecei a sentir vergonha cada vez que eu saía de uma dessas farras e encontrava o Mané no bar mais próximo, bebendo refrigerante, esperando por nós com tanta dignidade. Mas, Mechthild, eu acho também que a maneira como você se comporta não é muito diferente da nossa. Tendo como justificativa o tal do multiculturalismo, essa sua fascinação pela cultura afro, pelos negros e terceiro-mundistas em geral, você acaba se comportando como qualquer jogador de futebol exibicionista, que faz sexo mais para mostrar aos amigos do que pelo prazer que o sexo proporciona. Você e suas amigas vão ao Slumberland vestidas a caráter, com uniforme afro, essas tatuagens tribais que não têm nada a ver com vocês, nem com a África, e saem caçando homens exóticos. Depois, ficam nos exibindo umas às outras, como quem diz: 'Olha que lindo príncipe africano eu cacei'. Talvez, o que você sentiu por Mané nunca tenha sido amor de verdade, e sim uma atração pelo exotismo."

"Mas acho que você gostou quando fez sexo comigo. E deve ter gostado também das minhas amigas."

"Assim como as prostitutas também gostam de fazer sexo com homens como o Uéverson, que é engraçado, bem-dotado, cheio de dinheiro para gastar."

"Você acha então que eu nunca amei o Mané?"

"Eu não sei, Mechthild. Você é quem deve saber. Mas o que aconteceu entre vocês dois? Em algum momento vocês de fato foram namorados?"

"Fomos, não fomos? Eu queria e ele também. Só que ele não tinha coragem, eu acho."

"O Mané era alguém muito diferente. Eu sou amigo dele, mas, na verdade, nunca falei com ele. Nem ele falou comigo. Por causa da língua."

"Digo a mesma coisa. Eu era namorada do Mané, mas ele nunca falou comigo. Eu até tentei falar com ele. Muitas vezes. Mas ele nunca respondeu, nem fez nenhum esforço para responder, para falar alemão, inglês, ou qualquer coisa que fosse. Nem mímica."

"Só o Uéverson falava com o Mané aqui em Berlim. E o Hassan. E talvez os muçulmanos daquele grupo que ele freqüentava."

"Pois é. Como ele se comunicava com os muçulmanos?"

"Não sei. Eu já vi o Mané fazendo mímica para falar com o Hassan. Mas era uma mímica tímida, gestos um pouco vagos. Ele apontava a bola, essas coisas. Coisas de futebol. Às vezes, o Hassan pegava o Mané pela mão e o levava. Foi assim que o Mané foi parar no grupo do Mestre Mutanabbi."

"E você acha que foi ele, o Mestre Mutanabbi, que induziu o Mané a fazer o que fez?"

"Pode ser. Só pode ser. Quer dizer, não sei, não parece. O Hassan sempre me pareceu alguém muito pacífico, bom menino. Não, não acho que o grupo do Mestre Mutanabbi tenha induzido o Mané a fazer o que fez. Pensando bem, e considerando o fato do Hassan ter sido solto, acho que não foram eles, não."

"Foi pensando nisso, pensando que o Mané pode ser alguém capaz de cometer gestos violentos como um atentado terrorista, que meu amor por ele começou a se esvaziar. Não posso amar um terrorista, alguém capaz de matar inocentes, alguém capaz de cometer suicídio, que é algo muito violento também. Você sabe que eu não tenho nenhum tipo de preconceito, mas violência eu não aceito. Também não aceito o que os muçulmanos fazem com as mulheres deles. E se eu de fato viesse a namorar, a me casar com o Mané, e ele viesse com imposições sobre a roupa que uso, os lugares que freqüento, as amizades que tenho?"

"O Uéverson sempre dizia, não muito seriamente, mas o Uéverson sempre dizia que o Mané tinha problemas mentais. Eu não sei o que o Uéverson queria dizer com isso, mas o Mané tinha um comportamento muito estranho às vezes."

"Às vezes, ou sempre?"

"Bem... para falar a verdade, sempre. Desde que eu o conheci. Mas não tinha nada a ver com islamismo, ou qualquer coisa assim. Era mais uma timidez doentia, um alheamento das coisas que aconteciam ao redor dele."

"Sexo."

"Sim. Ele tinha problemas com sexo, mas quem não tem?"

"Eu não tenho."

"Não seja pretensiosa, Mechthild. Você acha normal fazer sexo com tantos homens diferentes, com dois homens ao mesmo tempo, participar de orgias com qualquer grupo de estrangeiros que aparece por perto?"

"Você também participou, ou participa, de orgias. E, o pior, com prostitutas, pagando."

"Mas eu tenho problemas com sexo. Estou muito arrependido de muita coisa, inclusive daquela vez em que o Uéverson e eu, e você, fizemos... fizemos..."

"Fizemos sexo e, como sexo, foi ótimo."

"Acho que temos idéias diferentes do que é ótimo e do que não é, Mechthild.

Para ser sincero, achei aquilo deprimente. Descontei em você a raiva que eu sentia por um grupo de skinheads que havia nos provocado num bar."

"Ah, é? Então aqueles gemidos todos eram de raiva? Você fazia sexo anal comigo e ficava gritando em algum dialeto lá da África. Parecia que você estava gostando, Mnango."

"Eu estava, Mechthild. Com toda essa experiência que você diz que tem, já deveria ter percebido que, na hora do sexo, muita coisa, muitas emoções, muitos pensamentos, se misturam em nossa cabeça. Por respeito a você, eu estava tentando evitar lhe dizer isso, mas, no final daquilo tudo, com você lá, coberta de esperma, o Uéverson rindo com uma expressão quase demoníaca no rosto, eu senti muito nojo."

"Nojo de mim, Mnango?"

"Nojo de mim, Mechthild. Eu gostaria tanto que o Mané se recuperasse e que vocês dois, de fato, se unissem. Vocês têm a mesma idade, o Mané é um homem, um menino, puro. Vocês fariam muito bem um ao outro. E talvez, assim, você passasse a se valorizar mais, a cuidar de coisas mais importantes na vida do que sexo."

"Mas você sabe que isso não é mais possível."

"Você vai deixar de visitar o Mané?"

"Não, Mnango. Mas também não vou mais ficar me guardando para ele. Você não se cansa de repetir que eu sou muito jovem, não é? Pois é. Eu sou muito jovem e pretendo continuar minha vida, conhecer outros homens e, um dia, encontrar aquele que me faça esquecer dos outros. Você, por exemplo, se não tivesse nojo de mim, poderia me levar para algum lugar, para algum programa mais animado, mais quente, se é que você me entende. Sabia que já faz um bom tempo que não faço sexo? Que tal?"

"Ah-ah! Então vocês dois já iam fazer safadeza sem me avisar. Logo você, Mnango? Você não disse que iria deixar a Mechthild para o Mané? Você não estava toda hora, aí, dizendo que não queria mais saber de sexo sem amor? E agora ia comer a Mechthild e não ia me chamar? Que decepção!"

"Uéverson, com você, nunca mais. Com o Mnango, até podia ser. Mas você tinha razão, Uéverson. O Mnango agora é puritano."

"Assim você me magoa, Mechthild. Mas nem uma? Pode ser rápida, papai-e-mamãe. O Mané é como se fosse um filho para mim. Ele não iria se importar. Já que ele não quis..."

"Com licença. Eu vou dormir cedo hoje. Amanhã nós vamos viajar, vamos jogar em Bremen."

Além do Uéverson, e do Mnango por tabela, o Mané não se relacionava com ninguém, não procurava a amizade de ninguém. Dentro do grupo de vinte e cinco rapazes do time de juniores do Hertha Berlin, o Mané ainda não demonstrara sequer um sinalzinho de simpatia por qualquer um de seus companheiros. E o Mané bem que podia ter continuado assim, isolado de todo mundo, sem abrir a boca, primitivo, sem inteligência para com o outro, sem se relacionar com as pessoas.

Mas não.

Depois que demonstrara seu talento ao grupo e fora reconhecido como o grande craque que era, o Mané acabou se aproximando daquele garoto que o Uéverson chamava de turquinho e, junto com ele, com o Hassan, passou a fazer jogadas de alta categoria.

O Mané não falava alemão e o Hassan, óbvio, não falava português.

Mas não.

O lugar-comum diz que a linguagem do futebol é universal e não reconhece fronteiras. Assim, de tabelinha em tabelinha, o Mané e o Hassan foram se entendendo — mas não —, se entendendo mais ou menos, na base de uma mímica desengonçada.

O Mané bem que podia ter mantido o entendimento e a amizade com o Hassan apenas dentro das quatro linhas.

Mas não.

Depois do sexo, a coisa mais importante na vida do Mané era comer, não é mesmo? E o Hassan, um dia, no final de um treino, convidou o Mané para comer um Döner Kebab, na lanchonete sujinha de uns tios dele, do Hassan. O Mané, na verdade, nem sabia para onde estava indo, mas, já que o Hassan estava gesticulando muito, todo animado, o Mané achou que o Hassan estava chamando ele, o Mané, para algum lugar muito bacana.

A lanchonete dos tios do Hassan era muito suja, até a salada que acompanhava a carne dentro do pão parecia gordurosa.

Mas não.

O Mané adorou o Döner Kebab. O Mané gostou mais do Döner Kebab do que do Currywurst.

Mas não.

O Mané ainda preferia o americano no prato do Império ao Döner Kebab. O Mané preferia o americano no prato do Império a qualquer outro tipo de comida.

Mas não.

Aquele tal de club sandwich que o Uéverson e o Mnango descolaram para o Mané, e que tinha algumas semelhanças vagas com o americano no prato, não dizia nada ao paladar sofisticado do Mané.

Os alemães não sabiam que era pra ter filé e não bacon num verdadeiro americano no prato. O pão tinha que ser pão francês, um pouco murcho, e não torrada. O queijo era outro, caralho. Salada tinha que ser só de alface e tomate. A cebola estraga tudo. Maionese, na boa, mas o Mané não gosta de mostarda, nem de ketchup — quer dizer, ele gosta, mas não no americano no prato.

Concluindo: o americano no prato ficaria para sempre no coração do Mané, mas, em Berlim, o Döner Kebab passou a ser a comida oficial dele, do Mané.

Os tios do Hassan, orgulhosos do sobrinho cê-dê-efe e jogador de futebol, trataram o Mané como se este fosse o Pelé em pessoa. O Mané, aquele cara primitivo, deve ter comido uns cinco ou seis Döner Kebab além de uma meia dúzia de Fanta Uva. O Mané até riu, quando todos arrotaram à mesa, inclusive ele, o Mané.

E o Hassan tinha primas, três primas: quinze, dezesseis e dezessete anos de idade. As primas do Hassan usavam véu, mas também usavam calças apertadas — o Mané via nitidamente o contorno das calcinhas marcando as calças apertadas das primas do Hassan. As primas do Hassan também se maquiavam muito, usavam batom vermelho e sutiãs com enchimento para aumentar o volume dos seios. O Mané achou que as primas do Hassan tinham as bundas muito gostosas.

Pena que as primas do Hassan eram feias.

Mas não.

Mesmo que as primas do Hassan fossem lindas, o Mané não se aproximaria delas, das primas do Hassan.

Os tios do Hassan consideraram uma atitude muito respeitosa a do Mané, quando ele, o Mané, abaixou os olhos ao ser apresentado às primas do Hassan.

Mas não.

O Mané só abaixou os olhos, quando foi apresentado às primas do Hassan, porque ele, o Mané, tinha medo de mulher. Para mulher feia, o Mané até tinha um pouco de coragem.

Mas não.

As calcinhas das primas do Hassan, marcando as calças das primas do Hassan, dando um formato sensual às bundas das primas do Hassan, faziam com que o Mané tremesse, suasse, tivesse vontade de se esconder debaixo do tapete persa, todo engordurado, da lanchonete dos tios do Hassan.

As primas do Hassan baixaram os olhos quando foram apresentadas ao Mané.

Mas não.

De noite, antes de dormir, as primas do Hassan ficaram horas conversando sobre o Mané. Uma delas, das primas do Hassan, até perguntou se alguma delas, das primas do Hassan, tinha conseguido dimensionar o tamanho do pau dele, do Mané, por debaixo da calça dele, do Mané.

344

Mas não.

O pau do Mané era muito pequeno para fazer volume na calça.

Muhammad Mané é muito educado, muito respeitoso. Ele não fala muito, não bebe álcool e sabe se comportar num lar de muçulmanos. Nós nunca conseguimos saber se ele já era muçulmano, quando chegou aqui, ou não. Eu acho que não, porque, nas cerimônias, ele teve de ser orientado em vários procedimentos. Não, ele não era muçulmano, não. Foi o meu irmão quem o ensinou como localizar a direção da Meca. E, mesmo assim, Muhammad Mané sempre se atrapalhava. Mas não era por mal. Com o tempo ele foi aprendendo. Só não entendi ainda foi o que motivou Muhammad Mané a fazer essa besteira. Não sei. Talvez ele tivesse as razões dele. Alguns de nós são muito revoltados. E com razão. Eu vivo aqui, na Alemanha. Vivo aqui há muitos anos e, com exceção de algumas ofensas feitas por nazis ou por alguns intolerantes, sou tratado como um cidadão alemão. Não tenho do que me queixar. Mas não sei como é no Brasil. Já ouvi dizer que alguns negros de lá ainda são escravos. Talvez Muhammad tenha sido escravo e quis se vingar de alguma coisa. Eu sou contra a violência, mas respeito a opção dos que lutam pela liberdade do nosso povo. Não sei como o meu sobrinho, o Hassan, não percebeu e não nos alertou sobre o radicalismo de Muhammad Mané.

Ele é bonito. Eu gosto dos marrons.

"Fräulein Combatente-das-Forças-Feministas-Extremamente-Politicamente-Correta-e-Fornecedora-de-Entorpecentes-para-Pacientes-Drogados, esse fumo, agora, é melhor do que o outro. Olha só a expressão de êxtase do Herbert. O que é que você está ouvindo aí, Herbert?"

"É aquele disco do Miles que você me indicou. Peguei na internet."

"Mas não precisa gritar."

"É demais."

"O quê? O fumo da Ute?"

"Não, o Miles. Acho que estou entendendo aquilo que você me disse do tom único. Os músicos não mudam de tom, não é isso? Eles ficam improvisando em cima de um tom só. Demais."

"Ou de tom nenhum. Às vezes, sai cada um para um lado e, se não tem harmonia, eles se encontram pelo ritmo, ou pela dinâmica. Deixa eu ouvir. Que faixa é essa?"

"*Pode ouvir.*"

"*Cara, isso é bom demais. Essas notas que o Miles está tocando formam uma série dodecafônica. Olha só. Conta, vai contando. Viu? São doze notas que não se repetem. E os outros músicos enlouquecendo atrás.*"

"*Eu quero tocar isso com você.*"

"*Espere um pouco, Herbert. O Tomé prometeu tocar músicas do Antonio Carlos Jobim. Não é, Tomé?*"

"*Claro, Fräulein Enfermeira-Bossa-Nova. Mas, se você também fumar, vai gostar do Miles. O haxixe ajuda a abrir os ouvidos.*"

"*Eu não fumo no trabalho. Mas toca uma música do Antonio Carlos Jobim.*"

"*Mas aí o Herbert não vai poder me acompanhar. Ele ainda não aprendeu as harmonias de Bossa Nova.*"

"*Tudo bem. Toque Antonio Carlos Jobim. E, depois, você me ensina essa dodecafonia do Miles Davis.*"

"*Bem, Herbert. Dodecafonia mesmo é bem complexo. Não se trata nem de tocar piano. O Miles, aí no <u>Bitches Brew,</u> só faz essa série. O Zawinul, esse que toca os teclados, está só segurando um acorde esquisito. Bem... eu te ensino o acorde e nós enlouquecemos em cima dele. Mas, primeiro, um samba para a Fräulein Bossa-Nova-Carioca-Praticamente-sem-Preconceitos-contra-Turcos-Fedorentos.*"

Vem, Martinha. Vamo passear de mão dada nessa praia. Eu não esqueci de você, não. É que tem muitas que nem você que me ama demais. A gente podia passear e ir trepar lá no canto da praia, só nós dois. Aí eu fico lambendo a sua bucetinha que nem você gosta e você pode fazer punheta ni mim e nós fica olhando pro céu, vendo as estrela, calado, pensando. Agora que eu aprendi a pensar, que eu tô ficando inteligente, nós podia fazer essas coisa de inteligente, essas coisa que é ficar pensando, olhando pro céu, pensando nesse tempo que passou, que fica passando mesmo sem existir o tempo. Já pensou nisso, Martinha? Já pensou que agora é todos os tempo que existe ao mesmo tempo? Já pensou que agora é antes, que tem essas praia, que tem você, que é tudo de Ubatuba e que também tem as gringa da Alemanha, tem a Paméla que é gringa americana, que tem as mulher tudo da televisão que é de um tempo que não é nem esse tempo que era nosso quando a gente era vivo, nem é antes, nem é depois, que televisão é uma coisa que fica tudo lá gravado, fica tudo guardado, que depois passa num tempo que pode ser qualquer tempo, que é o tempo que passa na televisão, que é quando a gente vê o antes, que é o tempo que os cara filma as coisa que vai aparecer um tempo depois quando a gente vê as coisa que foram filmada passando na televisão? Aqui, nesse Paraíso é tudo doideira. Esse negócio de tempo é tudo doideira. Igual esse negócio de sex que é tudo doideira também, essas coisa que a gente faz na hora que tá trepando, que é uma coisa que tem lá dentro da gente, essa coisa que faz a gente ficar querendo fazer essas coisa de doideira, essas coisa de ficar lambendo, de ficar querendo ficar apertando os peito das mulher, das mulher que tem peito grandão que nem a Paméla e a Fraulaim Chom e de ficar dando uns beijinho assim bem de levinho nesses peitinho que nem o seu que é pequenininho. Mas que não tem motivo. Nós nem sabe por que que dá essa vontade, por que ficar lambendo peito, lambendo buceta, lambendo carne, é só uma doideira, porque a gente podia também ficar querendo lamber flor, lamber pedra, lamber bola de futebol, qualquer coisa. Mas não. A gente fica querendo é lamber as mulher e vocês que é mulher fica querendo lamber os homem e vocês tudo que é minhas esposa, que é minhas virgens, fica querendo só lamber eu, o meu pinguelo que é grandão assim. Mas por que que vocês não têm vontade de lamber casca de coco, lamber outras coisa, lamber pedra, sei lá? Vamo ficar trepando, tentando descobrir, prestando atenção ni nós pra ver o que que acontece com a gente, o que que dá na cabeça que dá essa doideira de ficar fazendo essas coisa de sex?

Meu nome é Mubarak e é hora de continuar. A explosão. Dezessete horas e trinta minutos, Texas: BUM. Vinte horas, Ohio: BUM. Vinte e uma horas, Colorado: BUM. Catorze horas, vinte e dois minutos, Tampa Bay: BUM. Catorze horas, trinta e oito minutos, Flórida, Cabo Kennedy, NASA: BUM. Esta é a loucura de George Harrison. Falta muito pouco. Sim! Primeiro: Berlim. O anjo de Mubarak, o anjo de Muhammad, vai realizar o primeiro passo. Catorze horas, quinze minutos, Berlim: BUM. A espada do Rei da Inglaterra sobre Berlim. Catorze horas, quinze minutos, Berlim: BUM! BUM!

Sabe como é que é, né? Trabalho, trabalho mesmo, coisa de profissão, não rola aqui, não. Eu vim pra dar aula de capoeira. Mas, porra, eu não sou mestre nem nada. Mas eu fazia aula de capoeira lá no Brasil, já sabia bastante coisa e resolvi tentar, né? Naquela merda lá não tem trabalho. Eu fazia qualquer negócio. Quer dizer, eu era zelador de prédio, ganhava um salário merreca e completava fazendo uns bico pros morador: consertar encanamento, arrumar problema com eletricidade, esses negócio. Aí o mestre Jequié descolou essa viagem aqui pra Alemanha. Primeiro nós fomo pra Freiburg, lá perto da Suíça. Depois, passamos na Basiléia, que é Suíça. Só que a gente não sabia que era proibido e fomo fazer uma roda no domingo. Fudeu. A polícia chegou, levou todo mundo pra delegacia deles lá e eles acabaram mandando o mestre Jequié e todo mundo embora. Na Suíça, não pode fazer roda de capoeira no domingo, não. Os músico não pode tocar, não pode nada. Só que eu saquei o carro da polícia chegando — na Suíça, os carro da polícia nem parece carro de polícia, não tem sirene, não tem nada escrito, mas eu saquei que era polícia. Aí, eu fiquei meio de lado na roda, fingindo que eu tava assistindo junto com os turista, e aí eu escapei. Eu fui o único que escapei. Aí eu voltei aqui pra Alemanha, juntei uma graninha trabalhando de lavar prato e vim pra Berlim achando que eu ia dar aula de capoeira aqui. Porra nenhuma. Tem mestre de capoeira pra caralho aqui. Mas, de qualquer jeito, eu tô me dando bem, juntando uma grana só fazendo bico. Daqui a pouco eu vou abrir um negócio aqui, uma lanchonete. Eu vou trazer minha mãe da Bahia e botar ela pra cozinhar, que ela cozinha bem pra cacete. Brasil, pra mim, nunca mais. Vê se lá eu vou ter essa moleza que eu tenho aqui! É duas da tarde, já ganhei minha grana de hoje lavando uns tapete na loja duns turco aí e já tô bebendo a primeira Bier do dia. As mina tão chegando, já tudo de olho em nós. Meu amigo, aqui é foda. A gente que é negão só se dá bem com as mina. Daqui a pouco chega o Uéverson, o Mnango, e aí é foda. Começa a chover mulher. Se bem que o Uéverson e o Mnango tão meio devagar na azaração, por causa desse negócio que aconteceu com o Mané. Eles vem pra cá e fica lá no canto conversando com a Mechthild. Essa é outra que parou de dar. Não dá pra ninguém mais agora. Entrou numas que é namorada do Mané. Só que todo mundo que vem aqui já comeu ela. Essas mina é tudo meio piranha. Elas dão pra todo mundo. Quer dizer, dão pra tudo que é negão que aparece aqui. Só o Mané mesmo é que não comeu ela, a Mechthild. Deve ser por isso que ela gamou no moleque. Cara, você precisava ver quando o Uéverson veio aqui a primeira vez. Não sei se era a primeira vez mesmo, mas foi quando ele chegou na mesa dos brasuca aqui. O cara ficou doidinho com as mina. Parecia pinto no meio do lixo. Ele não sabia qual que ele ia comer primeiro. Aí ele e o Mnango pegaram duas mina e levaram. O Mané tava também, só que ele ficou de azaração com a Mechthild lá naquela outra mesa. O Mané era foda. Alguma coisa esquisita ele tem. A gente achou que ele devia ser viado, de tanto que as mina, a Mechthild principalmente, de tanto que as mina dava em cima dele e ele nada de comer ninguém. Mas o Uéverson disse que ele não é viado, não. O Uéverson disse que o Mané era é meio retardado. Então os três sempre vinha aqui. E eu acho que só aqui na Alemanha mesmo pra mim ficar amigo de um cara, um jogador famoso que nem o Uéverson. Lá no Brasil, no máximo que eu ia chegar perto do Uéverson era pra ser garçom dele. Mas aqui a gente é tudo brother. Até suruba a gente fez com as mina aqui. Mas o Mané, não. Ele nem é conhecido aqui e ele é que não dá conversa pra ninguém. Porra, ele é júnior, não é famoso nem nada.

Mas o Uéverson gosta dele e aí ninguém mexe com o moleque. Se bem que o Mané é bonzinho, quietinho, na dele. O Uéverson falou que o Mané joga pra caralho, que, lá no Brasil, tava todo mundo falando que ele ia ser o novo Pelé e o escambau. Mas aqui, não. Aqui nós é tudo igual, jogador, músico, tem o Essa Porra, que pede dinheiro na rua, e tem até o Gustavo, que é intelectual, que tem bolsa pra morar aqui, que vive indo no teatro, na ópera. O Mnango, esse é dos Camarões, o Mnango é o único da turma que não é brasileiro, mas quer ser. Ele falou que ia preferir jogar num time do Brasil ganhando pouco, do que em qualquer time da Europa. O Mnango joga pra cacete, melhor do que o Uéverson, eu acho. Mas e o Mané? Ele tá muito fudido? O Uéverson tava louco pra jogar com ele no time principal.

"Catorze horas e quinze minutos, Berlim: BUM!"

"Percebeu, não é, Herr Silva?"

"Os senhores viram? Os senhores leram o que o Mubarak disse?"

"Claro que percebemos. Nós percebemos tudo."

"E então, estou perdoado pelos meus deslizes? Os senhores vão conseguir a permanência para mim?"

"Calma, Herr Silva. Tudo tem o seu tempo. Nós precisamos saber mais sobre Muhammad Mané."

"O Muhammad é só aquilo que os senhores sabem. Se bem que agora ele fica falando umas coisas mais profundas, fala sobre a inexistência do tempo. Está tudo anotado aí."

"Tudo mesmo? Ele não fez nenhuma referência ao Mubarak?"

"Mubarak? O Muhammad? E os senhores acham que o Muhammad sabe quem é o Mubarak? O Mané não sabe nem quem é a mãe dele."

"Não vamos discutir com o senhor a psicologia do Mané. Só queremos saber os fatos. Ele falou alguma coisa sobre o Mubarak?"

"Nada, nada. Só se ele falou quando eu estava dormindo. Mas eu durmo muito pouco aqui no hospital."

"E sai do quarto às vezes para fumar haxixe, não é?"

"Não. De jeito nenhum. Parei."

"Não se preocupe, Herr Silva. E é melhor o senhor não mentir para nós. Nós somos agentes de inteligência. Nada nos passa desapercebido."

"Os senhores não vão me dizer que a Ute e o Herbert estão me vigiando para os senhores, vão?"

"Não, Herr Silva. Não precisamos deles para saber o que se passa com o senhor."

"Claro! Por que é que eu não pensei nisso? Este quarto, o corredor, o hospi-

tal, aquele espelho ali... Isso aqui deve estar cheio de câmeras. Mas isso não se faz. E a nossa privacidade? Os senhores gravam tudo, me filmam quando vou ao banheiro. Filmam as mulheres também?"

"Não temos interesse algum em ver o senhor realizando suas necessidades fisiológicas. Se quiséssemos, poderíamos filmar tudo por aqui, sim. Já fizemos isso inúmeras vezes. Mas, por enquanto, tudo o que nos interessa neste hospital é o áudio."

"Então não há câmeras, mas há gravadores. Os senhores estão gravando nossas conversas, por isso nem se importaram quando eu pedi um gravador para gravar o Mubarak. Claro."

"Pode ser, Herr Silva. Mas fique calmo, tranqüilo, relaxado. Não estamos interessados nas suas drogas, nem no seu corpo nu. E, nos últimos dias, o senhor tem se comportado muito bem, embora não tenha percebido algo importante no que disse o Mubarak."

"Sim. Se dependêssemos apenas de suas anotações, teríamos deixado passar algo importante."

"Logo o senhor, Herr Silva, que se acha tão perspicaz."

"Esperamos que o senhor não tenha deixado escapar algo que o Muhammad tenha dito."

"Entendo. Os gravadores dos senhores não adiantam para o que o Muhammad fala, não é? E eu não creio que eu tenha deixado passar algo do que disse Mubarak. Só se foi alguma palavra em árabe que ele tenha dito."

"Não foi isso, não, Herr Silva. O Mubarak disse: 'Catorze horas, quinze minutos, Berlim: BUM! BUM!'. Foram dois BUMs."

Dois BUMs. Que diferença isso pode fazer?

O Mané era negro, brasileiro, ubatubano, ignorante, semi-analfabeto, tímido e incapaz de conversar em outra língua a não ser naquele péssimo português dele, do Mané. Além disso, o Mané achava que o World Trade Center era o Planeta do Santos, nunca tinha ouvido falar no Bin Laden, não fazia a menor idéia de onde ficava o Oriente Médio, nem que o Iraque fora invadido pelos Estados Unidos.

Mas não.

Através do boca-a-boca iniciado por Hassan, as colônias muçulmanas de Berlim passaram a freqüentar os treinos dos juniores do Hertha para ver o Mané jogar. Claro, os muçulmanos também estavam ansiosos para ter no Hassan uma espécie de ídolo islâmico no futebol alemão.

* * *

Acho que era por causa do Hassan. Com o Muhammad aqui, o Hassan, que já era excelente jogador, se soltou ainda mais. Se bem que quem dava espetáculo mesmo era o Muhammad. O Muhammad era turco também, era turco brasileiro, mas ninguém por aqui conhecia o Muhammad. No começo, ele nem era Muhammad. Ele era só Mané mesmo. Eu nem sei se ele já era muçulmano quando veio para a Alemanha. Os turcos não tinham como conhecer o Muhammad. O Hassan é que sempre foi bem ligado às comunidades dos turcos aqui em Berlim. O Hassan é que deve ter chamado esse pessoal para ver o Muhammad jogar, para ver os dois, ele e o Muhammad, jogando juntos. Primeiro foram os treinos. Os turcos lotavam nosso centro de treinamento. E, quando começou o campeonato dos juniores, eles, os turcos, eram maioria em qualquer jogo. Eles freqüentavam os jogos dos profissionais também, mas não eram muito notados. Acho que os turcos se escondiam um pouco, mantinham a discrição por causa dos skinheads. Mas nos jogos dos juniores eles faziam o maior barulho. O Hassan chegou até a ser convocado para jogar na Seleção Alemã Sub-20. Para nós, jogadores, era ótimo. Nós sentíamos muito positivamente a presença da torcida. Nós nos sentíamos profissionais com tanta gente torcendo, com as bandeiras. Não estávamos acostumados com isso. Foi uma surpresa para todos nós. Eu nunca gostei muito do Muhammad. Ele não se importava conosco, só com o Hassan. O Muhammad era muito individualista. Se bem que, com aquele futebol que o Muhammad apresentava, qualquer um seria individualista. O Hassan, não. O Hassan, apesar de turco, é ótima pessoa, simpático com todos, amigo mesmo. Mas o Muhammad deve ser um tipo de turco mais radical, ele deve ser fundamentalista, claro. Também, para fazer o que o Muhammad fez. Eu só não entendi a quem o Muhammad queria atingir. Entre nós, os jogadores, não havia nenhum inimigo declarado do islã. Talvez um ou outro racista enrustido. Os nazis, quando estão em minoria, são muito covardes e não se manifestam. E a torcida? Na torcida, naquele dia, só tinha turco. Só os turcos acompanhavam os jogos do time júnior. No dia do atentado, então, que nem haveria jogo dos profissionais depois do nosso jogo, aí é que só tinha turco mesmo. Foi muito estranho o atentado cometido pelo Muhammad. Se não fosse trágico, teria sido ridículo. De uma hora para outra, ouvi o barulho, que nem foi muito estrondoso, e, depois, o Muhammad começou a pegar fogo. Não vou ser falso. A pessoa do Muhammad não me agradava em nada, mas o jogador vai fazer muita falta.

Acabou. Sem o Mané, Muhammad Mané, nosso time é bem fraco. O Hassan, *sozinho no ataque, não vai poder resolver muita coisa. O nosso trio croata, no meio-de-campo, é razoável, mas eles são jogadores de proteção.*

O Muhammad fazia tudo do meio-de-campo para a frente, com uma certa ajuda do Hassan. O Muhammad ficava ali no meio, esperando o Viktor ou o Peppino roubarem uma bola. Quando isso acontecia, um dos croatas tocava a bola rapidamente para o Muhammad e ele disparava na direção do gol, ou sozinho, ou trocando passes com o Hassan. Era bonito de ver. O Muhammad fazia tudo. O time era ele.

Nós fazíamos o trabalho pesado e o Mané é que brilhava. Injusto. Eu mal tomava a bola do adversário e logo aparecia alguém gritando, mandando eu entregar a bola para o Mané. Eu passava a bola, ele fazia o gol, ou deixava o Hassan na cara do gol, e, depois, nem vinha cumprimentar a gente. Ele nem comemorava muito. Só quando o Hassan ia até ele, é que o Mané se dignava a dar um abraço no Hassan.

Acho que foi o Steph. Muhammad Mané fez um belo gol. Foi contra o Freiburg. O Steph foi comemorar com Muhammad Mané e Hassan. A única coisa que o Steph fez foi abraçar Muhammad Mané e dar um beijo nele. Ninguém entendeu. O Steph beijou o rosto de Muhammad Mané e o Muhammad Mané saiu correndo, chorando, dizendo palavras na língua dele, que ninguém entende. O Mané ficou chorando e falando sozinho a noite toda.

Eu não sou viadinho, não. Eu não sou vinte-e-quatro, não. Eu não faz troca-troca, não. Eu comi o cuzinho do Alemão, comi, sim. E dei uma porrada na cara dele, que eu não sou viadinho, não. Eu fiz esporra no Guerrinha e fiquei passando a mão nos peito da Martinha e eu sei fazer punheta, sim, que eu não sou viadinho, não. Eu não dei beijo no Istefan, não. Eu não sou vinte-e-quatro, não. Eu não sou, não. Eu não sou cabaço, não. Eu trepei na Paméla e na Martinha e na repórter da televisão e nas gringa beba lá na avenida. Eu não sou viadinho, não. Eu não dou beijo no Istefan, não. Eu faço esporra, sim. Eu não sou bico-de-chaleira, não.

O Muhammad Mané, que, naquele dia, ainda era apenas Mané, deu um verdadeiro espetáculo logo no primeiro jogo dele pelo Hertha. O jogo foi em Rostock. Durante a viagem, como sempre, o Muhammad Mané ficou quieto, calado. Nós já sabíamos que ele não era de samba, que ele não fazia nada que os brasileiros gostam de fazer. O Muhammad Mané comprou uns cinco daqueles sanduíches horríveis que eles vendem no trem. Quem não gostou nada disso foi o Herr Dreckmann, que foi até o Muhammad Mané e deu uma bronca nele, por estar comendo aquilo tudo fora do horário determinado. Só que o Muhammad Mané não entendeu nada. O Muhammad Mané arregalou os olhos, assustado com os gritos do Herr Dreckmann, mas continuou comendo, bebendo refrigerante, arrotando e espalhando farelo de pão para todos os lados. O Hassan, sentado ao lado do Muhammad Mané, sorria, achando tudo engraçado, e apontava para o sanduíche do Muhammad Mané, tentando explicar a razão da bronca do treinador. Mas com o Muhammad Mané não adiantava nada tentar explicar alguma coisa. O Muhammad Mané nunca entendia. O negócio dele era só no campo de futebol, era só com a bola no pé. Fora isso, parece que ele nem existia. Havia uma polêmica no nosso grupo. Uns achavam que o Muhammad Mané era arrogante e que essas manias dele eram puro estrelismo. Outros achavam que o problema era simplesmente timidez, que o Muhammad Mané estava confuso por estar num país cuja cultura era muito diferente da dele. Era o que eu pensava até o atentado suicida no Olympiastadion. E tinha a terceira opinião, que, hoje, para mim, é a mais correta: o Muhammad Mané é louco, autista. De noite, na véspera do jogo, antes do jantar, fomos todos às compras. E, no leste da Alemanha, um negro ainda chama atenção quando anda na rua. Como estávamos todos uniformizados, as pessoas na rua percebiam que éramos atletas. O Muhammad Mané se incomodava muito com os olhares. Ele ficava muito tenso, principalmente quando eram as mulheres que olhavam para ele. Teve até quem dissesse que o Muhammad Mané era homossexual. Mas claro que não, até porque, quando as mulheres não estavam olhando para ele, o Muhammad Mané olhava muito para elas. E o Hassan, que sempre foi muçulmano e era a única pessoa entre nós que tinha algum contato com o Muhammad Mané — o Muhammad Mané, quando chegou aqui, ainda não tinha se convertido, eu acho. Não, não tinha se convertido, não. Ele nem tinha adotado o nome Muhammad ainda —, o Hassan garantiu que ele não era homossexual, que, se o Muhammad Mané fosse homossexual, o Hassan não conseguiria ser amigo dele. O Hassan inclusive reclamou que, no hotel onde nos hospedamos em Rostock, havia canais pornográficos pagos na televisão e que o Muhammad Mané, ao descobrir isso, não queria saber de ver outra coisa. O Hassan teve que tomar o controle remoto do Muhammad Mané, já que o Hassan não tolera pornografia. Coisa de turco. No café-da-manhã, no dia do jogo, o Herr Dreckmann, completamen-

te furioso, teve que tirar um pão da boca do Mané. É que ele já tinha comido mui-to pão com manteiga. Do mingau ele nem provou. E, assustado como ele é, o Mu-hammad Mané se encolheu todo, quase chorando. Mas o Herr Dreckmann também exagerou. Será que ele achava que, berrando daquele jeito, o Muhammad Mané iria entendê-lo melhor? Acho que, se o Muhammad Mané não tivesse ido bem na-quele jogo, o Herr Dreckmann pediria a cabeça dele à direção do Hertha.

Mas não.

O Mané jogou tanto, mas tanto, que tinha até skinhead aplaudindo as jo-gadas dele, do Mané.

Completamente louco. E genial. Um gênio louco. Quando fomos a Rostock, onde ele faria sua primeira partida pelo Hertha, eu já havia percebido que ele era um jogador bem acima da média. Mas eu estava me baseando apenas nos treinos. Eu ainda não sabia como o Mané se comportaria num jogo de verdade. Tanto no trem como nas refeições que fazíamos no hotel, fiquei um pouco preocupado com o modo como ele comia. Um pouco, não. Fiquei muito preocupado. No café-da-ma-nhã, no dia do jogo, acho que ele comeu uns dez pães cheios de manteiga. Chegou uma hora que eu tive que arrancar um pão da mão do Mané. No almoço, se eu dei-xasse, ele comeria todos os ovos do bufê. Certo, às vezes eu fico nervoso demais, dou uns gritos, e isso assustou um pouco o Mané. Na ida para o estádio, ele ficou en-colhido no ônibus, fazendo cara de choro. Achei que o Mané seria uma decepção. E jogador de futebol precisa ser forte também emocionalmente. Se o jogador fica abalado com o técnico que chama sua atenção, ele também vai se abalar com qual-quer coisa dentro de campo: uma entrada mais dura, um cartão, as provocações do adversário... Na verdade, eu estava decidido. Se o Mané agisse em campo como ele agiu nos primeiros treinos, eu o sacaria do time. Não sei por quê, mas, desde a primeira vez que vi o Mané, achei que ele não teria futuro aqui na Alemanha, nem no futebol em geral. Várias vezes estive perto de desligar o garoto da equipe. Me en-ganei completamente. Bastaram cinco minutos para o Mané dominar a partida lá em Rostock. Ele fez um gol de fora da área, um chute forte, certeiro, logo aos dois minutos. E não parou mais. Ganhamos de 7 × 1, cinco gols do Mané, um mais bonito do que o outro, e dois do Hassan, com passes do Mané. Mané e Hassan jun-tos eram infernais. Mais o Mané do que o Hassan. Agora é que eu reparei a coin-cidência: o primeiro e o último jogo do Mané foram contra o Rostock. Quer dizer, o último nem chegou a acontecer.

354

* * *

"Crêidi, Crêidi... Se antes você tivesse me avisado que era tão bom essa delícia, eu ia querer trepar ni você, sim. É tão bom essa delícia! E agora você não faz cara de filme do Jeipom, não. Você faz cara só de amor, só cara de gostoso, cara que ama mesmo e fica me falando assim com os pensamento que você tá gostando tanto de trepar neu e essas coisa de sex aqui é outra coisa. É só uma coisa que é boa, sem ter essas coisa que é meio esquisito quando aparece nos filme, aquelas buceta tudo feia, aqueles cu tudo lambrecado daquelas coisa que eles passa pro pinguelo caber no cu e eles fica tudo melecado, as mulher faz aquelas cara igual que você fazia lá no Islamberlândi na hora que você ficava abrindo as perna pra me mostrar a bucetinha. Sabe, Crêidi?, eu gosto muito mais de você aqui, morta, que já morreu, do que você viva lá no Islamberlândi. Antes era só essas coisa de sex. E nós nem trepava. Agora que é amor, agora que você é minha esposa virgens, que é presente do Alá, que é Deus, que é santo, que dá é esse amor pra gente ter, pra vocês ter ni mim, esse amor que podia ser até de mãe, até de amigo, de amigo e amiga mesmo, esse amor que não tem maldade, aí nós pode trepar, né não, Crêidi?"

"*Tomé, ele falou alguma coisa sobre o Slumberland?*"

"*Falou, Mechthild.*"

"*E o que foi que ele falou?*"

"*Não sei. Ele estava falando com a Cleide, que é uma das mulheres, das virgens do Paraíso onde ele está.*"

"*Cleide? Quem é Cleide? Eu vou ao Slumberland quase todo dia, conheço todo mundo por lá, mas não conheço Cleide alguma. Você não me disse que Cleide é um nome brasileiro?*"

"*Eu disse, sim. E é. Só que você não pode se esquecer que o Muhammad está num estado em que as coisas devem se misturar muito na cabeça dele. É normal que ele misture pessoas de um lugar com ambientes de outro, que ele misture sonho com realidade, imaginação com memória.*"

"*Mas o que ele disse sobre essa Cleide e o Slumberland?*"

"*Sexo, Mechthild. Eu prefiro continuar a escrever. Hospital, assim, é muito bom para colocar algumas coisas da vida em dia.*"

"*Me desculpe. Eu só queria entender isso que ele disse sobre o Slumberland. É o meu ambiente. O ambiente em que eu via o Mané.*"

"Antes, você ficava querendo trepar neu e eu não queria porque eu tinha medo e ficava com vergonha e você ficava atentando. Agora que você é morta... Não, eu é que sou morto. Você é viva na minha cabeça que inventa esse Paraíso aqui, que inventa você que não é você, que é você inventada na minha cabeça que é assim que o Alá faz as coisa e agora eu sei, porque eu fiquei inteligente, eu fiquei tendo pensamento que antes eu não tinha e agora esse negócio de sex de ficar trepando ni você e com elas tudo, que são tudo minhas esposa, minhas esposa do marte, agora eu gosto de sex sim, eu gosto de ficar trepando sim, eu gosto dessas coisa safada tudo que a gente tudo faz, mas essas coisa é só um prêmio, é só..."

"*O que ele está falando? Tomé...*"

"*Espere um pouco, eu estou escutando.*"

"*E anotan...*"

"*Espere, Mechthild!*"

"... e o que é importante mesmo é mais é esse amor e é isso que é importante pra tudo que é essas coisa de Deus, de igreja, essas coisa. Não as igreja, até os padre, até o Maister mesmo, que ele sabe, que eu sei também, essas coisa que ele disse que o Alá é que é o Deus, disse que o Alá ia dar o prêmio, as virgens, tudo virgens, pros marte que é eu, que eu é que fiquei querendo ficar marte, que eu é que fiquei querendo ficar trepando ni vocês que é as virgens, que fica fazendo essas coisa toda safada que eu queria ficar fazendo, que eu quero ficar fazendo, que é só pensar, que não precisa nem ficar pensando porque vocês já adivinha, já vêm e faz e até o que que vocês fica querendo sou eu é que fico querendo que vocês fica querendo e aí o sex, as coisa tudo do sex, que aí nem fica mais sendo as coisa que eu mais quero, que as coisa que eu mais quero agora é esse amor, eu acho que isso é que é amor que o Alá fala, o Paraíso é esse, é isso, esse amor assim, esse negócio que dá, que é nos olho quando eu olho pra cara de vocês na hora que a gente tá trepando e vejo é nos olho e não é nas bucetinha, nos cuzinho, nos peito, nos negócio peludo cor-de-rosa que põe na bundinha, nada disso. É mais é esse amor que eles fala na televisão lá de Ubatuba quando tem Natal, Jesus, esses negócio que nós que é moslém, que é do pessoal que sabe que o Alá é que é o único Deus, que é o único que dá esse amor que eu tô falando e dá também as bucetinha pra gente, o ventinho que fica batendo, as praia sem borrachudo, o vinho que não deixa bebo e essa inteligência, esses pensamento que agora eu tô tendo e antes eu nunca tinha tido. Toda essas coisa. Olha só comé que é, Crêidi. Você fica aí lambendo até o meu saco todo peludo e eu nem fico com vergonha, nem nada. Eu fico só sentindo amor."

"*Me conta, me conta. O que ele falou? Eu nunca tinha visto ele falar tanto como hoje, nem antes do atentado.*"

"*Foi complexo, difícil de explicar.*"

"*Mas você escreveu tudo aí.*"

"*Não. Isto aqui é outra coisa. Estou anotando umas idéias para um show. Mas o que ele disse sobre o Slumberland, pelo que eu entendi, é que a Cleide queria fa-*

zer amor com o Muhammad e o Muhammad não queria, mas que, depois, lá no Paraíso — ele acha que está no Paraíso islâmico — a Cleide e as outras esposas fazem coisas sexuais com ele, mas ele está descobrindo que o amor é mais importante do que o sexo. É mais ou menos isso. Você não conhece mesmo essa Cleide? Você não conhece nenhuma brasileira que freqüenta o Slumberland?"

"Não. Só brasileiros. Estranho. Acho que comigo também era assim: ele tinha vergonha de fazer amor comigo."

"Como assim?"

"Eu tentei seduzir o Mané de todas as formas. Cheguei a tirar a calcinha e ficar abrindo as pernas bem em frente aos olhos dele."

"Acho que você não foi a única. A Cleide também fez a mesma coisa."

"Então ele está falando de mim, só que trocando o nome."

"Pode ser. Fale com ele. Com a sua voz, o seu jeito de falar, talvez ele se lembre de você e fale com você. Se ele falar alguma coisa, eu traduzo."

"..."

"..."

"..."

"Então? Fale com o Muhammad. Seduza-o."

"Na sua frente? Eu fico com vergonha."

"Então, não precisa. Eu tenho mesmo mais o que fazer."

"Mas me conte o que mais ele falou."

"Não há mais nada para contar. Talvez, se você falar com o Muhammad, ele volte a falar mais coisas."

"Mané, Mané... Sou eu, a Mechthild, lembra?"

"Crêidi, eu vou colocar o meu pinguelo no seu cuzinho, mas, depois, chega, pra não enjoar. Aí, depois, a gente fica só olhando pro mar e eu faço ficar de tardinha, faço a lua começar a nascer toda alaranjada pra gente ficar vendo e ficar pensando esses negócio de amor. Que nem nos filme da televisão, nas praia dos filme na televisão, essas praia que não tem borrachudo, essa praia aqui do Paraíso, da televisão. A gente fica tendo amor."

"Fale, Tomé."

"Bem, ele te chamou de Cleide. Acho que você é a Cleide mesmo, na cabeça do Muhammad. Ou não. Não sei. Você deve saber melhor do que eu. Ele disse que faria... Me desculpe. Eu não tenho a mesma facilidade que você tem para descrever posições sexuais. Bem... a Cleide, ou você, não sei, devia estar insistindo para fazer sexo anal com o Muhammad. O Muhammad concordou, mas disse que, depois, gostaria de ficar assistindo ao pôr-do-sol e ficar pensando em amor. Amor. Amor, não sexo."

"*Bonito. O Mané era, é, sensível. Um pouco piegas. Homens sensíveis são piegas.*"

"Porque é só apertar, é só puxar assim no cinto, isso é que eu tô entendendo agora, que, aí, pronto. Nada. Não acontece nada. Acontece. A bomba é que não acontece. Eu não senti nada. Eu não senti a bomba, não ficou doendo. É bum e depois é só o ventinho na mesma hora e vocês aparecendo, lindas, tudo lindas, uma depois da outra e eu ia pensando e ia aparecendo primeiro a Paméla, que é quem eu mais pensava antes, no começo do Paraíso, que eu mais trepava era nela quando eu ficava inventando os filme na minha cabeça, lembrando daquelas mulher tudo lá dos filme do Jeipom e trocando as cara delas, dessas dos filme do Jeipom, pelas cara dessas outra que eu mais gostava, a Paméla, a Martinha, que antes era ruim viva, mas é boa morta, é boa eu morto, eu marte no Paraíso, e vinha vindo uma, todas, a Fraulaim Chom, as alemã todas lá da Alemanha, as holandesa do vôlei da televisão, a Crêidi viva de cabelo todo esquisito, loura com cabelo de preta..."

"*Cleide, Crêidi, ele falou. Sou eu. Sou eu?*"

"*Sim. Não sei. Parece. Talvez. Espere.*"

"Elas tudo, todas, todas que eu vi na televisão, a do programa de esporte, essas..."

"*Me fale. Você está anotando, você trabalha para...*"

"*Não. Sim. Espere. Depois...*"

"Aí, elas tudo aparecendo de novo, cada uma mais linda, com esse amor, sem vergonha nenhuma, sem medo nenhum esse amor assim que é tudo, elas, setenta e duas, as setenta e duas. Só apertei no cinto e fui vendo elas e agora eu fico vendo mais ainda elas com essa inteligência que antes eu era burro e o Hassan levou eu lá e fez eu ver isso do Alá, que eu, sei lá, eu não sabia se era mesmo, assim, essas coisa, aqueles negócio escrito que tinha dizendo tudo, se era mesmo, se tinha mesmo, mas aí não custa nada acreditar, não custa nada ir lá ver se é ou se não é, porque sei lá, pode ser. E é. Aqui é mesmo, igual tava escrito que existe o Alá, as esposa, virgens, tudo safada, mas safada bom, limpinhas, com cheiro de eucalips nos cuzinho, e o amor delas, lá, esse amor aí que eu tô vendo nos olho, nessa coisa, calma, nesse bom que tem mesmo, que veio do Alá, veio do marte. É só fazer as coisa certa, as coisa que o Alá quer, que o Alá disse, que tava escrito, que o Uéverson leu. Aí eu apertei no cinto e nada... Aí ficou acontecendo, que nem tava escrito, que nem o Uéverson leu."

Essa parada dos turco eu já entendi tudo. Eles acha que eles são os melhor, que eles são a turma que Deus, o Alá deles lá, escolheu. É que nem time de futebol. Ninguém sabe direito por que que torce pra esse time ou praquele outro. Torce porque torce, que é, no fundo, pra achar que eles, da torcida de um time, é melhor que os outros que torce pro outro time, quando o time deles ganha do time dos outros. Aí tu vai pro trabalho e, lá no fundo, essas parada de psicológico, dá um troço que tu fica achando que é melhor que o teu colega que torce pro outro time. Não é nem só os turco. Acho que é todos, até eu, que sou católico. Se bem que eu não tô muito nem aí, não. Eu acho só é que tem um Deus que é pai de Jesus, que veio aqui na Terra pra dar um toque numas coisa, tipo pra gente prestar atenção nos outro, que é pra gente, os homem, não ficar bicho, que é pra gente já não ir logo estrupando a mulher que passa na rua só porque a gente ficou com tesão nela. Que é pra gente já não ir dando porrada, às vez até já ir matando um cara só porque não vai com a cara dele. É pra organizar a bagunça que Jesus veio. E o deles, dos turco, dos judeu, dos macumbeiro, Igreja Universal, dessas parada tudo, é tudo pela mesma razão que existe. É tudo pra organizar. Antes, eu acho que era. Mas aí os cara vêm e fode tudo, fica usando as parada desses troço de religião pra ganhar dinheiro nas costa dos otário, ou pra ganhar guerra, que é o caso dos turco hoje em dia. Eles faz isso é pra convencer esses cara tudo, esses maluco tudo, pra ir lá e morrer e matar os americano, sei lá, que eu não entendo essa porra dessa guerra deles lá no Iraque, lá com o Bin Laden, essas porra, mas aí vem um cara assim que nem o Mané, esses cara que tem problema psicológico, vai lá e faz o que os cara quer. Chega um mané lá e eles fica com essa parada, falando do Paraíso. E os turco tem essas coisa das virgens, das mulher, essas porra toda. Eu li, lá nos folheto dos cara... Eu não sei ler quase porra nenhuma, mas dá pra entender assim mais ou menos. Claro que as sacanagem braba, aí eu inventava que era pro Mané ficar com vontade, porque, porra, o Mané ia acabar ficando maluco se ele não perdesse logo o cabaço. Moleque novo, a gente fica fissurado, só pensa em buceta o dia inteiro, se não vai lá e pá logo, sobe a porra toda pra cabeça, ou então o cara fica batendo punheta. O Mané batia punheta pra caralho. Ele ia nos puteiro com a gente, saía na night, ficava olhando pras mulher que a gente pegava, ficava lá, rodeando e tal e coisa e tal, e, depois, na hora que chegava no alojamento dele, devia ficar batendo punheta o tempo todo. Aí essas parada dos turco, tipo esse Meister Mutanabbi, fica fazendo a cabeça dos cara tipo Mané, tipo até o Hassan, pra ir lá fazer a guerra pra eles. Aí é que eu devia tomar cuidado com o Mané, que eu sou foda. Às vez, eu sou esperto pra caralho, saco a parada que tá rolando na mesma hora. Outras vez eu acabo fazendo merda, que eu penso muito rápido e tem aquela parada, né? A pressa é inimiga da perfeição. Eu fiquei querendo dar um jeito do Mané perder esse medo de fuder que ele tinha e achei que essa parada dos turco podia ajudar ele a ficar tão fissurado, que ele ia lá e perdia logo o cabaço. Eu não devia era ter falado esse negócio dos mártir, esse negócio dos terrorista. Porra, eu falei que esses terrorista, quando morre explodindo os outros, eles ganha as porra das virgens, cinqüenta e tantas virgem, setenta e poucas... Aí é que foi foda. Mas essa é que é as parada deles mermo. Isso aí dá pra ver só vendo como é que esses turco leva a vida deles. Só observando eu já vi tudo. Aí eu inventava, mas eu também queria passar pro Mané as coisa dos cara que ele tava se metendo, pra ele tomar cuidado. Eu achei que ele ia ficar com medo e sair dos cara e ir logo ir fudendo com a mulherada que a gente arruma fácil. Se o Mané quisesse, ele podia perder o cabaço com uma porrada de mulher ao mesmo tempo, só gata. Mas a porra do Mané, não. A porra do Mané teve que fazer essa merda toda só pra fuder. Porra, agora é que não vai mais fuder mermo, que essa porra desse Paraíso dos turco é tudo mentira. Qualquer Paraíso, até esse mermo dos católico, que eu sou católico, mas esse negócio de anjinho tocando flauta de camisolão branco em cima das nuvem, esse negócio nada existe. Não existe Paraíso assim. Se tiver Paraíso depois que a gente morre, é um Paraíso que não dá nem pra explicar comé que é. Mas, porra, esse negócio de Paraíso dos turco, com mulher, aquelas parada de mel nos rio, essas porra tudo, eu falo porra que eu não tenho medo nenhum, quer ver? Ô porra de Alá do caralho, se tu existe mermo, essa porra de setenta virgens existe mermo, pode fazer o meu pau cair no chão agora mermo, cheio de ferida, com tudo que é doença de pica que existe.

...

Alá porra nenhuma. Mas o Mané, burro pra caralho, acreditou. E eu que sou burro pra caralho também, que fui inventar história pra cara com problema psicológico, aí. Agora vai ter que levar esse peso na consciência pro resto da vida. Mas, porra, também é acidente. E se for assim, a culpa é de todo mundo, até do Mané mermo, que já devia ter aprendido a ficar mais esperto, mais ligado nas parada. O Mané, e o Hassan também, eles já devia ter se descabaçado há muito tempo.

Mas não.

Uma noite, depois de uma rodada na qual tanto o time de juniores como o time principal, do Hertha, tinham ganho bem os jogos deles, com destaque para Mané e Hassan nos juniores, Uéverson e Mnango nos profissionais, o

Mané mais uma vez acompanhou os jogadores do time profissional na comemoração noturna.

...

A noite começou num peepshow, nos arredores da estação de trem do Zoologischer Garten.

"Mané, a parada é a seguinte: tu entra ali e fica esperando. Aí tem um vidro lá dentro. Tu vê quanto tempo tu quer ficar lá dentro — é bom tu pensar bem quanto tempo tu precisa pra bater uma punheta —, paga praquele cara ali e entra. Tu tem dinheiro aí?"

"Tenho."

"Deixa eu ver... Porra, Mané! Tu trouxe esse dinheiro todo pra cá? Ainda bem que aqui não tem ladrão que nem no Brasil. Dá folgado. Quanto tempo tu acha que tu quer ficar lá dentro?"

"..."

"Quando tu bate punheta, tu goza rápido?"

"..."

"Mané, Mané... Acho que uns cinqüenta dá tempo pra caralho, mais de uma hora. Bom... moleque que nem tu, cabaço, tarado, goza rapidinho. Vai devagar, pára, pensa em futebol, pensa em mulher feia, pensa no Mnango cagando, essas parada, que é pra não acabar cedo demais. Eta porra. Agora eu tô ensinando neguinho comé que bate punheta... Quando tu entrar lá, vai ter um botão e um microfone que é pra tu dizer pra mulher o que que ela vai fazer. É pra tu dizer pra ela ir tirando a roupa devagar. Ela deve tá com roupa de alguma porra: enfermeira, bombeira, coelhinha da Playboy, essas porra. Mas como tu não vai falar porra nenhuma, que tu não vai na aula da Fräulein Schön, que tu não aprende a falar a porra do alemão, é só apertar a porra do botão, que a luz vai acender atrás do vidro e a mulher vai começar a tirar a roupa, vai ficar se esfregando no vidro pra você, vai ficar arreganhando a buceta, maior tesão. Lá dentro tem uns paninho perfumado que é pra limpar o pinto. Aí tu fica quanto tempo tu quiser. Se tu agüentar, pode ficar batendo punheta até o tempo que tu combinou acabar."

"Eu não quero, não."

"Porra, Mané. Então o que que tu veio fazer aqui, caralho? Porra, a night tá só começando, isso aqui é só pra começar, pros alemão tomar uns goró e ir desinibindo, que alemão é foda. Os cara é tudo certinho, tudo assim, falando baixinho, mas é só tomar uns negócio que fica tudo animal, berrando, beijando. Eles beija até nós, que é homem. Mas depois a gente vai ainda numa porrada de lugar, vai sair com as mulher, vai nas boate, vai naqueles point maluco todo, aquelas porra toda. Eu sei que tu gosta. Vamo até naquelas boate que as mulher olha pra tu e já vai tirando a blusa, as gata tudo doidona de tomar aquelas porra que elas toma. Então, se tu não vai entrar, é melhor tu voltar pro alojamento e ficar lá batendo punheta olhando praqueles cara lá que dorme no teu quarto. Hoje, o programa é pra homem. Tu é homem ou não é, caralho?"

"Eu prometo."

"Então. Vamo lá falar com o cara, que eu armo a parada pra você."

"Não."

"Mas por quê, caralho?"

"..."

"Tá com medo do escuro?"

"Não."

"Tá com medo da mulher lá atrás do vidro?"

"..."

"Então é isso, porra. Tu tá com medo da mulher, que nem tu tem medo da Fräulein Schön, tem medo daquela gata que fica te azarando lá no Slumberland, tem medo de tudo que é mulher. Porra... Essa mulher do vidro aí nem te vê, nem sabe quem que tá atrás do vidro, caralho. Tu pode ficar lá olhando pra ela, batendo punheta, esfregando o pau na cara dela pelo vidro, que ela não vai nem ficar sabendo. Só tu que vê ela e ela não te vê, porra. Agora tu vai lá, que eu tô mandando, que agora também eu não vou sair daqui pra arrumar táxi pra tu voltar pro teu alojamento. E tu não sabe nem andar de U-Bahn e ninguém aqui veio de carro hoje. Então, cumpade, pode ir lá."

"A mulher não vê eu não?"

"Não, Mané. Só tu é que vê ela, porra."

"É?"

"É. Vamo lá."

O Mané nunca tinha visto algo tão maravilhoso na vida dele, do Mané:

Era uma mulher vestida numa roupa colante vermelha, cheia de tachinhas, máscara, cabelo louro comprido, segurando um chicote numa mão e um vibrador na outra, além de trazer um par de chifres na cabeça — uma diabinha. Primeiro, ela, a diabinha, fazia o striptease, sob uma iluminação toda vermelha.

362

Ao fundo, labaredas de fogo eram projetadas num jogo de espelhos, dando a impressão de que ela, a diabinha, estava mesmo no meio do fogo. E, depois de já estar totalmente despida, a diabinha passou a brincar com o vibrador hi-tech, de cuja ponta saía um facho de luz vermelha. A diabinha colocou o vibrador em todos os buracos dela própria, da diabinha, oferecendo, ao Mané, a visão iluminada e rubra de suas entranhas.

O Mané deu cinco sem tirar.

Não.

O Mané deu cinco sem botar e saiu da cabine, depois de mais de uma hora, ainda com o pintinho duro.

O time profissional inteiro do Hertha Berlin, incluindo os reservas, estava na porta da cabine esperando pelo Mané. O Uéverson em primeiro plano, óbvio.

Rá rá rá rá rá rá rá rá rá rá rá rá rá rá rá rá rá rá rá rá rá rá rá rá rá rá rá rá rá rá rá rá rá rá rá rá rá rá rá rá rá rá rá rá rá rá rá rá rá rá rá rá rá rá rá rá rá rá rá rá rá rá rá rá rá rá rá rá rá rá rá rá rá rá rá rá...

Mas não.

A noite não acabou ali, no peepshow. O Uéverson, o Mnango e os jogadores do Hertha Berlin ainda fizeram um tour completo pelo bairro de Prenzlauerberg, onde ficam os bares mais muito loucos de Berlim e as mulheres mais muito loucas de Berlim. Aliás, durante toda a noite, o Mané foi assediado por incontáveis mulheres.

Mas não.

Para o Mané, não havia nada como peepshow.

O Mané bem que podia ter levado uma meia dúzia de minas muito loucas para um hotel qualquer — pô, claro que o Uéverson não negaria ao Mané o financiamento da noitada — e trepado a noite inteira, deixando de bobagem e perdendo logo aquele cabaço do caralho.

Mas não.

O Mané ficou só lá, com aquela cara, feliz, armazenando em sua mente todas aquelas imagens do espetáculo oferecido pela diabinha do peepshow, para usar sempre que precisasse.

A loucura de George Harrison vai continuar. Nós, juntos, Mubarak e o Rei da Inglaterra, Mubarak e a NASA, Mubarak e os soviéticos, Mubarak e Muham-

mad, Mubarak e Alá. BUM! BUM! BUM! BUM! BUM! BUM! BUM! Berlim, Alemanha Ocidental. Catorze horas e quinze minutos, Berlim: BUM! BUM! Gol. BUM. Gol. BUM. Gol. Gol! BUM! Gol! BUM! Catorze horas e quinze minutos, América: BUM! Catorze horas e quinze minutos, gol: BUM! Catorze horas e quinze minutos: BUM! BUM! O meu nome é Mubarak e eu vou continuar.

O Mané tinha tudo para ser o primitivo sem inteligência para com o outro mais feliz deste mundo.

Mas não.

A vitória do Hertha contra o Schalke 04, já pelo Campeonato Alemão de Juniores, encheu a cabeça do Mané de idéias.

4 × 3. Foi apertado, já que a defesa do Hertha estava um pouco desatenta.

Mas não.

O Mané cumpriu a parte dele, fazendo três gols com lançamentos precisos do Hassan e deixando o Maurice livre para fazer o quarto.

O Mané estava eufórico, com um sorriso estampado na cara que surpreendeu a todos. O Mané estava até tentando se comunicar, fazendo movimentos com o corpo, numa tentativa de reproduzir as belas jogadas que fez durante a partida. A mímica do Mané era bastante engraçada e todos no vestiário riam muito. Pela primeira vez na vida, o Mané estava cercado de pessoas que riam com ele, em vez de rirem dele. O Mané achou até que tinha conseguido alguns amigos na vida.

Mas não.

Depois de tomar banho, o Mané usou uma quantidade enorme de desodorante e de um perfume caríssimo que o Mnango tinha dado a ele, ao Mané. E isso fez com que o pessoal se mantivesse um pouco afastado dele, do Mané.

Mas não.

O Hassan permaneceu fiel ao amigo e até aceitou acompanhar o Mané, quando ele, o Mané, passou a fazer sinais com a mão de que era para ele, o Hassan, seguir ele, o Mané, quando ele, o Mané, desceu do ônibus, em frente ao alojamento, e, em vez de entrar, foi até a esquina e fez sinal para o primeiro táxi que passou.

O Mané até falou alemão:

Tizôo Gartem.

Mal saiu do táxi, na entrada da estação ferroviária Zoologischer Garten, o Mané já saiu andando apressado, esbarrando na fauna de drogados, mendigos e músicos de rua da região. Hassan, sem saber aonde o Mané pretendia ir com tanta pressa, ainda tentou conter ele, o Mané.

Mas não.

Nada era capaz de deter o Mané, que estava ansioso para receber o prêmio pela vitória, assim como os profissionais faziam depois de qualquer conquista.

Mas não.

O Mané não entendeu nada, quando viu a cara de decepção do Hassan, quando ele, o Mané, parou na porta do peepshow.

O Mané bem que podia ter deixado o Hassan de fora daquela e entrado sozinho no peepshow. Seria muito bom, para o Mané, se ele, o Mané, tomasse essa atitude de independência.

Mas não.

O Hassan fez que não com a cabeça.

O Mané voltou a fazer gestos que significavam "vamos lá".

Mas não.

O Hassan estava firme, balançando a cabeça de um lado para o outro.

Não, não e não.

E acabou aquela estranha felicidade do Mané. O Mané quase chorou. O Mané não entendia a recusa do Hassan de entrar no peepshow. O que seria melhor, para um adolescente vencedor, do que comemorar a vitória olhando uma diaba gostosa esfregar a boceta no vidro, bem na cara dele, do adolescente vencedor?

O Mané insistiu, tentou até falar alemão, ou a língua do Uéverson, ou algo parecido:

Come, come. Come miti mir. Come, não, naim, cain, cain cabaço, porra. Come. Fraulaim diaba. Sér ai ló viú. Hassan, come. Fraulaim, diaba, buceta, come, cain cabaço.

Mas não.

O Hassan viu naquela situação uma ótima oportunidade de botar o Mané no caminho da verdade, do bem:

"Nein, komm du doch mit mir."

O Mané não entendeu as palavras do Hassan.

Mas não.

O Mané entendeu o gesto imperativo do Hassan.

365

Mas o Mané bem que podia fingir que não tinha entendido o gesto imperativo do Hassan, entrado no peepshow e se masturbado loucamente, olhando a diabinha esfregar a boceta no vidro, bem na cara dele, do Mané.

Mas não.

O Mané acompanhou o Hassan, de metrô, até uma casa de chá, no bairro de Kreuzberg, freqüentado por muçulmanos.

Só homens.

E o Mané lá, por mais de três horas, não entendendo nada.

O que poderia ser pior, para um adolescente vencedor, do que comemorar a vitória olhando para um monte de caras barbudos falando alto numa língua totalmente incompreensível, tomando chá e comendo carne gordurosa, queijo gorduroso e pão gorduroso?

O Mané bem que podia ter pedido licença e voltado para o alojamento, onde ele, o Mané, poderia passar a noite inteira assistindo a filmes pornô soft na TV a cabo, indo vez ou outra ao banheiro para engravidar o azulejo.

Mas não.

Primeiramente, o Mané amou a carne gordurosa, o queijo gorduroso e o pão gorduroso.

Mas não.

Não era só isso. O mais importante, o fundamental, não foi isso. O fundamental foi que o Mané se sentiu bem naquele ambiente, se sentiu protegido de toda a tensão, da pressão que sentia ao sair com o Uéverson, de ser obrigado a comer uma boceta e deixar logo de ser cabaço.

E o Mané nem sabia que ele, o Mané, era cabaço. O Mané nem sabia o que era cabaço.

O Mané lá, feliz da vida, longe do perigo representado pelas mulheres que não tinham um vidro espelhado na frente delas, das mulheres, impedindo que elas, as mulheres, pudessem ver ele, o Mané:

"..."

"*Parabéns, Herr Silva. Desta vez, o senhor conseguiu pescar um peixe grande.*"

"*Não estou bem certo disso, mas parece que, pelo que pude perceber, é possível que o Mubarak tenha mesmo alguma relação com o Muhammad. 'Gol! BUM!' Etc. Gol é coisa de jogador de futebol, não é?*"

"*Certo, Herr Silva. O senhor agora está cumprindo a função que lhe demos. Mas, como sempre, pode deixar as interpretações por nossa conta.*"

"Desculpe."

"E além do 'Gol! BUM!', Herr Silva, o Mubarak disse 'catorze horas e quinze minutos'. O senhor sabia que tanto a bomba de Mubarak como a de Muhammad Mané explodiram nesse mesmo horário?"

"Se os senhores quiserem, podem ficar aí conversando. Eu tenho que sair. Até logo."

"Ele não vai com a sua cara mesmo, Herr Silva. Não é assim no cinema americano? Um dos tiras é o mau, o outro é o bonzinho. Eu sou o bonzinho. Eu gosto muito do Miles. Aquele CD ali não é o <u>Bitches Brew</u>?"

"Müüüüüüüüüüünnnn... Müüüüüüüüüüüüüüüüüüüüüüüünchen. Tem que fazer esse biquinho, igual francês, esse biquinho de viado."

"Eu não sou viado, não, sou viado não. Eu prometo."

"Não, Mané. Tu é é retardado. Se alemão é assim, tu tem que falar assim: Müüüüüüüüüüüünnn... Essa é que é a parada. Tu precisava ver é a Fräulein Schön fazendo esse biquinho. Mas também tu é mané, caralho. Fica lá embaixo olhando com essa cara de problema psicológico que tu tem. Tu podia até comer a Fräulein Schön. Eu tô comendo. Tu precisava ver ela chupando a minha benga. De repente ela dá uma paradinha, olha pra mim e manda: 'Ich liebe dich. Ich liebe deine Schwanz. Ich, dich...'. Tu sabe o que que é Schwanz? Schwanz é pau, Mané. A Fräulein Schön... Schön é bonito, bonita, sei lá. Mas aí a senhorita Bonita, lá chupando o meu cacete, lingüinha pra cá, lingüinha pra lá, a baba escorrendo, aí ela olha pra mim e fala: 'Eu te amo. Eu amo o seu pau'. Mané, porra, é do caralho. Aí ela continua mais um pouquinho e eu esporro na boca dela. Ela engole a porra toda, Mané. Do caralho. E eu ainda aprendo a falar alemão. Eu posso ser burro, quase que não fui na escola, sou da favela, sou preto, mas já falo três língua: português, portunhol e, agora, alemão. Isso é que tu tem que aprender, meu camaradinha. Tu tem que aprender a se descolar nas parada. Tu tá com tudo na mão, cara. É só tu ficar esperto e tu vai comer as gata do mundo todo. Com esse futebol que tu joga, tu só vai jogar em time grande. Tu vai ver quando tu pegar um Real Madrid, uma Inter de Milão, jogar uma Copa pela Seleção, ganhar uma grana que vai deixar essa grana que eu ganho aqui no chinelo, camarada. Aí, cumpade, as mulher vão chover em cima de você, que nem o Ronaldinho. Umas mulher do caralho, umas modelo francesa, já pensou? Essas aqui da Europa, cheia de classe, tudo mulher de filme francês, que nem aquela do avião quando nós viemo pra cá. Mas aí, caralho, tu tem que fazer biquinho, tem que aprender as parada, sacou? Fala aí: Müüüüüüüüüüüü-ünnnnnnchen."

"..."

"Porra, Mané. Eu também não vou ficar aqui bancando a tia, a professora, não. Se tu quiser, tu aprende, tu treina, vai na aula da Fräulein Schön, bota ela pra chupar tua pica e o caralho. Tu é que sabe, mermão."

O Mané, lá, trancado no banheiro do alojamento, nas vésperas de viajar para Munique, depois de comer, de uma só vez, a Fräulein Schön, a diabinha do peepshow e a gostosa do avião da vinda:
"Müü... Müüüüüüüüü-üünnnnnnnchen!"

Eu acho os Estados Unidos uma merda. Acho uma sacanagem isso que eles estão fazendo com os árabes, isso que eles sempre fizeram com todo mundo. Aqui na Alemanha, até hoje o pessoal é meio grilado com o lance do nazismo, do Hitler... Mas, cacete, jogar uma bomba atômica numa cidade cheia de criança, as crianças todas derretendo... Imagina as que sobreviveram e que ficaram todas deformadas. Tem o agente laranja no Vietnã. Aquele troço gruda na pele, queima tudo, deve doer pra caralho. Isso não é monstruoso também? Se o Hitler é um monstro, o povo americano é monstruoso também. Não dá nem pra pôr a culpa num cara só, já que lá é democrático. Não dá nem pra falar que o monstro é só o Bush. O Kennedy, todo bonitinho, todo democrata, todo metido a bonzinho, foi lá e mandou foder o Vietnã, incluindo mulheres, velhos e crianças. Se eu fosse palestino, porra, se tivessem matado minha mãe, um filho meu, uma coisa assim, se eu chegasse nesse estado, sem ter nada pra perder, até que eu amarrava uma bomba no cinto e explodia uns americanos aí. Mas, porra, esse negócio dos agentes secretos aqui, esse negócio das investigações, acaba pegando a gente. E não é só pra me livrar daqui, pra ganhar o visto, não. O principal é sair fora daqui. Mas eu peguei gosto pelo negócio, comecei a pensar nisso o tempo todo. Fico na maior curiosidade pra descobrir as coisas. Eu vibrei quando o Mubarak começou a gritar gol aqui. Eu fiquei achando que o James Bond era eu. É que nem com o exército. Eu fiz CPOR, que não é tão brabo assim. Pô, eu sou hippie, sou contra a guerra, acho que os exércitos do mundo inteiro deviam ser abolidos. Mas, de repente, num acampamento, você lá, treinando no meio do mato, fazendo aquelas simulações de batalhas, pô, de repente, eu achava o maior barato. Que ninguém saiba disso, mas eu estou achando divertido mesmo colaborar com a CIA.

"Não, Herr Silva. Nós não somos da CIA. Nós somos alemães. Estamos investigando esses dois atentados, que, comparados a outros atentados que acontecem hoje pelo mundo, são brincadeira de criança. Esse do Muhammad Mané, então... O senhor não deveria se empolgar demais. E pode ficar tranqüilo, pois eu acho que estamos quase terminando com tudo isso. Não creio que, no mês que vem, o senhor ainda esteja aqui. Nem o senhor, nem o Mubarak."

"Por que só eu e o Mubarak? E o Muhammad?"

"O senhor, se tudo prosseguir bem, vai conseguir o seu visto por serviços prestados à Alemanha e sair daqui. O Mubarak vai ser preso, claro. Mas o Muhammad não está em condições de ir a parte alguma."

"Mas me contem. Estou curioso de verdade, acabei me envolvendo demais com esse caso. A que conclusões os senhores estão chegando?"

"Me desculpe. Mas se você continuar a debater nosso trabalho com Herr Silva, eu vou ser obrigado a me retirar."

"Herr Silva. Me desculpe, mas não estamos autorizados a discutir com o senhor. Vamos conferir as anotações que você, o senhor, fez do que Muhammad falou. Mas e o Mubarak? Ele não disse mais nada? Por que o senhor não anotou nada desta vez?"

"Os senhores não têm gravadores por aqui? Achei meio inútil eu ficar anotando tudo. Mas ouçam as gravações. O Mubarak está cada vez mais revelador. Ainda bem."

Meu nome é Mubarak e eu vou continuar.

Meu nome é Mubarak e eu vou continuar, mesmo aqui, atado às garras do inimigo.

Mesmo que meus membros não possam se mexer, Mubarak vai continuar.

Mesmo que a injustiça dos infiéis tente me calar, Mubarak vai continuar.

Mesmo que tentem esvaziar meus pensamentos, Mubarak vai continuar.

Alá deu o dom do raciocínio a Mubarak e Mubarak vai continuar.

Os infiéis não podem estar atentos o tempo todo. Por isso, Mubarak vai continuar. Os que não possuem a fé dormem.

Mubarak não dorme. Mubarak não pensa. Mubarak não olha para os lados. Mubarak espera a chance e a chance nasce através de Muhammad. Este é Muhammad, o libertador. Este é Alá, o salvador. Aos inimigos: a morte. Aos mártires: a morte. Ao povo de Alá: a vida eterna.

Catorze horas e quinze minutos, Berlim, América: BUM! Catorze horas e quinze minutos, Berlim, gol: BUM! E Mubarak vai continuar.

Dezessete horas e trinta minutos, Texas: BUM. Vinte horas, Ohio: BUM.

Vinte e uma horas, Colorado: BUM. Catorze horas, vinte e dois minutos, Tampa Bay: BUM. Catorze horas, trinta e oito minutos, Flórida, Cabo Kennedy, NASA: BUM. Catorze horas e quinze minutos, Berlim: BUM. BUM. Doze horas e trinta e sete minutos, Berlim, Mubarak, Muhammad, Alá: BUM!!!

Elas fica tudo virada, tudo rezando pra Maca, pro Alá, com essas bundinha virada aqui pra mim que tô no meio e eu fico vendo tudo, tudo delas, as bucetinha tudo virada pra mim e os cuzinho e eu acho bom, acho que é legal. Aí eu vou lá nelas e pode fazer tudo que eu quero fazer: lamber, chupar, enfiar os dedo, ficar olhando tudo, abrindo as bucetinha pra ver comé que é lá dentro, tudo cor-de-rosa, com esse cheirinho bom que tem das árvore e tem mel e tem americano no prato e tem jogo do Fluminense pra ver toda hora e pode jogar na Copa e pode tudo que eu pensar, pode inventar um monte de coisa de sex, tudo que eu quiser inventar e eu fico inventando um monte de coisa, um monte de coisa com o pinguelo, esse aqui grandão que faz esporra com gosto de bala que é pra elas gostar e tudo o que eu que quero. Eu queria até que viesse os amigo, que não é muitos, é só o Uéverson e o Mnango e o Herr Woll mais ou menos e o Hassan. Só que o Hassan nem precisa que ele também agora já deve ter ficado marte, que ele também já deve ter o Paraíso dele com aquelas virgens dele que é aquelas que bota pano na cabeça que é feias, pra mim, eu que acho, mas o Hassan é que gosta que ele é turco e turco gosta é dessas mulher feias. Elas é que fica feias pro jeito que eu gosto, pro jeito que eu acho que é bonito, esse jeito que eu acho que deve ser pra mim. Elas é feias que é só pros turco que é os marido delas gostar. Isso também eu sei só agora que eu fiquei inteligente. Porque antes eu achava que uma coisa que é boa, uma coisa que é bonita, uma mulher que é bonita, era tudo bom, bonito igual pra todo mundo. Que tinha umas coisa boa e umas coisa ruim. Os cara lá, os índio, gostava de ficar fazendo troca-troca neles e eles achava bom. Então, eu achava que eles era tudo ruim porque eles gostava desses negócio que são ruim e eu não. Eu achava que só eu é que era bom porque só eu é que gostava das coisa boa que era não ficar fazendo troca-troca. Mas agora eu tô entendendo que não tem essas coisa que é só boas e essas coisa que é só ruim. Tem uns cara, os turco, que gosta das mulher com pano na cabeça, que fica escondendo as coisa delas que é bonitas se elas for bonita, que é só pros cara, pros turco, não ficar maluco que elas é bonita e fazer coisa que não pode. Porque depois vai poder aqui no Paraíso, no Paraíso deles que vai ser diferente desse Paraíso que é o meu, que aqui tem é as coisa que eu gosto e no Paraíso deles vai ter é as coisa que eles gosta, as esposa que eles é que gosta, até se eu não gosto. Eu gosto um pouco daquelas mulher deles, das bun-

370

da assim, das bucetinha que fica até marcada nas calça apertada que elas usa, as nova, porque as véia, essas que já têm marido, fica feia toda depois. Elas vai ficando feia, véia, gorda, botando aquelas roupa tudo preta, tudo grande. Mas as nova também não é bonita na cara, não. Elas só é bonita, assim mais ou menos, é nas roupa, nas calça apertada, porque na cara elas é muito branca, elas é tudo pintada demais. Então eu queria que os amigo, o Uéverson, o Mnango, viesse aqui, que eu pensava neles e eles aparecia pra ver, pra visitar, pra ver as minhas esposa virgens que é setenta e duas e até eu deixava eles trepar nelas se eles queria. Eu ia ficar longe que eu não sou viado não. Eu não era viado não e agora eu não vou ficar viado não e eu não gosto desse negócio de ficar os homem pelado perto na hora que eu faço esses negócio de sex. Eu só gosto é das mulher. Homem tem cheiro fedorento. É por isso que no Paraíso só pode ter é mulher junto com o marte, porque o Alá não tem esses negócio de viado não, de vinte-e-quatro não. Então eu sei que nunca mais vai ter o Uéverson, nunca mais vai ter o Mnango e nem o Hassan que foi é pro Paraíso dele. Só que o Paraíso do Hassan não dá pra ver e ele também não pode ver o meu Paraíso. Cada um é que fica no Paraíso dele, com as esposa dele. E as mulher, cada uma vai pro Paraíso de um homem, de um marte, que nem essas que veio pra cá. Elas pode até tá viva lá na vida, naquela vida normal e aí quando elas morre lá elas já tá aqui ou tá no Paraíso dos outro marte sem ser eu. Por isso é que tem setenta e duas pra cada marte, porque marte é só uns, é só os que não faz sex antes de morrer, é só os que não fica bebendo, é só os que ama o Alá, é só os que acredita que o Alá é que é Deus. Coitado do Uéverson. Ele fica lá trepando nas bucetinha agora, trepando na Crêidi lá da vida, que tem cabelo de preta e depois ele não vai ter Paraíso dele. O Uéverson não vai ter uma Crêidi de cabelo liso, essa Crêidi que tem cheirinho de eucalips no cuzinho, que tem bucetinha toda rosa de cabelinho louro. Ele vai morrer e vai pro Inferno e vai ter que ficar fazendo troca-troca com os diabo que é tudo viado vinte-e-quatro. Pra ser marte não pode nem ficar fazendo punheta, não pode nada de sex. Tem que ficar sério. Pode rir, mas tem que rir pouco. E tem que explodir essas bomba dos marte pra matar os inimigo do Alá que é todo mundo que não é moslém. Eu fazia punheta antes, eu fazia. Todo dia eu fazia punheta. Mas depois que eu fiquei moslém, depois que eu fiquei Muhammad, aí parou. E lá no campo que eu explodi tinha uns moslém também que deve ter morrido tudo explodido, até o Hassan. Mas aí não tem problema que eles vira marte também na mesma hora. Até aquele cara que deu o cinto com a bomba, que é moslém também, moslém fundamental, o Bin Laden, desses que não corta a barba nunca, que faz tudo só pra ser marte, esse tava lá, tava na porta do ônibus, tava lá, ele mesmo também explodiu todo e ele sabia, ele queria que eu explodisse ele também que era pra ele ser marte também.

Aí é que eu acreditei mesmo. Aí é que eu vi que tinha esses negócio tudo de Alá, de virgens, de Paraíso, que se isso não tivesse, ele não ia me dar o cinto pra eu explodir ele. Coitado do Uéverson, ele nem sabe. Se ele tivesse sabido, ele não ia ficar lá trepando nas bucetinha que não é virgens, ele não ia ficar trepando toda hora, todo dia, ele não ia ficar vendo as mulher no vidro, ficar bebendo cerveja, ficar rindo muito, ficar fazendo sinal de Jesus na hora de entrar no campo. Ele ia é ser marte que nem eu, que nem ele disse que tinha que ser, que tava escrito naqueles papel dos moslém do Maister que ele leu. Ele ia é ir pro Paraíso dele com aquelas mulher francesa que ele gosta e que ia ser as virgens dele e até ele ia ter uma Crêidi dele, que ia ter outro nome e que podia ter cabelo de preta se o Uéverson gosta. Ia ter até uma Fraulaim Chom que ia ficar lambendo o pinguelo dele e falando Müüüüüüüüüüüüüüüüüüüünnnnnnn... chen. Coitado dele. Do Uéverson.

"Que porra é essa, Mané?"

"Uns papel do Hassan, do Maister. É uns papel de moslém."

"E daí, caralho? O que que eu tenho que fazer com essa porra? Esse troço aí é tudo babaquice."

"É?"

"É, Mané. Esses turco fica querendo convencer os outros. É que nem os crente lá no Brasil. Os cara fica só naquela de não pode isso, não pode aquilo. Se tu for atrás dessa conversa aí, aí é que tu nunca mais come uma buceta mermo. Turco não gosta de mulher, não. Esses cara aí só gosta é de mulher feia. Tu já reparou nas mulher dos cara, com aqueles pano na cabeça? Tudo mocréia. Os cara só come aquelas porra. Tu acha que isso é vida?"

"..."

"Tu que sabe. Mas lembra que tu me falou aquela parada lá do peepshow?"

"O que que é pipichou?"

"Aquelas gata que fica tirando a roupa atrás do vidro. Aquela diabinha que tu viu."

"Ah."

"Então... Quando tu levou o turquinho lá, que tu me contou, lembra que ele não quis entrar? É por causa disso. É porque ele, comé que é o nome do turquinho mermo?"

"Hassan."

"Pois é. O Hassan é turco, porra. Ele não pode fuder, não pode beber cerveja, não pode nem tocar uma punheta pra descarregar. É isso que tu quer pra tu?"

"Não."

"Então, Mané... Deixa essa parada pra lá. Eu sei que tu se dá bem com o turquinho, que vocês dois tão jogando pra caralho nos juniores, mas, porra, deixa ele com a religião dele e tu fica com a sua. Qual que é a sua religião? Tu é católico, não é?"

"..."

"Deve ser. Tu foi batizado?"

"..."

"Não sabe, né? É foda explicar as parada pra você, cumpade. Comé que eu explico?"

"Lê pra mim."

"Porra, Mané, por isso é que eu falei pra tu começar a subir pra aula da Fräulein Schön."

"..."

"Porra, Mané. Hoje a gente tem que ficar aqui no hotel, que amanhã tem jogo. Mas aí, cumpade, depois do jogo, a gente vai pra night. Tô louco pra conhecer as gata aqui de Munique. Se bem que vai ser foda, porque ganhar do Bayern vai ser foda. Os cara são os melhores aqui da Alemanha. Não sei comé que é os juniores deles, mas o principal do Bayern foi campeão do ano passado e, esse ano, eles tão com nove pontos na frente do Schalke, que é o segundo. Comé que tá no campeonato de vocês?"

"..."

"Já sei. Tu não sabe de porra nenhuma, né? Tu sabia que o campeonato aqui tá na metade, né?"

"..."

"Também não. Aqui, o campeonato começa na metade do ano, no verão. Aqui, o verão é no meio do ano."

"Vai acabar o frio?"

"Vai. Lá pra maio, junho, começa a esquentar. Daqui a pouco. Aí acaba o frio, que só volta em novembro, eu acho. Essa é a primeira vez que tu viaja pra jogar?"

"Não, lembra? Eu fui lá em Rostoque jogar e eu fiz cinco gol e eu fiz punheta que tinha filme de sex na televisão e o Hassan não deixou eu ficar vendo os filme. É porque ele é turco que ele não deixou eu ver os filme?"

"É, Mané. Exatamente. Se bem que essa parada de ficar batendo punheta vai te fazer mal, Mané. Tu vai ficar com peitinho. Tu tem é que fuder as mulher de verdade. Porra, Mané. É só querer."

"O que que tá escrito aí nesses papel?"

É. Fica esse peso na consciência incomodando. De um lado, porra, eu tava querendo até ajudar o Mané a parar com essa babaquice dos turco. Parar, não. No começo, eu tava tentando fazer ele nem começar com essa parada. O turquinho é foda. Tá certo que eu acho que o turquinho era do bem, era gente boa, e não queria sacanear o Mané. As intenção eram boas. E eu, porra, tudo bem, eu sou foda e já tava até conseguindo se virar com o alemão. Eu já tava falando, conversando com o Mnango, que a gente misturava um pouco de alemão, um pouco de espanhol que ele fala e um pouco de portunhol que eu falo. Mas, porra, eu não tinha a menor condição de ler aquela porra de folheto pro Mané. Falar é uma coisa que a gente vai pelo som, vai ouvindo neguinho falando, vai arriscando falar, que pra essas parada eu sou cara-de-pau mermo. É assim que eu aprendo. Mas ler, porra, essas palavra tudo cheia de dábliu, cheia de ch, daqueles pontinho em cima do u — Müüüüüüüüüüüüüüüüüüüüünnnn... chen —, essas porra toda. Umas palavra grandona, porra... Não dava pra encarar. Mas aí eu também já tava cheio de chinfra pra cima do Mané, aconselhando ele a aprender alemão, tentando fazer ele ir lá nas aula da Fräulein Schön e o caralho. Tá certo. Nas primeira aula eu pedi pra ele me esperar lá embaixo do prédio da Fräulein Schön. Mas, depois, era pra ele subir, porra. E depois que eu já tava comendo a Fräulein Schön, aí é que era pra ele subir mermo. Eu queria até que ele também comesse a Fräulein Schön. Porra, eu só queria que o Mané comesse logo uma buceta e parasse lá com esses problema psicológico dele, caralho. Se ele quisesse, eu ficava até do lado pra ele ter mais confiança. A gente podia comer ela junto, porra, que eu sei comé que é quando a gente é moleque, o nervoso que dá. Eu nem fiquei muito nervoso a primeira vez que eu dei uma trepada, que eu sou cara-de-pau mermo, não tenho vergonha nenhuma nessa cara. Mas os moleque, no geral, fica tudo apavorado. Eu queria era só dar um help pro Mané. Agora eu fico com esse peso, esse pesinho na consciência, mas eu tenho que lembrar que eu era o único que tava sacando a parada do Mané com as buceta. Eu era o único que viu que o Mané tava com problema psicológico por causa de buceta, por falta de buceta. Não sei antes, lá no Brasil, comé que era ele lá no Santos. Mas quando o Mané começou a passar mal no avião, com aquele jeito dele, aí eu já vi a parada toda. Porra... Aí, o que que eu fiz? Porra, eu tentei usar psicologia, que eu sou foda. Eu nunca estudei direito. Mas eu percebo as parada toda. E quando eu percebo uma parada, eu sempre dou um jeito de resolver. Os cara aqui do Hertha podia ter descolado uma psicóloga pro Mané, mas como eles não arrumaram, aí eu que dei uma de psicólogo. E o que vale é a intenção, né não? Que nem falta, que nem mão. O que vale é a intenção. Aí eu peguei as parada que eu já sabia dos turco, essas história do Bin Laden, essas coisa que a gente vê na rua aqui em Berlim, o jeitão dos turco, esse lance deles de não beber, aquele negócio dos marte, das virgens que eles ia ter quando morresse, essas parada, umas palavra, uma aqui, outra ali, que dava pra entender nos folheto dos turco, e meti bronca. Que nem psicólogo.

Tem que se dedicar à causa de Alá, porque Alá é o Deus de verdade, o único Deus que existe. Não existe essas história de santo, não. Todos esses negócio de santo, de Nossa Senhora Aparecida, de macumba, de Iemanjá, isso é tudo mentira. Isso é tudo as coisa que o Demônio faz pra enganar os homens. Os incréus. Esses incréus, quando morrer, vai arder nas chamas do Inferno profundo. Mesmo essas história de Jesus, mesmo essas é tudo mentira pra enganar os incréus. Porque Jesus era judeu, Jesus nasceu em Belém, que é terra dos judeu, e os judeu são tudo inimigo de Alá, que é o Deus verdadeiro, o Deus dos turco. É preciso acabar com esses judeus. É preciso acabar com esses americanos que é tudo judeu também. Porque os judeu foram pra lá pros Estados Unidos pra fugir do Hitler e ficaram tudo lá querendo acabar com nós, que é turco, que é dos islã. Por isso é que nós precisamos acabar com os americano, com os Estados Unidos e jogar umas bomba neles, que é pra acabar com os judeus que tem lá, que mora naqueles prédio alto que tem lá. Tem que jogar umas bomba neles que é pra eles acreditar que só Alá é Deus. Tem que jogar bomba nos crente. Tem que jogar bomba nos católico, tem que jogar bomba nos Estados Unidos, tem que jogar bomba neles tudo, principalmente nos judeus, que é os maior inimigo de Alá. Ai daquele que não fazer isso, que não jogar bomba neles. Porque esse que não jogar bomba vai direto para as profundeza dos Inferno. Mas os que jogar bomba neles, os que explodir eles e explodir até eles mermo, esses que tão jogando bomba e que é da nossa turma dos turco, vai virar — essa palavra eu ainda não aprendi com a Fräulein Schön —, vai virar santo — santo, não, é marte a palavra —, então esses vai virar marte, que é os herói dos turco. Mas tem que explodir até ele mermo, o marte, pra ser marte tem que morrer explodido e tem que sentir muita dor, que explodir bomba nele mermo, si próprio, dá muita dor. Aí, o marte vai ganhar um prêmio do Alá. Um prêmio, não. O marte vai ganhar muitos prêmio, porque o prêmio dos marte é ir pro Paraíso, que tem que morrer explodido, doendo muito, doendo tudo, a pele tem que queimar toda e tem que sair muito sangue e o cara, o marte, ficar derretendo todo arrebentado pra ganhar o prêmio do Alá. Aí, lá no Paraíso, o marte vai ganhar muitas mulher, muitas mulheres, todas virgens, para ficar fazendo amor com elas. Porque, antes, quando a pessoa, o marte está vivo, aí ele não pode fazer sexo nunca e ele tem que ter uma vida muito ruim e tem que deixar a barba crescer até a barba ficar batendo lá nas parte íntimas e ficar coçando muito que é pro marte sofrer. As coisa mais importantes que o marte tem que fazer é: não chegar perto de mulher nenhuma; não beber nenhuma bebida alcoólica; não raspar a barba nunca, e morrer explodido. O marte também não pode rir nunca, tem que ficar sempre sofrendo, sempre só fazendo coisa que ele não gosta, que é só pra depois que ele ficar todo explodido, só depois da dor é que ele vai pro Paraíso e aí, lá no Paraíso, só é que vai ser bom, que ele vai ganhar as virgens, que é setenta e duas — tá vendo, Mané? Olha aqui. É setenta e duas que tá escrito, né? Aí, sim, só aí, depois que ele tiver todo machucado, todo sentindo aquelas dores todas, aí é que o marte vai ter as mulher pra ficar fazendo sexo com elas. Aí, pode tudo, vale tudo. Aí, as mulher todas vão ficar em volta do marte e vão ficar dançando pra eles com aquela roupa da dança do ventre, com as barriguinha tudo perfeita, a cintura, as nádegas, tudo balançando que nem umas cantoras que tem lá no Brasil. Elas vão rebolando e vão chegando perto do marte e depois vão tirar a roupa toda bem devagar. Elas vão tirar a blusinha, o sutiã e vai mostrar os seios delas que têm tudo os biquinho cor-de-rosa. Aí, elas vai tirar aquela calça transparente e vão ficar só de calcinha e vão ficar esfregando as nádega bem na cara do marte — nádega é bunda, se tu não sabe. Aí elas vão abaixar a calcinha e as nádega — bundas — delas vão ficar bem no nariz do marte, só que as nádega das virgens do Paraíso tem tudo cheiro gostoso, cheiro de perfume, cheiro dos perfume que o marte mais gosta. Aí, todas as virgens vão virar e vão começar a tirar a roupa do marte, vão tirar a roupa do marte com a boca, com os dente, elas tudo junto, cada uma tirando uma roupa do marte com a boca. Primeiro, elas vai tirar aquele pano que os marte usa na cabeça, depois elas vai tirar a camisa do marte, depois vai tirar o sapato do marte e umas, umas cinco, vão ficar lambendo o pé do marte, lambendo os dedinho, um por um, do marte e o marte vai ficar todo arrepiado, vai sentir um friozinho que começa no pescoço, vai descendo e vai dar uma coisa muito gostosa no pênis do marte — pênis é pau. Aí, o pênis do marte vai ficar ereto — duro, durão, grandão —, vai ficar todo quente. Aí, elas vai tirar a calça do marte, tudo com os dente e, por último, finalmente, elas vai tirar a cueca do marte. Aí, elas todas vai fazer uma fila e uma por uma vai chegar e ficar lambendo o pênis do marte. Às vezes, vai chegar duas, e até três, e vai ficar chupando o pênis — pau — do marte. Elas começa a lamber bem embaixo do saco e aí vai subindo com a língua, vai ficar lambendo o pênis de cima até embaixo e, depois, elas vai lamber a cabeça do pênis e só aí, então, ela vai enfiar o pênis do marte todo na boca e vai ficar chupando e lambendo com a língua. As virgens do Paraíso enfia o pênis do marte até na garganta e aí o marte vai ter o primeiro orsgas... osgar... vai gozar nos rosto das virgens, nos seios cor-de-rosa das virgens, mas, mesmo assim, o pênis do marte não vai amolecer. O pênis do marte de Alá não amolece nunca. Aí, vai começar tudo de novo. Aí, elas, as virgens, que são as esposas, que são casadas diretamente, por Alá, com os marte, elas vai ficar tudo com as perna abertas e o marte é que vai lamber as buceta, as vaginas — vagina é a mesma coisa que buceta — todas aberta. E as vaginas das virgens também vai ter o gosto das coisa que o marte mais gosta de comer. Se o marte gosta de Currywurst, as vagina das virgens vão ter gosto de Currywurst. Se o marte gosta de Fanta Uva, as vagina das esposa dele vão ter gosto de Fanta Uva. Aí, então, as virgens vão ficar todas sentindo tanta vontade de fazer amor com o marte, as vagina das virgens vão ficar tão molhada, tão encharcadas, que elas vão começar a fazer umas caras lindas, que elas vão tá quase gozando — gozar nas mulher é igual na gente que é homem. E quando elas goza, aí é que fica bom o negócio, que elas fica apertando a buceta em volta do pau da gente. É uma loucura, Mané. Tu não sabe o que tá perdendo. Aí, as virgens, quase gozando, vão se virar rápido, vão ficar de quatro e o marte possuirá, uma depois da outra, todas as esposas virgens. Vai ser setenta e duas gozadas que o marte vai dar e, mesmo assim, seu pênis continuará ereto para praticar ainda mais sexo, para fazer muito amor com as setenta e duas mulheres mais linda que o marte já viu na vida dele.

Porra, eu sou foda. Aí é que eu virei psicólogo. Olha só a jogada que eu dei:

É isso aí, Mané. Se tu virar turco, entrar pra essa turma do islã do turquinho seu amigo, tu vai arrumar um monte de virgens pra ficar fudendo. Mas aí tu vai ter que se fuder muito antes. Tu vai ter que ficar com uma barba grandona te pinicando, não vai poder mais nem pensar em sexo, não vai poder nem bater punheta. E também tu vai ter que explodir uns cara aí, matar um monte de gente e, o que é pior ainda: tu vai ter que explodir tu mermo. E vai doer pra caralho. Tu vai ficar todo queimado, estrebuchando lá, saindo fumacinha de tudo que é lugar. Vai sair fumaça até do rabo. Então, tu tem duas opção:

Olha só a jogada do psicólogo — eu sou foda:

Ou tu se arrebenta inteiro, fica sentindo dor, passa a vida toda sofrendo, se fudendo todo, todo certinho, sem fazer nada que tu gosta e, depois que morrer, come as buceta das virgens. Ou tu deixa de ser mané e vai com a gente comer as buceta que tu quiser, na hora que tu quiser, quantas buceta tu quiser, sempre que tu quiser, agora, nessa vida mermo, sem precisar sofrer. E o tio Uéverson ainda pode ficar perto, fazendo a maior suruba contigo e as gata mais lindas da Europa, te ensinando tudo que é posição que tem pra trepar. E tu não precisa nem se preocupar, porque eu tô te dizendo, eu garanto. Deus não tá nem aí pra esse negócio de sexo, o Deus nosso, lá do Brasil, o Deus católico. Esse Deus nosso só quer é que a gente faça o bem, não faça nada de ruim pros outro, o resto vale. Só não vale é dançar homem com homem, nem mulher com mulher, o resto vale. Quer saber? Eu acho até que pode dançar homem com homem, mulher com mulher, viado com viado. É só os viado não vim pra cima de mim, que o resto eu respeito. Então, Mané, vai por mim, eu garanto. Esse negócio todo de sexo, de mulher, de sacanagem, é aqui nessa vida mermo. No Céu, no Paraíso, o negócio é virar anjinho e ficar tocando flauta. Lá no Céu mermo, a gente goza é o tempo todo, não precisa nem de mulher, nem de ficar batendo punheta. Agora, se tu quiser, amanhã mermo, depois do jogo, a gente já pode cair na night e tu já pode comer umas gata. Tu que sabe. Você decide.

O Mané bem que podia aceitar a sabedoria do Uéverson, acatar o conselho dos mais velhos e resolver logo essa parada da própria virgindade. Já estava na hora mesmo.

Mas não.

O Mané estava fascinado com aquilo tudo que o Uéverson acabara de ler, com o Paraíso e com o destino de um "marte".

Mas não.

Não totalmente. O Mané ficou meio assustado com aquela história de que o mártir deveria explodir a si mesmo e sentir muita dor antes de conquistar as setenta e duas virgens do Paraíso. O Mané também não estava muito disposto a parar de se masturbar, além de não se sentir capaz de esquecer as mulheres e o sexo.

Mas não.

Não totalmente também. Tirando um detalhe ou outro, como a barba pinicando, o Mané até que gostou de alguns pontos do estilo mártir de ser:

o Mané não se sentia mesmo confortável quando estava perto de uma mulher, principalmente das que atraíam ele, o Mané;

o Mané tinha horror a álcool, por causa da mãe bêbada dele, do Mané;

o Mané não era feliz e, para que a vida dele fosse um sofrimento total, bastaria que ele, o Mané, parasse de se masturbar e de comer.

Mas não.

O Mané, que agora passara a desejar ardentemente as setenta e duas virgens do Paraíso, ainda não estava convicto o suficiente para abandonar a luxúria onanista e a gula.

Mas não.

O Mané já se sentia preparado para dar o primeiro passo rumo ao Paraíso e, a partir daquele dia no qual o Uéverson explicou o islã para ele, para o Mané, o Mané decidiu que deixaria a barba crescer.

Mas não.

O Mané não tinha um pêlo sequer de barba naquela cara de viado, filho-da-puta, primitivo, problemático psicologicamente, punheteiro, sem inteligência para com o outro.

E o Mané saiu intrigado, mas satisfeito, do quarto do Uéverson e voltou para o quarto que dividia com o Hassan no hotel lá de Munique. O Mané entrou no quarto e ficou passando a mão no próprio rosto, embaixo do queixo, enquanto sacudia os folhetos islâmicos com a outra mão, sorrindo.

Mas não.

O Mané se lembrou de que o Uéverson tinha dito que um mártir não pode sorrir e, imediatamente, fez uma cara séria das mais engraçadas.

Mas não.

O Hassan não estava entendendo nada daquele gestual esquisito do Mané. Mas o Mané continuou insistindo, usando todo o poder de comunicação que não possuía, para dizer ao Hassan que ele, o Mané, já sabia o que estava escrito naqueles papéis que ele, o Hassan, havia dado para ele, para o Mané. O Mané apontava para uma revista que estava ao lado da cama dele, do Mané, com uma mulher muito bonita, vestindo um maiô cavado, na capa e, depois, mexia o dedo indicador de um lado para o outro, tentando dizer que: mulher, não. O Mané também abria o frigobar e apontava para as garrafas de vinho branco que havia dentro dele, do frigobar, e repetia o gesto de negativo, mexendo o dedo de um lado para o outro. E, mais tarde, quando ligou a televisão, sob um olhar de censura vindo do Hassan, o Mané, toda vez que aparecia qualquer mulher um pouco mais sensual na tela, o Mané repetia o gesto de mexer o dedo de um lado para o outro e mudava de canal.

Mas não.

O Hassan logo pegou no sono, ainda sem entender direito toda aquela excitação do Mané, mas percebendo que tinha algo a ver com os folhetos que ele, o Hassan, tinha dado para ele, para o Mané. E o Mané, que raramente pegava no sono antes das quatro da madrugada, acabou cedendo aos apelos de um programa de auditório erótico, no qual algumas mulheres muito gostosas tiravam a parte de cima do biquíni toda vez que uma roleta parava na ilustração de um par de seios. O Mané até tentou mudar de canal algumas vezes.

Mas não.

Poucos segundos depois de apertar o controle remoto para trocar o canal, o Mané era tomado por uma curiosidade erótica incontrolável e acabava voltando para o festival de seios. Não demorou muito e o pintinho do Mané já estava todo durinho. O Mané lutou com sua consciência, pensou no Paraíso, nas esposas virgens que teria, caso conseguisse resistir às tentações da vida terrena.

Mas não.

Pensando no Paraíso, nas virgens, naquela sacanagem toda, o Mané ficava cada vez mais excitado.

E, definitivamente, não.

O Mané não resistiu.

Mané, num avião do Planeta do Fluminense, se jogou sobre dois edifícios enormes, que eram do Planeta do Santos, que era a mesma coisa que o Planeta dos Judeus, o Planeta dos Estados Unidos, explodindo a si mesmo e a centenas de inimigos de Alá.

Com o pau negro, enorme, cheio de veias, já todo duro, Mané ficou estrebuchando no chão, sentindo muita dor que ele, Mané, não sentia.

Logo depois, Mané já estava numa floresta na Serra do Mar, Mata Atlântica, repleta de neblina. Mané andou literalmente entre as nuvens até chegar numa clareira, onde corria uma cachoeira de vinho que não embebeda. Ao lado da cachoeira havia um gramado coberto de panos coloridos feitos de seda. Era um ambiente de As mil e uma noites.

Não.

O ambiente era de telenovela, de uma novela específica que Mané acompanhou na televisão do alojamento do Santos.

Mané foi até o centro do gramado, vestido como um árabe, um "turco" de telenovela, incluindo o turbante na cabeça.

Ao redor de Mané, surgem setenta e duas mulheres. Entre as setenta e duas mulheres havia inúmeras atrizes de televisão, a Seleção Holandesa de Vôlei, a apresentadora do programa de esportes da televisão brasileira, a Mechthild, a Pamela, a Martinha, as cheerleaders do futebol americano, a Fräulein Schön, a diabinha do peepshow etc.

As setenta e duas mulheres começam a dançar uma espécie de dança do ventre inspirada na telenovela.

Dançando, as setenta e duas mulheres vão fechando o círculo, se aproximando cada vez mais de Mané.

As setenta e duas mulheres tiram suas blusinhas de odalisca de telenovela.

As setenta e duas mulheres tiram o sutiã e exibem, para Mané, seus seios de mamilos cor-de-rosa.

As setenta e duas mulheres tiram suas calças transparentes e esvoaçantes de odalisca de telenovela.

Vestindo apenas calcinhas, as setenta e duas mulheres, uma a uma, aproximam suas bundas rebolativas do nariz de Mané.

As setenta e duas mulheres tiram suas calcinhas.

Mané cheira as bundas das setenta e duas mulheres.

As bundas das setenta e duas mulheres têm cheiro de eucalipto.

As setenta e duas mulheres, usando suas bocas, seus dentes, tiram o turbante da cabeça de Mané.

As setenta e duas mulheres, usando suas bocas, seus dentes, tiram a camisa de Mané.

As setenta e duas mulheres, usando suas bocas, seus dentes, tiram os sapatos de árabe de telenovela do pé de Mané.

Cinco das setenta e duas mulheres lambem os pés de Mané, dedinho por dedinho.

Mané sente um arrepio, que começa no pescoço e vai descendo até fazer com que o pau negro, duro, enorme, fabuloso, cheio de veias, de Mané, fique duro.

As setenta e duas mulheres, usando suas bocas, seus dentes, tiram a calça de árabe de telenovela de Mané.

As setenta e duas mulheres, usando suas bocas, seus dentes, tiram a cueca de Mané.

As setenta e duas mulheres fazem uma fila para que, uma a uma, possam lamber o pau negro, gigantesco, duro, cheio de veias, de Mané.

Às vezes, duas ou três mulheres, simultaneamente, lambem e chupam o pau de Mané.

A diabinha do peepshow começa a lamber o saco escrotal de Mané.

A diabinha do peepshow percorre o pau negro, cheio de veias, duro, uma enormidade mesmo, de Mané, de cima a baixo, com a língua.

A diabinha do peepshow enfia o pau negro, colossal, duro, cheio de veias, inteiro, dentro da boca.

O pau incrível, enorme, duro, cheio de veias, negro, de Mané, toca a garganta da diabinha do peepshow.

As outras setenta e uma mulheres se empilham sobre Mané, disputando, com as bocas, o pau incomparável, duro, negro, cheio de veias, de Mané.

Mané ejacula sobre rostos e seios de mamilos cor-de-rosa de algumas das setenta e duas mulheres.

O pau negro, cheio de veias, avantajadíssimo, continuou duro.

As setenta e duas mulheres se deitam sobre os panos coloridos de seda que recobriam o gramado ao lado da cachoeira onde corria o vinho que não embebeda, sob a neblina, sob as nuvens que encobriam a Mata Atlântica da Serra do Mar.

As setenta e duas mulheres abrem suas pernas.

Mané passa a lamber, uma por uma, as bocetas das setenta e duas mulheres.

As bocetas das setenta e duas mulheres tinham gosto de americano no prato do Império e guaraná.

As setenta e duas mulheres começam a exibir expressões lindas de gozo para Mané.

As bocetas das setenta e duas mulheres estão encharcadas de um líquido com gosto de americano no prato do Império com guaraná.

As setenta e duas mulheres se viram rapidamente e ficam de quatro, exibindo suas bocetas róseas para Mané.

Mané possui as bocetas, uma por uma, das setenta e duas mulheres.

Mechthild, a última das setenta e duas mulheres a ser possuída por Mané, atinge o orgasmo.

A boceta de Mechthild se contrai, envolvendo e apertando o pau negro, vigoroso, grande, grande, grande, grande, cheio de veias, de Mané.

Mané tem o seu septuagésimo terceiro orgasmo e ejacula na boceta de Mechthild.

"Viu? Eu estava certo com a minha estratégia. O Muhammad Mané, desta vez, reagiu à presença da Fräulein Reischmann. E o próprio Tomé, em quem você não acredita, acabou contribuindo bastante."

"O Herr Silva agora está brincando de agente secreto. Como é pretensioso o nosso colaborador!"

"Mas aconteceu, está acontecendo, tudo como eu havia previsto. O Muhammad Mané começou a falar sobre o cinto com a bomba, exatamente quando a Fräulein Reischmann, estimulada pelo Tomé, falou com ele."

"Como sempre, o Herr Silva não conseguiu se conter e falou demais com a Fräulein Reischmann."

"Até que não. Até que ele tentou não falar. Fräulein Reischmann insistiu. E ele também percebeu que o Muhammad Mané se referia à Fräulein Reischmann quando falava com a outra moça, nos delírios. A Cleide."

"Isso não ficou claro para mim, como muitas outras coisas. Acho que estamos dando autonomia demais para o Herr Silva. Você está até deixando se convencer por argumentos do Herr Silva. Você tem certeza de que o que o Herr Silva escreve é exatamente o que o Muhammad Mané fala?"

"Tudo o que ele anotava de Mubarak batia com as gravações. E claro que eu consultei um tradutor profissional para confirmar."

"E o que ele disse?"

"O mesmo que o Herr Silva: que o português usado por Muhammad Mané é bastante primitivo, com muitas particularidades do dialeto que se fala na região onde ele nasceu. Mas que, dentro do possível, o anotado é coerente com o gravado."

"Nesse dentro do possível pode haver inúmeros detalhes que podem ser perdidos e até permitir uma interpretação equivocada das coisas que o Muhammad Mané fala."

"É o que temos até o momento: o Mubarak dizendo 'BUM!', depois de dizer 'Gol'; dizendo que às catorze horas e quinze minutos houve dois BUMs. Catorze horas e quinze minutos é o horário no qual explodiram a bomba na embaixada americana e a bomba no Olympiastadion. E o Muhammad Mané dizendo que apertou uma bomba no cinto que ele recebeu de um muçulmano de barba, que estava na porta do ônibus. Obviamente, o Mubarak."

"E não se esqueça da última novidade: o Mubarak falou de mais um BUM, às 'doze horas e trinta e sete minutos, Berlim, Mubarak, Muhammad, Alá: BUM!!!'"

"De todos esses BUMs, os únicos que fizeram algum sentido até agora foram esses das catorze horas e quinze minutos. Os outros, ou se trata apenas de loucura, ou ainda estariam por vir. Aliás, agora é hora de nos concentrarmos no Mubarak. Primeiro, temos que descobrir se essas outras explosões nos Estados Unidos e essa nova, em Berlim, fazem parte de algum plano de alguma organização terrorista. Embora o Muhammad Mané não tenha falado o nome do Mubarak, nem nenhum outro nome, tudo indica que o Mubarak forneceu a bomba ao Muhammad Mané. Será que o Mubarak está ligado ao grupo do Mestre Mutanabbi?"

"Pelo jeito como o Muhammad Mané falou, ou como o Herr Silva disse que o Muhammad Mané falou, o Muhammad Mané não conhecia o Mubarak. Veja aí como está escrito."

"Está escrito, deixe eu achar, aqui, achei, 'até aquele sujeito que deu o cinto com a bomba, que é muçulmano também, muçulmano fundamental' — o Tomé comenta que quando o Muhammad Mané disse fundamental, ele queria dizer fundamentalista —, 'desses que não fazem a barba nunca, que fazem de tudo apenas para se tornar marte' — marte, segundo o Tomé, é mártir —, 'esse estava lá, estava subindo as arquibancadas, estava entrando, ele também explodiu e sabia que se eu me explodisse, ele também seria um marte' — mártir. 'Foi então que eu acreditei mesmo. Foi então que eu constatei que havia esse negócio todo de Alá, de virgens, de Paraíso, que se isso não houvesse, ele não teria me dado o cinto para que eu o explodisse.'"

"Mas se o Mubarak estava no Olympiastadion, entregando uma bomba ao

Mané, como ele estaria ao mesmo tempo na embaixada americana, explodindo o microônibus?"

"Claro. Não seria possível."

"Você está muito ansioso para resolver todo esse caso."

"É verdade. Me desculpe."

"O Muhammad Mané também falou no Uéverson. Ele falou que o Uéverson disse alguma coisa a ele sobre o Paraíso islâmico."

"Isso eu não entendi muito bem, não. Depois precisamos falar com o Uéverson."

"Será que ele também está envolvido com terroristas?"

"Acho que não. Não parece. O Muhammad Mané era muito próximo do Uéverson. Eles deviam conversar sobre isso. Mas isso é fácil de esclarecer. É só falar com o Uéverson."

"Você conhece o Uéverson do Hertha, não é?"

"Conheço, sou muito amiga dele. E ele era muito amigo do Mané. Segunda-feira, quando eu vim aqui, o Mané falou o nome do Uéverson, não foi?"

"O Muhammad fala o nome do Uéverson algumas vezes."

"Acho que o Uéverson era a única pessoa com quem o Mané conversava de verdade. O Uéverson era uma espécie de irmão mais velho para ele."

"O Uéverson não era muçulmano, não, era?"

"O Uéverson? A última coisa que ele seria é muçulmano. Não. De jeito nenhum, Tomé."

"Agora os senhores estão desconfiados de mim? O negócio é o seguinte: eu não sou nem um pouco turco. Pode perguntar para qualquer pessoa que me conhece. Sem ser véspera de jogo, que aí eu me cuido, você pode me ver qualquer dia, no final da tarde, no Slumberland, na Winterfeldtplatz. Eu bebo cerveja e, modéstia à parte, estou sempre cercado de mulheres. As mulheres me adoram e eu as adoro, sem véu. Por mim, todas as mulheres andariam nuas. Desculpe. Todas, não. As feias podem continuar vestidas. Incluindo as turcas. Eu não sei nada sobre essa bomba que o Mané explodiu. Pelo contrário. Eu sempre aconselhei o Mané a não se misturar com os turcos. Eu sempre disse a ele que, para ser herói, mártir, mártir, sabe?, ele teria que sentir muita dor, que seria horrível, que seria necessário não fazer sexo, não beber. Ou seja, eu falei para o Mané que ser turco era horrível. O único conselho ruim que eu dei para o Mané foi que ele deveria fazer sexo, comer uma vagina, que o rapaz estava com problemas psicológicos e o problema era exatamente esse, de o Mané não fazer sexo. Eu acho que o Mané era virgem, que ele *nunca fez sexo. Por isso é que ele explodiu a bomba, para virar mártir e fazer sexo com as virgens do Paraíso dos turcos. Não são setenta e tantas virgens? Pois então. É isso que estava escrito nos folhetos dos turcos. Não é isso que eles dizem?"*

"Não sei. O senhor é que leu os folhetos."

"Sim, eu li. E é isso mesmo. Eu não consigo ler tudo. Eu falo bem alemão, mas eu não entendo tudo, quando é escrito. Mas eu falei para o Mané só isso que todo mundo sabe: que os turcos não podem beber, que eles não podem fazer sexo, que eles têm raiva dos judeus e dos americanos, que os mártires sentem muita dor quando eles explodem essas bombas que eles se explodem juntos. Isso eu falei foi justamente para o Mané não ficar querendo ser mártir. O que mais? Eu falei também que os turcos, para entrar no Paraíso, têm que deixar a barba crescer. Isso foi o Bin Laden que mandou, não foi?"

O Hertha perdeu para o Bayern e o Mané bem que podia ter sentido um pouco a derrota.

Mas não.

Depois do jogo, no qual o Mané jogou muito bem, fazendo os dois gols da derrota por 4 × 2, o Mané só pensava numa maneira de fazer com que a sua barba crescesse logo.

Mas não.

O Mané também pensava seriamente nas duas opções que tinha para possuir carnalmente, simultaneamente, finalmente, setenta e duas mulheres:

se tornar um turco, nunca mais se masturbar, deixar a barba crescer, nunca beber, sentir dores horríveis, ficar todo queimado, cheio de feridas, sofrendo muito;

deixar que o Uéverson organizasse para ele, para o Mané, uma orgia sexual espetacular, com lindas mulheres, na qual sua única obrigação seria a de sentir muito prazer.

Não era uma decisão assim tão difícil de tomar para qualquer adolescente prestes a se tornar uma estrela do futebol internacional.

Mas não.

O Mané não sabia que estava prestes a se tornar uma estrela do futebol internacional e, logo na segunda-feira, dia seguinte ao dia do jogo perdido em Munique, acompanhou o Hassan ao amplo apartamento de Mestre Mutanabbi, em Kreuzberg.

Definitivamente, o Mané se sentia bem nos ambientes islâmicos, onde estava sempre afastado do perigo de ter que enfrentar o desafio de ser obrigado a manter relações sexuais com uma mulher de carne e osso. E o melhor de tudo para ele, para o Mané, era a comida servida pelas mulheres no final da reunião. Como o Mané não sentia nenhuma atração sexual por aquelas senhoras gordas, vestidas de preto, ele, o Mané, não tinha medo delas, das senhoras gordas, vestidas de preto.

Mas não.

Quando a reunião acabou, o Mané e o Hassan deixaram a biblioteca do apartamento do Mestre Mutanabbi e passaram pela sala do apartamento do Mestre Mutanabbi, onde estavam três adolescentes, quinze, dezesseis e dezessete anos, véus na cabeça, calças apertadas, muita maquiagem no rosto, que não eram as primas do Hassan mas eram iguaizinhas às primas do Hassan.

O Hassan cumprimentou as três adolescentes. O Mané abaixou os olhos. As sósias das primas do Hassan cumprimentaram o Hassan e o Mané e sorriram, envergonhadas.

As adolescentes, quinze, dezesseis e dezessete anos, que não eram as primas do Hassan mas eram iguaizinhas às primas do Hassan, não atraíam o Mané sexualmente.

Mas não.

O Mané não sabia o porquê. Mas ele, o Mané, sentia algo de erótico em relação aos sorrisos envergonhados das adolescentes muçulmanas.

Mas não.

O Mané não sabia o que é erotismo.

Mas não.

Essa coisa, esse algo erótico que o Mané sentia em relação aos sorrisos envergonhados das adolescentes muçulmanas, fazia com que o Mané também ficasse envergonhado.

"Não. Eu não me casaria com alguém tão diferente de nós."

"Mas eu o beijaria. Não casaria, mas beijaria."

"Você se deitaria com ele?"

"Claro. E eu me casaria também. Os jogadores de futebol levam vidas de rei e, como ele não é muçulmano, teríamos uma vida agitada, muito diferente dessa nossa vida sem emoções. Fora isso, os negros possuem pênis grandes."

"A senhorita poderia fazer o favor de se afastar? Preciso fazer a higiene do paciente."

"Claro. Me desculpe."

"Fräulein Nazi..."

"Já pedi muitas vezes que você não me chamasse assim. Não me chame assim. Por favor, me respeite."

"Calma, calma, Fräulein Que-Não-É-Nazi. A Mechthild é como você: uma mulher independente, livre, que pratica sexo livremente, que..."

"Que história é essa, Tomé? Não quero falar da minha vida pessoal na frente de estranhos."

"É que vocês duas parecem estar sempre prestes a iniciar uma briga. Eu só queria quebrar esse clima hostil."

"Eu não estou aqui para brigar com ninguém. Só vim para visitar o meu namorado."

"Mas o seu namorado, que produz uma quantidade enorme de merda, precisa de uma limpeza. E sou eu quem faz essa limpeza. Então, por favor, eu não tenho nada com a senhorita e também não quero ser ofendida pelos pacientes. Então, por favor, deixem que eu faça o meu trabalho em paz."

"Olhe, Mechthild, as feridas do Muhammad até que estão melhorando, cicatrizando."

"Será que há alguma chance dele recobrar a consciência também?"

"Espero que não, coitado. Imagine você: você está lá no Paraíso, fazendo orgias sexuais incríveis com setenta e dois negros sensuais, feliz da vida, comendo e bebendo do bom e do melhor, numa praia onde o sol aquece mas não queima a pele, e, mais do que isso, sentindo que Deus existe e te ama, mais, que existe um amor indescritível, que todos os seus setenta e dois maridos dedicados, a natureza, o pensamento e até você mesmo, tudo, tudo, tudo que existe exala um grande amor por você. Então, de repente, de uma hora para outra, você abre os olhos e está num hospital, envolta em ataduras, sem uma perna, sem um braço, cega, sem o seu órgão sexual. E, pior ainda, quando você ainda está tentando entender o que está se passando, você ouve uma voz."

"Doze horas e trinta e sete minutos, Berlim, Mubarak, Muhammad, Alá: BUM!!!"

"Isso. Você está no Paraíso e, de repente, ouve a voz do Mubarak."

"Ele me dá arrepios. Isso, sim, parece um terrorista perigoso, não o meu Mané. Veja como os olhos dele são arregalados. Ele é louco."

"Uma loucura como a de George Harrison. 'While my guitar gently weeps'... Doze horas e trinta e sete minutos, Berlim, Mubarak, Muhammad, Alá: BUM!!!"

"Ele é louco, sim. Mas eu acho que ele escuta tudo o que nós falamos."

"All you need is love. Love, love, love..."

"Ai ló viú, Crêidi."

"Se você é mesmo a Cleide, acho que o Muhammad disse que te ama."

"Sou eu, sim. Ele me ama."

"E você acha isso bom?"

"Claro!"

"Então você está mesmo disposta a permanecer fiel a ele, ao Johnny-Vai-à-Guerra."

"Quem?"

"Ao Muhammad. Johnny vai à guerra é um filme. Não é do seu tempo, não."

"Você tem razão, Tomé."

"Razão em quê?"

"Acho que eu não posso mesmo ficar presa a esse amor. Sou muito jovem ainda e o Mané, pelo jeito, jamais poderá voltar a ser o que era."

"É claro que o Muhammad não vai voltar a ser o que era. E, como o amor de vocês era platônico, mesmo que ele recupere a consciência, vocês podem continuar amigos. Porque sexo com ele você pode esquecer, não é?"

"É verdade. E eu não posso viver sem sexo."

"Uma curiosidade: você só faz sexo com negros?"

"Não, necessariamente. Por quê?"

"Nada, não."

"Porque o Herr Silva não vê a hora de experimentar a namoradinha do terrorista. Pronto. Já acabei de limpar a merda desse Türkenschwein. Tchau. Boa noite."

"Ute, espere. E o meu baseado? Espere, Ute."

"Racista."

"Não, não é racismo. A Fräulein Que-Não-É-Nazi me ama e está com ciúmes de você."

"Por quê? Você acha que existe alguma razão para ela ter ciúmes de nós?"

"Talvez."

Eu comia, na boa. Quando eu sair daqui, eu vou comer.

A gente chegou no lago, no Wannsee, e o Mané ficou doido, taradão. Eu também, né? Mais no começo, naquela parada de primeira impressão. A primeira impressão é a que fica. Porra, foi só o verão chegar e, no primeiro dia que fez sol, já tava todo mundo peladão lá deitado na grama. Tinha até menina novinha, dessas que tá crescendo o peitinho ainda, caralho. O Mané, porra, o Mané olhava pras menina, mais as novinha mermo, as adolescente, que o resto era foda. Porra, as véia, véia, véia mermo. Diz que é parada dos comunista que tinha antes. Diz que os comunista é assim mermo, que neguinho ficava pelado

388

numa boa, as véia. Tudo lá com as perna arreganhada, com os bucetão pelancudo tudo na cara da gente. Mas tinha umas menininha, meu camarada, doze, treze, catorze. Tô sabendo que isso é uma parada monstruosa, coisa de monstro, isso na cadeia o cara era currado na hora que entrava. Mas, porra, as menininhà de treze anos, só com uns pelinho nascendo, porra. Se pudesse, eu comia na maior. Mas o Mané eu instiguei, fiquei usando o meu esquema tático de deixar ele com água na boca, de deixar ele na fissura. Aí eu fui instigando. O Mané pode porque ele é de menor também. Porra, o Mané podia comer até essas menininha de treze, dessas que tem que é meio doidinha, tipo a Meti um pouquinho mais nova. Porra, devia ser um tesão a Meti com treze. O Mané podia comer essa porra dessa cidade toda, desse país todo, e não aproveitou. Preferiu virar turco.

Foi sim.
No primeiro dia de verão do Mané em Berlim, ele, o Mané, foi à loucura.
Era uma quinta-feira.
O Uéverson e o Mnango pegaram o Mané na saída do treino.
Não era pra nada, não.
O Uéverson e o Mnango, de folga, depois de terem jogado na quarta e virado a noite fazendo sexo em todas as posições, sexo oral, sexo anal, ménage à trois etc., passaram no centro de treinamento para ver o Mané dando o showzinho dele, do Mané. E também para mostrar a ele, ao Mané, o carro novo do Uéverson: um Porsche vermelho com estofado de couro branco.
A colônia muçulmana de Berlim, em peso, assistia ao showzinho do Mané.
O Hassan bem que podia ter morrido de ciúmes do Mané, boicotado o Mané em campo e cortado relações com ele, com o Mané.
Mas não.
O Hassan era um garoto sem vaidade.
Mas não.
O Hassan tinha orgulho da pátria dele, a Alemanha, do Hassan.
O Hassan tinha orgulho do clube dele, o Hertha Berlin, do Hassan.
O Hassan tinha orgulho da fé dele, do Hassan.
O Hassan, assim que acabou o treino, deixou um folheto com o Mané e no folheto havia um carimbo com a data, o horário das dezenove horas e o endereço do Mestre Mutanabbi.

"Porra, turquinho, o Mané ist nicht moslém, caralho. Porra, joga bola com ele, mas não leva ele pro mau caminho. Der Mané brauchen de buceta, isso aqui: buceta, Möse, das, buceta, Möse."

"O que que ele disse nesse papel aí?"

"Porra, Mané. É pra tu ir lá nesse endereço aí, hoje de noite, porra. Os cara tão querendo fazer tu ficar marte, aí."

O Mané, Muhammad, o Mané foi mudando de repente. Eu acho que aquele dia foi decisivo para o Muhammad. As pessoas religiosas, estou falando sobre pessoas religiosas mesmo, cuja fé é inabalável. Essas pessoas sempre descrevem um tal momento de conversão, de iluminação, de graça. Acho que, naquele dia, no lago, era o primeiro dia de calor, de sol, depois do inverno, o Mané passou por uma experiência desse tipo. Você sabe, nesse caso do Mané, eu, ninguém, acho que ninguém pode afirmar nada com precisão. Mas eu acho que o Mané passou por uma experiência desse tipo. A coisa começou quando o Mané viu que muitas das pessoas estavam nuas. O Mané olhava tão fixamente para as mulheres, que até o Uéverson, que não é nem um pouco tímido, ficou constrangido. Mas, como sempre, quando alguma mulher dessas que estavam nuas olhava para o Mané, ele baixava os olhos. Só que o Uéverson começou a falar com o Mané. Bem... eu não entendo bem o português, mas dava para sentir que o Uéverson estava com aquela conversa de fazer com que o Mané se aproximasse de alguma mulher.

Mas não.

O Mané não queria se aproximar de mulher nenhuma. O Mané queria era ver, ver tudo. E o Mané ficou lá, deslumbrado, vendo tudo, por um bom tempo, em transe, hipnotizado.

Mas não.

O Mané fez uma pausa rápida, de uns quinze minutos, para comer seis Currywürste.

Mas não.

Mal acabou de comer o sexto Currywurst, cheio de maionese, o Mané voltou para a beira do lago, para mais uma sessão de voyeurismo.

O Mané só queria saber de ficar olhando para as meninas, para os peitinhos em crescimento, para os pentelhinhos sobre as bocetinhas.

Mas não.

Teve uma hora que o Uéverson também ficou bastante animado e resolveu se exibir para a galera. O Uéverson era bastante conhecido em Berlim e já estava chamando a atenção de todos no Strandbad do Wannsee. E ele, o Uéverson, pensando que quase todo mundo ali estava nu por uma questão de exibicionismo, resolveu tirar a roupa e dar um mergulho no lago, achando que ia agradar.

Mas não.

O Uéverson era preto e estava com o pau duro.

O Uéverson, com uma tarja preta em cima do pau, foi capa do <u>Bild-Zeitung</u>, o jornal sensacionalista dos alemães, no dia seguinte.

SERPENTE TROPICAL NO WANNSEE

As menininhas de doze, treze, catorze, incluindo as mais maluquinhas, tipo a Meti, saíram todas correndo do lago.

O Mané se afastou para observar melhor as nudistas pré-adolescentes.

Mas não.

Entre as pré-adolescentes, adolescentes, jovens e gatas, estavam as outras: as velhas, as gordas, as peludas e, até mesmo, as perebentas.

A cena foi engraçada. O Uéverson tirou a roupa, entrou todo sorridente no lago, achando que faria um grande sucesso — rá rá rá rá rá rá rá —, mas não. O Uéverson entrou na água e todo mundo saiu correndo para fora do lago. O Muhammad Mané, de repente, viu toda aquela gente, todas aquelas garotas, aquelas mulheres, correndo na direção dele. O Mané fez uma cara, mas uma cara... O Mané viu aquelas meninas vindo e saiu correndo, apavorado. E, quando o Muhammad Mané percebeu que, na verdade, elas estavam correndo do Uéverson e não para ele, Muhammad Mané, relaxou e voltou a olhar fascinado para as garotas. O Uéverson, completamente sem graça, também foi saindo do lago, olhando envergonhado para os lados e tentando cobrir o pênis com as mãos. Rá rá rá rá rá rá rá rá rá... O Uéverson teve que se vestir no meio de um círculo de pessoas nuas que olhavam para ele. Eu, que não queria fazer parte daquele vexame, também me afastei e fui para perto do Muhammad Mané. O Mané olhou sorrindo para mim e voltou a observar. Foi aí que aconteceu aquilo que eu disse. Os olhos do Mané, que estavam brilhando, começaram a perder esse brilho. O Muhammad Mané franziu a testa e voltou a ter aquela expressão angustiada que ele sempre tinha no rosto. Então, eu notei que o Mané havia percebido as outras mulheres. Não as jovens, as bonitas, mas as idosas, as que estavam fora de forma e tinham corpos nada atraentes. Havia uma senhora bem idosa, completamente nua, deitada

391

num pano bem na nossa frente. Aquilo, de alguma forma, causou uma espécie de horror ao Mané. Sem exageros: ao perceber que uma mulher nua, ou o próprio ser humano em geral, poderia ser algo tão repulsivo, acho que o Mané se desencantou um pouco com a vida. Não que ele fosse uma pessoa alegre, feliz. Mas, a partir daí, dessa tarde no Wannsee, o Mané se tornou uma pessoa ainda mais sombria. Depois disso, nunca mais eu vi o Mané sorrindo, nem aquele sorriso encabulado que ele às vezes deixava escapar.

Vergonha? Eu? Porra nenhuma. Porra, todo mundo lá, peladão, as gata tudo se exibindo, tudo jogando agüinha pra cima. Um monte de gente olhando pra mim. Chegava cada gata pra pedir autógrafo! Tudo peladinha. Eu fiquei até sem graça de tá vestido. Porra... Mas aí, na hora que eu resolvo entrar na festa, todo mundo sai correndo, caralho. Eu pensei que era racismo, porra. É que eu, o Mnango e o Mané era os único preto na área. Mas, porra, depois é que eu vi qual que a parada. Porra, eu nem dei conta que eu tava de pau duro, caralho. Foi o rei que assustou as menina, que assustou a galera. Modéstia à parte, o rei é impressionante. Aí eu disfarcei, saí de fininho da água, com todo mundo olhando. Fizeram até roda em volta de mim pra me ver botando a roupa. Aí, no dia seguinte, de manhã, tava a minha foto no jornal, naquela porra de jornal de fofoca deles aqui. Eu e o rei com uma faixa preta desse tamanho em cima dele, do rei. Que vexame. Mas não tem neguinho que tira foto pelado pra revista de gay? Porra, eu fiquei pelado de graça pra porra do jornal. Esses fotógrafo são foda. Eu nem vi que tinha um mané lá me fotografando. Se eu visse, eu ia era dar umas porrada no cara. O Mané é que ficou meio cabreiro depois dessa parada. Antes ele tava todo alegrinho, olhando pras menininha. Depois que eu saí da água, ele já tava todo sério, todo esquisito, com a cara fechada, com a testa toda enrugada daquele jeito dele. Eu acho que eu fiz ele passar vergonha. Porra, mas o Mané tinha que deixar de frescura, porra. Se ele queria ser santo, ser turco, qualquer parada dessa, problema dele, porra. Eu é que não ia ser diferente só pra agradar neguinho. Aí tinha aquele folheto que o turquinho deu pro Mané, que o Mané queria que eu lesse pra ele. Mas, porra, aquela hora não dava mais. E o Mané queria que a gente levasse ele lá em Kreuzberg, pra porra de reunião dos turco. Eu tentei convencer o Mané de ir pra night com a gente, pra ir no peep-show, pra arrumar umas gata no Slumberland, pra pegar umas puta, qualquer coisa, qualquer programa mais legal, mais saudável que ir naquelas porra de reunião daqueles maluco. Com um carrão daquele que eu tinha comprado, porra, as mulher ia ficar louca com a gente chegando. Porra, eu queria fazer uma suruba com os brother e umas vinte gata que eu ia escolher a dedo. Não. Eu ia mandar o Mané escolher a gata que ele quisesse na rua. A gata, não. As gata. Porra, ia ser muito melhor que a porra do Paraíso dos turco. Ia ser altas gata. Mas o Mané quis porque quis ir lá na reunião. Em vez das gata, foi os turco lá em Kreuzberg que ficaram babando em cima do Porsche. Tudo mané, tudo com aqueles bigodão em cima de mim. Porra. E o Mané saiu do carro fazendo a maior cara de metido a besta. Quer dizer, mais ou menos. O Mané tava muito esquisito naquele dia. Eu acho que ele ficou meio com vergonha de mim ter mostrado o rei lá no lago. Ou sei lá. Foda é que nessa reunião os cara deram mais um monte de folheto complicado pro Mané. Tinha uns, que dava pra ver, mais ou menos, que tinha umas parada daquelas de Paraíso, de virgens. Não era sacanagem, eu acho, assim, só sacanagem. Rolava umas parada de virgens. Era virgens? Sei lá. Mas tinha uns outros folheto que vinha cheio de explicação, cheio de desenho, de flechinha explicando umas parada. Saca aqueles negócio que os turco faz em cima dos tapete deles, que eles fica ajoelhado com a bunda pra cima, abaixando, rezando umas parada? É aquelas parada da Maca, Meca, essas porra. O folheto explicava essas parada da Meca. Aí eu tinha que inventar, que eu não manjo porra nenhuma dessas parada da Meca.

O Mané bem que podia ter ouvido a voz da sabedoria popular, a voz do Uéverson, em vez de ter ouvido a voz de Deus, a voz de Alá.

Mas não.

O Mané estava muito confuso, muito perturbado, por ter descoberto que o sexo e a anatomia feminina nem sempre eram bonitinhos, cheirosinhos, limpinhos. O Mané já havia percebido antes, nos filmes pornográficos a que assistia na casa do filho-da-puta do Japon, naquela cidade pequena filha-da-puta, e nas revistas pornográficas que ele, o Mané, consumia compulsivamente, que havia alguma coisa de sujo na atividade sexual.

Mas não.

Apesar de uma pereba aqui, outra ali, em um cu aqui, outro ali, umas gosmas meio estranhas, escorrendo de uma boceta aqui, outra ali, uma celulite aqui, outra ali, as mulheres dos filmes e revistas pornográficas até que eram razoavelmente estéticas. Algumas eram até muito bonitas.

Mas não.

Definitivamente, a boceta aberta de uma senhora de quase oitenta anos era bem repulsiva. E o Mané não conseguia tirar aquelas imagens do Wannsee da cabeça.

Mas não.

Não eram as imagens do Wannsee. Eram as imagens das velhas, das gordas, das peludas, das perebentas, que exibiam as bocetas delas, das velhas, das gordas, das peludas, das perebentas, ao redor do Wannsee.

E mais uma vez o Mané sentiu aquela espécie de conforto, quando se viu novamente naquele ambiente masculino da biblioteca, no apartamento do Mestre Mutanabbi.

Chegara a hora de explicar ao Mané certos preceitos, certas regras, certas obrigações de um muçulmano.

Mas não.

Por mais que os homens ali presentes, principalmente o Hassan, tentassem explicar para o Mané onde ficava a Meca, tentassem explicar para o Mané o que era Alá, quem era o Profeta Muhammad, ele, o Mané, não entendia nada.

"..."

Mas, mesmo assim, o Mané, imitando os movimentos do Hassan, se ajoelhou dezenas de vezes e reverenciou a Meca. O Abud, intelectual do grupo, aquele que escrevia os folhetos bem mal traduzidos pelo Uéverson, mostrou uma bússola para o Mané, desenhou uma rosa-dos-ventos num pedaço de papel, tentando fazer com que ele, o Mané, soubesse se orientar e pudesse se voltar para Meca com o objetivo de fazer as orações dele, do Mané.

Mas não.

"???"

Foi muito difícil fazer com que Muhammad Mané compreendesse a nossa religião. O Hassan se esforçava muito, fazia mímica, falava pausadamente com Muhammad Mané. Foi muito difícil mesmo. Nos nossos procedimentos mais técnicos, Muhammad Mané nunca conseguia acertar. Ele tinha dificuldades com a direção da Meca, com os horários nos quais devemos nos virar na direção sagrada. Porém, Muhammad Mané, durante nossos encontros, sempre nos imitava, observando nossos movimentos. E o Hassan disse que, quando eles estavam juntos, no centro de treinamento do Hertha, o Mané também o acompanhava, quando o Hassan fazia suas orações. Mas duvido muito que Muhammad Mané orasse quando estava sozinho. Mas também seria demais querer exigir que o rapaz, vindo de tão longe, falando uma língua tão exótica, tão diferente da nossa, ou mesmo do alemão, pudesse seguir à risca determinados procedimentos. Penso que, com o tempo, ele acabaria aprendendo. Mas, em relação às leis sagradas mais importantes, Muhammad Mané se comportava adequadamente. Ele não bebia álcool de jeito nenhum, não era leviano com as mulheres, sempre respeitoso com nossas famílias. Pensei até em conceder uma de minhas filhas a ele. Claro que, para isso, Muhammad Mané teria ainda que apurar sua fé um pouco mais. Muhammad Mané estava tão empenhado em se tornar um muçulmano, que até tentava, de todas as maneiras, fazer com que sua barba crescesse. Como Muhammad Mané ainda era imberbe, ele se barbeava até ferir o rosto. Mas nós, nosso grupo religioso, jamais exigimos isso dele. Essa obrigação de deixar a barba crescer não faz parte dos nossos procedimentos. Hoje, nem os xiitas mais radicais fazem esse tipo de exigência aos fiéis. Acho que Muhammad Mané deve ter aprendido isso na televisão, quando os Estados Unidos massacraram nossos irmãos do Afeganistão. Os talibãs eram mesmo um pouco exagerados nas regras que impunham a seus membros. Nós tentamos explicar para Muhammad Mané que ele não precisava fazer aquilo com o próprio rosto. Muhammad Mané estava destruindo sua própria pele. Será que ele não percebeu que muitos de nós não usamos barba? Eu mesmo raspo a minha barba todos os dias. Deixo apenas o bigode, mas é por uma questão estética. Nós precisávamos era de um bom intérprete para nos comunicarmos melhor com Muhammad Mané.

Porra, Mané, tô te avisando: tu vai acabar entrando numa roubada com esses turco aí. Eu não posso te obrigar a me ouvir, mas tu podia ouvir a voz da experiência. Olha só essas porra que eles manda tu fazer. Olha aí o que que tá escrito, aí, caralho. O negócio da barba tem que ter. Tá vendo esse cara do desenho? Olha o tamanho da barba dele. Isso aí é que é marte. Olha o cara, tá vendo? Ele tem que ficar ajoelhando toda hora nessa porra de tapete e ficar abaixando e levantando, abaixando e levantando. E tem que ser várias vez, todo dia. Na hora que os cara lá manda, depois tu pergunta pro turquinho, que ele te fala as hora certa, que aqui não tá escrito. Mas, na hora certa, tu tem que parar qualquer coisa que tu tiver fazendo, arrumar um tapete desses de turco e ficar rezando, falando aqueles troço de turco, assim: ralá ralá ralá abidula ralá ralá não sei mais o quê. Isso tudo com a barbona pinicando. Só que tu não tem uma porra dum fio de barba nessa sua cara. Porra, eu sou contra, tô avisando. Eu sou contra essa parada de virar turco, de explodir bomba, de ficar sofrendo, essa porra de deixar a barba crescer e o caralho. Mas se tu quiser ter barba, tu tem que ficar raspando a barba todo dia, mermo que tu não tem barba. Tem que ficar passando esses barbeador de gilete mermo, que barbeador elétrico não adianta porra nenhuma. É assim que a gente fazia, eu e os meu colegas, que era pra gente parecer com cara de mais velho pra comer as gata. É que tu sabe melhor que eu: adolescente não come ninguém. Agora... Tu podia comer. Tu podia comer quem tu quisesse. Não é pra qualquer um, não, Mané. Tu é sortudo pra caralho e não aproveita. Dezessete anos, jogador de futebol, craque, morando aqui em Berlim, que as mulher gosta de dar pra preto... Daqui a pouco tu vai ficar rico, vai comprar um carro melhor que o meu ainda, vai comprar até castelo, até avião se tu quiser e o caralho a quatro. Mas não, né? Tu vai é virar turco, vai é virar marte, vai trabalhar de graça pro Bin Laden, vai morrer só pra agradar o Bin Laden e os turco, vai se fuder todo e vai morrer cabaço, pra só depois comer as mulher. Tu é muito burro, Mané. Mas, se tu quer, faz o que tu quiser. Se tu quer que eu leio essas porra aí, eu leio. É tudo a maior sacanagem, a maior suruba que tem lá no Paraíso dos cara. Mas eu vou avisar de novo. Essa porra toda que tá escrito aí, tu pode fazer hoje mermo, na horinha que tu quiser. É só tu me dizer, que a gente sai caçando as gata mais gostosa de Berlim, tipo aquelas menina lourinha lá no lago que a gente foi ontem. A gente descola as gata sem tu precisar deixar barba crescer, sem tu precisar explodir bomba, sem tu precisar morrer. A lá o que que tá escrito:

Nessa vida aqui que nós temo agora, nós tem que sofrer muito. Nós tem que provar tudo que é dor que existe e ficar sempre sentindo alguma coisa ruim. Se tiver ficando alguma coisa boa, nós tem que pegar um cinto e ficar dando chicotada em nós mermo, nas costa, até ficar tudo lanhado. Se nós fica com vontade de fazer sexo, nós tem que entrar na banheira cheia de gelo, até se tiver no inverno, até se tiver neve lá fora. Se nós ficar com vontade de beber, nós tem que beber café com sal e ficar vomitando sem parar. Se nós não tiver barba, nós tem que ficar esfregando o aparelho de barba na cara, até a cara ficar toda assada, toda cheia de pereba ardendo. Aí, depois, quando nós virar marte, quando nós explodir os inimigo do Alá, os americano, os judeu, os viado e as mulher que usa biquíni e fica mostrando as bunda, aí nós pode ir pro Paraíso. No Paraíso, os marte vai fazer um festival de fudeção com setenta e duas virgens. Todo dia, as virgens vêm pra chupar o pênis do marte logo de manhã, que é pra ele já ficar de pênis ereto — ereto é duro — logo cedo. No Paraíso, o pênis do marte fica ereto o dia inteiro e toda hora as virgens vai fazer ele gozar. Primeiro, de manhã, é hora da chupação. As três esposa virgens que o marte mais gostar já vem chegando. Uma vai chupar uma bola do marte. A outra vai chupar a outra bola, e a outra vai chupar é o pênis todo do marte. Aí, enquanto o marte fica relaxando, fica descansando um pouco, só tomando vinho, comendo mel que vem pelos rio das cachoeira de mel, as esposa virgens do marte vão ficar elas mesmo brincando com elas. Mas é brincadeira de fudeção também. Elas vão pegar, a metade vão pegar uns consolo — Tu sabe o que que é consolo? Consolo é um pau de borracha que vem com pilha e fica tremendo, um vibrador que as mulher usa pra enfiar na buceta. É a punheta que elas bate. A punheta delas tem que enfiar uma parada na buceta. Pode ser esses consolo, mas pode ser outras coisa também, tipo fruta, banana, pepino, mandioca, qualquer coisa que parece pinto —, e os consolo dessas virgens é tudo de ouro e vêm com um cinto que é pra elas ficar com pênis. Aí, essas que fica com o pênis dourado que nem se elas tivesse elas mesmo o pinto vão tudo ficar deitada. E então as outra vão sentar com as buceta bem em cima dos pênis das virgens que estará deitadas. Elas vão ficar tudo com as bundas, com as nádegas — que é a mesma coisa que bunda, né? —, com as nádegas virada pro marte, com os ânus virados — ânus é cu, elas vão ficar tudo com os cuzinho virado pro marte. E aí vai chegar na hora da DP Sagrada. A dupla penetração sagrada.

Olha, Mané. Lembra que eu expliquei a parada da dupla penetração pra você? Então, só pra te lembrar: lá nesse Paraíso desses turco, tu vai fazer... Tu não, que tu é burro, mas não é tão burro pra entrar nessas roubada dessas parada dos turco. Mas, lá no Paraíso dos turco, então:

Na DP Sagrada, enquanto as trinta e... as trinta e poucas, as metade das virgens fica penetrando as vagina das outras metade, o marte vai poder penetrar nos ânus delas. Aí elas vai ficar gozando sem parar e o marte também vai gozar nas virgens todas, nos ânus delas. E depois, de tarde, o marte e as setenta e duas virgens vão ficar andando na praia pra ver o sol no final da tarde ir morrendo atrás dos morro que é iguais os Dois Irmãos — isso aí é lá no Rio. Tem a praia de Ipanema, que fica grudada no Leblon e que tem esses morro no fundo, os Dois Irmãos. Aí, no fim da tarde, o sol vai escondendo atrás dos Dois Irmãos e a galera toda aplaude. Do caralho. De vez em quando dá saudade. O Rio é bonitão, mas, porra, vou te dizer, eu ainda sou mais aqui em Berlim. Lá é mais bonito, tal, mas aqui neguinho é muito mais legal, trata a gente mais legal, tem mais respeito. Lá, porra, se tu joga mal, no dia seguinte a gente só fica ouvindo desaforo. É mais é uma sacanagem, essa sacanagem que tem lá no Brasil, mas neguinho abusa. Às vez, dá vontade de enfiar porrada na cara de neguinho. É que fica rendendo. Acontece a parada, rola uma fofoca do caralho, neguinho fica te chamando na televisão, fica aqueles cara gritando, falando cuspindo em cima da gente, porra. Só porque tu azarou uma gata no aeroporto, sei lá. Uma vez pegaram o Souza, que jogava comigo, comendo uma mulher lá que ficou em cima dele no aeroporto. Pegaram o Souza fudendo a mulher atrás de uma escada lá no aeroporto, aeroporto lá no Mato Grosso, essas porra. Porra, o cara ficou quase seis mês dando entrevista na televisão. Aqui o pessoal te trata mais legal, como se a gente fosse igual eles. Aquela parada lá no Wannsee, porra, saiu no jornal, eu achei que neguinho ia ficar no pé... Porra nenhuma. Ninguém tava nem aí. Deu até propaganda pro rei. Foi propaganda pra serpente tropical. Tanto assim nessas parada de ser famoso, como nessa parada de ser preto, tá me entendendo? Nem neguinho fica te olhando, te enchendo o saco falando de jogo toda hora nos lugar que tu vai, nem neguinho tem racismo contigo se tu é preto e não é famoso que nem tem no Brasil. Tudo bem, aqui tem os nazista, que lá no Brasil tem uns também, que dá porrada mais é em mendingo, em neguinho que fica vacilando, dando mole assim dormindo na rua. Mas, aqui, os cara que não gosta de preto, esses nazista que não gosta de porra nenhuma, eles não gosta de preto, não gosta de judeu, judeu é o que eles menos gosta por causa da parada do Hitler, que é aquele de bigodinho. Esse tu já deve ter visto na televisão. Esse é que era o cara que inventou os nazista. Só que os cara, os nazista, não gosta dos turco também. E os turco não gosta dos judeu e os judeu não gosta dos turco e essa merda toda que dá. Por isso é que tem essas guerra toda. Por isso é que tem esses marte, que é a maior sacanagem, porque, se os marte só matasse os judeu, só matasse os judeu, tudo bem, que aí eles já são tudo inimigo mermo e fica lá se matando. Mas, porra, os marte vem e mata qualquer um que tiver na frente. Eles nem fica escolhendo muito, não. Mata criança e o caralho. E eles mermo, esses marte, se fode junto. Outra coisa que tem aqui que eu acho melhor é as gata, né? Gosto de beleza, cada um tem um gosto. Tem gente que gosta das brasileira, que têm bunda, que é tudo meio vadia, meio sacana, que fica instigando, fica num nhenhenhém sacana assim. Mas eu gosto mais é dessas que tem aqui, que são mais fina, tem mais classe. Até as puta daqui tem mais classe. E o que elas ganha mermo, o que que faz elas ganhar das brasileira, é que elas é mais liberal, tá me entendendo? As brasileira instiga mais, só que na hora de fuder elas fica mais paradona, mais assim, tipo assim, quando elas fica de quatro, elas fica de quatro e tu vai lá e mete a piroca nelas e é tu que faz tudo. Elas fica só lá paradas. Aqui, não. Aqui, as gata sabe fuder mermo, elas não têm vergonha de fuder, não acha que fuder é só pra agradar neguinho. No Brasil, as gata vêm, dá pra você só pra tu pagar jantar pra elas. Não é nem só o dinheiro, não. Nem é o dinheiro. É uma parada de ficar mostrando o cara famoso pras amiga. Tipo assim, até as que são famosa, as que têm dinheiro igual eu, elas também tira uma onda tipo assim, olha só o negão famoso que eu tô saindo, essas parada. Aqui, não. Aqui, as gata gosta é do seu pinto mermo, gosta é de você mermo, acha legal fuder, acha gostoso. Não interessa nem se tu tem um Porsche, ou se tu vai pagar o jantar, saca? As puta cobra, claro. Mas elas gosta também de fuder, de fazer sacanagem. Aí tem as turca. Que tem essa também: antes de ir pro Paraíso, tu vai ter que casar com uma turca, dessas gordona, dessas feia que anda na rua aí. Aí tu vai ter que comer só mocréia. Tem essas aí novinha, essas meio atrevidinhas, que fica olhando pra você na rua, essas cheia de batom na cara. Essas aí, nem adianta tu ficar querendo comer. Se tu encosta numa menina dessas, os irmão delas vêm e te mata, dá o maior rolo. Aí, pra comer elas, tu vai ter que casar e aí, meu amigo, aí, no dia seguinte depois do casamento, aí ela já ficou gor-

398

da. Elas faz isso tudo, essas parada de ficar meio dando mole, é só pra arrumar marido, pra fugir da família delas que é foda. As menina fica tudo lá, rindo, dando risinho, aí, na hora que tu come, tu tá fudido. Ou tu casa com a mocréia, ou os irmão dela te mata. Mas, aí, comigo não tem erro. Na hora que tu quiser, camarada, eu vou te levar pra fazer dupla penetração com altas gata. Tô te falando. É melhor tu fazer isso agora, aproveitar, meu brother. Tu deu sorte, saiu da merda, tá aí começando a fazer sucesso, passa dez ano, vinte ano, aí tu já vai tá com quarenta, começa a ficar velho, tem que parar de jogar... Então, meu camarada, aproveita agora. Essa parada dos turco é boa só pra quem já tá morto. Pra esses cara aí desses folheto, bom é dor, é morte, essas merda, porra.

Não há morte para quem continua.
Não há morte para quem vive a boa loucura, uma loucura como a de George Harrison.
Por favor, não demore.
Doze horas e trinta e sete minutos, Berlim, Mubarak, Muhammad: BUM!!!
Meu nome é Mubarak e eu vou continuar.

"Sim, muitos de nós, muçulmanos, acompanhávamos os treinos dos juniores do Hertha. É que Hassan e Muhammad Mané se tornaram astros, exemplos para todos nós."
"Mas e Samir Mubarak? O senhor conhece Samir Mubarak?"
"Não, não me lembro de ninguém com esse nome. Eu não conheço todos os muçulmanos de Berlim, nem todos os muçulmanos que acompanhavam os jogos e os treinos de Muhammad Mané e Hassan. Os senhores sabem, existem muçulmanos de todos os tipos, de todas as ramificações. O centro de treinamento do Hertha estava sendo freqüentado por turcos já ocidentalizados, por palestinos, a maioria, estou certo disso, era gente pacífica, já integrada à vida alemã. Havia islamitas mais radicais, claro, xiitas, muitos sírios devido à família de Hassan. Como era fisicamente esse Samir Mubarak?"
"Ele é baixo, mais ou menos um metro e sessenta e... muito barbudo. Ele tem uma barba que vai até a cintura, já bastante branca, mas não totalmente. Não temos certeza, mas parece que o Samir Mubarak se vestia como um beduíno típico, com turbante, roupas claras, túnicas..."
"Havia bastante gente vestida assim."
"E quanto aos folhetos? Fomos informados de que o senhor era responsável

pela redação dos folhetos distribuídos pelo grupo de Mestre Mutanabbi. Nos disseram que o senhor fazia a versão alemã dos folhetos."

"Versão, não. Os folhetos são escritos diretamente na língua alemã. A maioria de nós vive aqui há muito tempo, ou nasceu na Alemanha. Na verdade, de todos nós, o único que não possuía a cidadania alemã era o próprio Muhammad Mané. Os senhores certamente leram o conteúdo dos folhetos, não?"

"Sim."

"Então, certamente puderam observar que, em trecho algum, fizemos qualquer menção a qualquer tipo de violência, que a guerra não faz parte da nossa mensagem, e, muito menos, qualquer espécie de incentivo ao terrorismo. Os folhetos eram apenas versões simplificadas de trechos do Alcorão e instruções para a prática de orações, instruções para atividades meramente rituais. Muito pelo contrário, incentivamos a paz, a tolerância e até o respeito pela Alemanha, pátria que acolheu a todos nós."

"Mas havia também a promessa de um Paraíso magnífico para os mártires, as virgens etc., além de regras de comportamento em relação à atividade sexual."

"Muito pouco. Escrevi sobre alguns mártires muçulmanos históricos, mas em momento algum induzi o leitor dos folhetos a enfrentar qualquer tipo de martírio. Quanto às regras de comportamento, sim, temos nossos princípios em relação ao sexo. Nossas mulheres fazem sexo somente com seus maridos. E consideramos a fidelidade conjugal uma grande virtude."

"Este é Samir Mubarak. Esta foto é recente. Neste momento, Samir Mubarak tem esta aparência."

"É um tipo muito comum. Conheço muitos homens com barbas semelhantes a esta. O olhar é ensandecido, fanático. Gente desse tipo odeia muçulmanos como Mestre Mutanabbi, Hassan, Muhammad Mané, eu. Não posso acusar um homem apenas por sua aparência, ou pela interpretação do meu olhar, mas, se esta barba significa radicalismo religioso, ultraconservadorismo e intolerância, este não é o tipo de pessoa com o qual nos relacionamos. Mas pode ser. Não sei. Sim, havia. Não. Talvez um homem que gritava. Pode ser."

Um moleque da idade do Mané, numa terça-feira ensolarada, um vento fresquinho que batia, cheiro de Döner Kebab, um treino coletivo agradável, torcida exclusiva para ele, para o Mané, uma delícia.

Com dezessete anos, neguinho não pode ficar esquentando, não pode ficar botando merda na cabeça. Neguinho de dezessete anos tem é que botar nas coxa. Acho que daí é que vem aquele ditado do negócio de fazer nas coxa. Que você não tem tempo de fuder, tem que ser meio assim, pá pum, e só dá tempo de botar nas coxa. Por isso que coisa malfeita é fazer nas coxa. Cara, isso era legal. Parada de favela, do caralho. A gente ia com as menina andando pelas ruinha, só procurando lugar esquisito. Se o lugar era muito esquisito, aí é que dava mais tesão. Aí, a gente se encoxava assim e aí eu botava nas coxa, tu tá me entendendo? Aí a gente ia indo, ia indo, parando nos escurinho, botando nas coxa, até eu gozar. Aí a gente voltava e ia pra casa. Isso é pra fazer com as menina cabacinho. Isso é que eu tô dizendo: moleque de dezessete tem que ir botar nas coxa e ir jogar futebol. Às vez não precisa nem de sacanagem. É isso mermo. Não precisa nem da sacanagem. Se tu tem dezessete ano, só precisa jogar futebol, jogar o dia inteiro, suar, depois tomar banho, botar um cobertor, ver uma parada na televisão, depois vai pra cama e bate uma punheta, porra, debaixo do cobertor, meio friozinho lá fora, tu imaginando quem tu quiser chupando o seu pau. Isso é que é vida de moleque de dezessete anos.

Mas não.

O Mané até fez umas duas jogadinhas mais ou menos, mas, durante quase o treino todo, o Mané permaneceu ausente, como nos primeiros treinos dele, do Mané, em Berlim, os primeiros treinos dele, do Mané, em Santos, os primeiros treinos dele, do Mané, na praia do Perequê-Açu, em Ubatuba.

O Mané não estava conseguindo pensar em futebol, não estava conseguindo fazer os cálculos milimétricos, cerebelares, que permitiam a ele, sem pensar, realizar as grandes jogadas que realizava.

O Mané, aquele cara cabaço, aquele cara burro, bem que podia parar de pensar.

Mas não.

Em vez de jogar futebol, o Mané estava era pensando em sexo.

Mas não.

O Mané estava pensando em Deus.

Mas não.

O Mané estava pensando em sexo e em Deus.

O Mané estava pensando que fazer sexo real, sexo de verdade, com mulheres reais, que existiam mesmo, que eram gente, era uma coisa meio asquerosa, que, por mais que a parceira sexual, essa que seria de verdade, que seria de carne e osso, fosse bonita, cheirosa, linda, ela haveria de ter também, saindo de dentro da boceta dela, da parceira sexual real hipotética do Mané, alguns líquidos estranhos, meio gosmentos, e umas peles meio esquisitas, e, ainda, que ao

401

redor da boceta dela, da parceira sexual hipotética real do Mané, haveria de ter umas espinhas, uns pentelhos encravados, e que qualquer mulher real envelheceria e teria uma pele toda enrugada, uma boceta meio repulsiva, uma bunda toda pendurada.

Mas não.

O Mané ainda poderia fazer sexo com meninas de treze anos, quase sem cabelinhos na boceta, todas lisinhas, todas cheirosas, todas lourinhas.

Mané chegou ao Strandbad do Wannsee, dirigindo um Porsche vermelho com estofado de couro branco.

Centenas de garotas, todas com treze anos de idade, todas lourinhas, todas com cabelinhos lourinhos sobre as bocetinhas, estavam deitadas sob o sol, ao redor do lago. Não eram centenas de garotas. Eram milhares de garotas.

Mané usava uma sunga dourada.

Mané se despiu de sua sunga dourada e exibiu para os milhares de garotas com treze anos, lourinhas, com cabelinhos lourinhos sobre as bocetinhas, que estavam deitadas sob o sol, ao redor do lago, seu pau negro, monstruoso de enorme, duro, cheio de veias.

Uma garota de treze anos, lourinha, com cabelinhos lourinhos sobre a bocetinha, de joelhos, se aproximou de Mané e passou a lamber e chupar o seu pau enorme, duro, negro, cheio de veias. Duas outras garotas de treze anos, lourinhas, com cabelinhos lourinhos sobre as bocetinhas, de joelhos, se aproximaram de Mané e passaram a lamber e chupar suas bolas negras e peludas.

A garota de treze anos, lourinha, com cabelinhos lourinhos sobre a bocetinha, que estava chupando o pau descomunal, negro, cheio de veias, duro, de Mané, se deitou repentinamente na grama e abriu as pernas.

Mané viu que a bocetinha da garota de treze anos, lourinha, não tinha cabelinhos lourinhos.

A garota de treze anos, lourinha, tinha uma boceta grande, desproporcional, coberta de cabelos brancos, com umas peles e uns líquidos meio estranhos nela.

"Você está é querendo trepar com esse Tomé. Por mim, tudo bem. Não é porque uma vez eu e o Mnango fizemos dupla penetração com você, que agora nós vamos ficar comprometidos para sempre."

"Não seja grosseiro. É que o Tomé percebeu alguma coisa sobre o Mané na última vez em que eu estive no hospital. Nos sonhos do Mané, ele fala comigo, só que me chama por outro nome. Acho que o Tomé colabora com algum serviço se-

creto, com aqueles dois policiais que conversaram com a gente. Ele até perguntou por você, quis saber se eu sou sua amiga. O Mané também fala o seu nome."

"Esse Tomé é inteligente e eu sou burro, porque eu não fui na escola. Mas se me deixassem com o Mané uns dois, três dias, eu descobriria tudo. Eu saberia por que o Mané virou turco e explodiu aquela bomba. Eu entendo de psicologia mesmo sem ter estudado. E eu tinha uma tática com o Mané, que eu estava quase conseguindo fazer com que ele largasse os turcos amigos dele e entrasse no bom caminho. O Mané só precisava de uma mulher. Você seria perfeita para o Mané, Meti. Eu iria convencer o Mané a comer você e aí ele não faria essa besteira. Ou então, em vez de comer você, o Mané poderia até comer setenta e duas mulheres que eu conseguiria para ele. Aí, ele teria o Paraíso aqui na Terra mesmo e não precisaria ter feito essa bobagem. Eu é que deveria ser o psicólogo do Mané, eu tenho certeza que conseguiria mudar a cabeça do Mané. O problema dele era com sexo, não era com religião, não. Ele não precisava dos turcos para melhorar a cabeça dele, não. O Mané precisava é de uma vagina."

Quando a gente não precisa de mais nada, aí é que a gente descobre que precisa de um monte de coisa. E aqui é que eu fico vendo, que eu fico pensando nas coisa que eu preciso e elas vem aparecendo as coisa tudo, uma depois das outra, todas, e mesmo assim eu não paro de inventar coisa pra precisar, que não é precisar, é querer, é só querer. Olha quantas coisa que eu quero e elas acontece. Olha elas tudo aí pulando, divertindo. Elas passa aqui, dá uma lambidinha no meu pinguelo, aí eu faço esporra na boca delas que nem se fosse máquina que sai guaraná, aí elas sai correndo, brincando, passeando com flor no cabelo que nem se fosse umas menina e elas fica sempre limpinhas, sempre virgens, sem nenhuma perebinha nem pequenininha, nenhuma. Elas é tudo cheirosa, é tudo as mulher que eu queria, que não tinha as falha que as outra, as que tava lá na vida, tinha. Elas aqui não têm as falha no corpo, que é as pereba, os cabelo no lugar errado, as coisa que são suja, que nem bosta, mijo, meleca, essas coisa fedorenta, essas coisa gosmenta. Então essa era a primeira coisa que eu queria. Essas coisa de sex, de trepação. Aí essas coisa vai ficando normal, vai tendo toda hora, e aí a gente começa a ficar querendo variar, variar a felicidade e aí a gente inventa outras coisa pra querer, que agora é querer essa coisa de ficar pensando, pensando muito, pensando umas coisa nova que eu não tinha pensado nunca, pensando com cabeça de inteligente e não cabeça de burro que nem eu era, que nem as pessoa viva é, elas, que é tudo burro querendo só ficar trepando, só fazendo negócio de sex, tudo melecado, achando que isso é que é o prêmio, o prêmio de alguma coisa, prêmio pra jogar bem. Os cara joga, ganha os jogo e vai lá pra ficar lambendo as buceta, colocando os pinguelo nas buceta e saindo aqueles troço e fazendo aqueles barulho que nem guspe e ficando tudo fedido depois. Ganhar jogo pra ficar trepando, trabalhando pra depois ficar trepando, estudando pra depois ficar trepando, ganhando dinheiro pra ficar trepando, tudo pra ficar trepando, até ficando marte pra ficar trepando, que é a mesma coisa que nunca ficar trepando pra depois ficar trepando. Isso que agora eu entendi que o Uéverson ficava me falando. Só que o Uéverson tava errado, tava sem razão nenhuma, que se eu fosse lá ficar trepando lá com as puta que o Uéverson queria arrumar pra mim, eu não tinha ido pro Paraíso. Lá, eu ia ficar trepando com as puta que tem buceta e tem cu que é pra ficar trepando, é pra sex, mas também é buraco pra fazer cocô, pra fazer xixi, pra fazer essas gosma que faz e aqui, esses buraco, os das virgens, das esposa, é buraco só de sex, só de amor, só de coisa boa, coisa cheirosa e esses cu e essas bucetinha aqui, só pode ter se tiver amor pro Alá, se for marte pra matar os inimigo do Alá que é todo mundo que é vivo, que não é marte, que não quer morrer nunca, que só quer ficar fazendo sex lambrecado nas buceta e nos cu tudo sujo sem o Alá. Aqui, depois que eu segui o Alá, depois que eu parei de fazer punheta, depois que eu virei marte, no começo era pra gastar esse negócio todo que eu tinha, essa coisa toda que eu tinha de ficar pensando nas mulher, de ficar fazendo filminho na cabeça, querendo que as mulher já fosse minha, sem eu ser marte. Aí, quando a gente quer as coisa assim, quer as coisa sem fazer as coisa que o Alá mandou nós que é moslém fazer, aí nós só fica trepando nos cu e nas buceta gosmenta que tem na vida. Pra trepar nas buceta que é dessas virgens, nesses cuzinho que tem cheiro de eucalips, que tem gosto de americano no prato, só pode sendo marte. E depois a gente fica aprendendo, fica vendo, fica lembrando das coisa que tinha antes na vida com uma cabeça mais boa, mais inteligente, que é essa cabeça agora que eu tenho, essa que entende tudo, que entende até o alemão que as virgens fala, que não é nem alemão, é pensamento, é inteligência que vai direto da cabeça delas pra minha cabeça e que vai da minha cabeça pra cabeça delas e aí todos esses pensamento é só coisas boa, pensamento que é bom, que é de inteligência, que é de amor, que é esse amor de Deus, de Alá, de mãe, que devia ser das mãe tudo lá da vida, mas que não é. É esse amor que não é de ninguém, que não tem dono, que é do Alá pra nós, que é de nós pro Alá, que é só amor, amor puro, que é essas coisa que eu fico sentindo, que vêm no ventinho, na praia do Paraíso, que é esse amor das minha esposa tudo, elas peladinha, elas sem nada melequento, só elas com uns cabelinho lisinho, uns cabelinho lourinho. Esse amor é que nem quando a gente passa a mão assim na parte de dentro das coxa delas, nessa parte aqui bem em cima e aí não tem cabelinho nenhum e tem só a pele branquinha, a pele toda macia que a gente passa a mão bem devagar e aí sente esse amor bem devagar, bem calmo no meio desse tempo que passa e não passa, esse tempo que não existe, esse tempo que é o tempo que eu fico querendo, se eu quero rápido, o tempo é rápido, se eu quero devagar, o tempo é devagar e aí eu é que sei, eu é que posso até escolher que não tem tempo nenhum, nem devagar, nem rápido. É o tempo nenhum que eu chamo ele. Aí não tem aflição de ter pressa, de querer que chega logo a hora do almoço, que aqui não tem fome, a gente nunca fica com fome, que a comida vem é nos pensamento sem a gente pensar. É só uma coisa, um negócio. Vem o pensamento guaraná e aí, ó, aí o guaraná, geladinho, pensa nas coxa das holandesa do vôlei e as holandesa do vôlei vêm, traz as coxa delas e traz também o sorriso, as cara delas que é só de bondade, as cara delas que é esse amor que eu tô falando. E, aí, o guaraná, as coxa das holandesa, os troço peludo cor-de-rosa das mulher e até os chifre da diabinha que não é diabinha nada, é só roupa de diabinha, que aqui elas são tudo quase é anjo, essas coisa tudo é nada, é só pensamento sem pensar, é só esse amor que não dá pra explicar. É esse amor que passa na televisão, aqueles anjinho lourinho que tem na televisão quando tem Natal, essas criancinha que sopra aquele negócio de fazer bola de sabão. É a bola de sabão esse amor, tudo calmo, sem tempo, sem ter que ficar pensando, sem ter que ficar fazendo as coisa boa, ou então sem ficar fazendo as coisa ruim, tempo nenhum. Não tem que fazer nada pra ganhar esse prêmio que é essas bucetinha tudo limpinha sem pereba, esse amor das virgens. É só a bolinha de sabão, a lá, quantas. As bolinha de sabão vão indo assim e pluf, some sem morrer, some e vira amor.

"*Me dá um beijo.*"
"*Hã, como?*"
"*Me dá um beijo.*"
"*Por quê?*"
"*Esqueça. Demorou demais.*"
"*Não estou te entendendo.*"
"*Não era para entender, era para beijar.*"
"*Tudo bem, eu beijo.*"
"*Com licença, eu tenho que limpar a bunda do terrorista. Ou será que eu estou atrapalhando alguma coisa?*"
"*Que agressividade, Fräulein Que...*"
"*Fräulein Fritsch.*"
"*Ute...*"
"*Herr Silva, primeiro eu gostaria de fazer o meu trabalho. Depois, se o senhor quiser, pode beijar a moça.*"

"Eu não sei o que está acontecendo aqui. Vim apenas ver o meu namorado. Já estou indo."

"Não, Mechthild. Fique aí. O beijo era figurado. É que o seu namorado estava falando de amor. Foi bonito o que ele falou."

"O que foi que ele falou?"

"Com licença."

"Fique à vontade, Fräulein Ute Fritsch. Basicamente, o Muhammad falou que o amor é mais importante do que o sexo. Me deu pena. Não. Me deu um sentimento diferente. O Muhammad é tão ignorante! Não sei. Não sei como explicar. Acho que o Muhammad está aprendendo. Ele está quase morto, mas ainda está aprendendo. Seu namorado é uma boa pessoa. Que pena!"

"O que foi, Tomé? Me explique melhor. Você ficou emocionado, é isso?"

"Emocionado. Eu sei muito bem que tipo de emoção ele está sentindo."

"A senhorita não disse que queria fazer o seu trabalho?"

"Tem razão, menina. Me desculpe."

"Eu não vou beijar o Tomé. Entendeu, Fräulein Fritsch?"

"Por mim..."

"Mechthild, esqueça. Eu não queria exatamente beijar você. Foi só uma certa emoção mesmo. Estou há muito tempo aqui. Isto aqui já está me deixando um pouco louco."

"Tudo bem, eu compreendo."

"Boa noite!"

"Boa noite, Herbert. Ainda bem que você chegou para alegrar o ambiente."

"O amor é assim: não tem tempo, não tem meleca, não tem bucetinha, não tem nada. É só amor. É essas coisa do Alá. Coisa que não dá pra explicar."

"E agora? Ele disse o quê?"

"Ele disse: 'O amor é assim: não tem tempo, não tem meleca, não tem pequena vagina, não tem nada. É coisa de Alá, coisa que não dá para explicar'."

"'Please don't be long. Please don't you be very long.' Uma loucura como a de George Harrison."

"Olhem como o Mubarak fica animado quando o Herbert chega com o teclado. Ele já quer cantar. Vamos, Herbert? Ute..., vamos fazer as pazes, por favor, em nome do amor, tudo que você precisa é de amor. Todos nós precisamos de amor. Não é, Mubarak? Uma loucura igual à do George Harrison. Ute, eu te amo. Mechthild, eu te amo. Eu amo todo mundo. Eu te amo, Mubarak, eu te amo, Muhammad."

"Ai ló viú, Paméla. Ai ló viú, Fraulaim Chom. Ai ló viú Renata Muhammad..."

"Ute, por favor, eu te amo. Você poderia pegar o trompete para mim?"

"Toma."

"*O que é isso? O hino da França?*"
"*Não, não... Calma, esperem. Herbert, você conhece, não é?*"
"*Sim, comece de novo, que eu entrarei.*"
"*Love, love, love...*"
"*Isso, Herbert, vai, lá maior... Você sabe, vamos, todos...*"
"*All you need is love... All you need is love... All you need is love, love...*"
"*Bonito. Agora só as mulheres...*"
"*All you need is love... All you need is love... All you need is love, love...*"
"*Agora só os terroristas... Uma loucura como a de George Harrison...*"
"*All you need is love... All you need is love... All you need is love, love...*"

O Mané recebeu a bola do Hassan na intermediária dos reservas, olhou para a esquerda e passou a bola por debaixo das pernas do Klaus, pela direita.

O Mané correu até a linha de fundo, acompanhado pelo lateral e por um dos zagueiros reservas.

O Mané ameaçou cruzar na área, mas, com um corte seco, deixou os dois marcadores no chão.

O Helmut saiu do gol, na direção do Mané, e o Mané tocou por cima dele, do Helmut, fazendo com que a bola fosse numa trajetória improvável para dentro do gol, no ângulo.

Foi um golaço.

Mas não.

Era apenas mais um golaço do Mané em mais um treino coletivo.

Mas não.

Um barbudo de olho arregalado, parecido com o Bin Laden, atrás do alambrado, comemorou muito.

Gol! Gol! Catorze horas e quinze minutos, Berlim: BUM! BUM! Gol! Gol!

Não, não conheço. Nunca vi.

Posso garantir aos senhores que este homem nunca esteve em meu apartamento.

Conheço essa fisionomia, sim. Ele está morto nessa foto? Ele parece com um velho que corria, que fazia cooper, cantando alto, gritando. Ele também costumava freqüentar os treinos dos rapazes mais novos do Hertha Berlin. É que tínhamos dois muçulmanos no time. Mas por que os senhores foram escolher logo eu para falar sobre esse homem? Eu não o conheço. Se os senhores estão pensando que eu tenho alguma relação com qualquer assunto político...

Não. Esses barbudos fanáticos não compreenderam nada da mensagem enviada por Alá através do Profeta Muhammad.

Os turcos tomaram conta dos treinos do Hertha. Havia muitos como este no nosso centro de treinamento. Não posso dizer se este, especificamente, freqüentava os treinos.

Era só uma figura folclórica da colônia muçulmana — religioso um pouco afetado, um pouco louco. Ele corria, cantava músicas modernas de rock e gritava trechos do Alcorão. Ele fez alguma coisa de errado?

O maluco da torcida, eu acho. Ele andava fantasiado de Bin Laden nos dias dos jogos do Hertha, com essa barba. Mas ele está mal nessa foto. Alguém atirou nele achando que era o Bin Laden? Rá rá rá rá rá rá rá rá rá...

Sim, ele estava sempre lá. Era um dos mais empolgados com as boas jogadas de Muhammad Mané.

É este, sim. Ele gritava muito, torcia muito. Cada gol de Muhammad Mané, nos treinamentos, para ele era como se fosse a decisão de um campeonato importante.

Mubarak. O nome dele é Mubarak. Ele estava sempre no meio de nós e fazia questão de dizer o tempo todo que o nome dele é Mubarak. Sim, este é o Mubarak.

* * *

Nos treinamentos e nos jogos do time de juniores, ele sempre estava presente. Mas nas nossas reuniões, não. Não temos envolvimento com grupos terroristas. Os senhores deveriam saber que nem todo homem de ascendência árabe é terrorista, é radical. Não somos fundamentalistas, muito pelo contrário. Já não chega o tempo que Hassan ficou preso com os senhores? Agora os senhores querem nos associar a um tipo como esse. Pelos olhos, pelo olhar, já dá para perceber que se trata de um fanático.

"Herr Silva, tome cuidado. Não estrague tudo agora que estamos quase acabando."

"De novo? O que foi que eu fiz desta vez?"

"Desista. Ele não vai entender nunca."

"Foi aquela festa que o senhor organizou no quarto. O senhor atrapalha tudo quando se envolve com o Mubarak."

"E com a Fräulein Reischmann. O senhor não está pensando em iniciar um romance com ela, está?"

"Calma, calma. Nós só estávamos cantando. Eu fiquei emocionado, um pouco, com aquilo tudo que o Muhammad estava dizendo. Os senhores leram?"

"Lemos."

"E não era emocionante?"

"Herr Silva, nós estamos trabalhando. Só nos detemos naquilo que de alguma forma pode colaborar com nossas investigações."

"Eu achei tudo isso que o Muhammad disse bastante esclarecedor. Ele é só um coitado. Está óbvio que ele cometeu o atentado, que, por sinal, só prejudicou a ele mesmo, ao Muhammad, com o único objetivo de fazer sexo com as setenta e duas virgens dos muçulmanos."

"Mas o senhor não tem que achar nada, não tem que se envolver com nada, não tem que se emocionar com nada, e muito menos beijar a namorada de quem está sendo investigado."

"Os senhores me desculpem, mas eu não sou um espião profissional. Eu me emocionei com as palavras do Muhammad e fiquei com vontade de ganhar um beijo. A minha situação também não é nada fácil. Só espero que isso tudo acabe logo e eu volte às ruas. Eu quero tocar, namorar, viver a vida. É errado isso?"

"Não, Tomé. Fique calmo. Eu prometo que isso vai acabar logo. Já estamos com quase toda a história esclarecida."

"Esclarecida como? Os senhores me pedem para ajudar, mas não me dizem o que devo procurar."

"Ora, inferno. O senhor só tem que anotar o que Muhammad Mané fala, só isso. O senhor não tem que saber de nada. Nós não temos que esclarecer o senhor de nada."

"Não vamos ficar nervosos."

"O Herr Silva é que me deixa nervoso. O senhor deveria não falar demais, não fazer festinhas demais. Fora isso, essa história de amor, de Beatles... Isso é ridículo demais. E o coral de vocês era muito desafinado."

"Rá rá rá rá rá rá rá rá rá rá... Me desculpem. É que o Mubarak cantando 'All you need is love' estava muito engraçado. Deve ser mesmo duro para você, para o senhor, que é músico profissional, ter que tocar com terroristas hospitalizados e enfermeiros."

"Sim. Foi ridículo. Não. Foi engraçado. Foi bonito. Os senhores também só precisam de amor."

"Até logo. Eu não agüento. Vou esperar lá fora."

"Não se preocupe, Tomé. Está acabando. Agora só falta saber quem é exatamente o Mubarak. A bomba que o Muhammad Mané explodiu foi feita pelo Mubarak. Foi o Mubarak quem deu a bomba ao Mané, Muhammad Mané. Precisamos descobrir quem está por trás do Mubarak. Só tome cuidado, porque o Mubarak pode estar usando você, pode estar tentando nos confundir a todos. Talvez ele não seja tão louco como parece. Afinal, o Mubarak soube usar o Muhammad muito bem."

"Mas o Muhammad não fez mal a ninguém. A bomba que ele usou, pelo jeito, era de péssima qualidade."

"Isso, nós não sabemos. Precisamos descobrir os motivos que levaram o Mubarak a querer explodir algo no Olympiastadion, justamente num dia no qual apenas os juniores do Hertha estavam jogando, com pouquíssimas pessoas assistindo."

Uma loucura como a de George Harrison. 'All you need is love. Please don't you be very long. Love, love, love.'

Meu nome é Mubarak e eu vou continuar.

Doze horas e trinta e sete minutos, Berlim, Mubarak, Muhammad, Alá: BUM!!!

Meu nome é Mubarak e eu vou continuar.

"Dein Name ist Muhammad. Dein neuer Name ist Muhammad, Muhammad Pelé."

Mas não.

O Mané não estava entendendo nada. O Mané não sabia que ele, o Mané, estava sendo rebatizado com o nome de Muhammad Pelé.

Mas não.

O Hassan, que escolhera o nome dele, do Mané, Muhammad Mané, não, Muhammad Pelé, era um menino perseverante:

"Ich, Hassan. Ich, Hassan Zammar. Du, Muhammad, Muhammad Pelé. Ich, Hassan Zammar. Du, Muhammad Pelé."

"..."

"Hassan Zammar ist mein Name. Muhammad Pelé ist dein neuer Name, Muhammad Pelé."

"..."

"Neuer Name. Ein moslemischer Name. Du bist jetzt ein Moslem. Du bist Muhammad Pelé."

"Naim. Eu não sou Pelé, não. Eu sou Mané."

"Muhammad Pelé."

"Naim. Mané. Eu sou o Mané. Você é o Hassan e eu sou o Mané. Mané."

"Ja, ja. Du bist Muhammad Mané."

"Mané. Isso, eu sou o Mané."

"Dein neuer Name ist Muhammad Mané."

"É: Mané."

"Muhammad Mané."

"Ia: Mané."

"Muhammad Mané."

"Ia: Muhammad Mané."

"E o marte, então, vai iniciar a prática da Lavagem Bucetal em sua esposa favorita. A Lavagem Bucetal deve ser feita com vinho, vinho francês, que é o melhor vinho que tem. Alá, deus dos marte, vai fazer aparecer uma garrafa de vinho que é toda de ouro. Aí, o marte deve abrir a garrafa de vinho, enquanto todas as esposa virgens do marte vão dar um banho na esposa favorita do marte. Mas uma das esposa do marte, a segunda que ele mais gosta, deve masturbar o marte."

"Eu não mastruço, não. Mastruço é horrível. A doutora lá no Santos disse que esse negócio de mastruço é horrível."

"Que porra é essa, Mané? Que mastruço? Que porra é essa?"

"Eu não sei, não. Mas eu não vou mastruçar, não."

"Tu quer que eu te explico as parada aqui ou não quer?"

"Quero."

"Então fica quietinho aí, valeu? E enquanto a segunda esposa que o marte mais gosta bate uma punhetinha no marte, as outras esposa, todas virgens, vão dando banho, com a língua, na esposa favorita do marte. Elas vão tudo lamber a vagina da esposa favorita, até que a vagina dela fica toda brilhando, por dentro e por fora, limpinha, limpinha. E quando a vagina da esposa favorita do marte tiver bem limpinha, elas vão raspar a vagina da esposa favorita. A vagina da esposa favorita vai ficar sem nenhum pêlo, toda peladinha, igual vagina de criança. Brother, buceta, buceta é a mesma coisa que vagina, mas essas buceta raspada fica um tesão, tu precisava ver uma. Se tu quiser eu arrumo uma pra você, Mané, mas, aí tu sabe, tu tem que largar esses turco pra lá. Mas deixa eu continuar: Então chegou a grande hora. O marte, com o pênis — pau — duro, grande, enorme, vai pegar a garrafa de ouro e vai se aproximar da sua esposa favorita, que deve sentar numa poltrona bem confortável, que tem que ter os braço assim, meio que numa distância assim, e a esposa favorita vai ter que abrir bem as perna, arreganhar tudo mermo com as perna apoiada nos braço da poltrona. Então, o marte tem que enfiar o pênis duro no ânus dela. Ânus é cu, lembra? E aí o marte deve enfiar a garrafa de vinho na vagina da esposa e deixar o vinho derramar todo lá dentro. Aí, o marte tem que comer o ânus da esposa até ela gozar. E ela vai gozar muito, uma gozada igual o marte nunca tinha visto antes. Só se ele antes de morrer sair com umas mulher de verdade, que um amigo mais velho do marte pode levar ele pra trepar nela. Viu, Mané? Tem essa Lavagem Bucetal lá no Paraíso, mas tu pode fazer antes, se um amigo mais velho te levar. Eu, porra. Mas tu não quer, né? Então deixa. Aí, a esposa favorita do marte vai querer gozar mais. Então, o marte vai ficar lambendo a vagina da esposa e chupando o vinho que tá lá dentro e ele vai ficar bebendo, bebendo, enquanto outra esposa virgem, com o cabaço recuperado, vai vim debaixo da poltrona e vai fazer sexo oral no marte. Tu sabe o que que é sexo oral?"

"Sei."

"O que que é?"

"Esqueci."

"Porra, Mané... A outra esposa vai chupar o pau do marte, caralho. Uma virgem fica chupando o pau do marte e o marte fica chupando a buceta da esposa favorita."

"Com o vinho saindo?"

"É, Mané. O marte fica bebendo o vinho enquanto fica chupando a buceta da virgem, entendeu?"

"E não fica bebo, não? Não fica caindo, falando besteira, não?"

"O marte nunca fica caindo, nunca fica falando besteira. Esse vinho do Paraíso não faz nada de ruim pro marte. Mas, se tu for comigo pra putaria, tu pode fazer a mesma coisa com Fanta Uva, que tu gosta mais."

"E guaraná? Pode também?"

"Porra, Mané. Guaraná é mais difícil de achar, mas se a gente procura, a gente acha. Lá no Ka De We, a gente acha a porra do teu guaraná. Mas aí a gente vai ter que fazer a Lavagem Bucetal. Se tu quiser, a gente vai agora mermo. A gente passa lá no Ka De We, compra a porra do guaraná e vai atrás da gata. Vamo?"

"Pode ser outro dia?"

"Vai arregar de novo, né, Mané?"

"Não. Eu não arreguei não. Eu vou dar uma porrada bem na cara do Alemão."

"Quem que é Alemão, porra?"

"É um alemão que tinha lá em Ubatuba, que não era alemão, ele era russo e eu dei uma porrada bem no meio da cara dele, que lá em Ubatuba tinha uns cara que cada um era de uma país, mas era, era é de outro lugar, que nem o Alemão, que era russo, e o Jeipom que era japonês, mas era é de uma país, sei lá, que chama República."

"Porra, Mané, vai se fuder, porra. Ficou com problema psicológico de novo?, porra. Vamo lá comprar o guaraná pra fazer a Lavagem Bucetal com as gostosa dessas alemoa aí!"

"Hoje eu tô cansado. O que que é moslém?"

"Moslém é turco. É a religião deles, essa parada aí desses folheto. Não captou até agora, Mané?"

"E o que que é Muhammad?"

"Porra, Mané, tu caiu mermo na parada dos turco, né, caralho? Muhammad é nome, nome que eles têm. Não tinha o Muhammad Ali?"

"..."

"Claro que tu não conhece o Muhammad Ali. Tu não conhece porra nenhuma. Porra, nem aprende porra nenhuma de alemão e vem aqui me perguntar. O Muhammad Ali era lutador de boxe, um que tinha antigamente, bom pra caralho, melhor que o Mike Tyson. Aí ele era americano e tinha outro nome, Cassio Clay. Aí os americano mandaram ele ir pruma porra de guerra que nem essas aí do Iraque. Mandaram o cara ir pro Iraque, que nem essas parada de marte dos turco. Os americano marte vai lá, explode os cara, se explode eles mermo e deve ir pro Paraíso dos americano, que é tudo é crente. Rola um Paraíso cheio de dinheiro, que os cara, esses americano, mistura Jesus com dinheiro, que nem os turco mistura o Paraíso deles com essas parada de bomba, de barba, essa fudeção que tem no Paraíso deles, tudo mentira. Eu sou católico, mas pra mim essa parada de Muhammad, duende, Jesus Cristo, Buda, horóscopo, essas porra tudo é tudo mentira."

413

"O que que é Muhammad?"

"Muhammad é um santo dos turco que o Muhammad Ali pegou o nome dele e mudou de nome e jogou a medalha dele no rio e mandou os americano todo tomar no cu. Só que aí o cara se fudeu de tanto tomar porrada na cabeça e ficou todo cheio de problema psicológico. Só que o dele é pior que é essa parada que o cara fica tremendo."

"Aí quando a gente muda de nome assim, a gente vira marte?"

"Vira. Aí tu tem que ir lá e ficar se fudendo o tempo todo. Tem que começar a sofrer o tempo todo e tu vai ter que ficar raspando essa barba aí até ela ficar igual à barba do Bin Laden."

"Que Bin Laden?"

"O chefe dos turco. O Bin Laden é que manda em todo mundo dos turco. Esses cara lá do turquinho deve ser tudo Bin Laden, aquelas porra. Nunca viu o Bin Laden na televisão, não?"

"..."

"Manja aqueles prédio dos Estados Unidos, aqueles dois igual, um do lado do outro, aí vem o avião e entra bem no meio deles? Não manja porra nenhuma, mas tu viu essa parada na televisão, que passa toda hora. Então, foi o Bin Laden que era o chefe dos cara. Era tudo turco. Aqueles caras lá é que era os marte, esses que tava pilotando o avião."

"Eu vou chamar Muhammad."

"Porra, Mané... Tu entrou mermo pra turma dos turco. Tu vai ver: o Bin Laden vai mandar tu explodir uns prédio e tu vai se fuder na mão dos cara. E se chegar lá e essas parada de Paraíso é tudo mentira? Aí tu se fudeu. Tô falando, Mané, vamo pro Paraíso agora. Porra, vai ter dois dia de folga, eu só treino na quarta e tu também, né não?"

Mas não.

O Muhammad Mané voltou para o alojamento, não cumprimentou o Viktor, o Peppino e o Maurice quando passou por eles, pelo Viktor, pelo Peppino e pelo Maurice, ligou a televisão e nunca mais bateu punheta.

Quando chegamos aqui, ele se trancava no banheiro à noite. Nos últimos tempos, ele passou a se trancar no banheiro de manhã, cinco horas da manhã. Ficava duas, três horas no banheiro. Quando chegava a minha hora de usar o banheiro, o banheiro estava imundo, cheio de espuma de barbear e sangue. O rosto do Mané ficou todo ferido, horrível.

* * *

*Ele não entendia. Eu avisei para o Muhammad Mané que não precisava for-
çar o nascimento de uma barba que ele não possuía. Alá é muito maior, é o criador de todas as coisas, não alguém que fica vigiando o tamanho da barba das pessoas, ou o modo delas se vestirem. Só a roupa que ofende a dignidade da mulher,
ou do homem também, deve ser rejeitada.*

Eu acho que eu tava no caminho certo, que a psicologia tava funcionando,
porra. Era pro Mané se fuder um pouco mermo, pra ver que essa parada do turquinho era babaquice. Botei o Mané fissurado pra comer uma buceta e ainda
ajudei os turco a fazer ele se fuder. Eu vi que o Mané tava exagerando com a parada da barba. Teve hora que deu pena, que ele tava com a cara que era uma pereba só. Mas eu segurei a dó, que era pra ele aprender. Neguinho quando tá com
idéia fixa na cabeça, com problema psicológico, às vez só aprende apanhando.

Que o bom, as coisa boas tudo, as minha esposa virgens, até o ventinho, é
só bom porque tem também as coisa ruim, então isso é que é o negócio que o
Alá faz, agora que eu entendi. Esse Paraíso é que nem chinelo. A gente acaba o
jogo às vez com a chuteira apertada, com a meia embaixo, os cara pisando no
pé da gente, aí acaba o jogo. Aí a gente vai no vestiário, tira a chuteira e põe o
chinelo que tá meio geladinho, aí dá o alívis que é que é igual o Paraíso. Nós
fica fazendo barba que é pra ficar doendo, ardendo, fazendo pereba e tudo, que
é pra ficar doendo, que aí, depois que vira marte, só sente coisa boa, só o geladinho de chinelo que é esse ventinho soprando na cara e não fica tudo ardendo.
Por isso é que não pode ficar trepando nas mulher antes, que aqui a gente fica
trepando e fica sentindo a esporra sem sair leitinho, sem sair gosma, tudo limpinho, que é muito melhor. Então, lá, é só pra ficar com vontade, é só pra ficar
com pinguelo duro, com vontade, saindo leitinho de noite, sem querer, de tanto ficar com vontade. Aí a gente chega aqui no Paraíso e já começa a fazer esporra na mesma hora. E não é com mulher que tem pelanca na bucetinha, não.
Não é mulher que caga pelo cuzinho, não. As mulher é essas que tem na televisão, é essas que parece que nem existe. Aí eu ponho o pinguelo no cuzinho delas e é tudo limpinho, não sai cocô, não, é tudo com cheiro de eucalips, que é
cheiro do Paraíso. Aí, ficar raspando a cara é chuteira apertada. Ficar sem ficar
trepando é chuteira apertada. Ficar explodindo as coisa é chuteira apertada. Só
que nem foi, porque não doeu nada. O Bin Laden deu a bomba, eu apertei no

cinto e acabou a chuteira apertada na mesma hora. Aí começou o chinelo geladinho, começou o amor.

"Bin Laden, Herr Silva? Tem certeza?"
"Mas o Mubarak é a cara do Bin Laden."
"Pronto. Agora o James Bond vai dizer que o Mubarak é o Bin Laden."

Os juniores do Hertha Berlin estavam em segundo lugar no campeonato,
perdendo apenas para o Bayern de Munique. E uma vitória contra o Borussia
Dortmund, em casa, no Olympiastadion, preliminar do jogo de profissionais, co-
locaria o time na liderança, empatado com o Bayern.

E foi Hertha 3 × o Borussia.

No terceiro gol, o Hassan e o Muhammad Mané saíram tabelando do
meio-de-campo, toques curtos, rasteiros, deixando a defesa do Borussia de quatro. Por último, o goleiro foi driblado pelo Mané, que, numa atitude provocativa...

Mas não...

O Mané não fez aquilo por provocação. Fez por intuição. Fez por inteligência matemática inconsciente.

O Mané, com o goleiro humilhado aos pés dele, do Mané, pisou na bola e
tocou a bola para o Hassan, que entrava correndo na área e estufou a rede do
Borussia.

Golaço, turquinho. Mané, tu é gênio. Porra, agora só falta perder esse cabaço.

Muhammad seja abençoado.

Gol! Gol! Catorze horas e quinze minutos, Berlim: BUM! BUM! Gol! Gol!

O Paraíso é o chinelo. Alá é o chinelo. As virgens é o chinelo. O chinelo
depois da chuteira apertada.

"Obrigado, Fräulein Extremamente-Caridosa-para-com-os-Maconheiros-Hospitalizados..."

"Sabe que isso tudo perdeu a graça? Esses apelidos que você usa comigo, essas vindas aqui para fumar haxixe, o Herbert com esse teclado insuportável no meu ouvido o dia inteiro. Esse jazz desafinado que vocês tocam..."

"Ute, você está com ciúmes da Mechthild?"

"Está, sim. A Ute está apaixonada por você, Tomé. Por favor, eu também quero fumar um pouco para fazer um jazz."

"Eu não tenho ciúmes de ninguém. Eu não sou uma nazista que odeia estrangeiros? Como eu iria me apaixonar por um sul-americano? Só que aquela menina é muito sonsa. Ela é que está dando em cima de você, Tomé. E você está fazendo o jogo dela."

"Ute, meu amor, eu não vou cair em jogo algum de nenhuma adolescente deslumbrada, não se preocupe."

"Eu não estou preocupada. Eu só não gosto dela. Ela me incomoda. E eu também não entendo por que essa menina tem o direito de subir aqui no nosso andar, se mais ninguém tem autorização para entrar nesta área."

"Ute, eu te amo, já disse."

"Tomé, eu já disse que estou cansada de piadas, de terroristas loucos, de porcos da Turquia, de brasileiros engraçadinhos, de samba, de futebol, de caipirinha, de haxixe, deste hospital, de tudo, tchau!"

Os juniores do Hertha Berlin venceram os juniores do Borussia Dortmund e assumiram a liderança do campeonato, ao lado do Bayern de Munique. Os profissionais do Hertha Berlin venceram os profissionais do Borussia Dortmund e assumiram a quarta posição do Campeonato Alemão. E o Muhammad Mané bem que podia deixar os problemas psicológicos de lado e aproveitar a festa que o Uéverson preparou para comemorar as vitórias e fazer com que ele, o Muhammad Mané, perdesse definitivamente o cabaço.

Mas não.

A decoração que o Uéverson mandou fazer no apartamento dele, do Uéverson, ficou igualzinha à decoração da telenovela do Marrocos, cenário das sessões de masturbação do Mané, depois que o Uéverson revelou a ele, ao Mané, ao Muhammad Mané, o Paraíso islâmico. As duzentas e dezesseis mulheres contratadas pelo Uéverson eram lindas, muito lindas, seios firmes de róseos mamilos, bumbuns bem torneados, pele impecável. Cada um dos três, o Uéverson, o Mané e o Mnango, teria direito a setenta e duas das mulheres lindas, muito lindas, seios firmes de róseos mamilos, bumbuns bem torneados, pele impecável.

Mas não.

O Mnango nem chegou a ir para o apartamento do Uéverson, alegando que estava extenuado com o final do ano e a proximidade do Natal, quando ele, o Mnango, pretendia ir a Camarões para encontrar a família.

O Muhammad Mané foi ao apartamento do Uéverson e até ficou entusiasmado quando viu o cenário da telenovela do Marrocos, centenas de garrafas de guaraná, que o Uéverson havia encomendado no Ka De We para a "Lavagem Bucetal" que o Muhammad Mané deveria fazer na favorita dele, do Muhammad Mané, e até com as duzentas e dezesseis mulheres lindas, muito lindas, seios firmes de róseos mamilos, bumbuns bem torneados, pele impecável.

Mas não.

O Mané ficou encolhido num canto da sala, observando, de pau duro, a dança sensual, de telenovela do Marrocos, que as duzentas e dezesseis mulheres lindas, muito lindas, seios firmes de róseos mamilos, bumbuns bem torneados, pele impecável, estavam realizando para ele, para o Mané.

O Uéverson disse para o Muhammad Mané ficar à vontade, ir escolhendo as setenta e duas mulheres dele, do Mané, que, com a ausência do Mnango, seriam cento e oito, o dobro das mulheres que teria no Paraíso caso ele, o Muhammad Mané, se decidisse pelo martírio, e foi para o quarto.

Mas não.

O Mané estava até zonzo com a quantidade de mulheres lindas, muito lindas, seios firmes de róseos mamilos, bumbuns bem torneados, pele impecável, que, lentamente, começaram a se desfazer de véus, panos e lingeries sensuais, e não conseguiu nem sair do lugar.

Até que o Uéverson, todo perfumado, voltou à sala completamente nu, com a serpente tropical em riste.

Aí, Mané, meu camarada. O Paraíso é aqui, camaradinha. Tá na hora de perder esse cabaço aí, Mané. O que que tu prefere? A gente começa com a Lavagem Bucetal, ou tu já quer tentar uma dupla penetração com aquela ali?

Mas não.

Se fosse só para ficar vendo, o Mané até aceitaria assistir ao Uéverson fazendo "tudo" com as duzentas e dezesseis mulheres lindas, muito lindas, seios firmes de róseos mamilos, bumbuns bem torneados, pele impecável, mesmo que a visão da serpente tropical do Uéverson causasse um certo mal-estar, nele, no Muhammad Mané.

Mas não.

Porra, Mané. Tu vai ficar aí parado, caralho? Pode vim, cumpade. Agora tá na hora de tu escolher se tu prefere esse Paraíso aqui, ou se tu prefere se explodir todo, ficar todo queimado, todo fudido, morrer e o caralho.

O Muhammad Mané foi embora, a pé, decidido a se tornar um mártir, sem saber o que fazer para se tornar um mártir, esperando que o Bin Laden um dia aparecesse na frente dele, do Muhammad Mané, e dissesse a ele, ao Muhammad Mané, a quem ele, o Muhammad Mané, deveria explodir, para se tornar um mártir. E o Uéverson fez sexo de tudo quanto é jeito — sexo oral, sexo anal, sexo grupal, ménage à trois etc. — com as duzentas e dezesseis mulheres.

"Mnango, o que houve com você? Não me diga que você também vai virar turco?"

"Não, Uéverson. Eu não vou me tornar muçulmano. Mas também me cansei dessas orgias. Tenho me sentido um pouco idiota nessas noitadas com mulheres. Deve haver algo mais importante nesta vida do que sexo sem amor. Desde aquela noite com a Mechthild, percebi que sexo sem amor é só carne, secreções, loucura. Principalmente quando amigos estão por perto. Me desculpe, mas olhar você fazendo sexo me provocou um pouco de náusea. Eu gostaria de ter uma mulher que fosse minha, que não fosse apenas uma vagina, um ânus e um par de seios. Eu queria uma mulher que tivesse uma história parecida com a minha, com a qual eu pudesse trocar experiências além do sexo, uma mulher do meu país, ou uma mulher como aquela ali, veja. Ela é muito bonita."

"Você está louco, Mnango? Aquela ali é brasileira, vagabunda. Ela está tentando conseguir um alemão que a sustente. Brasileiras não prestam. Se for para casar, sabe quem eu queria?"

"Quem?"

"Uma francesa. Uma francesa de filme francês. Uma com aquela boquinha assim. Uma desses filmes que nós não entendemos nada."

"Você vai ao Brasil no Natal? Você vai visitar a sua família?"

"Eu não tenho muita família, não. Mas vou ao Brasil, sim, fugir deste frio, pegar uma praia."

"E o Mané?"

* * *

O Mané, o Muhammad Mané, não.

O Muhammad Mané tinha até esquecido que ele, o Mané, tinha mãe, tinha uma irmãzinha, e bem que poderia ter aproveitado a solidão do Natal, a neve do Natal, o quarto do alojamento vazio, já que o Viktor, o Maurice e o Peppino foram para Korcula, a ilha croata onde nasceram e onde havia um campeonato de futebol dente-de-leite cujo lema era "Bom de bola, bom na escola", para refletir um pouco e perceber que um cara como ele, como o Mané, não tinha nada a ver com as tradições islâmicas, com o mundo árabe, com o conflito entre judeus e palestinos, com o Mestre Mutanabbi, ou com o celibato.

Mas não.

O Muhammad Mané era muito burro e passou a noite de Natal sem saber que era noite de Natal, no alojamento vazio, assistindo televisão, depois de dar um pulo na lanchonete sujinha dos tios do Hassan, que não comemoravam o Natal, e comer cinco Döner Kebab e tomar sete Fanta Uva.

Entre o Natal e o Ano-Novo, o Muhammad Mané só saía do alojamento para comer Döner Kebab.

Entre o Natal e o Ano-Novo, o Muhammad Mané não falou com ninguém.

Mas não.

Na lanchonete dos tios do Hassan, o Muhammad Mané falava com a prima do Hassan, a mais velha, de dezessete anos, que ficava atrás do balcão.

O Muhammad Mané bem que podia, pelo menos, tentar se aproximar da prima do Hassan, já que ela, a prima do Hassan, por ser muçulmana, filha de pais muçulmanos, não ameaçava a virgindade dele, do Muhammad Mané, embora ela, a prima do Hassan, até tentasse se aproximar dele, do Muhammad Mané.

Mas não.

"Fier Doner Quebábi e fier Fanta, essa, essa, uva, uva. Quatro, fier."
"Wie geht's dir, Muhammad Mané?"
"..."
"Wie geht's?"
"..."
"..."
"..."
"..."
"..."
"..."

"Mais quatro. Mais fier. Fier Doner Quebábi. Fier Fanta Uva."

"Bitte."

"..."

"Esse aí é o Mubarak, grande figura. Ele é completamente louco. Estava sempre nos treinos e nos jogos do Hertha. Por que ele está desse jeito? Aconteceu alguma coisa com ele? Ele é louco, coitado, mas era boa pessoa. Eu sou turco, mas não sou muçulmano. Quer dizer, eu vim para Berlim ainda criança e torço para o Hertha, independentemente do Hassan. Eu gosto de futebol e sempre acompanho o Hertha, os profissionais, os juniores, tudo. Mas esses muçulmanos todos, o Mubarak inclusive, só passaram a vir aos treinos quando o Hassan trouxe o Muhammad Mané. Como joga bem o Muhammad Mané! Ele vai ser um dos melhores jogadores do mundo. Não vejo a hora dele jogar entre os profissionais, com o Uéverson e o Mnango. Não foi grave o que ele teve, foi? O Muhammad Mané tem esse nome, se converteu ao islã, mas ele é brasileiro. Ele veio do mesmo time que o Pelé jogava. Não acredito que ele seja terrorista. Essa bomba deve ter vindo da torcida, de algum hooligan racista."

"Como o senhor conheceu o Mubarak? Como sabe que o nome dele é Mubarak?"

"Eu conheci o Mubarak no centro de treinamento do Hertha. E ele mesmo ficava falando o próprio nome, ficava gritando que o nome dele era Mubarak, que ele iria continuar. Quando o Muhammad Mané fazia um gol, ele era o que mais vibrava, o que mais gritava. Mas eu não sei nada dessa história do atentado, não. Se bem que o Mubarak até que pode ser terrorista, sim. Ele, às vezes, gritava: 'BUM, BUM'. Aliás, sempre que o Muhammad Mané fazia um gol, ele gritava. Ele gritava: 'Gol! Gol! BUM! BUM!'. Aí está. É possível que o Mubarak tenha explodido aquela bomba, mas eu não vi nada. Houve algo no campo, a bomba, e eu saí correndo. Todo mundo saiu correndo. Mas, só para avisar: eu sou turco, mas não tenho nada de muçulmano. E o Mubarak eu só conheço dos treinos do Hertha e da rua. O Mubarak também sempre corria pelas ruas, fazia cooper, todo suado com essa barba. Mas eu não tenho nada a ver com o Mubarak. Meus pais eram cristãos. Os muçulmanos é que ficaram com mania do Hertha por causa do Muhammad Mané e do Hassan."

Gol! Gol! Catorze horas e quinze minutos, Berlim: BUM! BUM! Gol! Gol!

Doze horas e trinta e sete minutos, Berlim, Mubarak, Muhammad, Alá: BUM!!!

Meu nome é Mubarak e eu vou continuar.

Porque eles gostava de mim. Porque os moslém viu que eu era campeão, viu que eu tinha esse amor e eles sabe que tem o Paraíso, que tem o Alá que manda ni tudo, que tem o Bin Laden que dá as bomba pra nós virar marte e vim nesse Paraíso que tem esse amor delas, da Crêidi, da Paméla, da Fraulaim Chom, da Martinha, delas tudo, até da diabinha que não é diabinha nada, ela é é anjinha de tão que ela dá amor aqui, que ela fica olhando pra mim com cara de amor, com cara de mãe, que lá atrás do vidro ela era diabinha e fazia só cara de sex, essas cara assim que bota a língua pra fora que fica lambendo os beiço e depois fica esfregando a buceta dela na cara da gente, que eu gostava, mas eu gostava era diferente, era sex esse sex deles lá que não é moslém, que não é turco, esse sex que sai gosma da buceta que fica a gosma até no vidro lá que tinha. Aqui, não. Aqui, ela, essa anjinha tão linda, vem com a buceta assim na minha cara, esfrega a buceta na minha cara, mas é buceta de amor que ela faz, que é mais devagarinho, que é mais assim calmo e ela faz só cara bonitinha, só cara de ai-ló-viú, de esposa, de virgens, que é essa cara assim toda limpa, que não é limpa de coisa que não é suja, não. É limpa que é cara de alma, que elas aqui, as esposa, é tudo alma, alma que não é assombração, é alma que é bondade, que é amor, que é alma do Alá, que é essa alma boa que não deixa nada ruim acontecer com a gente. Por isso que elas é mãe, porque elas fica protegendo, fica protegendo até a felicidade, fica fazendo a felicidade nunca ir embora, não deixa essas coisa que eu fico aprendendo sem parar nunca parar, não deixa vim as coisa ruim, ó só. Só de falar das coisa ruim, que eu até lembrei daqueles índio de Ubatuba, até lembrei daquelas buceta véia, lembrei do Flamengo, lembrei do pinguelo do Uéverson todo balançando, lembrei do Alemão que não é alemão, não, é russo, que os alemão são bom, que é lá na Alemanha que tem os turco todo, que tem os moslém, que até o Alá deve ser alemão também, aí quando eu lembro as coisa ruim, a lá a diabinha vindo junto com a Paméla pra espantar esses pensamento ruim, tá vendo? Elas já chega e já dá os peitinho pra mim mamar nelas que nem se fosse mãe, ó só, aí elas já vai fazendo carinho no pinguelo, eu fico mamando nos peitinho da Paméla que é esses peitão lindo que eu vi lá na revista, fica com esses olho verde brilhando, e a diabinha-anjinha fica mamando no meu pinguelo. Aí sai leitinho com gosto de guaraná dos peitão da Paméla e sai leitinho com gosto de Doner Quebábi do meu pinguelo que Doner Quebábi é que é a comida que os moslém mais gosta e a diabinha-anjinha é moslém também que aqui todo mundo é moslém, eu e as setenta e duas que é minhas virgens, minhas esposa, minhas mulher, minhas mãe, minhas do meu time, minhas tudo, minhas felicidade, minhas tudo, que tudo que tem aqui é felicidade, muita felicidade, muito amor, muita felicidade que não vai acabar nunca, que não morre nunca.

O Muhammad Mané é insubstituível. Acho que nunca mais terei um jogador como ele entre meus agenciados. Mas tenho a consciência tranqüila. Cada pessoa tem o seu destino. Eu fiz tudo o que estava ao meu alcance por ele. Claro, talvez tenha faltado alguém que o auxiliasse psicologicamente. Eu não vi com muita simpatia a conversão do Muhammad Mané ao islamismo, mas tenho como princípio não interferir na escolha religiosa dos atletas. O Hassan, por exemplo, que nem é meu jogador, é muçulmano, mas é um rapaz muito sensato. Desde o primeiro momento, entendi que o Hassan não era o responsável pelo ato insano cometido por Muhammad Mané. É possível que, durante o último Natal, quando o Mané permaneceu isolado no alojamento do Hertha, ele tenha passado por algum tipo de experiência que o tenha levado a fazer o que fez. Talvez a solidão. Às vezes, quando as pessoas passam por um período de isolamento, elas entram num estado mental diferente, começam a pensar bobagens. Eu ofereci passagens aéreas ao Muhammad Mané, para que ele visitasse a família dele. Mas parece que o Muhammad Mané não tinha um bom relacionamento com a mãe dele. Ele não quis sair daqui de jeito nenhum. O Uéverson, que é meu contratado também, e muito amigo do Muhammad Mané, me disse que o Muhammad Mané não pretendia voltar para o Brasil nunca mais. Claro, o Muhammad Mané ainda é muito novo para tomar decisões definitivas assim. Mas, no momento, acho que ele sentia uma rejeição profunda pela vida que levava no Brasil. Eu também o convidei para passar o Natal com a minha família, na Floresta Negra. Mas ele também não quis. Os funcionários do Hertha me disseram que, entre o Natal e o Ano-Novo, ele só saía do quarto uma vez por dia, para comer em algum lugar, e voltava cheio de pacotes com comida. O técnico dele estava sempre aborrecido com a alimentação do Muhammad Mané. O Mané só comia fast-food. Mas o técnico estava de folga e, ainda que o clube oferecesse quatro refeições diárias ao Mané, ele preferia trazer comida gordurosa da rua. O que será que o Muhammad Mané fazia o dia inteiro trancado no quarto?

Televisão e barba.

O Mané passou uma semana vendo televisão, esfolando a própria cara com um barbeador descartável que estava sendo usado havia meses sem ser descartado, comendo Döner Kebab e bebendo Fanta Uva, já que, no Ka De We, ninguém conseguiu entender o Muhammad Mané, quando ele, o Muhammad Mané, tentou comprar umas garrafas de guaraná importadas do Brasil.

O quarto do alojamento vazio, um monte de filmes eróticos soft na televisão, fazendo com que o Muhammad Mané nem precisasse se trancar no banheiro para se masturbar. O Mané bem que podia ter tirado o pinguelinho da miséria.

Mas não.

O Mané não era mais o Mané.

Quem assistia televisão, trancado no quarto de um alojamento para jogadores estrangeiros de um time alemão de futebol, era um muçulmano, era o Muhammad Mané.

Quanto mais quente melhor.

O Muhammad Mané resistiu ao vestido negro, transparente na altura dos seios, usado por Marilyn Monroe.

Emanuelle I, II, III, IV etc.

Soft demais para o Mané. O pau do Muhammad Mané nem ficou duro.

Campeonato Alemão de Saltos Ornamentais em Piscina Coberta.

Em outros tempos, o Mané já teria o primeiro orgasmo logo na terceira ou quarta competidora. Dava uma coisa no Mané, toda vez que ele via uma atleta em trajes menores.

Mas não.

O Muhammad Mané era um celibatário.

Latinas Calientes.

O Muhammad Mané não se abalou — elas eram escurinhas demais para o gosto do Mané.

Uma performance escatológica de um cara meio punk, que se pendurava em ganchos de açougue e cortava a própria pele com gilete.

O Muhammad achou legal. Achou que o cara era um mártir.

424

$*\quad*\quad*$

Uma telenovela que ele, o Mané, já tinha visto antes, havia muito tempo, no Brasil, na televisão em preto-e-branco, na casa dele, do Mané, bem embaixo da Serra do Mar, em Ubatuba.

O Muhammad Mané entendeu que "Ich liebe dich" era a mesma coisa que "eu te amo", que era a mesma coisa que "I love you".

O Uéverson dando uma entrevista em alemão.
Aquela língua era alemão?

Oh! Não!
Um programa da Playboy e a Pamela estava nesse programa.
O Mané até começou a se masturbar, suar, sofrer. Vai, Mané. A sua Pamela, linda, olhos verdes, gotas do mar escorrendo pelo corpo nu, o sorriso, seios perfeitos...
Mas não.
O Muhammad Mané apertou o botão do controle remoto e mudou heroicamente de canal.

A retrospectiva do ano.
O Muhammad Mané ficou na dúvida sobre quem era o Bin Laden. O Muhammad Mané não sabia se o Bin Laden era o Saddam Hussein ou se o Bin Laden era o Bin Laden mesmo.
Mas não.
Embora os letterings, sob as imagens da retrospectiva, passassem rápido demais para a pouca agilidade mental do Muhammad Mané, houve um momento no qual ficou bem nítida a legenda "Bin Laden" sob a foto dele, do Bin Laden.
Para o Muhammad Mané, que estava aprendendo direitinho tudo o que o Uéverson ensinava para ele, para o Muhammad Mané, sobre o mundo muçulmano, o Bin Laden agora era o chefe supremo dele, do Muhammad Mané.
E, sem saber por quê, o Muhammad Mané se identificou de alguma forma com um garoto palestino, que o Muhammad Mané não sabia ser um garoto palestino, pego por soldados israelenses, que estava cheio de explosivos amarrados à cintura, que, nitidamente, tinha problemas psicológicos e que, sem que o Muhammad Mané soubesse disso, esperava se tornar um mártir e ir a um Paraíso

em cujos rios correria leite e mel e no qual haveria setenta e duas esposas virgens para ele, para o garoto com problemas psicológicos que carregava um cinturão repleto de explosivos.

A cena dos aviões penetrando as Torres Gêmeas de Nova York também apareceu duas ou três vezes.

Mas não.

Aquilo era só o pessoal do Planeta do Fluminense atacando o pessoal do Planeta do Santos.

Mas não.

Para o Muhammad Mané, o garoto palestino com os explosivos amarrados à cintura, o Saddam Hussein, o Bin Laden e o pessoal do Planeta do Fluminense eram todos mártires.

E o Muhammad Mané também seria um mártir.

Porque quando a gente ainda não sabe de nada, quando a gente ainda é burro, a gente acha que as coisa ruim toda pode acontecer, que só vai acontecer as coisa ruim e tudo que acontece na vida é ruim, tudo ruim, um ruim atrás do outro, toda hora, os índio enchendo o saco, os índio querendo fazer troca-troca, xingando a gente, o Fernando dando porrada ni nós, os alemão dando comida ruim pra gente, as mulher tudo véia, tudo perebenta mostrando as buceta que é pra gente ficar com um negócio aqui no estomo, as mulher rindo da gente porque a gente tem vergonha de trepar nelas, essas coisa tudo. Aí, quando a gente vê que tem o Alá e fica sabendo que ele quer que a gente vira marte, que a gente tem que ficar explodido pra virar marte, aí dá medo. Aí a gente fica com medo. Aí, na hora que apareceu o Bin Laden falando que é pra apertar o cinto, que é pra explodir a bomba, que é pra ficar queimando a gente tudo pra virar marte, aí eu quase que não quis, que eu fiquei com medo. Fiquei com medo de doer. Mas não dói nada. Nós aperta o cinto e aí aparece as virgens que nem tava nos papel e aí é essa beleza toda, esses negócio de sex tudo, as virgens tão lindas, as mãe tudo, esse amor que tem nos lugar todo que tem aqui, esse negócio até que tem que eu fico ficando inteligente, que eu fico começando a ter pensamento de inteligente, de ficar entendendo todas as coisa que tem na vida, que tem depois que morre, que é essas coisa boa tudo acontecendo, isso aqui agora, aquelas bundinha tudo branquinha correndo no sol, esses coco que tem guaraná dentro e isso que é a melhor coisa que tem junto com esses negócio de sex, que é saber que tem um Deus, que é o Alá, que ama nós, que só faz coisa boa pra gente, pros marte, que nunca vai deixar acontecer nada ruim. O Bin Laden chegou, deu o cinto e pronto. Tudo ficou sendo amor.

* * *

"Hoje, amanhã e pronto: o senhor vai estar livre de nós."

"Eu é que vou ficar livre dele."

"O senhor não precisa falar assim. Eu só fiz o que os senhores me pediram."

"Não, Herr Silva. O senhor fez mais do que nós pedimos. Se não fosse pelo meu parceiro aqui, o senhor já teria voltado para o Brasil há alguns meses."

"Mas e agora? Os senhores vão conseguir o visto definitivo de permanência para mim, não vão?"

"Vamos, Tomé. E já estamos providenciando a sua alta hospitalar também."

"E os outros dois?"

"O Muhammad Mané vai ficar aqui. Ele está mal. Mas o Mubarak..."

"Você não vai dizer a ele sobre o Mubarak, vai?"

"Não precisa. Eu não quero saber de mais nada. Como eu faço com o meu visto?"

"Depois de amanhã, eu mesmo vou te levar para tirar o visto."

"OK. Mas eu trabalhei para os senhores e gostaria só de saber uma coisa: os senhores descobriram a que grupo pertence o Mubarak? Foi mesmo o Mubarak quem forneceu a bomba usada pelo Muhammad?"

Era só o Muhammad Mané ignorar aquela pessoa de barba e turbante que estava na porta do ônibus do Hertha, quando ele, o Muhammad Mané, desceu de dentro dele, do ônibus do Hertha, no Olympiastadion, jogar o amistoso de pré-temporada contra o Rostock e começar o ano que transformaria a vida dele, do Muhammad Mané, num conto de fadas.

Mas não.

Em vez de o Muhammad Mané se transformar num dos maiores jogadores da história do futebol, num homem muito rico, cercado pelas mais lindas mulheres do mundo fashion, ele, o Muhammad Mané, levou para o vestiário aquele cinto fornecido pelo homem de barba, que ele, o Muhammad Mané, julgava ser o Bin Laden, um anjo de Alá que transformaria o Muhammad Mané num mártir digno das setenta e duas virgens mais lindas da imaginação dele, do Mané.

Gol! Gol! Catorze horas e quinze minutos, Berlim: BUM! BUM! Gol! Gol!

O Muhammad Mané bem que podia ter tido um pouco de consideração pelo Hassan, que era o melhor amigo que ele, o Muhammad Mané, tivera na vida dele, do Mané, que estava ao lado dele, do Muhammad Mané, com a mão pousada sobre o coração, cantando patrioticamente o hino da Alemanha.

Mas não.

O Muhammad Mané colocou a mão debaixo da camisa e acionou o mecanismo de um isqueiro, que estava colado a um pavio de barbante, a uma caixinha de madeira cheia de pregos e pólvora, coberta por estopa embebida em gasolina.

Gol! Gol! Catorze horas e quinze minutos, Berlim: BUM! BUM! Gol! Gol!

"Resumindo: Samir Mubarak acordou cedo, foi até a embaixada americana, colocou a bomba-relógio embaixo da carroceria do microônibus, correu, isso mesmo, ele foi correndo até o Olympiastadion, entregou a outra bomba nas mãos de Muhammad Mané, correu de volta até a embaixada americana e ainda assistiu à explosão do microônibus, que por coincidência, ou pela vontade de Alá, aconteceu exatamente no mesmo momento em que o Muhammad Mané detonou a bomba que estava com ele, com o Muhammad Mané, no Olympiastadion."

"Certo, mas por que o Muhammad Mané aceitou a bomba de um estranho, de alguém que não conhecia?"

"Ora, o Muhammad Mané é um débil mental e fez o que fez para ganhar um lugar no Paraíso. Foi pura loucura. E, pelas anotações feitas pelo Herr Silva, o Muhammad Mané achava que o Mubarak era o Bin Laden."

"E o Muhammad Mané é louco também?"

"De alguma forma ele é. Mas, para terminarmos o nosso trabalho, temos que descobrir se o Mubarak faz parte, ou não, de alguma organização terrorista. O que me intriga ainda é a série de bombas que ele ameaça explodir nos Estados Unidos, além dessa última que ele anda anunciando para Berlim."

"O difícil desse nosso trabalho é ter que lidar com psicopatas. Eles não têm lógica alguma no que falam."

"Acho que nós poderíamos apertar o Mubarak mais um pouco, tentar arrancar alguma explicação dele."

"Ele não vai entregar as pessoas que estão por trás dele assim tão fácil. E nós não temos a facilidade que os americanos têm para torturar as pessoas."

"Tortura? Não foi isso que eu quis dizer."

Arranquem os olhos de Mubarak e Mubarak vai continuar.

Arranquem as pernas de Mubarak e Mubarak vai continuar.

Arranquem os braços de Mubarak e Mubarak vai continuar.

O meu nome é Mubarak e Mubarak vai continuar.

Eu sou a asa do lado esquerdo da águia.

Eu sou o samurai das Arábias.

O Rei da Inglaterra, os soviéticos, a NASA — todos tentaram destruir Mubarak. Vejam como está danificada a asa esquerda do samurai. A asa esquerda de Mubarak. Eu sou Mubarak.

A morte se faz necessária.

Mubarak deve morrer e não vai morrer.

Mubarak não deve morrer e vai continuar.

É preciso atravessar a longa estrada, do Japão às Arábias. Do Sol à Palestina, Mubarak vai continuar na estrada, seguido pelas virgens desnecessárias.

A asa esquerda do samurai vai ser reconstituída.

Mubarak empunhará a espada do samurai.

Mubarak empunhará a espada de fogo.

Mubarak empunhará a espada de raio laser.

Mubarak na loucura como a loucura de George Harrison.

Mubarak em chamas na fábrica de estofamento de mísseis.

Os exércitos do samurai, Mubarak empunhando a espada, entrarão pelo México, Sonora.

Exércitos. Naves espaciais contra a NASA.

Esta é a história de Mubarak:

Meu nome é Mubarak e é hora de continuar. A explosão. Dezessete horas e trinta minutos, Texas: BUM. Vinte horas, Ohio: BUM. Vinte e uma horas, Colorado: BUM. Catorze horas, vinte e dois minutos, Tampa Bay: BUM. Catorze horas, trinta e oito minutos, Flórida, Cabo Kennedy, NASA: BUM. Esta é a loucura de George Harrison. Falta muito pouco. Sim! Primeiro: Berlim. O anjo de Mubarak, o anjo de Muhammad vai realizar o primeiro passo. Catorze horas, quinze minutos, Berlim: BUM. A espada do Rei da Inglaterra sobre Berlim. Catorze horas, quinze minutos, Berlim: BUM! BUM!

Doze horas e trinta e sete minutos, Berlim, Mubarak, Muhammad, Alá: BUM!!!

"Ute, tome. Só um trago. É despedida. Se você quiser, o Herbert e eu tocamos uma do Antonio Carlos Jobim para você. Podemos até tocar uma do Wilson Simonal."

"Então me dê um trago."

"Bonito, Fräulein Praticamente-Hippie-Nazista-nem-Pensar."

"Lá maior, Herbert. Aquela: 'Meu limão, meu limoeiro, meu pé de jacarandá...'."

"Eu acho muito bonito esse espírito de alegria que vocês têm, mas, às vezes, é preciso um pouco de seriedade. Se eu não fosse tão cético, eu até gostaria de me unir aos muçulmanos. Não pela religião, mas pela revolução."

"Que revolução, Mnango? A vida é só uma. Nós dois somos negros, viemos de lugares pobres..."

"Não. Eu nunca fui pobre."

"Mas é negro e negros não têm muitas oportunidades na vida. Nós chegamos até aqui, nossa vida está dando certo, ainda temos uns bons dez, quinze anos de carreira, mulheres, dinheiro, amigos, tudo de bom. Você fica esperando que os negros virem presidentes, políticos, essas coisas, e não percebe que reis nós já somos. Somos reis aqui em Berlim, agora, neste momento. Viva a vida, Mnango. Senão, uma hora dessas você acaba como o Mané."

"A Mechthild já está voltando."

"Já, Meti? E o Mané?"

"Não sei, eles não me deixaram entrar no quarto. Me disseram que todas as visitas estão suspensas. Acho que o Tomé vai sair."

"Então o Mané vai ficar sem psicólogo. Eu é que tenho que subir lá e dar uns conselhos para o Mané. Aposto que esse seu amigo aí é um doidão, enganador. Músico brasileiro viciado em heroína. Conheço esse tipo direitinho."

"E agora? Como é que nós devemos proceder?"

"Eu não sei. Mas já estou ficando cansada de esperar pelo Mané. Ele não vai voltar de onde ele está."

"Que seja. Mas nós precisamos saber, inclusive, da situação legal do Mané aqui na Alemanha."

"O Herr Woll é que está cuidando dessa parte. Vamos falar com ele, hoje, depois do treino."

"Mechthild, pelo menos você deveria ficar ao lado dele. Precisamos conseguir uma autorização."

"Mnango, a Meti só tem dezessete anos. Nessa idade, ela não pode ficar esperando pelo amor de um sujeito sem pau. Meti, estou com você. E, precisando de algo que preencha o seu vazio, pode contar comigo."

"Você? De jeito nenhum. Há brasileiros mais charmosos do que você nesse hospital. Mas claro que eu vou querer continuar a ver o Mané. E, como o Tomé vai embora, nós podemos conseguir que você vire intérprete. Tenho certeza de que o Tomé estava trabalhando para a CIA."

430

"Nesse negócio de espião, eu sou bom também. Uéverson — o James Bond Black. Ação, sexo. Meti, você não vai trepar com esse Tomé, vai?"
"Que horas são, Uéverson? Precisamos treinar."
"Meio-dia e trinta."

Eu vou comer a Mechthild. Muhammad, me perdoe, mas você não tem pau, né?

Doze horas e trinta e sete minutos, Berlim, Mubarak, Muhammad, Alá: BUM!!!

"Definitivamente, eu acho que o Mubarak é só um lunático."
"Pode ser. Mas e se essas bombas que ele anuncia para os Estados Unidos começam a explodir? E se o Mubarak tiver algum poder real de fogo?"
"As bombas do Mubarak são de péssima qualidade. Bomba-relógio com cronômetro de máquina de lavar. O que me preocupa é só esse detalhe dessa outra bomba de Berlim. Outra vez, ele falou: 'Doze horas, trinta e sete minutos, Berlim, Mubarak, Muhammad, Alá: BUM!!!'. Qualquer hora, explode uma bomba por aí."

Crêidi Muhammad, Renata Muhammad, todas Muhammad, Paméla Muhammad, Martinha Muhammad, todas, Fraulaim Chom, as holandesa do vôlei tudo Muhammad, a diabinha que agora é anjinha, Anjinha Muhammad, as mulher das novela, as mulher que dança a dança da bundinha, as mulher com aqueles negócio peludo cor-de-rosa no biquíni, elas tudo, elas tudo aqui reunida, fazendo reunião de sex, tudo aqui em volta, esperando, fazendo cara, cara tudo bonitinha, esperando o tempo e esse tempo não anda, fica tudo parado, andando só no tempo que tem na minha cabeça que é o tempo que eu quero, é o tempo que eu deixo passar só quando eu quero, o tempo que eu paro na hora que eu quero e o tempo é tudo e o tempo não é nada agora que eu fico entendendo tudo, agora que eu sou o chefe do tempo que é o tempo só das coisa boa, o amor e não tem nada de ficar triste, não, de ficar doendo, não, de ficar estrebuchando, não. O Paraíso é do marte porque o marte é bom, é homem bom, homem que fez as coisa certa que o Alá mandou, homem que só faz sex quando tá na hora que pode, que é depois que morre, quando tá morto e que nessa hora tudo esses negócio de sex fica sendo outra coisa que não é só ficar esfregando, ficar suando, ficar babando baba gosmenta. Não. Aqui, agora nessa hora, sex, esses negócio de ficar trepando, de ficar fazendo essas coisa toda que tinha na minha cabeça pra fazer com as mulher, essas coisa que eu fico inventando agora, que eu fico fazendo nelas agora, nas virgens, minhas melhor amiga que tem, que é melhor que o Uéverson, que é melhor que o Hassan, que é melhor que mãe, que é melhor o Renato Gaúcho, que é melhor que todas as coisa que tem, menos o Alá, que foi o Alá que fez elas, foi o Alá que melhorou elas pra elas ficar do jeito que eu quero, a Crêidi de cabelo liso, com esses cabelinho lourinho na bucetinha, tudo arrumado direitinho, tudo limpinho, sem caroço, sem pereba, tudo limpinho, tudo com cheiro de eucalips, cheiro do mato que tem na beira do rio quando tá chovendo, só que com sol, que tem sol, aí, e tem chuva com sol, e tem só chuva e tem vento, e tem vento noroeste que é vento quente de chuva, que dá esse negócio na minha cabeça, que dá esse arrepio que é o arrepio das lembrança, as lembrança tudo aqui, tudo misturado, aí, e o vento quente, o noroeste acaba na hora que eu quero e o mar fica calmo também na hora que eu quero e dá aquele sol calmo, aquele sol que não é nem muito quente, aquele sol que dá no dia que acaba a temporada e vai todo mundo embora, os cara de fora vai embora, os carro vai embora e fica só esse mar calmo, a areia com o sol batendo nela, ela ficando quentinha, a espuma do mar indo e vindo e fica cheio de siri, tudo calmo, só as gaivota que dá uns gritinho e fica os barco tudo lá longe passando, os urubu secando as asa, os urubu que fica só longe, que urubu longe, voando, é bonito, perto é que é feio, é que é fedido, e aqui só tem coisa bonita, só coisa cheirosa, só coisa que é limpinha, que é boa mesmo de verdade, que é os urubu lá no alto voando nesse sol calmo que o pessoal de fora foram embora e ficou tudo calmo, com esses coco que cai da árvore e tem guaraná dentro, que nós fica brincando de tomar banho de guaraná, eu fico jogando guaraná nelas e elas fica jogando guaraná ni mim e elas põe o coco assim em cima que nem se fosse chuveiro e toma banho de guaraná e o guaraná vai descendo pelos cabelo delas, fica passando assim nos meio dos peito, aquelas gota com o sol batendo nelas e as gota fica tudo brilhando nas virgens e elas tudo fica rindo sem maldade nenhuma, fica rindo é que elas tá tudo feliz que elas é minhas esposa, que elas é virgens e eu fico pulando com elas, tomando banho de guaraná com elas, bebendo guaraná nelas, lambendo os peitinho e chupando as gota de guaraná. Aí eu peço pra uma holandesa deitar, essa holandesa que é tão lourinha, que os cabelo dela, até os cabelinho da bucetinha, é até branco quase e aí eu fico um tempão lambendo as gota de guaraná dentro da bucetinha dela e aí as outra vêm com mais garrafa de guaraná e enfia na bucetinha dela, elas tudo rindo, elas tudo achando engraçado, engraçado bom, não é engraçado de maldade, de ficar tirando sarro, não. É engraçado de achar graça, de rir, de ficar

432

divertindo, aí a bucetinha dela vira um poço de guaraná que eu fico bebendo que nem o Uéverson falou que tinha Lavagem Bucetal e tem mesmo e não precisa ficar muito tempo sofrendo, não, que eu parei de fazer punheta não faz nem muito tempo, não, não faz muito tempo que eu parei, que eu virei moslém, que eu virei Muhammad e aí logo acabou esses negócio de ficar não podendo fazer as coisa boa, menos beber que eu não gosto mesmo de beber nada que deixa bebo que bebo é muito ruim. Eu gostei até de virar moslém, de não precisar ficar bebendo, de não precisar ficar falando coisa de mulher, de não precisar ficar tendo que falar as coisa pra mulher querer ficar dando pra gente. Aqui, eu não falo nada. Eu falo só esses pensamento aqui. O resto é só ficar pensando, ficar mandando os recado só com os pensamento que elas entende tudo e o Alá entende tudo que o Alá é que inventou tudo, até os pensamento, que é ele que tá me dando esses pensamento que antes eu nem sabia que tinha, que eu era burro. Aí agora é eu que fico deitado e elas que vem me lamber, vem lamber guaraná ni mim e elas lambe e passa a mão neu todo, fazendo carinho, fazendo carinho na cabeça, carinho nos cabelo que eu tenho que é tudo liso, que eu sempre quis que era liso e o Alá fez pra seguir esses meu pensamento que eu penso agora, que eu quero agora. E quando os dedo dela passa no meio dos meu cabelo e eu levanto os olho assim e logo eu vejo a cara da Paméla, com esse coelhinho de ouro que fica pendurado no colar, que tem os olho verde que nem os olho da Paméla que é verde e ela faz assim com a boca, passa a lingüinha assim no beiço e fica dando essa risadinha que é de amor, que é de mãe e que é amor mesmo, a coisa que é amor e que não tem jeito de explicar, que não tem palavra que explica porque é um amor que dá aqui na cabeça, dá aqui atrás dos olho que dá até vontade de chorar coisa boa que nem quando o Fluminense ganhou o campeonato e ficou todo mundo chorando lá no campo, lá no Maracanã, todo mundo gritando Nensê, Nensê, Nensê, e o Renato Gaúcho chorando na televisão. Esse é que é esse choro, que fica coçando na cabeça, lá dentro da cabeça, atrás dos olho, que é esse amor que é coisa, que não tem nenhuma palavra que explica, mas nem precisa, que eu fico sentindo esse amor lá dentro da cabeça, lá no pensamento e só o Alá e as virgens é que entende, que eles é que é as única pessoa que tem depois que morre: o Alá fazendo elas e elas fazendo ficar tudo nesse amor, fazendo esse amor cada vez que elas dá uma risadinha, cada vez que elas olha com esses olho, esses olho que a Paméla tá olhando agora, olhando no pinguelo e a Fraulaim Chom fica chupando o pinguelão e falando Müüüüüüüüüüüüüüüüüüüüüünnnnnnnnnchen e aí ela fala Müüüüüüüüüüüüüüünnnnnnnnnchen de um jeito, assim com som, que nem precisava porque eu sei tudo só com os pensamento, mas, se ela fala com som, não é pra mim entender. É pra mim ouvir o som, o som que a voz dela fala, que é pra mim ver o amor dela que tem no som, que ela fica assim beijando o meu pinguelão, falando Müüüüüüüüüüüüüüünnnnnnnnnchen, olhando pra mim com essa cara de amor que eu tô falando que elas faz pra mim aqui no Paraíso, que aí é que o amor fica sendo coisa, fica sendo tudo, fica sendo o som, as cara das virgens, os olho delas, as pele delas, o mar, o vento noroeste, os urubu voando no céu, o sol que fica lá, tão bonito, tão amor, que eu olho pra ele e o olho não dói, o olho não queima e aí eu fico vendo que o sex é só uma parte, é só um jeito de ver que as coisa é muito boas, que essa vida agora, que é morte, é muito melhor, é muito maior, é muito mais amor que a vida dos coitado que não tem o Alá, que preferiu ficar trepando nas mulher sem gostar delas, sem amar elas, sem sentir essa coisa que dá na cabeça, que eu falei, aqui atrás dos olho que fica tudo molhado por causa desse negócio, dessa vontade de ficar chorando um choro que é feliz, que é Fluminense campeão, que é as melhor mulher que eu vi na vida, que se elas podia até não ser boa lá na vida, essas que fica dançando com a língua assim, com os olho olhando com aquela cara que é só de sex, que é do Demônio, porque que é umas cara que não têm amor nenhum, que nem as cara daqueles pessoal que ficava trepando nos filme do Jeipom, fazendo assim com a boca, com a cara, que é uma cara que tem maldade, aquelas da vida. Aí eu venho aqui, imagino aquelas mulher no começo só por causa que eu queria trepar nelas, e nem pensava nesse negócio de amor, nem sabia o que que era esse negócio de amor e aí vai mudando na hora agora que eu comecei a ter esses negócio de ficar pensando e mesmo que elas, setenta e duas, tá elas tudo aqui em cima de mim, cheio de peitão, de bucetinha, até cuzinho, elas rindo, rá rá rá rá rá rá rá rá rá rá rá, e o sol todo maluco fazendo tudo que eu quero que ele faz, ficando noite, ficando dia, ficando sol, ficando chuva, ficando vento noroeste que é pra sentir esse bafo quente e esse barulho do vento que é um barulho que faz lembrar tantas coisa, tantas coisa que não tem nem palavra pra explicar, que eu aprendi poucas palavra, que eu era muito burro, que eu era ruim na escola, mas eu era bom de bola, eu sou bom de bola, e agora eu não sou mais burro, não, que eu aprendi a não ficar mais burro e agora eu consigo, só com os pensamento, sem as palavra, só com as palavra que tem no meu pensamento que é de burro sem palavra, mas é inteligente de pensamento, que aí é que eu entendo esses negócio do vento noroeste, esses negócio das lembrança que vêm na minha cabeça, do vento noroeste com os morro tudo escuro lá atrás, as luzinha que dá pra ver lá na cidade, o vento fazendo uns barulho, a minha mãe fumando uns cigarro com aquela cara dela de beba, falando sozinha, pensando nuns amor que ela deve ter nela, só que ela não sabe que tem porque ela é burra que nem eu era e eu agora não sou mais burro e fico entendendo essas coisa da minha mãe, esse amor que ela tinha e que eu não sabia que ela tinha e que agora eu sei, que esse amor dela, da mãe,

434

tá aqui, tá nas virgens, porque as virgens é todas as coisa boa, tudo que é bom, a mãe que só tem coisa boa, é. A mãe é elas. Até o cigarro da minha mãe é elas. As luzinha da cidade é elas, o barulho dos bicho de noite é elas. O Alá é elas. Eu é elas. Esse eu aqui nesse Paraíso. Elas é tudo e antes eu tava achando que elas era só pra mim trepar nelas. Aí elas vão ficando sendo tudo que eu fico pensando, tudo que eu fico querendo, tudo que é bom. Elas vão ficando sendo as coisa que é tudo que é bom. Elas vão ficando a coisa que é todas as coisa boa. Tudo tá nelas, por isso é que elas vira os jogador que eu quero pra jogar e ganhar o jogo e elas fica sendo a torcida também, gritando que eu sou o campeão, o marte, o cara mais importante que tem, que aqui, que é o meu Paraíso, o Paraíso do Alá que o Alá me deu pra mim, elas é essas coisa toda. Elas é o meu pensamento, tudo é o meu pensamento e se elas é boa é porque que eu é que sou o bom que fica pensando nelas, pensando elas. Eu é que fico fazendo essas coisa toda que acontece agora existir. E eu só penso coisa boa, então tudo que acontece agora é bom porque eu é que sou o bom. E não é o bom que é metido, não. É o bom que é esse negócio de amor. Esse amor todo que tem aqui tudo, em tudo que tem aqui, nelas, em cada cuzinho, é eu. É eu que fico fazendo ser. Até o Alá é eu. Eu é que fiz o Alá, esse Alá que é meu, esse Alá que fez esse Paraíso aqui. Eu pensei esse Alá e o Alá pensou esse eu. Eu fiz o Alá e o Alá fez o Muhammad Mané. Isso é que é o Paraíso. O Paraíso é todas as coisa boa que eu penso, é as bucetinha limpinha, é só o biquinho do peitinho da Crêidi passando levinho assim na minha cara, na minha boca, pra mim dar uns beijinho nele, é só cada cabelinho lourinho que tem em cima de cada bucetinha, é essa parte que tem aqui dentro da coxa delas, da coxa da Paméla, que é toda branquinha, toda macia pra mim ficar passando os dedo bem devagarinho, sem ter pressa nenhuma que o tempo aqui não tem, não passa na hora que eu não quero que ele passa. Aí dá sempre uma calma que não precisa ter pressa pra fazer as coisa, pra pensar as coisa. Isso é que faz eu parar de ser burro, eu ir ficando inteligente, porque que não tem pressa pra pensar os pensamento, então os pensamento fica mais inteligente, porque que quando tem pressa, quando tem que ficar pensando rápido pra dar tempo de pensar, de resolver os pobrema, aí a gente fica burro, aí fica tudo sendo pobrema, porque tem pressa e quando tem pressa não dá nem pra ver que tem o Alá, não dá nem pra ver que o Paraíso tem mesmo, que tudo que tem que é bom é pra mostrar que tem o Paraíso, é pra mostrar que depois essas coisa boa vai virar as coisa boa que o marte vai ter lá no Paraíso. A gente vê que tem as coisa boa, só umas coisa boa, poucas, que quando a gente tá na vida, a gente vai escolhendo, mesmo que a gente não sabe que tá escolhendo. Aí as coisa boa que a gente escolheu sem saber que tava escolhendo fica guardada na cabeça... Na alma. Isso é que é alma. É essa coisa que é as coisa que a gente vê e fica guardando sem saber que tá guardando, que depois, quando a gente é bom, quando a gente é marte, quando a gente aprende essas coisa do Alá, essas coisa de moslém, aí, quando a gente morre sendo marte, que nem eu, aí a gente vem pro Paraíso e fica sendo alma e aí a alma vai soltando no Paraíso todas as coisa boa que tem e as coisa boa que eu guardei é essas: o escuro na minha casa de noite só com o barulho do rio e dos bicho perto; o barulho do mar mais longe; o jogo de botão que a gente fica inventando do Fluminense ganhando de todo mundo; os amigo que a gente queria que tivesse e, se não tem, a gente inventa eles na cabeça, as amiga, essas amiga aqui que é minhas esposa, que é virgens, que é meus amigo só que mulher, que elas brinca comigo, elas joga comigo; a mãe que às vez é boa, aquelas hora que a mãe é boa, que é poucas, mas que, quando é, é boa; televisão preto-e-branco meio atrapalhada, toda assim cheia de chuvisco passando filme véio, filme que tem todo mundo bom, os índio, os soldado na guerra caindo chuva neles e eles fumando cigarro e eles ajudando os amigo, eles tudo uns ajudando os outro, tudo amigo mesmo que não vai deixar o amigo morrer na guerra; o fim do ano quando vai chegando nas férias, aí vem os turista e vem umas menina todas bonitinha que vem de Taubaté e elas fica tudo vermelhinha andando de tarde na avenida tomando sorvete de shortinho; fogueira de noite lá na praia que a gente fica procurando disco voador no céu, olhando as estrela tudo; churrasco; americano no prato lá no Império depois que chove, de noite, que a gente fica com frio porque eu fiquei brincando de entrar nos buraco que tem poça de lama e aí eu fiquei todo molhado e aí eu cheguei em casa e fiquei tomando banho quente e botei agasalho e fui lá no Império e deu pra comprar americano no prato com guaraná; nós tudo, eu e elas, brincando de pique-esconde na pracinha e brincando de beijo-abraço-aperto-de-mão-voltinha-no-quarteirão. Aí eu dou voltinha no quarteirão com elas tudo, setenta e duas e aí a gente vai fazendo as coisa tudo de sex no quarteirão, eu fico trepando assim atrás da Martinha e ela fica olhando pra mim, rindo, tendo amor neu e dando beijinho na Renata Muhammad que ama ela e ama eu e ama todas e é tudo amor e senta no banco da pracinha e fica namorando e fica dando beijo na boca e falando ai ló viú no ouvido, bem baixinho, bem assim com amor e fica passando as mão no peitinho; uns filme que tem, que tem umas história de nave, que tinha uns macaco que ficava botando a mão na pedra e um astronauta que ficava véio e depois ficava novo e depois eu vou pra casa e entro na cama, debaixo das coberta e fico só pensando nas coisa, sendo inteligente, pensando pensamento de gente inteligente; nós tudo deitado, eu no meio e setenta e duas cama com as esposa e a gente fica contando piada, fica contando história de assombração e faz pipoca e fica brincando de jogar pipoca, fazendo guerra, elas tudo de pijama, aí nós vai tirando os pijama e vai ficando tudo pelado e começa de novo com mais coisa de sex, sex dando risada; aí faz festa junina e ganha todos os prêmio e fica na cadeia e elas vêm tudo pra me soltar e pra falar que elas me ama, as gringa fica tudo gritando ai ló viú, ai ló viú, ai ló viú, aí nós faz a dança dos pescador que pega o peixe lá na Enseada e fica comendo camarão frito dando risada e volta andando na van com a Fraulaim Chom sentada no meu colo e eu fico fazendo uns carinho nos cabelo louro dela; nós tudo pulando da ponte, lá no cais, brincando de mergulhar, tudo nadando pelado que aqui pode, aqui fica todo mundo pelado na hora que quer e eu não fico com nenhuma vergonha, não; aí eu vou andando de moto, que eu gosto, aí a Martinha vai na frente, pelada, e eu vou atrás dela com o meu pinguelão assim encostado na bundinha da Martinha, tudo quentinho que dá aquela coisa; aí tem um Natal que todo mundo dá presente e eu ganho um monte de jogo que é o presente que eu mais gosto, jogo de botão, jogo de baralho, jogo de dominó, até jogo que tem no computador que aqui no Paraíso eu sei mexer no computador, que aqui eu sou muito inteligente e fico matando os bicho todo e todo mundo, elas tudo, cada uma tem um computador e fica todo mundo jogando e aí nós come batata frita e fica brincando, fica rindo, rá rá rá rá rá rá rá rá; aí a gente vai de noite na cachoeira, nós tudo de bicicleta, correndo na estrada, bem no meio da estrada que não tem nenhum carro pra atropelar nós, e aí a gente vai cantando as música, vai cantando "sou tricolor de coração, sou do clube tantas vezes campeão", aí chega na cachoeira e dá mais pensamento ainda e eu e elas fica pensando uns pensamento inteligente de Deus, de Alá, de alma, aí nós é tudo alma na cachoeira e vêm outras alma, uns fantasma colorido que fica piscando e nós entra tudo na água que não é gelada, não, e fica assim tomando a água nas costa até ficar tudo meio mole nas costa, tudo assim preguiçoso e pode ficar assim preguiçoso um tempão, que no Paraíso não tem escola, não tem trabalho, não tem preparador físico e aí eu boto uma coberta em cima daquela pedra que é toda chata assim e eu deito e eu fico olhando pro céu e aparece um monte de disco voador colorido e elas vem tudo peladinha e elas vai tudo sentar no meu pinguelo, elas faz fila e cada hora vem uma e senta e fica rebolando com as bucetinha apertando o meu pinguelo e eu fico fazendo esporra toda hora e elas também tudo rindo, tudo falando ai ló viú; e nós vai na cozinha que é uma cozinha que parece que é véia, que parece que as panela é véia, mas não é não, é tudo novo, aí eu fico fazendo americano no prato pra elas, mas não demora não, que eu penso e o americano já fica pronto e aí é tudo escuro só com luz de lampião e umas vela tudo colorida e nós fica comendo, falando as coisa que a gente mais gosta de fazer de sex; nós dorme tudo abraçado, tudo quentinho, tudo com cheirinho bom, cheirinho de menina; aí faz Copa do Mundo; aí faz até olimpíada na praia, brincando de pular, de correr, de nadar, de vôlei que tem as holandesa tudo e eu jogo no time delas; aí nós tudo vai andar de minimoto nas estrada de terra, o céu todo azul e nós corre muito que aqui não tem ploblema, que aqui não morre mais, que aqui nós é tudo alma, e aí atravessa os rio com a motinho, anda, anda, anda, anda, anda, chega lá na praia Vermelha e nós tudo sai correndo e pula no mar e fica pegando jacaré, fica brincando no mar e eu viro até surfista e fico pegando uns ondão e aí as virgens, as esposa, fica tudo discutindo, mas é discutindo meio brincando, discutindo amigas, pra ver qual que vai dar pra mim primeiro e aí eu mando elas tudo ficar assim de quatro, que nem cachorrinhas e eu vou trepando em todas, uma depois da outra; aí só eu e a Paméla vai trepar dentro do armário que é todo escuro e dá uma coisa gostosa no escurinho, apertado, a Paméla respirando, nós beijando na boca, fazendo sex apertado; eu e a Crêidi trepando normal, que aqui também nós pode trepar normal, só eu em cima da Crêidi, a Crêidi com as perna aberta assim, apertando nas minha costa e nós dois falando ai ló viú pro outro, sentindo esse amor que aqui é toda hora; nós andando no avião, um avião que voa em todos os país que tem e a gente vai vendo tudo que tem no mundo, que é um mundo igual o que tem na vida, mas só que diferente porque esse mundo é um mundo que eu é que invento, eu é que penso comé que tem que ser e a gente fica olhando as estrela, a gente passa bem do lado das estrela e cada estrela é de uma cor e elas fica piscando, aí nós vê aquele prédio que antes era do Planeta do Santos e agora é do Planeta do Fluminense depois que o Alá mandou explodir ele, aí dá pra ver Berlim, dá pra ver o anjo de ouro que tem lá, dá pra ver o estádio que eu explodi, dá pra ver tudo, dá pra ver os Camarões que tem um monte de bicho que tem na África que é a terra dos bicho, que tem leão, que tem onça, que tem elefante, aí dá pra ver a Croácia, dá pra ver os Marrocos e as minha esposa que é dos Marrocos, que é da novela que tinha na televisão, dá pra ver até São Paulo e aí nós fica tudo fazendo mais sex, nós faz sex deitado mesmo no chão do avião e depois vem aquelas caixinha de comida com todas as comida que é boa, que é Corrivursti, que é Doner Quebábi, que é americano; aí fica tudo cidade grande, igual Berlim, igual München, igual São Paulo e nós vai até no pipichou e a diabinha, toda vestida de anjinha, a Anjinha Muhammad fica dançando toda peladinha e fica botando a bucetinha na cara da gente e nós tudo, eu e as minhas esposa, cada um dá uma lambidinha na bucetinha dela que tem gosto de guaraná; nós faz festa dos Marrocos e todas as virgens faz dança dos Marrocos e fica dançando só pra mim; aí nós vai no lago pra andar de barquinho e ficar andando pelado nos barquinho e nós faz piquenique e nós faz mais coisa de sex, debaixo do sol que nem esquenta muito e aí eu faço ficar tudo neve, tudo gelado e nós fica rolando na neve e na hora que fica bem frio eu mando os meu pensamento fazer ficar tudo esquentando na mesma hora e aí fica tudo gostoso, tudo quentinho; aí nós junta tudo de novo na praia, embaixo dos coqueiro, e aí nós fica tudo ajoelhado, tudo pelado, tudo quentinho, sentindo essa coisa de amor, tudo só uma felicidade, as virgens muito feliz, eu muito feliz, sabendo que pra sempre tudo vai ficar sempre bom, sempre essa felicidade, sempre esse amor, aí nós reza pro Alá, fica levantando e abaixando a cabeça, agradecendo e aí o Alá fala que nós tudo vamo ser sempre assim, feliz, amando, e aí nós é setenta e três, elas é setenta e duas mais eu, nós tudo de mão dada, pelado, sem maldade, só com sex que é limpinho, só com sex que é amor, elas olhando pra mim, eu olhando pra elas, elas olhando pra elas mesmo, tudo só um amor, um amor que a gente olha e vê que é de verdade, que pode acreditar, que não precisa nunca mais ter medo, nunca mais pensar nada que é ruim, sempre só pensar, só fazer, as coisa que são boa, que é felicidade, que é amor, esse amor das mãe, das amiga, das esposa, esse amor que é meu que eu sempre tive ni mim, que eu queria dar esse amor pra todo mundo pra ver se eles tinha amor ni mim também, esse amor que só essas mulher que tá aqui ago-ra, que é tudo alma que nem eu, que é tudo feliz, nós junto, de mão dada bem forte, todas olhando firme pra dentro dos meus olho, passando que elas tá gos-tando de verdade de tá aqui agora, nesse Paraíso, dando essas risada que não é pra tirar sarro de mim, dando essas risada que é a coisa mais linda que tem nes-sa vida que é morte, essas risada que é o amor que existe só aqui, só pra mim que sou o marte, só pra mim que agora sei o que que é esse negócio de amor, esse negócio de Deus, só pra mim que sei amar elas rá...

Mas não.

"Hora? Olhe ali aquele relógio na parede. Ali, logo atrás da enfermeira. Que coincidência!"

BUM

... rá rá rá rá rá rá rá rá rá rá rá rá rá rá rá rá rá rá rá rá rá rá rá rá rá rá rá rá rá rá rá rá rá rá rá rá rá rá rá rá rá rá rá rá rá rá rá rá rá rá rá rá rá rá rá rá

rá rá rá rá rá rá rá rá rá rá rá rá rá rá rá rá rá rá rá rá rá rá rá rá rá rá rá rá rá rá rá
rá rá rá rá rá rá rá rá rá rá rá rá rá rá rá rá rá rá rá rá rá rá rá rá rá rá rá rá rá rá rá
rá rá rá rá rá rá rá rá rá rá rá só pra mim que tenho esse pinguelão, eu, que eu
não sou índio, não, só pra nós que pode dar essas risada de feliz, risada que não
tá tirando sarro, não rá rá rá rá rá rá rá rá rá rá rá rá rá rá rá rá rá rá rá rá rá
rá rá rá rá rá rá rá rá rá rá rá rá rá rá rá rá rá rá rá rá rá rá rá rá rá rá rá rá rá
Crêidi, vem aqui e dá uma lambidinha no meu pinguelão, vem rá rá rá rá rá rá
rá rá rá rá rá rá rá rá rá rá rá rá rá rá rá rá rá rá rá rá rá rá rá rá rá rá
rá rá vem aqui você também, Martinha, pode ficar rindo, fica rindo que agora
eu é que é o marte, o bom que faz coisas boa, agora não tem pão com bosta, não,
agora não tem risada de tirar sarro, não, é risada de feliz, é risada de amor, pode
rir, Martinha rá rá rá rá rá rá rá rá rá rá rá rá rá rá rá rá rá rá rá rá rá rá rá rá
rá rá rá rá rá rá rá rá rá rá rá rá rá rá rá rá rá rá rá rá rá rá rá rá rá, isso, agora vocês ri, né? rá rá rá rá rá rá rá rá rá rá rá rá rá rá rá rá rá rá rá eu não mastruço, não, eu não vou mastruçar, não, eu prometo rá rá rá rá rá rá rá rá rá rá
rá rá rá rá rá rá rá rá rá rá rá rá rá rá rá rá rá rá rá rá rá rá rá rá vem você
também, diabinha, Anjinha Muhammad, você não é mais diabinha, não, você
é anjinha que aqui é o Paraíso, o Paraíso do marte, o Paraíso que só o marte ganha
do Alá, vem, Anjinha Muhammad, esfrega a sua bucetinha na minha cara que
eu vou lamber ela, pode trazer guaraná pra fazer Lavagem Bucetal, pode trazer
até vinho que esse vinho daqui não fica bebo, não, tá vendo? Vai, pode enfiar a
garrafa na bucetinha da Anjinha, não, da diabinha, anjinha, diabinha, anjinha,
sei lá, é diabinha, sim, olha os chifre, olha os olho tudo vermelho, olha tudo vermelho, olha o fogo rá rá rá rá rá rá rá rá rá rá rá rá rá rá rá rá rá rá rá rá rá rá
rá rá rá rá rá rá rá rá rá rá rá rá rá rá rá rá diabinha rá rá rá rá rá rá rá rá rá rá
rá rá rá rá rá rá rá rá rá rá rá rá agora eu sei dar risada também, eu sei comé
que é bom dar risada, agora pode, nós tudo rindo assim, nós pode que nós é bom,
nós é escolhido do Alá, o marte, nós pode ficar trepando, vamo ficar trepando,
vai diabinha, faz com o cuzinho também, pode esfregar o cuzinho também, vai,
enfia a garrafa no cuzinho, diabinha, fica rindo com a garrafa enfiada no cuzinho,
diabinha rá rá rá rá rá rá rá rá rá rá rá rá rá rá rá rá rá rá rá rá rá rá rá rá rá rá
rá rá rá rá rá rá rá rá diabinha rá rá rá rá rá rá rá Diabinha Muhammad rá
rá rá rá rá rá rá rá rá rá rá rá rá rá rá rá rá rá rá rá rá rá rá rá rá rá rá rá rá
rá rá rá rá rá rá rá rá rá rá rá rá rá rá rá rá rá rá rá rá rá rá rá rá rá rá rá rá
rá rá rá rá rá rá rá rá rá rá rá rá rá rá rá rá rá rá rá rá rá rá rá rá rá rá rá rá
rá rá rá rá rá Diabinha Muhammad rá rá rá rá rá rá rá rá... rá rá rá rá rá rá rá
rá rá rá rá rá... rá rá rá rá rá... rá... rá rá... rá rá rá... rá... não, diabinha, aí, não, diabinha rá rá rá no cuzinho, não, no meu cuzinho, não, diabinha, que eu não sou
viado, não, diabinha, eu não fiz troca-troca, não, diabinha, eu não mastruço, não,

diabinha, não, aí, não, que eu sou o marte, pára diabinha, pára de fazer isso, diabinha rá rá rá rá rá rá rá rá rá rá rá rá rá rá pára de rir, diabinha, você é anjinha, você é esposa virgens, anjinha, diabinha, por que que você tá rindo, anjinha, diabinha? rá rá rá rá rá rá rá rá olha o meu pinguelão que grandão, no cuzinho do marte não pode, não, não, que eu é que sou o marte, eu é que explodi os inimigo do Alá, diabinha, não ri não, não, não, não é assim, não, não ri não, por que que tá todo mundo rindo, do que que vocês tá rindo? Que riso engraçado! Que risada mais esquisita agora! Cadê o amor? Aquela cara de amor. Por que que vocês tá rindo? Tão tirando sarro, é? Quem que é esses cara aí? Não, Crêidi Muhammad. Não, Martinha Muhammad. Não, Paméla Muhammad, aqui é o Paraíso. Por que que vocês tá tudo rindo assim? No cuzinho, não, não pode, não, não, não, vamo fazer cabaninha, aí vocês tudo pode ficar brincando com esse meu pinguelão que vocês ama. Vocês ama eu, né? Não ama? Ama? Não, diabinha, anjinha, diabinha, anjinha, diabinha, você ama eu, né? Então não faz isso, não, ai, ai, ai, no cuzinho, não, tira isso daí, não ri, não, por que que vocês tá rindo? Tá doendo, tá tudo doendo, tá tudo pegando fogo, tá pegando fogo no cuzinho, essas risada não é amor, não, não é feliz, não, ai, ai, ai, ai, ai, ai, não, não, não, não, não, não, não, não, não, não, não, não, não, não, não, não, não, não, não, não, não, não, não, não, não, não, não, não, não, não, não, não, não, não, não, não, não, não, não, não, não, não, não, não, não, não, não, não, não, não, não, não, não, não, não, não, rá elas agora fica rindo, a lá. A Anjinha Muhammad ficou diabinha de novo, a lá. Não. Por quê? Tem essa inteligência que eu tenho aqui. Tá tendo. Tá tendo ainda. Tá tendo inteligência, mas não tá bom agora, não. Tem os cara tudo aí, aí. Os índio tudo, o Levi, a lá, não, não pode, não, no Paraíso não pode homem, não. Não pode esses índio marditinho, não. E elas fica rindo deu, a lá, não pode, não. Elas tá rindo, mas é risada feia, é risada de tirar sarro, a lá a Crêidi com os cabelo dela tudo ruim de novo, tudo cabelo de preto, a lá, ai. Olha o pinguelo. Cadê o pinguelo? Não tem mais pinguelo. Por quê? Por quê, hein? Cadê o meu pinguelo? Não tem pinguelo nenhum. Não! A lá os cara, cheio de cara, a lá eles, olha! Olha eles trepando nas minha esposa virgens. Não! Não pode, não. Eles botando os pinguelo deles nas bucetinha delas. Não! Elas é virgens. Elas é minhas.

Aqui é o Paraíso. Não. Agora eu não tô entendendo mais nada. Será que eu tô ficando burro de novo? Não. Não ri, não, Fraulaim Chom. Fala Müüüüüüüüüü-üüünnnnnnnchen, fala, Fraulaim Chom. Por que que você tá rindo assim, Fraulaim Chom? Fala ai ló viú pra mim, fala ix libi dichi, fala, ensina eu pra falar, Fraulaim Chom. Cadê os pensamento que eu entendia tudo? Elas fica rindo, fica falando assim com a voz grossa. Eu sou o marte, lembra? Lembra que eu explodi os cara que o Alá não gosta? Lembra que eu nunca fiz sex antes na vida? Lembra? Eu não bebi vinho, não. Não bebi pinga, não. Não bebi nada, não. Eu raspei a barba, mas eu não tenho barba, não. Aqui, ó. Eu não tem culpa, não. Eu queria deixar barba, mas a barba não cresceu. É por causa disso, é? Não, no cuzinho, não. Ai. Sai daí que eu não sou viado, não. Olha as buceta delas, olha. Cheia de pereba, a lá, tudo fedido. Não tem cheiro de eucalips, não. É cheiro fedido. É cheiro de cocô. A lá elas com os pinguelo dos cara. Não pode, não. É setenta e duas tudo fedida, tudo com as buceta tudo cabeluda, tudo com pereba, com uns caroço, a lá. A lá os dente tudo podre, tudo caindo, a lá. A lá elas, as mulher dos Marrocos tudo ficando gorda, gorda, gorda, tudo horríveis. Por que que é isso? Só a inteligência que fica. Não. Não tem inteligência, não. Eu não tô entendendo nada, não. Pára, pára, pára com isso. Tem que parar pra mim pensar, pára com esse negócio, tira esse negócio, ai, ai, eu não quero pão com bosta, não, não. Eu quero ir lá com o Uéverson, eu quero fazer Lavagem Bucetal lá com o Uéverson, lá com as puta, a lá. Não, não. Pára. Pára preu pensar. Eu quero ficar pensando. Eu quero ficar entendendo. Sai pra lá, diabinha. A lá a diabinha com o chicote, a lá. Não, pára, pára agora. Ai, tá doendo, tá doendo muita dor, na bunda, não, na bunda, não, ai, ai, áááááááááááááááááááááááááá-áá áá áá ááááááááá... á... ááááááááá... áá... á... áááá... áá... á pára, pára... Assim. Pára tudo que eu quero pensar. Não dá pra pensar e eu quero pensar. Eu queria entender. A lá o Alemão. A lá ele vindo. A lá ele querendo me dar uma porrada. Não, não, não vem, não. Eu não arrego, não. Ai... Sai do meu Paraíso vocês tudo, sai fora, vocês tudo. O que que é isso? Peraí. Isso, pára. Pára só um pouco, pára, só pra pensar, só pra mim pensar e ficar entendendo isso. Peraí... Vocês pode sair, só um pouco, só pra mim pensar? Calma, calma. Vocês vai ficar aí olhando, vai? Vai ficar rindo assim, é? Com essas risada feia, é? Vocês tá é tirando sarro, né? A Martinha. Por que que você tira sarro de mim, hein Martinha? Você não é mais Muhammad, não? Não, é? A lá elas tudo rindo risada de tirar sarro, a lá elas falando coisa feia pra mim viado filho-da-puta viado filho-da-puta viado filho-da-puta viado filho-da-puta viado filho-da-puta viado filho-da-puta viado filho-da-puta viado filho-da-puta viado filho-da-puta viado filho-da-puta viado filho-da-puta viado filho-da-puta viado filho-da-puta viado filho-da-puta viado rá rá rá rá rá rá rá rá rá rá rá rá rá rá rá rá rá rá rá rá rá rá rá rá rá rá rá rá rá rá rá rá rá rá rá rá rá rá rá rá rá rá rá rá rá rá rá rá rá rá rá rá rá rá rá rá rá rá rá rá rá rá rá rá rá rá rá rá rá rá rá viado filho-da-puta viado filho-da-puta viado filho-da-puta viado filho-da-puta viado filho-da-puta viado filho-da-puta viado filho-da-puta viado filho-da-puta rá era pra parar, mas não precisa parar tudo, não. Pára, pára. Eu tô com dor no cuzinho, tá pegando fogo. Por que que vocês tão rindo assim? Tá ficando baixo. Por que que vocês tá rindo baixo com essas risada assim? Eu não tô ouvindo nada, tá doendo, eu tô ficando cego. Cadê o meu pinguelo? O meu pinguelo sumiu, sumiu tudo, tudo, tudo, não tem nada, não tem barulho, não tem nada de ver, não tem pinguelo, não tem nada, tá tudo escuro, só tem pensamento, esses pensamento agora tudo ruim. Esses pensamento ruim que eu tô fazendo na minha cabeça. É eu, é? É eu? É eu que tô pensando, é? Não. Eu não quero isso. Esses pensamento agora eu não quero, essas dor todas, esses pensamento, eu tô pegando fogo e tá tudo escuro. Pára pra eu pensar, pra eu ver que pensamento é esses que eu tô pensando, mas fica essas risada, elas fica falando que eu sou viado, eu não sou viado, não rá viado filho-da-puta via-do filho-da-puta viado filho-da-puta viado filho-da-puta rá...

É setenta e duas. E elas vêm vindo, tudo perebenta, muito horríveis, e elas não me ama, dá pra ver nos olho delas que elas não me ama. Elas não ama o marte. Eu não sou marte. Eu não fiquei marte. Agora eu tô vendo. Eu não tô vendo nada, tá tudo escuro, eu tô vendo com os pensamento, tô entendendo com os pensamento. Não tem marte, não tem nada, só tem o Alá que é o Deus, que é o Deus igual os outro Deus que tem, igual o Deus que tem na igreja, esses Deus todo que tem. Elas é tudo diaba, não é esposa, não. Não é virgens, não. Elas é diaba, elas é castigo pra quem é ruim. Eu sou muito ruim, eu sou muito ruim sempre, por isso é que eu nasci. Eu nasci ruim porque que eu nasci sendo via-

443

dinho, é. Eu era viadinho que arregou pra todo mundo, com esses negócio que eu tenho de ser assim desse jeito que não dá risada, que não brinca com os pessoal, que não vai pro Drínquis Privê com os pessoal, que fica fazendo punheta escondido, que fica trancado no banheiro. Por isso que o Alá não gosta deu, por isso que o Deus mandou elas fingir que era bonitinhas. Mas não é não. É tudo diaba, é tudo diaba que fica escorrendo uns negócio fedido das buceta delas, que não é bucetinha, não. É bucetona perebenta, bucetona fedida, a lá. Sabe por quê? É porque eu ficava com esses negócio de querer ser o bom, eu não queria que eles, os índio, me chamasse de vinte-e-quatro, de bico-de-chaleira, de viadinho. Por isso que o Alá, que é o Deus, fez pra mim ficar inteligente, ficar tendo esses pensamento, ficar com essas idéia na cabeça que eu não tinha antes. Foi truque pra pegar eu, porque se a gente fica sofrendo sem saber que a gente tá sofrendo, sem saber que a gente tá doendo, tá doendo tudo, nós nem sabe que tá sofrendo, que tá doendo, e aí não dói. Tem que doer. É pra mim doer. O Alá que quer. Tem que ter esses pensamento, tem que ser inteligente pra saber que tá doendo, que tá sofrendo. Eu tô sofrendo muito agora. Ai. Então o Alá fez o truque, fez eu não ficar mais burro e eu comecei a pensar que eu sabia todas as coisa, mas eu não sabia é nada. É truque. Aí elas vem tudo bonitinhas, tudo dando risada fingindo que é amor, que é ai-ló-viú, aí a gente fica amando elas, fica sentindo essas coisa boa, essas coisa de ficar achando que todas ama eu, mas não tem isso de amar, não, o Uéverson é que sabia, por isso que ele não quis que eu era marte, ele avisou. Mas ele falou que os marte tem sim. Falou que se eu explodisse as bomba, eu ia ficar marte e ia fazer Lavagem Bucetal, essas coisa de sex igual nos filme do Jeipom, e eu achei que era sim, e eu fiquei acreditando. Mas agora tem esses cara tudo, até o Levi, até o Fernando, o Alemão, o Humberto, eles tudo, eles é que quer fazer essas coisa de sex no meu cuzinho. Eles é que quer fazer eu ficar doendo, que nem antes, que nem lá na escola, lá no estádio, lá na minha casa fazendo punheta na Paméla, que eu menti pra eles falando que a Paméla dava pra mim. Mas não foi, não. A Paméla eu roubei lá na banca. Eu sou ladrão, eu roubei dinheiro deles tudo. Por isso é que o Alá, o Deus, mandou eu aqui pra mim ficar doendo, pra mim ficar estrebuchando que nem o Uéverson falou. Que na hora que eu explodi a bomba do Bin Laden e eu não fiquei sentindo dor nenhuma, que eu fiquei nem sentindo o tempo, que eu fiquei só sentindo essa felicidade que não tem mais, esses pensamento bom que é tudo mentira, que é tudo fantasma, que é tudo alma, mas é alma ruim, eu sou alma ruim e o tempo acabou, que eu achava que eu é que mandava no tempo e eu não mando no tempo nada que agora não tem mais tempo nenhum, não tem mais tempo nenhum pra mim mandar nele, ele passou assim, pá, e eu já tô aqui nesse Paraíso que é horrível, que não é Paraíso, não, é é Inferno, é é lugar de gente ruim que nem eu. É o Inferno aqui, é, hein? É. É sim. É Inferno pros que rouba, pros que faz punheta, pros que não dá risada com os pessoal, pros que têm mãe preta beba, que fica com os pinguço lá na praça, pros que fica querendo fazer sex, pros que fica inventando filminho de ficar trepando nas mulher, que acha que as mulher vai tudo ficar querendo trepar nele, neu. Mas eu sou tão burro, tão preto, tão horrível, que vocês acha que essas mulher que nem a Pamélla, que é americana, que é linda assim, que tem esses peitão assim, vocês acha que essas mulher assim vai ficar trepando nos cara assim que nem eu, que é burro, que tem esse pinguelinho, que é bico-de-chaleira, que não sabe nem pegar nos peitinho na hora que dá voltinha no quarteirão? Não. É tudo mentira que eu inventei na minha cabeça. Cadê o tempo? Que horas que aconteceu essas história toda? Que horas que foi? Que dia que foi? Tava o Bin Laden lá que me deu o cinto com as bomba que eu explodi e elas veio vindo fingindo que era bonitinhas, que era as artista da novela dos Marrocos, que era a Paméla, que era a moça da televisão, dos esporte da televisão que eu inventei que o nome dela era Renata Muhammad, mas não é não, a lá: é tudo diaba, é tudo mulher de mentira que agora tá enfiando essas coisa no meu cuzinho, é tudo o Levi que é diabo também. É tudo diabo. É sempre os diabo. É sempre o Inferno. Foi sempre Inferno, sempre foi. As coisa boa era tudo mentira, que não tem nada bom nessa vida, não. Não é vida, não. É Inferno, tudo Inferno. Que é assim que quem nasce assim preto, com esse pinguelinho, com mãe beba, com uns pai que não é o Renato Gaúcho, não, com uns pai que é uns preto bebo que tem lá na praça, que é tudo uns diabo, eles tudo, aí quem é assim que nem eu vai é pros Inferno, não vai pro Paraíso, não. Até a minha mãe é diaba, tudo. Tudo diabo. Agora que eu sei. Foi o Alá, o Deus. Ele é que fez eu ficar tendo esses pensamento que é pra mim saber que tá doendo, que tá doendo muito. Porque antes que eu não sabia, aí doía, mas aí era uma dor que eu nem sabia que era dor. Eu só ficava um pouquinho assim querendo ficar indo todo mundo embora, porque só doía quando tinha os outro tirando sarro, querendo dar porrada neu, aí, quando eu ficava sozinho, quando eu ficava na minha casa, de noite tarde, olhando os pograma na televisão, fazendo punheta na Paméla, fazendo punheta nas moça da televisão, fazendo punheta nas revista tudo, aí eu achava que não tava doendo, não. É porque eu era muito burro, burro demais. Aí o Alá fez esses pensamento pra mim ter que é pra eu ver que tá doendo e aí doer mais, porque antes não doía. Aí vinha o Levi, que eu queria ser amigo dele, que eu era burro, que eu não sabia que ele era demônio, aí eu ficava achando que eles tava só brincando de fazer maldade. Mas agora é que eu tô vendo as maldade, eu tô cego, eu não tô vendo nada, mas eu tô vendo com os pensamento. Isso é que é esse negócio de ficar inteligente, esse negócio de ver com os pensamento, que aí é que os negó-

cio fica doendo mesmo, que nem tá doendo agora. Tá doendo tudo tanto! Dói no cuzinho, mas dói mais é nos pensamento, dói mais é nessas coisa que eu tô entendendo, dói é lá dentro da cabeça, no escuro, nessa coisa que não tem barulho nenhum mais, nesse silêncio. Sabe por quê? Porque que agora eu sei que eu sou ruim, todo mundo é ruim e cada um, cada uma, todos, cada um tem o Inferno dele e o meu Inferno, esse Inferno, esse Inferno aqui é o mesmo Inferno que tinha sempre. O Inferno, esse meu Inferno que não é Paraíso, é os medo, é os medo que eu tenho acontecendo, a lá. Tá acontecendo tudo. As mulher é tudo ruim que nem que eu tinha medo. Os cara, os diabo, fica enfiando as coisa no meu cuzinho, que nem que eu tinha medo. Eu agora fico sabendo das coisa que nem que eu tinha medo. O Paraíso era só mentira, era só sonho, que nem que eu tinha medo. E o Inferno é que é a única verdade que tem nessa mentira. Mas é mentira também. É o sonho dos medo. Agora eu vou ficar sempre nos medo, nesse escuro. A verdade é que é tudo de mentira. Por isso é que eu fico com medo, porque agora não vai acabar nunca, eu sei. Eu sei que não vai acabar nunca porque é sempre Inferno. Antes era Inferno, agora é Inferno, vai ser Inferno sempre. Esse negócio de Paraíso é só pra ficar com vontade, é só pra gente achar que tem bom, que é bom, que é truque pra depois o ruim ficar mais ruim ainda, muito ruim, muito horrível, um negócio que não dá pra explicar, que não tem palavra, que não tem inteligência, que não tem nada, que é só os pensamento ruim, só os medo, só os medo acontecendo de verdade, todos os medo. Esses medo que eu tinha dessas bucetona aí tudo perebenta, tudo fedida, tudo cheia desses cabelo peludo, dessas mulher feia, essa Paméla aí que não é nem a Paméla que tinha antes. Aquela Paméla que era linda era só pra mim ficar olhando, achando ela linda, fazendo punheta, que é pra depois, agora, eu ver que a Paméla é horrível, tem esses peitão aí que fica esguichando pinga, que fica esguichando na minha cara e eu vou ficando assim bebo, muito bebo horrível, inteligente, sabendo que vai ser sempre essa dor, essas dor no pensamento, essa dor nos cuzinho, sem pinguelo nenhum, essa dor de inteligente aí, tá vendo? Não tem olho, não tem zovido, não tem perna, não tem as mão, não tem pinguelo, não tem nem Mané, nem Muhammad Mané, não tem nada. Tem só um escuro e essas lembrança das coisa boa que é pra ficar atentando, que é pra ver que as coisa boa não tem, não vai ter. É pra ver que as coisa que eu queria, que eu gostava assim muito não vai ter. Agora, que tá doendo, que o Alá fez eu ficar entendendo essas coisa que tá acontecendo, essas coisa que é tudo ruim, aí eu fico todo doendo mais ainda, doendo tanto que não dá nem pra agüentar, mas aí vai ter que agüentar pra sempre e sempre é uma coisa que não acaba nunca ááááá-
ááá
ááá

áá áááááááááááááááááááááá por isso que eu fico gritando, porque é dor, é essa dor que não vai acabar nunca. Pode ficar gritando, grita ááááááááááááááááá vai, grita, ááááááá grita que não adianta nada, que vai continuar doendo, eu sei, eu tô sabendo que vai, eu tô sabendo que eu vou ter até que pedir pro Alá fazer eu ficar burro de novo que é pra mim não entender mais essa dor, porque se não entender, aí não tem dor. A dor é na hora que a gente tá entendendo. A dor é na hora que a gente acha que tá entendendo, na hora que a gente acha bom que tá entendendo, na hora que a gente fica todo metido achando que elas tudo ama eu, achando que é inteligente e aí é que vem essa inteligência de entender que tudo é ruim sempre, que não tem outro jeito, que a vida é tudo mentira, que esses negócio de amor é tudo mentira, que esses negócio de marte é tudo mentira, que todas as coisa é mentira. É tudo mentira. Não tem nada. Só tem é essa dor. Essa é a única mentira que é de verdade, que é essa dor, a dor no cuzinho também, a dor que fica tudo queimando, tudo pegando fogo, eu sem ver nada, eu no meio do escuro, eu que é só pensamento, eu nesse nada escuro, mas a dor mesmo é a dor desses pensamento, é a dor que tem lá dentro num lugar que nem tem, é um lugar que é só dor e esses pensamento de dor, esses pensamento que vê que não tem mãe, não tem esposa, não tem virgens, não tem amigo, não tem Renato Gaúcho, não tem nada que gosta da gente que nem eu que não gosto de nada, que não gosto de ninguém, que sempre fiquei querendo só gostar deu mesmo, dessas coisa de sex, de querer ter um pinguelão pra enfiar nas mulher. Eu ficava achando que elas ia gostar de mim, ia gostar deu enfiar o pinguelo nos cuzinho delas, mas elas não ia gostar nada dessas coisa de mim, que elas também têm os Inferno delas e aí elas não têm tempo de ficar gostando. Ih! Tudo mentira esses negócio de amar os outro, tudo mentira. Elas gosta é delas mesmo. Elas? Quem é elas? Elas não é nada, elas não é nem alma, elas é só um negócio, só um negócio na minha cabeça que nem eu que eu não sou nada, que eu só sou um negócio na cabeça do Alá, um negócio que deve ser o Alá fazendo punheta, fazendo os pensamento dele mesmo. Será que o Deus também tem o Inferno dele que ele fica lá fazendo uns monstro, uns demônio na cabeça dele e eu sou um demônio na cabeça dele, assim, um demônio preto, burro, viadinho, sem pinguelo, sem perna, sem braço, sem nada, um escuro na cabeça dele? Isso é que eu sou: um escuro nos pensamento do Deus, do Alá, do Jesus, sei lá, por isso é que eu sou preto assim. É sim. Eu sou um escuro na cabeça dele. Eu sou um negócio ruim na cabeça dele e ele até deve ter outro Alá em cima dele, que fica lá fazendo dor nele, aí vai um Alá fazendo dor no outro e aí vai diminuindo os Alá, que vai ficando pequeno, um Alá fazendo dor no outro Alá até chegar neu que é o menor Alá de todos, que não é nem Alá, que nem marte é, que não deve ser nem gente, nem bicho, nem borrachudo. Eu deve ser só um escurinho bem pequeno, mais pequeno de que uma formiga, não, mais muito mais pequeno, um cocozinho de formiga, um negócio que nem é nada, um escurinho nada que fica só sentindo essa dor agora, que vai só ficar sentindo essa dor, que é dor nos pensamento e no cuzinho. Sempre. Que antes, quando eu era burro, quando eu era vivo... Eu era vivo? Tem vida? Tem esse negócio de ter vida? Não. Não tem nada, não. É sempre esse escuro que a gente bota umas coisa nele, que o Alá bota na cabeça da gente pra enganar eu. Que se eu ficar pensando, fazendo força pra ficar pensando, eu fico vendo que antes eu nem sei se tinha antes, que antes eu ficava só pensando nessas coisa de sex, nessas coisa de fazer punheta. Aí eu fiquei achando que esse negócio de sex é uma coisa boa, uma coisa toda assim cheirosa, uma coisa que era só aquele arrepio que dava no pinguelo, aquela coisa que dava, que era limpinha, que tinha essas coisa de amor, de ai-ló-viú, que quando tivesse sex mesmo, quando eu fazesse sex, quando eu trepasse nelas, nas mulher de verdade, ia ser tudo só beleza, que elas ia ficar rindo e as bucetinha delas ia ser tudo assim lourinha, tudo bucetinha cor-de-rosa. Essas coisa que nem é eu que achava, essas coisa que o Alá maior que tem em cima de mim é que botava na minha cabeça que era pra mim ficar achando pra me enganar, pra mim ficar com vontade, ficar todo contente porque um dia eu ia trepar nas mulher lourinha virgens sem pereba. Aí ele me deu aquelas setenta e duas e eu fiquei achando que era aquilo que era, que era aquilo, ai!, que as esposa é que ia ser a vida da morte, Paraíso, mas eu tinha que ter reparado, eu tinha que ter inteligência pra reparar quando eu vi aquelas véia tudo pelada lá no lago. O Alá mostrou, os pensamento que o Alá botava na minha cabeça pra me enganar mostrou que esses negócio de sex era do Inferno, era as bucetona das véia. Tava até nos filme do Jeipom que o Inferno era esses negócio fedorento escorrendo daquelas buceta, que dava esse negócio, que dava vontade de ficar fazendo punheta, mas que era pra ver que era tudo fedido, aí eu fiquei fingindo que era legal, que as buceta era tudo cor-de-rosa. Era só fechar os olho e fingir. Mas o Alá tava era mostrando e eu sou muito burro e não vi nada e nem fiquei nervoso, que tem que ficar nervoso com essas buceta tudo cabeluda, ir lá e ficar explodindo tudo, mas é pra explodir é as buceta perebenta. Não pode nem ficar pensando, tendo vontade de ser marte que nem eu fiquei. Tem que ser marte sem querer. Tem que ficar é nervoso, ficar com raiva, tem é que dar uma porrada no Levi e depois ir lá e comer o cuzinho do Alemão, que senão, aí, o Alemão, o Levi, eles tudo, a Martinha, fica tudo enfiando as coisa no meu cuzinho, aí ááááááááááááááááááááááááááááááá Inferno. Inferno é isso. Paraíso só pro marte que tem que ser nervoso, tem que ir lá e explodir as buceta tudo e depois que morre só tem Paraíso que é um escuro também, mas é um escuro tudo bom, tudo sem buceta nenhuma, agora eu que sei, nem buceta cabeluda, nem buceta cor-de-rosa. Agora eu queria só um escuro bom. Eu queria um escuro bom. Um escuro que eu não sei mas que é bom, tudo parado, tudo calmo, aquele escuro no céu quando fica escuro de dia quase, quando vem os vento noroeste e fica só aquele escuro calmo. Burro. Burro e viadinho. Por isso é que é essa dor e agora não adianta mais nem ficar nervoso. Agora não tem tempo mais. Agora é só isso é só essa dor que a gente acostuma áááááááááááááááááááááááááá não acostuma nada mas fica sendo tudo, a dor, então, se fica sendo tudo só a dor, a dor é que é a vida que a vida já era a dor, não muda, fica sendo a dor e mais esses negócio do Alá que bota essas coisa boa fingindo que é boa mas não é boa, só pra gente ver o que que a gente não tem, o que que a gente tá perdendo, que nem quando a gente faz punheta e aí faz esporra e aí acaba e é só aquela hora, só aquela horinha que dá aquele negócio e sai o leitinho que deve ter um gosto horrível que o Alá fingiu que tinha gosto de guaraná só pra fingir que as esposa virgens tava gostando de ficar bebendo no meu pinguelo. Aí passa essa horinha e aí volta tudo o Inferno, que é tudo, que é agora, que é sempre. Porque agora eu não lembro da primeira coisa que aconteceu, a primeira coisa que eu vi, a primeira coisa que tinha. É porque não tinha primeira coisa, segunda coisa, terceira coisa. É tudo uma coisa só, um tempo só, essa dor só acontecendo nesse escuro. E isso é que é essa minha inteligência, essa inteligência de Deus fazendo esse escuro que dói, essa dor no cuzinho. E essas coisa de sex, o que fica mesmo lá dentro da cabeça é só as buceta perebenta ááááááááááááááááááááááááááááá-áááááááááááááááá isso é que é que não podia, esses negócio de ficar querendo, de ficar precisando, sex é não e pronto, ficar querendo esses negócio do Fluminense ganhar não dá. Tem que perder, ficar perdendo, perdendo, não ganhando nenhuma, perde, perde, perde, perde, perde, perde, perde, perde, vai perdendo assim, todas as partida, aí ganha uma vez e aí faz esporra e acaba rápido e a gente vai ficando esperando que vai ganhar e aí não ganha mais nenhuma nunca, por isso que tem esse negócio de ter essas mulher, as virgens, essas holandesa, a lá, tudo com umas pele escamando, tudo diaba também, tudo horríveis. Era só pra ter um pouco, um pouco assim pra ver que tem, que podia, que podia mas não teve, não tem mesmo, aí, sempre, vai ser sempre ficar doendo, pode ter vida, pode ter morte, Deus, o Alá, esses negócio todo, tudo, que vai ser só isso, só pra mim, porque só tem eu, é só eu botando as coisa que eu invento na minha cabeça dentro desse escuro que é um preto que não é nada. Esse preto, esse escuro, é eu, e eu é nada. Aí eu fiquei inventando, inventando, fiquei inventando só esses negócio de sex, de cuzinho, esses negócio assim. Aí acabou tudo, e não tem mais nada pra botar nesse meu escuro que é a única coisa que tem, a única vida, a única morte. Porque eu sou burro. Porque eu não vi logo que só tinha eu, não tinha mais nada nunca. Aí eu não vi que eu é que tava fazendo as coisa, fazendo o mundo, fazendo até o Levi pra me dar umas porrada. Mas aí, se acaba, se resolve apertar o negócio da bomba do Bin Laden, aí eu aperto e fico querendo que elas vêm, aí eu fico só pensando nesses negócio de sex, de buceta, de cuzinho, de ficar botando o pinguelo nos cuzinho delas e ficar comendo americano no prato com a outra mão. Aí elas vêm, aí BUM, elas acaba, BUM, elas começaram, BUM, elas acabaram, acabou, pronto. Aí agora eu sei comé que é, agora eu tô vendo, tá escuro tudo meio vermelho, vermelho escuro, e eu tô vendo tudo com essa inteligência agora. É essa inteligência agora, essa inteligência do marte, burro. É que eu sou burro, e o Alá devia saber que eu sou muito burro e que eu não ia saber de nada, que eu não ia ver nada. Isso é que é sacanagem que ele fez. Que agora, aí, agora é assim, eles bota esses negócio no meu cuzinho, eu não enxergo, eu dou uns grito áááááááááááááááá assim, mais um grito ááááááááááá grito ááááááááááááááá tudo horrível e essa é que é a história toda desses negócio do Alá, Deus, Alá que é Deus, Alá que não é Deus, pode fazer sex, não pode fazer sex, ficar trepando nos cuzinho das mulher, se pode, se não pode, isso é que é. É essa dor só. Esses negócio todo. E eu é que inventei. É. Eu é que inventei, até o Deus, até a Crêidi no Islamberlândi, até tudo, até as estrela na janela do avião, até o Hassan, até aquelas bucetona arregaçada no lago, eu é que inventei esses negócio de sex, eu é que inventei, porque é isso que eu queria. Eu queria é essa dor, porque essa dor é que tem um negócio que fica dando, que fica um negócio, um negócio que sabe mas que não tem palavra, um negócio que manda na gente mas que é a gente mesmo. A gente é que quer tudo. A gente é que quer ficar trepando, que inventa que as virgens têm que ficar desse jeito, assim com a bunda virada, ou assim, lambendo as bola do saco, passando maionese nos cuzinho pra mim ficar lambendo. Mas não. Não, não, não, não. Tudo é eu que inventei. Que fora daqui, fora desse escuro, fora desse Inferno, que é eu, esse Inferno é eu, a lá, é tudo eu. Tudo que tem é eu. Tudo que tem é eu que botei nesse escuro que é eu, eu que fiquei inventando pra fingir que tem mais coisa sem ser esse escuro, sem ser eu. Eu é que inventei as coisa toda que tem pra fingir que tem coisa que não é escuro, pra fingir que tem um Alá que fica me dando as coisa que eu quero, pra fingir que tem alguém que gosta deu, pra fingir que tem um Deus que gosta deu, que não vai deixar nunca que eu ficasse com essa dor toda no cuzinho, nos pensamento. Mas não tem nada, nada, nada... Tem só dor, sempre foi, só essa dor no cuzinho. Quer saber quem que sou eu? Eu sou é essa dor no cuzinho nesse escuro preto que não vai acabar nunca. Isso é que é eu, esse cuzinho preto cheio de dor pra sempre rá rá rá rá rá rá rá rá rá rá rá rá rá rá rá rá rá rá rá rá rá rá rá rá rá rá rá rá rá rá rá rá rá rá rá rá rá rá rá rá rá rá rá rá rá rá rá rá rá rá rá rá rá rá rá rá rá rá rá rá rá rá rá rá rá rá rá rá rá rá rá rá rá rá rá rá rá rá rá rá rá rá rá rá rá rá rá rá rá rá rá rá rá rá

rá rá rá rá rá rá rá rá rá rá rá rá rá rá rá rá rá rá rá rá rá rá rá rá rá rá
rá rá rá rá rá rá rá rá rá rá rá rá rá rá rá rá rá rá rá rá rá rá rá
rá rá rá rá rá rá rá rá rá rá rá rá rá rá rá rá rá rá
rá rá rá rá rá rá rá rá rá rá rá rá rá rá rá rá
rá rá rá rá rá rá rá rá rá rá rá rá

Um que fez um gol uma vez numa Taça São Paulo, né?

ESTA OBRA FOI COMPOSTA PELO GRUPO DE CRIAÇÃO EM ELECTRA E IMPRESSA
PELA GEOGRÁFICA EM OFSETE SOBRE PAPEL PÓLEN SOFT DA SUZANO BAHIA SUL
PARA A EDITORA SCHWARCZ EM FEVEREIRO DE 2006